HANNAH RICHELL

PFAUENSOMMER

HANNAH RICHELL

PFAUEN SOMMER

Roman

Aus dem Englischen von
Christiane Burkhardt

DIANA

Von Hannah Richell sind im Diana Verlag erschienen:
Das Jahr der Schatten
Geheimnis der Gezeiten
Pfauensommer
Sieben Tage am Fluss

MIX
Papier aus verantwortungsvollen Quellen
FSC® C014496

Penguin Random House Verlagsgruppe FSC®-N001967

Taschenbucherstausgabe 11/2021

Die Originalausgabe erschien 2018 unter dem Titel Peacock Summer bei Orion Books, London.

Redaktion: Claudia Krader
Umschlaggestaltung: t.mutzenbach design, München
Umschlagmotiv: © GettyImages/Goddard Photography; shutterstock/javarman/Aleksey Stemmer/Anastasia Lembrik/mubus7/Dirk M. de Boer/Susla
Autorenfoto: © Claire Newman-Williams
Satz: Buch-Werkstatt GmbH, Bad Aibling
Druck und Bindung: GGP Media GmbH, Pößneck
Printed in Germany

ISBN 978-3-453-36107-2

www.diana-verlag.de

Für Jess

Teil I

Die Hoffnung, die mir träumte, war ein Traum,
war nur ein Traum; nun lieg ich wach,
unfassbar trostlos und erschöpft und alt,
nur eines Traumes wegen.

Christina Rossetti

Es ist nicht weiter schwer, sich in so einem Haus unsichtbar zu machen – leise Schritte, gesenkte Blicke, die knarzenden Stufen und losen Dielenbretter, die mich verraten könnten, stets im Hinterkopf. Und dann natürlich seine Bewohner, die so sehr mit ihrem eigenen Leben, ihren Problemen und Sehnsüchten, so sehr mit sich selbst beschäftigt sind, dass sie Leute wie mich nicht bemerken: Leute im Schatten, die alles mitbekommen.

Doch ich sehe sie. Ich sehe alles. Das, was ich sehen soll. Und das, was ich nicht sehen soll. Ich sehe ein Feuerzeug in einem dunklen Zimmer aufflammen, die Lippenstiftspuren an einem Glas. Ich sehe die Abdrücke auf einem Kissen, die Blutflecken auf den Laken. Ich sehe verstohlene Blicke, zitternde Hände, geballte Fäuste, tränenbenetzte Taschentücher.

Alles ist so offensichtlich, all die Geheimnisse in ihren Leben. Vorausgesetzt, man schaut richtig hin.

Denn so ein Haus hat Augen.

Ich verkörpere die Augen dieses Hauses und wende den Blick niemals ab.

1

Kurz nach Mitternacht wacht sie auf, ihr ist viel zu heiß, und ihre Füße haben sich im Laken verheddert. Etwas hat nicht lockergelassen und sie aus ihren Träumen gerissen, ihren unruhigen Schlaf gestört. Während sie im Bett liegt, umgeben von diesem riesigen, stummen Haus, versucht sie zu ergründen, was das sein könnte. Ein Rascheln? Ein Flüstern?

Sie wartet darauf, dass es zu ihr kommt. Das Zimmer. Ein Zimmer nur aus Bäumen. Das Geräusch des Windes, der zwischen ihren Ästen hindurchweht, ihre Blätter zum Rauschen bringt. Die Bäume rufen nach ihr, singen ihr nächtliches Lied.

Sie ignoriert ihre alten, protestierenden Gelenke und lässt sich aus dem Bett gleiten, holt den verschnörkelten Messingschlüssel aus seinem Versteck, geht barfuß in den dunklen Flur und die geschwungene Treppe hinunter zur Eingangshalle. Dabei ertasten ihre Füße sorgfältig jede Stufe, und ihre Finger gleiten das verstaubte Geländer hinab.

Ein Luftzug dringt unter der Haustür hindurch. Sein kalter Atem streift ihre viel zu heiße Haut und weht ein einsames braunes Blatt über die Fliesen. Sie schiebt den schweren Wandteppich beiseite, schließt die dahinter liegende Tür auf und folgt dem gewundenen Flur, bis sie vor dem Zimmer steht, das sie gerufen hat. Sie lehnt sich gegen den Türrahmen, bevor sie die Schwelle überschreitet.

Sie weiß nicht recht, ob sie wach ist oder schläft, als sie in ihrem weißen Nachthemd wie ein Gespenst zwischen den Bäumen umherläuft, eingehüllt in den Moschusduft dieses Ortes. Ihre Hände fahren über glatte graue Rinde, ihre Finger ertasten Knoten und Maserungen, die ihr so vertraut sind wie gute alte Freunde. Das Blätterdach über ihrem Kopf ist dicht und üppig. Sie stellt sich vor, dass sie sein prächtiges, blaugrün-goldenes Schimmern in der Dunkelheit sehen kann. Und die Augen – diese allgegenwärtigen Augen – beobachten sie dabei.

Erschöpfung überfällt sie wie so oft in letzter Zeit. Sie setzt sich, lässt sich davon übermannen. Wie leicht es doch ist, sich davon forttragen zu lassen, wie verführerisch, sich aus der Gegenwart davonzustehlen und die Räume der Vergangenheit zu durchschreiten, zu den vertrauten Gesichtern, den kostbaren Momenten und Erinnerungen zurückzukehren. Sie folgt den verschlungenen Wegen ihres Gedächtnisses und schreckt bei einem durchdringenden Schrei zusammen. Er ist so schrill wie der Schrei eines Pfaus oder einer sich vor Schmerzen krümmenden Frau.

Ist das echt oder nur Einbildung? Dunkelheit hüllt sie ein, schwer und beklemmend. Ein stechender Geruch liegt in der Luft. Das Nachthemd klebt an ihrem verschwitzten Körper. Sie erkennt sich kaum wieder. Es geht ihr nicht gut. Das ist nicht real, denkt sie. Nichts davon ist real. Die Bäume sind fort, die schimmernden Blätter, die wachsamen Augen, alles hat sich in einer dicken Wolke aus Ruß und Rauch aufgelöst. Sie legt die Hand auf die Stirn. Ihr ist so heiß, die Hitze scheint sie zu verzehren. Der Rauch, diese schwarze, alles erstickende Rauchwolke rollt immer näher heran.

Sie lässt sich zu Boden fallen, verängstigt und verwirrt, kriecht jetzt auf allen vieren. Ist sie real oder bloß Einbildung, die Stimme, die ihr aus der Dunkelheit etwas zuruft?

»Lillian! Lillian, kannst du mich hören?«

Sie öffnet den Mund, doch kein Laut kommt heraus. Stattdessen dringt Rauch ein, füllt ihre Lunge, raubt ihr Stimme und Atem. Die Bäume ächzen und rauschen. Grellrote Funken regnen herab.

»Hier bin ich«, sagt sie. »Ich kann dich hören.«

Die Worte verlieren sich genau wie sie in der alles erstickenden Dunkelheit.

2

Es ist drei Uhr früh, als Maggie aus dem Nachtclub taumelt – in Begleitung zweier junger Frauen und eines großen Mannes mit Schlangentattoo auf dem Unterarm. Die vergleichsweise Stille im Freien und die kühle Luft auf ihrer Haut sind ein willkommener Kontrast zur Hitze und zum wummernden Drum'n'bass im einstigen Lagerhaus.

Maggie rückt die Stofftasche über ihrer Schulter zurecht und wendet sich an ihre neuen Freunde: »Wie wär's mit einem kleinen Abenteuer?«

»Woran denkst du da genau?«, fragt der Mann.

Tim. Jim. Sie erinnert sich nicht.

»Mir nach!« Sie führt ihn durch die Gasse zu den glitzernden Lichtern der Oxford Street.

Die Mädchen stolpern Arm in Arm hinterher und kichern. Sie kommen an einem offenen Dönerladen und einer Auslage mit grellrosa Schaufensterpuppen in Fetischkleidung vorbei. Vor einem rund um die Uhr geöffneten Supermarkt sitzt mit gesenktem Kopf ein Obdachloser, ein zerfetztes Pappschild vor sich auf dem Bürgersteig und einen zusammengeringelten australischen Schäferhund vor den Füßen.

Maggie sieht die gelben Scheinwerfer eines Taxis durch die

Innenstadt geistern und hebt die Hand. Gemeinsam mit dem Mann klettert sie auf den Rücksitz, während sich die beiden Mädchen um den Beifahrersitz streiten.

»Clovelly Beach, bitte«, sagt sie. Der Fahrer, der ihr im Rückspiegel einen Blick zuwirft, nickt und wendet, verlässt die Stadt in Richtung Osten.

»Zum Strand?«, sagt der Mann neben ihr, dessen warme Hand über ihre Oberschenkelinnenseite streicht. »Wir könnten doch einfach zu mir gehen?«

Er lächelt, in seinen Wangen bilden sich Grübchen, doch sie schüttelt den Kopf. »Ich möchte das Meer sehen.«

»Ist das euer Handy?«, fragt die junge Frau neben ihnen.

Maggie lauscht. Aus den Tiefen ihrer Tasche dringt ein schwaches Tuten: ihr Handy, das schon so lange nicht mehr geklingelt hat. Sie hat ganz vergessen, wie sich das anhört. Sie lässt es läuten und konzentriert sich stattdessen auf die gelben Lichter von Bondi Junction, die jenseits der Scheibe vorbeigleiten, sowie auf den nicht nachlassenden Druck der Männerhand an ihrem Bein.

Das Taxi setzt sie auf dem Parkplatz hinter dem Surfclub ab. Maggie schlüpft aus ihren Schuhen und führt sie zur felsigen Landspitze, spürt das kalte Gestein unter den nackten Füßen und schmeckt das Salz in der Luft. Sie spürt, wie ihr der Mann folgt. Die Mädels sind ganz in der Nähe, stolpern lachend durch die Dunkelheit. Das Wellenrauschen unter ihr ist ohrenbetäubend. Sie knickt einmal um, doch ihr Begleiter fängt sie mühelos auf und hält sie fest. Seine Hände sind rau und haben kräftige Finger, die Hände eines Handwerkers.

»Woher kommst du?«, fragt er, zündet sich eine Zigarette an und reicht sie ihr, während sie sich über das unebene Terrain fortbewegen.

Sie nimmt einen Zug und gibt sie ihm zurück. »Aus England.«

»Das hab ich mir bei deinem Akzent schon gedacht. Woher genau?«

»Davon wirst du nie gehört haben.«

»Sag doch erst mal.«

»Es ist ein kleines Dorf, ein winziger Fleck auf der Landkarte.«

»Und der heißt wie?«

»Cloud Green.«

Er schüttelt den Kopf. »Nee, nie davon gehört.«

»Du bist aber weit von zu Hause weg«, sagt eine der jungen Frauen, als sie zu ihnen aufschließt.

»So weit, wie ich nur konnte.«

Sie findet eine Stelle, die genauso gut ist wie jede andere, lässt ihre Tasche fallen und geht bis zum äußersten Rand des Felsvorsprungs, starrt auf das schwarze Wasser hinunter. Es tost unter ihr, weißer Schaum glitzert in der Dunkelheit.

»Geht es ihr gut?«, hört sie eines der Mädels fragen.

Sie breitet die Arme aus und lehnt sich gegen den Wind.

»Komm zurück«, sagt der Mann mit einem nervösen Lachen, doch sie schließt die Augen und überlässt sich den heftigen Böen, dem unter ihr rauschenden Ozean. Sie fühlt sich wie ein Vogel, wie eine Möwe, die sich davontragen lässt.

So verharrt sie, bis sie sich, abgekühlt durch die salzige Meeresluft, umdreht und über die Felsen zurückkehrt.

Die anderen sitzen da und lassen einen Joint kreisen. Maggie fröstelt und schlingt die Arme um die Knie. Der Mann legt ihr einen Arm um die Schulter, die Zigarette lässig in der Hand. Den Mädels wird langweilig, sie laufen zu den Parkplatzlichtern zurück, doch Maggie bleibt, wo sie ist, starrt in die Dunkelheit und aufs tosende Meer hinaus.

»Und jetzt?«, fragt er.

Maggie zuckt mit den Schultern. »Ich mag das Meer. Es lenkt mich von mir ab. Außerdem wollte ich noch nicht wieder zurück ins Hostel. Eine meiner Mitbewohnerinnen schnarcht wie ein Bär.«

»Okay, aber es wird langsam kalt.« Er drückt seine Kippe auf den Felsen aus und beugt sich vor, um sie zu küssen. Sein Atem riecht nach Tabak und Bier. »Komm, am besten wärm ich dich ein bisschen auf.«

Seine Finger ziehen an den Trägern ihres Tops, streifen sie ihr über die Schultern. Sie lehnt sich zurück, sein Mund auf ihrem und seine Hände am Reißverschluss ihres Rocks. Sie schaut zum Meer, wo sich am Horizont bereits ein schwaches Leuchten abzeichnet. Sie ist nicht auf den Tagesanbruch vorbereitet, schließt die Augen und versucht, alles bis auf das Tosen der Wellen auszublenden, die sich unten an den Felsen brechen, und den Fremden, der sich auf ihr bewegt, sie gegen den Felsen presst. Fast fühlt es sich an, als würde sie ertrinken.

***

Als sie aufwacht, ist er fort. Nur sie und ein paar neugierige Möwen sind noch da, die in wenigen Zentimetern Entfernung dastehen und sie misstrauisch beäugen. Ihre Schultern sind verspannt. Dort, wo ihr Gesicht auf den Felsen lag, klebt Sand an ihrer Wange. Mehrere Jogger erscheinen nacheinander auf dem Küstenpfad. Ihre Turnschuhe trommeln einen regelmäßigen Rhythmus. Auf dem Parkplatz hinter ihr machen zwei Frauen in bunten Sportklamotten Dehnübungen und plaudern. Ihr Gelächter klingt schrill an diesem frühen Morgen.

Angesichts der Sydneysider beim Frühsport fühlt sie sich verklebt und verkommen. Maggie greift nach ihrer Tasche und ist erleichtert, dass ihre neuen Freunde sie nicht um ihre Wertsachen gebracht haben. Wenn sie sich beeilt, kann sie vielleicht im Hostel duschen, bevor ihre Schicht im Café beginnt.

Als sie zum Parkplatz zurückläuft, dringt wieder das schwache Tuten ihres Handys aus den Tiefen ihrer Handtasche. Sie zieht es heraus und wirft einen Blick aufs Display. *Rufnummer unterdrückt*. Sie ist versucht, es weiterklingeln zu lassen. Im letzten Moment gewinnt die Neugier die Oberhand.

»Hallo«, sagt sie, ihre Stimme kaum mehr als ein Krächzen.

»Spricht da Oberon?« Es knackt in der Leitung. Die Frauenstimme klingt sehr englisch und sehr weit weg. »Hallo? Maggie Oberon?«

»Ja«, sagt sie. »Das bin ich.« Maggie schluckt, ihre Zunge ist wie ausgedörrt und liegt ihr schwer im Mund. Ihr aufziehender Kater macht sich in pochenden Schläfen bemerkbar.

»Ach, Gott sei Dank. Ich heiße Kath Davies. Ich rufe aus dem Krankenhaus in Buckinghamshire an. Ich versuche scho…«

Wieder dieses Rauschen in der Leitung. Maggie schließt die Augen. Irgendwo draußen auf dem Wasser kreischen Möwen.

» … Sie zu erreichen. Sind Sie noch dran, Maggie?«

»Ja«, sagt sie. »Ich bin noch dran. Entschuldigen Sie, aber die Verbindung ist ganz schlecht.«

»Ich rufe wegen Lillian an, Lillian Oberon.«

Maggie kneift erneut die Augen zu. »Ist sie … ist sie …«

»Sind Sie Ihre nächste …«

»Geht es ihr gut?«

»Verwandte?«

Ihre Stimmen überschneiden sich und bilden ein Wirrwarr.

»Ich bin ihre Enkelin. Geht es ihr gut?«

»Können Sie mich hören, Maggie? Die Verbindung ist wirklich katastrophal.«

»Ich kann Sie hören. Sprechen Sie weiter«, drängt sie, auch wenn ihre Worte aus knapp zwanzigtausend Kilometern Entfernung zurückgeworfen werden. »Sagen Sie endlich, was ist mit Lillian?«

***

Heathrow ist ein grässliches Durcheinander aus Menschen, Gepäck, Kerosingestank, weinenden Babys, Tränen und Geschrei. In der frühmorgendlichen Hektik der internationalen Ankunftshalle schauen die Leute erwartungsvoll, drängen sich gegen die Absperrung. Es fällt ihr schwer, nicht verlegen zu werden, weil sie sich wie auf dem Präsentierteller fühlt.

Zwei kleine Mädchen winken mit einem handgemalten Plakat. *Willkommen daheim, Daddy.* Die Mutter hinter ihnen tritt währenddessen ungeduldig von einem Fuß auf den anderen. Eine Frau in einer schwarzen Burka umarmt einen großen, weinenden Mann. Eine ältere Dame sitzt eingesunken in ihrem Rollstuhl, während ihre Familie sich über ihren Kopf hinweg lebhaft unterhält.

Auf Maggie wartet niemand.

Sie hat auf dem langen Flug von Sydney nach London kein Auge zugetan, doch etwas am Ruckeln des Heathrow Express lässt Maggie schnell auf ihrem Sitz eindösen. Das Kinn ist ihr auf die Brust gesunken, und sie bekommt kaum etwas von ihrer Umgebung mit, bis sie erschreckt hochfährt, als ein Bahnmitarbeiter sie an der Schulter rüttelt und ihr sagt, dass sie Paddington erreicht haben.

Mit geröteten Augen nimmt sie die U-Bahn bis zur Marylebone Station, kauft einen Strauß roter Tulpen an einem Blumenstand im Bahnhofsgebäude und lässt sich dann in die Ecke eines weiteren Zugabteils fallen. Der Zug kriecht durch Londons graue Vororte, bis sich die Landschaft öffnet und er Fahrt aufnimmt.

Nach der Hitze und der Sonne der letzten Monate ist es seltsam tröstlich, zurück in dieser Landschaft aus gedämpften Braun-, Grau- und Grüntönen zu sein. An Australien hat ihr vieles gefallen. Die endlose Weite des blauen Himmels, die rote Erde, die hellen, sich schälenden Eukalyptusbäume mit ihren glänzend grünen Blättern. Sie hat gelernt, das morgendliche Gekreische der Sittiche vor dem Hostel-Fenster zu genießen, genauso wie das Zirpen der Zikaden, das sich im heißesten Moment des Tages zu einem Crescendo steigerte, die kleinen Gläser mit kaltem Bier, die in den Pubs serviert wurden, den Kaffeeduft aus den Cafés, die von sengender Sonne und Salzwasser brennenden Schultern.

Sie hatte den Kontrast begrüßt, ein willkommener Hinweis auf die Entfernung zur alten Heimat, zum Unrecht, das sie dort begangen hat. Doch trotz der zurückgelegten Meilen, trotz der Erfahrungen und Begegnungen ist sie sich insgeheim nicht sicher, dass sie eine andere geworden ist als die, die England vor fast einem Jahr verlassen hat.

***

Die internistische Abteilung ist relativ einfach zu finden in dem Gewirr von Krankenhauskorridoren, auch wenn der unverkennbare Geruch nach verkochtem Gemüse und Desinfektionsmitteln ihrem Jetlag-geplagten Kopf zusetzt.

Bis zum Schwesternzimmer atmet sie flach, nennt dann der Oberschwester ihren Namen und fragt, ob sie ihren Rucksack bei ihr lassen darf.

»Da wären wir«, sagt die Krankenschwester, die sie zum hintersten Bett auf der Abteilung führt. »Mrs. Oberon scheint gerade ein Schläfchen zu machen, aber Sie dürfen sich gern zu ihr setzen. Die Medikamente machen sie sehr benommen.«

Maggie mustert ihre Großmutter vom Fußende des Bettes aus und ist schockiert über ihr Aussehen. Das Gesicht ist blass, der Mund steht offen. Direkt unter der Haut zeichnen sich blaue Adern ab, die Lippen sind trocken und aufgeplatzt. Ihre rechte Schläfe ist verpflastert und eine Kanüle mit Klebeband an ihrem Handrücken befestigt. Ihr dünnes weißes, sonst säuberlich hochgestecktes Haar fällt strähnig auf die Schultern.

»Soll ich die für Sie in eine Vase stellen?«, fragt die Krankenschwester und zeigt mit dem Kinn auf die Tulpen in ihrem Arm.

»Danke.« Sie zieht einen Plastikstuhl zu sich heran und nimmt neben dem Bett Platz. Lillian runzelt die Stirn und murmelt etwas im Schlaf. Bei ihrem Anblick verspürt Maggie einen tiefen Schmerz.

»Gran, ich bin's, Maggie.« Sie greift nach ihrer Hand, während Lillian mit flatternden Lidern die Augen aufmacht und sie kurz mustert. »Ich bin's, Maggie«, sagt sie erneut.

Ihre Großmutter starrt sie eine Weile an, bevor ihr Blick zum Fenster huscht.

»Wie geht es dir? Kann ich dir was bringen?« Nach wie vor sagt Lillian nichts. »Möchtest du etwas trinken?«

Sie weiß nicht, ob die leichte Kopfbewegung ihrer Großmutter Zustimmung bedeutet, aber weil sie nicht untätig bleiben will, gießt sie Wasser aus dem Plastikkrug, findet einen Knopf, mit dem sich das Kopfende des Bettes hochstellen lässt, und setzt den Becher an die Lippen ihrer Großmutter. Gehorsam nimmt Lillian ein paar Schlucke, bevor sie den Kopf wieder aufs Kissen sinken lässt.

»Sobald ich es erfahren habe, bin ich gekommen.«

Maggie lehnt sich auf ihrem Stuhl zurück und staunt über Lillians Schweigen. Vorhin, im Zug, hat sie sich vorgestellt, wie es sein wird, wenn sie am Bett ihrer Großmutter sitzt, deren Hand hält und sie tröstet. Doch das ist nicht mehr die Frau, die sie vor fast einem Jahr verlassen hat. Angesichts des schlechten Gesundheitszustands bekommt es Maggie mit der Angst.

Der Geruch nach Desinfektionsmitteln und die Geräusche aus dem Flur rufen eine Erinnerung wach. Den Geschmack unreifer Kirschen auf der Zunge, das Knacken eines verfaulten Asts, den stechenden Schmerz eines gebrochenen Arms. Damals war es Lillian, die sie im Obstgarten hochhob und sie in genau dieses Krankenhaus brachte. Die an ihrem Bett in der Kinderabteilung saß und ihr beim Eingipsen Mut zusprach. Die ihr sagte, wie tapfer sie sei, und als Erste auf dem blütenweißen Gips unterschreiben durfte. Lillian, immer nur Lillian, die stets für sie da gewesen war.

Als sie das beängstigend bleiche Gesicht ihrer Großmutter mustert, kommt Maggie nicht umhin, sich zu schämen. So hat sie es ihr also vergolten. Sie hat ein hedonistisches Leben am anderen Ende der Welt geführt, obwohl Lillian sie dringend brauchte. Und jetzt, wo sie hier ist, sitzt sie hilflos an ihrem Bett, ohne zu wissen, was sie tun und wie sie ihr helfen kann. Dabei schuldet sie dieser Frau so viel mehr.

Ein Ehepaar kommt mit einem großen Obstkorb für die grauhaarige Dame im Bett gegenüber herein. Es lächelt Maggie zu, bevor es den Vorhang um das andere Bett zuzieht. Maggie hört Begrüßungsmurmeln, gefolgt von Gelächter. Sie schaut wieder zu Lillian, deren Blick nach wie vor unverwandt an die Zimmerdecke gerichtet ist.

»Sie hat mir gesagt, dass ich beobachtet werde.«

Erschreckt über den Klang von Lillians Stimme, beugt sie sich tiefer. »Was hast du gesagt, Gran?«

»Sie hat mich gewarnt. Ich habe ihr nicht geglaubt. Aber er hat die ganze Zeit zugesehen.«

Maggie sieht sie verwirrt an, weiß nicht, ob sie sich verhört hat. »Entschuldige, Gran, wer hat zugesehen?«

»Dieses Haus hat Augen.«

Lillian schaut nicht sie an, sondern zum Fußende. Maggie folgt dem Blick ihrer Großmutter, doch da ist niemand. Sie bekommt Gänsehaut.

Lillian dreht langsam den Kopf und konzentriert sich wieder auf Maggie.

»Ich hab alle deine Briefe bekommen«, versucht es Maggie. »Ich habe mich so darüber gefreut. Bitte verzeih, dass ich keine große Briefeschreiberin war.«

Lillian nimmt Maggies Hand, ihre Haut ist erstaunlich kühl und weich. »Bring mich nach Hause«, sagt sie leise, aber eindringlich. »Versprich, dass du mich nach Hause bringst.«

Maggie drückt die Hand ihrer Großmutter. »Versprochen, Gran. Sobald es dir besser geht.«

»Ich will nur nach Cloudesley, hast du das verstanden?«

Maggie nickt.

»Versprich es mir.«

»Ja, ich verspreche es. Sobald du gesund genug dafür bist.«

Lillian nickt, lässt sich wieder in die Kissen sinken und schließt die Augen.

Maggie bleibt noch ein wenig. Vor dem Fenster, gegenüber vom Parkplatz, hebt sich ein weiterer, identischer Krankenhausflügel dunkel vom Himmel ab. Maggie fragt sich, was sich wohl in diesem Gebäude abspielt. Babys, die geboren werden, geliebte Angehörige, von denen man Abschied nehmen muss, Leben, in denen nichts mehr so ist, wie es einmal war.

Sie sieht, wie unten auf dem Asphalt zwei Autos dieselbe Parklücke ansteuern. Maggie beobachtet, wie einer der Fahrer aussteigt und auf den anderen zustürmt, wütend gestikuliert. Die Nerven liegen blank an so einem Ort, wo sich alles um Leben und Tod dreht. Sie hat in den letzten zwölf Monaten vieles vergeigt, aber das hier kann sie hinkriegen.

***

Das Taxi setzt sie in der Abenddämmerung zu Hause ab. Der violette Horizont schillert wie ein blauer Fleck, als es durch das schmiedeeiserne Tor fährt. Steinerne Pfauen auf den Torpfosten, gefleckt von Flechten und geduckt wie Wachtposten, schauen sie an, als sie diese passiert. Mächtige Buchen drängen sich zu beiden Seiten der gewundenen Auffahrt. Ihre dicht belaubten Äste verdunkeln den Himmel. Im schwachen Licht wirkt der Weg wie ein finsterer Tunnel, der sich in die Dunkelheit hineinschlängelt.

Sie hat die Angst vor ihrer Rückkehr weggedrückt, tief in sich verborgen, während das Taxi die Landstraße durch die Chiltern Hills nahm, sich durch Dörfer mit Ziegel- und Schiefer-Cottages wand, vorbei an Hecken voller Leben und Feldern mit wogendem jungem Weizen. Ihr Fahrer blieb Gott sei Dank stumm, die Stille wurde nur vom leise gestellten Radio unterbrochen. Immer wieder waren Protestplakate mit der Aufschrift *Stoppt HS2* gegen die geplante Hochgeschwindigkeitsstrecke der Eisenbahn in einem Fenster oder an einem Zaun aufgetaucht. Beim Ortsschild von Cloud Green hat sie sich tiefer in den Sitz sinken lassen und es vermieden, zum Pub *Old Swan* an der Dorfwiese hinüberzuschauen. Sie will ihre Rückkehr so lang wie möglich geheim halten. Keine zwei Kilometer später, hinter der alten angelsächsischen Kirche mit den schiefen, an faule Zähne erinnernden Grabsteinen auf dem Friedhof, haben sie das vertraute Metalltor passiert.

Schlaglöcher sind über die gesamte Auffahrt verstreut. Das Taxi holpert an von Brennnesseln und Bärenklau überwucherten Böschungen vorbei. Eine Elster flattert von einem niedrigen Ast und segelt vor dem Wagen her, bevor sie im dunklen Blätterdach verschwindet. Sie fahren weiter, bis die Bäume weniger werden, der dunkelviolette Himmel wieder sichtbar wird und sich über einen ungepflegten Rasen voller Klee und Löwenzahn spannt. In der Ferne taucht Cloudesley auf, das alte Herrenhaus aus Ziegeln und Schiefer mit seinem steinernen Torbogen, seinem prächtigen Giebeldach und seinen himmelwärts strebenden Kaminen.

Der Taxifahrer stößt einen leisen, gedehnten Pfiff aus. »Hier wohnen Sie?«, fragt er.

Sie nickt. Ja, das ist ihr Zuhause.

»Kein schlechter Ort zum Aufwachsen.«

Erneutes Nicken. »Ja, stimmt.«

Sie hat sich nie gefragt, woher das Haus seinen Namen hat, da sie als Kind glaubte, es hätte was mit seiner Lage oben auf dem Hügel zu tun, als wäre es eine Art Tortendekoration oder eine dicke Wolke am Himmel. Für sie war es einfach nur Cloudesley gewesen.

Ihre Kindheit hatte sie zweifellos sehr einsam verbracht, im tiefsten Hinterland von Buckinghamshire, wo sie mit ihren Großeltern in dem alten Kasten mit den gewundenen Fluren und zugigen Zimmern lebte. Ihre Bezugspersonen hatten überwiegend aus Romanfiguren bestanden, auf die sie in den verstaubten Büchern in der Bibliothek gestoßen war. Angesichts vieler dieser Gefährten – Mary Lennox, David Copperfield, Jane Eyre – war ihr das Ganze gar nicht einmal so seltsam vorgekommen.

Erst als sie älter wurde, vom Internat nach Hause kam oder später mit den Mortimer-Jungs abhing, hatte sie das Haus mit anderen Augen betrachtet und langsam begriffen, wie ungewöhnlich ihre Kindheit war.

Sie bittet den Taxifahrer, sie auf der Rückseite des Hauses herauszulassen. Als die Autotür ins Schloss fällt, fliegt ein Schwarm Raben von den Ästen einer großen Buche auf. Die heiseren Schreie der Vögel verlieren sich im Himmel. Sie bleibt einen Moment stehen, starrt zu der riesigen Fassade mit den blinden Fenstern und dem wild daran hochrankenden Efeu empor. Das Haus sieht verrammelt aus. Nirgendwo ein Lebenszeichen. Maggie kann ein Frösteln nicht unterdrücken. Seltsam, dass man oft erst fortgehen muss, bevor man einen Ort richtig wahrnimmt. Der Fahrer wuchtet den Rucksack aus dem Kofferraum. Dann sieht sie zu, wie die Rücklichter seines Wagens die Auffahrt hinunter verschwinden.

Der Hintereingang führt in einen langen, mit Steinplatten ausgelegten Flur. Zu ihrer Rechten befinden sich die Spülküche, eine kleine Kammer, die einst als Blumenzimmer gedient haben muss, sowie die Kellertür. Zu ihrer Linken liegt die Küche, und vor ihr ragt eine Holztreppe auf, die sich in steilen Stufen zu den oberen Stockwerken emporwindet. Dort hat einst das Personal gewohnt.

Der Geruch, der ihr entgegenschlägt, ist ihr schmerzlich vertraut. Eine schwindelerregende Duftmischung aus feuchtem Stein, Blauregen, poliertem Holz und kalter weißer Asche im Kamin.

»Hallo?«, ruft sie und geht auf das einzige Licht in der offenen Küchentür zu.

In der Ecke läuft leise *Radio 4*. Jane Barrett hat sie nicht gehört. Maggie nutzt die Gelegenheit, die beruhigende Vertrautheit der vor ihr liegenden Szene in sich aufzunehmen. Der blank gescheuerte Eichentisch, die Töpfe mit Kräutern und Geranien auf der Fensterbank, das alte Weidenmuster-Porzellan auf der Kommode, der Krug mit Pfingstrosen und deren zu Boden gefallenen Blütenblättern.

Maggie räuspert sich und sieht zu, wie Jane herumwirbelt, die Überraschung auf ihrem Gesicht weicht Entzücken.

»Maggie! Ich hab dich gar nicht kommen hören.«

Jane trocknet sich die Hände an der Schürze ab und geht Maggie entgegen. »Ach, Liebes«, sagt sie und hält sie auf Armeslänge von sich ab. »Nicht mal deine Bräune kann verbergen, dass du nur noch Haut und Knochen bist. Komm, ich mach dir einen Tee. Ich setze sofort heißes Wasser auf.«

Sie lässt ihr gar keine Zeit, darauf zu antworten, sondern füllt den Kessel, holt Tassen und Untertassen sowie eine Dose mit losem Tee hervor.

»Kann ich helfen?« Angesichts von Janes Aktionismus kommt sich Maggie ganz überflüssig vor. »Lass mich doch auch was machen.«

»Nein, nein, setz dich.«

Maggie gibt sich geschlagen. Erschöpfung übermannt sie, als sie sich an den Eichentisch setzt und zusieht, wie Jane ein Teetablett vor ihr abstellt.

»Ich hab extra gewartet«, sagt Jane und nimmt Milch aus dem Kühlschrank. »Ich wollte nicht gehen, bevor ich dich gesehen habe. Du bist direkt ins Krankenhaus? Wie geht es ihr?«

Maggie denkt daran, wie still Lillian unter den weißen Krankenhauslaken gelegen hat, an ihr verzweifeltes Flehen. *Bring mich nach Hause.*

»Sie wirkt sehr müde und verwirrt. Aber der Arzt, mit dem ich gesprochen habe, meinte, es geht ihr gut. Die Nierenbeckenentzündung ist unter Kontrolle, und sie reagiert gut auf die neuen Medikamente.«

Jane schüttelt den Kopf. »Ich hab mich ganz schön erschreckt, als ich sie in ihrem Nachthemd in der Halle gefunden habe. Nicht auszudenken, wie lang sie da schon lag.«

Maggie nickt. »Ich bin froh, dass du für den nächsten Morgen eingeplant warst.«

»Ich habe mir seit einigen Monaten angewöhnt, ein wenig öfter vorbeizuschauen.«

Nicht zum ersten Mal dankt Maggie ihrem Schicksal, dass sie die gute Idee hatte, Jane einzustellen, eine Frau aus dem Dorf, die ein paarmal die Woche nach Lillian schaut. Seit einem Jahr hilft Jane der alten Dame mit kleineren Einkäufen und beim Kochen. Sie ist eine unkomplizierte Frohnatur, eine pragmatische Person, wie man sie sich in Krisensituationen nur wünschen kann.

Jane zieht einen Stuhl heran, nimmt gegenüber von Maggie Platz und schiebt ihr einen Teller mit Keksen hin. »Ich hoffe, du findest das nicht übergriffig, aber ich mache mir Sorgen um deine Granny. Dieses Haus … es ist einfach viel zu viel für sie allein. Es ist mir ein Rätsel, wie sie mit all den Stufen zurechtkommt. Aber sie will nichts davon hören und ist stur wie ein Maulesel.«

»Das kann man wohl sagen.«

»Manchmal komme ich morgens her und sehe, dass Möbel verrückt wurden und Vasen verschwunden sind. Schmutzige Fußspuren führen quer durchs Haus. Ich fürchte, das war nicht die erste Nacht, in der sie umhergeirrt ist, auch wenn nur der liebe Himmel weiß, warum.«

»Wie seltsam.«

»Das ist noch längst nicht alles. Neulich hat sie mich gefragt, wann Charles aus London zurückkommt. Ich glaube, sie hatte es in diesem Moment tatsächlich vergessen.« Jane sieht Maggie über den Rand ihrer Teetasse hinweg vielsagend an. »Dann hat sie mich gebeten, Albies Zimmer herzurichten, obwohl der seit Monaten nicht angerufen hat. Hinzu kommt, dass sie alles Mögliche verliert. Ihre Brille, ein Paar Pantoffeln … letzte Woche war es ein Schlüssel. Sie schien darüber ziemlich außer sich zu sein, doch als ich sie wenige Minuten später drauf ansprach, hat sie mich bloß verständnislos angesehen. In den letzten Wochen ist sie immer verwirrter geworden. Unruhiger. Weniger klar im Kopf.« Jane verstummt.

»Ich hatte nicht die geringste Ahnung.« Maggie denkt an die Korrespondenz mit ihrer Großmutter, an Lillians kurze, aber fröhliche Briefe mit Neuigkeiten aus dem Ort, an ihre wiederholten Fragen zu Australien. Fragen, auf die Maggie nie die richtige Antwort zu haben schien. Sie hatte reagiert, so gut sie konnte, vom Wetter und den Stränden geschwärmt, aber die unappetitlicheren Details ausgespart. Die schmuddeligen Hostels, in denen sie gewohnt, das unattraktive Café, in dem sie einen Job als Kellnerin gefunden hatte, und die männlichen Zufallsbekanntschaften, mit denen sie sich vorübergehend ablenkte. Anscheinend war sie nicht die Einzige, die etwas verheimlicht hat. Vielleicht haben sie sich ihre Einsamkeit beide voreinander schöngeredet.

Maggie wird regelrecht von Schuldgefühlen überschwemmt. Sie hätte sich denken können, dass nicht alles in Ordnung ist, ja, mehr als nur das. Sie hätte gar nicht erst fortgehen dürfen. Sie schuldet Lillian so viel.

»Wenn dich das irgendwie tröstet«, hebt Maggie an und klammert sich an diesen Strohhalm. »Der Arzt, mit dem ich sprach, hat sehr optimistisch gewirkt. Er geht davon aus, dass sie vielleicht Ende der Woche entlassen wird.«

Jane ist irritiert. »Entlassen? Hierher?«

»Ja.« Maggie denkt an das Versprechen zurück, das sie ihrer Großmutter gegeben hat. »Ich hab befürchtet, dass sie in ein Pflegeheim soll, aber der Arzt meinte, dass nichts dagegenspricht, sie hierher zurückzubringen. Vorausgesetzt, es ist ständig jemand bei ihr.«

Jane verdreht die Augen. »Für manche Patienten mag das zutreffen, aber ich wette, die wenigsten dürften sechsundachtzig sein und in einem Haus wie diesem hier leben. Wenn du mich fragst, wollen sie bloß das Bett freikriegen. Die vielen Schnittwunden …« Sie schüttelt den Kopf.

»Ja, gut möglich. Doch ich bin ja wieder da. Wenn du mich unterstützt, zusammen mit Mr. Blackmore natürlich …«

»Ach du meine Güte, nein! Ja, weißt du das denn gar nicht?« Jane beugt sich in ihrem Stuhl vor. »Mr. Blackmore ist Ende letzten Jahres in Rente gegangen. Es wurde ihm alles ein bisschen zu viel.«

Noch etwas, das Lillian ihr in ihren Briefen verheimlicht hat. Nun, das erklärt so einiges, denkt Maggie angesichts des Zustands des Rasens und des Efeus am Haus.

»Deine Großmutter hat einen neuen Mann eingestellt, der ihr etwas unter die Arme greift, ein paar Gartenarbeiten und andere Handwerkertätigkeiten erledigt, du weißt schon …« Jane verstummt, wirkt auf einmal sehr verlegen.

»Das ist doch gut, oder?«

»Jaja«, sagt Jane energisch. »Ich dachte, sie hätte dir davon erzählt. Ich war mir nicht sicher, was du davon hältst.«

»Solange er keine Probleme damit hat, sich die Hände schmutzig zu machen, und Grans Anforderungen gerecht wird, wüsste ich nicht, was dagegensprechen sollte.«

Jane sieht aus, als wollte sie etwas sagen, scheint es sich dann aber anders zu überlegen. »Ja«, erwidert sie mit fester Stimme. »Genau das hab ich auch gedacht.«

Maggie greift nach Janes Hand und drückt sie, ihre Entschlossenheit wächst. »Ich will nicht, dass du dir Sorgen machst. Du warst mir so eine Hilfe. Aber jetzt bin ich wieder da. Ich werde alles tun, was in meiner Macht steht, um Lillian zu helfen und sie wieder nach Hause zu holen.«

»Nun, das beruhigt mich sehr.«

Maggie zuckt mit den Schultern. »Ich möchte wetten, dass Lillian und du die Einzigen seid, die sich über meine Rückkehr nach Cloud Green freuen.«

»Na, na, kein Selbstmitleid in dieser Küche«, sagt Jane, greift nach dem Tablett und räumt die Tassen ab. »Du wirst feststellen, dass sich der Trubel bereits vor einer ganzen Weile gelegt hat. Du kennst das ja, das Leben auf dem Dorf. Eine Brutstätte für kurzlebigen Klatsch, aber die Flammen, die die Gerüchteküche nähren, verzehren sich rasch von selbst.«

Maggie mustert sie zweifelnd, und sie fährt fort: »Es gab schon ganz andere Aufregungen in Cloud Green, und es werden nicht die letzten gewesen sein, denk an meine Worte. Die meisten Leute haben längst spannendere Gesprächsthemen gefunden. Außerdem: Wen geht das eigentlich was an?«

Maggie nickt wenig überzeugt. Obwohl sie so viel redet, kann Jane ihr nicht wirklich in die Augen sehen. Sie beide wissen ganz genau, wie das englische Dorfleben so sein kann.

Maggies Beklommenheit wächst, als der Motorlärm von Janes Auto in der Auffahrt verklingt. Eine unheimliche Stille erfüllt das Haus. Da sie sich wieder mit dem alten Gebäude vertraut machen möchte, schreitet sie das Erdgeschoss ab, folgt den gewundenen, holzvertäfelten Fluren, öffnet Türen und betätigt Lichtschalter, schaut sich jedes Zimmer an, bevor sie es erneut in Dunkelheit versinken lässt.

Im Esszimmer lässt der Luftzug den Kronleuchter an der Decke schwanken, doch die Luft riecht abgestanden. Die Fensterläden sind geschlossen. Die Stühle aus Walnussholz, der lange polierte Holztisch, die Kommode sind von gespenstischen Laken bedeckt. Die bunten Tapeten ihres Großvaters und die bemalten afrikanischen Masken hängen nach wie vor an den vertäfelten

Wänden, nebst einer Sammlung von Hörnern und Geweihen. Das Porzellanservice und die kristallenen Weingläser dagegen stehen unbenutzt in einem riesigen Glasschrank herum.

In der Bibliothek sieht es ähnlich aus. Die Regale sind bis unter die Decke mit ledergebundenen Bänden gefüllt, die große Leiter steht dagegengelehnt. Nur die Sessel sind inzwischen von weißen Laken geschützt und die Perserteppiche zusammengerollt und an die Wand gestellt worden. Maggie sieht, dass die einst kostbare Sammlung geschnitzter Elfenbeinfiguren auf dem Kaminsims von einer dicken Staubschicht bedeckt ist. Zwei der Fensterscheiben weisen Sprünge auf, und Efeu rankt sich zwischen den verwitterten Fensterrahmen und der Wand hindurch ins Zimmer. Es riecht modrig und unangenehm stickig wie in einem Treibhaus.

Im Wohnzimmer sieht es noch schlimmer aus. Verrammelte Fenster, verblasste chinesische Tapeten, überall Unordnung und herumstehender Nippes. Einige Eimer wurden in unregelmäßigen Abständen unter der Stuckrosette verteilt, die meisten sind zur Hälfte mit trübem Wasser gefüllt. Darum herum ist der Teppich dunkel verfärbt. Als sie nach oben schaut, sieht sie Wasserflecken an der Decke und einen großen Zickzackriss in einer der Wände. Das Arbeitszimmer ihres Großvaters ist intakt, die Wände sind von Charles' entomologischer Sammlung bedeckt – auf Nadeln gespießte, gerahmte Käfer und Schmetterlinge. Sie sind dermaßen verstaubt, und die Luft ist so dick, dass es sich eher anfühlt wie in einer Gruft, die seit Jahrzehnten nicht mehr geöffnet wurde.

Bei jedem neuen Zimmer verlässt Maggie ein wenig mehr der Mut. In dem Jahr ihrer Abwesenheit scheint das Haus regelrecht verkommen zu sein. Als sie durch seine Zimmer und

Flure geht, ist ihr, als ginge sie durch ein Museum mit vielen vernachlässigten Ausstellungsstücken oder durch eines, das wegen Renovierung geschlossen ist.

Neben der Küche ist der Salon das einzige Zimmer, das einigermaßen aufgeräumt und benutzt wirkt. Das erkennt sie am Lieblingsschal ihrer Großmutter, ihrer Lesebrille und einem Kreuzworträtsel neben dem Ohrensessel. An der gegenüberliegenden Wand entdeckt Maggie das Bild, das sie Lillian zum Achtzigsten geschenkt hat. Ein buntes, wildes abstraktes Gemälde, das sie in einer ihrer experimentelleren Phasen auf der Kunstakademie gemalt hat.

Während sie sich umschaut, wird Maggie ganz traurig, als sie merkt, auf welch kleinen Radius Lillians Leben in dem riesigen, hallenden Haus zusammengeschrumpft ist. Weil sie die bedrückende Stille leid ist, geht sie zum Fenster, schiebt den Riegel zurück, reißt es auf und lässt die Nachtluft herein. Ein willkommener Windstoß hält Einzug, lässt ein paar Blätter Papier auf dem Schreibtisch hochwirbeln und zu Boden segeln.

Maggie hebt das Blatt auf, das ihr am nächsten liegt, eine noch unbezahlte Stromrechnung. *Letzte Mahnung* steht rot darüber. Sie geht auf alle viere und sammelt die übrigen Unterlagen auf. Ausnahmslos Rechnungen, Dutzende – für Gas, Wasser, Dachreparaturen, Klempnerarbeiten am Dach, außerdem mehrere Rechnungen von Jane, die allesamt längst fällig wären. Maggie starrt bestürzt darauf und nimmt die Unterlagen an sich. So wie es aussieht, ist nicht nur Lillians Gesundheitszustand besorgniserregend, sondern auch der Zustand des riesigen, langsam verfallenden Hauses.

Irgendwann erreicht sie die große Eingangshalle. Sie betätigt einen Lichtschalter und vernimmt ein schrilles Sirren über sich. Der französische Kronleuchter flammt kurz auf und erlischt dann mit einem lauten Knall. Stattdessen macht sie eine der Jugendstillampen mit den Perlschnüren auf der Kommode an, befreit deren Schirme von Spinnweben und schaut sich um. Das schwache Licht wirft unheimliche Schatten an die Galeriewände, wo mehrere Reihen gold gerahmter Gemälde hängen, von denen sie die darauf Porträtierten ausdruckslos anstarren. Sie entdeckt lose Fliesen, einen weiteren Eimer am anderen Ende des staubigen Schachbrettbodens, der auf den nächsten Regenguss wartet, Mäusekot in den Ecken und einen Teppich, der sich die große geschwungene Treppe emporwindet und so abgetreten und voller Löcher ist, dass er eindeutig ein Sicherheitsrisiko darstellt. Nicht gerade eine ideale Umgebung für eine betagte Patientin, die sich von einer schweren Erkrankung erholt. Zum ersten Mal stellt sie ihr voreiliges Versprechen Lillian gegenüber infrage. Sie hat ihrer Großmutter ihr Wort darauf gegeben, dass sie sie nach Hause holen wird. Aber ist das wirklich ein geeigneter Ort, um zu genesen?

Sie fährt mit der Hand über den riesigen, verblichenen Wandteppich, um sich dann umzudrehen und die Treppe zu ihrem Zimmer zu nehmen. Auf halber Strecke bleibt sie stehen und lauscht. Sie hört keine Hundepfoten auf den Fliesen, kein Zeitungsrascheln aus der Bibliothek, kein leises Murmeln aus dem Radio ihrer Großmutter. Da ist nichts, nicht einmal das Gluckern alter Wasserleitungen. Das Haus hat in all den Jahren so viel mitgemacht – Abendgesellschaften und Gelächter, Gespräche und Auseinandersetzungen, Tanz und Musik. Es hat so viele Leben beherbergt und so viele Menschen kommen und gehen sehen. Und nun ist es einfach verstummt. Es ist unheimlich, seine einzige Bewohnerin zu sein. Welche Echos aus der Vergangenheit könnte sie hören, wenn sie wüsste, worauf sie lauschen muss?

Ihr Blick fällt auf die Pendeluhr in der Halle, und sie macht kehrt, geht die Treppe wieder hinunter, pustet den Staub vom hölzernen Uhrenkasten, bevor sie ihn öffnet, um die Uhr so aufzuziehen, wie Lillian es ihr gezeigt hat. Mit einer gewissen Genugtuung schaut sie zu, wie das Pendel langsam ausschlägt und ein regelmäßiges Ticken aus der alten Uhr kommt. Es ist, als begänne ein wiederbelebtes Herz erneut in ihrer Brust zu schlagen. Eine Kleinigkeit hat sie in Ordnung gebracht.

An die vielen anderen Baustellen, um die sie sich kümmern muss, will sie lieber nicht denken.

3

Lillian sitzt an der Frisierkommode in ihrem Zimmer und zählt die durchs Haus hallenden Schläge der Pendeluhr. In einer halben Stunde kommen die Gäste. Ein Kristallglas mit *Whiskey on the rocks* steht vor ihr auf dem Tisch. Lillian nippt daran und betrachtet sich mit zusammengekniffenen Augen im Spiegel, sucht nach Krähenfüßen, hebt das Kinn, um es erst in die eine und dann in die andere Richtung zu neigen, und streicht sich mit den Fingern sanft über den Hals.

»Mrs. Charles Oberon«, sagt sie leise. Sie erkennt sich kaum wieder. Mit gerade einmal sechsundzwanzig fühlt sie sich uralt und erschöpft. Der heutige Abend wird sie zusätzlich anstrengen.

Sie bürstet sich das Haar und steckt es zu einer akkuraten Banane hoch. Wenn sie aus dem Glas trinkt, kullern die Eiswürfel klirrend darin hin und her. Jenseits des Fensters sitzt eine Amsel im Blauregen. Sie beginnt, aus voller Kehle zu singen, als wollte sie die Instrumente unten auf der Terrasse begleiten, die gerade gestimmt werden. Ganz Cloudesley scheint nur so vor Energie zu summen.

Man hört das Scharren einer Leiter, die über die Terrasse geschoben wird, während ein Mann den letzten der chinesischen

Lampions aufhängt. Ein Teewagen fährt klappernd über das Natursteinpflaster, Gläser und Flaschen klirren. Sie vernimmt das unterdrückte Kichern der beiden Dienstmädchen, die an ihrer Zimmertür vorbeigehen – zusätzliches Personal, das extra für diesen Anlass angefordert wurde.

Vor diesem Abend herrschte an Arbeit wahrlich kein Mangel. Kronleuchter wurden geputzt, Blumen geschnitten und arrangiert, Möbel abgestaubt, Teppiche ausgerollt, Silber poliert und gezählt, Champagner kalt gestellt ebenso wie die extravaganten Eisskulpturen, auf denen Charles bestanden hat und die jetzt das Esszimmer zieren.

Sogar die Pfauen scheinen um die Bedeutung des Abends zu wissen, sie patrouillieren auf dem Rasen wie prächtige Wächter. Das ganze Haus ist auf den Beinen, nur sie scheint wie gelähmt zu sein, überflüssig inmitten des Mahlstroms.

Ohne das Zittern ihrer Hand weiter zu beachten, trägt sie Rouge auf und schminkt sich die Lippen scharlachrot. Die Farbe hilft, ihre Blässe zu verbergen. Wieder hebt sie das Glas und stellt fest, dass es leer ist.

Ihr Kleid liegt auf dem Bett bereit, eine lange, schlichte jadegrüne und rückenfreie Robe. Sie schlüpft hinein, und der Stoff umspielt ihre Beine fließend. Erst als sie sich wieder dem Spiegel zuwendet, sieht sie, dass Charles schweigend in der Tür steht.

»Ach«, sagt sie. »Hast du mich erschreckt.«

Er lächelt ihrem Spiegelbild zu. »Darf ich meiner wunderschönen Frau etwa nicht dabei zusehen, wie sie sich zurechtmacht?«

Lillian schenkt ihm ein schwaches Lächeln. Er sieht gut aus in dem schwarzen Smoking, mit seinem dicken, mit Pomade geglätteten rotbraunen Haar, wobei der Glanz beinahe seinen grellweißen Scheitel kaschiert.

»Schön, dass du dir Mühe gibst, Liebes. Sehr gut.« Sein Blick fällt auf das leere Glas vor ihr auf dem Tisch. »Geht's dir jetzt besser?«

Sie nickt und macht sich an den Nackenbändern zu schaffen.

»Darf ich?« Er tritt einen Schritt vor, um die Bänder zu verknoten. Seine Finger schließen die verdeckte Knopfleiste über ihrer Wirbelsäule, bevor er einen Schritt zurücktritt, um sie zu bewundern. »Perfekt«, sagt er. »So gut wie.«

Charles zieht eine schwarze Samtschatulle aus seinem Smokingjackett und lässt sie aufschnappen, um eine beeindruckende, eng anliegende Halskette zu enthüllen. Vier Perlenstränge, die von einem glitzernden Diamant-Smaragd-Verschluss zusammengehalten werden. Er reicht sie ihr. »Das sollte genügen«, sagt er und mustert ihren Hals.

Diese Kette hat natürlich noch gefehlt. »Sie ist wunderschön«, sagt sie.

Sie erlaubt ihm, ihr die Kette umzulegen. Die kühlen Perlen schmiegen sich um ihren Nacken, bevor seine Hände auf ihren Schultern ruhen und er sein Gesicht dem ihren nähert. Er kommt ihr so nah, dass sie den Hauch von Sandelholzseife auf seiner Haut riechen kann. Sie zwingt sich, ihn im Spiegel anzusehen. »Siehst du?«, sagt er. »Jetzt bist du perfekt.«

»Danke.« Das Herz schlägt ihr bis zum Hals. Ihre Blicke treffen sich, bis Charles beiseitetritt und seine Manschettenknöpfe zurechtzupft. »Es wird ein wunderschöner Abend.«

Sie atmet weiter und greift nach einem Ohrring, hält ihn sich an, bevor sie sich dagegen entscheidet. »Ja, schlau von dir, ihn auszuwählen.«

Charles reibt sich kurz die Hände. »Nun, *the show must go on.*« Er ist fast an der Tür, als er sich zu ihr umdreht, die Augen leicht zusammengekniffen. »Gib einfach dein Bestes, Liebes. Das ist doch nicht zu viel verlangt?«

Sobald er fort ist, greift sie zu den Perlen um ihren Hals. Sie bohren sich kalt in ihre Haut, aber sie nicht zu tragen ist ausgeschlossen. Also nimmt sie die Schultern zurück, hebt das Kinn und betrachtet sich lange im Spiegel. Noch ehe ihr klar wird, was sie da eigentlich tut, greift sie nach dem leeren Glas auf der Frisierkommode und wirft es quer durchs Zimmer. Es zerschellt an der Wand, zerspringt in hundert Stücke. Mit diesem kleinen Akt der Zerstörung kann sie ein paar der in ihr aufgestauten Gefühle abreagieren.

The show must go on, denkt sie und zupft ein letztes Mal an der Perlenkette, bevor sie das Zimmer verlässt.

***

Sie hat gerade ihr drittes Glas Champagner intus, als sie von einem Mann bedrängt wird, der viel zu laut auf sie einredet, während seine Frau stumm danebensteht. Lillian kann den Blick einfach nicht von den Kanapeekrümeln abwenden, die sich in seinem Schnurrbart verfangen haben.

»Seit ich denken kann, besuche ich Charles' Maiball«, verkündet er mit offensichtlichem Stolz. »Aber ich glaube nicht, dass ich Cloudesley je so reizend erlebt habe wie heute Abend, findest du nicht auch, Barbara?« Er gibt der Dunkelhaarigen neben sich einen Stups, und sie murmelt etwas Zustimmendes.

Lillian weiß, dass er wichtig ist, einer von Charles' Geschäftspartnern, auch wenn ihr sein Name entfallen ist. Hugh irgendwas. Für sie sehen Charles' Freunde alle gleich aus, erst recht heute Abend in ihrer Festgarderobe. Eine Parade korpulenter, ergrauter Herren.

»Danke«, sagt sie. Wohl wissend, dass es ihre Aufgabe ist, das Kompliment entgegenzunehmen, auch wenn sie kaum etwas mit den Vorbereitungen für diesen Abend zu tun hatte. Sie musste nur das Personal anweisen und darauf achten, dass Charles' Wünsche exakt ausgeführt wurden.

»Ihr Oberons habt es schon immer verstanden, Partys zu feiern«, fährt er fort. »Können Sie sich an das Jahr erinnern, als Charles diese Schlangenfrau engagiert hat? Meine Güte! Die Verrenkungen, die sie auf dem Bartresen gemacht hat, waren wirklich unglaublich.« Er versetzt Lillian einen Stoß. »Erinnern Sie sich daran, meine Liebe?«

Sie kann sich nicht an die betreffende Party erinnern. Vermutlich hat sie vor ihrer Zeit stattgefunden, als die erste Mrs. Oberon Charles bei seinen Soireen behilflich war. Trotzdem lächelt sie höflich.

»Ich liebe es, hierherzukommen«, fährt der Mann fort. »Wohin der Blick auch fällt, überall gibt es etwas zu bewundern. Ihr Mann hat wirklich einen außergewöhnlich guten Geschmack.«

»Ja«, murmelt Lillian und lässt die riesigen Blumenarrangements aus Rosen und Pfingstrosen auf sich wirken, die funkelnden Kerzenleuchter und Pfauenskulpturen aus Eis, die langsam in der ungewöhnlich warmen Maienluft vor sich hinschmelzen. »Das stimmt.«

»Wir haben gehört, dass es Ihnen nicht gut ging. Fühlen Sie sich ein wenig besser, meine Liebe?« Das kommt von der Frau, die sie über ihr Champagnerglas hinweg durchdringend ansieht.

»Ja, danke.«

»Es geht eine scheußliche Grippe um. Man kann gar nicht vorsichtig genug sein. Ich bin mir sicher, dass Charles extrem gut aufpasst … nach der armen Evelyn. Er möchte Sie vermutlich am liebsten in Watte packen.«

»Allerdings.« Lillian lacht auf. »Er passt enorm auf.«

Sie muss einfach einen kurzen Blick auf das Porträt der verstorbenen Mrs. Oberon über dem Kamin werfen, auf ihre schmalen, in rosa Satin gehüllten Schultern, ihr blasses rundes Gesicht und ihre haselnussbraunen Augen, die das Geschehen mit einer Art ruhigem Wohlwollen betrachten.

Lillian spürt, wie jemand an ihrem Kleid zupft, schaut nach unten und entdeckt Albie. »Hallo.« Das Gesicht des Jungen ist blass vor Müdigkeit, seine bernsteinfarbenen Augen sind groß wie Untertassen.

»Ich langweile mich«, flüstert er.

Sie beugt sich zu ihm hinunter und raunt ihm ins Ohr. »Ich will dir mal ein Geheimnis verraten: Ich auch.«

»Spielst du mit mir?«

Sie lächelt ihn an. »Ich wünschte, ich könnte. Weißt du was? Geh und such mir was Schönes … eine Feder … eine Blume.«

Er lächelt und nickt verständnisvoll. Das ist ihr kleines Spiel, eine Schatzsuche, bei der es nur eine Regel gibt, nämlich dass das Fundstück aus der Natur stammen muss. Es darf nichts Künstliches, nichts Menschengemachtes sein. Er stürmt durch die offenen Türen hinaus auf die Terrasse und ist im Nu verschwunden.

»Wie traurig«, sagt Barbara übertrieben mitleidig. »Er muss seine Mutter unglaublich vermissen.«

Ein Kellner taucht mit einem Tablett voller Speckpflaumen auf, und das Paar stürzt sich gierig darauf. Lillian sieht zu, wie das rosa glänzende Fleisch im weit aufgerissenen Mund des Mannes verschwindet. Sie hat keinen Appetit und hört nur mit halbem Ohr zu, während die Unterhaltung fortgesetzt wird.

Wieder huscht ihr Blick zum Porträt von Evelyn Oberon. Ob es für sie genauso war? Ob sie Charles' Abende genießen konnte? War sie der Mittelpunkt jeder Party, oder hat sie die Festivitäten wie Lillian stoisch ertragen?

Während sie das Geschwätz des Mannes neben sich ignoriert, der kein Ende findet, lauscht sie auf das lauter werdende Geplauder auf der Terrasse. Sie hört Jazz, das Knallen der Champagnerkorken, Rufe, mit denen sich alte Freunde begrüßen, Neuigkeiten, Späße und Anspielungen austauschen.

Dem Geräuschpegel nach zu urteilen, steuert man gerade auf den Zeitpunkt des Abends zu, an dem sich sämtliche Hemmungen mit der untergehenden Sonne verabschieden. Eine lachende Frau, die eine Champagnerflasche umklammert, balanciert gefährlich auf dem Rand des orientalischen Brunnens. Der Saum ihres Abendkleids schleift durchs Wasser, während ihre Freunde sie bei ihrer waghalsigen Umrundung auf der Brunneneinfassung anfeuern. Paare tanzen unter den chinesischen Lampions wie Motten, die das Licht angezogen hat. Nichts als Bewegung und schwindelerregende Farben.

Schweiß läuft ihr den Rücken hinunter. Sie fasst sich an die Schläfe und spürt, wie es in ihren Adern pocht. »Wenn Sie mich bitte entschuldigen würden?«, sagt sie. »Ich brauche etwas frische Luft.«

Sie tritt durch die Türen und geht bis ans hintere Ende der Terrasse, deren Balustrade fast schon in Dunkelheit versinkt. Es tut gut, sich in den Schatten zu flüchten, sich an den kühlen Stein zu lehnen und auf den von Fackeln erhellten Garten hinauszuschauen. Die dunkle Silhouette eines Pfaus flattert hinauf in einen Baum, wo er sich für die Nacht in sein Nest zurückzieht. Hoch über ihrem Kopf scheinen die Sterne Funken zu sprühen und am Firmament zu tanzen. Sie versucht, mit dem Finger unter der eng anliegenden Perlenkette entlangzufahren, und verspürt den heftigen Wunsch, das dämliche Ding abzulegen.

»Alles in Ordnung, Ma'am?«

Als sie sich umdreht, steht Bentham hinter ihr, die Hände auf dem Rücken verschränkt und den Blick ernst und starr auf einen Punkt knapp neben ihrem Gesicht gerichtet, sodass er sie anschaut und gleichzeitig auch wieder nicht.

»Ja, es geht mir gut, danke.«

»Mr. Oberon meint, Sie bräuchten vielleicht …«

»Es geht mir gut«, sagt sie diesmal deutlich vehementer, und der Butler nickt steif.

»Selbstverständlich.«

Lillian seufzt leise. »Haben Sie eigentlich auch mal frei, Bentham? Sie sollten sich ein wenig entspannen.« Sie prostet ihm zu.

Bentham schüttelt den Kopf, wobei er sie nach wie vor nicht richtig ansieht. »Das ist ein wichtiger Abend für Mr. Oberon. Wir haben alle Hände voll zu tun.«

»Ja, das stimmt. Wie dumm von mir.« Sie wendet sich ab und schaut auf den Park hinaus. »Wir müssen alle unsere Pflicht tun«, sagt sie seufzend.

Er nickt, und Lillian hört, wie er sich über die Terrasse entfernt, mit diesem unverkennbaren, steifen Gang. Dankbar, dass sie wieder allein ist, dreht sie sich um, beugt sich über die Balustrade und schaut auf den Rasen, wo ein paar Gäste im Schatten herumalbern. Die weißen Hemden der Männer und ihr betrunkenes Johlen verrät sie. Entweder sie spielen Krocket, oder aber sie scheuchen den letzten Pfau in die Bäume, vielleicht auch beides.

Lillian schließt die Augen. Ist irgendwas von alledem hier echt? Was, wenn sie die Augen aufschlägt und sich in Lucindas zugigem Haus wiederfindet, wo sie in der Bibliothek Bücher ordnet oder mit ihrer Schwester Helena auf der steinernen Bank sitzt, mit Blick auf den steilen, verwinkelten Garten? Oder als kleines Kind im Bett ihres alten Familienwohnsitzes in Pimlico und den Geräuschen ihrer Eltern im Erdgeschoss lauscht? Was, wenn das alles nur ein surrealer Traum ist? Es scheint sie kaum noch etwas mit dieser Welt hier zu verbinden.

»Es ist ein wenig früh, um einzuschlafen«, sagt eine leise tiefe Stimme neben ihr.

Erschreckt wirbelt sie zu dem Mann herum, der wie aus dem Nichts aufgetaucht ist.

»Das hier wird noch viele Stunden so weitergehen.«

Sie weiß nicht, wer er ist. Im Halbdunkel sieht sein Gesicht aus wie in Marmor gemeißelt, und seine Augen glänzen fast schwarz. Seine Miene ist undurchdringlich, ironisch vielleicht, aber in erster Linie machen seine Worte sie neugierig. »Amüsieren Sie sich nicht?«

Der Mann zuckt mit den Schultern und zieht ein Zigarettenetui aus der Tasche seines Smokingjacketts. Sie nickt kaum merklich und beugt sich über die Flamme, die er ihr samt seinem silbernen Feuerzeug hinhält.

»Ich bin kein großer Freund von Partys«, sagt er nur, ohne ein Wort der Entschuldigung. »All der Small Talk und das Geprotze. Das bin ich einfach nicht.«

»Warum sind Sie dann hier, wenn ich fragen darf?«

»Ich soll eine Einladung von Charles Oberon ausschlagen?

Ich wusste gar nicht, dass das möglich ist.« Der Mann lächelt, seine Zähne strahlen weiß in der Dunkelheit. »Außerdem war eine interessante Notiz beigelegt.«

Auch er steckt sich eine Zigarette zwischen die Lippen, während er erneut in seine Jacketttasche greift, ein steifes cremefarbenes Kärtchen hervorholt und es Lillian überreicht. Im schwachen Schein der über ihnen schwankenden Lampions liest sie die in eine Ecke gekritzelten Worte in der ausladenden Schrift ihres Mannes.

Ich hoffe sehr, Sie kommen. Bringen Sie einen Kameraden mit, wenn Sie wollen. Ich habe Ihnen einen Vorschlag zu machen. Wir reden dann darüber. C. O.

Typisch Charles, denkt sie. Dieses selbstbewusste *Wir reden dann darüber*. Als stünde bereits fest, dass der Mann kommen wird. »Und, haben Sie?«, fragt sie und gibt ihm das Kärtchen zurück.

»Was denn?«

»Einen Kameraden mitgebracht?«

»Nein.«

Lillian mustert den Mann und glaubt, ihn einschätzen zu können. So, wie er aussieht, ist er der geborene Playboy. Ein Frauenschwarm. Sie bläst Rauch über den Rasen und sieht zu, wie er sich in der Dunkelheit auflöst.

»Wie ich hörte, gibt es ein Feuerwerk. Danach wollte ich mich verdrücken.«

»Ach so, ja, das Feuerwerk, natürlich.« Sie seufzt. »Chinesische Lampions, Champagnerbrunnen, Pfauen, Eisskulpturen …«

»Und ein perfekter Vollmond«, beendet er ihren Satz.

Lillian schaut zum Nachthimmel empor.

»Glauben Sie, er hat ihn extra für heute Abend bestellt?«, fragt er.

»Mit Sicherheit«, bemerkt sie trocken und ascht auf die Terrasse. »Und, was denken Sie? Was hat er Ihnen für einen Vorschlag zu machen?«

»Keine Ahnung, ich warte immer noch auf einen gemeinsamen Moment mit unserem reizenden Gastgeber.«

Etwas an seinem Grinsen betont seinen intensiven Blick. Ja, er ist tatsächlich sehr attraktiv.

»Und bis es so weit ist«, fügt er mit einem Seitenblick hinzu, »sind Sie ja da.«

Er flirtet mit ihr, auf eine nette Art, aber er flirtet. Und er kann sie offensichtlich genauso wenig einordnen wie sie ihn.

Lautes Johlen ertönt. Der Mann neben ihr kehrt den Geschehnissen im Park den Rücken zu und schaut stattdessen zum Haus empor. Aus den Fenstern fallendes Licht beleuchtet sein Profil.

»Heißt das etwa, Sie kennen hier niemanden?«, fragt sie.

»Keine Menschenseele.«

»Vielleicht kann ich das ja ändern.« Sie dreht sich erneut zur Terrasse um. »Schauen wir mal … Die Dame dort, die gerade diesen energischen Cancan aufführt, das ist Mabel Grey, die West-End-Schauspielerin. Haben Sie von ihr gehört?«

Der Mann neben ihr schüttelt den Kopf.

»Ihre Freundin, die Blonde in rosa Seide, ist ein gefeiertes Mannequin. Sie hat gerade eine ziemlich skandalöse Scheidung von ihrem amerikanischen Gatten, einem Banker, hinter sich. Es heißt, dass sie für sie sehr gut ausgegangen ist, was ihrem neuen jungen Liebhaber gefallen dürfte. Und der da drüben, der den Cocktailshaker mit Beschlag belegt, ist natürlich Charles mitsamt seiner Entourage. Alles hochstehende Persönlichkeiten.« Sie stößt eine große Rauchwolke aus. »Polizeibeamte. Politiker. Anwälte. Richter des Obersten Gerichtshofs. Gut möglich, dass unser Premierminister Anthony Eden nachher höchstpersönlich seine Aufwartung macht.«

»Meine Güte, die Oberons sind tatsächlich gut vernetzt. Nun, dann sollte man sich heute Abend lieber gut benehmen«, meint der Mann neben ihr.

»Tja, Sie würden staunen«, erwidert sie und mustert ihn von der Seite, bevor sie den Blick abwendet und eine weitere Rauchwolke Richtung Park bläst.

Sie weiß nicht, was in sie gefahren ist. Sie hat zu viel getrunken. Vielleicht gefällt ihr auch die Vorstellung, dass er keine Ahnung hat, wer sie ist. Egal, aus welchem Grund – sie redet sich ein, dass ein kleiner unbeschwerter Flirt mit einem gut aussehenden Fremden nicht unbedingt das Schlechteste ist. Charles ist mit seinen Freunden beschäftigt, und wenn sie sich auf der Terrasse so umschaut, gibt es Menschen, die sich viel gründlicher danebenbenehmen. Deutlich gründlicher.

»Er hat gerade einen guten Einfall«, sagt der Mann und zeigt mit dem Kinn auf einen Jungen im dunklen Anzug, der sich beim Tisch mit den Drinks herumdrückt und wiederholt eines der halb leeren Champagnergläser hinunterkippt, bevor er sich in den Park davonstiehlt.

»Oje«, seufzt sie.

»Charles Oberons Sohn?«

»Ja, das ist Albie.«

»Ein ziemlicher Schlingel. Wo ist Mrs. Oberon? Die habe ich ebenfalls noch nicht kennengelernt.«

Lillian zögert. Ihr albernes Spiel dauert bereits zu lange.

»Sie soll sehr schüchtern sein«, sagt der Mann mit gedämpfter Stimme. »Eher kränklich … ständig bettlägerig. Es heißt, dass Charles Oberon bei der Hochzeit mit ihr noch um seine erste Frau getrauert hat.«

Lillian wird knallrot und ist dankbar, dass die Dunkelheit sie nicht verrät. »Nun, wenn die Leute das sagen, wird es wohl stimmen.« Sie räuspert sich. »Und was machen Sie so, Mister …?«, wechselt sie rasch das Thema. Sie fände es auf einmal furchtbar, sich zu verraten.

»Fincher«, sagt er. »Jack Fincher. Ich bin Künstler«, fügt er leicht entschuldigend hinzu.

»Künstler?« Damit hat Lillian nicht gerechnet. »Und, taugen Ihre Arbeiten was?«

Der Mann grinst. »Wenn ich Ja sage, werden Sie mich für eingebildet halten. Und wenn ich Nein sagte, dürften Sie bei der nächstbesten Gelegenheit Reißaus nehmen und sich einen interessanteren Gesprächspartner suchen.«

»Sie möchten nicht, dass ich Reißaus nehme?«, fragt sie erneut, erstaunt über ihren Mut.

»Nein«, sagt er und hält ihren Blick. »Ich möchte nicht, dass Sie Reißaus nehmen.«

Irgendwo hinter ihnen ertönt ein lautes Platschen. Heisere Schreie ertönen. Der Brunnen hat sein erstes Opfer gefordert. Doch Lillian dreht sich nicht um. Sie scheint sich nicht von ihrem Nebenmann losreißen zu können.

»Und?«, wiederholt sie ihre Frage nach langem Schweigen. »Taugen sie was?«

Er zuckt mit den Schultern. »Ich kann durchaus ein paar Erfolge vorweisen.«

»Ich gratuliere.« Lillian prostet ihm mit ihrem Champagnerglas zu.

Der Mann beugt sich vor und senkt seine Stimme. »Ich habe den Verdacht, dass Charles Oberon mich nur eingeladen hat, damit ich ein Familienporträt anfertige. Etwas zum Geburtstag seiner Frau vielleicht?«

Lillian schluckt. »Ich entnehme Ihrem Tonfall, dass Sie kein großer Freund von Porträts sind?«

»Nicht viele Künstler können es sich leisten, die Auftragsarbeit eines reichen Gönners abzulehnen. Doch ich male lieber, was ich fühle, was mich inspiriert. Das Anfertigen von Porträts für Reiche und Privilegierte, nur damit sie sich einen weiteren Beweis ihrer Eitelkeit an die Wand hängen können … Nun, diese Art Kunst interessiert mich weniger.«

Lillian starrt ihn nach wie vor an, staunt über die Aufrichtigkeit des Mannes, als jemand neben sie tritt.

»Aha«, sagt Charles mit seiner dröhnenden Stimme, sodass sie beide zusammenzucken. »Hier versteckst du dich also. Wie ich sehe, hast du Mr. Fincher kennengelernt?«

Lillian macht einen Schritt auf ihren Mann zu, ihr Herz schlägt heftig wegen Charles' unerwartetem Auftauchen. »Nicht offiziell«, sagt sie und wünscht sich, sie könnte die peinliche Enthüllung vermeiden, die gleich folgen wird.

»Wenn das so ist, erlaube bitte.« Er zeigt auf den Künstler. »Darf ich dir Jack Fincher vorstellen, den die *Times* zu einem der aufregendsten zeitgenössischen jungen Künstler Großbritanniens ausgerufen hat?«

Jack ergreift Charles' ausgestreckte Hand und runzelt die Stirn. »Das ist sehr freundlich von Ihnen.«

»Ich bitte Sie, keine falsche Bescheidenheit! *Ein großartiger*

Virtuose einer ganz neuen Kategorie, so werden Sie doch von der Kritik genannt?« Charles wartet die Antwort gar nicht erst ab und setzt seine Vorstellungsrunde fort. »Mr. Fincher, erlauben Sie, dass ich Ihnen meine Frau Lillian Oberon vorstelle.«

Sollte Jack Fincher über Lillians wahre Identität erschrecken, weiß er sich zumindest gut zu beherrschen. Der einzige Hinweis, dass er überrascht ist, ist eine hochgezogene Braue, als er ihre Hand nimmt. »Mrs. Oberon, es ist mir eine Ehre.«

Ein Lächeln umspielt die Lippen des Künstlers. Sein Händedruck ist fest, und seine Finger ruhen warm auf ihrer kühlen Haut. Bei der Berührung spürt sie eine Art elektrisches Prickeln zwischen ihnen und schafft es nicht, seinen Blick zu erwidern. Sie lässt die Hand sinken.

»Ich bin froh, dass Sie es heute Abend einrichten konnten«, fährt Charles fort, ganz auf Fincher konzentriert. »Ich bin ein großer Bewunderer Ihrer Arbeit und bereits stolzer Besitzer eines Ihrer früheren Gemälde. Es prangt in meinem Arbeitszimmer.« Er wendet sich an Lillian. »*Somerset Glory*. Das kennst du doch, Liebling?«

Lillian nickt, obwohl sie ehrlich gesagt keine Ahnung hat, welches Bild er meint. Charles schleppt ständig neue Objekte oder Nippes an, um sie im Haus zur Schau zu stellen, und das Arbeitszimmer ist kein Ort, an dem sie sich häufig aufhält.

»Sie haben an der *Slade School of Fine Art* studiert«, fährt Charles fort, der es kaum erwarten kann, sie beide mit seinem Wissen zu beeindrucken. »Und dann als Kriegsmaler gearbeitet.«

Jack Fincher nickt, sowohl leicht geschmeichelt als auch ein wenig verlegen darüber, dass sein Gastgeber so viel über ihn zu wissen scheint.

»Ich habe ebenfalls gedient«, sagt Charles. »Bei der Königlichen Artillerie.« Er schweigt kurz und scheint sich dann wieder zusammenzureißen. »Ich weiß Ihre Arbeiten sehr zu schätzen, Mr. Fincher, sie haben etwas Verspieltes. Diese wunderbaren ländlichen Szenen mit ihren versteckten Motiven. Die traumhafte Qualität Ihrer Gemälde. Das Trompe-l'Œil. Höchst raffiniert.« Charles zieht zufrieden an seiner Zigarre. »Ja, ich weiß sie sehr zu schätzen.«

Lillian steht stumm neben ihrem Mann und fühlt sich wie das fünfte Rad am Wagen. Sie überlegt, dezent zu verschwinden und die Männer ihrem Gespräch zu überlassen. Doch ganz so, als spürte Charles ihr Unbehagen, nimmt er ihre Hand und hält sie fest.

Der Künstler räuspert sich. »Danke. Ich bin noch nicht lange auf Ihrem wunderschönen Anwesen, sehe aber, dass Sie ein leidenschaftlicher Sammler sind. Sie sammeln nicht nur Gemälde, sondern auch interessante Antiquitäten?«

»Ja, das stimmt«, sagt Charles lachend. »Porzellan, Vögel, Pelze, Insekten, Möbel.« Er lässt Lillians Hand los und legt den Arm um ihre Taille, zieht sie an sich. »Und Frauen. Ich kann einfach nicht anders. Ich bin sehr empfänglich für Schönheit, das liegt bei uns in der Familie. Können Sie sich vorstellen, dass mein Vater *Oberon & Son* mit nur zweitausend Pfund gegründet und ein kleines Ladengeschäft in der Bond Street angemietet hat?«, fährt Charles fort, der sich für das Thema erwärmt. »Andere haben ihn wegen seiner Idee ausgelacht, einen exklusiven *Bazar* in der Hauptstadt zu eröffnen, doch er hat sie eines Besseren belehrt. Ich weiß noch gut, wie er mich auf den Schoß nahm und sagte: *Charles, mein Junge, in diesem Leben musst du die Trends setzen, statt ihnen zu folgen.* Er hat seinen Laden mit den herrlichsten Kuriositäten bestückt. Mit Zierrat und Stoffen, Kleidern und Möbeln. London konnte gar nicht genug davon bekommen. Mein Vater war ein Selfmademan, und daran können wir uns noch heute erfreuen.« Mit offensichtlicher Zufriedenheit betrachtet er das Partytreiben.

Lillian blendet Charles' Selbstgespräch aus. Sie kennt seine vorgefertigte Rede vom beruflichen Erfolg des verstorbenen Max Oberon zur Genüge. Stattdessen beobachtet sie den ihrem Mann lauschenden Künstler. Im Dämmerlicht der schwankenden chinesischen Lampions lässt sich sein Gesichtsausdruck nur schwer entziffern, aber als Charles' Blick einmal über den Rasen huscht, sieht sie, wie seine dunklen Augen sie finden. Sie fragt sich, ob sie sich das ironische Zucken um seine Mundwinkel bloß einbildet.

»Natürlich sind unsere Geschäftsräume heute fünfmal so groß. Mein Vater hat dieses Haus als seinen Landsitz, als seinen *Spielplatz* gekauft, wie er immer so schön sagte.« Nachdenklich zwirbelt er seinen Schnurrbart. »Wir haben harte Zeiten durchgemacht. Die Kriege haben uns schwer getroffen, und der Tod meines Vaters war ein schrecklicher Schlag. Aber jetzt ziehen die Geschäfte wieder an. Es herrscht ein unverkennbarer Optimismus, finden Sie nicht auch? Das Ende der Rationierungen, der Wiederaufbau der Innenstadt, eine junge Königin und ein neuer Premierminister. Wir schreiben das Jahr 1955, und endlich hat man den Eindruck, als befände sich unser Land wieder im Aufschwung.«

»Ich muss mir diesen von Ihnen so großzügig organisierten Abend nur ansehen, um zu wissen, dass Sie recht haben«, erwidert der Künstler.

Charles lächelt, erfreut über das Kompliment. »Schön, dass

Sie gekommen sind, Mr. Fincher«, fährt er fort, reibt sich kurz die Hände und schlägt auf einmal einen geschäftlichen Ton an. »Wissen Sie, ich habe da eine ziemlich gute Idee und kann mir vorstellen, dass Sie genau der Richtige sind, um mir dabei zu helfen.«

»Sie machen mich neugierig«, sagt Jack und wendet sich an Lillian, wie um sie am Gespräch zu beteiligen, doch Lillian bleibt stumm. Sie hat keine Ahnung von Charles' Plänen. Das ist eine Bühne, die nur ihrem Mann gehört.

Ein Kellner kommt mit Champagner. Charles drückt ihnen neue Gläser in die Hand. Lillian sieht die Begeisterung in seinem Gesicht. Ein kleiner Junge, der ein wichtiges Geheimnis mitzuteilen hat. Das ist das Attraktivste an ihrem Mann: Charles, der mit Ideen nur so um sich wirft wie andere mit Papierflugzeugen. Dabei ist er stets fest davon überzeugt, dass sie sich durchsetzen werden.

»Mein Vater hat immer gewollt, dass Cloudesley ein Zuhause wird, in dem wir unsere privaten Schätze aufbewahren und genießen«, fährt er fort. »Und natürlich braucht jede schöne Sammlung ein entsprechendes Ambiente, in dem man sie ausstellen kann. Ich benötige einen Raum für meine kostbarsten Artefakte, einen Ort, an dem sie so richtig zur Geltung kommen. Vielleicht sogar einen, der für die Öffentlichkeit zugänglich ist.«

Jack nickt höflich, doch Lillian bemerkt seine Verwirrung. »Das ist eine gute Idee« sagt er. »Auch wenn ich nicht weiß, was ich …«

»Je länger ich darüber nachdenke«, unterbricht ihn Charles, »desto klarer wird mir, was für eine wunderbare Gelegenheit das ist. Ich möchte, dass die Wunderkammer von Cloudesley genauso schön wird wie die Objekte selbst. Außerdem«, fährt er fort und legt eine dramatische Pause ein, »außerdem halte ich Sie für genau den richtigen Künstler, um sie für mich zu gestalten.« Hochzufrieden mit sich, lehnt sich Charles an die steinerne Balustrade.

»Sie wollen, dass ich in Cloudesley ein Zimmer ausmale?«

»Ich bitte Sie«, sagt Charles und wedelt mit seiner Zigarre. »Ich würde einen Künstler mit Ihrem Talent nie mit so einem Vorschlag beleidigen! Wenn es nur darum ginge, die Tapete oder Wandfarbe auszutauschen, würde ich einen Raumausstatter damit beauftragen.« Angesichts von Jacks Verwirrung versucht er es erneut. »Ich nehme an, Sie kennen die elisabethanische Mode freskierter Zimmer?«

Jack nickt bedächtig.

Charles nimmt einen ausgiebigen Zug von seiner Zigarre und lässt den Rauch aus seinem halb offenen Mund entweichen. »Ich möchte Ihnen in Cloudesley einen Raum zur Verfügung stellen, bei dem Sie Wände, Decke, ja das gesamte Zimmer als Ihre Leinwand betrachten. Ich möchte, dass Sie eine visuelle Erfahrung schaffen, ein Prunkzimmer. Ich wünsche mir ein Zimmer wie ein Schmuckkästchen. Einen Raum, der meiner kostbarsten Schätze würdig ist. Dafür scheue ich keine Kosten.«

Jack Fincher schüttelt den Kopf, er ist eindeutig verdutzt. »Wie genau soll dieser Raum aussehen?«

»Nun, mein guter Mann, das bleibt ganz Ihnen überlassen. Sie haben freie Bahn. Lassen Sie Ihrer Fantasie freien Lauf.«

Lillian bemerkt das Stirnrunzeln des Künstlers, doch Charles redet ungerührt weiter. »Ich dachte, Sie möchten vielleicht den Sommer über bei uns wohnen. Betrachten Sie es als eine Art Aufenthaltsstipendium. Ich bin Ihr Mäzen. Nennt ihr

Bohemiens das nicht so?« Charles sieht sie beide lächelnd an, damit sie seine Vision teilen.

Lillian schaut zwischen Charles und dem Künstler hin und her. Dieser Mann soll einen ganzen Sommer lang in Cloudesley wohnen? Der Gedanke ist irgendwie verstörend. Sie fühlt sich, als würde das Blut viel zu schnell durch ihre Adern rauschen.

»Die Chiltern Hills sind im Sommer einfach herrlich, hochwillkommene Frischluft, ganz im Gegensatz zu London«, fährt Charles fort.

Jack räuspert sich. »Ich weiß gar nicht, was ich dazu sagen soll …«

»Ich entlohne Sie natürlich. Großzügig.« Charles lässt das letzte Wort absichtlich in der Luft hängen.

»Das kommt alles recht überraschend.«

»Sie werden feststellen, dass ich gerne in etwas größeren Maßstäben denke als die meisten Menschen. Wenn Ihnen das nicht genügt, können wir ein, zwei Porträts von meiner lieben Frau drauflegen. Das würde dir gefallen, stimmt's, Lillian?« Charles drückt ihren Arm. »Etwas, das du in deinem Zimmer aufhängen kannst, das wir genießen können, wenn deine Schönheit verwelkt ist.«

Lillian spürt, wie sie rot wird, und kann es sich nicht verkneifen, zum Künstler hinüberzuschauen. Daran, dass er ihr nicht in die Augen schaut, merkt sie, dass auch er wieder an die Verachtung zurückdenkt, mit der er sich über die Porträtmalerei geäußert hat.

»Sie müssen das nicht sofort entscheiden«, fügt Charles rasch hinzu. »Genießen Sie die Party. Lillian wird Ihnen morgen früh das Zimmer aufsperren.«

Lillian schaut Charles überrascht an. »Ich wollte eigentlich Helena besuchen …«

Charles scheint sie gar nicht zu hören. »Es ist ein reizender Raum, drüben im Westflügel«, fährt er fort.

»Im Westflügel?«, fragt Lillian. »Aber wir nutzen die Räume doch kaum.«

»Eben drum.«

Lillian mustert Charles. »An welchen Raum hattest du da gedacht?«

»Ans ehemalige Kinderzimmer.«

Lillian fährt damit fort, Charles anzustarren, die unterschiedlichsten Gefühle wallen in ihr auf. Doch ihr Mann bemerkt nichts davon und konzentriert sich weiterhin auf Jack.

»Versprechen Sie mir, dass Sie es sich wenigstens ansehen? Der Raum hat schönstes Morgenlicht.«

Jack nickt, ihm scheinen die Ausreden ausgegangen zu sein. »Selbstverständlich.«

Bentham ist während ihres Gesprächs aufgetaucht, wartet diskret hinter Charles. Lillian sieht, wie er sich vorbeugt und leise etwas zu ihrem Mann sagt. Charles lächelt und klatscht in die Hände. »Wunderbar! Wenn Sie mich bitte entschuldigen? Mr. Eden ist eingetroffen, und ich muss unseren fantastischen neuen Premierminister begrüßen gehen. Bitte«, sagt er, nimmt Lillian am Arm und führt sie langsam von der Steinbalustrade weg. »Bitte genießen Sie die Party, Mr. Fincher. Heute Abend ist mein Zuhause ein Spielplatz für alle.«

Lillian schaut sich nach dem Künstler um, als Charles sie wegführt. Er steht im Schatten. Sein dunkler, unergründlicher Blick folgt ihr zurück ins Getümmel. Er ist das Letzte, was sie von ihm sieht.

Als sie sich in sicherer Entfernung befinden, wendet sie sich an Charles. »Das Kinderzimmer?«, sagt sie mit fester Stimme, um sich den schmerzhaften Kloß im Hals nicht anmerken zu lassen.

»Ja«, sagt Charles, schaut über sie hinweg und winkt einem Gast an der Bar. »Dr. May hat keinen Zweifel daran gelassen, dass wir keine Verwendung mehr für so ein Zimmer haben werden. Dafür hast du selbst gesorgt.« Seine Finger bohren sich ein wenig in ihren Arm.

»Ich soll dafür gesorgt haben?«

Charles lächelt beschwichtigend, wobei er den Druck auf ihren Arm verstärkt. Seine Finger kneifen sie so sehr, dass sie zusammenzuckt. »Na, na, mein Liebling. Das ist weder der richtige Zeitpunkt noch der richtige Ort, um eine Szene zu machen.«

Noch bevor sie etwas erwidern kann, lässt er sie los, folgt Bentham durch die Terrassentüren ins Esszimmer und lässt Lillian allein auf der Terrasse zurück. Sie reibt sich den Arm, während die Gäste um sie herumwuseln und die Band weiterspielt.

***

Es ist nach zwei Uhr früh, als sie endlich flieht und die hartgesotteneren, sich zu den langsamen Walzern der Band hin und her wiegenden Gäste sich selbst überlässt, während pflichtbewussteste Kellner Zigarren und einen letzten Schluck anbieten, leere Gläser und überquellende Aschenbecher einsammeln. Sie geht an der offenen Tür zur Bibliothek vorbei und sieht Charles mit mehreren Männern breitbeinig in Ledersesseln sitzen. Die Hemden weit aufgeknöpft, die Fliegen schlaff um den Hals hängend, eine Flasche Portwein zwischen sich und Zigarrendunst über ihren Köpfen wie ein Schleier. Sie reden laut, fallen sich gegenseitig ins Wort, und in regelmäßigen Abständen wird ausgelassenes Gelächter laut. Von Mr. Fincher fehlt jede Spur. Sie hofft für sie beide, dass er sich in der Dunkelheit verdrückt hat.

Oben findet sie Albie quer auf dem Bett vor, Hemd und Hose hat er noch an. Die Nachttischlampe wirft ihren Schein auf das schlafende Gesicht des Jungen. Auf dem Tisch entdeckt sie ein zusammengefaltetes Blatt Papier. *Für Lillian* ist in kindlicher Handschrift darauf gekritzelt. Es enthält eine lange Pfauenfeder. Was Schönes für sie.

Sie nimmt den Schatz an sich und streicht Albie das feuchte Haar aus dem Gesicht. Währenddessen huscht ihr Blick über die vertraute Rundung seiner Wangen, über die Sommersprossen auf seinem Nasenrücken und die langen Wimpern. Sie spürt die tiefe, beschützende Liebe, die sie für ihn empfindet. Er ist nicht ihr Sohn, nicht ihr eigen Fleisch und Blut, aber ein Junge, den sie genauso innig liebt, wie es nur eine Mutter tun kann. So, wie er daliegt, wirkt er jünger als seine acht Jahre, weicher und irgendwie verletzlicher. Das jungenhafte, wilde Toben ist vom Schlaf ausradiert. Sie weiß, dass die Welt, mit der er konfrontiert ist, brutal und grausam sein kann.

»Bleib offen«, versucht sie, ihn zu überzeugen. »Bleib einfühlsam.«

Albie, der ihre Nähe spürt, regt sich und öffnet leicht die Augen. »Lillie«, murmelt er.

Lächelnd deckt sie ihn zu. »Schlaf weiter«, sagt sie und macht die Nachttischlampe aus.

Auf dem Flur wankt ein Paar vor ihr her. Einer von Charles' Geschäftspartnern, der mit der einen Hand eine Champagnerflasche umklammert und mit der anderen die Taille einer üppigen Brünetten, die eindeutig nicht seine Frau ist. Lillian verharrt in der Tür, sieht zu, wie sie sich im Zickzackkurs durch die Halle bewegen und in einem Zimmer verschwinden, die sich schließende Tür dämpft ihr Lachen. Als Lillian ihr eigenes Zimmer erreicht, schließt sie seufzend hinter sich ab.

Das Bleiglasfenster neben ihrer Frisierkommode steht offen, eine leichte Brise bläht die Gardine und trägt die leise, melancholische Melodie von *Blue Moon* ins Zimmer. Sie schlüpft aus ihren hohen Schuhen und ihrem Kleid, steht nackt da und lässt die Nachtluft über ihre bloße Haut streichen. Sie schließt die Augen und legt die Arme um den Oberkörper, versucht, sich vorzustellen, wie jemand sie im Arm hält, über eine Tanzfläche führt, eine Wange sanft gegen die ihre gepresst. Bei diesem Gedanken schiebt sich ohne jede Vorwarnung ein helles Gesicht vor ihr inneres Auge.

Sie erinnert sich nur schemenhaft. Zu viel Champagner, zu viele Menschen, die den ganzen Abend um sie herum gewesen sind. Aber wenn sie sich konzentriert, kann sie seine dunklen Augen und dieses ironische Lächeln heraufbeschwören. Wie dumm von ihr, ihre wahre Identität zu verheimlichen und ihn in so eine unangenehme Situation zu bringen! Wie gut, dass Charles die alberne Charade, die sie da gespielt haben, nicht bemerkt hat. Zwei Fremde, die einen harmlosen Flirt genießen, denn mehr ist schließlich nicht passiert. Trotzdem weiß sie, dass Charles das ganz und gar nicht gefallen hätte.

Die Musik verstummt. Stille senkt sich herab. Sie zieht einen seidenen Morgenmantel an und nimmt an der Frisierkommode Platz, befreit ihren Hals von der Perlenkette und legt diese zurück in die samtene Schatulle. Sie greift nach einem Tiegel Cold

Cream, entfernt ihr Make-up und beugt sich vor, um ihr Spiegelbild zu mustern. Sie sieht blass aus, hat dunkle Augenringe. Als sie das Kinn hebt, sieht sie die Druckstellen, die die Halskette den ganzen Abend über verborgen hat. Halbkreisförmig angeordnete blaue Flecken, ein jeder in der Größe der Fingerkuppe eines Mannes.

Sie sitzt da und starrt in den Spiegel, als ein Schrei ertönt. Ein lauter Schrei wie nicht von dieser Welt durchbricht die Stille. *Aaaaaaiiiiioooooo. Aaaaaiiiiiooooo.*

Lillian fröstelt. Diese verdammten Pfauen! Charles' ganzer Stolz. Ein protziges Zeichen seines Erfolgs und seiner Eitelkeit, wie Lillian sich nicht verkneifen kann zu denken. All das gehört zum publikumswirksamen Auftreten, das Charles so ausgezeichnet beherrscht. Zur Inszenierung ihres ach so perfekten Lebens. Charles haben die nächtlichen Rufe natürlich noch nie etwas ausgemacht. Doch jedes Mal, wenn sie die traurigen Schreie der Vögel hört, bekommt sie eine Gänsehaut.

Sie zieht den Morgenmantel enger um sich und versucht, ihr Frösteln zu ignorieren. Doch als sie zwischen die Laken ihres Bettes schlüpft und die Augen schließt, kann sie die Schreie immer noch hören.

***

Am nächsten Morgen macht sich Lillian gegen zehn zum Esszimmer auf, in der Hoffnung auf Tee und einen ruhigen Moment. Sie ist noch ganz benebelt von zu viel Champagner und zu wenig Schlaf, aber es ist ein schöner Tag. Sie will dem Haus so schnell wie möglich entfliehen und Helena besuchen.

Dank fleißiger Hände sieht das Esszimmer so makellos aus

wie zuvor. Von der Party ist nichts mehr zu sehen. Bis auf Jack Fincher, der in einem Sonnenfleck am Tisch sitzt. Er trinkt Kaffee und liest die Morgenzeitung, während ihm Monty Gesellschaft leistet, Charles' irischer Wolfshund, der sich zu seinen Füßen ausgestreckt hat.

»Guten Morgen«, sagt sie, um ihre Überraschung zu verbergen. »Ich hoffe, Sie haben gut geschlafen?«

»Hallo, Mrs. Oberon«, sagt er mit leichter Betonung auf ihrem Titel, während er die Zeitung zusammenfaltet und zur Begrüßung aufsteht, wieder mit diesem Grinsen im Gesicht. »Danke der Nachfrage, ja, ausgezeichnet sogar.« Er zeigt auf den Stuhl gegenüber. »Leisten Sie mir Gesellschaft?«

Sie rührt sich nicht von der Stelle. »Ich hoffe, Monty stört nicht.«

»Keineswegs. Er ist ein idealer Gefährte.«

Als könnte der Hund verstehen, dass es um ihn geht, hebt er den Kopf vom Parkett und beäugt sie beide, um ihn dann seufzend wieder fallen zu lassen.

Jack lächelt. »Ich genieße die Aussicht. Die hab ich gestern Abend gar nicht richtig würdigen können, aber der Blick von hier aus ist wirklich reizend.«

Sie nickt, möchte aber keine Komplimente über das Anwesen austauschen. Am besten, sie bringt die unangenehme Aufgabe so schnell wie möglich hinter sich.

»Charles hat mich gebeten, Ihnen das Zimmer zu zeigen.« Sie zupft den Seidenschal um ihren Hals zurecht und hebt dabei leicht das Kinn. »Würde es Ihnen jetzt passen?«

»Aber gern«, sagt Jack. »Zeigen Sie mir den Weg.«

Sie bilden eine kleine Prozession, Lillian vorneweg, gefolgt von Jack und Monty als Schlusslicht. Lillian geht rasch, ihre

Absätze klappern durch die Flure, bis sie einen Torbogen erreichen, der von der Eingangshalle abgeht.

»Wir betreten an dieser Stelle den Westflügel«, sagt Lillian über die Schulter. »Einen späteren Anbau an das Haus, das aus dem sechzehnten Jahrhundert stammt. Die Zimmer hier haben alle Ausblick aufs Arboretum.«

»Wir gehen zum Kinderzimmer?«

»Ja.« Sie zögert. »Albie findet, dass er zu alt dafür ist. Unter der Woche ist er auf dem Internat. Vermutlich hat er recht.«

»Albie ist Ihr Stiefsohn?«

»Ja.«

Schweigen kehrt ein, nur ihre Schritte sind zu hören, als sie den getäfelten Flur entlanglaufen.

»Das von gestern Abend tut mir wahnsinnig leid«, sagt Jack schließlich. »Ich konnte ja nicht ahnen, dass Sie … na ja, wer Sie sind.«

»Bitte, lassen Sie uns nicht mehr darüber sprechen.« Sie ist froh, ihm den Rücken zugekehrt zu haben.

»Ich könnte mich ohrfeigen. Jetzt, wo ich Sie kennengelernt habe, wirken Sie kein bisschen schüchtern auf mich, geschweige denn …«

»Kränklich?«

Er stöhnt. »Nicht im Geringsten. Ich nehme eine große … innere Stärke an Ihnen wahr.«

Lillian nickt, dreht sich aber nicht um. Sie möchte auf keinen Fall, dass er sieht, wie sie errötet.

»Da wären wir.« Sie bleibt vor einer schweren Holztür am Ende des Flurs stehen, mustert mit zusammengekniffenen Augen den Schlüsselbund in ihrer Hand, probiert erst einen Schlüssel aus, dann einen anderen, hat Mühe mit dem Schloss.

»Aller guten Dinge sind drei?«, schlägt er vor, und beide sind erleichtert, als sich der Schlüssel mit einem Klicken im Schloss dreht.

Lillian tritt einen Schritt zurück. »Nach Ihnen, Mr. Fincher.« Sie kann ihm immer noch nicht richtig in die Augen sehen und wartet, den Blick leicht abgewandt. Seine Finger verharren kurz auf dem fein gravierten Türknauf, bevor er ihn dreht und den Raum betritt.

Kurz fühlt er sich wie verloren. Lillian lauscht auf seine Schritte. Sie hört das Quietschen eines zurückgelegten Riegels und sieht dann einen großen Sonnenbogen, als er den Fensterladen aufstößt. Jack öffnet ein zweites Paar Fensterläden und zieht die schweren Samtvorhänge an der gegenüberliegenden Wand zurück, die das dritte Schiebefenster mit seinem samtenen Erkersofa freigeben. Beim Einfall des Lichts dreht sich Jack, um den Raum auf sich wirken zu lassen.

Seit Lillian das letzte Mal hier war, hat sich kaum etwas verändert. Sie verspürt so etwas wie Wehmut, als sie die cremebeigen Wände und die hohe Decke mit der runden, verschnörkelten Glaskuppel in der Mitte betrachtet. Die Wand an der Tür ziert ein breiter steinerner Kamin, der leer und verrußt ist, unweit davon wurden verschiedene Tische und Stühle aufeinandergestapelt. Es gibt ein Regal mit einer kleinen Büchersammlung. In der Mitte des Zimmers befindet sich ein Schreibtisch aus Holz. Eine Teddybärenfamilie, einige kleine Blechautos und Zinnsoldaten sowie ein Schaukelpferd stehen in einer Sonnenpfütze neben dem Erkersofa.

Das ungewöhnlichste Detail ist jedoch die nach außen geschwungene Wand zum Arboretum hin, die den Raum fast rund wirken lässt. Sie sieht zu, wie der Künstler ihn abschreitet, während aufgewirbelte Staubflocken durch die Luft trudeln. Sie hat keine Ahnung, was in ihm vorgeht.

»Ein hübsches Zimmer«, sagt er schließlich und wendet sich erneut Lillian zu.

»Es hat im Krieg als Unterrichtsraum gedient«, sagt sie. »Für die Evakuierten. Ich habe auch dazugehört«, fügt sie noch hinzu.

»Tatsächlich?«

Sie nickt, lehnt sich gegen den Türrahmen, mustert ihn und wartet auf sein Urteil. Monty schnuppert, weicht dann von ihrer Seite und trabt zu Jack hinüber, dieser Verräter.

»Der Raum sollte von außen wie ein Burgturm wirken. Dem Architekten gefiel die Vorstellung von einem halbrunden Kinderzimmer, weil es dann nicht so viele Ecken gibt, in die man ungezogene Kinder schicken kann.«

Jack lächelt. »Das Ganze hat etwas Melancholisches, finden Sie nicht? All diese Spielsachen und Bücher, die unbenutzt herumliegen.«

Lillian folgt seinem Blick zu den verlassenen Teddybären. »Dieses Haus hat so viele Zimmer. Wir können unmöglich alle nutzen«, sagt sie ein wenig schärfer als beabsichtigt.

»Wie außergewöhnlich«, murmelt er. »In einem Haus zu leben, das so riesig ist, dass man Zimmer abschließen und sie dem Vergessen anheimgeben kann.«

Lillian schaut zu, wie er zum Schreibtisch geht. Seine Finger fahren über die Oberfläche, hinterlassen Spuren im Staub. Vermutlich hat er recht, auch wenn sie sich an verschlossene Türen und ungenutzte Räume gewöhnt hat. Charles' Schlafzimmer, sein privates Reich, das sie nur auf seine Einladung hin betritt. Sein Arbeitszimmer, das nur er nutzt. Die Zimmerfluchten der verstorbenen Mrs. Oberon, natürlich, verschlossen und mit verrammelten Fensterläden.

Nur ein einziges Mal hat sie es in einem neugierigen Moment gewagt, sie zu betreten, durch die schwere Eichentür zu schlüpfen und das Bürstenset auf der Frisierkommode zu betrachten, die ungetragenen Kleider im Schrank, die Sammlung bunter Glasflakons, die auf einer Fensterbank Staub ansetzten. Der Raum hatte die Stille ihrer Abwesenheit verströmt, und sie hatte die Tür leise und mit so einer tiefen Traurigkeit hinter sich geschlossen, dass sie die Räumlichkeiten nie mehr betreten hatte. In einem Haus wie diesem, in einer Familie wie dieser, war es vielleicht gar nicht einmal so seltsam, Geisterzimmer zu haben, die nie betreten wurden.

»Haben Sie genug gesehen?«, fragt sie und geht zögernd zur Tür, doch Jack Fincher scheint bleiben zu wollen.

»Ich habe noch nie in so großem Maßstab gearbeitet«, sagt er. »Ich habe bisher ein einziges Wandbild geschaffen, aber das hier ist etwas ganz anderes, ein begehbares Gemälde sozusagen.«

»Charles ist es gewöhnt, dass er seinen Willen bekommt. Er wird enttäuscht sein, aber ich kann es ihm sanft beibringen.«

Die Schlüssel klappern in ihrer Hand, hörbare Ungeduld. Doch Jack bleibt in der Zimmermitte stehen und schließt die Augen.

»Nein«, sagt er schließlich. »Richten Sie Ihrem Mann aus, dass ich es machen werde. Sagen Sie Charles, dass ich sein Zimmer freskieren werde.«

Lillian ist sich nicht sicher, ob sie ihn richtig verstanden hat. Sie mustert ihn, wartet auf ein Grinsen, das nicht kommt. »Sie werden es machen?«

Er nickt, sucht ihren Blick. »Ja.«

Lillian schluckt und schaut weg. »Verstehe.«

Jack legt den Kopf schräg. »Sie finden also, ich sollte es lieber bleiben lassen?«

Sie spürt ein seltsames Flattern im Bauch, das sie nicht einordnen kann. »Was ich finde, spielt keine Rolle.«

Er scheint etwas sagen zu wollen, es sich dann aber anders zu überlegen. Seine Hand erreicht Montys Kopf, wo er die struppige Hundestirn streichelt und ihn sanft hinterm Ohr krault. »Es kann ein wenig dauern, bis ich einen Termin finde, aber sagen Sie Ihrem Mann, dass er gegen Ende des Monats mit mir rechnen kann.«

Der Künstler kann nichts dafür, redet sie sich ein. Sie darf ihm Charles' Plan nicht vorwerfen. Trotzdem schafft sie es nicht, das aufsteigende Unbehagen niederzuringen.

Jack macht einen Schritt zur Tür, zögert dann aber, als fiele ihm das Gehen schwer.

»Ich kann was Schönes daraus machen«, sagt er leise, bevor er sich umdreht und an ihr vorbei in den Flur zurückgeht, den riesigen Wolfshund auf den Fersen.

Lillian schließt ab, zieht den Schlüssel ergeben vom Bund und legt ihn in seine Handfläche. »Hier«, sagt sie. »Ich nehme an, der gehört jetzt Ihnen.«

Sie stehen nah beisammen, die dunklen holzgetäfelten Wände scheinen sich um sie herum zu schließen und sorgen für eine seltsam intime Atmosphäre, während er ihr in die Augen sieht. Sie wird unter seinem unbeirrbaren Blick nervös, kann aber aus irgendeinem Grund nicht wegschauen. Als er ihr den Schlüssel endlich aus der Hand nimmt, streifen seine Finger ihre Hand wie eine Feder. Das reißt sie aus ihrer Erstarrung. Sie wirbelt herum und nimmt den Flur in Richtung Haupthaus, lässt Jack und den Hund zurück.

»Mrs. Oberon«, ruft er ihr nach. »So warten Sie doch. Mrs. Oberon!«

Sie bleibt nicht stehen. Sie möchte nicht, dass er die Tränen in ihren Augen sieht, und sie versteht nicht, warum sie Tränen vergießt, wo sie doch eigentlich Wut verspürt. Wut darüber, wieder einmal von Charles ausgetrickst worden zu sein, sich für etwas bestraft zu fühlen, von dem sie weiß, dass sie nichts dafürkann.

4

Mrs. Oberon!« Die Männerstimme ruft aus einem langen dunklen Flur nach ihr. Lillian kneift die Augen zu und versucht, sie zu überhören.

»Mrs. Oberon, können Sie mich hören? Würden Sie bitte die Augen öffnen?« Die Stimme lässt nicht locker.

Es kostet sie ungeheure Anstrengung, die Augen aufzuschlagen. Als sie es tut, wird sie von den weißen Neonröhren über sich vorübergehend geblendet. Blinzelnd versucht sie, ihre Umgebung scharf zu stellen, und erkennt, dass sie in einem weiß gestrichenen Krankenhauszimmer liegt, umgeben von piepsenden Apparaten und einem um ihr Bett gezogenen Vorhang. Ein Schlauch ist mit einem Pflaster an ihrem Handrücken befestigt worden, durch den sich eine durchsichtige Flüssigkeit aus einem Infusionsbeutel schlängelt.

Ein Mann beugt sich über sie. »Mrs. Oberon, ich bin Dr. Ahmed. Ich bin gekommen, um nach Ihnen zu sehen. Wie geht es Ihnen heute?«

Er hat ein sympathisches Gesicht, jung und gut aussehend, mit dunkelbraunen Augen.

Der Arzt geht ans Fußende des Bettes und konsultiert das Klemmbrett mit der Patientenakte. »Ich habe gute Neuigkeiten,

Mrs. Oberon. Ihr Fieber ist gesunken. Wenn Sie so weitermachen, können wir Sie in wenigen Tagen entlassen.«

»Ich muss nach Hause«, sagt sie mit heiserer Stimme. »Ich muss zurück nach Cloudesley.«

Neben dem Bett fällt ihr eine Vase mit welken roten Tulpen auf. Gewölbte, bräunliche Blütenblätter sind über den ganzen Tisch verstreut. Wie lange liegt sie schon hier? Sie hat jegliches Zeitgefühl verloren.

Zuhause. Sie schließt die Augen und denkt an ein wogendes Feld, an Sonne, die durch grünes Geäst fällt, an das Gefühl, zwischen hohen, dicht belaubten Bäumen umherzulaufen. Sie denkt an lange, spitz zulaufende Federn mit Augen in der Farbe von Smaragden und Saphiren. »Ich muss zurück.«

»Nun, dann machen Sie am besten weiter so«, sagt der Arzt und kritzelt etwas auf das Klemmbrett. »Dann dürfen Sie innerhalb kürzester Zeit nach Hause.«

5

Wir haben jede Menge Probleme, Harry. Ich weiß nicht, was ich tun soll.«

Maggie hat Harry Granger vom Telefon in Charles' Arbeitszimmer aus angerufen, in der Hoffnung, dass der Anwalt ihrer Großeltern mehr weiß.

»Das Haus ist in einem schrecklichen Zustand und kaum noch bewohnbar. Außerdem ertrinken wir förmlich in Rechnungen. Ich habe einen Riesenstapel auf Lillians Schreibtisch gefunden, und keine davon ist bezahlt.«

»Tut mir leid, das zu hören«, sagt Harry.

»Überall im Dach gibt es undichte Stellen. Der Regen heute Nacht hat das Haus in die Niagarafälle verwandelt. Ich komme mit dem Ausleeren der Eimer kaum hinterher. Außerdem habe ich keine Ahnung, wovon ich Jane bezahlen soll, geschweige denn die Strom- und Gasrechnungen. Ich brauche dringend Zugang zu Lillians Konten, wenn ich alles regeln und vor ihrer Rückkehr das Notwendigste im Haus reparieren lassen soll.«

Maggie hört selbst, wie hysterisch sie klingt. Sie verstummt und holt tief Luft.

»Entschuldige, Harry. Ich bin gestresst. Ich möchte Lillian

gern helfen, und ich möchte sie wieder nach Hause holen. Aber dafür brauche ich Geld.«

»Tracey Emin muss sich also keine Sorgen machen, in Kürze von dir verdrängt zu werden?«

Maggie seufzt. Sie denkt an all die Farben und Pinsel, an die leeren Leinwände, die sie letztes Jahr zurückgelassen hat. Was hat sie schon vorzuweisen, seit sie die Kunstakademie abgeschlossen hat? Von ein paar armseligen Barista-Fähigkeiten und dem Talent einmal abgesehen, Essensbestellungen entgegenzunehmen und dabei keine Teller auf Gäste fallen zu lassen? Nicht einmal ihr Auslandsaufenthalt hat einen Neustart für sie bedeutet. Wie soll sie Harry erklären, dass die glänzende Künstlerkarriere, die vor wenigen Jahren so greifbar nah schien, spektakulär gescheitert ist? So wie der Rest ihres Lebens.

»Ich habe … äh … gerade eine kleine kreative Blockade auf diesem Gebiet.«

»Nun, ich bin nach wie vor stolzer Besitzer eines Originals von Maggie Oberon, das ich für wenig Geld bei deiner Abschlussausstellung erworben habe. Ich bin fest davon überzeugt, dass es eines Tages ein kleines Vermögen wert sein wird.«

Maggie kann sich ein trockenes Auflachen nicht verkneifen. »Während wir alle auf diesen Tag warten, weißt du vielleicht, wie ich Zugang zu Teilen von Lillians Vermögen bekomme, damit ich das Haus etwas bequemer für sie gestalten kann?«

Harry seufzt betrübt. »Genau darüber wollte ich mit dir reden, Maggie. Ich befürchte, dass Lillians Ersparnisse so gut wie weg sind.«

»Wie bitte?« Maggie braucht eine Weile, bis sie Harrys Worte verarbeitet hat. »Wie kann das sein? Wo ist denn das ganze Geld hin? Lillian muss doch eine beträchtliche Summe erhalten haben, als die Firma verkauft wurde?«

»Von einer beträchtlichen Summe kann keine Rede sein. *Oberon & Son* war zum Zeitpunkt der Übernahme in einer ziemlich schlechten Verfassung. Sie hat über die Jahre ab und zu Firmenanteile verkaufen müssen, um verschiedenste Ausgaben zu decken. Aber sie hat eine gewisse Summe dafür erhalten, das schon.«

»Und wo ist die jetzt?«

»Maggie, wir beide wissen, dass diese alten Häuser riesige Löcher ins Budget reißen, wenn sie nicht richtig gepflegt werden. Es gab teure Arztrechnungen in den letzten Jahren. Erst deine verstorbene Großtante Helena, dann Charles nach seinem Schlaganfall.« Harry Granger zögert. »Und natürlich hat auch dein Vater Albie beträchtliche …« Er zögert erneut. »Beträchtliche Unterstützung benötigt. Wegen seiner Schulden und so. Lillian ist da sehr großzügig.«

»Verstehe.« Maggie kaut auf einem Fingernagel. Sie muss an Lillians Großzügigkeit letztes Jahr denken, als Maggie ihr Tief hatte. Schuldgefühle steigen in ihr auf.

»Ich habe versucht, sie zu warnen. Ich konnte mir nicht vorstellen, wie Lillian ein weiteres Jahr in Cloudesley überstehen soll, wenn sich nicht grundlegend etwas ändert. Aber sie wollte einfach nicht wahrhaben, dass sie das Haus irgendwann nicht mehr halten könnte. Sie scheint sehr …« Er verstummt, als suchte er nach den richtigen Worten. »Sie scheint emotional sehr an dem alten Anwesen zu hängen. Extrem daran zu hängen.«

»Ja«, murmelt Maggie und muss daran denken, wie sehr ihre Großmutter darauf beharrt, nach Hause zurückzukehren. »Das kann man wohl sagen.«

Maggie seufzt.

»Ich hatte ja keine Ahnung, wie schlimm die Lage ist. Sie hat nie etwas erwähnt. In ihren Briefen hat sie nur geschrieben, dass alles bestens ist.«

Harry schweigt taktvoll, bevor er fragt: »Darf ich ganz offen sein?«

»Natürlich.« Maggie starrt blind aus dem von Blauregen umwucherten Fenster.

»Du weißt, wie lange ich für deine Großeltern arbeite. Mir ist Lillian sehr ans Herz gewachsen. Aber ich fürchte, Maggie, ich habe diesen Tag kommen sehen. Ich habe deine Großmutter vor einer ganzen Weile genau davor gewarnt, und ich werde dir dasselbe sagen, was ich ihr damals gesagt habe. Entweder du findest einen Weg, Einnahmen zu generieren, um das Haus zu unterhalten. Oder du wirst Cloudesley verkaufen müssen.«

»Cloudesley verkaufen?«

»Ja.« Die Stimme des Anwalts wird wieder sanfter. »Es gibt da einen Interessenten. Das sollte man in Erwägung ziehen, falls es keine andere Lösung geben sollte. Lillian hat darauf beharrt, dass sie niemals ausziehen wird, als ich das Thema zum ersten Mal ansprach. Aber wenn sich die Situation nicht ändert … schnell ändert, sehe ich keine andere Lösung.«

Durch das Blauregendickicht sieht Maggie Rauch über den Bäumen des Arboretums aufsteigen.

Cloudesley verkaufen. Ein schockierender Gedanke! Sie ist zurückgekehrt, um Lillian bei ihrer Genesung zu unterstützen, um sie nach Hause zu holen. Und nicht, um ihr das Haus unterm Hintern weg zu verkaufen. »Das kann ich nicht. Das kann ich ihr nicht antun. Das ist ihr Zuhause, der Ort, an dem sie sein will.«

»Ich weiß nicht, ob du dich daran erinnerst, Maggie«, fährt Harry freundlich fort. »Lillian hat dir ihre Vollmacht gegeben.«

Maggie kann sich vage daran erinnern, in Harrys Kanzlei Unterlagen unterschrieben zu haben, auch wenn sie damals nicht groß darauf geachtet hat. Ihr hatte der Gedanke nicht gefallen, dass Lillian eines Tages jemanden brauchen könnte, der für sie handelt.

»Ich bin mir nicht sicher, ob wir schon an diesem Punkt angelangt sind, aber wenn nötig, können wir die entsprechenden Vereinbarungen treffen.«

»Verstehe.« Angesichts der Verantwortung, die Lillian ihr da aufgeladen hat, steigt neue Angst in Maggie auf. Angesichts der Tatsache, dass man von ihr erwartet zu wissen, was im Interesse ihrer Großmutter und im Interesse von Cloudesley ist.

Doch Maggie weiß das nicht. Müsste sie raten, würde sie auf jeden Fall das Zuhause ihrer Familie retten wollen, damit Lillian an den Ort zurückkehren kann, an dem sie über sechzig Jahre lang gelebt hat.

Mehr als nur ein bisschen deprimiert über das Ergebnis dieses Gesprächs, beendet sie das Telefonat und sitzt verdattert da, sieht den Rauchwolken in der Ferne nach. Sie braucht eine Weile, bis sie versteht, was sie bedeuten, bis sie sich daran erinnert, wer dieses Feuer wohl angezündet hat. Sie seufzt. Sich ewig im Haus herumzudrücken und ihm aus dem Weg zu gehen ist keine Alternative.

Sie geht durch die Terrassentüren, nimmt den Steinpfad zum Rasen und kommt an dem verloren wirkenden orientalischen Brunnen vorbei. Er ist moosüberwuchert und leer, von der dünnen Schicht aus Matsch und Blättern einmal abgesehen. Dann betritt sie durch den Torbogen das Arboretum.

Als Jane den neuen Hausmeister erwähnte, den ihre Großmutter eingestellt hat, wäre ihr Will Mortimer ganz bestimmt nicht eingefallen. Doch ausgerechnet er war am nächsten Tag aufgetaucht und nach ihrem zweiten Krankenhausbesuch bei Lillian mit einem Schlauch über der Schulter über die Auffahrt geschritten. Bei ihrer Ankunft vor dem Haus hatte er sich umgedreht und sie völlig ausdruckslos durch die Windschutzscheibe angesehen. Sie hatte lächeln wollen, hätte wenigstens winken sollen, war aber wegen der brennenden Scham, die in ihr aufstieg, wie gelähmt gewesen. Stattdessen war sie einfach sitzen geblieben und hatte ihn angestarrt, bis er sich abwandte und hinterm Haus verschwand.

Seitdem hat Maggie überall Spuren seiner Anwesenheit entdeckt. Einen Schubkarren voller Unkraut neben den überwucherten Terrasseneinfassungen, das Scharren des Rechens im alten Innenhof, seine Gestalt in der Ferne, hoch auf einer Leiter vor einer der alten Scheunen. Und jeden Tag neue Gründe gefunden, ihm aus dem Weg zu gehen.

Sie muss zugeben, dass Will hart arbeitet. Obwohl sie nicht daran zweifelt, dass seine Anstrengungen nicht nur wichtig, sondern überwiegend unabdingbar sind, hat ihr Gespräch mit Harry ihre Sorgen verstärkt. Sie weiß, dass sie reden müssen.

Sie folgt dem Rauchgestank, bis sie ihm unten beim Arboretum neben dem riesigen Affenschwanzbaum begegnet, wo er gerade das Laub vom letzten Winter verbrennt. Sein dunkles, widerspenstiges Haar ist länger, als sie es in Erinnerung hat, seine Figur ein wenig schlanker. Er geht so in seiner Arbeit auf, dass er sie erst bemerkt, als sie sich laut räuspert. Er hört auf zu schaufeln, tritt einen Schritt vom Feuer zurück, schüttelt sich das Haar aus dem Gesicht und mustert sie durch den aufsteigenden Rauch hindurch. »Du bist also wieder da?« Seine Worte klingen eher provozierend als fragend.

»Ja. Sobald ich das mit Lillian erfahren habe, bin ich zurückgekehrt.« Sie zwingt sich, seinen Blick zu erwidern. »Du hast doch nicht etwa gedacht, dass ich nie mehr wiederkomme?«

»Nach dem, was letztes Jahr vorgefallen ist, dürfte keiner von uns mehr gewusst haben, was du als Nächstes vorhast.«

Ein feuchter Ast explodiert im Feuer. Sie wendet als Erste den Blick ab, fährt mit der Kappe ihres Turnschuhs durchs Gras und ärgert sich, dass sie rot wird. »Danke, dass du Lillian hilfst.« Sie ignoriert die Gehässigkeit in seiner Stimme und bemüht sich um einen freundlicheren Ton.

Er zuckt mit den Schultern. »Ich war gerade arbeitslos, als Lillian mich gebeten hat, für ein paar Wochen einzuspringen … und da bin ich. Es gibt viel zu tun«, fährt er fort.

»Ja. Mir wird erst jetzt so richtig klar, wie viel. Dieses Anwesen kann weiß Gott ein wenig Pflege gebrauchen.« Sie lächelt ihn an, doch sein Gesicht bleibt ausdruckslos, starrt sie mit leeren blauen Augen an.

»Wie geht es ihr?«, fragt er nach einer Weile und stützt sich auf den Spaten.

»Viel besser. Sie wird heute entlassen.«

»Das ist gut. Wohin kommt sie?«

Maggie seufzt. Erst Jane und jetzt auch noch Will.

»Sie kommt natürlich wieder nach Hause«, erklärt sie geduldig. »Nach Cloudesley.«

»Das hältst du für eine gute Idee?«

»Ja, natürlich ist das eine gute Idee. Das ist der einzige Ort, an dem sie sein will.«

Will runzelt die Stirn. »Ich möchte mich ja nicht einmischen, aber ich mache mir Sorgen um sie. Dieses Herrenhaus ist ganz schön viel Arbeit für einen allein. Du siehst doch selbst, wie alles um sie herum verfällt?«

»Sie ist nicht allein. Es gibt Jane … und dich.« Sie holt tief Luft. »Und jetzt bin ich auch wieder da. Ich werde mich um sie kümmern.«

»Ach ja?« Er schüttelt ungläubig den Kopf. »Okay, wow.«

Er greift erneut zum Spaten und schaufelt weiteres Laub in das zwischen ihnen lodernde Feuer. Funken stieben auf.

Maggie spürt, wie erneut Verärgerung in ihr aufsteigt. »Was soll das heißen? Wow?«

Er scheint etwas sagen zu wollen, kann es sich aber gerade noch verkneifen. »Nichts.«

»Nein, spuck's aus. Sag, was du sagen willst.«

Sie stehen sich unter den Bäumen gegenüber, Rauchwolken steigen auf, und auch sonst herrscht dicke Luft. Sie weiß genau, was er denkt, nämlich dass sie nicht dazu in der Lage ist … Dass sie weder das Zeug dazu hat, diese Verantwortung zu übernehmen, noch das Durchhaltevermögen, Lillian zuliebe in Cloudesley zu bleiben. Doch er schweigt, erwidert bloß ihren Blick und lässt den Spaten von einer Hand in die andere wandern, bis sie sich plötzlich dabei ertappt, als Erste das Wort zu ergreifen, mit der einen Frage herauszuplatzen, zu der sie keinerlei Recht hat. »Wie geht es Gus?«

Will mustert sie kühl, fixiert dann einen Punkt über ihrem Kopf. »Gut. Ausgezeichnet sogar.«

Sie nickt. »Er ist also auch wieder da?«

»Nein, er ist nach wie vor in London.« Mit einem Seufzen scheint Will in sich zusammenzusacken, stützt sich mit seinem ganzen Gewicht auf den Spaten und fährt sich über die Stirn, wobei seine Finger schwarze Rußstreifen an der Schläfe hinterlassen. »Was für ein Riesenscheiß, Maggie.«

Sie zögert, weiß nicht genau, ob er Lillians körperlichen Verfall meint, den Zustand von Cloudesley oder das, was letztes Jahr zwischen Gus und ihr vorgefallen ist. Vielleicht will er auch nur Maggies ganze Art damit zusammenfassen. Wie dem auch sei, es trifft die Situation ziemlich genau.

»Ja«, pflichtet sie ihm bei und ist auf einmal unglaublich erschöpft. »Ein Riesenscheiß.«

Der Wind wirbelt eine weitere Rauchspirale zwischen ihnen empor. Als sie sich aufgelöst hat, stellt sie fest, dass Will sie unverändert mit dieser finsteren, undurchdringlichen Miene anstarrt. Ohne den Blick abwenden zu können, spürt sie auf einmal eine heftige Sehnsucht, den verzweifelten Drang, die Kluft zwischen ihnen zu überwinden, das Feuer zu umrunden und ihn zu umarmen. Sie will ihn fragen, wie es bloß so weit kommen konnte, wie ihre langjährige Freundschaft auf einmal nichts mehr bedeuten, in Rauch aufgehen kann wie das Totholz und die trockenen Gartenabfälle, die zwischen ihnen verbrennen.

Doch Will scheint kein Interesse daran zu haben, eine Pause einzulegen und über die Vergangenheit zu reden. Stattdessen scheint er sie gar nicht schnell genug loswerden zu können. Wieder hebt er den Spaten und macht Anstalten, einen weiteren Stoß Laub ins Feuer zu schaufeln. »Ich kann nicht den ganzen Tag rumquatschen«, sagt er brüsk. »Ich hab zu tun.«

Maggie schießt los, bevor er sich abwenden kann. »Ich weiß, dass Gran mit den Zahlungen an dich im Rückstand ist. Ich habe mit Harry Granger gesprochen und möchte alles regeln. Du wirst dein Geld bald bekommen.«

Will nickt, sieht sie aber dabei nicht an. »Alles klar.«

»Außerdem bin ich mir sicher, das Lillian dich bestimmt gern sehen würde, nachdem sie sich wieder eingelebt hat.«

»Klar.«

Als sie die volle Wucht seiner Verachtung spürt, wirft sie ergeben die Hände in die Luft und wendet sich zum Gehen. Es gibt nichts mehr zu sagen.

Während sie sich durchs Arboretum zurückschleppt, ruft sie sich das Gespräch in Erinnerung. Gus. Gus geht es gut, hat er gesagt. Nein, besser als das. Ausgezeichnet sogar.

Sie hört vorsichtig in sich hinein, wie es ihr damit geht. Ist sie erleichtert? Enttäuscht? Beschämt? Ja, sie ist noch da, diese brennende Scham, die sie tief verinnerlicht hat. Das Unrecht, das sie letztes Jahr begangen hat. Ihr damaliges Verhalten – sie weiß, dass das ein Fehler war.

Will hat nicht gefragt, wo sie die ganze Zeit gesteckt hat. Vermutlich interessiert es ihn einfach nicht genug. Warum auch? Sie hat Gus schwer enttäuscht. Natürlich gibt er den großen beschützenden Bruder. Wenn sie nur wüsste, wie sie das wiedergutmachen soll.

Die Westfassade des Hauses schimmert durch die Bäume. Sie nähert sich Cloudesley nur selten aus dieser Richtung. Aus der Perspektive sieht man nichts als vorspringende Kamine, verfallenes Mauerwerk und wuchernden wilden Wein. Als sie näher kommt, kann sie die verrammelten Fenster des angebauten Flügels erkennen, den runden eingeschossigen Erkerturm mit seinen Dachzinnen. Dieser Teil des Hauses liegt fast völlig unter Kletterpflanzen verborgen. Der Teil, den sie nicht kennt und den sie nie betreten hat. Nicht ein einziges Mal in all den Jahren, die sie hier wohnt. Die Tür, die zum Westflügel führt, ist nie aufgesperrt worden.

Dort hast du nichts zu suchen, Maggie, hatte ihr der Großvater streng eingeschärft. *Dort ist es nicht sicher.*

Angesichts der Vorstellung von einstürzenden Mauern und Dachbalken hat sie ihm gehorcht, zumindest fast immer. Nur einmal hat sie versucht, sich Zugang zu verschaffen, inspiriert von einer Geschichte aus ihrer Kindheit. Sie hat eine der Haarnadeln ihrer Großmutter verbogen und sie erwartungsvoll in dem alten Türschloss gedreht. Dann wurde sie von ihrem Großvater überrascht, der lautlos in seinem Rollstuhl hinter sie gerollt war und so laut gebrüllt hatte, dass sie gestürzt und die Haarnadel im Schloss abgebrochen war.

»Was soll das werden?«, hatte er mit seiner seltsam schleppenden Stimme geschrien und war so nah herangerollt, dass er ihren Arm erstaunlich fest packen konnte. »Weg da!«

Sie hatte ihn noch nie so wütend erlebt, sein Gesicht war besorgniserregend rot angelaufen.

»Ich wollte doch nur … Ich wollte doch nur wissen, was drin ist.« Sie hielt sich den Arm, rieb sich die blauen Flecken, die er hinterlassen hatte, und drängte die Tränen zurück. »Es tut mir leid.«

»Du schnüffelst herum. Genau das hast du getan. Kümmre dich um deine eigenen Angelegenheiten, junge Dame. Du hast hinter dieser Tür nichts zu suchen. Und auch sonst niemand.«

Am nächsten Tag stellte sie fest, dass ein dicker Wandteppich vor die Tür genietet worden war, die von der Halle in diesen Flügel führte. Der Teppich entzog sie völlig dem Blick. Charles musste das über Nacht angeordnet haben. Schon bald war es so, als hätte dieser Teil des Hauses nie existiert. Sie verdrängte sämtliche Gedanken an die verlassenen Räume und vergaß die heftige Auseinandersetzung mit ihrem Großvater lieber. Nie mehr versuchte sie, sich Zutritt zu verschaffen. Das Haus und der Park hatten genügend andere Winkel und Kuriositäten für ein neugieriges Mädchen zu bieten.

Beim Gedanken an die verschlossene Tür und in dem Wissen, dass das ganze Haus leer steht, kommt Maggie eine aufregende Idee. Wer soll sie heute aufhalten?

Sie geht in die Halle und starrt auf den Wandteppich, der wie immer vor der Tür hängt. Doch je länger sie ihn mustert, desto deutlicher wird ihr, dass etwas nicht stimmt. Sie beugt sich vor, um die unterste Ecke zu untersuchen, streckt die Hand danach aus. Er ist schwer und von einer dicken Staubschicht bedeckt, lässt sich aber leicht von der Wand lösen. »Uff«, sagt sie in den leeren Raum hinein.

Sie weiß nicht, wer die Nieten entfernt hat, sodass er an zwei Seiten lose herunterhängt. Geschweige denn, warum. Sie steht ganz allein in der Halle. Nichts scheint dagegen zu sprechen, ihre Neugier zu stillen. Maggie zieht den Wandteppich ein Stück beiseite und enthüllt die alte Holztür dahinter. Dieselbe Tür, die sie damals öffnen wollte.

Sie streckt die Hand danach aus, verspürt so etwas wie Wagemut, zittert aber auch ein wenig. Fast glaubt sie, die dröhnende Stimme ihres Großvaters zu hören, als ihre Hand versucht, den Türknauf zu drehen. Er klappert unter ihren Fingern, rührt sich aber nicht von der Stelle. Die Tür ist nach wie vor verschlossen, und sie hat keinen Schlüssel.

Enttäuscht, vielleicht auch ein winziges bisschen erleichtert, lässt sie den Wandteppich wieder vor die Tür fallen. Die Worte ihres Großvaters hallen in ihrem Kopf wider: *Für dich gibt es hinter dieser Tür nichts zu entdecken.* Er hat recht. Sie hat genug zu tun. Es gibt mehr Reparaturarbeiten, als sie bewältigen kann.

In Gedanken krempelt sie die Ärmel hoch und wappnet sich gegen das, was vor ihr liegt. Sie hat gerade noch genügend Zeit, letzte Hand an Lillians Zimmer zu legen. Will und alberne Kindheitserinnerungen dürfen sie nicht ablenken. Sie muss sich auf die tatsächlichen Probleme konzentrieren.

6

Sonnenlicht tanzt in den Baumwipfeln. Lillian liegt im Krankenwagen und betrachtet die flackernden Muster, die durch das Fenster über ihrem Kopf an die Fahrzeuginnenwände geworfen werden. Langsam, aber stetig windet sich das Auto die Chiltern Hills hinauf. Heute wird weder Höchstgeschwindigkeit noch Martinshorn benötigt, sondern einfach nur eine schwache alte Dame nach Hause zurückgebracht.

Der Wagen macht eine scharfe Linkskurve, und das vertraute Knirschen von Kies unter den Reifen sagt ihr, dass sie beinahe am Ziel sind. Prompt ertönt ein leises Pfeifen des Fahrers. »Sie haben uns nie erzählt, dass Sie eine Art Schlossherrin sind, Mrs. Oberon. Wenn wir das gewusst hätten, hätten wir das Doppelte verlangt, stimmt's, Tony?« Die Sanitäter prusten, und Lillian versucht, über ihren Witz zu lachen, doch ihre Gesichtsmuskulatur ist wie eingefroren.

Schlossherrin. Ein echtes Glückskind. Ständig hat sie das zu hören bekommen. Sie kann sich noch an den Artikel in *The Lady* erinnern, zu dem Charles sie nach der Hochzeit gedrängt hat. Den mit diesem schrecklichen Foto von ihr, auf dem sie in einem steifen Tweedkostüm vor der Haustür steht und eine Hand auf Montys struppigen Kopf gelegt hat. *Die Herrin des*

Landsitzes hatte die Überschrift gelautet. Charles hatte das perfekt gefunden, eine tolle Werbung für die Kundschaft von *Oberon & Son*.

Darauf hatte er am selben Abend mit ihr angestoßen. »Du hast eine erstaunliche Entwicklung durchgemacht, seit du mich damals als schüchternes kleines Ding zum ersten Mal besucht hast.«

Der Krankenwagen wird langsamer, um schließlich anzuhalten. Der Mann auf dem Beifahrersitz schnallt sich ab und springt hinaus. Sie hört, wie er jemanden begrüßt, während die Hintertüren geöffnet werden, jede Menge Sonne und den Duft nach frisch gemähtem Gras hereinlassen.

»Brauchen Sie Hilfe?«, fragt eine Frauenstimme. Maggie, wie Lillian begreift, und ihr Herz macht einen kleinen Hüpfer.

»Nein, das gehört alles zum Service, Schätzchen.«

»Willkommen daheim«, sagt Maggie. Ihr Gesicht taucht auf, als Lillian aus dem Krankenwagen geschoben wird und sich auf der Rollbahre halb aufsetzt. »Ich bin so froh, dass du wieder da bist.« Die junge Frau drückt ihre Hand.

Lillian schaut sie im grellen Tageslicht blinzelnd an, erwidert ihren warmen Händedruck und traut sich nicht, etwas zu sagen, weil sie glaubt, keine Stimme zu haben.

»Wo soll's hingehen, Schätzchen?«, fragt der Fahrer ihre Enkelin, als würde er ein sperriges Möbelstück ins Haus verfrachten. Lillian versucht, sich das nicht zu sehr zu Herzen zu nehmen.

Die Sanitäter tragen die Rollbahre die Stufen zur Haustür hoch und schieben sie in die Halle. Lillian will protestieren. Das ist lächerlich, sie kann bestimmt laufen, wenn man sie nur ließe, doch sie bringt die Worte einfach nicht über die Lippen.

»Ein Wahnsinnshaus haben Sie da«, sagt einer der Sanitäter und schaut sich neugierig um. »Das ist ja wie im naturhistorischen Museum in London.«

»Ja«, sagt Maggie. »Mein Großvater war eine Art Sammler, wie schon sein Vater vor ihm. Das Sammeln lag ihnen im Blut.«

»Das kann man wohl sagen«, meint der andere, als sie an Glasvitrinen mit Vasen und Keramikfiguren vorbeikommen. »Was sollen die ganze Pfauen?«, fragt er und zeigt mit dem Kinn auf den verstaubten ausgestopften Vogel auf einem Zweig über dem Torbogen.

»Ach, mein Großvater hatte eine Schwäche für Pfauen. Er hat damals welche auf dem Anwesen gehalten. Sie sollen überall herumstolziert sein, für Chaos gesorgt und die Blumenbeete umgegraben haben, stimmt's, Gran? Oje, passen Sie bei diesem Teppich bitte auf, wo Sie hintreten«, warnt sie sie unvermittelt.

Lillian sagt nichts. Sie erinnert sich, wie ihr ihr Lieblingsseidenschal durch die Finger glitt, wie die Sonne auf einer blauen Motorhaube glitzerte. Sie erinnert sich an Blicke, die sich im Seitenspiegel trafen, an ein kurzes, einvernehmliches Lächeln. *Danke, Liebes, dass du deine erstaunlichen ornithologischen Kenntnisse mit uns teilst.* Die Worte steigen in ihr auf und treiben an der Oberfläche ihres Bewusstseins wie Korken in Wasser.

»Hier entlang«, weist Maggie die Sanitäter an. »In den Salon«, fügt sie diesmal an Lillian gewandt hinzu. »Ich dachte, dort hast du es bequemer. Da musst du dir über die vielen Treppenstufen keine Gedanken machen. Außerdem hast du dort deinen Fernseher, dein Radio und einen wunderbaren Blick auf den Garten.«

Die Sanitäter heben sie vorsichtig von der Rollbahre und legen sie in das neue Bett. Maggie zupft die Laken zurecht. »Jetzt bist du wieder zu Hause, Gran, in Cloudesley«, setzt sie nach, vermutlich um zu überprüfen, ob sie ihre Umgebung wiedererkennt.

Lillian schaut sich um. »Meine Handschuhe«, sagt sie zu niemand Besonderem. »Ohne meine Handschuhe verlasse ich nicht das Haus.«

»Du brauchst keine Handschuhe«, sagt Maggie und tätschelt ihre Hand. »Es ist ein schöner warmer Tag.«

Die Sanitäter scheinen zahlreiche Unterschriften von ihrer Enkelin zu benötigen, reden laut über Medikamente und Krankengymnastik.

»Ihr Gedächtnis«, hört sie Maggie leise sagen. »Sie scheint noch ein wenig neben sich zu stehen.«

»Ja«, sagt einer der Männer. »Nichts, worüber Sie sich Sorgen machen müssen. In ihrer gewohnten Umgebung wird es bald wieder zurückkehren. Wenn sie ein bisschen herumlaufen möchte, ist das in Ordnung, sie sollte allerdings einen Rollator benutzen, bis sie wieder richtig auf eigenen Füßen stehen kann. Bei Problemen oder Bedenken rufen Sie bitte ihren Hausarzt an. Und im Notfall die 999.« Die beiden wenden sich wieder an Lillian. »Auf Wiedersehen, Mrs. Oberon«, rufen sie fröhlich. »Passen Sie gut auf sich auf.«

Lillian winkt müde. »Danke«, sagt sie, ohne zu wissen, ob man sie überhaupt hört. Maggie bringt die Männer bereits zurück in die Halle.

Lillian schaut sich um. Das Bett, das in eine Ecke des Salons gestellt wurde. Ihr Lieblingssessel mit dem eisvogelblauen Samtbezug in etwas veränderter Position, um Platz fürs Bett zu schaffen. Ihre Lesebrille liegt auf dem Tisch neben mehreren gerahmten Fotografien. Ihr Blick fällt auf ein Schwarz-Weiß-Bild von sich und Charles am Hochzeitstag.

Sie stehen vor dem Standesamt. Charles sieht in seinem dunklen Anzug gut, aber finster aus, während Lillian ein schlichtes Nachmittagskleid aus weißer Spitze trägt. Ein junger Albie steht neben ihr, seine kleine Hand in ihrer. Während Charles direkt in die Kamera schaut, ist ihr lächelndes Gesicht dem kleinen Jungen zugewandt.

Eine Weile mustert sie ihr früheres Ich. Wie unschuldig sie wirkt. Wie sicher sie sich war, Charles heiraten und Albies Stiefmutter sein zu wollen. Wie optimistisch in ihrem Glauben, das Leben für sie alle verbessern zu können. Und wie unglaublich naiv.

Das Hochzeitsfoto steht neben dem gerahmten Schwarz-Weiß-Bild einer jungen Helena, ungefähr elf, zwölf Jahre alt, die auf der obersten Stufe ihres Hauses in Pimlico sitzt. Es ist das einzige Foto, das sie von ihrer Schwester aus Londoner Zeiten besitzt. Helena trägt ein schickes blau-weißes Kleid mit einem adretten Bubikragen. Ihre Mutter hat es bis spät in die Nacht auf ihrer Nähmaschine genäht. Ein Kleid, um das Lillian Helena damals mit kaum verhohlener Eifersucht beneidete. Ihr Vater muss das Foto mit der Bakelitkamera aufgenommen haben, mit der er so gern herumexperimentierte.

Ein weiterer Silberrahmen beherbergt ein Porträt von Charles in der Uniform eines Obersts, daneben steht ein offizielles Foto von Albie als kleinem Jungen. Es bildet einen Riesenkontrast zu dem Bild daneben, das ihn als älteren Mann zeigt. Darauf entspannt er sich in der prallen Sonne am Bug einer Jacht, das Gesicht verwittert, die Augen gegen das grelle Licht zusammengekniffen. Das letzte Foto zeigt eine jüngere Maggie auf der Abschlussfeier ihrer Kunstakademie. Lillian steht neben ihr und strahlt vor Stolz. Sie mustert die Fotos lange, bevor sie den Blick abwendet.

Es tut gut, die abgestandene, sterile Krankenhausluft los zu sein, die gestärkten Laken und endlosen gedämpften Hustenattacken, die geflüsterten Gespräche, Piepser und Summer. Sie müsste vermutlich gar nicht im Bett liegen, aber ein wenig Ruhe kann bestimmt nicht schaden.

Sie lässt sich zurück in die Kissen sinken und schaut auf den Park hinaus, wo es langsam dämmert und sich der blaue Himmel schwach rot verfärbt. Aus der Ferne dringt das Trällern einer Amsel bis zu ihr.

»Kann ich dir einen Tee bringen? Etwas zu essen?« Maggie ist wieder da. »Soll ich ein wenig frische Luft hereinlassen?«

Lillian schluckt, der Mund ist voller Speichel. »Die Vögel«, bringt sie hervor, auch wenn ihre Worte kaum zu verstehen sind.

»Du möchtest Vogelgezwitscher hören? Aber natürlich.« Die junge Frau eilt zu den Glastüren und öffnet sie, sichtlich dankbar, dass sie etwas tun kann, um ihr das Leben angenehmer zu machen. »Sie singen einfach herrlich zu dieser Tageszeit, nicht wahr?«

Eine Brise fängt sich in den Vorhängen, weht sie zum Bett, bevor sie wieder erschlaffen. »Albie?«

»Nein, noch nicht. Aber er kommt bestimmt bald zu Besuch. Guck, ich hab dir ein paar Dinge aus deinem Zimmer geholt.«

Maggie zeigt auf eine Ansammlung von Gegenständen auf dem Tisch neben dem Bett. Ein Kosmetikbeutel aus Schlangenleder, ein Parfümflakon, ihr Lieblingskrug mit rosa Rosen sowie ein silbernes Bürstenset mit Gravur.

»Wenn du sonst noch etwas brauchst, sag einfach Bescheid.« Ein weiteres Amsellied dringt durch die offenen Türen herein. »Du bist bestimmt müde.«

Lillian ist tatsächlich müde. Das Licht, der Rosenduft, vermengt mit dem nach frisch gemähtem Gras, der trällernde Vogel im Baum – all das macht etwas mit ihr.

»Alles in Ordnung, Gran?«

Sie spürt, wie ihre Enkelin die Hand auf ihre legt, sagt aber nichts.

»Bald bist du wieder auf den Beinen.«

Schon hängt sie wieder ihren Gedanken nach, fördert Erinnerungsfetzen zutage und holt sie an die Oberfläche ihres Bewusstseins.

7

Lillian ist oben und sucht nach einem fehlenden weißen Handschuh, als es draußen hupt. Sie wühlt in einer Schublade mit Unterwäsche und findet ihn schließlich in miteinander verhedderten Seidenstrümpfen. Endlich greift sie nach Handtasche und Sonnenbrille, rennt von Zimmer zu Zimmer, dann die gewundene Treppe hinunter und hinaus in den wunderschönen Sommertag.

Charles steht neben dem Künstler, beide haben dem Haus den Rücken zugekehrt, während sie Charles' neueste Errungenschaft bewundern, einen eleganten blauen Aston Martin mit heruntergelassenem Verdeck, Walnussarmaturenbrett und in der Sonne schimmernden Ledersitzen.

»Ist er nicht toll?«, hört sie Charles sagen. »Direkt vom Fließband.«

Jack umrundet den Wagen und ist begeistert. »Eine echte Schönheit.«

»Los, einsteigen. Wenn Lillian sich beeilt, haben wir Zeit für eine kleine Spritztour. Sie müssen sich allerdings auf dem Notsitz zusammenfalten wie ein Papierkranich.«

»Hallo«, begrüßt Lillian die beiden Männer, während sie den vermissten Handschuh überstreift und ihre Katzenaugen-

Sonnenbrille auf die Nasenspitze schiebt. Ihr fällt auf, dass Jack, genau wie Charles, einen weißen Kricketdress trägt, auch wenn seiner in der Taille etwas zu weit zu sein scheint. Vermutlich eine Leihgabe von Charles oder Bentham. »Tut mir leid, dass ihr auf mich warten musstet.«

»Hallo.« Jack lächelt ihr zu und nickt höflich, bevor er hinten in den Wagen klettert.

»Das wurde aber auch Zeit«, rügt Charles. Er schließt die Beifahrertür hinter Lillian und geht zur Fahrerseite. »Ich hab's geahnt, dass wir uns wegen deines Besuchs bei Helena verspäten werden.«

»Aber jetzt bin ich doch da, oder?«, sagt sie gelassen. »Kommt Albie nicht mit?«

»Nein. Das verdammte Gör hat sich geweigert und meinte, das sei langweilig.« Charles schüttelt sichtlich verärgert den Kopf. »Am liebsten hätte ich ihn gezwungen. Das muss er gespürt haben, denn er ist wie vom Erdboden verschluckt. Vermutlich streift er wieder durch die Wälder und sucht nach seinen nutzlosen Schätzen.«

»Wie ich sehe, hat Charles Sie zu einer Partie überreden können?«, fragt sie und dreht sich auf ihrem Sitz, um Jack anzusehen – ein unbeholfener Versuch, von Charles' wütender Suada abzulenken.

»Ja.« Jack schenkt ihr ein entschuldigendes Lächeln. »Ich habe ihm zwar gesagt, dass ich nicht gut Kricket spielen kann, aber er wollte nichts davon hören. Noch so etwas, das ich über Ihren Mann gelernt habe.«

Charles lässt den Motor an. Sie sausen die Auffahrt hinunter, lassen Cloudesley hinter sich, dass der Kies nur so spritzt, und legen sich rasant in die Kurve.

Der Fahrtwind zerrt an Lillians offenem Haar. Wenn sie weiterhin so schnell fahren, werden sie im Nu bei der Dorfwiese sein. Hoffentlich hat Charles seine schlechte Laune zu Hause gelassen. Doch kaum hat Lillian das zu Ende gedacht, tritt Charles auf die Bremse, sodass sie alle nach vorn geschleudert werden und Jacks Knie in Lillians Rücken gedrückt wird.

»Verdammt.« Charles schlägt mit der Faust aufs Lenkrad.

Vor ihnen blockiert ein Pfau das schmiedeeiserne Tor, seine langen Schwanzfedern streifen den staubigen Kies. Der Vogel steht seitlich da und starrt sie mit einem Auge arrogant an. Lillian spürt, wie Jack sich zwischen den Sitzen vorbeugt, damit er besser sehen kann. Charles fährt näher heran und lässt den Motor aufheulen, doch der Pfau bleibt, wo er ist. Er zuckt nicht einmal zusammen.

Lillian sieht, dass Charles überlegt, die Böschung zu nehmen, doch jeder kann sehen, dass sie einfach zu hoch für die Karosserie des Aston Martin ist.

»Hopp, hopp«, brüllt er und drückt fest auf die Hupe, doch der Vogel legt einfach nur den Kopf schräg und schenkt ihnen einen gelassenen Blick. »Komm schon, du aufgeblasener Truthahn, aus dem Weg.«

Charles fährt näher heran, in der Hoffnung, den Vogel dadurch zu vertreiben, doch der rührt sich einfach nicht vom Fleck, bis er leicht zitternd reagiert, indem er mit seinen Schwanzfedern ein spektakuläres Rad schlägt.

Lillian ist an den Anblick der Vögel auf ihrem Anwesen gewöhnt, aber ihre prächtigen Federn, die von Sonnenflecken zum Schillern gebracht werden, entlocken ihr trotzdem jedes Mal ein Staunen. Selbst Charles verstummt vorübergehend angesichts dieser Pracht und muss sich mit einem tiefen Seufzer geschlagen geben. Er macht den Motor aus.

»Einfach nur schön«, murmelt Jack vom Rücksitz aus.

Lillian wirft einen Blick in den Seitenspiegel und begegnet dort dem des Künstlers. Sie schaut weg, konzentriert sich erneut auf den Vogel.

»Und so was von stur«, sagt sie. »Sie werden sehen, dieser Pfau geht nirgendwohin. Nicht, bevor er so weit ist.«

»Danke, Liebes, dass du deine erstaunlichen ornithologischen Kenntnisse mit uns teilst«, bemerkt Charles trocken.

Er beugt sich aus dem Wagen und fuchtelt ergebnislos vor dem Tier herum. Lillian behält recht. Der Pfau lässt sich nicht vertreiben.

Ein Machtkampf, denkt sie und grinst.

»Wie haben Sie sich eingelebt, Mr. Fincher?«, fragt sie dann und zwingt sich, einem weiteren Blick über den Seitenspiegel standzuhalten. »Sie haben hoffentlich alles, was Sie brauchen?«

»Ja, vielen Dank. Ihr Personal ist überaus zuvorkommend.«

»Sehr gut. Wenn Sie möchten, dürfen Sie gern mit uns zu Abend essen.«

»Ich habe einen sehr unregelmäßigen Rhythmus und esse daher lieber in der Küche. Mrs. Hill ist so reizend, mir manchmal etwas zu essen aufs Zimmer bringen zu lassen.«

»Nun, heute Abend bestehen wir darauf«, sagt Charles. »Dann können wir gleich den Sieg über unsere Kricket-Erzfeinde feiern.« Charles drückt erneut auf die Hupe, doch der Pfau bleibt, wo er ist. »Vorausgesetzt, wir schaffen es überhaupt bis zu dem verdammten Spiel.«

»Eine Zigarette gefällig?«, fragt Jack und zückt ein flaches Etui, bietet es erst Lillian an, die ablehnt, und dann Charles.

»Bitte sehr«, sagt er und hält Charles sein Feuerzeug hin.

»Sehr schön«, erwidert Charles und mustert die Gravur auf dem silbernen Zippo. »*Kühnheit sei mein Freund.*« Anschließend gibt er es Jack zurück.

»Ein Geschenk meines Vaters«, sagt Jack. »Das ist ein Shakespeare-Zitat. Mein alter Herr war nicht sehr begeistert von meinen künstlerischen Ambitionen und hat gehofft, dass ich Schreiner werde. Aber kaum hat er meinen Wunsch begriffen, hat er mir das hier geschenkt.« Jack dreht das Feuerzeug in seiner Hand. »Ich glaube, das war seine Art, mir zu sagen, dass er meine Entscheidung akzeptiert. Wenn ich mein Leben schon der Kunst opfere, soll ich es gefälligst richtig tun und Kühnheit beweisen. Keine halben Sachen.«

Charles nickt. »Ganz genau. Man erreicht nichts im Leben, wenn man nicht auch das ein oder andere Risiko eingeht.« Er dreht sich zu Jack um, ein leises Lächeln umspielt seine Lippen. »Für Sie scheint es sich auszuzahlen.«

Jack zuckt mit den Schultern. »Ich habe einfach Glück.«

Charles schnaubt. »Mit Glück dürfte das nichts zu tun haben. Eher mit Talent. Darf ich fragen, wie es mit meinem Zimmer vorangeht?«

»Ich stehe noch ganz am Anfang«, zieht sich Jack aus der Affäre.

Lillian setzt ihre Sonnenbrille ab und bindet sich den Schal ums Haar, bevor sie sich duckt, um ihr Spiegelbild zu überprüfen. Als ihr Blick im Seitenspiegel wieder dem von Jack begegnet, ist sie wie elektrisiert. Er schenkt ihr ein unmerkliches Lächeln, bevor er den Blick abwendet.

»Er ist bestimmt sehr stolz auf sich, was?«, meint Jack nach kurzem Schweigen und zeigt mit dem Kinn auf den Pfau.

»Klar, er ist ein schrecklicher kleiner Angeber.« Charles zieht nachdenklich an seiner Zigarette. »Aber das geht wohl vermutlich nicht anders, bei dem Aussehen«, schickt er hinterher.

Lillian fällt etwas ein. »Wer hat das gleich noch mal gesagt? *Die schönsten Dinge der Welt sind die nutzlosesten, zum Beispiel Pfauen und Lilien.*«

»Ruskin, glaube ich«, meint Jack.

»Ha«, lacht Charles. »Da ist was Wahres dran. Das könnte auch für Frauen gelten.« Charles lacht laut über seinen eigenen Witz.

»Nur wenn man davon ausgeht, dass die einzige Daseinsberechtigung einer Frau darin besteht, gut auszusehen«, gibt Lillian zurück.

»Na klar. Gutes Aussehen ist eine Sache, das Kinderkriegen eine ganz andere«, fügt Charles hinzu und schaut nach vorn zu dem Vogel.

Lillian umklammert die Tasche in ihrem Schoß etwas fester.

Sollte der Künstler hinter ihnen die angespannte Atmosphäre bemerken, lenkt er zumindest geschickt davon ab.

»Ich glaube, Ruskin täuscht sich«, sagt er. »Schönheit ist niemals nutzlos. Sie erfüllt einen Zweck. Wie hier zum Beispiel. Wir haben innegehalten, um diesen Vogel zu bestaunen. Das Außergewöhnliche reißt uns aus unserem Trott und sorgt dafür, dass wir etwas spüren. Es erinnert uns daran, dass wir am Leben sind.«

»So wie die Kunst«, sagt Lillian nach einer Weile.

Jack sucht ihren Blick im Seitenspiegel und nickt. »Ja, wie die Kunst. Die Musik. Die Liebe.«

Lillian senkt den Blick, auf einmal wird ihr ganz warm.

»Dieser verdammte Vogel lässt mich so einiges spüren«, sagt Charles. »Und ich kann euch sagen, dass das keine positiven Gefühle sind. Wie dem auch sei«, fügt er schnaubend hinzu. »Mit dem feinen Unterschied, dass Kunst nicht altert – anders als Lilien, Pfauen oder Frauen. Sie ist etwas Bleibendes. Ein kostbares Gemälde ist für immer schön. Das bedeutet, dass große Kunst werthaltig ist, ja mit der Zeit sogar im Wert steigt. Was natürlich mit ein Grund ist, warum ich beschlossen habe, sie zu sammeln.« Er macht eine kurze Pause. »Lebendige Schönheit dagegen kann unmöglich für immer schön bleiben. Außer es gäbe eine Methode, sie zu konservieren.«

Charles lacht leise.

»Hast du das gehört, alter Knabe?«, sagt er zum Pfau. »Wenn du dich nicht bald schleichst, könnte für dich eine frühe Konservierung infrage kommen. Ich kenne da einen ausgezeichneten Tierpräparator«, fügt er hinzu, nicht ohne Jack zuzuzwinkern.

Charles stößt eine letzte Rauchwolke aus, schnippt seine Zigarette in Richtung Vogel und zielt knapp daneben. Zur Erleichterung aller legt der Pfau ein letztes Mal den Kopf schräg und schreitet langsam auf die Böschung zu.

»Danke vielmals«, brüllt Charles und zieht einen unsichtbaren Hut, während das Tier im Gestrüpp verschwindet.

Ungehindert passieren sie das Tor und die Kuppe von Cloud Hill. Charles legt ein ziemliches Tempo vor, beschleunigt in den Kurven und drückt das Gaspedal auf der geraden Landstraße regelrecht durch. Die Kirche ist kaum mehr als ein verschwommener honigfarbener Fleck, an dem sie vorbeisausen. Lillian umklammert den Türgriff und versucht, sich auf die Straße zu konzentrieren, die in die Talmulde hinab und Richtung Dorf führt.

»Lillian hasst es, wenn ich schnell fahre«, ruft Charles nach hinten. »Obwohl ich sie ständig daran erinnere, dass wir unser

Kennenlernen nur meiner Liebe zur Geschwindigkeit zu verdanken haben.«

»Tatsächlich?«

»Wir sind regelrecht zusammengeprallt, stimmt's, Liebling? Aber die Geschichte erzähl ich ein andermal, Kamerad.«

Anstatt sofort die Dorfwiese anzusteuern, dreht Charles eine kurze Runde durchs Dorf, zeigt Jack im Vorüberfahren die hiesigen Sehenswürdigkeiten und brüllt kurze Informationen dazu, die vom Fahrtwind fortgerissen werden.

»Im Sommer gibt es tatsächlich keinen schöneren Ort als die Chiltern Hills … In diesem Haus soll angeblich Oliver Cromwell gewohnt haben … seine Initialen sind in eine Fensterscheibe graviert … In dieser Allee wohnt eine berühmte Sopranistin … Sie hat einen riesigen Busen … wie die Galionsfigur eines Schiffes … Dieser Hügel eignet sich im Winter am besten zum Schlittenfahren … Sie müssen unbedingt wiederkommen und uns bei Schnee besuchen.«

Charles ist derart wild entschlossen, das Dorf vorzuführen, dass die meisten Zuschauer und Spieler bereits ihre Plätze eingenommen haben, als sie die Wiese erreichen. Die Gestalten in ihrem weißen Kricketdress sind über den makellosen billardtischgrünen Rasen verteilt.

»Ohne uns fangen die sowieso nicht an«, sagt Charles selbstgefällig wie immer. »Außerdem bin ich momentan die Attraktion, weil ich Ersatz für Cartwright mit seinem verknacksten Knöchel gefunden habe. Kommen Sie, Fincher, ich stelle Sie den anderen vor.«

Lillian nimmt ihren Schal ab, verstaut ihn in ihrer Handtasche und schaut vom Wagen aus zu, wie die beiden Männer zum Wettkampf schreiten. Der breitschultrige Charles mit seinem Bauchansatz, der selbstbewusst in seinem Kricketdress neben dem schlankeren, größeren Jack hermarschiert.

Wir sind regelrecht zusammengeprallt. Charles' Worte im Auto fallen ihr wieder ein.

Als sie Charles das erste Mal sah, trug er ebenfalls seinen Kricketdress.

Sie war nach einem gemeinsamen Tee bei einer Freundin zu Lucindas Haus zurückgeradelt, als er in seinem funkelnden Sportwagen um eine enge Kurve geschossen kam. Da er das Steuer viel zu spät eingeschlagen hatte, zwang er sie in die Böschung, woraufhin sie vom Rad fiel und in die Hecke segelte.

Mit quietschenden Bremsen hielt er an. »Alles okay?«, rief Charles ihr zu, um dann auszusteigen und sich der Böschung zu nähern, wo sie zitternd stand und sich den Rock abklopfte. »Sie sollten wirklich nicht in der Straßenmitte fahren. Ich hätte Sie umbringen können.«

Sie hatte sofort gewusst, wer er war, obwohl sie ihn nie zuvor persönlich getroffen hatte. Mr. Oberon, der Besitzer des Herrenhauses außerhalb des Dorfes. Er hatte im Krieg gekämpft, als sie hierhergezogen und in seinem Haus unterrichtet worden war.

»Es geht mir gut«, sagte sie und sah an ihren zerrissenen Seidenstrümpfen und dem aufgeschürften Schienbein hinab.

Keine Ahnung, ob es an der darauffolgenden Stille oder am blutenden Bein lag, aber auf einmal war die Wut des Mannes verraucht. »Sie sind hoffentlich unverletzt, oder?«

»Ich glaube schon.«

Erst da hatte sie das kleine blasse Gesicht gesehen, das sie aus dem Rückfenster anstarrte. Ein kleiner Junge, höchstens drei oder vier Jahre alt. Sie erinnerte sich, dass Lucinda ihr im letzten Winter von der Tragödie erzählt hatte. Die schöne Frau, die an einer Lungenentzündung gestorben war und Charles zum Witwer und einen kleinen Jungen zum Halbwaisen gemacht hatte.

»Tut mir so leid«, sagte der Mann deutlich freundlicher. »Wir haben gerade unseren Kricketsieg gefeiert. Ich hab Sie gar nicht kommen sehen. Das war allein meine Schuld.«

»Hallo«, gab sie zurück und sah zu, wie der kleine Junge aus dem Wagen schlüpfte, sich neben seinen Vater stellte. Wie hypnotisiert starrte er auf das Blut, das an ihrem Bein herunterlief. »Alles in Ordnung«, sagte sie. »Das ist nur ein Kratzer. Nichts Besorgniserregendes.« Sie ging in die Hocke und lächelte. »Wie heißt du denn?«

»Albie.«

»Was für ein schöner Name.«

»Eine Abkürzung von Albert.« Der Junge beäugte sie, bevor er sich hinter seinem Vater versteckte, dessen Beine umklammerte und den Mann ins Taumeln brachte.

»Nicht so klammern, Junge. Hast du nicht gehört, was sie gesagt hat? Es geht ihr gut.« Er sah sie mit einem merkwürdigen Blick an. »Es geht Ihnen doch gut, oder? Das ist nicht nur so dahergesagt?«

»Doch, doch«, sagte sie mit fester Stimme, auch wenn ihr die Knie unter dem Tweedrock zitterten.

»Und mit Ihrem Fahrrad ist auch alles in Ordnung?«

»Ja.«

Er musterte es verunsichert. »Das Vorderrad sieht nicht gerade tipptopp aus. Soll ich es mir mal anschauen?«

»Das dürfte nicht nötig sein.«

»Dann darf ich Sie wenigstens ein Stück mitnehmen? Wohin wollen Sie?«

»Zu Lucinda Daunt in der Chestnut Lane.«

»Lucina Daunt? Ich wusste gar nicht, dass die alte Dame noch lebt. Sind Sie eine Verwandte?«

»Nein. Sie ist mein Vormund, seit dem Krieg.«

Mehr hatte sie nicht sagen müssen. Die Lebensumstände der Londoner Waisen und Evakuierten, die nach Cloud Green kamen, waren im Dorf bestens bekannt. Lillian und Helena hatten Glück gehabt, dass sie bei der liebenswerten Lucinda Daunt untergebracht worden waren. Ein Arrangement, das auch noch lange nach Kriegsende fortbestand. Lillian dankte dem Schicksal, dass sie in ihrer Lage zu so einer guten Seele gekommen waren.

Charles Oberon nickte. »Nun, das ist nicht weit von hier. Vielleicht schaffe ich es ja sogar, das Rad einzuladen.« Zweifelnd musterte er das verbogene Metallgestell.

»Bitte machen Sie sich keine Umstände. Am besten, ich steige gleich wieder in den Sattel. Das soll man doch, oder?«

»Ja schon, auch wenn damit eher Pferdesättel gemeint sind. Aber wenn Sie meinen …«

Sie nickte und wartete, bis sie davongefahren waren. Das Letzte, was sie sah, war das blasse, herzförmige Gesicht des kleinen Jungen, der sie durch die Rückscheibe anstarrte, als sie um die Kurve bogen.

Nach wie vor zittrig, hob sie ihr Rad auf und hinkte zurück zum Haus von Lucinda, der sie später beim Abendessen von der Begegnung berichtete, eine lustige Anekdote daraus machte und ihre aufgeschrammten Knie sowie das kaputte Rad bagatellisierte.

»Soso, Charles Oberon«, sagte Lucinda und sah sie über ihren Teller mit Schinken und Pellkartoffeln hinweg nachdenklich durch ihre Lesebrille an. »Er soll einen guten Blick für Schönheit haben, eine Art Sammler sein. Ich würde mich nicht wundern, wenn er eines Tages wieder in dein Leben tritt, junge Dame.«

Lillian lachte. »Das wohl kaum. Ein Mann wie Charles Oberon bewegt sich in ganz anderen Kreisen.«

Lucinda neigte ein wenig den Kopf und hob das Weinglas an ihre Lippen. »Wir werden sehen.«

Charles Oberons Entschuldigung traf zwei Tage später in Form eines leuchtend roten Fahrrads mit Weidenflechtkorb vor dem Lenker ein, darin lag eine handschriftliche Einladung zum Nachmittagstee in Cloudesley.

Lucindas Apfelbäckchen wurden ganz rot vor Aufregung. »Hab ich's nicht gesagt?«

»Das kommt mir etwas übertrieben vor«, sagte Lillian und musterte den Brief. »Es war doch nur ein Unfall.« Sie las sich die Einladung ein zweites Mal durch. »Mr. Oberon schlägt vor, dass du mich begleitest.«

Das machte Lucinda eine Riesenfreude »Natürlich. Das gehört sich so. Wir müssen sofort darauf antworten.«

»Was ist mit Helena? Ich kann sie nicht allein lassen.«

»Quatsch! Ich werde Mrs. Brown von nebenan bitten, ihr Gesellschaft zu leisten. Glaub mir«, sagte sie auf einmal ganz ernst. »Das ist wichtig, Lillian. Hast du mich verstanden? Das Schicksal hat gerade an deine Tür geklopft. Lass es herein, junge Dame! Du willst schließlich keine alte Jungfer werden so wie ich. Und hier vor dich hin modern, mit niemandem als deiner armen, lieben Schwester.«

»Aber Helena …«

Lucinda hob die Hand. »Es ist nur eine Einladung zum Tee. Ich bestehe darauf, dass du sie annimmst.«

Lillian war nicht sehr überzeugt. Offen gestanden machte ihr die Vorstellung ein wenig Angst, Charles Oberon in seinem riesigen Haus zu besuchen. Ja, er war attraktiv und so selbstsicher, wie es privilegierte Männer eines bestimmten Alters häufig sind. Doch Lillian hatte nicht das Gefühl, seiner Aufmerksamkeit würdig zu sein.

Sie wusste genau, wie sie sich da am Straßenrand neben ihm gefühlt hatte, verlegen, schüchtern, wie ein albernes junges Mädchen. Worüber sollten sie sich unterhalten? Bestimmt würde er sie langweilig und enttäuschend finden. Doch Lucinda ließ nicht locker. Es sei unhöflich abzusagen.

Kaum standen sie vor der Tür, sahen sie, wie außergewöhnlich Cloudesley war. Allein die Größe des Herrenhauses mit seinem endlosen Flurlabyrinth. Die zahllosen Türen, die von unentdeckten Zimmern und Schätzen kündeten. Die luxuriösen Teppiche, die wunderschönen, in der Halle verteilten Kuriositäten. Alles, was sie sah, während sie dem Dienstmädchen in den Salon folgten, faszinierte sie sehr.

Als sie mit Charles Tee tranken, konnte sie sich kaum auf den ausgelassenen Mann konzentrieren. Stattdessen huschte ihr Blick ständig zu den außergewöhnlichsten, wunderbarsten Objekten. Das vergoldete Schnitzwerk der Möbel mit ihren samtenen Polstern. Die viktorianischen Glasglocken mit den ausgestopften Vögeln und Muscheln. Die Gemälde vom Boden bis zur Decke. Die riesigen Vasen auf hohen Säulen. Die Pelze und Stoffe. Das Zimmer strotzte nur so von Farben und Texturen. Lucindas Cottage in der Chestnut Lane war durchaus charmant, wurde von Cloudesley jedoch bei Weitem in den Schatten gestellt.

Als Evakuierte und Schülerin an den Pulten des improvisierten Unterrichtsraums war ihr stets klar gewesen, dass sich hier Außergewöhnliches verbarg. Die wenigen Male, als sie ihre Pulte verlassen und im Arboretum herumtollen durften, hatte sie durch ein offenes Holztor einen Blick auf den üppigen, von Formschnitthecken gefassten Rasen erhascht. Doch bis zu diesem Tag hatte sie keinen der luxuriösen Räume im Haupthaus betreten. Angesichts des Salons wurde ihr klar, dass alles dort ihre Fantasie bei Weitem überstieg.

»Ich bin so froh, dass Sie kommen konnten«, sagte er, eine Hand auf dem Kopf eines riesigen Wolfshunds, und nahm Lillians Anblick in sich auf. »Ich bin ganz zerknirscht wegen des Unfalls. Gefällt Ihnen das Rad?«

»Ausgezeichnet, danke. Aber das wäre wirklich nicht nötig …«

»Unsinn«, antwortete Charles und verbot sich jeden Widerspruch. »Und ob das nötig war.«

Er lächelte ihr zu, während er den riesigen Hund hinterm Ohr kraulte. Lillian erwiderte sein Lächeln und entspannte sich ein wenig. Er wirkte so anders als der reizbare Mann, den sie wenige Tage zuvor am Straßenrand kennengelernt hatte.

»Sie haben ein wunderschönes Zuhause, Mr. Oberon«, sagte Lucinda höflich.

»Ich werde Sie herumführen, eine richtige Führung machen, wenn Sie mögen.« Charles sah sie beide erwartungsvoll an, wie ein kleiner Junge, der es kaum erwarten kann, seine Schätze zu zeigen.

»Das wäre fantastisch«, gab Lucinda für sie beide zurück, um sich dann zu Lillian umzudrehen und sie vielsagend anzustrahlen.

Kurz darauf öffnete sich ächzend die Tür zum Salon, und

Charles' Sohn wurde in einem feinen Hemd und kurzer Hose von einem Kindermädchen hereingeführt.

»Da ist er«, sagte das Kindermädchen betont fröhlich. »Albie wollte vorbeischauen und Hallo sagen. Stimmt's, Albie?«

Der kleine Junge nickte. »Ich hoffe, es geht Ihnen nach dem Unfall wieder gut«, sagte er steif und wie auswendig gelernt auf, was jedoch umso anrührender war.

»Es geht mir schon deutlich besser, danke, Albie. Was hast du denn da?«, erkundigte sie sich und zeigte auf den Gegenstand, den der kleine Junge umklammert hielt.

»Ein Schneckenhaus. Ich hab es draußen gefunden.«

Lillian beugte sich vor, um es genauer in Augenschein zu nehmen. »Das ist ein ganz besonders tolles Schneckenhaus, Albie. Ein echtes Prunkstück.«

Der kleine Junge lächelte, und als Lillian zu Charles aufsah, merkte sie, dass er sie eindringlich musterte, mit einem ganz seltsamen Gesichtsausdruck. Schon an diesem Tag hatte sie gespürt, dass er gewohnt war zu kriegen, was er wollte. Nur dass sie damals nicht die leiseste Ahnung gehabt hatte, dass er sie wollte.

***

Am anderen Ende des Kricketfelds breiten Dorfbewohner ihre Picknickdecken im Gras aus und stellen ihre Klappstühle auf. In einem kleinen weiß gestrichenen Pavillon am Rand hantieren mehrere untersetzte Damen in Blumenkleidern mit Kuchenplatten und Teedosen.

Lillian hat keine Eile, sich zu ihnen zu gesellen. Jetzt, wo sie hier ist, will sie sich nur ungern am Klatsch und Dorftratsch beteiligen, an den kleinlichen Auseinandersetzungen und der unterschwelligen Konkurrenz zwischen den Frauen.

Der Schiedsrichter, ein pausbäckiger, rotgesichtiger Mann mit einem breiten Strohhut, wirft eine Münze. Die Auswärtsmannschaft gewinnt und darf als Erste die Schlagmänner stellen. Als Charles den Rasen betritt und seinen Spielern ihre Positionen zuweist, sieht Lillian, wie Jack sich umdreht und zum Wagen schaut. Er erinnert an einen verloren wirkenden Jungen, der losmarschiert, um seine Pflicht zu erfüllen.

Sie hebt dankbar die Hand, kommt sich aber sofort albern vor, als sie merkt, dass er keineswegs sie anschaut, sondern vermutlich nur einen bewundernden Blick auf den Wagen wirft. Also atmet sie tief durch und wendet sich dem Pavillon zu, wappnet sich innerlich gegen den vor ihr liegenden Nachmittag und betet insgeheim um den Sieg, damit Charles' Launen etwas nachlassen.

***

Im Pavillon herrscht nichts als Klatsch und Small Talk. Lillian begrüßt die Frauen mit den üblichen Küsschen und Hallos.

»Haben wir ein Glück«, sagt Barbara Palfreyman, eine vollbusige Wichtigtuerin, die bei jeder Dorfveranstaltung im Mittelpunkt stehen muss. Sie packt Lillians Arm. »So selten, wie wir in den Genuss deiner Anwesenheit kommen, meine Liebe.«

Lillian ignoriert den unterschwelligen Vorwurf. »Es ist so ein schöner Tag. Wie hätte ich da widerstehen sollen?«

»Allerdings«, meldet sich Susan Cartwright zu Wort, eine der hübscheren jungen Frauen aus dem Dorf. »Wir sollten uns alle ein wenig für unsere Männer ins Zeug legen.«

Lillian fängt den Blick ihrer Freundin und engsten Verbündeten Joan auf. Sie tauschen ein unmerkliches Lächeln. »Wir sollen uns für unsere Männer ins Zeug legen? Gott steh mir bei«, flüstert Joan.

Lillian hantiert mit Teekannen und Teetassen, holt sie aus einem staubigen Schrank und spült sie, während sie den Gesprächen der umstehenden Frauen folgt. Es herrscht große Empörung über die gestiegenen Milchpreise im Dorfladen sowie ein kaum verhohlener Wettbewerb, wer die besten Kuchen und Scones gebacken hat. Sie ertappt sich dabei, sich doch am Gespräch zu beteiligen, als Susan die Hand ausstreckt und den Stoff von Lillians Sommerkleid betastet.

»Du bist ein echter Glückspilz«, sagt sie seufzend. »Ist das von Dior? Es sieht zumindest so aus. Ach, ich hätte auch gern einen Mann, der einen schicken Laden in London hat und mich mit wunderschönen Kleidern und Schmuck überschüttet.«

Es ist Joan, die sie vor Susans Redeschwall rettet. »Bist du so nett, Lillian, Liebes?«

Sie führt sie vom Pavillon weg, zu einem im Schatten stehenden Kinderwagen. Joan nimmt ein rundliches Baby im blauen Strampler heraus und reicht es ihr. Lillian ringt mit seinen dicken Ärmchen und Beinchen, bis es aufhört zu zappeln und sicher in ihrem Arm liegt.

»Schau dich nur an, kleiner Georgie-Porgie«, sagt Joan und grinst auf ihren Sohn herunter. »Aus dir wird noch mal ein echter Herzensbrecher. Es macht dir doch nichts aus, oder?«, fragt sie Lillian. »Es ist nur so, dass er nicht lange liegen bleibt, ohne zu quengeln, und ich hab Barbara versprochen, ihr mit den Gurkensandwiches zu helfen. Du weißt ja, wie pedantisch sie mit den Krusten ist«, flüstert sie.

Lillian spürt den warmen Kopf des Babys an ihrer Brust. Instinktiv beugt sie sich zu ihm und saugt seinen Duft ein. »Es macht mir überhaupt nichts aus.«

Joan mustert sie gründlich. »Du hast dich in letzter Zeit ziemlich zurückgezogen. Alles in Ordnung? Ich hab gehört, es ginge dir nicht gut?«

»Nur ein Anflug von Frühlingsgrippe. Ich musste ein paar Tage das Bett hüten, aber jetzt bin ich wieder auf dem Damm.«

»Und Helena?«

Lillian nickt. »Alles bestens, beziehungsweise wie immer.«

»Nun, ich finde, du bist eine Heilige.«

»Ich bin keine Heilige. Ich bin nur der einzige Mensch, den sie noch hat.«

Joan nickt. »Ich wünschte, ich hätte eine Schwester wie dich. Ah, schau mal«, sagt sie plötzlich, abgelenkt vom Baby in Lillians Arm. »Er lächelt! Er mag dich, Lillian. Du bist die geborene Mutter.«

»Er ist wunderschön«, sagt diese und nähert ihr Gesicht wieder dem Baby.

Joan beugt sich verschwörerisch vor. »Jetzt verrat mir bitte, wer der göttliche Mann ist, den du heute dabeihast? Den kenn ich doch von irgendwoher?«

Lillian schaut zu Jack hinüber, der an der äußeren Begrenzung steht. »Jack Fincher. Vielleicht hast du ihn letzten Monat auf dem Ball gesehen?«

Joan zuckt mit den Schultern. »Liebes, das Einzige, was ich von diesem Abend noch weiß, ist, dass mich der Schuft von deinem Ehemann mit Gin Fizz abgefüllt hat. Gerald musste mich mehr oder weniger nach Hause tragen. Selbst wenn ich deinen gut aussehenden Freund kennengelernt und einen horizontalen Rumba mit ihm getanzt hätte, könnte ich mich nicht mehr daran erinnern. Fincher, sagst du?«, fährt sie fort und hebt die Sonnenbrille, um ihn erneut zu mustern. »Was macht er hier?«

»Charles hat ihn fürs Ausmalen des Kinderzimmers engagiert. Er wohnt den Sommer über bei uns.«

»Aha, aber das heißt doch nicht, dass …?« Joan wirft einen entzückten Blick auf Lillians flachen Bauch. »Du bist mir ja eine. Das hätte ich nie gedacht.«

»Ach nein.« Lillian schüttelt den Kopf. »Nein, ich bin nicht in anderen Umständen. Er richtet nicht das Kinderzimmer neu ein. Er macht etwas anderes daraus, auf Charles' Wunsch hin.« Sie wirft Joan einen vielsagenden Blick zu. »Was Kinder angeht, ist der Zug für uns endgültig abgefahren.«

»Das kann doch gar nicht sein. Du gehst natürlich fantastisch mit Albie um, aber nichts ist mit dem einzigartigen Band zwischen einer Mutter und ihrem leiblichen Kind vergleichbar.«

Lillian nickt und ringt sich ein Lächeln ab. Joan kann nicht ahnen, wie sehr ihre Worte sie verletzen.

»Außerdem bist du jung. Wie alt bist du? Sechsundzwanzig, siebenundzwanzig? Also noch längst nicht jenseits. Ein, zwei Kinder würden dafür sorgen, dass du in dem riesigen Haus ausgelastet bist. Platz genug zum Toben ist ja vorhanden, und kaum werden sie anstrengend, schickst du sie einfach aufs Internat. Ich kann das nur empfehlen. Nanu, was hast du denn?« Als sie sieht, wie Lillian hektisch blinzelt, berührt Joan ihren Arm. »Was rede ich denn da! Liegt es an Charles? Will er nicht in Stimmung kommen?« Sie beugt sich erneut vor. »Das erstaunt mich aber. Ein so heißblütiger Kerl wie er. Ich hätte gedacht, dass er Nacht für Nacht über dich herfällt.«

Lillian zuckt nur mit den Schultern, wagt es nach wie vor nicht, etwas zu sagen.

»Vielleicht ändert er seine Meinung ja noch? Das tun Männer oft, weißt du. Sie haben Angst vor Veränderung. Ein bisschen weibliche Überzeugungskraft, ein bisschen List und Tücke …«

Lillian schüttelt den Kopf. »Daran liegt es nicht.«

»Quatsch! Wir werden dich und Georgie beim Tee zusammen auf eine Picknickdecke setzen. Ein Blick auf seine schöne Frau mit einem strampelnden kleinen Jungen wird genügen, um ihn zu überzeugen.«

»Das ist lieb von dir, und George ist natürlich die beste Reklame fürs Kinderkriegen, aber glaub mir …«

»Ach, du darfst nur nicht aufgeben.«

Lillian hält es einfach nicht mehr aus und schneidet ihr das Wort ab. »Ich habe ein Kind verloren.«

Joan schlägt sich die Hand vor den Mund. »Oje, Liebes, ach nein, das tut mir so leid.«

»Es war nicht die Grippe. Ich habe ein Kind erwartet und dann …«

Sie holt tief Luft und erzählt rasch den Rest, um es so schnell wie möglich hinter sich zu bringen. »Nun, anschließend gab es ein paar Komplikationen, und der Arzt hat mir gesagt, dass ich nicht mehr schwanger werden kann. Es war ein furchtbarer Schlag.«

Joan tätschelt ihre Hand. »Das tut mir leid. Da bin ich ja voll ins Fettnäpfchen getreten. Kein Wunder, dass du so schwach wirkst. Ich hab mir schon auf dem Ball gedacht, dass etwas nicht stimmt. Oje! Gerald sagt immer, dass ich erst nachdenken soll, bevor ich den Mund aufmache. Bitte vergiss alles, was ich gesagt habe. Du bist Albie eine wunderbare Stiefmutter. Etwas Besseres hätte dem Jungen nach dem Tod seiner Mutter gar nicht passieren können.«

Lillian nickt. »Er ist das einzige Kind, das ich jemals haben werde. Ich liebe ihn wie mein eigenes.«

»Aber natürlich. Und vielleicht gibt es ja eines Tages Enkel?« Joan lächelt ihr aufmunternd zu. Lillian nickt, drückt das Baby noch fester an sich.

»Los, geh«, sagt Lillian und zeigt mit dem Kinn auf den Pavillon. »Geh und hilf Barbara. Uns geht es prima, stimmt's, George?« Das Baby stößt ein drolliges Gurgeln aus.

»Es tut mir so leid, Liebes. Ich bin aber auch ungeschickt.«

Lillian sieht Joan nach, hält das Baby an ihre Wange und spürt ein schmerzliches Sehnen, das sich in ihr zusammenballt wie die blassgrauen Wolken am Horizont.

***

Der Nachmittag will nicht vergehen. Die Luft wird schwül und drückend unter den Wolkenbergen. Ihrer Mannschaft gelingt es mühsam, dreimal das Wicket zu treffen, doch selbst Lillian kann sehen, dass ihr Werfer nicht in Form ist und die Schlagmänner der Auswärtsmannschaft den Ball mit Leichtigkeit übers Feld schlagen.

Sie beobachtet Charles vom Pavillon aus. Er ist rot im Gesicht und wirkt gereizt, die wachsende Verärgerung ist ihm deutlich anzumerken. Sie weiß, dass der Abend schwierig wird, wenn das Spiel so weitergeht.

Mehrere kleine Kinder tollen durchs Gras. Lillian schaut ihnen eine Weile dabei zu. Vor allem zwei kleine Mädchen mit langen, maisblonden Zöpfen am Rand der Wiese erregen ihre

Aufmerksamkeit. Sie sind eindeutig Schwestern. Gemeinsam machen sie Purzelbäume und schlagen Räder.

Lillian lächelt bei ihrem Anblick, der konkrete Erinnerungen an das befreiende Gefühl wachruft, über den Boden zu wirbeln, an das Gefühl von Gras unter den Händen, von nackten Knien und wohligem Schwindel.

Das lässt andere Erinnerungen hochsteigen. Sie liegt unter einem Baum und spürt das Erdenrund fest unter sich. Helena und sie haben sich den vorangegangenen Nachmittag mit ihrem Vater vertrieben, Butterblumen gepflückt und lange Gänseblümchenketten in einem von Blumen übersäten Londoner Park geflochten. Es hatte einen Bootsausflug gegeben, ihr Vater war mit ihnen durch einen stillen, großen grünen See gerudert, unglaublich geschickt. Beim Aussteigen hatte die herumalbernde Helena einen Schuh über den Bootsrand fallen lassen, der spurlos verschwunden war. All das, bevor der Krieg zugeschlagen und ihre Familie unwiderruflich verändert hatte. Was für ein Gefühl von Freiheit, was für eine Freude! Wenn sie damals nur gewusst hätten, wie kostbar diese flüchtigen Momente waren und dass sie ein Leben lang reichen mussten.

Ein lautes *Plock*, das unverkennbare Geräusch von Leder, das auf Holz prallt, lenkt ihre Aufmerksamkeit wieder auf das Spiel. Lillian sucht den Himmel ab und entdeckt den Ball, ein roter Punkt vor den Wolken, der in Richtung der äußeren Spielfeldbegrenzung fliegt.

Rufe erschallen unter den Spielern auf dem Feld. »Fang ihn!« Sie entdeckt Jack, der erst rückwärts, dann zur Seite rennt und versucht, den Winkel richtig einzuschätzen, in dem der Ball herunterkommen wird. Er hebt die Arme und wappnet sich, doch beim nächsten Schritt rückwärts stolpert er. Seine Ferse hat sich im Saum der geliehenen Krickethose verfangen. Das Herz sackt ihr in die Kniekehlen, als Jack langsam zu Boden geht.

»Fangen Sie ihn«, hört sie Charles brüllen.

Lillian kneift die Augen zu, sie kann einfach nicht länger hinsehen, und macht sie erst wieder auf, als der Jubel der *Cloud Green Fielders* an ihr Ohr dringt. Als sie erneut hinschaut, sieht sie Jack auf dem Rücken im Gras liegen, die Arme triumphierend in die Luft gereckt, den Kricketball in einer Hand.

Ein Mannschaftskollege hilft Jack wieder auf die Beine. Lillian sieht, wie der Schiedsrichter einen Finger hebt, um den unterlegenen Schlagmann vom Feld zu schicken. Jack wirft den Ball in die Luft und kehrt zu den Feldspielern zurück.

Während Applaus aufseiten der Cloud-Green-Anhänger aufbrandet, stößt Lillian einen Seufzer der Erleichterung aus.

Beim Tee wollen alle Jack beglückwünschen. Sein Fang hat dem Spiel die entscheidende Wende gegeben, die Schlagreihenfolge der Gegner durcheinandergebracht und der Cloud-Green-Mannschaft neue Kraft verliehen. Sie umringen ihn, lassen Teetassen klirren und klopfen ihm auf den Rücken.

Lillian sieht vom Tapeziertisch aus zu, wo sie beim Ausgeben von Kuchen und Sandwiches hilft – voller Dankbarkeit, dass sie eine Aufgabe hat, die sie beschäftigt hält. Sie bemerkt, wie besonders die Damenwelt auf Jacks Anwesenheit reagiert. Allen voran Susan Cartwright, die beeindruckend oft ihren Rock hochwirbeln lässt, kichert und das Haar zurückwirft.

Joan kommt vorbei, beugt sich vor und sagt so leise, dass es nur Lillian hören kann: »Man könnte meinen, man wohnt dem Paarungsritual einer Schwarzen Witwe bei. Die soll ihren Partner angeblich nach dem Akt auffressen.«

»Joan«, sagt Lillian lachend. »Du bist schrecklich.«

»Wieso?«, erwidert Joan mit dem Blick eines Unschuldslamms. »Diese Frau kennt keine Schamgrenze«, fügt sie flüsternd hinzu und zeigt mit dem Kinn auf Susan. »Doch wenn ich meinen Gerald nicht hätte, würde ich Susan Cartwright energisch beiseiteschubsen. Er ist ziemlich attraktiv, findest du nicht?«

Lillian schaut wieder zu Jack hinüber. Seine vollen Lippen bilden einen energischen Strich. Seine Haut ist von der Sonne oder der Aufmerksamkeit der Menge gerötet. »Vermutlich schon«, sagt sie.

»Verheiratet?«

Lillian schüttelt den Kopf. »Ich glaube nicht.«

Joan seufzt. »Du musst zugeben, dass Künstler was Romantisches haben. Sie sind so gefühlvoll und sensibel. Ich wette, er weiß seine Hände zu benutzen.« Sie versetzt Lillian einen vielsagenden Stoß zwischen die Rippen, um sich dann umzudrehen und sie anzustarren. »Meine Güte, Lillian Oberon, du wirst doch nicht etwa rot?«

Lillian wendet sich ab. »Sei nicht albern«, murmelt sie und versteht nicht, warum Joans Scherz und der Anblick der Frauen, die Jack in ihren bunten Sommerkleidern umflattern wie Schmetterlinge, solch seltsame Gefühle in ihr wachrufen. »Das muss am Wetter liegen«, verteidigt sie sich.

Das kann gar nicht anders sein. Die Hitze und die schwüle Luft, die drückenden Wolkenberge und Joans alberne Bemerkungen über Paarungsrituale und Babys. Das hat sie einfach durcheinandergebracht und nervös gemacht. Sie hätte gar nicht erst herkommen sollen.

***

»Du hast heute Nachmittag ein tolles Spiel verpasst«, bemerkt Charles abends zu Albie, als sie am langen Mahagoni-Esstisch von Cloudesley sitzen.

Charles' gute Laune hat den ganzen Nachmittag über angedauert, seine Wut über Albies Abwesenheit ließ sich genauso im Zaum halten wie die Wolken, die sich zwar am Rand der Chiltern Hills zusammengeballt, aber dann nicht wie angekündigt abgeregnet hatten. Bentham hat die Terrassentüren geöffnet. Doch der schwache Luftzug genügt nicht, um die beklemmende Atmosphäre zu vertreiben. Die Hitze hat sich im Haus breitgemacht wie ein unwillkommener Gast, sie ist schwer und drückend.

»Magst du kein Kricket?«, fragt Jack Albie.

Der Junge zuckt mit den Schultern. »Eigentlich nicht.«

»Keine Ahnung, was ich mit ihm anstellen soll«, sagt Charles nur halb im Scherz. »Mein Sohn streift lieber ziellos durch die Gegend, um seine seltsamen Objekte zu sammeln. Flaschenverschlüsse, Streichholzbriefchen, Rosskastanien und Feuersteine. Wie hat dich Bentham gleich wieder genannt? *Kleiner Laubenvogel.*« Charles schnaubt verächtlich.

Albie wird rot, starrt aber weiterhin in seine Suppe.

»Der Apfel fällt nicht weit vom Stamm«, sagt Lillian gelassen. »Man muss nicht lange überlegen, woher er das hat.«

Charles wirft Lillian einen bohrenden Blick zu, greift dann zu seinem Weinglas und nimmt einen großen Schluck.

Jack räuspert sich. »Ich finde es wichtig, dass Kinder Geheimnisse haben. Ich habe Federn gesammelt und sie in einer alten Keksdose aufbewahrt. Ein paar Geheimnisse haben noch keinem geschadet.«

Albie hört auf, in seiner Suppe zu rühren, und schaut zu Jack auf. »Schließt du das Zimmer deswegen ab?«

Eine große Motte umflattert die Flammen des silbernen Kandelabers und wirft einen flackernden Schatten auf die Tapete an den Wänden.

»Oho«, ruft Charles. »Albie, da hast du die Katze aus dem Sack gelassen. Du warst unten beim Zimmer, stimmt's, und hast versucht, den Türknauf zu drehen. Einen heimlichen Blick reinzuwerfen.«

Albie wird rot und lässt sich tiefer in seinen Stuhl sinken.

»Tut mir leid«, sagt Charles, diesmal an Jack gewandt. »Der Junge kann ein wenig dreist sein. Albie, du sollst Mr. Fincher in Ruhe lassen, hast du mich verstanden? Damit er ungestört arbeiten kann.«

Bentham kommt herein, ein stummer Schatten, der durch die offene Tür huscht, um ihnen Wein nachzuschenken.

Lillian hält eine Hand über ihr Glas. »Danke, ich habe genug.«

»Wir sollten unserer Umgebung alle mit etwas mehr Neugier begegnen, findest du nicht auch?«, sagt Jack zu Albie. »Ich glaube, ich mag es geheimnisvoll. Ich schließe ab, weil ich nicht möchte, dass jemand sich den Raum jetzt schon ansieht. Das wäre so, als würde man den ersten Proben eines Theaterstücks beiwohnen oder den ersten Entwurf eines Romans lesen – höchst enttäuschend.«

Lillian hört sich Jacks Erklärung an und dreht den Stiel ihres Weinglases zwischen den Fingern hin und her. Jacks Kommen und Gehen im Westflügel hat nicht nur Albies, sondern auch ihre Neugier geweckt.

Erst waren jede Menge Farben und Terpentin geliefert worden, Laken zum Abdecken des Mobiliars, Gerüstpfeiler, Lampen und Leitern. Wie versprochen war danach Anfang des

Monats der Künstler selbst eingetroffen. Mit einem kleinen Lederkoffer, einem Bündel in einen Lappen gewickelter Pinsel und einigen großen Skizzenblöcken kam er nach Cloudesley.

Er hatte um die Gästesuite gebeten, in der er bereits nach der Cocktailparty geschlafen hatte. Die sei wunderbar bequem, außerdem liege sie ganz nah am Westflügel.

»Gut möglich, dass ich recht unorthodoxe Arbeitszeiten habe«, hatte er sie vorgewarnt. »Auf diese Weise falle ich niemandem zur Last.«

Unorthodoxe Arbeitszeiten hin oder her, seitdem hatte er sich auf jeden Fall zurückgezogen und die meiste Zeit eingeschlossen in diesem Zimmer verbracht. Ein paarmal hatte Lillian ihn über das Anwesen spazieren sehen, normalerweise nach dem Mittagessen, wenn er mit dem Skizzenblock in der Hand auf die Terrasse trat, um irgendwo im Garten zu verschwinden.

Bis zu diesem Abendessen war die Autofahrt zum Kricketspiel und wieder zurück die längste Zeit gewesen, die sie seit Jack Finchers Rückkehr in seiner unmittelbaren Nähe verbracht hatte.

»Vielleicht bin ich auch bloß eitel«, fährt Jack fort. »Ich zeige mein Werk lieber erst, wenn es fertig ist. Mehr als jede andere Kunstform besitzt die Malerei eine Unmittelbarkeit, die man respektieren sollte. Sie werden das sicherlich verstehen, Charles.«

Charles, der gerade ein Stück Baguette zum Mund führt, murmelt seine Zustimmung. »Aber natürlich. Die große Enthüllung.«

»Das ist doch riskant, oder?«, sagt Albie leise.

Jack legt den Kopf schräg. »Wie meinst du das?«

»Na ja, ich glaube nicht, dass Vater Überraschungen besonders zu schätzen weiß.« Albie wendet sich an Charles. »Stimmt's, Vater?«

Charles lacht laut auf. »Da hat der Junge nicht ganz unrecht. Doch ich glaube nicht, dass Anlass zur Sorge besteht. Ich weiß, dass Mr. Fincher großartige Arbeit leisten wird.«

In der Ferne, hinter den Hügeln, ist leiser Donner in der Schwüle zu hören.

Charles tupft sich die Stirn mit seiner Serviette ab, bevor er sie achtlos auf den Tisch wirft. »Bitte rede ein ernstes Wort mit dem Koch, Liebes«, sagt er an Lillian gewandt. »Das ist wohl kaum das richtige Wetter für Suppen.«

»Natürlich.« Sie schiebt ihre Schale von sich. »Wie wär's mit einer Partie Mah-Jongg nach dem Abendessen?«, schlägt sie vor, um die Stimmung etwas aufzuhellen. »Albie ist ein ziemlich geschickter Stratege«, erklärt sie Jack.

Charles schüttelt den Kopf. »Es gibt Geschäfte, um die ich mich kümmern muss. Ich werde am Wochenende für ein paar Tage nach London fahren.«

»Mr. Fincher?«, fragt sie. »Trauen Sie sich zu, es mit unserem Champion aufzunehmen?«

Der Künstler lächelt. »Vielleicht ein andermal? Ich würde heute Abend gern noch ein paar Stunden im Zimmer verbringen.«

Lillian nickt und versucht, die aufsteigende Enttäuschung zu ignorieren. Natürlich, er hat zu tun. Natürlich sollte sie sich lieber von diesem seltsamen, höchst faszinierenden Mann fernhalten.

Ein leises Knacken ist zu hören. Die Motte, die den silbernen Kandelaber umschwirrt hat, ist auf den Tisch gefallen. Albie greift nach dem Insekt, nimmt es vom Tischtuch und hält es ganz nah ans Gesicht. »Sie ist völlig verbrannt.« Er mustert sie fasziniert.

»Das passiert, wenn man mit dem Feuer spielt«, sagt Charles und greift nach seinem Weinglas. »Das sollte uns allen eine Warnung sein.«

Ein weiteres Donnern hallt über das Anwesen, diesmal ein wenig lauter.

Als Lillian Charles' Blick auffängt, kommt sie nicht umhin, leicht zu frösteln.

8

Maggie weiß nicht genau, was sie geweckt hat. Erst geht sie davon aus, dass es der Donner war, das ferne Grollen eines Sommergewitters, das über die Hügel hallt. Aber als sie so im Dunkeln daliegt und zusieht, wie die hellen Schlafzimmervorhänge vor dem offenen Fenster vor- und zurückflattern, hört sie ein Scharren. Es kommt aus dem Erdgeschoss, hallt aus dem Kamin am anderen Ende des Zimmers.

Das muss ein Tier sein – eine Maus, eine Ratte. Um Gottes willen keine Fledermaus!, geht es ihr schaudernd durch den Kopf. Bei der Vorstellung verkriecht sie sich tiefer unter der Decke, schließt die Augen und versucht, das Gedankenkarussell aus Kammerjägern, angenagten Leitungen und turmhohen Unterhaltskosten anzuhalten.

Nach einer Weile verstummt das Geräusch. Maggie merkt, dass sie erneut eindöst, als sie ein eindeutiges, wenn auch entferntes Türenknallen wieder aufhorchen lässt. Sie fährt hoch und lauscht mit Herzklopfen in die Dunkelheit hinein. Lillian? Schlafwandelt sie durchs Haus?

In der Eingangshalle herrscht eine unheimliche Stille, und alles wirkt unverändert, als Maggie die Taschenlampe ihres Handys über die goldgerahmten Gemälde an den Wänden und die

Eingangstür huschen lässt. Letztere ist nach wie vor verschlossen. Sie setzt ihren Rundgang durchs Haus fort, geht Richtung Salon. Insgeheim rechnet sie damit, jeden Moment auf eine zusammengebrochene Lillian zu stoßen. Sie ist sehr erleichtert, als sie ihre Großmutter im Schein ihrer Nachttischlampe aufrecht auf der Bettkante sitzend vorfindet. In ihrem langen Baumwollnachthemd und mit dem dünnen weißen Haar, das ihr wie elektrisiert vom Kopf absteht, hat sie etwas Gespenstisches.

»Alles in Ordnung?«, fragt Maggie mit nach wie vor heftigem Herzklopfen.

Lillian nickt langsam. »Ich dachte, ich hätte ein Geräusch gehört.«

»Ja, mir ging es genauso. Vermutlich bloß Mäuse.«

»Nein.« Lillian schüttelt den Kopf. »Das waren die Pfauen. Ich hab sie rufen hören.«

Maggie runzelt die Stirn. »Nein, Gran, es gibt keine Pfauen mehr. Du musst geträumt haben. Schau, die Decke ist dir aus dem Bett gefallen. Komm, ich helfe dir.«

Sie will Lillian in die Kissen betten, als sie innehält.

»Deine Füße«, sagt sie und berührt die Fußsohlen ihrer Großmutter. »Was ist denn das?« Sie starrt auf die schwarze Schmiere an ihrem Finger. »Deine Füße sind schmutzig. Warst du draußen?«

Lillian starrt sie nur verständnislos an.

»Gran? Hast du geschlafwandelt?« Sie wartet einen Moment, doch Lillian starrt stumm über ihren Kopf hinweg. »Nicht bewegen.« Sie seufzt. »Ich bin gleich wieder da.«

Im Bad füllt sie eine Schüssel mit warmem Seifenwasser, sucht nach Handtüchern und einem Waschlappen. Pfauen! Sie schüttelt den Kopf.

»Ich freue mich, dass du schon wieder aufstehen kannst«, sagt sie beim Betreten des Zimmers und beugt sich über einen von Lillians dreckigen Füßen. »Aber wenn du nachts draußen rumläufst, kannst du dich erkälten.«

Sie taucht den Lappen ins warme Wasser und säubert damit sanft Lillians linke Ferse. Der weiße Stoff wird schwarz. Maggie wittert einen vertrauten Geruch, kann ihn aber nicht zuordnen. Verbrannter Toast? Laubfeuer? Rauch?

»Genau wie Albie«, murmelt Lillian und starrt auf sie herunter.

Maggies Hand erstarrt. »Ich? Wie Dad?«

»Ja. So ein süßer Junge. So liebevoll. Der arme Albie hat es nie leicht gehabt.«

Maggie schluckt und versucht, sich den Vergleich nicht zu Herzen zu nehmen. Zum einen kann man Albie kaum als *Jungen* bezeichnen. Auch mit den Worten *süß und liebevoll* würde sie ihren alternden Vater nicht beschreiben. Rücksichtslos, unzuverlässig, verantwortungslos treffen es aus ihrer Sicht eher. Soweit sie es beurteilen kann, hat Albie stets das Leben geführt, das er sich gewünscht hat. Ab und zu kam er in ihr Leben in Cloudesley geschneit, um gleich darauf wieder zu verschwinden, dachte stets nur an sich.

»Es gibt einen entscheidenden Unterschied zwischen ihm und mir«, murmelt sie leise und wringt den Waschlappen in der Schüssel aus. »Ich bin hier bei dir.«

»Ja, das stimmt«, sagt Lillian und lächelt freundlich. »Ja, das stimmt.«

Nachdem sie Lillians Füße abgetrocknet hat, hilft Maggie ihr wieder unter die Decke. »Schluss mit Schlafwandeln. Soll ich das Licht ausmachen?«

Lillian berührt ihre Wange. »Danke, Liebes. Geh ruhig ins Bett. Ich werde bestimmt schlafen.«

Beruhigt, dass Lillian wieder sie selbst zu sein scheint, kehrt Maggie in ihr Zimmer zurück. Sie betrachtet den Kartonstapel in der Ecke. Acht Stück mit Sachen aus der Londoner Wohnung, die ihr ein wütender Gus letztes Jahr zugeschickt hat.

Schnell wendet sie den Blick wieder ab. Noch ist sie nicht in der Lage, sich dieser Lebensphase zu stellen. Beim Zubettgehen konzentriert sie sich lieber auf Lillian, um ihrer Sorgenliste zwei weitere Punkte hinzuzufügen. Erst das unvorhergesehene Schlafwandeln ihrer Großmutter und dann die angebliche Ähnlichkeit mit ihrem unzuverlässigen Vater. Wo hat Albie in den letzten Tagen gesteckt, als sie mit dem Haus gekämpft und Lillian zurück nach Cloudesley geholt hat? Und was vielleicht viel entscheidender ist: Warum sollte es sie heute noch überraschen oder verletzen, dass er der große Abwesende in ihrem Leben ist und bleibt? Wie das nach Jahren der Enttäuschung solche Gefühle in ihr auslösen kann, ist ihr ein Rätsel.

Sie war fünf Jahre alt, als Albie sie das erste Mal nach Cloudesley brachte. An einem stürmischen, regnerischen Abend, der einen ziemlichen Kontrast zu der Sonne und Wärme der spanischen Inseln bildete, die sie verlassen hatten.

Bis zu diesem Zeitpunkt hatte ihr Leben nur aus Sonne und dem Umherziehen von einem Ort zum anderen bestanden. Mit ihrer Mum und ihrem Dad war sie ununterbrochen unterwegs gewesen, in einem bunt bemalten Bus, der sie überall hinbrachte, wo sie hinwollten. Eine Zeit lang hatte es ein kleines weißes Haus mit Meerblick gegeben.

Maggie kann sich an Bruchstücke des damaligen Lebens erinnern. An blassrosa Muscheln in einem Eimer, an Lagerfeuer am Strand, an Huckepackspaziergänge auf den Schultern ihres Vaters, an das leise Lachen ihrer Mutter und an das Meeresrauschen beim Einschlafen. Das Leben schien aus nichts als Liebe und Zusammenhalt zu bestehen, bis sie eines Morgens aufwachte und Albie am Fußende ihres Bettes saß, die Hände vors Gesicht geschlagen.

»Sie ist weg«, verkündete er. »Deine Mutter ist weg. Abgehauen. *Ihrem Schicksal gefolgt*, wie sie sagt. So sehr hat sie uns also geliebt.«

In seinem Blick stand so viel Angst und Verzweiflung, dass Maggie es nicht wagte, Fragen über ihre Mutter zu stellen. Nicht einmal als Albie ihr eröffnete, dass sie für eine lange Fahrt nach England packen würden. »Wir werden unsere eigenen Abenteuer erleben, Maggie. Wir werden es ihr zeigen.«

Albie fuhr über die lange, gruselige Zufahrtsstraße unter den dicht belaubten Bäumen und trug sie rasch die Stufen hoch, um dem heftigen Regen zu entfliehen. Dann läutete eine Messingglocke, die neben der großen Eingangstür hing. Sie hatte keine Ahnung, wer oder was sich dahinter befand, hatte Albie nie von seiner Familie, seinem Zuhause oder von seinen Eltern erzählen hören.

Maggie stand da und starrte auf die prächtigen, in die Holzpaneele geschnitzten Vögel, während irgendwo im Haus Hundegebell ertönte. Als ein uralt aussehender grauhaariger Mann im Rollstuhl die Haustür aufriss, versteckte sie sich hinter den Beinen ihres Vaters.

Der Mann musterte sie aufmerksam über eine Nickelbrille hinweg, vermutlich mit einer Mischung aus Verblüffung und Verärgerung, wie sie heute weiß. Eine seiner Hände lag auf dem Halsband eines riesigen Hundes mit grauem Fell, damit dieser nicht aus der Tür schoss, während er die Neuankömmlinge aufgeregt beschnupperte.

Dann warf der Mann einen kurzen Blick auf ihren Vater. »Albie«, sagte er, nur seinen Namen, mit einer seltsam verwaschenen Stimme.

»Hallo, Vater.«

»Der Weltenbummler ist wieder da. Was haben wir diese unverhoffte Ehre zu verdanken? Ist dir erneut das Geld ausgegangen?« Maggie fiel auf, dass sich die linke Gesichtshälfte des alten Mannes beim Sprechen nicht so mitbewegte, wie sie sollte.

Albie hatte keine Gelegenheit, etwas darauf zu erwidern, da die Tür plötzlich weiter aufging und eine Frau neben dem Mann auftauchte. Dort oben auf den Stufen wirkte sie groß und erstaunlich majestätisch mit ihren feinen Zügen und dem hellen, fast weißen und mit zwei Kämmen aus dem Gesicht gesteckten Haar, in ihrer weinroten Strickjacke mit der glitzernden Brosche eines Hirschkäfers. Maggie konnte sich kaum von dem Anblick losreißen.

»Albie«, rief die Frau. »Was für eine wunderbare Überraschung.« Sie wollte ihn begrüßen, als ihr Blick auf Maggie fiel und ihre Augen ganz groß wurden. »Na so was, wen haben wir denn da?«, fragte sie und schaute auf sie hinunter.

»Das ist Maggie. Meine Tochter.« In der Stimme ihres Vaters schwang ein ihr bis dahin unbekannter Ton mit, der sowohl kämpferisch als auch eingeschüchtert klang. »Maggie, sag deinen Großeltern Guten Tag.«

Der Hund begann wieder zu bellen, und Maggie, verängstigt durch den Lärm und den Blick, den das ältere Ehepaar getauscht hatte, schmiegte sich erneut an Albies Beine und verbarg das Gesicht an seiner Hose.

»Armes kleines Ding«, hörte sie die Frau sagen. »Sie muss erschöpft sein. Kommt rein, kommt rein und steht nicht länger in der Kälte herum. Lasst uns hineingehen.«

Maggie folgte ihrem Vater auf dem Fuß, beäugte misstrauisch den Hund, der sie in der riesigen Eingangshalle mit dem schachbrettgemusterten Boden und der sich zu einer Empore aufschwingenden Treppe beschnupperte.

»Es ist schon spät«, sagte der Mann im Rollstuhl betont vorwurfsvoll. »Du bleibst über Nacht?«

»Natürlich bleiben sie.« Die Frau kümmerte sich sofort. »Bring das Mädchen rauf ins blaue Zimmer, Albie. Das Bett ist gemacht.«

Maggie erinnert sich, wie sie in den Armen ihres Vaters die Stufen hinaufgetragen wurde, vorbei an den faszinierenden weißen Tierschädeln, dem Geweih eines Elchs und an zahlreichen düsteren Porträts mit Augen, die sie ausdruckslos anstarrten. Sie schritten durch einen breiten, mit Teppich ausgelegten Flur und nahmen ein paar steile Stufen, bis sie vor einer Tür stehen blieben.

»Das wird dein Zimmer, Maggie«, sagte ihr Vater, machte eine Nachttischlampe an und setzte sie aufs riesige Himmelbett. »Ist das nicht schön? Nebenan ist ein Bad. Für alle Fälle lass ich das Licht an.« Er stopfte einen schweren Brokatüberwurf um sie herum fest, sodass sie sich fühlte wie eines der hellrosa Hibiskusblütenblätter, die sie in die Blumenpresse gelegt hatte. Erst in diesem Sommer hatte sie die Presse gemeinsam mit ihrer Mutter benutzt.

»Es riecht komisch«, sagte sie. »Ich will wieder nach Hause.«

»Ein Zuhause findet man überall, Liebling.« Albie lächelte, seine Züge waren weich. »Dein Opa wirkt etwas griesgrämig, ich weiß, aber Lillian ist sehr lieb. Die liebste Frau, die ich kenne. Sie werden dich gernhaben, versprochen«, flüsterte er.

»Ich will Mama.« Das war das einzige Mal, dass sie es wagte, diesen Satz laut auszusprechen.

Albie starrte sie an. »Ich weiß. Aber am besten, du vergisst sie. Sie ist weg, und wir sind ohne sie besser dran, Mags, glaub mir.« Nach einem Kuss auf die Stirn schlich er aus dem Zimmer und ließ ein Lichtdreieck durch den Türspalt fallen.

Maggie lag stocksteif da, ihr Blick huschte über die schwachen Umrisse des sich wiederholenden Musters aus Kirschblüten und schimmernden Vögeln auf der silbernen Tapete. Das Haus machte seltsame Geräusche. Leitungen klapperten. Holz knarrte.

Mama. Wo war sie? Warum hatte sie sie im Stich gelassen? Was hatte Maggie getan, um sie zu vertreiben? Es musste etwas Furchtbares gewesen sein. Warum sagte ihr niemand Bescheid, damit sie es wiedergutmachen und sie zurückholen konnte?

Nach einer Weile schlich sie auf den Treppenabsatz hinaus, überlegte, das Bad zu benutzen. Doch angesichts der lauten Stimmen, die zu ihr hinaufhallten, war sie wie gelähmt. Ihr Vater und die weißhaarige Frau.

»Wo ist ihre Mutter? Warum ist sie nicht bei ihr?«

Sie hörte das abfällige Grunzen ihres Vaters. »Amanda? Die ist in einem Aschram. Sie meinte, sie bräuchte ein bisschen Zeit, *um zu sich selbst zu finden, um ihre Energie ins Gleichgewicht zu bringen und ihre Zukunft zu visualisieren*. Nur dass in der von ihr visualisierten Zukunft leider kein Platz für Maggie und mich ist. Sie hat sich nicht mehr blicken lassen, hat mich einfach hängen lassen. Ich hab mich bemüht, Maggie der Vater zu sein, den sie braucht, aber es war nicht leicht. Sie braucht deutlich mehr, als ich ihr geben kann, wenn du verstehst, was ich meine.«

»Du suchst nach Ausreden, Albie«, hörte sie die alte Dame sagen. »Du hast Angst.«

»Natürlich hab ich Angst.«

»Wovor?«

Ihr Vater schien zu zögern. »Ich bin ihm einfach zu ähnlich. Niemand kann das verstehen. Außer dir.«

»Wir haben alle unsere Schlachten zu schlagen, Albie. Du kannst selbst entscheiden, was für eine Art Mann du sein willst. Verstehst du das nicht? Vielleicht ist die kleine Maggie genau das, was du brauchst.«

»Was ich brauche, ist deine Hilfe.«

Maggie stand wie hypnotisiert im Flur. Sie hatte ihren Vater noch nie so flehentlich um etwas bitten hören. Sie musste sich vorbeugen, um zu verstehen, was noch kam.

»Es sind nur drei Monate, Lillian. Das ist ein guter Ort. Eine echte Chance, mein Leben wieder auf die Reihe zu kriegen. Drei Monate, dann bin ich wieder für sie da, versprochen. Es gibt sonst niemanden, zu dem sie kann. Niemanden außer dir.«

Sie verstand die Antwort der Frau nicht, weil der riesige Hund, der sie vorher an der Haustür begrüßt hatte, in diesem Moment mit heraushängender Zunge und wedelndem Schwanz zu ihr heraufschaute. Der Anblick des Tiers mit dem grauen Fell genügte, um sie sofort wieder ins Bett huschen zu lassen. Dort lag sie dann zitternd, die Augen zusammengekniffen, und nahm sich fest vor zu schlafen. Ohne zu wissen, dass ihr Vater am nächsten Morgen längst fort sein und sie in Cloudesley ein seltsames neues Leben erwarten würde, mit Großeltern, die ihr genauso fremd waren wie die Landschaft, in der sie lebten.

Damals hatte sie das alles nicht verstanden. Albies Süchte. Das Trinken und das Spielen. Er brauchte eine Entziehungskur, um sein Leben auf die Reihe zu bekommen. Doch weder er noch Lillian ahnten, wie sehr sich Maggie an die wenigen belauschten Worte geklammert hatte. Drei Monate, dann würde er zurückkehren. Sie hütete dieses Versprechen wie ein kostbares Geheimnis, wie einen Schatz.

Brav fügte sie sich den Regeln ihres seltsamen neuen Zuhauses und zählte insgeheim die Tage. Socken und Schuhe waren im Haus ein Muss. Sie, die daran gewöhnt war, barfuß herumzulaufen, wurde in neue Lederschnürstiefel gezwängt, die Lillian sie binden lehrte. Ihr widerspenstiges Haar wurde zweimal am Tag mit einer silbernen Bürste hundertmal gebürstet.

Es gab nur eine korrekte, aber umständliche Methode, Erbsen zu essen. Man durfte sie nicht mit einer Gabel oder einem Löffel in sich hineinschaufeln, sondern musste sie mit dem Messer auf der Rückseite einer Gabel zerquetschen. Durchs Haus toben war verboten, ebenso, Großvaters kostbare Antiquitäten anzufassen. Es gab bestimmte Zimmer, die sie nicht betreten, und Zeiten, zu denen sie Charles nicht stören durfte.

Lillian ließ keinen Zweifel daran, dass Charles Oberon ein Mann war, der seine Ruhe brauchte. Letzteres schärfte Lillian ihr mit todernstem Blick ein. »Du musst wissen, dass er ein wenig gereizt reagieren kann«, sagte sie. »Das liegt am Rollstuhl. Es ist wirklich hart für ihn. Für dich, wie für uns alle, ist es am besten, wenn du ihm aus dem Weg gehst.«

Maggie nickte feierlich und behauptete, sie könne das verstehen. Im Großen und Ganzen hielt sie sich an das strenge Diktat ihrer Großmutter. Nur einmal vergaß sie es, bei einem einsamen Murmelspiel auf dem Fliesenboden der großen Eingangshalle, als eine verirrte Murmel in einem der Flure verschwand und ihre Suche sie zur Tür eines Zimmers führte, von dem sie wusste, dass nur ihr Großvater es benutzen durfte. Die Tür stand offen, und als Maggie sich bückte, um die kleine glänzende Glaskugel vor der Fußleiste aufzuheben, nahm sie eine winzige Bewegung wahr.

Als sie ins Zimmer hineinspähte, sah sie, wie ihre Großmutter in die Hocke ging, um ihrem Großvater einen Schuh zu binden. Das allein war nicht weiter bemerkenswert, aber der finstere Blick ihres Großvaters, als er in seinem Rollstuhl auf Lillian hinabgestarrt hatte. Ein Blick, den man nur als hasserfüllt beschreiben konnte. Maggie schaute zu, ohne richtig zu verstehen, was da geschah, als Charles den Arm hob und versuchte, ihre Großmutter zu schlagen, wobei seine Faust schwach von Lillians Schädel abprallte. Danach richtete sich ihre Großmutter auf und sah den alten Mann an.

»Ach, Charles«, sagte sie, als würde sie ein kleines Kind trösten. »Das ist wirklich überflüssig.«

Als sie ihre Anwesenheit spürte, schaute Lillian von Charles zur offenen Tür, entdeckte, dass Maggie die Szene mit weit aufgerissenen Augen verfolgte, um daraufhin zur Tür zu gehen und sie wortlos zu schließen.

Maggie wusste nicht genau, was sie da soeben erlebt hatte, nur, dass es nicht für ihre Augen bestimmt war. Sie machte kehrt und rannte in den Park, die verirrte Murmel nach wie vor fest umklammert, kletterte ins Geäst ihres Lieblingsbaums im Arboretum und versuchte, das hässlich verzerrte Gesicht ihres Großvaters zu verdrängen.

Lillian hatte ihr das natürlich schon erklärt. Es war schrecklich, an diesen furchtbaren Rollstuhl gefesselt zu sein. Doch Maggie begriff noch etwas anderes. Wie sehr Lillian ihren

Mann lieben musste, um sich so um den grantigen Alten zu kümmern, wie sie es tat.

Von diesem Tag an bemühte sie sich noch mehr, ihrem Großvater aus dem Weg zu gehen. Doch in dem Maß, in dem die Angst vor ihrem Großvater zunahm, erblühte die Liebe zu ihrer Großmutter. In Maggies Augen war Lillian ein Engel.

Maggie strengte sich an, die Hausordnung zu befolgen, machte eine Art Spiel daraus, zählte die Tage und achtete darauf, jeder Bitte zu entsprechen. Wenn sie sich an ihren Teil der stummen Abmachung hielt, würde Lillian zufrieden sein und Albie nach den drei Monaten zurückkehren.

Doch Albie kehrte nicht zurück. Aus drei Monaten wurden vier, dann fünf, bis Maggie irgendwann aufhörte zu zählen, ihr früheres Leben beinahe vergaß. Übrig blieben nur ein paar Erinnerungsfetzen, vergleichbar mit den verblassten Abbildungen in einem geliebten Bilderbuch. Und als sie endlich akzeptiert hatte, dass er vermutlich nie mehr zurückkehren würde, tauchte er mit Bergen von Geschenken, Umarmungen und Komplimenten auf. Wie groß Maggie geworden sei, er sei ja so stolz auf sie.

Es war gut, ihn wiederzusehen, fast so, als wäre alles wieder wie früher. Sie spielten Ball auf dem Rasen und unternahmen Spaziergänge durch den Wald. Maggie gewöhnte sich an seine Anwesenheit und wartete geduldig auf den Tag, an dem er sie bitten würde, ihre Sachen zu packen, um ihr altes Leben wieder aufzunehmen.

Doch während ein Tag nach dem anderen verging, schien Cloudesley Albie unmerklich zu verändern. Langsam verflog seine gute Laune. Das Leuchten in seinen Augen ließ nach, Sorgenfalten erschienen in seinem Gesicht. Er reagierte gereizt auf

Maggie und ungeduldig auf ihre Bitten, mit ihr zu spielen. Eine neue Kluft tat sich zwischen ihm und Lillian auf, sosehr ihre Großmutter sich auch bemühte, ihn zufriedenzustellen. Es war, als würde ihn das Haus runterziehen, ihm jede Lebensfreude rauben.

Maggie machte sich Sorgen über diese Veränderung, bis sie eines Morgens aufwachte und Albies Zimmer leer vorfand. Sein Koffer war weg. Ihr Vater hatte gepackt und sich ein weiteres Mal davongestohlen. Untröstlich über diese Entdeckung, warf sich Maggie auf sein Bett und weinte in sein kaltes Kissen.

Das sollte sich zu einem festen Beziehungsmuster entwickeln. Albie schneite in ihr Leben, nur um sich dann wieder in Luft aufzulösen, während die Mutter, die sie einst gekannt hatte, nur noch ein ferner Widerhall in ihren Erinnerungen und Träumen war. Ihre Stimme, die Gutenachtlieder sang, ihr strahlendes Lächeln, die in ihr dunkles Haar eingeflochtenen Perlen und der rote, um sie herumwirbelnde Rüschenrock, wenn sie um ein Lagerfeuer am Strand tanzte. Lauter Erinnerungen, denen sie lieber nicht nachhing. Wie sie bald lernen sollte, waren Lillian und Cloudesley die einzigen Konstanten, auf die sie sich verlassen konnte.

***

In ihrer ersten Nacht in Cloudesley liegt sie im selben Bett, im selben Zimmer. Doch heute, als sechsundzwanzigjährige Frau, kennt Maggie die Wahrheit. Menschen, die man liebt, verlassen einen. Oder sie werden alt und gebrechlich.

Die Zeit vergeht, alles verblasst und zerfällt. Das eigene Leben passt in acht Pappkartons, die man nicht auszupacken wagt.

Alles, was einem bleibt, ist ein verfallenes, riesiges Spukschloss und die Geister der Vergangenheit, die einen bis in den Schlaf verfolgen.

In diesem Bett empfindet Maggie das riesige Anwesen und ihre Verantwortung dafür wie eine zentnerschwere Last. Sie ist zurückgekehrt, um ihre Pflicht zu tun, um sich Lillian gegenüber korrekt zu verhalten. Sie war die Einzige, die sie nie enttäuscht hat.

Obwohl Maggie geglaubt hat, das zu schaffen, wächst im Dunkeln die Panik, dass sie all dem nicht gewachsen ist. Sie ist nicht so, wie sie sein sollte. Sie müsste mehr so sein wie ihre Großmutter, stark und gelassen. Sie muss bleiben und um ihr Erbe kämpfen, doch mit jeder Faser ihres Körpers will sie einfach nur fliehen, bloß weg von hier.

Genau wie meine Eltern.

Das Bett ist kühl und klamm, die Laken riechen modrig, sorgen dafür, dass sie sich erst recht einsam fühlt. Sie rollt sich zusammen und reibt die Füße aneinander, um sich zu wärmen – wohl wissend, dass es lange dauern wird, bis sie einschlafen kann.

Ich muss bleiben, redet sie sich ein. *Ich darf nicht so sein wie sie.*

Maggie muss nur die Augen schließen und auf den nächsten Morgen warten. Sie muss nur durchhalten, um das Versprechen zu erfüllen, das sie Lillian gegeben hat. Jeden Tag aufs Neue.

9

Während sie in Charles' Himmelbett liegt und darauf wartet, dass er zu ihr kommt, denkt Lillian an die Versprechen, die sie ihrem Mann gegeben hat. *Dich zu lieben und zu ehren. In guten wie in schlechten Zeiten. Bis dass der Tod uns scheidet.*

Sie hat diese Worte in gutem Glauben gesagt, in der festen Überzeugung, dass der Eheschwur am Beginn von etwas Wunderbarem steht, das ihr ganzes Leben verändern wird. Die Hoffnung flatterte in ihrer Brust wie ein Vogel.

Lillian erkennt die junge Frau kaum wieder, die sie einmal war, geschweige denn das Umfeld, in dem sie sich jetzt bewegt. Denn ihre Ehe mit Charles ist eine komplizierte, explosive Angelegenheit. Es gibt so viele ungeschriebene Gesetze, so viele unausgesprochene Regeln und Gefühlsschwankungen, die vorhergesehen und richtig gedeutet werden wollen. Sie weiß, dass er zu viel gesehen, zu viel verloren hat. Keine Sekunde lang unterschätzt sie den Schaden, den er während der unsäglichen Kriegsjahre genommen hat, auf die dann der tragische Verlust seiner ersten Frau folgte.

Wenn sie doch besser darin wäre, ein Leben mit ihm zu führen! Wenn sie den Mann, an den sie nunmehr gebunden ist, doch besser verstehen könnte! Jeder einzelne Tag ihrer Ehe fühlt sich wie ein gefährlicher Balanceakt an. Nie weiß sie, ob sie festen Boden oder Treibsand unter den Füßen hat, der sie in eine von Charles' unberechenbaren Launen mit hineinzieht.

Sie wirft sich unter der Bettdecke hin und her und lauscht auf seine sich nähernden Schritte. Zumindest was ihr Liebesleben betrifft, hat sich ein festes Muster herauskristallisiert, das Charles gleich in den ersten Tagen ihrer Ehe etabliert hat. Sie besucht ihn nur auf seine Aufforderung hin in seinem Schlafzimmer. An diesen Abenden hat sie sich pünktlich gegen zweiundzwanzig Uhr bei ihm einzufinden. Der Ablauf ist stets der gleiche. Sie öffnet die Tür, zieht im Schein der kleinen Nachttischlampe ihren Morgenmantel aus, legt sich in sein Bett, starrt in den Betthimmel aus dunklem Stoff und wartet, bis ihr Mann zu ihr kommt, um den Liebesakt zu vollziehen.

Sie geht davon aus, dass das, was sie da im Dunkeln machen, etwas mit Liebe zu tun hat, auch wenn sie keinerlei Vergleichsmöglichkeit hat und niemanden, mit dem sie darüber reden könnte. Wenn überhaupt, ist Joan ihre Vertraute. Doch Lillian würde es nie wagen, sich einer so erfahrenen Frau zu öffnen. Sie kann sich den Schock vorstellen, den ihre Fragen bei Joan auslösen würden. Nicht zuletzt, weil sie dadurch die Abgründe ihrer Ehe enthüllen würde. Sie liebt Joan, weiß aber nicht, ob sie ihr wirklich vertrauen kann. Jedenfalls nicht, was dieses dunkelste aller Geheimnisse betrifft.

Die Tür zu Charles' Zimmer öffnet sich mit einem vertrauten Quietschen. Lillian durchläuft ein Schaudern. Wortlos geht Charles durchs Zimmer. Er zieht sich rasch aus, schlüpft ins Bett und legt die Decke so über sie, dass er sie besteigen kann, wobei sein Gesicht knapp über ihrem schwebt. Er zieht ihr Nachthemd bis zur Taille hoch.

Sie sucht seinen Blick, doch er runzelt die Stirn und dreht ihr Gesicht zur Seite, damit sie nicht länger ihn, sondern das weiße Kissen neben ihrem Kopf anschaut.

Ergeben schließt sie die Augen und versucht, den leisen Schrei zu unterdrücken. Charles liegt schwer auf ihr, sein Atem heiß an ihrer Wange, bewegt sich stumm, umklammert ihre Schultern und hält sie fest. Seine Finger packen fest zu.

In ihrem Kopf ist sie ganz woanders. Sie schließt die Augen und stellt sich einen breiten Kiesstrand vor, einen Ort, an dem sie als Kind einst mit ihren Eltern war. Sie weiß noch, wie es war, über die unterschiedlich großen Steine zu rennen, das Meer ein kühles, glänzendes an den Strand schlagendes Grau, immer wieder von vorn, Wasser, das unablässig gegen die Felsen prallt. Vor und zurück. Vor und zurück. Sie weiß, dass auch Charles ein Ziel hat, ein für sie unerreichbares Ziel. Als sie aufsieht, nimmt sie die glänzenden Tränen wahr, die hinter seinen geschlossenen Lidern hervorrinnen. Sie bemerkt sein verzerrtes Gesicht, seinen Schmerz, der nur in diesem Moment des Loslassens sichtbar wird, wenn er sich mit einem letzten Stöhnen auf sie fallen lässt.

Lillian liegt mehr oder weniger reglos da. Langsam hebt sie die Arme und umschlingt ihn. Sie spürt, wie er sich in ihrer Umarmung entspannt. Für einen winzigen Augenblick lässt er zu, dass sie ihn hält. Ihre Finger streichen ihm durchs Haar, trösten ihn wie ein kleines Kind. Vielleicht wird er ihr heute Nacht erlauben zu bleiben? Vielleicht wird er heute Nacht ausnahmsweise einmal nicht wegen seiner schrecklichen Albträume schreiend aus dem Schlaf fahren?

»Bei mir bist du in Sicherheit«, flüstert sie in die Dunkelheit hinein, in dem Wunsch, dass er endlich loslassen, sie endlich zu sich durchdringen lassen möge.

Beim Klang ihrer Stimme versteift er sich, rollt von ihr herunter in seine Betthälfte.

»Du darfst gehen«, sagt er kühl. Lillian, die merkt, dass sie einen Fehler gemacht, das Falsche gesagt oder getan hat, schlüpft aus dem Bett und zieht ihren Morgenmantel wieder an.

»Gute Nacht«, sagt sie, ohne dass Charles reagiert.

Sie verlässt sein Zimmer und kehrt durch den langen Flur in ihr eigenes leeres Bett zurück, einen dumpfen Schmerz zwischen den Beinen und erfüllt von tiefer Traurigkeit und Einsamkeit.

Nein, ihre Ehe ist kein bisschen so, wie sie sich das vorgestellt hat. Doch als sie sich in ihr Bett legt und darin winzig klein zusammenrollt, macht sie sich weis, dass sie nur das Versprechen halten muss, das sie Charles gegeben hat, jeden Tag aufs Neue. In guten wie in schlechten Zeiten.

***

Einen Tag später sitzt Lillian an ihrem Schreibtisch im Salon und tupft mit Löschpapier die Tinte eines Briefes trocken, als sie einen Blick spürt. Jemand steht in der Tür und beobachtet sie. Sie dreht sich um und rechnet damit, Charles vor sich zu sehen oder Sarah, das Dienstmädchen, das vor dem Zimmer wartet, weil es nicht weiß, ob es in Anwesenheit seiner Herrin reinkommen und staubwischen oder putzen darf. Doch da ist niemand, nur ein leerer Türrahmen, das Ächzen eines Dielenbretts und ein gespenstischer Luftzug, den jemand soeben hinterlassen zu haben scheint.

Lillian schüttelt den Kopf. Sie ist müde. Es hat lange gedauert, bis sie gestern einschlafen konnte, und sie weiß, dass einem die Einbildungskraft in diesem Haus so manchen Streich spielen kann. Sie schaut auf den Brief und hebt den Blick gleich wieder. Da ist doch was!

Ein geheimnisvoller, nicht zu identifizierender Duft hängt in der Luft. Rauch, erkennt sie. Vielleicht von einem Laubfeuer draußen? Oder von Mrs. Hill, die fluchend in der Küche steht und etwas Angebranntes aus einer auf dem Herd vergessenen Pfanne kratzt? Sie verdrängt diesen Gedanken und will sich wieder auf ihren Brief konzentrieren, als beängstigendes Gebrüll in der Eingangshalle laut wird. Da läuft gerade etwas gründlich schief.

Sie findet die beiden in der Bibliothek vor. Albie kauert vor dem Kamin und hält sich schützend die Hände vors Gesicht, während sich Charles über ihn beugt, hochrocht vor Wut. Seine bernsteingelben Augen funkeln gefährlich. »Du Schwachkopf«, schreit Charles den Jungen an.

»Es tut mir leid, es tut mir so leid«, sagt Albie mit zitternder Stimme. »Es war ein Versehen.«

»Was ist denn?«, fragt sie. »Was ist passiert?«

Der Verbrennungsgestank ist im Zimmer deutlich wahrnehmbar, ein beißender Gestank kommt ihr entgegen und bringt sie beinahe zum Würgen. Sie sieht sich um und entdeckt die glühende Asche im Kaminrost, die losen, versengten Blätter daneben.

Charles dreht sich mit geballten Fäusten zu ihr um. »Ich habe Bentham gerade gebeten, das Gepäck für meine Londonreise in den Wagen zu laden, als ich Rauch gerochen habe. Ich hab nachgeschaut und diesen kleinen Idioten dabei ertappt, das Haus anzuzünden.«

Sie schaut von Albie zum Kaminrost, wo sie den Aschehaufen inzwischen als Überreste eines ledergebundenen Buches identifizieren kann. Unweit von Charles prangt ein großer schwarzer Fleck auf dem kostbaren Perserteppich.

»Es tut mir leid«, fleht Albie, der vor den Füßen seines Vaters kauert.

»Was hast du dir nur dabei gedacht? Du hättest das ganze Haus abfackeln können.«

»I-i-ich … ich weiß nicht. Ich hab die Streichhölzer gefunden und wollte bloß gucken, ob ich Feuer machen kann. Ich war nur neugierig.«

Charles verdreht die Augen und fährt sich durchs dicke rotbraune Haar. »Meine Güte«, sagt er zu niemand Bestimmtem. »Mein Kind scheint völlig schwachsinnig zu sein.«

Er geht zum Kaminsims, nimmt eine Zigarre aus einer Schatulle, zündet sie sich mit einem der verhängnisvollen Streichhölzer an, die Albie gerade benutzt hat, um dieses Inferno zu verursachen. Mehrmals zieht er an seiner Zigarre, lässt Rauch aus dem Mund strömen, während er erst Albie und dann den Brandfleck auf dem Teppich betrachtet.

Lillian hält sich zurück. Sie weiß nicht genau, ob sie sich einmischen oder lieber schweigen soll, während Charles den Schaden begutachtet. Sie beschließt, dass es das Beste ist, nichts zu sagen. Wenn sie sich einmischt, kann das erst recht seinen Zorn erregen.

»Es war ein Versehen«, wiederholt Albie nach wie vor mit hängendem Kopf. »Die Seiten haben so schnell Feuer gefangen. Ich hab ein paar davon fallen lassen, die sich auf dem Teppich verteilt und ihn in Brand gesetzt haben. Es tut mir sehr leid, Vater. Es wird nicht wieder vorkommen, versprochen.«

Lillian atmet vorsichtig auf.

»Dieser Teppich ist unersetzlich. Dein verstorbener Großvater hat ihn extra vom Nahen Osten bis hierher bringen lassen«, fährt Charles fort. »Er ist einzigartig, von unschätzbarem Wert.«

»Er hat gesagt, dass es ihm leidtut, Charles«, sagt Lillian nicht ohne Angst. »Ich weiß, dass er Schaden angerichtet hat – aber du wirst nie mehr mit Streichhölzern spielen, stimmt's, Albie?«, wendet sie sich an den Jungen.

Als der feierlich den Kopf schüttelt, sieht Charles sie gereizt an, mustert den Teppich noch ausgiebiger, um dann wieder Albie anzuschauen. »Komm her«, befiehlt er.

Der Blick des Jungen huscht zu Lillian. Sie sieht die Angst in seinen Augen, das Zittern seiner dünnen Beine, als er einen Schritt nach vorn macht.

»Streck die Hand aus.«

»Charles«, sagt Lillian, während sich die Angst aufrichtet wie eine Schlange. Sie sieht, wie Charles den Ärmel des Jungen bis zum Ellbogen hochstreift. »Er hat sich entschuldigt.«

»Ja, und jetzt bekommt er seine gerechte Strafe.«

»Charles, er ist acht Jahre alt«, sagt Lillian schrill. »Es war ein Missgeschick. Was soll er denn deiner Meinung nach noch tun?«

»Er soll sich in Zukunft gut überlegen, ob er mit Streichhölzern spielen will.« Charles nimmt die Zigarre aus seinem Mund, und ehe Lillian begriffen hat, was er vorhat, drückt er das glühende Ende auf die Innenseite von Albies nacktem Arm.

Der Junge stößt einen Schmerzensschrei aus. Lillian entweicht ein entsetztes Kreischen. Sie stürmt nach vorn und schlägt Charles' Hand weg, woraufhin seine Zigarre gegen den Kamin fliegt.

»Hör auf damit«, schreit sie. »Lass ihn in Ruhe.«

Charles dreht sich zu Lillian um, eiskalte Wut funkelt in seinen Augen. »Du vergisst, dass du nicht die Mutter dieses Jungen bist, meine Liebe. Geh zur Seite.«

Lillian bleibt, wo sie ist. »Ich werde nicht zulassen, dass du ihm wehtust. Tu mir weh, wenn du jemanden bestrafen musst, aber nicht ihm.«

Charles packt Lillians Kinn, drückt ihren Kiefer so zusammen, dass sie das Gefühl hat, er würde zermalmt. Sie spürt, wie Albie sich hinter sie flüchtet. Charles zwingt sie, ihm in die Augen zu sehen, sie spürt seinen heißen Atem im Gesicht. »Reiz mich nicht, Liebes. Du hast nicht zu bestimmen, wie ich meinen Sohn erziehe.«

Sie zuckt zusammen, wappnet sich gegen den Schlag und fragt sich, ob er den weiß glühenden Hass spüren kann, den sie in diesem Moment für ihn empfindet. Doch so plötzlich, wie er sie gepackt hat, lässt er sie auch wieder los und geht ans andere Ende des Zimmers.

»Ich werde eine Woche fort sein«, sagt er über seine Schulter hinweg. »Vielleicht auch länger. Lass den Teppich vor meiner Rückkehr austauschen. Ich möchte ihn nicht mehr sehen.«

Sobald er das Zimmer verlassen hat, eilt Lillian zur Dienstbotenklingel, bevor sie den nach wie vor wimmernden Jungen an sich zieht.

»Albie«, sagt sie. »Albie, hör mir gut zu. Er ist weg.«

Verweint schaut er zu ihr auf. »Hat er dir wehgetan?«

»Nein, es geht mir gut.«

Sarah kommt, bleibt abwartend in der Tür stehen. »Ja, Ma'am?«

»Wir hatten ein kleines Missgeschick«, sagt sie. »Bitte bringen Sie uns, so schnell Sie können, kaltes Wasser und Verbandsmaterial.«

Sarah macht große Augen, als sie den weinenden Albie in Lillians Armen sieht. »Natürlich, Ma'am, kommt sofort.«

Als sie fort ist, drückt Lillian den Jungen erneut an sich. »Es tut mir so leid, Albie.«

Albie schluchzt. »Es war nicht deine Schuld.« Schniefend wischt er sich mit dem Handrücken übers Gesicht. »Ich weiß, dass er schrecklich sein kann, aber er liebt uns.« Er schnieft erneut. »Das ist doch so, oder? Im Nachhinein tut es ihm jedes Mal leid.«

»Natürlich liebt er dich«, sagt Lillian. »Er ist ein komplizierter Mann. Aber er ist dein Vater.« Albie zuckt zusammen und hält sich den Arm.

Verdammt, denkt Lillian, wo bleibt Sarah nur?

»Es tut nicht weh. Zumindest nicht allzu sehr.« Albie löst sich von ihr und sieht sie mit großen Augen an. Man merkt sofort, dass er lügt. Er versucht, tapfer zu sein. »Du darfst nicht fortgehen. Wir haben schon Mutter verloren. Ich könnte es nicht ertragen, dich auch zu verlieren.«

Lillian nickt verständnisvoll. Er hat Angst, dass sie Charles so sehr verurteilt, dass sie beide verlässt. Dabei würde sie durchs Feuer gehen, um Albie zu beschützen. Jederzeit würde sie sich Charles' Fäusten aussetzen, nur damit er diesem Jungen nicht wehtut. Er braucht sie wie niemand sonst.

Während sie den zitternden Jungen wieder in den Arm nimmt, denkt sie an die dunkelhaarige Frau auf dem Porträt über dem Esszimmerkamin. Die arme Evelyn wurde so früh aus dem Leben und aus dem ihres Kindes gerissen. Und der arme

Albie! Lillian weiß genau, wie es ist, einen geliebten Elternteil zu verlieren.

Genau das ist Muttersein. Sie mag zwar nie eigene Kinder bekommen, wird aber stets Albie haben, ihm stets oberste Priorität einräumen.

Lillian seufzt tief, als sie den Jungen erneut fest an ihre Brust drückt. »Als ich deinen Vater geheiratet habe, Albie, habe ich ihm versprochen, ihn zu lieben. In guten wie in schlechten Zeiten. Und ich habe ihm noch etwas versprochen: Dich so zu lieben, wie eine Mutter ihr Kind nur lieben kann. Genau das tue ich, Albie. Ich liebe dich sehr und werde dich niemals im Stich lassen. Darauf geb ich dir mein Wort.«

10

Der Mann am anderen Ende der Leitung kann nichts dafür, trotzdem bekommt er Maggies Enttäuschung ungefiltert zu spüren. Aus ihrer Sicht hängt alles an diesem einen Telefonat. Von ihren Überredungskünsten hängt ab, ob Cloudesley aufblühen oder untergehen wird.

»Ich glaube, Sie verstehen mich nicht.« Maggie versucht, nicht endgültig die Geduld zu verlieren. »Das Haus ist alt, richtig alt. Es wurde Anfang des 18. Jahrhunderts oder so erbaut.«

Sie sitzt im Arbeitszimmer ihres Großvaters, die Füße auf dem Schreibtisch, und starrt blind auf das Mosaik aus Gegenständen, die ihn übersäen. Geistesabwesend greift sie nach einem Briefbeschwerer aus Kristall und dreht ihn in der Hand, bevor sie ihn zurücklegt.

»Ich habe mir Ihre Webseite genau angesehen, und es unterscheidet sich tatsächlich kaum von anderen Anwesen, die Ihre Mitglieder jedes Jahr gegen ein Eintrittsgeld besuchen. Sie wissen schon, all die alten Omis, die auf Blumengärten und Teeläden stehen! Nach ein paar Veränderungen würde es denen auch hier gefallen, das weiß ich genau.«

Der Mann am anderen Ende der Leitung räuspert sich. »Wir vom National Trust sind sehr stolz darauf, dass wir inzwischen weitaus mehr Leute als nur alte Omis, wie Sie sie nennen, Ms. Oberon, zu unseren Mitgliedern zählen können.«

»Ja klar«, pflichtet Maggie ihm rasch bei. »Familien fänden es bei uns auch toll. Es gibt jede Menge Platz für herumtollende Kinder, außerdem Kletterbäume in Hülle und Fülle. Der Ort ist einfach magisch.«

»Jaja, ich hab verstanden«, sagt der Mann. Er klingt jünger als gedacht und eigentlich sympathisch. »Das hört sich charmant an. Natürlich besteht unsere Aufgabe darin, so viele denkmalgeschützte Häuser zu erhalten wie möglich. Jeder, der für uns arbeitet, ist leidenschaftlich davon überzeugt, dass unsere Kulturgüter erhalten werden müssen.«

Maggie nickt deutlich ermutigt. »Genau.«

»Aber ich fürchte, es ist einfach nicht machbar, jedes Anwesen zu fördern, das uns vorgeschlagen wird«, fährt er fort. »Wir sind eine gemeinnützige Organisation, finanziell von Mitgliedsbeiträgen, Spenden und Erbschaften abhängig, müssen uns also nicht nur von unserer Mission leiten lassen, sondern auch von wirtschaftlichen Überlegungen. Man hat sehr strenge Kriterien zu erfüllen, bevor wir ein neues Anwesen überhaupt erst in Erwägung ziehen. Haben Sie denn über einen privaten Investor nachgedacht?«, fährt er fort. »Jemand, der vielleicht finanziell besser ausgestattet ist und die notwendigen Renovierungsarbeiten stemmen kann?«

»Bei uns schnüffelt bereits ein potenzieller Käufer herum, aber ich glaube nicht, dass er ans Restaurieren denkt. Außerdem wollen wir nicht verkaufen«, sagt Maggie, nimmt die Füße vom Tisch und beugt sich auf ihrem Stuhl vor.

Nur nach Cloudesley. Lillians Worte hallen ihr noch in den Ohren.

»Das Anwesen ist seit über einem Jahrhundert das Zuhause unserer Familie. Wir möchten es erhalten. Ich dachte, meine Großmutter und ich könnten in einen Flügel des Hauses ziehen und Ihnen den Rest überlassen, damit Sie ihn restaurieren und der Öffentlichkeit zugänglich machen. Sie werden uns nie zu Gesicht bekommen, und wir sind auch mucksmäuschenstill, versprochen!«

»Ich fürchte, so einfach ist das nicht, Ms. Oberon. Glauben Sie mir, ich verstehe Ihre Notlage …«

»Ich glaube nicht. Wenn Sie uns nicht helfen, gibt es Cloudesley in einem Jahr vielleicht nicht mehr. Wieso kommen Sie nicht einfach vorbei und schauen es sich an?«

Der Mann seufzt. »Alles, was ich tun kann, ist Folgendes. Ich kann Ihre Kontaktdaten an einen unserer regionalen Ansprechpartner weiterleiten«, lässt er sich erweichen. »Den kann ich bitten, Ihren Vorschlag in Erwägung zu ziehen. Sollte er das Anwesen für wertvoll genug halten, wird er es unserem Ankaufkomitee und den Treuhändern vorschlagen.«

»Toll. Wie schnell geht so was?«

»Ich kann da leider keine genauen Zeitangaben machen. Es gibt jede Menge wunderbare Anwesen im ganzen Land, die dasselbe Schicksal erleiden wie Cloudesley.«

»Reden wir von Wochen oder Monaten?«

»Von Monaten … vielleicht sogar von einem längeren Zeitraum.«

Maggie verlässt der Mut. Als ihr die Idee heute Nacht gekommen ist, hat sie sich großartig angefühlt. Es schien die ideale Lösung zu sein, um das verfallende Haus trotz ihrer finanziellen Notlage zu retten. Das würde allerdings bedeuten, es einem neuen Eigentümer zu übergeben und der Öffentlichkeit zugänglich zu machen. Aber wenn das alte Gemäuer dadurch gerettet werden kann … Mit so einer lauwarmen Reaktion hat sie jedoch nicht gerechnet.

»Ich muss Ihnen allerdings sagen, Ms. Oberon«, fährt die Stimme am andere Ende der Leitung fort, »dass wir Cloudesley bei dem von Ihnen skizzierten Szenario eher nicht berücksichtigen werden. So schön Sie Ihr Zuhause beschreiben – bei solchen Dingen müssen wir Vernunft walten lassen. Wenn das Anwesen keinen einzigartigen historischen oder kulturellen Wert besitzt, dürfte es in diesen finanziell schwierigen Zeiten eher nicht infrage kommen, dass wir uns dafür einsetzen. Ich möchte wirklich keine falschen Erwartungen wecken. Sie sollten Ihre Zeit und Energie lieber in die Suche nach einer Alternative stecken.«

Maggie legt auf. Überall um sie herum liegen Mahnschreiben und Rechnungen. Das ziemlich exzentrische Ornament eines Frosches mit weit aufgerissenem Maul glotzt sie vom Fuß der Tischleuchte an. Der entsetzte Gesichtsausdruck des Tiers gibt ihre Gefühle eins zu eins wieder.

»Ich weiß«, sagt sie, stützt den Kopf in die Hände und seufzt laut. »So wie es aussieht, will niemand dieses alte Anwesen. Nicht mal geschenkt.«

11

Lillian wird vom schnurrenden Ruf eines Ziegenmelkers geweckt, der im Park singt. Seit Charles' Abreise nach London schläft sie unruhig. Jedes Mal, wenn sie die Augen schließt, sieht sie den roten Zigarrenbrandfleck auf Albies Arm und hört seinen gequälten Schrei.

Obwohl der Morgen kaum mehr als graue Dämmerung hinter den Vorhängen ist, schlägt sie die Decke zurück und schlüpft aus dem Bett. Rasch zieht sie sich an.

An manchen Tagen streift Lillian in dieser stillen Stunde vor Sonnenaufgang, noch bevor das Personal aufgestanden ist und wenn noch alles schläft, durchs Haus. Dann kann sie sich in Cloudesley frei und unbeobachtet bewegen, ohne kontrolliert und überwacht zu werden. Das ist die einzige Tageszeit, zu der sie sich tatsächlich wie die Hausherrin fühlt statt wie die Haushälterin.

Sie versucht, nicht zu viel an Evelyn zu denken, aber an diesem Morgen kann sie sie einfach nicht ausblenden. Sie quält sich mit Gedanken an die Frau, in deren Schatten sie getreten ist. Musste sie die gleichen Wutausbrüche ihres launischen Mannes erleiden? Oder war Charles in seiner ersten Ehe zufriedener mit seinem Leben? Charles erwähnt sie nie, aber das Porträt im Esszimmer zeigt eine elegante, selbstbewusste Frau. Im Vergleich mit ihr bleibt Lillian gar nichts anderes übrig, als sich viel zu klein und ungenügend für ein solches Leben zu fühlen.

Bestimmt ist alles ihre Schuld. Ein so komplizierter Mann wie Charles, bis oben hin zugeknöpft und voller unterdrückter Gefühle, muss mit Samthandschuhen angefasst werden. Sie scheint weder ihm noch Albie gerecht werden zu können.

Warum ist sie in der Bibliothek nicht deutlich früher eingeschritten? Warum hat sie sich nicht eingemischt und Albie vor Charles' Bestrafung gerettet? Vielleicht schaut Evelyn von einer himmlischen Wolke auf sie hinunter, entsetzt über Lillians Unfähigkeit, ihren Mann umzustimmen und Albie vor Charles' brutalen Übergriffen in Schutz zu nehmen. Vielleicht hat sie nichts von alldem verdient. Weder Charles noch Albie, noch Cloudesley? Während Lillian durchs stille Haus streift, wird sie von Versagensängsten heimgesucht.

Unten in der Küche dreht Monty sich in seinem Körbchen. Da er die Möglichkeit eines Abenteuers wittert, heftet er sich an ihre Fersen und folgt ihr ins Blumenzimmer, wo Lillian nach einer Gartenschere, Handschuhen und einem Korb greift.

Niemand leistet ihr in dem von Mauern umgebenen Garten Gesellschaft, nur der Hund und eine einsame Amsel, die voller Erwartung durchs Spalierobst und über die eingenetzten Stachelbeersträucher hüpft. Die Sonne ist ein tief stehender rosagoldener Fleck am Horizont. Tau dringt durch ihre Seidenpantoffeln, den sie jedoch kaum bemerkt.

Stumm geht sie an den Beeten vorbei und saugt die Morgenluft ein, während ihre Gedanken zu Albie zurückkehren.

Kaum ist Charles in London, kehrt so etwas wie Frieden auf dem Anwesen ein. Es ist, als würden das Haus und seine Bewohner jetzt, wo seine heißblütige Energie fehlt, alle erleichtert aufatmen. Der vom Feuer beschädigte Teppich wurde zusammengerollt und in eine Scheune verbannt. Albies hässlicher roter Brandfleck ist verbunden und unter dem langen Hemdsärmel des Jungen verborgen.

Dennoch wirkt der Vorfall im ganzen Haus nach. Wie ein Stein, der ins Wasser fällt und Wellen erzeugt, die sich immer weiter ausbreiten. Albie ist sichtlich stiller und in sich gekehrter als sonst. Er verbringt viel Zeit allein, streift übers Anwesen oder liegt auf seinem Bett herum. Sie weiß nicht, wie sie an ihn herankommen, wie sie ihm das Gefühl geben soll, in Sicherheit zu sein.

Sie hat gesehen, wie der Künstler mit ihm im Park geplaudert und gelacht, ihm das Haar zerzaust hat, während sie sich einen Witz erzählten. In Albies Zimmer hat sie etwas entdeckt, das wie eine schnelle Skizze von dem Jungen aussieht, die der Künstler auf die Rückseite eines Briefumschlags gezeichnet hat. Albie hat sie stolz an seine Kork-Pinnwand zu den von ihm gesammelten Briefmarken und Postkarten geheftet. Vielleicht ist Jack Finchers beruhigende Anwesenheit Balsam für die Seele des Jungen, zumindest hofft sie das.

Dann bleibt sie vor einem Strauch Damaszenerrosen mit rosa Blüten stehen, schneidet einige Zweige ab und legt sie in ihren Korb, bevor sie sich vorbeugt und ihren Duft einatmet. Sie riechen stechend süß, wie türkisches Fruchtkonfekt. Ein Stück weiter schneidet sie jede Menge fein gefältelte duftende Gartenwicken zurück, die sich spiralförmig an hohen Weidenpyramiden emporranken.

Bis die Sonne über die Ziegelmauer gestiegen ist, bleibt sie im Garten, denkt über ihre Niedergeschlagenheit und ihr Versagen nach. Wieder im Haus, leert sie den Korb im Blumenzimmer.

Sie hört, wie Mrs. Hill und Sarah in der Küche am anderen Ende des Flurs plaudern, begleitet von Wasserrauschen und Topfklirren. Lillian entfernt Dornen, kürzt Zweige und arrangiert die Rosen in einer großen Vase für den Salon, die Gartenwicken kommen in kleinere Krüge. Während sie ihre Bemühungen prüfend in sich aufnimmt, kommt ihr eine Idee. Den einen Strauß wird sie wie geplant ihrer Schwester bringen, den kleineren jedoch ins Künstlerzimmer. Eine kleine, unausgesprochene Dankesgeste, weil er so nett zu Albie ist.

***

Da Lillian weiß, wie früh Mr. Fincher mit der Arbeit beginnt, erwartet sie keine Reaktion, klopft aber vorsichtshalber an die Tür des Gästezimmers und wartet einen Moment, bevor sie sie aufstößt.

Sie hätte eher gedacht, dass Künstler chaotisch leben. Doch das Bett ist ordentlich gemacht, und es liegen nur vereinzelt ein paar wenige persönliche Gegenstände herum. Ein Paar Brogues, getragen, aber geputzt, steht neben dem Bett. Ein hellblaues Hemd hängt an der Tür des Kleiderschranks, und ein Buch liegt aufgeschlagen auf dem Nachttisch. Hemingways *In einem andern Land.* Daneben befinden sich eine halb gerauchte Zigarette im Aschenbecher sowie ein Kamm und ein Paar Manschettenknöpfe. Das weit geöffnete Fenster lässt die Morgensonne herein. Jacks Anwesenheit ist kaum zu spüren, und dennoch kommt ihr der Raum wie verwandelt vor, irgendwie männlicher. Ein Hauch von Aftershave und Leder liegt in der Luft. Die Aromen vermischen sich mit dem Jasminduft, der zum Fenster hereinweht.

Sie stellt den Krug mit den Blumen auf den Nachttisch und tritt einen Schritt zurück, um den Anblick auf sich wirken zu lassen. Anschließend ändert sie ihre Meinung und trägt den Strauß zum kleinen Schreibtisch unter dem Fenster, stellt die Gartenwicken neben ein Stoffbündel mit Pinseln, ein Feuerzeug und ein dickes, zerlesenes und in rotes Leder gebundenes Buch. Es ist dasselbe, mit dem sie ihn bei seinen Mittagsspaziergängen über das Grundstück gesehen hat.

Etwas daran lässt sie innehalten. Trotz der vielen Stunden, die er sich in dem ehemaligen Kinderzimmer eingeschlossen hat, ist keiner von ihnen auch nur einen Deut schlauer, was er wohl malt. Mit einem kurzen Blick zur offenen Tür greift sie nach dem Buch und schlägt es auf.

Die ersten Seiten zeigen Details von Cloudesley. Sie erkennt eine Skizze vom steinernen Bogengang, die in die Eingangstür geschnitzten Pfauen, einen Wasserspeier, der sich mit weit aufgerissenem Mund oben auf der Regenrinne duckt. Sie entdeckt Einzelheiten des Holztors, durch das man in den ummauerten Kräutergarten gelangt, sowie eine Zeichnung von der gesamten Rückseite des Hauses, wenn man sie unten, vom Begrenzungszaun des Rasens aus betrachtet.

Sie weiß, dass sie schrecklich neugierig ist, doch jetzt, wo sie das Buch in Händen hält, kennt sie kein Halten mehr. Hastig blättert sie weiter, überfliegt wunderbare Kohleskizzen von Blüten und Blättern, von Pfauenfedern und Blumen. Sein Gespür für Details und die Genauigkeit, mit der er alles abbildet, sind atemberaubend.

Sie will das Buch gerade zuschlagen und wieder auf den Tisch legen, als sie ein Gesicht auf den zufallenden Seiten entdeckt. Sie blättert zurück, bis sie es wiederfindet. Es ist kein ganzes

Gesicht, sondern nur ein Ausschnitt. Ein Auge, der Schwung eines Wangenknochens, die Rundung eines Halses im Profil – als würde man das Ganze in einem kleinen ovalen Spiegel betrachten. Im Seitenspiegel eines Autos.

Sie schaut genauer hin und hält die Luft an, als ihr der Moment wieder einfällt. Sie sind in Charles' neuem Wagen gesessen, Jack auf dem Rücksitz und Lillian vorn. Ein Pfau hat ihnen den Weg verstellt. Genau so muss er sie im Seitenspiegel gesehen haben.

Wie bei den anderen Zeichnungen ist die Genauigkeit bemerkenswert. Sie staunt über seine Fähigkeit, sich an die kleinsten Einzelheiten zu erinnern. Da ist der Perlenstecker in ihrem Ohrläppchen, das fast unsichtbare Muttermal über ihrer Oberlippe.

Je genauer sie die Skizze betrachtet, desto unbehaglicher wird ihr zumute. Das liegt weniger an den präzisen Strichen, mit denen er sie aufs Papier gebannt hat, sondern eher an dem eingefangenen Gesichtsausdruck. Er ist voller Wehmut. Nie hätte sie gedacht, dass sie ihr so deutlich anzusehen ist. Das Porträt hat etwas sehr Intimes, fast so, als hätte er sie nackt gezeichnet.

Sie blättert weiter und findet ein zweites Porträt. Diesmal sitzt sie im Salon, das Gesicht zum Fenster gedreht. Der Rock ihres Kleides fällt wie ein Fächer zu Boden. Ein drittes zeigt sie auf der Terrasse, an die Balustrade gelehnt, während ein langes Abendkleid ihre Beine verhüllt. Der Abend der Party. Die nächste Seite gibt nur ihren Arm wieder, der sich an ihrem Lieblingsdiamantarmband identifizieren lässt. Die letzte Skizze bildet ihren Kopf mitsamt den Schultern ab, und zwar von hinten, die Rundung ihres Nackens, die in einen Haarknoten übergeht.

Während sie die Skizzen durchschaut, weiß sie nicht, was sie davon halten soll. Es schmeichelt ihr, gesehen zu werden, seiner Zeit und Aufmerksamkeit wert zu sein. Auch wenn ihr die Intimität seines Blickes ein wenig unangenehm ist, der Gedanke, ohne ihr Wissen so genau gemustert zu werden.

Sie legt das Buch zurück auf den Schreibtisch und wendet sich zum Gehen, als sie erschreckt nach Luft schnappt. Jack steht in der offenen Tür und beobachtet sie.

»Oje.« Ihr steigt das Blut in die Wangen. »Ich habe nur …« Sie zeigt lahm auf den Krug mit den Gartenwicken. »Ich dachte, die könnten Ihnen vielleicht …« Sie verstummt.

»Sehr hübsch«, sagt er, wobei sein Blick zu den Blumen und dann zu dem Skizzenbuch auf dem Schreibtisch huscht. »Ich habe mein Feuerzeug vergessen.«

Keiner von ihnen rührt sich vom Fleck. Sie wissen beide, was sie getan hat, aber das Pardon, das sie ihm schuldet, bleibt ihr in der Kehle stecken.

»Bitte …«, stottert sie mit letzter Kraft.

Er zieht eine Braue hoch.

»Bitte vergeben Sie mir.« Dann eilt sie an ihm vorbei, rennt fast schon über den Treppenabsatz und flüchtet sich in ihr Zimmer.

***

Zwei Tage lang geht Lillian ihm aus dem Weg. Oder er ihr? Wie dem auch sei, sie ist erleichtert, ihm nach ihrer peinlichen Verfehlung nicht gleich wieder zu begegnen. Sie beschäftigt sich mit Speiseplänen und Personalfragen. Außerdem verbringt sie Zeit mit Albie, spielt mit ihm Halma im

Salon und Ball auf dem Rasen. Dabei versucht sie, Jacks Gesichtsausdruck mit der hochgezogenen Braue zu verdrängen und nicht darüber nachzudenken, wie lange er wohl in der Tür stand und zusah, wie sie in seinem Skizzenbuch blätterte.

Am dritten Tag ist ihre Glückssträhne vorbei. Sie sitzt am Schreibtisch im Erker des Salons und schreibt eine kurzen Artikel für das Pfarrblatt über den Wechsel der Jahreszeiten im Park von Cloudesley. Die Sonne fällt durch die Scheiben auf ihr Papier, während eine dicke, im Haus gefangene Biene träge gegen das Fenster fliegt.

Draußen auf dem Rasen picken Pfauenhennen im Gras, gefolgt von drei schmutzig braunen Küken. Lillian gibt sich seufzend geschlagen. Sie legt ihren Füller auf den Schreibblock und sieht den Vögeln eine Weile zu. Die Pendeluhr in der Eingangshalle schlägt zwölf Uhr. Der Vormittag ist bereits um.

Niedergeschlagenheit steigt in ihr auf. Sie weiß, wie privilegiert ihr Leben ist. Im Gegensatz zu den meisten Frauen kann sie tun, was sie will. Keinerlei niedere Tätigkeiten und keinerlei Hausarbeit warten auf sie. Die Heirat mit Charles ermöglicht ihr einen Lebensstandard, mit dem sie nie gerechnet hätte. Aber warum fühlt es sich dann so an, als würde sie eine Schattenexistenz führen? Kein wahres, erfülltes Leben, sondern eines, das auf Lügen, auf einer Illusion beruht?

Es ist auf jeden Fall nicht das Leben, das sie sich ausgemalt hat, als sie einwilligte, Charles zu heiraten. Damals ging sie davon aus, dass sie Kinder mit ihm haben würde, ja verstieg sich sogar zu der Idee, in seine Geschäfte einbezogen zu werden. Wie naiv sie doch war! Wie wenig sie den komplizierten Mann verstanden hat, mit dem sie ihr Leben teilt. Und wie bedrückend sie die sich endlos vor ihr ausdehnenden Stunden in diesem

Haus empfindet! Sie spürt, wie ihr Leben verrinnt, das so beliebig und bedeutungslos ist wie vom Wind fortgerissene Spielkarten. Genauso nutzlos fühlt sie sich – wie Charles' unzählige Trophäen, die das ganze Haus verstopfen: schön, aber sinnlos. Wie eine Lilie oder ein Pfau. Vielleicht könnte sie so einen Artikel fürs Pfarrblatt schreiben, eine Kolumne über die Zumutungen eines privilegierten Lebens. Sie verzieht den Mund zu einem spöttischen Grinsen.

Die Biene verstummt. Lillian sieht zu, wie sie langsam an der Scheibe hochkrabbelt, es fast bis zur Öffnung schafft, wo Frischluft und Freiheit auf sie warten, bevor sie wieder mit wütendem Summen auf die Fensterbank zurückplumpst.

Während sie das Insekt in der Falle beobachtet, eilen ihre Gedanken schuldbewusst zu Helena. Sie ist seit einer Woche nicht mehr bei ihr gewesen. Es wird wirklich höchste Zeit. Je mehr Tage zwischen den Besuchen vergehen, und je mehr Lillian sich davor fürchtet, desto schwieriger wird es erfahrungsgemäß.

Beim Gedanken an ihre Schwester ist ihr ihre Langeweile erst recht unangenehm. Genauso gut könnte es damals sie getroffen haben, dann wären die Rollen vertauscht. Sie kann sich den Gedanken nicht verkneifen, dass Helena an ihrer Stelle deutlich besser mit allem klarkäme. Helena würde wissen, wie man mit einem Mann wie Charles umgeht.

Sie muss an Helenas Schlagfertigkeit, ihr schauspielerisches Talent und an die Nachmittage zurückdenken, an denen sie den Tisch an die Wand geschoben, das Grammofon des Vaters aufgezogen und für ihre Mutter getanzt hat. Oder wie sie am Samstagmorgen über die Bürgersteige Londons gerannt ist, Lillian im Schlepptau, um nur ja keine Sekunde der Filme zu verpassen, die im Lichtspielhaus gezeigt wurden.

Das genügt ihr, um zu wissen, dass ihre Schwester die bessere Partie gewesen wäre. Helena hat davon geträumt, eines Tages ein gefeierter Filmstar zu sein, eine Schauspielerin, die es mit Vivien Leigh oder Katharine Hepburn aufnehmen kann. Bei ihrem beneidenswert guten Aussehen, ihrem unbeschwerten Lachen, ihrer natürlichen Fröhlichkeit und wilden Entschlusskraft hat Lillian ihr das auch stets zugetraut.

Sie seufzt und starrt blind auf die Worte, die sie auf das Blatt Papier gekritzelt hat. Eigentlich sollte sie das Leben für sie beide genießen. Sie ist es Helena schuldig, etwas daraus zu machen, statt sich in Selbstmitleid zu suhlen und dabei zuzusehen, wie Bienen dumm herumbrummen.

Als sie hört, wie die Terrassentüren im Esszimmer nebenan geöffnet werden, hält ihr Gedankenkarussell an. Sie lehnt sich zurück, versteckt sich hinterm Brokatvorhang und sieht zu, wie Jack Fincher ins Freie tritt. Einen kurzen Moment bleibt er in der grellen Sonne stehen, streckt die Arme in die Luft und dehnt sich. Der Stoff seines Hemdes spannt sich über den Schultern, bevor er die Arme wieder fallen lässt und die breite Steintreppe ansteuert, die zum Rasen hinunterführt. Sein Gang ist federnd, eine Hand lässig in die Hosentasche gesteckt, während die andere das in rotes Leder gebundene Skizzenbuch hält. Beim Anblick des Skizzenbuchs verlässt Lillian der Mut, und sie duckt sich tiefer hinter den Vorhang.

Jack geht beschwingt die Stufen hinunter und dann quer über den Rasen, wobei er die Pfauenhennen und ihre Küken vorsichtig umrundet. Er marschiert auf den fernen Begrenzungszaun zu, will vermutlich zu den Feldern dahinter. An der Stelle, an der das Gelände langsam abfällt, macht er wieder kehrt.

Lillian hält die Luft an. Sie ist sich ziemlich sicher, dass man sie nicht am Fenster sehen kann. Trotzdem rührt sie sich nicht und sieht zu, wie er denselben Weg nimmt, den er gekommen ist, bevor er ungefähr zehn Meter vor den Pfauenhennen stehen bleibt. Er betrachtet sie eine Weile und setzt sich dann im Schneidersitz ins Gras, schlägt sein Skizzenbuch auf und greift zum Bleistift, den er sich hinters Ohr gesteckt hat.

Die Vögel, begreift sie. Er will sie zeichnen.

Sie weiß nicht, wie lange sie ihm dabei zusieht, aber es hat etwas Beruhigendes, fast Hypnotisches, einem Künstler bei der Arbeit zuzusehen.

Er beugt sich tief über das Papier, geht ganz in seiner Tätigkeit auf, um dann und wann aufzuschauen und die über den Rasen stolzierenden Vögel zu mustern. Manchmal streckt er die Hand aus und reibt mit den Fingern über das Papier.

Jack beobachtet die Vögel.

Und Lillian beobachtet Jack.

Hat er sie auch so beobachtet? Sie denkt an die Porträts in seinem Skizzenbuch. Die Vorstellung macht sie nervös.

Schläfrig von der Sonne und von der träge vor der Scheibe herumsummenden Biene, schließt Lillian die Augen.

Wie dumm von ihr, sich beim Blättern in seinem Skizzenbuch ertappen zu lassen. Das war fast so, als hätte sie in seinem Tagebuch gelesen. Wenn sie die Gelegenheit doch nur genutzt und ihren Fauxpas sofort erwähnt hätte, anstatt wie das personifizierte schlechte Gewissen davonzulaufen. Sie hätte ihm ja sagen können, wie gut ihr seine Vignetten vom Haus, von den Federn und Pflanzen gefallen. Sie hätte die Bilder von sich gar nicht erwähnen, ihm nicht verraten müssen, dass sie sie bemerkt hat.

Sonnenstrahlen liebkosen ihren Nacken wie warme Finger,

die über ihre Haut streichen. Sie macht die Augen zu und gibt sich ganz diesem Gefühl sowie ihren Gedanken hin, als ein dumpfer Knall die Scheibe neben ihr erzittern lässt.

Überrascht sieht sie gerade noch rechtzeitig auf, um ein dunkles Etwas in Größe eines Herrenhuts vom Fenster auf die Terrasse segeln zu sehen.

Sie steht auf und späht über die Fensterbank, sieht, dass das zerknitterte Ding kein Hut, sondern ein großer brauner Vogel ist, dessen Brust sich flach atmend hebt und senkt. Er hat die orangen Augen weit aufgerissen, ohne zu blinzeln. Lillian starrt ihn an, nimmt seinen scharfen, gewölbten Schnabel wahr, seine leuchtend gelben Krallen und gesprenkelten Brustfedern, bis eine andere Bewegung auf dem Rasen ihre Aufmerksamkeit erregt.

Jack rennt durchs Gras, saust die Terrassenstufen immer zwei auf einmal nehmend empor und wird erst langsamer, als er oben angekommen ist und sie am Fenster des Salons stehen sieht. Sie hebt die Hand, halb zum Gruß, halb als Bitte, er möge bleiben, wo er ist. Er scheint zu begreifen und nickt, als sie ihm bedeutet, dass sie hinauskommen wird.

»Das ist ein Sperber«, sagt sie, als sie neben ihn tritt.

»Ja, er ist direkt über mich hinweggeflogen, als er Jagd auf eine Taube gemacht hat. Sieht ganz so aus, als hätte sich der arme Kerl ziemlich verletzt.«

Sie treten näher. Lillian sieht, dass sich seine Brust nicht mehr bewegt und seine Augen leer und glasig blicken.

»Armes Ding«, murmelt sie. »Von so nah habe ich noch keinen gesehen. Er ist schön.«

»Ja, auch wenn er vermutlich gerade seinen letzten Flug unternommen hat.«

Sie schaut sich um. »Wir können ihn nicht einfach so da liegen lassen.«

»Nein.« Jack denkt kurz nach. »Haben Sie eine Schachtel?«

Sie weiß, dass sie jemanden vom Personal rufen könnte, aber der Anblick des toten Vogels hat sie tief getroffen. Sie möchte nicht passiv zusehen, wie andere die Arbeit machen, sie möchte selbst etwas tun.

»Ja«, sagt sie. »Warten Sie hier.«

Es dauert nur wenige Minuten, bis sie ins Ankleidezimmer geeilt ist und die alte Hutschachtel geholt hat. Sie zeigt sie Jack, der zustimmend nickt und zuschaut, wie sie sich vorbeugt und den leblosen Vogel vorsichtig hineinbettet. Sie kann ein Zusammenzucken nicht unterdrücken, als er schwer in die Schachtel plumpst.

»Ich lasse den Deckel einen Spalt auf. Für alle Fälle«, sagt sie, obwohl sie beide wissen, dass es nicht nötig ist. »Wir brauchen eine geeignete letzte Ruhestätte«, sagt sie. »Einen Ort, wo keine Katzen hinkommen.«

Jack schaut zur Wildblumenwiese und dem Wald dahinter hinüber. »Ich habe eine Idee. Darf ich?«, fragt er und greift nach der Schachtel.

Trotz der Kameradschaft, die sich aus dieser gemeinsamen Aufgabe ergeben hat, fällt es Lillian schwer, Small Talk zu machen, während sie den Rasen hinunter und durchs hohe Gras der ungezähmten Wiese gehen.

Mohnblumen und Margeriten streifen Lillians Beine. Nur das Rascheln der Halme und das leise Summen von Insekten durchbrechen die Stille. Sie weiß, dass sie ihm eine Entschuldigung schuldet, und obwohl ihr die Worte fast auf der Zunge liegen, bringt sie es nicht über sich, sie auszusprechen.

Am Rande des Buchenhains bleibt Jack stehen, um ihr über den Zauntritt zu helfen. Sie zögert, dreht sich zu Cloudesley um, das wie eine prächtige Krone auf der Hügelkuppe sitzt. Wenn sie in den Wald tritt, wird sie vom Haus aus nicht mehr zu sehen sein, sondern wie ein dunkler Fleck mit den Schatten der Bäume verschmelzen. Kein unangenehmer Gedanke. Sie nimmt seine Hand und nimmt den Zauntritt, lässt sich in die bewaldete Landschaft dahinter fallen.

»Irgendein Lebenszeichen?«, fragt sie voller Hoffnung.

Jack schüttelt den Kopf.

Sie schlängeln sich zwischen den Bäumen, Adlerfarnen und Blättern hindurch. Unter ihren Schritten knacken Zweige, während graue Feuer- und weiße Kalksteine wie Knochen aus der Erde hervorschimmern. Im Schatten ist die Luft weich und grün, als würden sie durch kühles Wasser waten. Je weiter sie gehen, desto wilder wuchert der sich an den Buchenstämmen emporrankende Giftsumach und desto dichter wird das Blätterdach.

»Sie scheinen genau zu wissen, wo Sie hinwollen«, durchbricht sie das Schweigen.

»Ich komme manchmal hierher, um dem Raum zu entfliehen. Das Ausmaß dieses Auftrags kann schon etwas Überwältigendes haben. Außerdem hat es was, sich zwischen Bäumen aufzuhalten. Sie fühlen sich vertraut an – als wäre man unter alten Freunden.«

Sie stolpert über eine dicke Baumwurzel und greift nach der Hand, die Jack ihr hinhält, um sie gleich darauf loszulassen.

»Ich hab davon gelesen«, sagt Jack. »Es kommt häufig vor, dass Sperber irgendwo dagegenfliegen, wenn sie sich vor einem Artgenossen produzieren oder Beute jagen.«

»Ach ja?« Sie schaut sich um und merkt, dass sie sich weit von allem entfernt haben, was irgendwie nach Weg aussieht. Fast will sie protestieren und sagen, dass sie in ihren Hausschuhen lieber nicht weitergehen sollte, als die grauen Stämme zurückweichen und Lillian sich auf einer natürlichen Lichtung wiederfindet.

»Da wären wir«, sagt Jack.

Lillian bleibt stehen, schaut sich um, bewundert das hohe grüne Blätterdach und das weich zwischen den Zweigen hindurchfallende Licht. Über ihnen flattert eine Elster auf und bringt Blätter zum Rascheln, bis sie mit einem traurigen Schrei flügelschlagend davonfliegt.

»Das ist wunderschön«, sagt sie.

»Ja«, pflichtet Jack ihr bei. »Als würde man in einer grünen Kathedrale stehen, die von der Natur geschaffen wurde, nicht wahr?«

Jack nimmt den Deckel von der Hutschachtel und lässt den Vogel sanft auf den Waldboden fallen. Beide treten einen Schritt zurück und sehen ihn erwartungsvoll an, doch der Vogel liegt steif und reglos zwischen den Blättern.

»Oje. Vielleicht sollten wir ihn begraben?«, schlägt sie vor.

Jack nickt, aber da sie nicht daran gedacht haben, eine Schaufel mitzunehmen, bedecken sie ihn schließlich in stillem Einvernehmen mit etwas trockenem Laub, bevor sie ein paar Schritte zurückgehen und sich auf einen umgestürzten Baumstamm setzen. Keiner von ihnen scheint zum Haus zurückkehren zu wollen.

In der Lichtung ist es still, auch wenn Lillians Ohren nach und nach das leise Rascheln von Insekten und Vögeln im Unterholz wahrnehmen, das ferne Klopfen eines Spechts. Unten am

Boden versucht ein bronzeglänzender Käfer, an ihrem Schuh hochzukrabbeln, rutscht aber ab und fällt zurück ins Laub, wo er mit den Beinen in der Luft zappelt.

Sie rutscht ein wenig auf dem Baumstamm hin und her und sieht zu, wie Jack einen Halm aus einem Grasbüschel reißt und an einem Ende lutscht, während er zum Blätterdach emporschaut.

»Ein wunderbares Licht«, murmelt er. »Ich wünschte, ich hätte mein Skizzenbuch nicht liegen lassen.«

Sie weiß, dass sie etwas sagen muss. Aber der Moment zieht sich hin, ohne dass sie die richtigen Worte findet. Deshalb schaut sie sich um und versucht, die Lichtung so zu sehen wie er, die Welt mit den Augen eines Künstlers zu betrachten. Welche Details würde er sich herauspicken, sich welche Elemente einprägen, um sie später auf Papier zu bannen?

Eine Kathedrale, hat er gesagt. Vermutlich haben die hohen, gebogenen Bäume und die goldenen, zwischen den grünen Ästen hindurchfallenden, wie durch Buntglas gefilterten Lichtstrahlen etwas Himmlisches und Ehrfurcht Gebietendes.

Ihr Blick huscht zu Jacks Profil hinüber, bleibt an seinen vollen Lippen und seinem markanten Kinn hängen.

Auch er rutscht ein wenig auf dem Baumstamm hin und her. Seine Hand liegt nur wenige Zentimeter von ihrer entfernt. Seine langen, schlanken Finger sehen aus, als würden sie einem Pianisten gehören, wären da nicht die grauen Flecken von Zeichenkohle.

»Es ist so friedlich«, sagt sie, schließt die Augen, schüttelt sich die Haare aus dem Gesicht und überlässt sich dem warmen Licht, das durch die Bäume fällt. Ihre Atmung beruhigt sich, und die Schultern werden locker. Bald müssen sie zum Haus zurück.

Die Welt wird sich weiterdrehen, und dieser Moment mit dem toten Vogel, dem Wald und dem aufregenden Mann wird Vergangenheit sein, nur eine vage Erinnerung.

Sie weiß nicht, wie lange sie so nebeneinandersitzen, jeder seinen Gedanken nachhängend, als ein leises Scharren ihre Aufmerksamkeit wieder auf die Lichtung lenkt. Sie schaut dorthin, wo sie den Vogel hingelegt haben, und staunt, dass der Sperber nicht mehr unterm Laub liegt, sondern sich aufgerichtet und den Kopf schräg gelegt hat. Er starrt sie mit einem Auge misstrauisch an.

»Schauen Sie«, flüstert sie und greift nach Jacks Arm.

Jack folgt ihrem Blick.

Der Vogel mustert sie kurz und hüpft dann unbeholfen durchs Laub zu einem Baumstamm. Lillian hält die Luft an, sieht zu, wie er seine Flügel halb ausbreitet. Er macht ein paar Hopser, scheint aber das Gleichgewicht nicht zu finden. Anscheinend ist er zu verletzt zum Fliegen. Doch ganz so, als könnte er Gedanken lesen und wollte sie eines Besseren belehren, breitet er plötzlich beide Flügel aus und erhebt sich in einer fließenden Bewegung in die Lüfte, fliegt quer über die Lichtung, um auf dem untersten Ast eines Baumes ganz in ihrer Nähe zu landen.

Lillian spürt ihren Herzschlag, eine schwindelerregende Mischung aus Aufregung und Euphorie.

Der Sperber bleibt auf dem Ast sitzen, schaut nach wie vor in ihre Richtung, bis er in Bodennähe angeberisch über die Lichtung segelt, um sich dann aufzuschwingen und zwischen den Bäumen zu verschwinden.

»Was war denn das?«, sagt Jack. »Die Auferstehung des Lazarus.« Er dreht sich zu ihr um, und als Lillian merkt, dass sie nach wie vor seinen Ärmel umklammert, lässt sie die Hand sinken.

»Er hat Glück gehabt, dass wir ihn nicht beerdigt haben.« Sie versucht zu lächeln, doch ihre Gesichtsmuskulatur ist wie gelähmt. Das Herz schlägt ihr bis zum Hals, und der Augenblick will kein Ende nehmen. »Es tut mir leid«, sagt sie, rafft sich endlich zur ersehnten Entschuldigung auf. »Neulich in Ihrem Zimmer … Ich habe nicht in Ihren Sachen gewühlt.«

Er zieht eine Braue hoch, und es gelingt ihr, sich zu verbessern.

»Damit will ich eigentlich sagen, dass ich Ihr Zimmer nicht in der Absicht betreten habe, meine Nase in Ihre Angelegenheiten zu stecken. Ich wollte Ihnen nur die Blumen bringen. Dann hab ich das Skizzenbuch gesehen und konnte nicht widerstehen. Ich hätte mir Ihre Zeichnungen niemals anschauen dürfen. Es tut mir leid«, wiederholt sie.

Sie weiß nicht, was sie sich erhofft hat, aber bestimmt nicht, dass seine Hand über den Baumstamm gleitet und sich auf ihre legt. Sie betrachtet ihre sich berührenden Hände auf dem Stamm und fragt sich, ob das schnelle Pochen unter ihrer Haut für ihn genauso offensichtlich ist wie für sie.

Irgendwo hoch über ihren Köpfen zwitschert ein Fink in den Bäumen. Instinktiv verschränkt sie ihre Finger mit seinen.

Ein Seufzer verlässt Jacks Lippen, ein leises Ausatmen, und in diesem Moment ist sie verloren. Es gibt kein Cloudesley mehr, keinen Charles, keine tickenden Uhren, keine Vergangenheit und keine Zukunft, sondern nur noch diese Lichtung und Jack, ihre miteinander verschränkten Hände. Als sie zu ihm emporschaut, scheint sein Gesicht näher zu kommen, so nah, dass sie die bernsteinfarbenen Sprenkel in seinen schiefergrauen Augen sehen kann.

Ganz so wie die Erdanziehungskraft, denkt sie, als sie sich zu ihm beugt, und ihre Lippen sich finden.

Genauso natürlich und unausweichlich wie Fallen oder Fliegen. Deshalb weiß sie nicht, ob sie sich dem Kuss entziehen könnte, selbst wenn sie es wollte.

12

Maggie lässt Lillian ein Bad in die Wanne mit den Löwenfüßen ein. »Wie heiß magst du es?«, ruft sie in das Zimmer, in dem sich ihre Großmutter gerade auszieht. Als keine Antwort kommt, überlässt sie das Badewasser sich selbst und geht zu ihr. Lillian steht weit vornübergebeugt da und hat Mühe, sich die Bluse aufzuknöpfen.

»Komm, ich helfe dir.« Maggie macht die Knöpfe auf und lässt die Bluse von Lillians Schultern gleiten.

Wie seltsam das Leben doch ist! All die Jahre, die Lillian für sie gesorgt, ihr beim Baden und Anziehen geholfen, ihre Schuluniform mit einem Namensetikett versehen, ihr den Läusekamm durchs Haar gezogen und Salbe auf Wunden geschmiert hat. All die Male, die Lillian mit ihr Diktat geübt oder sie die Multiplikationstabelle abgefragt hat. Das peinliche Aufklärungsgespräch, die erste Schachtel Tampons, der widerliche, aber magische Trank, den sie ihr nach dem ersten schlimmen Kater gemixt hat. Das Wochenende, an dem sie zusammensaßen und über ihre Berufswahl redeten. An dem Maggie zum ersten Mal wagte, ihren eigentlichen Wunsch auszusprechen, nämlich auf die Kunstakademie zu gehen und Künstlerin zu werden. Als Lillian ihr nur in die Augen sah, einmal nickte und sagte: »*Wenn man sein Leben schon der Kunst opfert, dann gefälligst richtig*, hat mal jemand zu mir gesagt. *Keine halben Sachen.*«

Da begriff Maggie, dass Lillian sie nicht, wie befürchtet, auslachen, sondern ihre Entscheidung bedingungslos akzeptieren wird.

Neben Fürsorge und guten Ratschlägen hat Lillian ihr immerwährende, nie nachlassende Liebe geschenkt. Und jetzt ist Maggie an der Reihe, gibt ihr alles zurück, hilft einer kranken Lillian beim Ausziehen und Baden.

Vielleicht sind die simpelsten Liebesbezeugungen zugleich die unvergesslichsten, denkt sie, während sie die Bluse zusammenfaltet und auf den Stuhl legt.

Lillian, die mit einem halterlosen Strumpf kämpft, lässt sich auf einem vergoldeten Sessel nieder, und Maggie geht vor ihr in die Hocke, um ihn nach unten zu rollen. Als sie ihn ausgezogen hat, setzt sich Maggie auf die Fersen.

»Was sind denn das für Blessuren?«, fragt sie mit Blick auf die dicken weißen Hautwülste, die sich wie Efeu an den Waden ihrer Großmutter emporranken.

»Das sind Narben.« Lillian weicht Maggies Blick aus.

»Ja, aber woher?«

»Ach, das ist vor langer Zeit passiert.«

Maggie mustert Lillian mit zusammengekniffenen Augen. »Gran?«

»Nur ein dummes Missgeschick, nichts, worüber man sich Sorgen machen müsste.«

»Ein dummes Missgeschick? Tut das weh?«

»Nicht mehr.«

»Wie ist das denn passiert? Und wie kommt es, dass ich die

nie bemerkt habe?« Sie denkt an den Abend zurück, an dem ihre Großmutter im Dunkeln geschlafwandelt hat, ihr das Nachthemd bis auf ihre Knöchel gerutscht ist und diese hässlichen Narben versteckt hat.

Lillian schnaubt, schaut Maggie nach wie vor nicht an. »Zu meiner Zeit war es nicht üblich, in der Öffentlichkeit nacktes Bein zu zeigen. Strumpfhosen waren schicklicher. An diese Regel habe ich mich all die Jahre gehalten.«

Das stimmt. Maggie hat Lillian noch nie mit nackten Beinen gesehen, ging aber eher davon aus, dass sie sich als ältere Dame eher aus Anstandsgründen zierte und deshalb auch in wärmeren Monaten Strümpfe trug.

»Außerdem kann ich mich nicht daran erinnern, dass du früher einen Grund gehabt hättest, mich zu baden«, fügt Lillian hinzu.

»Ja.« Maggie erhebt sich rasch, als ihr wieder etwas einfällt. »Oje, das Badewasser. Warte kurz!«

Der schmale, energische Strich, in den sich der Mund ihrer Großmutter verwandelt hat, sagt ihr, dass sie nichts mehr aus ihr herausbringen wird. Trotzdem muss sie an diese seltsamen Narben an Lillians Beinen denken, während sie zurück ins Bad eilt. Das Wasser in der Wanne ist ausreichend und warm. Der Warmwasserhahn lässt sich leicht zudrehen, doch der fürs kalte Wasser dreht durch, lässt nach wie vor Wasser in die Wanne strömen.

»Mist!«

Anscheinend ist die Dichtung kaputt – oder das Gewinde. Das Badewasser steigt weiter.

»Ist Will noch da?«, fragt sie, nachdem sie zu ihrer halb ausgezogenen Großmutter zurückgeeilt ist.

»Ich denke schon, ja. Ich hab gehört, wie er den Rasenmäher weggeräumt hat.«

»Schnell, zieh das an.« Sie wirft Lillian einen Morgenmantel zu und rennt los.

Sie findet ihn draußen, er ist gerade dabei, das Scheunentor zu schließen. »Ich brauche deine Hilfe«, japst sie. »Der Wasserhahn … oben im Bad.«

Er braucht keine weitere Erklärung, sondern nickt nur und rennt ins Haus. Maggie folgt ihm mit etwas Abstand.

Im Bad versucht Will, den Kaltwasserhahn abzustellen.

»Er lässt sich nicht mehr zudrehen«, sagt Maggie frustriert, während sie zuschaut, wie er es ebenfalls vergeblich versucht. Er dreht sich in seiner Hand genauso wie vorhin in ihrer.

Will krempelt den Ärmel hoch und zieht den Stöpsel. Natürlich, wieso ist sie nicht selbst darauf gekommen? Dann dreht er erneut am Hahn. Auf einmal hält er das ganze Ding in der Hand.

»Mist.« Will starrt kurz auf das nutzlose Utensil, während das Wasser weiter in die Wanne sprudelt. Er versucht, den Hahn wieder aufs Metallgewinde zu schrauben, doch er findet keinen Halt. Auf einmal spritzt das Wasser überallhin und schießt wie eine Fontäne empor. »Scheiße!«

Maggie kreischt, als ihr das kalte Wasser ins Gesicht spritzt. Will flucht erneut und versucht, das Gewinde zuzuschrauben, wobei das Wasser weiterhin in den verrücktesten Winkeln zwischen seinen Fingern hervorschießt und sie beide völlig durchnässt.

»Alles in Ordnung da drin?«, dringt Lillians Stimme durch die Tür.

»Wir müssen den Haupthahn abstellen«, ruft Will Maggie zu. »Wo ist er?«

»Keine Ahnung«, schreit Maggie.

Lillian erscheint in der Tür, bleibt in sicherer Entfernung stehen. Ihr Blick fällt auf das unter Wasser gesetzte Bad und die beiden klatschnassen jungen Menschen, auf die Fontänen, die nach wie vor zwischen Wills Händen hervorschießen.

»Der Haupthahn ist in einem Schrank im Blumenzimmer, im Erdgeschoss«, sagt sie gelassen, aber sichtlich amüsiert.

Wieder donnert Maggie die Treppe hinunter, findet den Haupthahn in einem Holzschränkchen im Zimmer gegenüber der Küche und dreht ihn zu. Als sie wieder ins Bad kommt, sind die Fontänen versiegt, und Lillian reicht Will ein Handtuch von einem hölzernen Halter. Alle schweigen, nur das Tropfen des Wassers von der Decke in die ablaufende Wanne ist zu hören.

»Ich dachte, ich sollte baden?«, sagt Lillian.

»Haha«, gibt Maggie zurück, schaut Will an und verdreht die Augen.

Das durchweichte T-Shirt klebt ihm am Körper. Sie schaut an sich herunter. Auch ihre Jeans und ihr T-Shirt sind klatschnass. Das Haar klebt ihr im Gesicht, und sie kann ein Lachen nicht unterdrücken. Will starrt sie an und lacht dann ebenfalls. Beide können gar nicht mehr aufhören und lachen Tränen.

»Hättest du mich gefragt«, sagt Lillian verschmitzt, »hätte ich dir gleich sagen können, wo der Haupthahn ist.«

Maggie wirft spielerisch ein Handtuch nach Lillian. »Du bist ein Aas, Lillian Oberon.«

***

Zehn Minuten später, als Lillian wieder unten im Salon ist und sie sich umgezogen hat, geht Maggie in die Küche. Will lehnt an der Spüle und fröstelt in seinem nassen T-Shirt.

»Hier.« Sie wirft ihm ein altes Sweatshirt zu, das sie aus ihrer Kommode gezogen hat. »Das sollte passen. Ich hab damals gern weite Oberteile getragen.«

Er wirft einen Blick auf das Shirt, auf dem der Name und die Tourneedaten einer Lieblingsband prangen.

Sie nickt. »Das hab ich auf dem Brixton-Gig gekauft, auf dem wir zu dritt waren.« Als er sich aus dem nassen T-Shirt schält, kann sie es sich nicht verkneifen, einen kurzen Blick auf seinen schlanken Oberkörper zu werfen. So muskulös und gebräunt hat sie ihn noch nie gesehen.

Er zieht sich das Sweatshirt über den Kopf. »Danke.«

Maggie erwidert seinen Blick, nach wie vor ein Lächeln auf den Lippen. In seinem Haar glänzen Wassertropfen. Einer rinnt ihm über die Wange, und sie muss sich schwer zurückhalten, ihn nicht mit dem Finger aufzufangen. »Ich glaube, nach diesem Drama haben wir uns beide einen Drink verdient.« Sie geht zum Kühlschrank und macht ihn auf. »Es gibt kaltes Bier. Magst du eines?«

Beim Blick über die Kühlschranktür sieht sie Wills ernstes Gesicht. Das Leuchten, das gerade noch in seinen Augen stand, ist verschwunden. Sein Mund ist nur noch ein schmaler Strich. Er schüttelt den Kopf.

Sie weiß nicht, was sie gesagt oder getan hat, dass seine Stimmung so schnell umgeschlagen ist, als hätte man einen Schalter umgelegt. »Nur eines? Um der alten Zeiten willen?«, versucht sie es freundlich.

»Ich sollte lieber gehen«, sagt er kurz angebunden und weicht ihrem Blick aus.

Erst als sie ihn dort in ihrem alten Sweatshirt in der Küche stehen sieht, merkt sie, wie sehr sie ihn vermisst, wie viel sie verloren hat und wie sehnsüchtig sie sich wünscht, die alte Freundschaft wiederaufleben zu lassen. »Bitte!«

Doch Will, der ihre Gefühle ignoriert, schüttelt den Kopf.

Bevor sie etwas sagen kann, hat er auf dem Absatz kehrtgemacht und die Küche verlassen, der dumpfe Knall der zufallenden Hintertür hallt ihr in den Ohren.

Maggie steht in der leeren Küche und fragt sich, ob sie sich den kurzen Moment der Verbundenheit nur eingebildet hat.

Und ob sie die Mauer je überwinden wird, die sie zwischen ihnen errichtet hat.

13

Es ist Albie, der vorschlägt, Mah-Jongg zu spielen, als er zu ihr in die Bibliothek kommt. Dort sitzt sie auf dem samtenen Sofa und liest.

Lillian willigt, ohne nachzudenken, ein und schaut vom Buch in ihrem Schoß auf. »Natürlich, gern. Lass mich die Seite zu Ende lesen, dann komme ich.«

»Gut. Ich bau im Salon alles auf. Beeil dich.«

Als sie Minuten später zu ihm stößt, muss sie zu ihrer Überraschung feststellen, dass Albie nicht allein ist.

»Mr. Fincher.« Sie begrüßt ihn mit einem Nicken. »Ich wusste gar nicht, dass Sie uns Gesellschaft leisten.«

»Ich sollte eigentlich malen, aber Albie besitzt große Überzeugungskraft.«

»Man kann auch prima zu dritt spielen.« Albie jongliert mit den Spielsteinen. »Wir lassen einfach ein paar Bambussteine weg.«

»Einverstanden«, sagt Lillian, verflucht stumm ihr Schicksal und durchquert den Raum, um neben Albie am Spieltisch Platz zu nehmen. »Nur gut, dass du weißt, was wir hier tun.«

Sie schaut zu Jack hinüber und stellt fest, dass er sie beobachtet. Ein unmerkliches Lächeln umspielt seine Lippen. Beunruhigt es ihn denn kein bisschen, ihr nach ihrem gestrigen Erlebnis auf der Lichtung so nahe zu sein?

»Du musst nachsichtig mit mir sein«, sagt er zu Albie, ohne den Blick von Lillian abzuwenden. »Das ist alles recht neu für mich.«

Lillian errötet und starrt auf die Mauer aus Spielsteinen, die zwischen ihnen auf dem Tisch liegt. »Albie ist ein echter Profi. Sie müssen wissen, dass keiner von uns auch nur die geringste Chance gegen ihn hat.«

»Ich hab bereits den Faden verloren«, sagt er leise. »Ich kann mich heute ganz schlecht konzentrieren.«

Lillian schluckt.

»Sie schaffen das schon«, meint Albie.

***

In der nächsten Stunde stellt Albie beide mühelos in den Schatten, dominiert das Spiel und gewinnt locker jede Runde.

Lillian fällt es schwer, sich zu konzentrieren. Ihre Gedanken schweifen häufig von den kleinen Elfenbeinziegeln vor ihr zu der schimmernd grünen Lichtung hinterm Haus. Jacks unmittelbare Nähe macht sie nervös und angespannt. Das warme Timbre seiner Stimme. Die leichte Behaarung seiner Unterarme, die in seinen Hemdsärmeln verschwinden. Die Kuhle in seinem Nacken. Der Kuss, den sie keine vierundzwanzig Stunden zuvor getauscht haben, spielt sich wiederholt vor ihrem inneren Auge ab.

Sie hat Jack Fincher geküsst. Sie, eine ehrenwerte, verheiratete Frau, hat sich einem mehr oder weniger Wildfremden an den Hals geworfen. Vollkommen freiwillig, ohne jede Überredung. Sie wollte ihn küssen und hat sich ihm im Moment der Leidenschaft bereitwillig hingegeben. Das sah man allein schon daran, wie sie seine Hand gepackt, sich an ihn geschmiegt und geseufzt hat, als er ihr Gesicht in beide Hände nahm und ihr durchs Haar fuhr. Daran, wie sie die Lippen geöffnet hat.

Bei der Erinnerung daran, wie sie sich an ihn gedrängt hat, wird sie rot. Pure Lust und Leidenschaft. Wie sie sich erst von ihm löste, als das Knacken eines Zweiges sie beide für einen Moment zusammenzucken ließ. Mit weit aufgerissenen Augen suchte Lillian die Lichtung ab und entspannte sich erst wieder, als Jack auf den eine Adlerfarnböschung hinunterstolzierenden Pfau zeigte. Damit war der Zauber verflogen.

Sie sprang auf und strich ihren Rock und ihr Haar glatt. »Ich sollte … Wir sollten … Ich muss zurück.«

Während sie den Rückweg durch den Wald antraten, lief sie mehrere Schritte vor ihm her, völlig durcheinander. Ihr war heiß und ein bisschen schwindelig, als ob sie zu lang in der Sonne gesessen hätte. Gleichzeitig nahm sie ihre Umgebung überdeutlich wahr. Jacks Blick, der ihr über die Wiese folgte, genauso wie die aus dem hohen Gras aufsteigenden Eintagsfliegen, den ihre Beine streifenden Rock und das Blut, das viel zu laut in ihren Adern rauschte.

»Lillian«, hob er an, als sie wieder vor der Terrassentür standen, »ich hoff…«

Doch sie schnitt ihm das Wort ab, weil sie die Rechtfertigungen oder Ausreden, zu denen er ansetzen wollte, nicht ertragen hätte.

»Entschuldigen Sie mich bitte«, sagte sie. »Ich muss dringend Mrs. Hill finden. Sie wartet schon auf mich.«

»Ihr habt nicht mal versucht, mich zu schlagen«, sagt Albie

schwer enttäuscht, ruft ein letztes Mal: »Mah-Jongg!«, und präsentiert seine Siegerhand.

»Tut mir leid, Albie«, sagt Lillian. »Heute ist einfach nicht mein Tag. Gut gemacht.«

Sie beginnt, die Spielsteine aufzuräumen, wobei ihre Hand aus Versehen die von Jack streift, der seine Steine gerade in die Tischmitte zurücklegt. Sie schaut ihn kurz an und fragt sich, ob er das Kribbeln zwischen ihnen ebenfalls spürt.

»Ich hätte gern eine Revanche«, sagt Jack und schaut Lillian tief in die Augen. »Nur wenn ich übe, kann ich meine Leistung verbessern.«

»Wann immer Sie wollen«, sagt Albie eifrig.

Lillian steht so schnell auf, dass sie gegen den Tisch stößt und mehrere Spielsteine zu Boden fallen. »Du räumst das auf, nicht wahr, Albie?« Mit diesen Worten dreht sie sich um und verlässt das Zimmer.

***

Als Lillian an diesem Abend vor ihrem Schlafzimmerspiegel mit dem vergoldeten Rahmen steht, ist ihr, als sähe sie sich zum ersten Mal. Sie streicht sich über die Lippen und dreht sich leicht. Sie mustert ihr Gesicht und wundert sich, dass ihr Erscheinungsbild so unverändert ist, wo doch in ihr ein solches Chaos tobt und nichts mehr so ist, wie es war. Was ist nur mit ihr los? Warum kann sie nicht aufhören, an ihn zu denken?

Sieht man ihr das an? Sieht man es in ihren Augen, dieses heimliche Leuchten, das sie vermutlich schon immer in sich getragen hat? Sie starrt erneut auf ihr Spiegelbild, bemerkt die geröteten Wangen und legt die Hand auf die Stirn. Fieber hat sie nicht. Das ist eine andere Art von Krankheit. Wahnsinn vielleicht?

Warum hat er sie nur so geküsst? Sie wusste wenig von ihm, aber als sich ihre Hände an diesem Nachmittag berührten … Und dann der Vorschlag einer *Revanche*. Sie hat sich die Zweideutigkeit dieses Begriffs doch nicht nur eingebildet?

Eine schleichende Angst erfasst sie. Vielleicht ist dieses Verhalten typisch für so einen Mann? Jack ist ganz andere Kreise gewöhnt. In der Welt eines Bohemiens gibt es sicherlich viele unverbindliche Begegnungen. Ihr fallen die ihn umschwärmenden Damen beim Kricketmatch wieder ein. Bestimmt werfen sich ihm überall Frauen an den Hals. Vielleicht ist sie nur eine von vielen Eroberungen.

Natürlich kann sie nicht ausschließen, dass er eine Art Scharlatan ist. Oder ein Opportunist. Sie kennt ihn doch gar nicht. Wozu ist er fähig, wenn er jetzt schon eine solche Wirkung auf sie hat? Was, wenn er böse Absichten hegt, ihre Indiskretion gegen sie verwenden will, um sie zu bestechen oder zu erpressen? Nicht auszudenken!

Das Schlimmste daran ist, dass Jack wochenlang bei ihnen bleiben wird. Am liebsten würde sie den Kopf in den Sand stecken und so tun, als hätte es diesen Kuss nie gegeben. Aber nach diesem nervenaufreibenden Spiel vom Nachmittag weiß sie, dass angesprochen und ad acta gelegt werden muss, was da auch immer zwischen ihnen vorgefallen ist. Sofort. Sie muss klarstellen, dass das Ganze ein dummer Fehler war. Dass es nie wieder vorkommen wird. Genau das muss sie ihm auf der Stelle sagen.

***

Wenn Jack Fincher sich wundert, dass Lillian vor der Tür des ehemaligen Kinderzimmers steht, lässt er es sich zumindest nicht anmerken.

»Ich muss mit dir reden«, sagt sie.

Er späht hinter ihr in den Flur.

»Ich bin allein. Darf ich reinkommen?« Sie spürt sein Unbehagen, lässt aber nicht locker. »Es ist wichtig.«

Er wirft einen Blick zurück ins Zimmer, nickt dann, öffnet die Tür und tritt beiseite, um ihr Platz zu machen.

Lillian weiß nicht recht, was sie erwartet hat, aber mit Sicherheit nicht den völlig kahlen Raum, den sie gerade betritt. Als sie sich umschaut, fällt ihr der alte Schreibtisch in der Mitte auf, die unbenutzten Pinsel und ungeöffneten Farbdosen, der Stapel säuberlich zusammengefalteter Abdeckplanen in einer Ecke sowie die Gerüstteile zwischen zwei hohen Leitern. Ansonsten nichts als leere, cremeweiße Wände – keine Spur von Farbe weit und breit, bis auf ein kleines Stück Wand neben dem Kamin, auf das ein paar bunte Kleckse getupft wurden wie die ersten Farben auf eine Künstlerpalette.

Verwirrt dreht sie sich zu ihm um. »Du … du …«

»… hast noch nicht angefangen?«, beendet er ihren Satz und wendet den Kopf ab, damit er ihr nicht in die Augen schauen muss. »Ja.«

»Aber warum denn?«

Er zuckt mit den Schultern. »Anscheinend kann ich die Inspiration nicht auf- und abdrehen wie einen Wasserhahn. Kreative Blockade nennt man das wohl.«

Lillian mustert ihn erstaunt. »Weiß Charles Bescheid?«

Jack schüttelt den Kopf. »Warum sonst bestehe ich wohl darauf, dass die Tür abgeschlossen bleibt?«

»Aha.«

»Nun kennst du mein schreckliches Geheimnis«, sagt er.

Sie weiß nicht, was sie darauf erwidern soll.

»Lillian, wenn es um das gehen soll, was im Wald passiert ist …«

Die unerwartete Bemerkung bringt sie aus dem Konzept. Doch Jacks Themawechsel ruft ihr wieder ins Gedächtnis, warum sie eigentlich hergekommen ist.

»Ich bin eine verheiratete Frau, Mr. Fincher«, fällt sie ihm bei dem Versuch ins Wort, das Gespräch zu kontrollieren und die Worte loszuwerden, die sie sich im Vorfeld sorgfältig zurechtgelegt hat. »Ich liebe Charles und Albie aufrichtig. Das, was gestern passiert ist, war ein – war ein …« Er schaut sie mit diesem intensiven Blick, mit diesen kohlschwarzen Augen an. »Das war eine Unbesonnenheit von meiner Seite. Es hätte nie passieren dürfen. Ich möchte klarstellen, dass es nicht wieder vorkommen wird.«

Jack sagt nichts dazu, doch etwas an seinen zuckenden Mundwinkeln sagt ihr, dass er versucht, ein Grinsen zu unterdrücken.

Sie klingt ein wenig prüde, aber die Vorstellung, dass er sich über ihre inneren Nöte amüsiert oder die Dinge unnötig aufbläst, ärgert sie.

»Solche Vorfälle mögen für einen Mann Ihrer … Zunft normal sein«, sagt sie mit möglichst fester Stimme. »Aber ich versichere Ihnen, dass ich eine loyale Ehefrau bin.«

Sie richtet sich zu ihrer vollen Größe auf.

»Ich weiß nicht, was da in mich gefahren ist. Es war alles mein Fehler«, fährt sie energisch fort. »Ich werde ihn nicht wiederholen.«

Als er nickt, ist sie erleichtert.

»Es war ein Fehler«, pflichtet er ihr bei. »Ein schrecklicher Fehler.«

»Ich bin eine gute Ehefrau«, schickt sie hinterher und versucht, sich das unnötige Hinzufügen des Wörtchens *schrecklich* nicht zu sehr zu Herzen zu nehmen. »Ich glaube, es ist das Beste, wir tun beide so, als wäre das gestern Nachmittag im Wald nie passiert. Einverstanden?«

»Einverstanden.« Er kommt einen Schritt näher, sieht ihr nach wie vor in die Augen. Sein Lächeln ist erloschen.

»Außerdem finde ich, dass wir zukünftige Situationen, die uns einander nahebringen, lieber meiden sollten.«

»So wie diese hier?«

»Ja.«

Jack nickt, wendet den Blick aber nicht ab. Sie strengt sich an, ihr Erröten bei der Erinnerung an eine Szene aus dem Wald zu unterdrücken – an seine Hände auf ihrem Schlüsselbein, seinen Mund in ihrem Nacken.

»Gut.« Sie räuspert sich. »Ich bin froh, dass wir uns einig sind.«

»Ja, das sind wir.« Er kommt noch einen Schritt auf sie zu, ist ihr so nah, dass sie sich fragt, ob sie die Brise, die durchs offene Fenster hereinkommt, auf der Haut spürt oder seinen warmen Atem. »Ich finde, das geht nur uns etwas an, Lillian. Wir verstehen uns. Wir beide scheinen etwas gemeinsam zu haben.«

Lillian hört, wie das Herz in ihrer Brust lauter schlägt.

»Das hab ich von Anfang an gespürt, schon als ich dich zum ersten Mal gesehen habe … Auf der Party.«

Lillian schluckt.

»Du spürst es auch, oder?«, fragt er.

Die bereits tief stehende Sonne fällt durch die Bäume des Arboretums und hüllt sie in ein rotgoldenes Licht. Sie weiß, dass sie gehen muss. Sie weiß, dass sie auf dem Absatz kehrtmachen und den Raum verlassen muss. Aber etwas an seinem Blick lässt sie verharren.

»Sag, dass es nicht nur mir so geht. Sag, dass ich mir das nicht bloß einbilde«, sagt er leise.

Eine Stille hängt im Zimmer, als würden beide nur auf den nächsten Atemzug, auf das nächste Wort warten.

Sie schluckt. »Ich spüre es auch.«

Sie weiß nicht, wer den nächsten Schritt macht, aber es spielt auch keine Rolle. Erneut liegt sie in seinen Armen, und er küsst sie und zieht sie an sich. Alle Vernunft, all die kruden Argumente, die sie sich zurechtgelegt hat, flattern davon wie von den Ästen eines Baumes auffliegende Vögel. Während sie rückwärtstaumeln, umschlingen ihre Arme seine Taille, und seine Hände sind in ihrem Gesicht, in ihrem Haar. Sie spürt die Schreibtischkante, gleich darauf legt er sie auf die Tischfläche. Als er sich an sie drängt, fallen mehrere Pinsel klirrend zu Boden.

»Wir sollten lieber nicht …«, stöhnt sie, doch schon zerren ihre Finger an den Knöpfen seines Hemds. Sie spreizt die Beine, seine Hände wandern unter ihren Rock, gleiten über die nackte Haut oberhalb ihrer halterlosen Strümpfe.

»Soll ich aufhören?«, fragt er, sein Atem heiß an ihrem Hals.

Sie zieht ihn erneut an sich, presst ihren Mund an sein Ohr und flüstert: »Bitte nicht. Ich will nicht, dass du aufhörst.«

Teil II

So mach auch du dich klein, Liebster mein,
und schlüpf in meine Brust, um darin aufzugehen.

Alfred Tennyson

Im Dunkel der Nacht kann ich mich am ehesten frei bewegen. Der Wächter, der sein Gelände abschreitet, schweigend durch die Flure und von Zimmer zu Zimmer geht. Im Dunkel der Nacht beziehe ich meinen Posten. Dann ruhe ich mich auf ihren Sesseln aus, besprühe mich mit ihrem Eau de Cologne, koste von ihrem Wein und betaste ihre Schätze. Während sie schlafen, ahnen sie nicht, dass ich mich in ihrer Welt bewege, ihren Raum einnehme.

Vielleicht ist es Unschuld, blindes Vertrauen oder einfach nur die naive Gewissheit, ihren Platz in der Welt gefunden zu haben, die mich für sie unsichtbar werden lässt. Vielleicht ist es bloße Arroganz, so wie es die Hierarchie verlangt. Was auch der Grund dafür sein mag, sie gehen blindlings davon aus, dass sie unbeobachtet ihr Leben leben. Dass ihr Flüstern ungehört verhallt und ihr Handeln unbemerkt bleibt. Aber ein guter Wächter sieht alles, bemerkt alles.

Etwas regt sich in der Dunkelheit. Leise Schritte auf Zehenspitzen über Dielenbretter. Ich ziehe mich in den Schatten zurück. Eine Gestalt huscht vorüber, mit solcher Eile, dass sie mich gar nicht bemerkt. Sie wissen nicht, dass ich sie an die Tür klopfen, die Klinke herunterdrücken und ins dunkle Zimmer huschen sehe. Sie wissen nicht, dass ich im Flur stehe, als Zeuge ihrer leisen Seufzer, quietschenden Matratzenfedern und verbotenen Laute.

Aber ich bin hier … wache … und warte.

14

»Komm schon, du Miststück«, murmelt Maggie und dreht den Schlüssel erneut im Zündschloss, hört, wie der Motor aufheult und mit einem erstickten Keuchen anspringt. Sie tritt fest aufs Gaspedal. Gott sei Dank! Sie weiß nicht, ob sie im Moment eine weitere Reparatur verkraften kann.

Sie weiß, dass die Besorgung nur ein Vorwand von Jane ist, aber sie hat beschlossen mitzuspielen. Um sowohl sich selbst als auch Jane zu beweisen, dass sie sich nicht vor der Außenwelt versteckt. Wenn Jane Butter zum Backen ihrer Rübensirup-Tarte braucht, soll sie sie bekommen. Eine kurze Fahrt zum Dorfladen, höflicher Small Talk mit Mrs. Abbott hinter der Theke und dann wieder nach Hause. So schwer kann das doch nicht sein.

Sie löst die Handbremse und lenkt den Wagen über die holprige Auffahrt, fährt an den hohen Buchen vorbei und verlässt anschließend das schmiedeeiserne Tor. Büschel von rosa Fingerhut und Löwenzahn wiegen sich auf der Böschung, während perfekte weiße Wölkchen auf einen gleichmäßig blauen Himmel getupft sind. Nicht einmal Maggies Schlafmangel und ihre Sorgen um das Herrenhaus können die Schönheit dieses Tages beeinträchtigen.

Als sie um die Kurve fährt, setzt ihr Herz einen Schlag aus.

Sie sieht eine vertraute Gestalt im weißen Kricketdress, die ein Stück vor ihr läuft. Was tun? Es wäre unhöflich vorbeizudüsen. Doch sie weiß nicht, wie Will reagiert, wenn sie anhält. Am Ende siegt ihre gute Erziehung. Sie tritt auf die Bremse und kommt ruckartig neben ihm zum Stehen.

»Hallo.« Sie winkt. »Unterwegs zu einem Spiel?«

»Ja.«

»Steig ein, ich nehm dich mit.«

Er zögert, schüttelt jedoch gleich darauf den Kopf. »Nein danke. Ich laufe gern.«

Sie kann seinen Gesichtsausdruck wegen der Sonnenbrille schlecht erkennen, doch seine kühle Reaktion ärgert sie. Sie hätte schließlich nicht anhalten müssen.

»Ich fahr direkt an der Dorfwiese vorbei«, sagt sie hörbar gereizt.

Will starrt die Allee hinunter, bevor er ergeben die Arme in die Luft wirft und die Beifahrertür öffnet.

»Danke«, sagt er beim Einsteigen. Sie merkt, wie er stur auf die Windschutzscheibe starrt. »Hat der Klempner den Wasserhahn repariert?«, fragt er.

»Ja, für 150 Pfund.«

Will zuckt zusammen. »Autsch!«

»Schön, dich zu sehen«, sagt sie, fährt los und beschließt, dass es das Beste ist, rein geschäftlich zu bleiben. »Ich habe mir Grans Unterlagen durchgesehen.«

»Macht bestimmt Spaß.«

»Von wegen.« Sie schweigt, überlegt, wie viel sie ihm verraten soll, bis sie beschließt, mit der Sprache herauszurücken. »Offen gestanden haben wir ziemliche finanzielle Schwierigkeiten. Vermutlich wusstest du das bereits?«

»Ich hab mir so was gedacht.«

»Nun, fürs Erste wäre es toll, wenn du bleibst und uns hilfst … Natürlich nur, wenn du möchtest«, fügt sie rasch hinzu. »Ich werde dafür sorgen, dass du dein Geld bekommst.«

Er zuckt mit den Schultern, starrt aber nach wie vor geradeaus auf die Straße.

»Ich wäre echt froh darüber«, schickt sie hinterher, in der Hoffnung, ihm mehr zu entlocken.

»Klar«, erwidert er. »Natürlich halte ich mich an meine Abmachung mit deiner Großmutter.«

Sie schaltet in einen anderen Gang, geht etwas zu schnell in die Kurve. Will rutscht auf seinem Sitz zu ihr, bevor er sich fängt.

»Es ist eine ziemliche Herausforderung, Cloudesley zahlungsfähig zu halten und für Lillian bewohnbar zu machen. Sie ist wild entschlossen, dort zu bleiben … sagt, dass man sie mit den Füßen zuerst raustragen muss. Aber wie wir beide neulich gemerkt haben, ist das Haus dringend renovierungsbedürftig.«

»Das kann man wohl sagen.«

Sie hat viel zu viel geredet, und Wills undurchdringliche Miene nervt. Trotzdem kann sie nicht damit aufhören, denn sonst herrscht angespanntes Schweigen. »Ich habe mir Gedanken über die Stallungen gemacht. Vielleicht können wir sie an Reiter aus der Gegend vermieten, um etwas Geld einzunehmen. Was meinst du?«

Will schüttelt den Kopf. »Sie sind in einem sehr schlechten Zustand. Man müsste erst mal ordentlich investieren, bevor man dort Tiere unterstellen kann.«

»Das hab ich befürchtet«, sagt sie und hasst die angestrengte Fröhlichkeit in ihrer Stimme. »Es war nur so eine Idee. Mir fällt schon noch was ein.«

Nach einer weiteren Gesprächspause räuspert sich Will. »Der Grund ist einiges wert. Wenn der Begrenzungszaun ausgebessert wird, könnte die Wiese als Viehweide dienen. Dann könntest du sie verkaufen oder an einen der hiesigen Farmer verpachten.«

Maggie nickt. »Das ist eine gute Idee, aber damit erziele ich nie die Summe, die ich brauche, um die notwendigen Arbeiten am Haus durchführen zu lassen. Ich hab überlegt, ein Bed and Breakfast aufzumachen. Aber wer will schon bei uns wohnen, wenn die Zimmer in so einem Zustand sind? *Willkommen in Cloudesley. Bitte entschuldigen Sie den Schimmel, die Lecks im Dach, die unzuverlässige Elektrik und die ebenfalls hier beheimateten Mäuse.*«

Als sie an der alten steinernen Kirche vorbeifahren und den Pub am Rande der Dorfwiese erreichen, verstummt sie. Die sonst so verschlafene Allee ist mit Autos völlig zugeparkt. Im Garten des Pubs prangen rot-weiße Sonnenschirme, und in der Ferne spielen Kinder auf der Wiese.

»Wie viel Geld wir wohl in all den Jahren dortgelassen haben?« Sie zeigt mit dem Kinn auf ihr früheres Stammlokal *Old Swan*, um das Thema zu wechseln. »Allein wir drei dürften das schicke neue Wintergartenrestaurant finanziert haben. Seit ich achtzehn bin, sind wir fast jeden Freitagabend da gewesen.«

Will nickt und schiebt sich die Sonnenbrille auf die Stirn. »Geoffrey hat es mit der Ausweiskontrolle immer sehr genau genommen, ja.«

»Weißt du noch, wie Gus ihn überredet hat, hinter die Bar zu dürfen? Nach der Sperrstunde?«

»O Gott«, stöhnt Will. »Erinnere mich bitte nicht daran. Diese Cocktails, die Gus gemacht hat … Mir war so schlecht.«

Maggie lacht. »War das nicht der Abend, an dem du deinen Schlüssel verloren und versucht hast, durchs Badezimmer reinzukommen?«

»Und dann hat Dad die Polizei gerufen, weil er nicht wusste, dass wir das waren«, beendet er ihren Satz. »Ja, das war genau der Abend.«

Maggie lacht. »Was dein Vater für ein Gesicht gemacht hat.«

Will schaut sie an, nach wie vor ein Lächeln auf den Lippen, aber als sich ihre Blicke treffen, scheint seine Miene zu erstarren.

»Ich sehe es immer noch vor mir«, sagt sie.

Will nickt, schaut aber jetzt zum Getümmel auf der Wiese. »Lass mich einfach hier raus.«

»Ich bring dich zum Pavillon. Das ist echt kein Problem«, sagt sie.

Will erwidert nichts darauf. Daran, dass er stur auf die Massen in der Ferne starrt, und an seinem plötzlich so verspannten Kiefer merkt sie jedoch, dass er lieber nicht mit ihr gesehen werden möchte.

»Ach so, natürlich.« Sie errötet. »Hier?«

Er nickt und setzt wieder seine Sonnenbrille auf. »Danke fürs Mitnehmen.«

»Gern geschehen.«

Er steigt aus, ohne sich zu ihr umzudrehen. Aber kurz bevor sie um die nächste Biegung verschwindet, schaut sie in den Rückspiegel und sieht, dass er nach wie vor am Straßenrand steht, genau dort, wo sie ihn rausgelassen hat. Man könnte meinen, er würde ihr hinterherstarren.

Sie schüttelt den Kopf. Aus Will soll mal einer schlau werden!

Vorbei an den Tennisplätzen der Gemeinde, den Schrebergärten und der winzigen rot geziegelten Grundschule, auf der sie kurz war, bevor sie aufs Internat kam, fährt sie weiter ins Dorf, bis sie sich vor dem Laden wiederfindet. Ein Schild, das für eine regionale Eiscrememarke wirbt, schwankt im Wind, und am Schwarzen Brett der Gemeinde flattern zahlreiche Zettel. An der Ladeninnentür hängt das Plakat für die jährliche Blumenschau, ein farbenfroher Entwurf von einem hiesigen Schüler.

Im Laden sitzt Mrs. Abbott hinter der Kasse, blättert in einem Katalog und tippt Zahlen in einen Taschenrechner ein. Im Regal hinter ihr reihen sich Vorratsgläser mit Süßigkeiten, die dem Geschäft die altmodische Atmosphäre einer Apotheke verleihen.

»Ich bin gleich bei Ihnen«, ruft sie, ohne den Blick von ihren Zahlen zu nehmen.

Maggie geht in den hinteren Ladenteil und holt die Butter, die sie braucht, bevor sie zur Theke zurückkehrt. Sie wartet kurz, wappnet sich innerlich.

»Also gut«, sagt Mrs. Abbott, schaut auf und lächelt Maggie an.

Maggie kann zusehen, wie bei ihr der Groschen fällt, wie sich die Augen der Frau leicht weiten, ihr Lächeln erlischt, um dann noch breiter, übertriebener zurückzukehren.

»Oh, hallo, meine Liebe. Ich wusste gar nicht … Sie sind wieder da, nicht wahr?«

»Ja«, sagt Maggie. »Ich bin wieder da.«

»Um Ihrer Großmutter mit dem Haus zu helfen?«

»Ja.«

»Es tut mir so leid, dass es ihr schlecht ging. Wie fühlt sie sich jetzt?«

»Ganz okay. Sie kommt wieder zu Kräften.«

»Das freut mich zu hören.«

Eine peinliche Stille entsteht. Maggie macht sich an der Theke zu schaffen und greift nach einer Packung Pfefferminzbonbons.

»Nur die hier und die Butter, danke.« Sie wühlt in ihrem Geldbeutel. »Wie ich sehe, steht die Blumenschau kurz bevor«, sagt sie in dem Versuch, Small Talk zu machen.

»So wie jedes Jahr, man kann die Uhr danach stellen. Gehen Sie hin?«

»Ja, ich denke schon.«

Mrs. Abbott nickt und verdreht scherzhaft die Augen. »Es gibt tatsächlich von Jahr zu Jahr neue Attraktionen. Das Komitee möchte ein altmodisches Karussell und einen aufblasbaren Hindernisparcours aufstellen lassen, stellen Sie sich das mal vor.«

»Das klingt nach jeder Menge Arbeit.«

»Allerdings! Darüber hinaus muss ich mich um das Anmieten des Festzelts und der Möbel kümmern … Von der ganzen Beschilderung und den Genehmigungen von der Gemeinde ganz zu schweigen.« Sie dämpft ihre Stimme. »Patricia Lovell von der Pfarrkirche will dieses Jahr alles *vintage* haben. So wie in den 1950ern, Sie wissen schon. Pastellfarbene Wimpel, Blumen in Einmachgläsern und Sammeltassen.« Sie verdreht die Augen, um Maggie zu zeigen, was sie davon hält.

Die überlegt. »Ich könnte Ihnen mit den Blumen helfen. Wir haben massenweise davon in Cloudesley. Die verwelken bloß im Park. Ich könnte sie fürs Teezelt in Einmachgläsern arrangieren und am Eröffnungstag herbringen. Wie viele brauchen Sie denn?«

Mrs. Abbott denkt nach. »Na ja, keine Ahnung, so zwanzig, dreißig kleine Sträuße vielleicht.«

Maggie nickt. »Das übernehme ich.«

»Sind Sie sicher, Liebes? Das ist wahnsinnig nett von Ihnen und würde mich sehr entlasten.«

»Dann überlassen Sie das einfach mir«, sagt Maggie, froh, helfen zu können. »Ich mach es gerne.«

Die Ladenglocke klingelt und kündigt einen neuen Kunden an. Maggie dreht sich um, und ihr Lächeln erstarrt. Sie steht einer großen Frau in einem blauen Kambrik-Kleid gegenüber, das graue Haar zu einem ordentlichen Pagenknopf geschnitten, einen Weidenkorb am Arm.

Maggie schluckt. Aller Sauerstoff scheint aus dem Laden gewichen zu sein. »Hallo, Mary«, sagt sie.

Die Frau bleibt in der Tür stehen. »Maggie.«

Maggie spürt, wie die Ladeninhaberin zwischen ihnen hin und her schaut, während Mary den Blick nicht von Maggie abwendet und die peinliche Stille anhält. »Will hat mir erzählt, dass du wieder da bist«, sagt sie schließlich.

»Ja.« Maggie versucht, ihr Lächeln wiederzubeleben, zuckt dann aber nur mit den Schultern. »Da bin ich wieder.« Das klingt schnippisch, vor lauter Nervosität kommt sie kühl und barsch rüber. Sie sieht, wie Mary Mortimer zusammenzuckt.

Die Ähnlichkeit zwischen Mary und ihren beiden Söhnen ist auf einmal offensichtlich, was Maggie bisher so nie aufgefallen ist. Sie erkennt Gus und Will in ihren mandelförmigen Augen, den hohen Wangenknochen und dem markanten Kinn.

»Das mit deiner Großmutter tut mir leid«, sagt Mary nach wie vor kühl. »Richte ihr meine Grüße aus.«

»Danke.«

Maggie merkt, dass sich Mrs. Abbott abgewandt hat und wieder mit ihrem Taschenrechner beschäftigt ist. Die Seifenoper, die sich da gerade in ihrem Laden abspielt, ist ihr eindeutig unangenehm, und sie sucht Ablenkung. Maggie schluckt wieder, wohl wissend, dass sie im Mittelpunkt steht, und leidet unter der Last der lange erwarteten Entschuldigung.

»Ich … ich wollte David und dich längst besuchen. Ich wollte wirklich kommen, aber … Ich wusste nicht, ob das erwünscht ist.«

Marys Miene verrät nichts, sie hebt kaum eine Braue.

»Ich wollte erklären …«, platzt es aus Maggie heraus. »Euch sagen, warum … na ja, du weißt schon … Mich entschuldigen.«

Mary verliert nach wie vor kein Wort, doch ihre roten Wangen sprechen Bände.

»Das, was passiert ist, tut mir aufrichtig leid. Ich wollte Gus niemals wehtun. Ich wäre wirklich froh, wenn wir einen Weg finden könnten, das hinter uns …«

Mary Mortimers Geduld ist zu Ende. »Hör auf damit, Maggie. Damit sind wir doch längst durch, oder?«

Doch jetzt, wo sie einmal damit angefangen hat, kann Maggie nicht mehr aufhören. »Ich vermisse euch. Euch alle. Ich wünschte, wir könnten wieder …«

Marys Augen funkeln wütend. »Ich glaube, du hast da etwas nicht verstanden, Maggie. Man kann sich nicht einfach wünschen, die Dinge ungeschehen zu machen. Dieses Recht hast du letzten Sommer ein für alle Mal verwirkt, schon vergessen?«

Maggie schluckt und senkt den Blick.

»Du hast für uns zur Familie gehört. David und ich, wir haben dich aufgenommen wie eine Tochter und dich auch so geliebt. Das hast du uns schlecht gedankt.«

»Es tut mir leid«, platzt Maggie reuevoll heraus. »Ich wollte ihm nie wehtun, keinem von euch.«

Mrs. Abbott hat den Kopf nach wie vor abgewandt, doch

Maggie merkt an den über dem Taschenrechner erstarrten Händen, dass sie wie hypnotisiert ist von der Katastrophe, die sich gerade jenseits ihrer Theke abspielt.

Maggie ahnt, welcher Klatsch bald im Dorf kursieren wird. »Vielleicht könnten wir uns in einem etwas privateren Rahmen unterhalten?«

Mary stößt ein schrilles Lachen aus. »Du willst wohl nicht, dass man sieht, wie du rot wirst, was?«

»Ich hab's vergeigt, ich weiß. Dabei wollte ich nur das Richtige tun. Ich dachte, es wäre langfristig besser …« Ihre Entschuldigungen klingen lächerlich, sogar in ihren Ohren.

Marys Augen funkeln vor Zorn. Als Maggie sie mustert, begreift sie, dass sie die Frau nie von dieser Seite kennengelernt hat. Sie ist wie eine Bärenmutter, die gereizt und provoziert wird. Ihre mütterliche Rage wirkt Angst einflößend.

»Das Richtige?« Sie spuckt die Worte förmlich aus. »Dass ich nicht lache! Dein Verhalten war beschämend. Dass du einfach so gegangen bist … Ohne auch nur eine Sekunde über Gus und seine Gefühle nachzudenken.«

Maggie lässt den Kopf hängen, doch Mary ist noch nicht fertig.

»Und dann kommst du zurück, läufst durch Cloud Green, als ob nichts wäre, und erwartest, dass alles vergeben und vergessen ist? Zwölf Monate!« Sie schüttelt den Kopf. »Das soll genügen? Um ein gebrochenes Herz zu heilen, wieder Vertrauen aufzubauen?«

»Nein, ich erwarte nicht, dass …«

Mary lässt sie nicht ausreden. »Bitte entschuldige, Maggie, wenn mir nicht danach ist, eine Willkommensparty für dich auszurichten. Du hast wie eine nette junge Frau auf mich gewirkt, ein wenig verloren und verwirrt vielleicht, aber ich dachte, du hast das Herz auf dem rechten Fleck.« Sie schüttelt erneut den Kopf.

»Ich … Es tut mir leid.« Maggie starrt Mary an. Sie weiß nicht, wie sie das wieder hinkriegen, wie sie die Wut der Frau besänftigen soll.

Mary hat recht. Sie ist egoistisch. Sie war ein Feigling. Sie kann ihre Entschuldigungen murmeln, aber angesichts von Marys Wut weiß sie, dass nichts davon den Schmerz lindern wird, den sie dieser Frau und ihrer Familie zugefügt hat. Mit schamrotem Gesicht eilt sie an der Frau vorbei hinaus in die Sonne, während die Ladenglocke hinter ihr laut bimmelt.

Da ihr die Vorstellung unerträglich ist, in die bedrückende Atmosphäre von Cloudesley zurückzukehren, lässt sie ihr Auto vor dem Laden stehen und rennt die Allee hinunter, blinzelt energisch die Tränen zurück, bis sie sich vor dem Eingang zu den Schrebergärten wiederfindet. Sie drückt das Tor auf und nimmt den grasüberwucherten Pfad, schlängelt sich zwischen den einzelnen Parzellen hindurch, vorbei an frisch umgegrabenen Beeten und Stangen, an denen sich haufenweise Bohnen und Tomaten emporranken, vorbei an aus der Erde sprießenden Malven und Möhren. Keuchend erreicht sie den Kinderspielplatz am anderen Ende und setzt sich auf eine der drei leeren Schaukeln.

In all den Jahren, die sie hierherkommt, hat sich kaum etwas verändert. Die Schaukeln sind nach wie vor alt und rostig und haben quietschende Ketten. Die Metallrutsche blinzelt ihr in der Junisonne zu. Hinter ihr ragen die riesigen alten Traktorreifen aus der Erde, eine Art Klettergerüst. Bestimmt kein Zufall, dass sie ausgerechnet an diesem Ort gelandet ist. Hier hat sie Gus und Will vor über einem Jahrzehnt kennengelernt.

Damals hatte das Buchenlaub ein spektakuläres Rostrot aufgewiesen, und sie war durch dicke Laubhaufen zum Spielplatz gewatet. Sie war für die Herbstferien vom Internat nach Cloudesley gekommen, ein pampiger Teenager in seiner Grufti-Hochphase. Dementsprechend war sie in zerrissenen Strumpfhosen, schwarz gefärbten Haaren und knalllila Nagellack erschienen, was ihren Großvater die Stirn runzeln ließ und Lillians Mund in einen schmalen Strich verwandelte. Sie hatte erwartet, dass man *ernsthaft mit ihr reden* würde, doch Lillian hatte nur unmerklich mit dem Kinn auf den im Rollstuhl sitzenden Charles gezeigt und den Kopf geschüttelt. Da hatte sie gewusst, dass ihr Äußeres kein Thema sein würde.

Umso besser, dachte sie damals und marschierte ins Dorf. Es wurde höchste Zeit, dass man sie als die Erwachsene wahrnahm, die sie beinahe war. In ihrer Tasche steckten eine geklaute Packung Zigaretten und ein altes Feuerzeug, die sie ganz hinten in der Schreibtischschublade ihres Großvaters gefunden hatte. Sie spielte damit, drehte die Zigaretten in der Tiefe ihrer Jackentasche, bis sie sich schließlich auf dem Spielplatz wiederfand.

Sie zündete sich eine Zigarette an und setzte sich auf eine der leeren Schaukeln, ließ ihre Stiefel über den schlammigen Boden schleifen und aalte sich in ihrer bemitleidenswerten Einsamkeit.

Wie aus dem Nichts tauchten die beiden Jungs auf, die sich stumm auf den leeren Schaukeln neben ihr niederließen und begannen, energisch vor und zurück zu schaukeln.

Maggie nickte ihnen zu, und einer von beiden, der Ältere, sagte lässig: »Hi«, bevor er sich wieder aufs Schaukeln konzentrierte.

Sie schienen einen unausgesprochenen Wettkampf auszutragen. Maggie schaute ab und an zu ihnen hinüber, sah, wie sie höher und höher schaukelten, bis das ganze Gerüst vibrierte. In einem bangen Moment fragte sie sich, ob sich das ganze Ding vielleicht aus seiner Verankerung lösen und sie in alle Himmelsrichtungen schleudern könnte.

Die Jungs schaukelten weiter, vor und zurück, vor und zurück, hoch in den Himmel, bis der etwas Ältere, der mit den dunklen Haaren, rief: »Du zuerst!« Daraufhin nahm der mit den Sommersprossen und dem breiten Grinsen ein Bein zurück, um beim nach vorne Schwingen einen Gummistiefel in die Luft zu schleudern. Alle drei sahen zu, wie er durch die Gegend sauste und mit einem dumpfen Knall fast in der Hecke landete.

»Nicht schlecht.« Der Dunkelhaarigere schaukelte noch ein paarmal und schleuderte dann ebenfalls seinen Stiefel fort, der neben dem ersten ins Gras knallte, vom Boden abprallte und ein paar Zentimeter weiterkullerte.

Maggie, der ganz schwindelig von der Zigarette war, hörte sie streiten, wer der rechtmäßige Sieger war.

War dieses Kullern erlaubt? Galt der Punkt, wo der Stiefel zuerst gelandet oder der, wo er endgültig zum Liegen gekommen war?

Während sie sich stritten, begann Maggie zu schaukeln, schwang sich immer höher hinauf. Langsam schlüpfte sie aus ihrem Stiefel, bis er ihr nur noch an den Zehen hing, nahm dann den Fuß zurück und ließ ihn fliegen.

Der mit den helleren Haaren stieß einen leisen Pfiff aus, und gemeinsam sahen sie zu, wie der Stiefel durch die Luft sauste und einen Meter hinter dem des Dunkelhaarigen zu Boden ging. Sie beschränkte ihren Triumph auf einen vorsichtigen Seitenblick durch ihren Haarvorhang.

»Nicht schlecht«, musste der Jüngere zerknirscht zugeben. »Aber Doc Martens sind einfacher. Sie sind kleiner und schwerer, du hattest also einen Vorsprung.« Er musterte sie. »Du bist nicht von hier oder?«

»Doch«, sagte sie und freute sich, ihnen widersprechen zu können. »Ich wohne mit meinen Großeltern am anderen Ende vom Dorf, bin aber auf dem Internat.«

»Wir wohnen in dem Haus neben dem Laden, in dem mit der roten Haustür.«

Sie nickte. Sie kannte es. Dort stand ein Zwetschgenbaum im Garten, und es hatte weiße Fensterläden. Sie zog Zigaretten aus der Packung. »Wollt ihr eine?«

»Klar.« Der Ältere nahm ihr die Schachtel ab, zog zwei Zigaretten heraus und steckte sich eine in den Mundwinkel, bevor er die andere seinem Bruder gab.

»Ich bin Will«, sagte er. »Und das ist Angus, mein Bruder.«

»Gus«, verbesserte ihn der andere.

»Maggie.« Sie waren ein wenig älter als sie. Will sah aus wie fünfzehn oder sechzehn, Gus ein wenig jünger, vierzehn vielleicht.

»Du hast einen ziemlich guten Kick.«

»Wie bitte?«

»Gummistiefelkick. So nennen wir das Spiel.« Er zeigte mit dem Kinn auf die verstreut herumliegenden Stiefel.

»Ach so.« Sie ließ das Feuerzeug herumgehen und sah, wie Will die Flamme erst ans Ende von Gus' Zigarette und dann an seine eigene hielt. Bevor er es ihr zurückgab, las er laut vor, was darin eingraviert war. »*Kühnheit sei mein Freund*. Cool.«

Sie nickte. Keine Ahnung, ob er sich über sie lustig machte oder nicht.

Gus inhalierte tief und atmete laut hustend aus.

Will sah amüsiert zu. »Noch eine Runde?«, fragte er und zeigte mit dem Kinn auf die Stiefel. »Um zu beweisen, dass es kein Anfängerglück war?«

Maggie lächelte angesichts der Herausforderung und begann sofort zu schaukeln. Ein Grinsen breitete sich auf ihrem Gesicht aus, als sie hoch in den Himmel flog und die beiden Jungs versuchten, sie mit freundlichen Beleidigungen aus dem Takt zu bringen.

Jetzt, wo sie Jahre später hier sitzt, kann sie das Echo ihres Lachens beinahe hören. Natürlich war es albern, dämlich und kindisch, machte aber einen Riesenspaß, gemeinsam mit zwei Jungs Stiefel über eine Matschwiese zu kicken. Will gewann die zweite Runde haushoch, Gus die dritte. Mit seinem über den Kopf gezogenen T-Shirt drehte er eine Siegerrunde um die Schaukeln.

In den darauffolgenden Weihnachtsferien war sie voller Vorfreude vom Internat nach Hause zurückgekehrt. Normalerweise war Weihnachten in Cloudesley keine besonders aufregende Angelegenheit. Die Oberons machten ihren alljährlichen Gottesdienstbesuch, gefolgt von einem guten Mittagessen und dem üblichen Tausch der Geschenke im Salon, während das Kaminfeuer loderte. Charles saß zusammengesunken in seinem Rollstuhl, und Lillian versuchte, in Albies Abwesenheit so gut wie möglich für Stimmung zu sorgen.

Was war es damals gewesen, Ibiza? Oder vielleicht Marokko? Maggie kann sich vage an das knisternde Telefonat erinnern, an Partylärm im Hintergrund, an laut gebrüllte Versprechen von Geschenken mit der Post, die natürlich nie ankamen.

Ja, es gab nicht viel, worauf man sich freuen konnte, aber von diesem Jahr an war alles anders. Nachdem sie nach Hause zurückgekehrt war, ihren Koffer ausgepackt und mit Lillian und Charles im Wohnzimmer Tee getrunken hatte, verabschiedete sie sich mit der überraschenden Bemerkung, sie treffe sich mit Freunden aus dem Dorf.

Ohne weiter auf Lillians erstaunte Miene einzugehen, eilte sie hinaus, nahm eines der rostigen Räder in den Stallungen und fuhr damit zum Haus mit dem Zwetschgenbaum. Will machte ihr auf. »Ah, hallo«, sagte er. »Hast du eine neue Frisur?«

Sie berührte ihren Bob, der inzwischen in Rotbraun, ihrer Naturfarbe, gehalten war. »Ja. Habt ihr Lust, was zusammen zu machen? Zum Spielplatz zu gehen?« Fröstelnd wartete sie auf der Schwelle und versuchte, nicht zu interessiert zu wirken.

»Das geht nicht.« Er schaute sie etwas verblüfft an. »Wir haben da so eine Tradition. Brettspiele mit der Familie.«

»Ach so, verstehe. Dann ein andermal.« Sie war bitter enttäuscht.

»Wie wär's, wenn du reinkommst? Wir spielen *Pictionary*. Ich bin haushoch am Verlieren!«

»Macht das deinen Eltern nichts aus?«

»Wieso?« Will wirkte überrascht. »Natürlich nicht. Komm rein.«

Schon drehte er sich um und ließ die Tür offen stehen, sodass ihr nichts anderes übrig blieb, als sie hinter sich zu schließen, ihre Stiefel auszuziehen und sie neben die sich im Flur türmenden Schuhe zu stellen, bevor sie ihm durch den mit Teppich ausgelegten Flur folgte.

Sie saßen im Wohnzimmer, das Brettspiel zwischen sich auf dem Couchtisch. Gus lümmelte neben seiner Mutter auf dem

Sofa, der Vater saß in einem alten Ohrensessel neben dem Kamin. »Mum, Dad, das ist Maggie. Sie wohnt in dem großen Haus am anderen Ende vom Dorf. Es macht euch doch nichts aus, wenn sie mitspielt?«

Ihr Vater sprang auf und nickte begeistert. »Je mehr mitmachen, desto besser. Herzlich willkommen, Maggie.«

»Hallo, Mr. …«

»Mortimer«, sagte er. »Du darfst mich David nennen. Und das ist Mary, meine Frau.«

Mit einem schüchternen *Hallo* begrüßte sie die Mutter der Jungen, nach wie vor unsicher, ob sie tatsächlich erwünscht war.

»Setz dich, Maggie. Magst du eine Tasse Tee? Einen Mince Pie? Selbst gemacht! Nicht der allerbeste, aber Gus hat schon drei Stück geschafft.« Mary Mortimer zeigte auf einen Teller mit unförmigen Pies auf einem Tisch hinter sich.

»Nein danke.« Sie grinste und winkte Gus.

»Komm«, sagte Will und klopfte neben sich auf den Teppich vor dem Kamin. »Du bist in meiner Mannschaft.«

»So ein Pech aber auch«, wurde sie von Gus bemitleidet. »Will ist eine Niete, was *Pictionary* angeht.«

Sie spielten weiter, und bald vergaß Maggie ihre Nervosität und machte begeistert mit. Will und sie sammelten jede Menge Punkte. »Du hast uns verschwiegen, dass sie eine Künstlerin ist«, sagte David gespielt verärgert.

»Ich hatte nicht die geringste Ahnung«, gestand Will.

Eine apricotrote Katze kam herein und ringelte sich zu einem warmen Knäuel auf ihrem Schoß zusammen.

»Schubs sie weg, wenn sie dich stört«, sagte Mary.

Maggie schüttelte nur den Kopf. Es war schön, mit dieser Familie vor dem Kaminfeuer zusammenzusitzen, während es draußen dämmerte. Mitsamt ihren Haustieren, ihrem Gelächter und ihren freundlichen Neckereien. Es war mehr als nur schön. Es war himmlisch!

Als sie abends nach Cloudesley zurückfuhr, musste sie daran denken, dass sie noch nie irgendwo gewesen war, wo es so normal zuging.

Schon bald wurde das Haus mit dem Zwetschgenbaum zu ihrem zweiten Zuhause. Mit den Jahren gestaltete sich die Freundschaft zu den Mortimers immer enger. Sie saßen gemeinsam um den Küchentisch, bastelten im Garten Ketten aus Gänseblümchen, kletterten ins Geäst des alten Zwetschgenbaums, lümmelten auf dem uralten Sofa herum, schauten sich Filme an und aßen Eiscreme. Sie machte in der Küche den Sonntagsmittagsabwasch und füllte frischen Tee in die angeschlagene Kanne, lag im ersten Stock auf den Betten der Jungs und schaute zu, wie die Wolken am Fenster vorbeizogen, während sie sich auf einem alten Kassettenrekorder selbst aufgenommene Kassetten anhörten.

Mit zunehmendem Alter änderte sich natürlich einiges. Die Filme und Spiele im Wohnzimmer wichen Ausflügen in den Pub und Hauspartys. Manchmal blieben sie bis spät in die Nacht auf, spielten Karten und tranken billigen Wein. Und manchmal, wenn auch nicht sehr oft, nahm sie sie nach Cloudesley mit, wo sie auf dem ungemähten Rasen Krocket spielten, Charles' Zigaretten und Spirituosen vom Getränkewagen klauten oder Karten im Salon spielten. Doch normalerweise fühlten sie sich in der gemütlichen Wärme des Hauses mit dem Zwetschgenbaum wohler, oder wenn sie draußen herumstreiften und die Freiheit der Jugend genossen.

Dann lernte Will ein Mädchen kennen. Gus und Maggie mochten sie nicht besonders. Sie war schön, aber zickig und schien so gar nicht zu Wills lässiger Art zu passen. Sie zogen ihn ständig mit ihr auf und trösteten ihn bei seinem ersten Liebeskummer.

Natürlich änderten sich die Dinge. Sie waren sich einig und stritten sich, diskutierten über Musik und Filme, darüber, wer die nächste Runde zahlen musste. Bis Will auf die Uni ging, waren sie in sämtlichen Ferien zu dritt.

Als Maggie sich erinnert, wie das mit ihnen gewesen ist, spürt sie die riesige Lücke, die ihre Abwesenheit gerissen hat. Will ist kaum mehr als ein Fremder, jede Kommunikation ist unterschwellig angespannt. Und Gus? Nun, seit sie letzten Sommer fort ist, haben sie nicht mehr miteinander gesprochen. Hat sie sich das Gefühl von Verbundenheit nur eingebildet, als sie gemeinsam patschnass im Bad standen? Ist es nur Wunschdenken gewesen, dass es vielleicht doch einen Weg gibt, ihre Freundschaft fortzusetzen?

Maggie seufzt. Am besten, sie fährt nach Hause. Jane wartet bestimmt auf die Butter, und ihr hilft es auch nicht weiter, auf der Schaukel zu hocken, in Selbstmitleid zu baden und an längst vergangene Zeiten zu denken.

Nach Verlassen des Spielplatzes schleppt sie sich zurück zum Wagen, noch in sich zusammengesunkener und verspannter. Sie hat gehofft, dass vielleicht doch nicht alles so schlimm wird, wenn sie zurückkehrt. Aber nachdem sie Marys ganze Wut abbekommen hat, weiß sie, dass die Mortimers ihr das, was sie ihnen angetan hat, kaum vergeben werden. Je früher sie versucht, über sie hinwegzukommen, desto besser.

15

Unten in der Eingangshalle schlägt die Uhr elf Mal. Lillian, die sich unter ihrer Bettdecke ruhelos hin und her wälzt, hört sie durchs Haus hallen. Jede Minute, die sie alleine hier liegt, zieht sich so langsam und endlos hin wie eine Stunde.

Bentham hat seine Abendrunde gedreht. Sie hat gehört, wie er durchs Haus gegangen ist, um die Türen und Fenster zu kontrollieren, wie er dem Dienstmädchen Gute Nacht gewünscht und die Lichter gelöscht hat. Sarah hat sich in ihr Zimmer auf dem Dachboden zurückgezogen. Lillian hört ihre Schritte über sich, gefolgt vom Scheppern der Wasserleitungen und der Toilettenspülung, vertraute Geräusche des Hauses, das sich auf die Nacht vorbereitet.

Als es in Cloudesley endlich still wird, liegt sie in der Dunkelheit und versucht, ihren Gefühlsaufruhr zu besänftigen, eine wilde Mischung aus Vorfreude und Verlangen, Selbsthass und schlechtem Gewissen, aber auch aus Angst. Davor dass heute der Tag ist, an dem Jack dabei erwischt wird, wie er sich in ihr Zimmer schleicht. Oder davor dass er heute Nacht zur Besinnung kommt und fortbleibt.

Sie wälzt sich verschwitzt hin und her, verheddert sich fast in ihrem Seidennachthemd und erstarrt, als jenseits der Schlafzimmertür Dielenbretter knarren.

Sie bekommt unwillkürlich Gänsehaut und hält die Luft an, wartet. Stille. Lillian seufzt und wälzt sich erneut. Es ist nur das Haus, das um sie herum zur Ruhe kommt.

Seit ihrem verrückten Kuss auf der Waldlichtung sind zwei Wochen vergangen. Zwei Wochen, seit sie ihn im ehemaligen Kinderzimmer besucht hat, und sie sich auf dem Schreibtisch geliebt haben. Zwei Wochen, seit ihre Leben derart unerwartet und intensiv miteinander in Berührung gekommen sind.

Sobald sie jetzt allein ist und die Augen schließt, befindet sie sich erneut im goldenen Licht dieses Zimmers, erlaubt ihm, sie zu entkleiden, während ihre Finger an den Knöpfen seines Hemdes zerren, ihm durchs Haar fahren und ihn an sich ziehen.

Beim Gedanken daran, wie sie sich in diesem Moment verhalten hat, ist sie schockiert. Nicht wie ein passives, gefügiges Weibchen, sondern wie eine Frau voller Leidenschaft, getrieben von Lust und Begierde. In Erinnerung daran wird sie rot, doch sie weiß, dass sie sich nicht hätte bremsen können, nicht einmal, wenn sie gewollt hätte.

Nun liegt sie im Dunkeln und zählt die Schläge der Uhr, wartet darauf, dass ihr Liebhaber zu ihr kommt.

Ihr Liebhaber. Das Wort klingt unerhört in ihren Ohren, selbst jetzt noch. Es ist der reine Wahnsinn, und das weiß sie auch. Sie hat sich Mal um Mal gesagt, dass sie verrückt ist. Dass das ein Ende haben muss, was immer es auch ist, das Jack und sie da losgetreten haben. Sie ist eine verheiratete Frau, eine Ehefrau und Stiefmutter. Sie trägt Verantwortung und hat einen Ruf zu verlieren. Doch auch wenn sie weit davon entfernt ist, sich nicht mehr für ihre Untreue zu schämen, weiß sie doch, dass es für sie keinen Weg zurück gibt.

Wieder ist da ein leises Knarren vor ihrer Schlafzimmertür, diesmal gefolgt von einem kaum hörbaren Klopfen. Sie sagt nichts, sondern liegt still und schweigend da, sieht vom Bett aus zu, wie die Tür aufgeht und eine Gestalt zu ihr hineinschlüpft, die im Dunkeln verschwindet, sobald sich die Tür schließt.

Sie hört Schritte, die näher kommen, und spürt einen kühlen Luftzug, als ihre Decke gehoben wird, die kaum merkliche Neigung der Matratze, als er sich neben sie legt.

»Mein allerliebster Schatz«, sagt er in ihr Ohr, während er sie umschlingt und an sich zieht, ihre Lippen sich in der Dunkelheit finden.

***

»Du riechst nach Farbe«, sagt Lillian um einiges später, als sie ermattet in Jacks Armen liegt und sie sich eine Zigarette teilen. »Nach Farbe und Terpentin.«

»Das tut mir leid.«

Daraufhin zieht sie seine Hand an ihren Mund und küsst jeden seiner Finger einzeln. »Ich mag das.«

Sie haben die Vorhänge aufgezogen. Kühle Nachtluft und Mondlicht streifen ihre Haut, und durchs offene Fenster ist der Sternenhimmel zu sehen. Seine Hand wandert von ihrem Ohrläppchen zu ihrem Hals und dann zu ihrem Schlüsselbein.

Lillian seufzt und schmiegt sich an ihn. »Ist das ein gutes Zeichen?«

»Ja, das ist ein gutes Zeichen.« Er liebkost ihren Nacken. »Obwohl ich dich heute vermisst habe.«

»Du könntest mit mir zu Abend essen – jetzt, wo Charles seine Londonreise verlängert hat.«

Er schüttelt den Kopf. »Ich könnte es nicht ertragen, so nah bei dir zu sitzen und angestrengt Höflichkeiten auszutauschen, während Bentham ein und aus geht, um Teller abzuräumen und Wein nachzuschenken. Ich fürchte, ich würde mich verraten.«

»Ja«, pflichtet sie ihm bei und lehnt sich zurück, um ihm in die Augen schauen zu können. »Dieses Knistern zwischen uns ist so stark, dass es mir den Atem raubt.«

»Ganz genau.« Lächelnd beugt er sich vor, um sie auf den Mund zu küssen. »Außerdem habe ich Angst, das Malen zu unterbrechen. Jetzt, wo ich eine Idee für den Raum entwickelt habe. Ich habe Angst, den Faden zu verlieren.«

»Darüber bin ich froh. Dann darfst du nicht mehr zu mir kommen. Ich weiß, wie viel Arbeit vor dir liegt.« Sie versetzt ihm einen Stoß zwischen die Rippen.

Jack geht nicht weiter darauf ein. »Er ist ein seltsamer Kerl, nicht wahr?«, sagt er kurz darauf.

»Wer? Charles?«

»Ich meinte eigentlich Bentham.«

»Ach, keine Ahnung. Er ist auf jeden Fall unauffällig. Undurchschaubar. Ehrlich gesagt hatte ich ein wenig Angst vor ihm, als ich hier eingezogen bin. Obwohl er Cloudesley treu ergeben ist. Im Krieg haben wir viel Personal verloren und müssen seitdem mit Minimalbesetzung klarkommen. Doch Bentham ist die ganze Zeit geblieben, mit Charles durch dick und dünn gegangen. Wir können froh sein, dass wir ihn haben.«

»Ja, es muss wirklich schwer sein, nur einen Koch, ein Dienstmädchen, einen Butler und einen Gärtner zu haben, die sich um einen kümmern.«

Lillian versetzt ihm einen Stoß vor die Brust. »Hör auf damit.« Um dann ernster hinzuzufügen: »Mach dich nicht lustig über uns.«

»Tut mir leid. Ich mach mich nicht über dich lustig. Es ist mir nur sehr fremd, das Leben, das du führst.«

»Ich würde das alles morgen aufgeben. Wenn ich könnte.«

»Ja, würdest du?« Er dreht sich um und mustert sie in der Dunkelheit.

»Ja.«

Jack schweigt. Er drückt nur die Zigarette im Aschenbecher neben dem Bett aus und zieht sie fester in seine Arme.

»Wünschst du dir auch manchmal, der Rest der Welt würde sich einfach in Luft auflösen?«

Er küsst sie auf den Scheitel. »Das tut er auch … Wenn ich male … und wenn ich mit dir zusammen bin.«

Lillian nickt, ist sich aber nicht ganz sicher, was er damit gemeint hat. Sie weiß nicht, wie sie die tiefe Sehnsucht in Worte fassen soll. Die Sehnsucht danach, diesem Leben zu entfliehen. Den starken Zwängen, denen sie ausgesetzt ist, der Last des Versprechens, das sie gegeben hat.

Irgendwo auf dem Gelände schreit ein Pfau, ein Geräusch, das durch den ganzen Park hallt.

Sie spürt, wie sich Jack neben ihr verspannt. »Meine Güte«, sagt er. »An diesen Laut werde ich mich nie gewöhnen können.«

Sie lächelt.

»Und, was gibt es Neues aus London?«, fragt Jack. Bei der Erwähnung von Charles erlischt ihr Lächeln. Sie will nicht an Charles denken. Nicht, wenn Jack in ihrem Bett liegt.

»Wir haben heute Morgen telefoniert. Es gibt Probleme mit

einer verspäteten Lieferung. Er weiß nicht, ob er rechtzeitig zur Blumenschau zurück sein wird.«

»Gut.«

»Er hat gefragt, wie du mit dem Zimmer vorankommst.«

»Und, was hast du darauf geantwortet?«

»Die Wahrheit. Dass du dich tagelang einschließt und nur zum Schlafen und Essen herauskommst.«

Jack hebt ihren Arm und knabbert an ihrer Ellenbeuge. »Dann bist du also meine Nahrung. Es ist alles bloß deine Schuld.«

»Meine Schuld?«

Er nickt. »Seit dem Sperber … Seit diesem Tag … hast du etwas in mir freigesetzt.«

Er räuspert sich, als wäre er verlegen, spricht aber weiter.

»Tagelang bestand ich nur aus nackter Angst und Verzweiflung. Die kahlen Wände waren die reinste Folter für mich, weil ich nicht wusste, wie ich so einen riesigen Raum ausgestalten soll. Doch dann, nach unserer ersten gemeinsamen Nacht, hatte ich eine Erleuchtung, hab alles ziemlich genau vor mir gesehen. Es ist aufregend, aber auch Angst einflößend.«

»Angst einflößend?«

»Ja. Es hat mich so gepackt, dass ich den Raum kaum noch verlassen will. Ich habe schreckliche Angst, den Faden zu verlieren, wenn ich nicht dranbleibe. Es gibt da diesen Moment im Schaffensprozess, in dem man ganz darin aufgeht. In dem man weiß, dass man so richtig im Fluss ist. Genau daran klammere ich mich. Auch wenn es eine ziemliche Herausforderung ist. Bei der Größe des Raumes muss ich anders vorgehen als sonst. Es ist alles recht experimentell, eines ergibt sich sozusagen aus dem anderen.«

Er streicht ihr über die nackte Schulter.

»Ich habe mich noch nie so inspiriert gefühlt, war angesichts der Möglichkeiten noch nie so aufgeregt.« Er schaut sie an, sein Strahlen ist in der Dunkelheit gerade noch erkennbar. »Ich glaube, ich habe meine Muse gefunden.«

»Cloudesley?«

Er lacht und schüttelt den Kopf. »Nein, du Dummkopf. Dich.«

Lillian lächelt. Ein unverhoffteres, größeres Kompliment als von Jack als Muse bezeichnet zu werden, ist für sie nicht vorstellbar.

»Darf ich es sehen?« Sofort bereut sie ihre Frage.

Er zögert. »Ja, aber noch nicht jetzt.«

Sie dreht sich auf den Bauch, und als sie sich auf einen Ellbogen stützt, fällt ihr das Haar ins Gesicht. Jack streicht ihr eine Strähne hinters Ohr, und sie schmiegt ihre Wange in seine Hand.

»Versprich mir eines«, sagt sie leise. »Werd nicht zu schnell fertig.«

»Ich habe Charles gesagt, dass ich den ganzen Sommer brauchen werde. Daran hat sich nichts geändert.«

Den Sommer. Noch zwei Wochen liegen vor ihnen, doch sie weiß heute schon, dass das nicht reichen wird. Dass es nie reichen wird. Sie kann nicht genug von ihm bekommen. Die Stunden, in denen sie getrennt sind, sind die reinste Folter. Insgeheim malt sie sich alles Mögliche aus. Sie kann sich nicht vorstellen, dass er seine Sachen packt und sie zurücklässt.

»Ist es mit ihm auch so?«, fragt er.

Lillian lässt sich in die Kissen sinken und überlegt, wie sie ihm das erklären soll. Soll sie ihm von Charles' Albträumen erzählen, die ihn schreiend hochfahren lassen? Davon, welch verheerende Auswirkungen der Krieg auf ihren Mann gehabt hat? Dass seine nächtlichen Albträume getrennte Schlafzimmer notwendig machen? Gibt es Worte, die beschreiben können, wie unterschiedlich die Zärtlichkeiten sind, die sie austauschen? Wie soll sie ihm nur ansatzweise begreiflich machen, wie sie versucht hat, Charles' Signale zu deuten, sein Verlangen zu verstehen? Doch Charles scheint nur zu wollen, dass sie stumm daliegt, das Nachthemd bis zur Taille hochgeschoben und den Kopf im Kissen vergraben. Eine sehr oberflächliche Form von Nähe. Eine, die man über sich ergehen lässt. Wie soll sie ihm erklären, dass Charles anschließend darauf besteht, dass sie geht? Nachdem er sie voller Verlangen zurückgelassen hat, mit einem Gefühl der Einsamkeit, das größer ist, als hätten sie nie beieinandergelegen.

Wie soll sie ihm den komplexen Charakter des Mannes erklären, mit dem sie ihr Leben teilt? Sie weiß nicht einmal, ob sie das überhaupt will. Irgendwie schämt sie sich dafür. Als wäre es ihr persönliches Versagen, dass sie nicht in der Lage ist, ihren Mann zufriedenzustellen, ihn glücklich zu machen. Alles Dinge, die besser im Verborgenen bleiben und nicht in diesem kostbaren Moment mit Jack zur Sprache gebracht werden sollten.

»Tut mir leid, ich hätte das nicht fragen dürfen.«

»Nein«, sagt sie nach kurzem Schweigen. »Mit ihm ist es anders.«

»Willst du Kinder mit ihm haben?«

Lillian schließt die Augen. »Das geht nicht. Ich kann keine Kinder bekommen.«

Sie spürt, wie der Verlust von ihr Besitz ergreift, ihr wie ein

Stein im Magen liegt. Die Hände wandern unbewusst zu ihrem Bauch.

»Ich war schwanger, aber es gab Komplikationen. Ich habe das Kind verloren und kann keine mehr bekommen. Das hat mir der Arzt so erklärt.« Sie schildert es sachlich, versucht, den Schmerz tief in ihrem Innern zu verbergen. Nie wird sie ein leibliches Kind im Arm halten. Nie hören, wie ein Kind *Mama* zu ihr sagt.

Er zieht sie an sich. »Das tut mir leid.«

Sie blinzelt die Tränen zurück. »Ich sollte mich nicht selbst bemitleiden. Das Schicksal hat es in vielerlei Hinsicht gut mit mir gemeint. Ich habe Albie. Angesichts des Kindes, das ich verloren habe, ist er ganz besonders kostbar.«

Sie lächelt im Dunkeln, und sie schweigen einen Moment, hängen ihren jeweiligen Gedanken nach, bis Jack erneut das Wort ergreift.

»Du hast so etwas an dir, Lillian. Als gehörtest du eigentlich nicht hierher, wenn ich das so sagen darf. Die meisten Frauen würden in ihrem Status als Herrscherin über so ein großartiges Herrenhaus regelrecht schwelgen. Du scheinst dich ihm kaum verbunden zu fühlen und eilst durch die Zimmer und Flure, als wärst du nur zu Gast.«

Lillian nickt. »Ja, es ist eine seltsame Rolle, die zweite Frau zu sein … die zweite Wahl. Ich bin eine enttäuschende Schlossherrin, ich weiß. Und eine enttäuschende Ehefrau. Unfruchtbar. Untreu.«

Jack schweigt einen Moment. »Mich enttäuschst du nicht.«

Sie seufzt. »Manchmal frage ich mich, wie ich hier überhaupt gelandet bin. Es kommt mir vor wie ein seltsamer Traum.«

»Wie ein schöner Traum?«, fragt er nach einer Weile, und

sie hört die Kälte, die sich in seine Stimme geschlichen hat. Ist es Eifersucht?

Sie dreht sich im Dunkeln von ihm weg und verbirgt das Gesicht. »Nein«, sagt sie. »Kein schöner Traum.«

Jack wartet kurz, bevor er die nächste Frage stellt. »Liebst du ihn?«

Lillian zuckt mit den Schultern. »Ich war einundzwanzig, als Charles um meine Hand angehalten hat. Er war ein Witwer mit einem kleinen Jungen und diesem außergewöhnlichen Haus. Ich kannte ihn nur wenige Wochen, doch er hat so einsam auf mich gewirkt. Wie jemand, der dringend Liebe braucht. Seine Aufmerksamkeit hat mir geschmeichelt. Charles kann sehr charmant sein, wenn er will, und sehr, sehr überzeugend.«

»Ich weiß genau, wovon du redest«, murmelt Jack.

»Es ist etwas Besonderes, Charles Oberons Aufmerksamkeit zu erregen. Außerdem dachte ich, ich könnte ihm helfen. Ich dachte, er würde mich brauchen. Und ich glaube, das habe ich für Liebe gehalten. Gemeinsam einen Sinn im Leben zu finden und gemeinsam etwas auf die Beine zu stellen. Doch ich habe mich getäuscht. Charles musste nicht gerettet werden. Zumindest nicht von mir.«

»Wie habt ihr euch kennengelernt? Du hast irgendwann erwähnt, dass du durch die Kinderlandverschickung nach Cloud Green gekommen bist?«

»Ja. Ich war elf Jahre alt, als meine Schwester Helena und ich zu einer alten Dame im Dorf geschickt wurden, zu Lucinda Daunt. Sie war eher eine Einzelgängerin und recht betagt, aber sehr gut zu uns. Vor allem in Anbetracht von Helenas Zustand.«

»Erzähl mir mehr von deiner Schwester.«

Lillian lächelt. »Sie war fantastisch. So voller Energie und

Leben. Wir sind zwei Jahre auseinander, und seit meiner Geburt war sie einfach da, zuverlässig und aufregend zugleich. Ich hab sie in den Wahnsinn getrieben, bin ihr überallhin gefolgt, habe sie nachgeahmt, wollte genauso sein wie sie. Sie konnte die tollsten Shirley-Temple-Darbietungen aufführen, einschließlich Stepptanz. Niemand konnte mich so zum Lachen bringen wie Helena.«

»Was ist ihr zugestoßen?«

Lillian seufzt. »Unser Vater ist während des Krieges in Frankreich gefallen, und Mutter wollte unbedingt, dass Helena und ich London verlassen. Doch wir haben uns geweigert. Wir wollten uns nicht von ihr trennen, wo sie so sehr getrauert hat. Wir hätten auf sie hören sollen! Monate später wurde unser Haus in Pimlico Ziel eines Luftangriffs. Ich war die Einzige, die es bis in den Anderson-Luftschutzkeller geschafft hat. Mutter war im Haus gefangen und sollte es nicht mehr lebend verlassen. Und Helena wurde von einem Schrapnell getroffen, als sie durch den Garten rannte. Sie war nur wenige Meter hinter mir und hat einfach schreckliches Pech gehabt. Die Ärzte gaben ihr Bestes, aber sie war … Sie war nicht mehr so wie vorher.« Sie schaut zu Jack hinüber und sieht, wie er sie im Dunkeln eindringlich mustert.

»Wie schrecklich«, murmelt er. »Ist sie in einer Klinik?«

»Nein, in einer Pflegeeinrichtung. Charles ist sehr großzügig. Cedar House ist ein guter Ort, und ich kann sie dort so oft besuchen, wie ich will.«

»Das ist sehr anständig von ihm«, sagt Jack mit belegter Stimme. Er legt den Arm um ihre Schultern. »Du Ärmste! Deine Familie ist innerhalb weniger Minuten auseinandergebrochen.«

Lillian nickt und starrt an die Decke. Sie versucht, nicht zu lange darüber nachzudenken. Sie hat den Tod ihrer Eltern bewusst verdrängt, sich bemüht, die warmen, duftenden Umarmungen ihrer Mutter zu vergessen, die zärtlichen Lieder vor dem Schlafengehen. Wie sie zum leisen Summen ihrer Nähmaschine im Erdgeschoss eingeschlafen ist, ihre sanften Hände ihr durchs Haar gefahren sind und ihr Schleifchen hineingebunden haben. Das Gelächter, wenn sie durch Pfützen auf grauen Londoner Bürgersteigen gestapft sind.

Ihr Vater, der kaum mehr ist als eine blasse Erinnerung. Ein großer Mann mit langen, auf dem Sessel zusammengefalteten Beinen, das Gesicht hinter einer raschelnden Zeitung verborgen. Laut vor sich hin summend, wenn er Rasierschaum auf sein Stoppelkinn auftrug. Ein Mann, der nicht gern viele Worte machte, aber stets ein Lächeln parat hatte. Und Helena … die schöne, lebhafte Helena, die durch ein durch die Luft sausendes Stück Metall, das sich ihr in den Schädel gebohrt hat, für immer verschwunden ist.

Lillian hat sich der Trauer so lange verschlossen, dass sie sich fühlt wie in einer Blase, keine echten Gefühle mehr an sich heranlassen kann. Einsamkeit und Nichts-mehr-fühlen-Können sind genauso natürlich für sie wie das Atmen. Doch nun, da sie so offen und verletzlich neben diesem Mann liegt, kehren die Gefühle zurück.

Sie schluckt den Kloß in ihrer Kehle hinunter und lenkt das Gespräch auf unverfänglicheres Terrain, auf Jacks ursprüngliche Frage zu Charles.

»Lucinda Daunt war so reizend. Nachdem der Krieg vorbei war, hat sie darauf bestanden, dass wir bleiben. Ich glaube, sie war ebenfalls einsam. Ich habe in der hiesigen Schule gearbeitet und Lucinda abends in der Bücherei geholfen. Ich habe ihr jeden Abend vorgelesen und mich um Helena gekümmert, so gut es ging. Lange nahm das Leben einfach nur seinen Lauf. Ich hatte Angst, was aus uns werden würde, wo wir hinsollen, wenn Lucinda eines Tages nicht mehr lebt oder wir aus irgendeinem Grund nicht mehr bei ihr willkommen wären. Aber ich war beschäftigt – und sehr einsam, bis ich Charles kennenlernte.«

»Und dann?«

Sie zuckt mit den Schultern. »Was soll ich sagen? Wir sind uns zufällig begegnet. Ein unvorhergesehenes Zusammentreffen auf einer Landstraße. Einer von den Momenten, in denen das Leben alle möglichen Richtungen einschlagen kann. Aus irgendeinem Grund hat mich das Schicksal Charles zugespielt oder Charles mir. Keine sechs Wochen später hat er mir einen Heiratsantrag gemacht.«

Mit geschlossenen Augen sieht Lillian die romantische Szene wieder vor sich. Ihre morgendliche Fahrt über die gewundenen Alleen Buckinghamshires zu einem hübschen Dorf am Fluss. Charles, der eine Picknickdecke am Ufer der Themse ausbreitet. Das Knarren der Ruder in den Dollen, während die Boote auf dem Wasser vorbeigleiten. Es hatte spätsommersüße Erdbeeren gegeben und Champagner in dafür vorhergesehenen Gläsern. Er hatte alles arrangiert, sich um jedes noch so kleine Detail gekümmert – ein perfektes Picknick am Fluss, das darin gipfelte, dass Charles vor ihr auf die Knie fiel und ihr einen Diamantring hinhielt, der wie Feuer in der Sonne funkelte.

Es war alles so unerwartet gekommen. Sie hatte auf ihn hinuntergestarrt, vollkommen verdattert. Charles Oberon wollte sie heiraten?

»Albie und ich, wir brauchen dich. Sag Ja«, drängte er sie. »Sag, dass du meine Frau wirst.«

Doch sie sagte nicht Ja, nicht sofort. Tränen traten ihr in die Augen.

»Ich kann dich nicht heiraten«, sagte sie. »Ich kann Helena nicht im Stich lassen.«

Charles musterte sie und lächelte. »Wenn wir die Ehe eingehen, mein Liebling, werden unsere Leben, unsere Familien und unsere Altlasten, wenn du so willst, auch zu denen des anderen. Mir ist klar, dass du Opfer bringen musst, wenn du mich heiratest. Albie, mein Sohn, ist fester Bestandteil meines Angebots.«

»Albie ist kein Opfer für mich«, wandte sie rasch ein. »Er ist ein wunderbarer Junge.«

Charles nickte. »So wie du einwilligst, meine Herausforderungen zu schultern, bedeutet eine Ehe auch, dass ich die deinen schultere. Ich werde einen geeigneten Ort für Helena finden. Sie wird die beste Pflege erhalten. Lass mich dir helfen, liebste Lillian. Lass mich dir ein wenig von deiner Last abnehmen.«

»Es kam mir vor wie die Lösung all meiner Probleme«, sagt Lillian, öffnet die Augen und findet sich in der Dunkelheit ihres Schlafzimmers wieder, Jack ruhig und warm neben ihr. »Offen gestanden war es die erste echte Entscheidung, die ich für mich getroffen habe. Ich habe mir eingebildet, mein Schicksal in die Hand zu nehmen, mir ein Leben, eine Familie aufzubauen. Im Herbst 1951 haben wir geheiratet, nur eine kleine Zeremonie in London, nichts Aufregendes, weil es für Charles ja die zweite Ehe war. Gleich darauf bin ich nach Cloudesley gezogen.« Sie seufzt. »Seitdem bin ich hier.«

Jack lacht leise. »So wie du das sagst, klingt es wie eine Strafe. Wie ein Gefängnis. So, als wärst du eine alte Frau.«

Sie fröstelt und zieht die Decke enger. »Ich war einundzwanzig und dachte, Liebe ist, wenn ein Mann vor dir auf die Knie fällt und dir einen Diamantring präsentiert. Ich dachte, Liebe ist, einem kleinen Jungen in die Augen zu sehen und ihm zu versprechen, stets für ihn zu sorgen. Ich dachte, Liebe bedeutet, Opfer zu bringen und sich liebevoll um die Familie des Partners zu kümmern. So war es auch, zumindest am Anfang. Aber es war nicht die Liebe, auf die ich gehofft hatte. Ein Haus, das einen zunächst mit seiner verheißungsvollen Pracht überwältigt, kann sich mit der Zeit ganz anders anfühlen. Weniger wie ein Märchenschloss und mehr wie ein goldener Käfig. Manchmal kommt es mir so vor, dass sich die Verspechen, die wir uns gegeben haben, nicht so sehr wie Liebe, sondern wie Fesseln anfühlen.«

Jack liegt regungslos da. Sie merkt, wie sich ihre Atmung auf den gleichen Rhythmus eingependelt hat, sich ihre Brust zur selben Zeit hebt und senkt.

»Was ist mit der guten Fee passiert? Mit Lucinda?«, fragt er nach einer Weile.

»Die ist ein halbes Jahr nach meiner Hochzeit und nach Helenas Umzug nach Cedar House gestorben. Sie wurde immer gebrechlicher. Ich habe mir oft gedacht, dass sie nur deshalb durchgehalten hat, weil sie sicher sein wollte, dass wir versorgt sind. So eine reizende alte Dame! Ich vermisse sie sehr.« Lillian schließt die Augen. »Tut mir leid, ich rede zu viel.«

Sie enthüllt Dinge, die sie noch niemandem erzählt hat. Ein seltsames Gefühl. Zumal sie in Jacks Gegenwart eine schwindelerregende Verunsicherung verspürt, eine Verletzlichkeit, die ihr Herzklopfen bereitet. Sie gibt alles von sich preis, selbst Eigenschaften, von denen sie weiß, dass sie weniger attraktiv sind, wie ihre Trauer, ihre Einsamkeit. Damit aufhören geht aber auch nicht. Sie will, dass er sie so wahrnimmt, wie sie wirklich ist. Dass er nicht nur die Maske sieht, die sie der übrigen Welt zeigt, sondern ihr wahres Gesicht. Zum ersten Mal in ihrem Leben möchte sie sich öffnen.

»Ich bin froh, dass du mir das erzählt hast. Ich möchte gern mehr von dir wissen. Aber inzwischen ist es sehr spät. Ich sollte auf mein Zimmer zurückkehren.« Jack beginnt, sich zu regen.

Lillian packt ihn am Arm. »Geh nicht. Nicht jetzt schon.«

»Ich möchte nicht gehen.«

»Dann bleib.«

»Ich darf morgen nicht hier sein. Das ist zu riskant.«

»Ich weiß. Nur noch ein bisschen. Bitte!«

Jack seufzt erneut, bleibt aber, wo er ist. Lillian entspannt sich ein wenig, orientiert ihre Atmung wieder an der seinen.

Ist das, was sie da tun, wirklich so falsch? Aus ethisch-moralischer Sicht verstößt es natürlich gegen die Regeln. Gegen das heilige Sakrament der Ehe. Doch wenn niemand etwas davon erfährt, wem tut es dann weh? Kann es wirklich falsch sein, so ein Verlangen zu empfinden, so eine Lust mit einem anderen Menschen zu teilen? Kann es falsch sein, so ein Glück zu erleben?

Sie schläft ein, den Kopf in seiner Armbeuge.

Jack liegt neben ihr, hört auf den Wind, der in den Buchen rauscht, und sieht zu, wie der Vorhang in der Brise flattert. Gleichzeitig fährt er zärtlich über ihr feines Handgelenk und starrt hinauf in die Dunkelheit.

Es ist nach vier, kurz bevor die ersten Vögel ihr Morgenlied anstimmen, als er sie schließlich verlässt und auf Zehenspitzen in sein Zimmer zurückschleicht.

16

Der Bauträger kommt in einem glänzend schwarzen BMW in Cloudesley an. Sobald Maggie Todd Hamilton die Tür öffnet, weiß sie, dass sie ihn nicht leiden kann. Sein glänzend grauer Anzug, seine gebräunte Haut, die pragmatische Geste, mit der er seine Sonnenbrille zusammenklappt und in seiner Jacketttasche verstaut. Die Art, wie er ihr die Hand gibt und an ihr vorbei in die Eingangshalle späht, als wartete er darauf, dass jemand Wichtigeres erscheint. Das alles sorgt dafür, dass sich ihr sämtliche Nackenhaare aufstellen.

Maggie bietet ihm Tee an, doch er erzählt ihr in seinem breiten texanischen Akzent, dass er lieber gleich zur Sache kommen und das Anwesen besichtigen will. Also führt sie ihn herum, marschiert mit ihm übers Gelände, zeigt ihm das Arboretum, die Wiese und den Obstgarten hinter dem Kräutergarten, bevor sie ihn auf der Stallstraße zurückführt.

Er schlägt die angebotene Hausbesichtigung aus und entscheidet sich stattdessen für einen Kaffee auf der Terrasse. Dort breitet er seine Landkarte aus und markiert interessante Stellen mit einem roten Filzstift, während Maggie ihm die Grundstücksgrenzen erklärt.

Sie sieht, wie er Scheunen und Stallungen rot einkreist und

dann ein großes Waldstück sowie das graue Rechteck, welches das Haus markiert, durchstreicht. Was das wohl zu bedeuten hat?

»Harry meinte, Sie suchen nach einem Grundstück, auf dem Sie einen neuen Golfplatz bauen können?«, fragt sie, wenn auch eher um Konversation zu machen.

»Yeah.« Er lehnt sich in seinem Stuhl zurück. »Das hier könnte sich als Goldmine erweisen.«

»Sie halten Cloudesley also für geeignet?«

»Es macht einen sehr vielversprechenden Eindruck. Die Topografie ist perfekt. Genau das, wonach ich gesucht habe.«

»Meine Familie lebt seit mehreren Generationen hier. Wir verkaufen natürlich nur ungern, aber wenn der Preis stimmt …« Sie verstummt, findet das ganze Gespräch nach wie vor höchst unerfreulich.

Der Amerikaner starrt angestrengt auf die Karte. »Es gibt eine gute Verkehrsanbindung an London. Wenn ich mich nicht täusche, sind keine anderen Golfplätze in der Gegend, oder? Nicht im Umkreis mehrerer Kilometer.«

Maggie nickt. »Und das Haus?«, fragt sie. »Gefällt es Ihnen?«

»Das Haus?« Er betupft eine Braue mit der Leinenserviette, die Jane gebracht hat

»Ja, Cloudesley. Sie werden es also zu einem Clubhaus umbauen? Zu einem kleinen Hotel vielleicht?« Als sie seinen verständnislosen Blick sieht, versucht sie es erneut. »Oder zu einem Restaurant?«

Er schüttelt den Kopf. »Ach so, nein. Es ist natürlich hübsch, aber es wäre finanzieller Selbstmord, diesen alten Kasten renovieren zu wollen.«

Er wirft einen misstrauischen Blick auf die Rückseite des

Hauses, als bezweifelte er, dass sie noch lange stehen bleibt. »Es ist deutlich kosteneffizienter, neu zu bauen. Ich stelle mir ein neues Herrenhaus auf diesem Hügel vor. Etwas Prächtiges, Modernes. Mit allem zeitgemäßen Komfort. Was sagen Sie dazu?«

Maggie starrt ihn an, sie kann ihr Entsetzen kaum verhehlen. »Sie wollen das ganze Gebäude plattwalzen?«

»Glauben Sie mir, wenn Sie einmal damit anfangen, so eine alte Dame wie die hier aufzuhübschen, sind Sie erledigt.« Er schenkt ihr ein Lächeln und entblößt dabei eine Reihe blendend weißer Zähne. »Solche Gemäuer bedeuten nichts als Ärger. Ich wage zu bezweifeln, dass Sie viele Bauträger finden werden, die Interesse an seiner Renovierung haben. Heutzutage wollen alle nur eines: Grund, Grund, Grund. Für Golfplätze. Für Siedlungen. Für avantgardistisches Design, für Investoren aus Übersee, die eine Immobilie auf dem Land ihr Eigen nennen wollen. Mit so etwas kann man richtig gut Geld verdienen.«

»Sie dürften ein paar Probleme mit dem Denkmalschutz bekommen«, sagt sie gereizt.

Doch selbst wenn er das wahrnimmt, lässt er sich nicht das Geringste anmerken. Er lacht fröhlich. »Ach, machen Sie sich darüber mal keine Sorgen, Miss Oberon. Sie würden staunen, was eine unverschämte Summe Geld bei solchen Problemen bewirken kann.«

Er schlürft laut seinen Kaffee und schaut dann auf die Hügel.

»Ja, ein fantastischer Golfplatz, in der Tat. Vielleicht sogar mit einem Wellnesshotel. Etwas für die Ladys. Ihre erste Maniküre geht natürlich aufs Haus, Miss Oberon.«

Er zwinkert ihr zu. Maggie starrt auf ihre abgekauten Nägel und wird rot vor Wut.

»Ich werde meine Anwälte anweisen, sich mit Ihrem Harry

in Verbindung zu setzen«, fährt er fort. »Ich bin mir sicher, wir können uns auf einen Preis einigen, der beide Seiten zufriedenstellt.«

Maggie führt ihn zurück durchs Haus und gibt ihm an der Tür die Hand. Nachdem sie es wieder betreten hat, geht sie in Charles' Arbeitszimmer. Sie wählt die Nummer auf dem alten Wählscheibentelefon und wartet, trommelt dabei ungeduldig mit den Fingern auf den mit Unterlagen übersäten Schreibtisch.

Die Verbindung ist kaum zustande gekommen, als sie auch schon loslegt. »Diesem Mann werden wir Cloudesley nicht verkaufen. Es ist mir egal, was wir tun müssen, aber ihm und seinen Planierraupen werden wir es nicht überlassen.«

Sie kann Harrys Grinsen am anderen Ende der Leitung förmlich hören. »Guten Morgen, Maggie. Ich nehme an, du hast dich mit dem reizenden Todd Hamilton getroffen?«

»Ich meine es ernst«, sagt sie. »Auf keinen Fall verkaufen wir Cloudesley an die Hamilton-Firmengruppe.«

»Die Botschaft ist angekommen. Doch zu der Vereinbarung …«

Sie lässt den Hörer sinken und dreht sich um, starrt auf das silbergerahmte Foto von ihrem Großvater. Ein jüngerer Charles, der stolz in seiner Militäruniform posiert, jede Mengen Orden an der Brust und so ganz anders als der alte, auf den Rollstuhl angewiesene Herr, den sie kannte.

Sag mir, was ich tun soll, fleht sie stumm. Sag mir, wie ich all das retten kann.

Erst als ihre Wut nachlässt, dämmert ihr, dass Harry vielleicht genau das gewollt hat. Er wusste, dass sie Todd Hamilton und seine Vision für Cloudesley hassen würde. Harry hat ihn absichtlich geschickt, um ihr klarzumachen, was auf dem Spiel steht.

Nun gut, denkt sie, zerknüllt Todd Hamiltons Anfrage und wirft sie in den Papierkorb unter dem Schreibtisch ihres Großvaters. Wenn ich mich nicht täusche, wartet ein verdammt harter Kampf auf mich.

***

Der alte Schuhkarton klappert verheißungsvoll, als sie ihn unter ihrem Bett hervorzieht.

»Such dir eine Farbe aus«, sagt Maggie, öffnet den Deckel und überreicht ihn Lillian im Salon. »Los, mach schon.«

Lillian lächelt und greift nach einem der kleinen Glasflakons. »Der hier.«

»Eine gute Wahl.« Maggie nimmt Lillian den Flakon mit dem knallrosa Nagellack ab und schüttelt ihn.

Sie hilft ihrer Großmutter, den alten Ohrensessel ans Fenster zu schieben, daneben glänzt die Kommode mit den Fotos in der Sonne. Ihre Großmutter streicht über ein altes Buch, das auf der Armlehne liegt, während sich Maggie an die Arbeit macht.

Du kannst mich mal, Mr. Hamilton, du und dein bescheuertes Wellnesshotel, denkt sie.

So aus der Nähe betrachtet, sind Lillians Hände ziemlich außergewöhnlich. Schmal, langfingrig und von dicken Adern überzogen, die blaue verzweigte Flüsse bilden. Altersflecken sprenkeln die Haut wie blasse topografische Markierungen eine Übersichtskarte. Ihre juwelenbesetzten Ringe scheinen fast mit ihren Fingern verwachsen zu sein.

Wegen der erzwungenen körperlichen Nähe beim Anziehen,

beim Heben, beim Ausziehen, beim Baden, bei der Medikamentengabe und dem Aufklopfen der Kissen hat die Pflege ihrer Großmutter zu einer neuen Vertrautheit geführt. Sie hat deren Körper auf ganz andere Weise kennengelernt.

Jetzt findet sie nichts mehr dabei, sie anzufassen, ihr das Haar zu kämmen, ihr einen verkrampften Muskel zu massieren oder ihren Nacken mit einem Schwamm abzureiben.

Eine junge Lillian schaut ihnen vom Hochzeitsfoto aus dabei zu. Sie sieht wunderschön aus in dem schlichten weißen Teekleid aus weißer Spitze. Maggie wirft einen Blick auf sie. Sie wirkt so jung. Angesichts des hübschen, faltenlosen Gesichts wird Maggie ganz traurig und bekommt es fast ein wenig mit der Angst zu tun.

»So.« Maggie hockt sich auf die Fersen, während Lillian die Hand hebt und mit ihren lackierten Nägeln wedelt.

»Danke, Liebes. Das sieht sehr fröhlich aus.«

»Ja, das stimmt.«

»Es gibt noch etwas, das ich gern tun würde. Würdest du mir nach oben helfen?«

Langsam nehmen sie die Treppe, eine Stufe nach der anderen, und schlurfen dann über den Treppenabsatz, bis sie Lillians Schlafzimmertür erreicht haben. »Da wären wir«, sagt sie etwas außer Atem.

»Ich hätte dir das Gewünschte auch bringen und dir die Mühe ersparen können.«

»Danke, aber das ist etwas, das ich gern mit dir gemeinsam tun möchte. Wenn wir tatsächlich zur Blumenschau gehen, müssen wir uns dementsprechend anziehen.«

»Zur Blumenschau?« Maggie kann ihr Erstaunen nicht verbergen. »Du willst zur Blumenschau gehen?«

»Natürlich. Du arbeitest so hart an diesen Blumenarrangements, dass es eine Schande wäre, zu Hause zu bleiben und sie nicht anzuschauen.«

Maggie mustert sie einen Moment. »Es sind bloß ein paar Blumen aus dem Park. So viel hab ich gar nicht gemacht. Außerdem soll es sehr heiß und sehr voll werden. Solche Menschenmassen sind vielleicht keine gute Idee angesichts deines Gesundheits…«

»Unsinn! Ich würde gern hingehen. Ich kann Charles' Rollstuhl nehmen. Vorausgesetzt, es macht dir nichts aus, mich zu schieben?«

Maggie zögert. Sie hatte die Blumen eigentlich frühmorgens abgeben und wieder verschwinden wollen, bevor das Ganze überhaupt losgeht. Ihr graut bei der Vorstellung, an der Schau teilnehmen zu müssen. All diese Leute, all der Tratsch und Klatsch. Entweder Lillian bemerkt Maggies Abneigung nicht, oder sie ignoriert sie einfach.

»Du fährst mich doch hin, Liebes?«, drängt sie.

Maggie mustert ihre Großmutter. »Weißt du noch, wie du mir das Autofahren beigebracht hast?«, fragt sie, als die Erinnerung daran plötzlich in ihr aufsteigt.

»Natürlich weiß ich das noch.«

»Ich war katastrophal, aber du hattest eine Engelsgeduld.«

Es war Lillian gewesen, die sie als Teenager mit in die Felder genommen und in einem alten Geländewagen hatte üben lassen. Ihre Großmutter hatte sich ans Armaturenbrett geklammert, während Maggie über schlammige Fahrspuren und durch zahlreiche Kuhfladen geholpert war. Lillian war es auch gewesen, die eine der teuersten Champagnerflaschen aus dem Weinkeller ihres Großvaters geholt und nach bestandener Fahrprüfung mit ihr angestoßen hatte.

Das Leben mit Lillian war von Liebe und Zuneigung erfüllt gewesen, auch wenn es sie nicht auf ein Durchschnittsleben vorbereitet hatte.

Während die meisten ihrer Freundinnen über Popgruppen und PlayStations redeten, war sie mit Bridge und Bach aufgewachsen. Doch das schien niemandem etwas auszumachen. Zumindest nicht Will oder Gus – denjenigen, die ihr am wichtigsten waren.

Bei der Erinnerung daran lächelt Maggie und seufzt. Wie könnte sie ihrer Großmutter diesen einen, lächerlichen Ausflug abschlagen?

»Natürlich fahr ich dich«, sagt sie. »Aber wir bleiben nicht ewig. Du darfst dich nicht überanstrengen.«

»Einverstanden«, sagt Lillian. »So, da oben im Regal, kommst du da ran? Ich möchte mir den Inhalt dieser Schachteln ansehen.«

Es sind Hüte, die Lillian in Augenschein nehmen möchte. »Zu meiner Zeit war es ausgeschlossen, ohne Kopfbedeckung zu einem gesellschaftlichen Anlass zu erscheinen.«

Sie zeigt auf den kleinen Hocker in der Zimmerecke, und die nächste halbe Stunde verbringt Maggie damit, nach verstaubten Hutschachteln zu angeln.

»Die muss es sein«, sagt Lillian und öffnet eine große goldene. Zwischen weißen Seidenpapierlagen zieht sie eine wunderschöne petrolblaue Baskenmütze heraus. An der Mütze sind seitlich Pfauenfedern befestigt. Sie setzt sie schräg auf und späht darunter hervor. Wie eine schrullige, exzentrische alte Dame, die Verkleiden spielt.

»Was sagst du dazu?«, will sie wissen und beäugt Maggie durch die Federn.

»Toll!«

»Ist das nicht ein bisschen übertrieben?«

»Auf gar keinen Fall.«

»Gut.« Lillian nickt zufrieden. »Du musst dir auch einen aussuchen.« Sie zeigt auf mehrere offene Schachteln, die sich auf dem Schrank stapeln. »Hüte sind nicht dafür gemacht, irgendwo zu verstauben. Sie sollten getragen werden. Probier doch mal den gelben auf.«

Maggie greift nach dem, auf den Lillian zeigt. Es ist ein breitkrempiger Strohhut in blassem Zitronengelb, eigentlich relativ schlicht – wären da nicht das zarte Netz um den Kopf und die eine gelbe, mit einer Brosche befestigte Feder.

Sie nimmt ihn und betrachtet ihn aus verschiedenen Blickwinkeln, bevor sie ihn aufsetzt und sich im Spiegel begutachtet. »Der ist echt hübsch.«

»Einer meiner Lieblingshüte. Komm her.« Lillian rückt ihn vorsichtig zurecht, und zwar so, dass ihr die Krempe über die Augen reicht. »So. Du siehst wunderschön aus.« Lillian zeigt wieder auf ihren Schrank. »Such nach dem gelben Kleid. Das passt perfekt dazu.«

Maggie tut wie geheißen, wühlt zwischen den Bügeln, bis sie das von Lillian erwähnte Kleid findet, ein hübsches gelbes Baumwollsommerkleid mit kleinen weißen Blümchen. Sie schlüpft aus ihrer Jeans und zieht es an, staunt, dass es fast sitzt wie angegossen. Der U-Boot-Ausschnitt betont ihre Schultern, und wenn sie tief einatmet, lässt sich der Reißverschluss gerade noch schließen.

Lillian schaut sie lange an. »Du müsstest fast so alt sein wie ich, als ich dieses Kleid trug.«

»Sechsundzwanzig?«

Lillian nickt. »Du hast eine tolle Figur. Du solltest sie mehr betonen, statt sie in diesen zerfetzten Jeans und T-Shirts zu verstecken, die du ständig trägst.«

Maggie dreht sich vor dem Spiegel, nimmt die Schultern zurück und spürt, wie der weiche Stoff ihre nackten Beine umspielt. Sie fühlt sich fremd. »Das bin nicht ich.«

»Du siehst wunderschön aus.«

»Aber doch ein bisschen zu aufgetakelt … dafür dass man mit vielen anderen Leuten auf einem Feld herumsteht, Tee trinkt und Gemüse bewundert.«

Lillian lacht. »Wieso interessierst du dich dafür, was andere von dir denken? Dadurch engst du dich bloß ein. Glaub mir, die Leute sind viel zu sehr mit sich selbst beschäftigt, um sich Gedanken über dich zu machen, Maggie Oberon. Du wirst schon sehen.«

Die Worte ihrer Großmutter besitzen eine Kraft, die Maggie staunen lässt.

»Du wirst nie mehr so jung und schön sein wie jetzt. Sei kühn! Ergreif die Gelegenheiten beim Schopf, die dein Leben dir bietet. Mach was draus.«

Maggie muss wieder an die Gravur auf dem Feuerzeug denken, das sie vor langer Zeit aus der Schublade ihres Großvaters genommen hat.

»*Kühnheit sei mein Freund*«, denkt sie laut.

Lillian schaut zu ihr hoch. »Woher hast du das?«

»Ach, keine Ahnung.« Maggie wird rot, überlegt, ob ihre Großmutter ihr Geheimnis erraten hat. »Das hab ich irgendwo gelesen.«

Lillian nickt. »Nun, es stimmt. Für mich kommt es zu spät, aber vielleicht kannst du genug Kühnheit für uns beide an den Tag legen.«

Maggie fragt sich, ob sie sich die Tränen in den Augen ihrer Großmutter nur einbildet. »Lass uns nichts überstürzen«, sagt sie sanft. »Mal gucken, wie es dir morgen geht, einverstanden?«

Maggie hilft Lillian wieder die Treppe hinunter, versorgt sie mit Abendessen und bringt sie dann ins Bett, bevor sie in die Küche zurückkehrt. Dort kocht sie sich einen Tee, setzt sich an den Tisch und bindet die letzten Bänder um die Marmeladengläser mit ihren Blumenarrangements.

Wenn sie doch Lillians Rat annehmen und sich mehr über das hinwegsetzen könnte, was die anderen Leute denken. Wenn sie angstfreier leben könnte!

Tief in ihrem Innern weiß sie, dass sie vor allem hofft, Lillian möge morgen ihre verrückte Idee, die Blumenschau zu besuchen, aufgegeben haben. Damit sie sich in Cloudesley verkriechen und den übrigen Dorfbewohnern aus dem Weg gehen kann.

17

Es ist wieder ein wunderschöner Tag«, sagt Sarah, die sich in Lillians Schlafzimmer zu schaffen macht, beiseitegelegte Kleidung zusammenfaltet und die Sammlung von Haarbürsten und Kämmen auf der Frisierkommode reinigt. »Ideal für die Blumenschau.«

Lillian, die gerade einen goldenen Ohrstecker anlegt, begegnet Sarahs Blick im Spiegel und teilt ein Lächeln mit ihrem Dienstmädchen. »Ja, haben wir nicht Glück?«

»Nicht, wenn es nach Mrs. Hill geht. Sie ist völlig aufgelöst und fest davon überzeugt, dass ihr Dominokuchen die reinste Katastrophe ist. Vom gestrigen Lemon-Curd-Drama ganz zu schweigen. Das liegt natürlich an der Hitze – die macht ihren Backwaren schwer zu schaffen.« Sarah verdreht die Augen.

Lillians Mundwinkel wandern nach oben. Sie mag Sarah und ihr fröhliches, munteres Geplauder. Charles hat sich beschwert, sie sei ein wenig linkisch und ihr Umgang mit der Hausherrin zu vertraulich. Doch Lillian fühlt sich ihr näher als irgendjemandem sonst im Haus.

Zumindest bis Jack aufgetaucht ist, denkt sie, während sie den zweiten Ohrstecker anlegt.

Sarah greift nach dem Aschenbecher auf dem Nachttisch, bevor sie sich zu Lillian umdreht. »Alles in Ordnung, Ma'am? Ich hoffe, Sie nehmen es mir nicht übel, wenn ich das sage, aber Sie wirken ein wenig kränklich.«

»Alles bestens, danke«, sagt Lillian. »Ich habe heute Nacht nicht besonders gut geschlafen. Die Hitze.«

Sie dreht sich wieder zum Spiegel, sucht nach Spuren von dem, was Sarah in ihrem Gesicht entdeckt hat. Wenn sie den wahren Grund für Lillians schlaflose Nächte kennen würde! Was sie dann wohl über ihre Herrin dächte?

Sarah nickt. »Das geht mich ja auch gar nichts an. Ich wollte nur … Ich hab mir bloß Sorgen um Sie gemacht. Jetzt, wo Mr. Oberon fort ist, müssen Sie sich einsam fühlen.«

Lillian mustert Sarah im Spiegel, die damit fortfährt, ihre Kleidung aufzuräumen.

Kann es sein, dass sie das mit Jack weiß? Ausgeschlossen, sie sind extrem vorsichtig.

Sarah erfüllt die letzte ihrer Pflichten, indem sie die Bettdecke glatt streicht. »Sie werden froh sein, wenn er zurückkommt.«

»Ja. Nur noch ein paar Tage«, erwidert Lillian, schwer darum bemüht, sich nichts anmerken zu lassen.

»Er wird uns allerdings heute beim Seilziehen fehlen. Mr. Oberon ist stets in der Siegermannschaft.«

»Das kann man wohl sagen.«

»Mein Stan organisiert die Tombola«, fügt Sarah eifrig hinzu. »Schauen Sie kurz vorbei und sagen Hallo?«

»Natürlich. Ich freue mich schon, den Mann kennenzulernen, der das Glück hat, Sie an seiner Seite zu haben, Sarah.«

Sarah errötet. Bevor sie das Zimmer verlässt, macht sie einen albernen kleinen Knicks.

Lillian schlüpft in das gelbe Baumwollkleid, das Sarah ihr

herausgelegt hat, dreht sich wieder zum Spiegel und mustert sich darin. Was die Leute wohl sehen, wenn sie sie heute zu Gesicht bekommen? Ihr Gemütszustand scheint offensichtlich zu sein. Sie ist müde, das ja, aber gleichzeitig sprüht sie nur so vor Energie. So, als würde sie jede noch so kleine atmosphärische Schwingung auffangen, als wäre sie so hellwach und lebendig wie noch nie. Sie bürstet sich das Haar, greift zu ihrem Strohhut und den Handschuhen.

Normalerweise würde ihr vor dieser Pflichtveranstaltung im Dorf grauen. Normalerweise würde sie sich dabei wie Charles' schmückendes Beiwerk fühlen. Doch heute kann sie nicht leugnen, dass sie ein wenig aufgeregt ist. Jede Gelegenheit, Jack zu treffen, ist hochwillkommen. Und sei es in der Öffentlichkeit, wo sie sich um Zurückhaltung bemühen müssen.

Lillian hat in genügend Dorfkomitees und Ausschüssen gesessen, um zu wissen, dass ein kleines englisches Städtchen nichts mehr schätzt als die Aussicht auf einen aufregenden Skandal.

***

Drei weiße Festzelte prangen auf der Dorfwiese. Sie sind hufeisenförmig angeordnet, dazwischen stehen die einzelnen Stände. Patriotische Wimpel in Rot, Weiß, Blau flattern im Wind und heißen einen stetigen Strom aus Dörflern im Sonntagsstaat willkommen. Die Straße ist bereits mit Autos verstopft.

Bentham lenkt ihr Fahrzeug um die Wiese und hält dann vor dem *Old Swan*. »Am besten, ich lasse Sie hier heraus, Ma'am, parke auf dem Feld und warte dort auf Sie.«

Lillian bedankt sich. »Bitte, warten Sie nicht auf uns. Kommen Sie und feiern Sie mit. Ich bin mir sicher, wir finden Sie, falls wir Sie brauchen sollten.«

Bentham nickt. »Ganz wie Sie wollen.« Er hält Lillian den Wagenschlag auf, während Albie mit einer Papierrolle unterm Arm vom Rücksitz klettert.

Lillian rückt ihren Strohhut zurecht und hakt sich dann kameradschaftlich bei Albie ein.

»So«, sagt sie und wendet sich dem Gewimmel auf der Wiese zu. »Ich muss zuerst ins Ausstellungszelt, aber danach können wir uns amüsieren. Bist du sicher, dass du mir deinen Beitrag nicht zeigen willst?« Sie wirft einen Blick auf die Rolle unter seinem Arm. »Nur mal kurz gucken?«

»Nein, du musst dich gedulden.«

Sie lächelt. Albie tut höchst geheimnisvoll, seit er verkündet hat, in der Gruppe der Acht- bis Zehnjährigen am Porträtwettbewerb teilzunehmen. Das liegt bestimmt an Jack Fincher, der dieses Jahr zum Gastjuror gewählt wurde. Vielleicht hat er auch ein Blatt aus dem Skizzenbuch des Künstlers gerissen und beschlossen, seine Arbeit bis zur großen Enthüllung geheim zu halten. Wie dem auch sei, sie freut sich, dass er beschlossen hat, dieses Jahr mitzumachen. »Hast du genug Taschengeld?«

Albie nickt und klimpert mit dem Kleingeld in seiner Hosentasche. »Nicht alles für Zuckerwatte und kandierte Äpfel ausgeben. Du weißt ja, wie schlecht dir damals geworden ist.«

»Das ist schon zwei Jahre her.« Er verdreht die Augen. »Ich bin kein kleiner Junge mehr.«

»Natürlich nicht.« Sie drückt zärtlich seinen Arm. »Wenn das so ist, solltest du dich vom Bierzelt fernhalten.«

Als sie die Straße überqueren und an ein paar harmlos

wirkenden, an einen Baumstumpf gebundenen Shetlandponys vorbeigehen, die darauf warten, ausgelassene Kinder für sechs Pence über die Wiese zu tragen, grinst er immer noch. Ein Mann mit gestreifter Schürze baut seinen Grabbelsack auf, während Mitglieder der örtlichen Blaskapelle unweit des Teezelts ihre Jacken zurechtzupfen und auf Ständern Notenblätter ordnen.

»Nun bin ich dran«, sagt sie. »Viel Glück.«

Vor dem Ausstellungszelt trennen sie sich. Albie stiehlt sich davon, um sein Bild abzugeben, und Lillian geht hinein, um sich zur Jury zu gesellen.

»Da ist sie ja«, ruft Mrs. Palfreyman, Vorsitzende des Blumenschaukomitees, und guckt demonstrativ auf ihre Armbanduhr, während sie verkniffen lächelt. »Ich wollte gerade vorschlagen, dass wir zunächst die herzhaften Speisen verkosten, mit den Marmeladen und Chutneys weitermachen und mit den Kuchen und Keksen enden. Sind alle damit einverstanden? Sehr gut.«

Sie nickt, und noch bevor irgendjemand etwas erwidern kann, steuert sie einen Tisch an, der sich unter Pies und Torten nur so biegt. Major Bramfield, Mrs. Bingle und Lillian tauschen ein bedauerndes Lächeln und folgen ihrer selbst ernannten Anführerin gehorsam.

»Zumindest gibt es dieses Jahr eine ordentliche Auswahl«, sagt der Major. »Endlich ist es mit den Rationierungen vorbei.«

Lillian sieht, wie Mrs. Bingle einen Blick auf die fast vom Leinenjackett des Majors springenden Knöpfe wirft. Bestimmt fragt sie sich, wie sehr er sich in den letzten Jahren einschränken musste.

Die Prozedur zieht sich ewig hin. Mrs. Palfreyman, die sich

sklavisch an jede Regel hält, lässt keine Gelegenheit aus, ihre eindrucksvollen Backkenntnisse unter Beweis zu stellen. Sie besteht darauf, alles auszudiskutieren, angefangen von der erforderlichen Dicke der Orangenschalen in der Marmelade bis hin zur Menge der Trockenfrüchte im Früchtebrot. Lillian ergibt sich ihrem Fachwissen, doch die sonst eher stille Mrs. Bingle ist diesmal so eloquent und meinungsstark, dass sie Mrs. Palfreyman in nichts nachsteht. Lillian, der im stickigen Zelt zunehmend warm und schwindelig wird, fächelt sich mit dem Programm Luft zu und hält sich wie der Major zurück. Trotzdem freut sie sich darüber, dass Mrs. Hill einstimmig den ersten Platz für ihren Lemon Curd zuerkannt bekommt sowie die Auszeichnung *Sehr empfehlenswert* für ihren Dominokuchen.

Genau in dem Moment, in dem Lillian froh wäre, in ihrem ganzen Leben nie mehr ein Stück Kuchen sehen zu müssen, tritt Joan zu ihr, die in ihrem blauen Teekleid einfach hinreißend ausschaut.

»Hallo, meine Liebe, genießt du deine Macht als unsere Mrs. Beeton?«

Lillian schmunzelt bei dem Gedanken, mit der Hauswirtschaftsgöttin aus dem neunzehnten Jahrhundert verglichen zu werden.

Janes Blick huscht über die eingereichten Erzeugnisse und Preise. »Ts, ts«, macht sie. »Die arme Mrs. Lacey. Sie ist bestimmt fix und fertig. Ihre Kaffee-Walnuss-Torte hat nur den dritten Platz gemacht.«

»Es müsste bald vorbei sein«, flüstert Lillian. »Vorausgesetzt, Mrs. Palfreyman und Mrs. Bingle können sich auf die richtige Konsistenz der Konfitüre in einer Queen-Victoria-Sandwichtorte einigen.«

Joan grinst. »Halte durch, meine Liebe. Ich hab da gerade was entdeckt, das Spaß machen könnte.«

»Mrs. Oberon«, ruft Mrs. Palfreyman streng.

»Entschuldigung.« Lillian verdreht Joan gegenüber diskret die Augen. »Ich bin schon da.«

Lillian bezieht wieder ihren Posten und beendet die Kür, indem sie wunderbare Haferkekse mit Rübensirup prämiert. Dann ist sie endlich wieder an Joans Seite und steuert den sonnigen Platz am Ende des Zeltes an. Sie kommen an Tapeziertischen voller Stangenbohnen, Karotten und Kartoffeln vorbei.

Joan zeigt prustend auf einen riesigen, unanständig geformten Markkürbis, und Lillian muss ein Grinsen unterdrücken, während sie ihr mit dem Programm einen Klaps versetzt. »Du bist wirklich unverbesserlich.«

»Komm mit«, befiehlt Joan ungerührt. »Ich hab da eine fantastische Idee.«

Draußen bahnen sie sich einen Weg durch die Menge, kommen an lebhaften Moriskentänzern vorbei, die an diesem heißen Tag erstaunlich energisch ihre Stöcke zum Klingen bringen und ihre Tücher schwenken.

»Weiter so, Jungs«, ruft Joan im Vorübergehen.

Ein schwindelerregender Duft nach Zuckerwatte, Sägemehl, warmem, niedergetrampeltem Gras und Vorfreude hängt in der Luft.

»Wohin gehen wir?«, fragt Lillian, doch Joan marschiert schweigend weiter, bis sie vor einem kleinen, bunten Wohnwagen innehalten, der am Rande der Wiese im Schatten eines Baumes steht.

»Handlesen«, sagt sie und dreht sich mit funkelnden Augen zu Lillian um. »Das wird bestimmt lustig.«

Bevor Lillian protestieren kann, ist Joan bereits durch den Perlenschnurvorhang verschwunden, der den Eingang zum Wohnwagen verhüllt. Die smaragdgrünen Glasperlen klirren hinter ihr. Da bleibt Lillian nichts anderes übrig, als ihr zu folgen.

Das Innere des Wohnwagens ist klein und beengt. Ein stechender Geruch liegt in der Luft, ein Duft zwischen Zedernholz und Zimt. Eine junge Frau mit gelocktem Haar, grünen Augen und zahlreichen Silberarmreifen sitzt hinter einem Spieltisch.

»Einmal Weissagen kostet zwei Shilling«, sagt sie.

Joan nimmt bereitwillig auf dem freien Stuhl vor der Wahrsagerin Platz und legt das Geld auf den Tisch.

»Für uns beide«, sagt sie laut. »Damit du nicht kneifen kannst«, fügt sie an Lillian gewandt hinzu.

Die junge Frau steckt die Münzen ein, nimmt dann Joans Hand und mustert sie schweigend.

»Sie haben eine lange Lebenslinie, die stark von Ihrer Herzlinie dominiert wird«, sagt die Frau. »Sie haben Glück in der Liebe, aber auch in Gelddingen.«

Joan grinst. »Welche Frau hört das nicht gern?«

»Es gibt zwei Männer in Ihrem Leben.«

Joan nickt. »Das dürften Gerald und Georgie sein.«

»Und ich sehe da auch ein Mädchen … mit blauen Augen, genau wie die Mutter.«

Joan strahlt. »Ich hätte gern noch ein Kind.«

Lillian schaut sich im Wohnwagen um, sieht den bunten Stoff, der so an der Decke drapiert ist, dass er die Atmosphäre eines Zeltes schafft, die Schlafkoje in der Ecke und die brennenden Räucherstäbchen neben dem Herd. Wie viel lieber wäre sie draußen unter einem Baum.

»Sie werden bald eine Entscheidung treffen müssen«, fährt die Wahrsagerin fort. »Ich sehe Reisen voraus. Vielleicht in Zusammenhang mit dem Beruf Ihres Mannes?«

Joan nickt eifrig. »Ja, ja, wir haben sogar schon darüber gesprochen.«

»Ihre Herzlinie ist extrem ausgeprägt. Ihre Ehe ist stabil, aber Sie müssen lernen, Ihr Temperament zu zügeln. Sie haben eine gute Hand. Sie werden ein langes, erfülltes Leben führen.«

Joan strahlt Lillian an, die zurücklächelt, aber gleichzeitig denkt, was für eine Geldverschwendung das alles ist.

»Du bist dran«, sagt Joan und macht Lillian Platz.

Die setzt sich an den Tisch und streckt die Hand aus. Die junge Frau nimmt sie erstaunlich sanft in die ihre, starrt aufmerksam in Lillians Handfläche, um dann die Stirn zu runzeln und sich zu räuspern. »Sie haben Schweres durchgemacht und etwas sehr Kostbares verloren. Das spüren Sie tief in Ihrem Innern.«

Lillian schluckt, bleibt aber ungerührt. Sie möchte das Handlesen nicht durch ihre Reaktionen beeinflussen. Das Ganze ist nichts als Humbug, das weiß sie ganz genau. Eine raffinierte Mischung aus Körpersprache und Hokuspokus.

»Jemand ist in Ihr Leben getreten«, fährt die junge Frau fort. »Jemand Wichtiges. Die Person wird Sie etwas lehren. Sie müssen gut zuhören, aber letztlich Ihren eigenen Weg gehen.«

Lillian kommt nicht umhin, an Jack zu denken. Wird er sie etwas lehren?

»Sie sind stark.« Die Frau sieht Lillian an, ihre mandelförmigen Augen schauen tief in die von Lillian, und ein weiches Lächeln breitet sich auf ihrem Gesicht aus. »Stärker, als Sie glauben. Das ist gut. Denn bei dem, was auf Sie zukommt, werden Sie stark sein müssen.«

Lillian blinzelt und schaut links an der Frau vorbei, fixiert ein kleines Gemälde mit einem weißen Pferd, das hinter der Wahrsagerin an der Wand hängt.

»Hier ist eine Verzweigung«, fährt die Frau fort und streicht über eine Linie in ihrer Hand. Ein Kribbeln schießt in Lillians Arm. »Sie steht für Veränderung. Für einen Moment, vielleicht auch für ein Ereignis. Aber ich sehe noch etwas, ein Warnsignal. Sie müssen vorsichtig sein.«

Die Armreifen der Frau klimpern, als sie den Druck auf Lillians Hand erhöht. Lillian fühlt sich komisch, ihr wird ein wenig schwindelig. In der beengten Atmosphäre mit dem penetranten Räucherstäbchengeruch scheint sich alles zu drehen, als die Wahrsagerin ihre Stimme senkt. »Ich sehe Gefahr.«

Lillian schaudert, doch sie schaut auf, direkt in die klaren grünen Augen der Wahrsagerin. Die junge Frau kommt noch näher, ihre Stimme kaum mehr als ein Flüstern. »Passen Sie bloß gut auf. Jemand beobachtet Sie.«

Lillian entreißt ihr die Hand, als hätte sie sich verbrannt. »Entschuldigen Sie, aber ich … Ich glaube, ich muss dringend an die frische Luft.«

Sie stürmt aus dem stickigen Wohnwagen, durch den klirrenden Perlenschnurvorhang und blinzelt in der grellen Sonne. Joan kommt gleich darauf hinterher.

»Was für eine Betrügerin«, schnaubt sie. »Die kann höchstens sechzehn gewesen sein.«

Lillian nickt und ringt sich ein Lächeln ab. »Ich wusste gleich, dass das Geldverschwendung ist.«

»Was hat sie dir da am Schluss zugeflüstert?«

»Nur albernen Unsinn. Ich glaube, sie wollte mir Angst machen.«

»Das ist doch alles Quatsch. Was weiß so ein junges Ding wie die schon vom Leben und von der Liebe?«

Lillian versucht zu lächeln, doch ihr Gesicht ist wie gelähmt.

»Komm schon«, sagt Joan und hakt sich bei Lillian unter. »Lass uns eine Tasse Tee trinken, die Musik der Blaskapelle wird uns wieder beruhigen.«

Das Teezelt ist voller Leute, die Schutz vor der Nachmittagssonne suchen. Joan führt Lillian durch die Menge.

Die Luft ist schwer und drückend, der Duft des niedergetrampelten Grases staut sich unter der Zeltplane.

Lillian reiht sich in die Schlange ein und sieht zu, wie sich Kinder zwischen Tischen und Stühlen hindurchschlängeln. Als sie im hellen, von vielen Menschen erfüllten Zelt steht, fällt es ihr leichter, die Worte der Wahrsagerin zu verdrängen. Nichts als Hokuspokus. *Ich sehe Gefahr*. Lächerlich!

»Und, wo steckt dein Göttergatte heute?«, fragt Joan.

»Er ist noch in London.«

»Warum hast du nichts gesagt? Dann hätte ich dich zu einer Partie Tennis oder zum Abendessen eingeladen. Du musst umkommen vor Langeweile. Oder bist du vielleicht gar nicht so einsam?«, fügt sie hinzu.

Lillian folgt dem Blick ihrer Freundin und sieht Jack, zum ersten Mal an diesem Tag. Er steht neben den Teespendern und wirkt in seinem hellblauen Hemd überaus attraktiv. Er ist gerade von einigen älteren Dorfbewohnerinnen in ein Gespräch verwickelt worden.

Bei seinem Anblick zieht sich ihr Magen sehnsüchtig zusammen, doch sie schlägt Joan mit dem Programm auf den Arm und gibt sich gespielt schockiert. »Ich bitte dich. Ich bin eine verheiratete Frau.«

»Oh ja, ich weiß. Es muss furchtbar sein, diese Visage ständig vor sich zu haben.« Joans Augen funkeln lasziv.

»Ich seh ihn doch nie«, protestiert Lillian ein wenig zu eifrig. »Er sperrt sich die ganze Zeit in diesem Zimmer ein und arbeitet an seinem Wandbild.«

»Nun, da verpasst du was, meinst du nicht auch?«, sagt Joan. »Vielleicht lade ich ihn zum Abendessen ein«, fährt sie fort, ohne Lillians Erröten zu bemerken.

»Ein paar Martinis und eine Partie Rommé mit ein paar Damen aus dem Dorf, und schon haben wir ihm sein Pflichtbewusstsein ausgetrieben. Schau sie dir nur an, wie sie ihn umschwirren – wie Motten das Licht.«

Lillian sieht, dass sich drei jüngere Frauen aus dem Dorf zu Jack und seinen Begleiterinnen gesellt haben. Glänzendes Haar, wirbelnde Röcke, Lachen und Necken.

»Er ist eher introvertiert«, sagt sie leise. »Ich glaube nicht, dass ihm solche Anlässe zusagen.«

»Ich weiß nicht, ob du Mr. Fincher so gut kennst, wie du glaubst«, erwidert Joan, und wie zur Bestätigung erhebt sich Gelächter aus der Schar um Jack.

Irgendwann erreichen Joan und Lillian den Beginn der Schlange. Sie bestellen ihre Getränke und gehen dann zu den Teespendern in Jacks Nähe.

Susan Cartwrights schrille Stimme dringt an ihr Ohr. »Ach, kommen Sie, seien Sie kein Spielverderber, es ist schließlich für einen guten Zweck.«

Lillian sieht, wie Jack ergeben die Arme in die Luft wirft.

»Meine Güte«, murmelt Joan und mustert Jack von Kopf bis Fuß. »Da läuft einem ja das Wasser im Mund zusammen.«

Sie setzen sich ans Ende eines Tapeziertischs, und kurz darauf taucht Jack neben ihnen auf, so wie Lillian es erhofft hat. »Darf ich Ihnen Gesellschaft leisten?«

»Aber gerne doch«, erwidert Joan.

Jack zieht den Stuhl neben Lillian zurück. Als er Platz nimmt, spürt sie, wie er seinen Fuß hinter ihren stellt, spürt einen leichten, aber stetigen Druck an der Ferse. Joan zieht ihn mit seinem neuen Status als Dorfherzensbrecher auf und verwickelt ihn in ein Gespräch über seine Kunst.

Sobald sie durch das Eintreffen von Bekannten abgelenkt ist, lässt Jack eine Hand unter den Tisch sinken und liebkost die Innenseite von Lillians Handgelenk, die aus dem Handschuh hervorblitzt. »Du siehst wunderschön aus«, murmelt er.

Sie zuckt unter seiner Berührung zusammen. Die Worte der Wahrsagerin gehen ihr wieder durch den Kopf. *Jemand beobachtet Sie.*

»Nicht«, sagt sie. »Nicht hier.«

Er schaut sie so durchdringend an, in seinen dunkelgrauen Augen liegt die Andeutung eines Grinsens, und als er diesen Raubtierblick über sie schweifen lässt, errötet sie in Erinnerung an die Dinge, die er letzte Nacht mit ihr getan hat. In Erinnerung daran, wie sie das Kopfende ihres Bettes umklammert und sich in die Hand gebissen hat, um nicht laut aufzuschreien. Es ist die reinste Folter, ihn nicht berühren zu dürfen.

Zur Hölle mit Tugendhaftigkeit und Anstand! Sie wünscht sich nichts sehnlicher, als seine Hand zu nehmen und ihn von den bohrenden Blicken, dem dummen Klatsch und den hübschen jungen Frauen fortzuziehen. Zurück nach Cloudesley, in die Abgeschiedenheit ihres Schlafzimmers.

»Ich wurde gezwungen, beim Schwammwerfen als Ziel zu dienen«, sagt er in normaler Lautstärke. Um dann so leise, dass nur sie ihn hören kann, hinzuzufügen: »Vielleicht können wir uns anschließend verdrücken? Das ganze Dorf ist hier. Wer soll uns da vermissen?«

Noch bevor sie etwas darauf erwidern kann, steht ihnen Susan Cartwright erneut gegenüber und zupft an Jacks Ärmel. »Kommen Sie, Jack. Sie sind als Nächster dran.« Mit einem zuckersüßen Lächeln wendet sie sich an Lillian. »Du hast doch sicher nichts dagegen, wenn ich ihn dir kurz entführe?«

Lillian erwidert ihr Lächeln. »Bitte, nur zu.«

Lillian würde am liebsten bleiben, wo sie ist, doch Joan ist bereits aufgesprungen. »Das muss ich unbedingt sehen«, sagt sie. »Los, komm.«

Sie stehen da und blinzeln in die Sonne, während Jack an den alten Dorfpranger gestellt wird und eine Gruppe kichernder junger Frauen abwechselnd mit nassen Schwämmen nach ihm wirft. Susan zielt am besten, ihr letzter Schwamm trifft ihn mitten auf die Stirn. Er kehrt nass zurück, sein feuchtes Leinenhemd klebt ihm am Körper. Susan eilt nach vorn und posiert für den Fotografen von der Lokalzeitung, den Mund auf Jacks Wange gepresst. Joan stößt einen leisen Pfiff aus, doch Lillian wendet sich ab. Eine ungute Mischung aus Verlangen und Eifersucht wallt in ihr auf.

»Lillian, Lillian, komm mit.« Albie steht neben ihr und zieht an ihrer Hand. »Ich hab gewonnen. Schau nur.«

Lillian braucht einen Moment, bis sie begreift, wovon Albie da spricht. »Du hast gewonnen? Toll.« Sie wirft einen letzten Blick auf Jack und nimmt die Hand des Jungen. »Komm, zeig es mir.«

Sie betreten das Kunstzelt, und Albie führt sie stolz zu der improvisierten Galerie, wo Kinderbilder an Pinnwände geheftet wurden.

»Wow«, sagt sie, als sie das bunte, mit einer Rosette prämierte Aquarell erblickt. »Das ist ja … Das ist …«

»Das bist du«, sagt Albie und dreht sich strahlend zu ihr um.

»Ja«, pflichtet ihm Lillian bei. »Das stimmt, das bin wirklich ich. Ein schönes Bild.«

Albie hat sie mit wunderbar kindlicher Unschuld eingefangen. Ein rundes knallrosa Gesicht, ihr blondes Haar, das ihren Kopf wie ein Heiligenschein umgibt, wasserblaue Augen, Wimpern wie Spinnenbeine und eine eng anliegende Perlenkette.

»Das müssen wir feiern«, sagt Lillian.

Sie verlassen das Kunstzelt und reihen sich in die lange Schlange vor dem Eisstand ein. Die windet sich vor einem rot-gold gestreiften Puppentheater hin und her. Eine Vorstellung läuft gerade. Reihen von Kindern sitzen im Gras, hinter ihnen zahlreiche Eltern. Das Publikum lacht laut, als sich ein grotesker Mr. Punch mit Hakennase und spitzem Kinn an die Menge wendet und in hoher Falsettstimme schreit: »So geht das.«

Judy taucht auf, eine Babypuppe im Arm. Sie bittet Mr. Punch, auf das Kleinkind aufzupassen, und die Zuschauer grölen, als Judy verschwindet und Punch das Babysitten übernimmt. Kurz darauf ist Judy zurück, und die beiden Puppen beginnen zu streiten. Punch schlägt wiederholt mit einem großen Stock auf Judy ein.

Lillian spürt, wie sich ihr Magen schmerzhaft zusammenzieht. Sie senkt den Blick und sieht, wie Albie der Darbietung beiwohnt, die Augen weit aufgerissen und leichenblass.

Während der Auseinandersetzung der Puppen umklammert er ihre Hand.

»Lillian?« Er schaut fragend zu ihr auf. »Warum lachen die Leute?«

Sie schaut zu dem Jungen hinunter. »Ich weiß es nicht, Albie. Ich weiß es wirklich nicht.«

18

Die weißen Zelte blähen sich auf der Dorfwiese wie Segelschiffe, die sich aus ihrer Verankerung reißen wollen. Maggie fühlt sich erstaunlich gut in dem gelben Kleid, das Lillian ihr geliehen hat. Gleichzeitig ist sie froh, mit den Turnschuhen ein gewisses Gegengewicht geschaffen und den Strohhut mit Haarnadeln am Kopf befestigt zu haben. Der warme Wind zerrt spielerisch daran wie ein kleiner Junge, der ihn ihr herunterreißen will. Er trägt den Duft von Zuckerwatte und niedergetrampeltem Gras herüber sowie die quietschenden Schreie der Kinder, die einer altmodischen Puppentheateraufführung beiwohnen.

»So geht das«, ruft eine Puppe mit Hakennase.

Lillian zischt abfällig. »Ein furchtbares Stück«, murmelt sie leise. »Unfassbar, dass sie das Jahr für Jahr wieder hervorziehen.«

Maggie schiebt ihre Großmutter im klapprigen Rollstuhl von Stand zu Stand, wobei sie die Tische mit Pflanzen und Kissen, Kerzen und Kuchen auf sich wirken lassen. Sie haben bereits eine Runde durchs Ausstellungszelt gedreht und die heimischen Erzeugnisse, die prämierten Produkte des Blumen-, Obst- und Gemüsewettbewerbs bewundert.

Beide haben sich gefreut, dass Janes grünes Tomatenchutney mit einer roten Rosette ausgezeichnet wurde. Sie machen kurz bei der Tombola halt, wo Maggie einen herzförmigen rosa Bilderrahmen gewinnt, und sehen dann zu, wie ein stark tätowierter Mann beim Dosenwerfen gleich drei Büchsen auf einmal abräumt.

Als Maggie sich umdreht, entdeckt sie Will. Der unterhält sich mit einem älteren Ehepaar unweit des Reifenwurf-Stands ganz in der Nähe. Abseits von Cloudesley sieht er irgendwie anders aus. Nicht so vertraut, größer, gebräunter – und sehr attraktiv.

Er sagt etwas zu dem Ehepaar, bringt es zum Lachen, und als er sich umschaut, sieht er, dass sie ihn beobachtet. Maggie winkt, und Will schaut ihr in die Augen, um dann kurz zu nicken und sich wieder seinen Begleitern zuzuwenden. Maggie wird rot, weiß nicht, warum ihr auf einmal so heiß ist und sie sich so verwirrt fühlt. Es ist ein extrem heißer Tag. Am besten, sie schiebt Lillian in den Schatten.

Nicht weit von ihnen entfernt ruft der Pfarrer etwas ins Mikrofon, um genügend Anmeldungen für das Eierlaufen zu erhalten. Seine Stimme muss sich gegen die laute Tanzmusik durchsetzen, die aus einem Karussell plärrt. Neben ihm wird eine Hüpfburg vom Gewicht der darauf herumhopsenden Kinder fast zu Boden gedrückt.

Maggie schaut sich nach dem Teezelt um, als die Stimme des Pfarrers wieder aus den Lautsprechern schallt. »Beeilung, Beeilung, da drüben am Pranger kostet das Werfen von drei Schwämmen nur ein Pfund. Das ist die Gelegenheit, Gregory da zu treffen, wo es wehtut.«

Sie sieht Gregory Wells, den rotgesichtigen Wirt des *Old*

Swan, am Pranger stehen. Mit einer fantasievollen Pantomime unterhält er die wachsende Zuschauerschar.

»Ich glaube, viele von Ihnen hätten große Lust, diesen Mann zu bewerfen. Ich brauche Sie wohl nicht daran zu erinnern, dass alles einem guten Zweck zugutekommt. Sämtliche Einnahmen tragen zur Reparatur des Kirchendachs bei.«

Maggie hat nicht vor, sich in die Nähe des Prangers zu begeben. Sie schiebt Lillian mit gesenktem Kopf daran vorbei, als sie Gregory laut rufen hört. »He, he, wenn das nicht Maggie Oberon ist! Wir können dich doch überreden mitzumachen? Du hast schon immer gern Leute an den Pranger gestellt.«

Maggie erstarrt, ihre Hände umklammern die Griffe des Rollstuhls ihrer Großmutter, und die neugierigen Blicke der Menge entgehen ihr nicht. Sie funkelt Gregory böse an, damit er den Mund hält.

»Oho, wenn Blicke töten könnten.« Er gluckst. »Wie ich sehe, bist du mit deiner Großmutter gekommen, der reizenden Lillian Oberon. Wie geht es Ihnen, meine Liebe? Schon etwas besser?«, ruft er laut und gedehnt, als wäre sie völlig senil.

Maggie wirft ihrer Großmutter einen verzweifelten Blick zu.

»Kommen Sie, meine Damen«, feuert Gregory sie an. »Nur nicht so schüchtern. Es ist für einen guten Zweck.«

Ihre Großmutter nickt unmerklich, greift in ihre Handtasche und zückt eine Fünfpfundnote. »Ich zahle, du wirfst.«

Maggie zögert, sie findet, dass sie bereits genug Aufsehen erregt hat.

»Du hast gehört, was der Pfarrer gesagt hat«, meint Lillian. »Triff ihn da, wo es wehtut.«

Maggie seufzt. »Ich werd's versuchen.«

Gregory grinst nach wie vor und stachelt sie an, während sie den ersten Schwamm aus dem Eimer mit Wasser nimmt und das triefende Ding in Richtung Pranger wirft. Es trifft Gregory am Kinn, sodass ihm das Wasser ins Gesicht spritzt und ihr die Menge bewundernd zuraunt. Der zweite Schwamm prallt gegen seine linke Schläfe, während der dritte für lautes Johlen sorgt, als er voll seinen Nasenrücken erwischt. Gregory verdreht die Augen und täuscht einen Ohnmachtsanfall vor, was die Menge nur noch lauter lachen lässt.

Als Maggie sich wieder Lillian zuwendet, nickt die Großmutter ihr zufrieden zu. »Wie wär's mit einer Tasse Tee?«

Mrs. Lovell hat sich mit ihrer nostalgischen 1950er-Deko durchgesetzt, und Maggie muss zugeben, dass das Teezelt mit den pastellfarbenen Wimpeln, den geblümten Tischdecken und ihren Blumenarrangements auf den Tischen entzückend aussieht. Am anderen Ende spielt ein Streichquartett einen ruhigen Walzer.

Im Festzelt wimmelt es nur so von alten Omas und Leuten mit Gehstöcken. Maggie parkt Lillian an einem der Tische und stellt sich dann für Tee und Gurkensandwiches an. Die Frau, die Maggie bedient, mustert sie ausgiebig, während sie das Geld entgegennimmt. Maggie spürt, wie sie rot wird, als sie ihre Snacks zu Lillian trägt.

»Hallo, meine Liebe«, sagt eine grauhaarige Frau, die neben Lillian getreten ist. »Ich habe Ihrer Großmutter gerade erzählt, wie sehr ich mich freue, dass sie wieder unter Menschen geht. Ich kann mich kaum daran erinnern, wann ich sie das letzte Mal auf einem Dorffest gesehen habe.«

»Ich konnte sie nicht aufhalten«, gibt Maggie ihrer Großmutter mit einem Zwinkern zu verstehen.

»Wir haben gehört, du warst im Krankenhaus«, sagt die Frau. »Doch hoffentlich nichts Ernstes?«

»Ach nein, ich fürchte, ich bin nach wie vor quicklebendig.«

»So«, sagt die Frau überrascht. »Damit wollte ich natürlich nicht ... Nun ja ... wir freuen uns alle, dich wieder so froh und munter zu sehen. Es gab Gerüchte, dass du Cloudesley verkaufen willst. Oder ist Albert wieder da, um sich um alles zu kümmern?«, fragt sie hinterhältig.

»Albie hat geschäftlich zu tun.«

»Selbstverständlich«, erwidert die Frau übertrieben verständnisvoll, sodass sich Maggie die Nackenhaare aufstellen. »Nun, ich bin bestimmt nicht die Einzige im Dorf, die sich freuen würde, wenn das Haus zu seiner einstigen Pracht zurückfindet«, fährt die Grauhaarige fort. »Es ist Jahre her, dass du den Park der Öffentlichkeit zugänglich gemacht oder ein Fest gegeben haben. Früher war das an der Tagesordnung.«

»Ja, so wie es damals auch an der Tagesordnung war, dass du dich jedem Mann, der nach Cloud Green kam, an den Hals geworfen hast.«

Maggie starrt ihre Großmutter an, ohne zu wissen, ob sie lachen oder schimpfen soll.

Die Frau steckt die Beleidigung tapfer weg. Sie wendet sich an Maggie. »Und wie geht es Ihnen so, Liebes? Ich freue mich, Sie wieder in Cloud Green zu sehen, und das hocherhobenen Hauptes. Ich weiß, dass es bei uns einige gibt, die nie damit gerechnet hätten, dass Sie nach dieser traurigen Sache mit den Mortimers den Schneid haben, sich hier blicken zu lassen. Aber ich hab von Anfang an gewusst, dass Sie zurückkommen. Nerven wie Drahtseile, die haben alle Frauen der Familie Oberon.«

Die ältere Dame lächelt zuckersüß, als hätte sie gerade ein großzügiges Kompliment gemacht.

»Schau, dass du weiterkommst, Susan«, sagt Lillian ungehalten. »Geh jemand anders mit deinem hinterhältigen Klatsch und deinen gehässigen Seitenhieben auf die Nerven.«

Sie wartet, bis die Frau davongeeilt ist, und wendet sich dann an Maggie. »Diese Susan Cartwright war schon immer eine schreckliche Wichtigtuerin.«

Schweigend trinken sie ihren Tee, und Maggie bekommt zunehmend Beklemmungen. Genau davor hat sie sich gefürchtet. Dass sich jeder in ihre Angelegenheiten einmischt.

Als sie sich im Zelt umschaut, glaubt sie, heimliche, neugierige Blicke zu spüren und zu sehen, wie andere mit dem Kinn auf sie zeigen. Dann begreift sie auch, warum. Mary und David Mortimer stehen am anderen Ende des Zelts, ins Gespräch mit Freunden vertieft.

Schweißperlen rinnen zwischen Maggies Brüsten hinab. Am liebsten würde sie den Hut abnehmen, den sie bisher stilvoll gefunden hat, der ihr aber inzwischen das Gefühl gibt, mit aller Macht die Aufmerksamkeit auf sich zu lenken. Dabei möchte sie das genaue Gegenteil.

»Hast du noch Hunger?«, fragt sie Lillian.

»Ein kleines Stück Kuchen könnte nicht schaden«

»Ich kümmere mich darum.« Maggie ist froh über die Bewegung, auch wenn das bedeutet, sich erneut durch die Menge zwängen zu müssen.

Mit gesenktem Kopf macht sie einen Umweg durchs Festzelt, um den Mortimers nicht zu begegnen. Dann wartet sie in der Kuchenschlange, um zwei Stück Schokoladenkuchen zu bestellen. Im Gehen stößt sie mit jemandem zusammen.

»Es tut mir so leid«, sagt sie, als sie merkt, dass sie Schokoladenguss auf ein weißes Hemd geschmiert hat, um dann laut aufzuseufzen. »O Gott, du bist's.« Sie fährt zurück.

Gus starrt sie ebenso überrumpelt an. »Hi«, sagt er nach einer gefühlten Ewigkeit.

»Du bist hier.«

»Ja, genau wie du.«

Sie zuckt mit den Schultern, die labbrigen Pappteller wackeln gefährlich in ihren Händen. »Wie geht es dir?«

»Gut.«

So sieht er mit seinem gebräunten Teint und seinem kurz rasierten braunen Haar auch aus. Sie hat ganz vergessen, wie blau seine Augen sind, so klar wie ruhige See an einem Sommertag.

»Und du?«, fragt er, obwohl sie an seinem flackernden Blick merkt, dass er am liebsten sonst wo wäre, nur nicht hier.

»Ja, gut. Ich bin mit Lillian gekommen«, fügt sie hinzu und zeigt in die Ecke des Zelts.

Er nickt, scheint sie jedoch nach wie vor nicht richtig ansehen zu können. »Schöner Hut«, sagt er nach einer Weile. »Steht dir.«

»Danke.« Sie räuspert sich. »Ich bin deiner Mum begegnet.«

»Sie hat mir davon erzählt.«

Maggie kaut auf ihrer Unterlippe. »Hör mal, meinst du, wir könnten uns zusammensetzen und über alles reden? Ich würde gern versuchen, dir zu erkl…«

Sie verstummt, als sie die zierliche Frau im schönen Spitzenkleid sieht, die neben Gus tritt und den Arm um seine Taille legt.

»Schau mal, was ich gerade gekauft habe.« Sie hält einen gehäkelten Traumfänger hoch, an dem bunte Federn baumeln.

»Da ist eine echt alte Wahrsagerin, die verkauft das in einem kleinen Wohnwagen da drüben. Sie hat angeboten, mir aus der Hand zu lesen, aber ich weiß nicht recht, ob ich das will.« Sie dreht sich strahlend zu Maggie um und wartet, dass sie einander vorgestellt werden. »Hallo.«

Gus räuspert sich. »Das ist Camilla. Cam«, sagt er und zeigt auf Maggie. »Das ist Maggie.«

Es dauert einen Moment, dann reißt Camilla abrupt die Augen auf, als wären sie eine Kameralinse, die gerade scharf gestellt wird.

Ja, genau, würde Maggie am liebsten sagen. *Die* Maggie.

»Ich würd dir ja die Hand geben, aber ...« Völlig überflüssigerweise zeigt sie mit dem Kinn auf die beiden Pappteller. »Schön, dich kennenzulernen.«

Wenn sie doch nur im Erdboden versinken könnte.

»Ach so, ja ... Maggie. Hallo.« Camilla wendet sich an Gus.

»Puh«, stottert sie. »Ihr beide habt bestimmt jede Menge zu ... Möchtest du ... Ich kann auch gehen und ...«

»Nein«, unterbricht sie Gus. »Maggie wollte gerade los.«

»Ja«, pflichtet sie ihm bei. »Ich muss zurück zu Lillian.« Sie tritt den Rückzug an. »Entschuldige noch mal, für das Hemd, meine ich«, setzt sie nach, obwohl sie beide wissen, dass ihre Entschuldigung sich auf etwas bezieht, das deutlich schwerer wiegt als ein paar Schokoladenflecken auf einem Hemd.

Maggie dreht sich um und eilt durch die Menge. Ihre Wangen brennen. Sie kann nur hoffen, dass das laute Gelächter eines ganz in der Nähe stehenden Grüppchens nicht ihr gilt. Sie findet ihre Großmutter genau dort vor, wo sie sie zurückgelassen hat. Sie sitzt zusammengesunken in ihrem Rollstuhl, das Gesicht schmerzverzerrt. Maggie stellt den Kuchen auf einem nahe gelegenen Tisch ab, reißt sich den Hut herunter und spürt dabei kaum die ziependen Haarnadeln.

»Gut«, sagt Lillian. »Du kommst gerade rechtzeitig, um mich von einem langsamen, quälenden Tod durch den Schulchor zu retten.« Lillian lächelt, doch als sie Maggies Gesicht sieht, kneift sie die Augen zusammen. »Was ist passiert?«

»Gus ist hier, mit seiner Freundin.« Sie umklammert die Lehne des Stuhls neben Lillian und seufzt laut.

Lillian schürzt die Lippen. »Verstehe.«

»Ich hätte gar nicht erst herkommen dürfen.«

Lillian schüttelt den Kopf. »Quatsch. Du kannst dich schließlich nicht den ganzen Sommer in Cloudesley einsperren.«

»Vielleicht wär das das Beste.«

Lillian mustert sie streng. »Wie lange willst du dich noch bestrafen?«

Maggie sagt nichts darauf.

Lillian seufzt. »Wenn ich in meinen sechsundachtzig Jahren was gelernt habe, dann, wann es Zeit für Tee und Kuchen ist und wann nicht. Das, meine Liebe, scheint mir nicht der Moment zu sein. Los, komm.«

»Was ist, wohin willst du?«

»Schweig und schieb.«

Maggie mustert Lillian. »Wenn ich gewusst hätte, dass ein Ausflug so eine belebende Wirkung auf dich hat, hätte ich schon vor Wochen darauf bestanden.«

Waghalsig schlängeln sie sich zwischen den verschiedenen Volksfestständen hindurch, während Maggie leise vor sich hin flucht und den Rollstuhl über Grasfurchen holpern lässt, bis sie vor einem kleineren Zelt stehen bleiben. »Da rein«, befiehlt Lillian.

»Ins Bierzelt?«

»Ja. Ich weiß zufällig, dass da der beste Holunderwein verkauft wird. Der hat therapeutische Wirkung.«

Maggie stellt sich vor dem als Bar dienenden Tapeziertisch für zwei Gläser Holunderwein an. Sie reicht sie Lillian und will den Rollstuhl in den Schatten schieben, wo sie den Blicken der Menge teilweise entzogen sind. Doch Lillian hat andere Pläne. Sie zeigt auf eine Reihe gestreifter Liegestühle, die am Hauptdurchgangsweg aufgestellt wurden. »Da.«

»Ich glaube nicht, dass ich …«, hebt Maggie an.

»Wir werden uns da hinsetzen, hocherhobenen Hauptes. Nimm einen Schluck, dann geht es dir gleich besser.«

Maggie führt den Plastikbecher an die Lippen und trinkt. Der Wein ist kalt und süß, prickelt ihr leicht auf der Zunge.

»Gut.« Lillian nickt ihr aufmunternd zu. »Wir werden hier sitzen bleiben, denn da haben wir alles im Blick. Wir werden uns nicht verstecken.«

»Ich fühle mich wie die meistgehasste Person im ganzen Dorf«, sagt Maggie leise und nicht ohne Selbstmitleid. »Du hast ja gehört, was Susan Cartwright gesagt hat. Niemand hätte geglaubt, dass ich den Schneid habe zurückzukommen.«

»Ach, hör auf mit dem Unsinn. Ich wage zu bezweifeln, dass viele Leute wissen, was letztes Jahr zwischen dir und diesem jungen Mann vorgefallen ist. Geschweige denn, dass es sie interessiert. Und selbst wenn du heute ansatzweise Interesse weckst, meine Liebe, stürzen sie sich morgen auf das nächste Thema. Meinst du nicht auch, dass die anderen selbst genug Probleme haben? Außerdem wirst du feststellen, dass sie dich längst nicht so schnell verurteilen, wenn sie dir direkt in die Augen schauen müssen.«

Wie zum Beweis geht ein kleines Kind mit Tigerstreifen im Gesicht mit einem Heliumballon vorbei. Der Junge starrt Lillian und ihren extravaganten Federhut an, und sie starrt zurück. Irgendwann lächelt der kleine Junge und stößt ein gespieltes Fauchen aus, bevor ihn seine Mutter tiefer in die Menge hineinzieht.

»Seit du nach Hause zurückgekehrt bist, hast du diesen Blick.«

»Welchen Blick denn?«

»Diese in Falten gelegte Stirn. Wie damals als Kind, wenn du wusstest, dass Albie wieder abhaut.«

Maggie richtet sich auf. »Ich lege meine Stirn nicht in Falten.«

»Ich mag nicht mehr so gut sehen wie früher, kann aber sehr wohl erkennen, wann jemand die Stirn in Falten legt und wann nicht.« Lillian tätschelt Maggies Hand und wird ein wenig milder. »Das Schlimmste, das heute passieren könnte, was ist das?«

»Gus über den Weg zu laufen dürfte es ziemlich genau treffen.«

»Und, hast du's überlebt?«

Maggie nickt. »Ich denke schon.«

»Na also. Die größte Angst haben wir meist vor Dingen, die noch gar nicht eingetreten sind, normalerweise vor etwas, das wir nicht kontrollieren können. Je älter ich werde, desto klarer wird mir, was für eine Energieverschwendung das ist. Wir sitzen hier, an diesem wunderschönen Tag, und haben ein Getränk in der Hand. Über unseren Köpfen strahlende Sonne und unter unseren Füßen weiches Gras. Lass uns diesen Moment genießen, einverstanden?«

Maggie schaut Lillian an und lächelt. »Ich erkenn dich heute kaum wieder. Geht's dir gut?«

Lillian zuckt mit den Schultern. »Wenn du erst mal so alt bist wie ich, wirst du merken, wie kostbar unsere Lebenszeit ist. Ich möchte, dass du keinen einzigen Tag davon verschwendest.«

Sie sitzen zusammen in der Sonne und nippen an ihrem Wein. Maggie versucht, sich zu entspannen. Sie weiß, was Lillian meint, doch so einfach ist das nicht.

Gus. Will. Ihre festgefahrene Karriere. Lillians Gesundheitszustand. Cloudesley, das dringend gerettet werden muss. Es gibt so vieles, worüber sie sich Sorgen machen muss.

Sie schließt die Augen und bemüht sich, Lillians Bitte Folge zu leisten, konzentriert sich auf den Plastikbecher in ihren Händen, auf das Gras unter ihren Füßen, auf das Lachen und Quietschen der Kinder sowie auf die fernen Klänge der Blaskapelle. Als sie die Augen öffnet, sieht sie, wie Kinder mit geschminkten Gesichtern kreischend auf die Hüpfburg zurennen. Ein roter Heliumballon steigt in den blauen Himmel empor.

Sie drehen eine kurze Runde über das Volksfest, bevor Maggie ihre Großmutter heimfährt. Die Sonne ist eine goldene Scheibe, die hinter den Bäumen glitzert, während sie zum Horizont hinabsinkt. Hinter der Kirche fliegt eine Schwalbe auf und dem Auto voraus, als wollte sie sie hinter sich herziehen. Maggie lächelt bei ihrem Anblick und will Lillian auf ihre Vorhut hinweisen, doch die schaut nicht auf die Straße.

Sie hat den Kopf zum offenen Fenster geneigt, die Nachmittagssonne spielt auf ihrem Gesicht, der Ellbogen ragt aus dem Fenster, und die Finger sind aufgefächert, als wollten sie den Fahrtwind einfangen. Maggie lächelt beim Anblick der knallrosa Fingernägel ihrer Großmutter, wohl wissend, dass Lillian, wo immer sie gerade sein mag, nicht neben ihr im Auto sitzt.

Sie ist wie dieser rote Ballon, völlig losgelöst, treibt weit weg dahin, versunken in ihre Erinnerungen.

Maggie denkt über diese Landschaft nach. Über das Dorf, die Hügel, die Häuser und Felder. Sie denkt an die Geister der Vergangenheit, die hier beheimatet sind, an all die Orte, an denen sie gelebt und geliebt hat. Die Anhöhe, auf der sie mit Will und Gus im Teenageralter Schlittenfahren war. Der Wald, in dem Gus und sie nach ihrem ersten Kuss spazieren gingen, redeten und beschlossen, es ernsthaft miteinander zu versuchen. Das Rathaus, vor dem sie sich auf dem Weihnachtsmarkt offiziell als Paar zeigten. Jeder Ort, an dem sie vorbeifahren, ruft andere Momente wach und zerrt sie ins Rampenlicht.

Genauso muss es Lillian ergehen, nur dass sie ein Vielfaches an Erinnerungen hat. Vielleicht wird auch Maggie eines Tages neben einer Enkelin im Auto sitzen und an diesen Tag mit Lillian zurückdenken.

Eine winzige Sekunde lang sieht Maggie ihr Leben glasklar vor sich. All die wichtigen und unwichtigen Momente, die verstrichen sind und die noch kommen werden, die durch ein langes, unsichtbares und doch starkes Band miteinander verbunden sind.

Sie spürt, wie sich dieser einzigartige Moment in die anderen einreiht, und empfindet den Gedanken als seltsam tröstlich.

19

Ich frage mich, wo er nur steckt«, sagt Lillian und sucht unter den vielen Blumenschaubesuchern nach Albie. Hinter sich spürt sie Jacks tröstliche Gegenwart. Inmitten der wogenden Menge kann sie es riskieren, ihm näher zu kommen. Dort sind sie für andere unsichtbar.

»Er wird mit Freunden unterwegs sein und Unsinn aushecken. Tun, was Jungen in diesem Alter so tun. Albie kann gerade gut auf eine Stiefmutter verzichten, die sich Sorgen um ihn macht.«

»Ich mach mir keine Sorgen. Ich hab nur ein schlechtes Gewissen zu gehen, ohne ihm Bescheid zu sagen.«

»Bentham kann ihn heimbringen. Und wenn nicht: Cloudesley liegt nur einen kurzen Fußmarsch entfernt.« Sein warmer Atem in ihrem Nacken weckt Sehnsüchte. »Lass uns gehen, jetzt gleich, bevor jemand etwas merkt.«

»Wohin?« Sie weigert sich nach wie vor, sich umzudrehen. Auf einmal verschlägt ihr die Vorstellung den Atem.

»Ich hab da eine Idee. Mein Auto steht auf dem Feld nebenan.« Seine Hand streicht kaum spürbar über die Rundung ihrer Hüften.

»Geh vor, ich komm in wenigen Minuten nach.«

Er verschwindet in der Menge. Lillian zählt bis hundert und unterdrückt den Drang, ihm nachzuschauen.

Ein Ehepaar geht vorbei, beide im Sonntagsstaat. Der Mann hat den Hut schräg ins Gesicht gezogen, und zwei wohlgeratene Kinder marschieren hinter ihnen her, hochzufrieden mit ihrer Zuckerwatte. Sie lächelt ihnen zu. Die Szene wirkt so grundanständig und seriös. Wenn die wüssten, was sie gerade vorhat. Mrs. Charles Oberon auf Abwegen.

***

Als Lillian endlich kommt, sitzt Jack auf der Motorhaube seines Wagens und raucht eine Zigarette, den Fuß auf die Stoßstange gestützt. Sein Haar ist glatt nach hinten gekämmt und noch ein wenig feucht vom Schwammwerfen.

Keiner von ihnen verliert ein Wort, als Jack seine Zigarette ins Gras wirft, ihr die Beifahrertür öffnet und auf dem Fahrersitz Platz nimmt.

Holpernd verlässt er das Feld und nimmt eine Allee, die sie von Cloud Green fort und tiefer in die Chiltern Hills hineinführt, weit weg von der Blumenschau mit ihren Besuchermassen, ihren schlaffen Fähnchen und dem von Müll übersäten Gras.

Lillian entledigt sich ihres Strohhuts und ihrer Handschuhe, legt sie in den Schoß und kurbelt das Fenster herunter, um warme Sommerluft ins Wageninnere zu lassen. Wiederholt lässt sie ihr Hutband zwischen den Fingern hindurchgleiten.

Je weiter sie sich von Cloud Green entfernen, desto mehr entspannt sich ihre Schulter- und Kiefermuskulatur. Abseits der Blumenschau spürt sie, wie die Maske, die sie in der Öffentlichkeit trägt, fortgeweht wird wie ein Schal vom Wind. Es tut gut, den neugierigen Blicken der Dorfbewohner entkommen zu sein.

In diesem Auto mit den aufgeplatzten Ledersitzen und dem schwachen Geruch nach Tabak, Leder und Pfefferminz, mit dem Handschuhfach voller Unterlagen und Mappen, mit Jack am Steuer und mit der Straße, die sich endlos vor ihnen erstreckt, ist ihr, als würden Charles, Cloudesley und ihre Pflichten als Ehefrau und Stiefmutter aufhören zu existieren. Es ist, als wäre sie aus einem bösen Traum erwacht.

Das ist das echte Leben und nicht das andere, denkt sie. So fühlt es sich an, lebendig zu sein.

Als sie das Dorf ein Stück weit hinter sich gelassen haben, hält Jack an der Böschung und macht den Motor aus. Er zieht sie in seine Arme und küsst sie. Lillian fühlt sich, als würde sich die Sonne in ihrem Bauch ausbreiten. Sie entwindet sich Jack und mustert ihn. Ein paar Sommersprossen sind auf seinem Nasenrücken aufgetaucht, außerdem hat er saphirblaue Farbreste im Haar.

»Das wollte ich schon den ganzen Nachmittag machen«, sagt er und dreht den Zündschlüssel im Schloss. »Und jetzt zurück zu meiner Idee.« Er strahlt sie an.

Lillian geht davon aus, dass er ihr einen geschützten Picknickplatz oder aber eine vorzeitige Rückkehr nach Cloudesley vorschlagen wird, damit sie im Haus miteinander allein sein können.

Daher kommt es völlig überraschend, als er sagt: »Ich dachte, wir könnten Helena besuchen.« Er mustert sie prüfend, als wollte er wissen, wie sie darauf reagiert. »Natürlich nur, wenn du willst. Ich habe an einem der Stände Blumen gekauft.«

Mit einer Kinnbewegung bedeutet er ihr, einen Blick auf den Rücksitz zu werfen.

»Die könnten wir ihr bringen.«

Lillian dreht sich um und sieht einen von einer Schnur zusammengehaltenen Strauß aus Rosen, Lavendel und Margeriten auf dem Ledersitz. Jack hat Helena Blumen gekauft!

»Heißt das Ja?«

Sie schluckt und wendet sich wieder Jack zu, fühlt sich extrem hin- und hergerissen. »Sie kann ziemlich schwierig sein.«

Er legt seine Hand auf die ihre. »Ich würde sie gerne kennenlernen.«

Lillian beißt sich auf die Unterlippe und nickt. »Also gut. Ja, ich fände es auch schön, wenn ihr euch miteinander bekannt macht. Sehr sogar.«

***

Lillian erklärt Jack den Weg zur Pflegeeinrichtung Cedar House und trägt sie beide ins Gästebuch ein.

»Hallo, Mrs. Oberon. So ein schöner Tag heute«, sagt eine der Pflegerinnen, die in der Eingangshalle an ihnen vorbeikommt, einen Stapel weißer, zusammengefalteter Laken unterm Arm. »Ich glaube, Miss Helena ist im Wintergarten. Der Plattenspieler ist rausgeholt worden.«

»Danke, Diane.«

Sie folgen der hohen Stimme einer Opernsängerin durch einen der Flure, bis sie schließlich einen sonnendurchfluteten Wintergarten erreichen.

Lillian entdeckt Helena sofort, sie sitzt ganz hinten in der Ecke, das Gesicht dem Fenster zugewandt. Ihre Augen sind geschlossen. Ansonsten befinden sich nur zwei weitere Bewohner im Raum, ein älterer Mann, der die Musik mit zustimmendem Nicken quittiert, und eine schlafende Dame, die leise schnarcht. Ihr Mund ist erschlafft, und Speichel tropft auf ihre Brust. Eine weitere Lillian bekannte Pflegerin sitzt neben dem Plattenspieler und schiebt eine schwarze Scheibe zurück in die Hülle.

»Hallo, Mabel«, sagt Lillian zur Begrüßung. »Was für ein wunderschönes Lied.«

Die Pflegerin lächelt. »Ihrer Schwester gefällt es auch. *Depuis le jour* von Charpentier. Ich habe heute gar nicht mit Ihnen gerechnet. Ist nicht gerade Blumenschau?«

Lillian nickt. »Ja, aber ich wollte Helena gern einem Freund vorstellen. Er hat Blumen für sie dabei. Das ist Mr. Fincher«, fügt sie hinzu.

»Ah«, sagt die Pflegerin und wirft einen bewundernden Blick auf Jack, der ein Stück hinter Lillian stehen geblieben ist und den Strauß in der Hand hält. »Die sind aber schön. Ich hole Ihnen eine Vase.«

Als sie Lillians Stimme hört, dreht sich Helena langsam um und schaut ihre Schwester ausdruckslos an. Lillian streicht ihr über die rechte Wange, über die Gesichtshälfte, die noch an das Mädchen erinnert, das sie einst gekannt hat. Die grelle, durch die Scheiben des Wintergartens einfallende Sonne bringt Helenas helles Haar zum Glänzen und scheint ihr ins Gesicht, zeigt das gesamte Ausmaß der Zerstörung. Lillian zwingt sich, Helenas leere Augenhöhle anzuschauen, ihren gezackten Mundwinkel und den tiefen Krater von der Schläfe bis zum Kinn, wo das Schrapnell sie getroffen und ihre Knochen zertrümmert hat.

Ihre Entstellung ist für Lillian weder neu noch verstörend,

doch sie möchte verstehen, was Jack wahrnimmt, wenn er sie das erste Mal sieht. Sie möchte es mit seinen Augen sehen und verstehen, wie schwierig es für ihn ist.

Lillian nimmt Helenas Hand. »Ich hab dir jemanden mitgebracht. Das ist Jack, ein Freund von mir.«

Als sie sich umdreht, merkt sie, dass Jack näher getreten ist. Er lächelt auf Helena hinunter und geht dann in die Hocke, damit sie ihn mit ihrem guten Auge erkennen kann. »Hallo, Helena. Schön, Sie kennenzulernen.«

Der Plattenspieler knistert in der Ecke, und die hohe Arie ist vorbei. Helen schweigt.

»Wollen wir einen Spaziergang machen?«, fragt Lillian ihre Schwester. »Willst du ein wenig an die frische Luft?«

Ein Laut verlässt Helenas Mund, und ihre freie Hand wandert nach oben, um Jacks Wange zu berühren. Lillian hält die Luft an, bereit, jederzeit einzugreifen. Jack hält still, während Helena unbeholfen sein Gesicht liebkost.

»Ich glaube, sie mag dich.«

Sie nehmen Helena mit hinaus auf das Klinikgelände. Jack schiebt den Rollstuhl, während Lillian auf die Sommerblumen zeigt, die seit ihrem letzten Besuch angefangen haben zu blühen, auf die zwischen den hohen Zedern herumflatternden Vögel. Sie setzen sich eine Weile ans Ufer des sich über das Grundstück schlängelnden Bachs. Lillian erzählt Helena von der Blumenschau, während Jack sich ins Gras legt und auf der weißen Papierserviette, die er aus seiner Tasche zieht, eine Skizze von den beiden macht.

Es ist friedlich hier draußen, und Lillian ist erleichtert, dass Helena so ruhig ist. Es war dumm, Angst vor Jacks Besuch bei ihr zu haben. Die sanfte und rücksichtsvolle Art, mit der er ihre

Schwester durch den Park geschoben, sie stets ins Gespräch miteinbezogen hat, hat dafür gesorgt, dass Helena sich wohlfühlt. Gleichzeitig spricht sie Bände, was Jacks Mitgefühl und Freundlichkeit anbelangt.

Auf dem Rückweg beginnt Helena, nervös im Rollstuhl hin und her zu rutschen. Lillian, die ihre Unruhe spürt, ergreift ihre Hand. »Alles ist gut«, sagt sie. »Gleich wartet das Mittagessen.«

Doch Helena gibt ein leises Stöhnen von sich und schüttelt Lillians Hand ab.

Die beugt sich vor, um Helena ins Gesicht zu sehen, die auf ihren Rollstuhl losgeht. »Helena«, sagt sie. »Helena, schau mich an.«

Doch Helena stößt ein lautes Heulen aus und wirft sich nach vorn, schlägt Lillian so fest ins Gesicht, dass sie rückwärts zu Boden stürzt. Helena tritt nach ihr, und Spucke fliegt ihr aus dem verzerrten Mund, als ihr Heulen panischem Kreischen weicht.

»Lillian«, ruft Jack alarmiert.

»Alles bestens.« Sie erhebt sich rasch und klopft sich den Staub ab, obwohl ihre Wange dort schmerzt, wo die Nägel ihrer Schwester sie gekratzt haben.

Als sie hinfasst, hat sie Blut an den Fingern. »Hilfst du mir? Wir sollten sie ins Haus zurückbringen. Bitte halt sie im Stuhl fest. Sie tut sich bloß weh, wenn sie herausfällt.«

Helenas Schreie werden zunehmend verzweifelt, während Jack sie festhält und Lillian den Rollstuhl zurückschiebt.

Eine Pflegerin, die den Lärm gehört hat, eilt herbei und führt sie in den Wintergarten. »Aber, aber, Miss Helena«, sagt die Frau. »Wozu die Aufregung? Ich bin mir sicher, Sie hatten einen schönen Nachmittag.« Dann sagt sie zu Lillian: »Überlassen Sie das uns, Mrs. Oberon. Ich glaube, es ist das Beste, wenn Sie gehen.«

Lillian nickt. »Auf Wiedersehen, Helena«, ruft sie und hält mit Müh und Not die Tränen zurück. »Nächste Woche komm ich wieder zu Besuch, versprochen.«

Als sie wieder in Jacks Wagen sitzen, holt Lillian ein Taschentuch aus ihrer Handtasche und drückt es gegen ihre Wange.

»Tut mir leid«, sagt sie und starrt tränenblind aus dem Fenster. »Ich hab gehofft, dass du sie nicht so erleben musst.«

»Du musst dich nicht dafür entschuldigen. Entschuldige dich niemals dafür. Nicht bei mir.«

»Manchmal regt es sie auf, wenn ich gehe. Manchmal hat sie einfach einen schlechten Tag. Dann weiß ich von vornherein, dass der Besuch kein gutes Ende nimmt.«

»Alles in Ordnung?« Jack mustert sie besorgt.

»Nur ein Kratzer.«

Beide schweigen.

»Das muss schwer sein.«

»Ich wünschte, wir wüssten, wie viel von ihr noch da ist. Manchmal glaube ich, in ihren Augen etwas aufflackern zu sehen, eine Art Wiedererkennen. Doch das verblasst genauso schnell, wie es gekommen ist. Charles meint, dass ich sehe, was ich sehen will. Weil ich so sehr hoffe, dass sie weiß, wer ich bin. Aber da bin ich mir nicht so sicher.«

»Du bist eine gute Schwester.«

Lillian zuckt mit den Schultern. »Ich tu, was ich kann, aber es scheint nie genug zu sein.«

»Ihr seht euch ziemlich ähnlich.«

»Wirklich?«

»Ja.« Er greift in seine Tasche und reicht ihr die weiße Serviette.

Lillian starrt mit großen Augen auf die Skizze. Die beiden Schwestern sitzen zusammen am Bach, gesprenkelt von Sonnenflecken. »Das ist wunderschön.«

Sie mustert das Bild, starrt auf das Gesicht ihrer Schwester. Er hat ihre gute, unverletzte Seite eingefangen. Lillian erkennt sofort, dass sie sich wirklich ähnlich sehen. »Je älter sie wird, desto mehr erinnert sie mich an meine Mutter.«

»Deine Mutter muss eine sehr schöne Frau gewesen sein.«

»Das war sie.« Lillian schenkt Jack ein Lächeln und schafft es kaum, die Tränen zurückzuhalten. »Danke. Ich werde es sorgfältig aufbewahren.«

Sie folgen der Straße in abgeschiedene grüne Täler, bevor sie die Kalkhügel erneut erklimmen. Lillian schaut zu Jack hinüber und sieht, dass er sie anstrahlt.

»Immer schön auf die Straße schauen«, ermahnt sie ihn, nimmt aber seine Hand und legt sie auf ihren warmen Oberschenkel, schiebt sie nach und nach unter den Saum ihres Rocks samt Petticoat.

Er schaut erneut zu ihr, und sein Strahlen wird breiter. Lillian rutscht ein wenig auf ihrem Sitz hin und her, spreizt leicht die Beine und stößt ein leises Seufzen aus, als seine Fingerkuppen die Innenseiten ihrer Schenkel liebkosen. Nach dem verstörenden Besuch bei Helena sehnt sie sich nach Leben, Wärme, Liebe.

Sie fahren weiter, nehmen irgendwelche Straßen, bis Lillian merkt, wo sie sind.

»Kannst du rechts ranfahren?«, bittet sie Jack. »Ich möchte dir was zeigen, bevor wir zurückkehren.«

Sie halten auf einer kleinen Lichtung neben der Straße und

gehen zu Fuß weiter durch den Wald, bis sie ihn fast am Gipfel eines Hügels verlassen.

Jack bleibt stehen, lässt das Tal zu ihren Füßen auf sich wirken, ein grüngelber Flickenteppich aus Feldern und Äckern, Dörfern und Marktflecken, so weit das Auge reicht. Vor ihnen, direkt auf dem Gipfel, steht ein großes Denkmal, eine massive Säule, die in den Himmel aufragt.

Lillian hat sie schon beinahe erreicht, als sie sich zu ihm umdreht. »Komm«, sagt sie. »Von hier aus hat man den besten Blick.«

»Was ist das?«, fragt er und nähert sich dem Denkmal, bevor er die Aussicht bewundert. »Das ist ja atemberaubend.«

»Coombe Hill. Irgendwo da unten muss Chequers liegen, Aylesbury im Norden und das Themsetal im Süden.« Sie deutet in die Ferne. »An einem Tag wie heute kann man bis in die Salisbury-Ebene gucken.«

»Herrlich«, sagt er und bewundert das Panorama. »Ich sollte mit meinem Farbkasten wiederkommen.«

Lillian lächelt, freut sich über seine Reaktion. Da sie es nicht eilig hat, wieder zu gehen, nimmt sie auf den Stufen Platz, die zum Denkmal für den Zweiten Burenkrieg in Südafrika hinaufführen. Jack tritt neben sie, sein Arm streift den ihren.

Sie staunt, wie die leiseste Berührung seiner Haut jede Faser ihres Körpers nach ihm schreien lässt – ein körperliches Verlangen wie bei einer chemischen Reaktion.

Der Ort gehört ihnen ganz allein. Sie sitzen eine Weile einfach nur da und genießen aneinandergelehnt die Aussicht. Der wolkenlose Himmel bietet ihnen ein spektakuläres Farbenspiel. Marineblau, das in Bodennähe zu Hellblau verblasst, getaucht in einen rotgoldenen Schimmer. Der Ort strahlt Ruhe und Frieden aus. Nichts bis auf die untergehende Sonne und hin und wieder der Umriss eines Vogels lenken von dem Ehrfurcht gebietenden Panorama ab.

Jack legt ihr den Arm um die Schultern. Sie dreht sich zu ihm um, und sie hören nicht auf, sich zu küssen, bis das Verlangen sie erneut überwältigt.

»Ich liebe dich«, sagt er.

Sie löst sich von ihm und mustert ihn gründlich, doch die Worte steigen auch in ihr auf, unweigerlich, unbezähmbar. »Ich liebe dich.«

Er lächelt. »*L'amour étend sur moi ses ailes.*«

»Was ist das?«

»Eine Zeile aus dem Lied, das deine Schwester gehört hat.«

»Was bedeutet das?«

»*Die Liebe breitet ihre Schwingen über mir aus.*«

»Wie schön.« Sie schaut zum Horizont und seufzt. »Was nun?«

»Pst.« Er zieht sie an sich, in seinen Augen schimmert der rosagoldene Widerschein der untergehenden Sonne. »Genieß diesen Moment mit mir.«

»Aber wir sollten reden und …«

Er schüttelt den Kopf und bringt sie mit einem weiteren Kuss zum Schweigen.

***

Auf der Rückfahrt nach Cloudesley spürt Lillian, wie sich ihre Stimmung von Kilometer zu Kilometer verdüstert. All die Fröhlichkeit und Freiheit, die sie noch vor einer knappen Stunde verspürt hat, verschwindet mit der untergehenden

Sonne. Sie bewundert Jacks Gabe, im Hier und Jetzt zu leben, sich nur auf den Moment zu konzentrieren. Doch sie verursacht ihr gleichzeitig ein Unwohlsein. Ist ihm eigentlich klar, was für einen aussichtslosen Traum sie da leben?

Jack wirkt ebenfalls ernster. Er hat die Stirn gerunzelt und den Blick auf die Straße gerichtet. Es ist, als schnappten die Schatten derjenigen, die sie unter dem Dach von Cloudesley sein müssen, nach ihren Fersen wie Hunde, die sie zum Haus zurückscheuchen. Sie möchte am liebsten die Arme nach ihm ausstrecken, doch etwas hält sie zurück. Auch seine Hände bleiben am Lenkrad.

Sie beginnt, sich Ausreden für Albie zurechtzulegen. Vielleicht ist er wütend auf sie, weil sie ihn auf der Blumenschau allein gelassen hat. Kühle Nachtluft hüllt sie ein und lässt sie frösteln. Sie sehnt sich nach einem warmen Bad und ihrem Bett. Sie sehnt sich danach, in Jacks Armen zu liegen. »Kommst du heute Nacht zu mir? Bitte.«

Jack nickt und drückt ihr die Hand.

Die ersten Sterne zeigen sich am dunklen Himmel, als sie durch das schmiedeeiserne Tor fahren, die Scheinwerfer über die Kiesauffahrt huschen und die überhängenden Äste erhellen.

Als sie die letzte Kurve nehmen, holt Jack scharf Luft und steigt abrupt auf die Bremse. »O Gott«, sagt er, während der Wagen schlingernd zum Stehen kommt und Lillian in den Gurt gepresst wird. Er macht die Scheinwerfer aus und starrt geradeaus.

Sie folgt seinem Blick, hält nach dem Geschöpf Ausschau, das ihren Weg gekreuzt hat. Doch im Schein der erhellten Fenster steht kein Tier, sondern die klare Silhouette von Charles' marineblauem Aston Martin, der mitten in der Auffahrt parkt. Angst steigt in ihr auf.

Jack, nach wie vor tief übers Lenkrad gebeugt, schüttelt den Kopf. »Verdammt! Ich hatte gehofft, wir hätten mehr Zeit.«

Lillian starrt auf den Wagen und bringt kein Wort heraus.

Er dreht sich zu ihr. »Alles in Ordnung? Du bist leichenblass.«

Sie nickt, und ihr Magen zieht sich vor Angst zusammen. »Er weiß bestimmt Bescheid.«

»Er weiß gar nichts«, sagt Jack mit fester Stimme. »Woher denn? Wir waren extrem vorsichtig.«

Sie will ihm beipflichten und sagen, dass Charles natürlich nicht Bescheid weiß und alles gut wird. Doch die Worte bleiben ihr in der Kehle stecken. Stattdessen platzt es seltsam schrill aus ihr heraus: »Aber er wird Bescheid wissen. Sobald er mich sieht, wird er es wissen.«

Jack schüttelt den Kopf. »Nein, das wird er nicht.«

»Er ist schließlich nicht blöd.«

»Lillian, bitte! Es besteht keinerlei Grund zur Panik.«

»Ich habe Angst.« Ihre Stimme ist kaum mehr als ein Flüstern. »Kehr um, lass uns abhauen, sofort.«

»Nein«, sagt Jack. »Hab keine Angst. Wir brauchen Zeit. Erst muss ich den Raum fertigstellen.«

»Warum?«

»Es ist wichtig.« Er runzelt die Stirn. »Ich kann das nicht erklären, es ist so ein Gefühl. Ich kann ihn unmöglich halb fertig zurücklassen.«

Lillian seufzt. »Natürlich musst du deine Arbeit beenden.«

Sie starrt auf das dunkelblaue Auto und das riesige Herrenhaus am Ende der Auffahrt. Charles. Cloudesley. Jack wird gegen Ende des Sommers fort sein, doch sie wird bleiben, gefangen wie ein Insekt, das sich in einem Spinnennetz verheddert hat.

»Lillian«, sagt Jack unvermittelt. »Lillian, schau mich an.«

Sie erwidert seinen Blick, und seine Augen glänzen fast schwarz in der Dunkelheit. »Lillian, ich bin kein reicher Mann. Ich kann dir kein tolles Haus, keinen fabrikneuen Sportwagen und keinen teuren Schmuck bieten. Ich habe eine kleine Mietwohnung in London, besitze ein bescheidenes Haus in Somerset. Das Leben, das du gewöhnt bist ...«

Lillian wird heiß. »Wenn du glaubst, dass mir das auch nur im Geringsten etwas bedeutet, kennst du mich schlecht.«

»Was ich damit sagen will, ist Folgendes: Du würdest sehr viel aufgeben, nur um mit mir zusammen zu sein.«

»Bitte«, sagt sie resigniert. »Du musst nichts erklären. Ich hab verstanden.«

»Nein, Lillian. Wohl kaum.« Er nimmt ihre Hand. »Ich liebe dich. Ich will, dass du mit mir fortgehst, sobald ich den Raum fertiggestellt habe. Ich werde Charles' Auftrag erfüllen, und dann werden wir uns mit ihm zusammensetzen und reden. Wir werden ihm alles erklären.«

»Erklären?« Ihr entringt sich ein leises, schrilles Lachen.

»Ja. Es wird ihm natürlich nicht gefallen, aber was soll er schon machen, wenn du ihn verlassen willst?«

Lillian schüttelt bestürzt über seine Naivität den Kopf. »Ich kann ihn nicht verlassen.«

Jack runzelt erneut die Stirn. »Wieso denn nicht? Die Dinge haben sich geändert seit dem Krieg. Heutzutage ist eine Scheidung längst nicht mehr so ein Skandal.«

»Du verstehst das nicht. Es geht nicht darum, ob Charles mich will oder nicht, er wird mich niemals freigeben. Ich gehöre ihm. Wie eines seiner schicken Autos oder kostbaren Gemälde.«

»Du bist nicht sein Eigentum. Du bist eine Frau mit einem freien Willen.«

Lillian weiß nicht, wie sie das Jack erklären soll. Sie versucht es anders. »Er wird dich ruinieren.«

»Ich habe keine Angst vor ihm. Und du solltest auch keine haben. Ich kann mir vorstellen, dass er wütend sein wird. Er wird sich gekränkt fühlen. Doch was will er machen, wenn du beschließt zu gehen? Er wird dich ziehen lassen müssen.«

Lillian schüttelt den Kopf und stöhnt leise auf. »Was ist mit Helena? Du hast sie selbst gesehen. Du hast gesehen, was sie braucht. Ich könnte es mir nie leisten, sie im Cedar House unterzubringen, nicht ohne Charles' Hilfe. Und Albie. Ich hab es ihm versprochen.«

Jack lehnt sich in seinem Sitz zurück und scheint sich geschlagen zu geben. Doch dann dreht er sich zu ihr um. »Ich weiß, dass es schwierig wird, aber wir finden einen Weg.«

Sie schüttelt den Kopf. »So einfach ist das nicht.«

»Doch.« Jack hebt sanft ihr Kinn, dreht ihr Gesicht so, dass sie zu ihm aufschaut. »Ich liebe dich, Lillian. Ich möchte den Rest meines Lebens mit dir verbringen. Geht es noch einfacher?«

Lillian schüttelt den Kopf. Jack versteht das nicht. Er lebt in einer anderen Welt, in einer Welt voller Freiheiten, Farben und Gefühle, voll schöner Momente, die nur so strotzt vor Optimismus. In einer Welt, in der Liebe genug ist.

Sie möchte an diese Welt glauben, weiß aber, dass es sie nicht gibt. Nicht für Lillian. Was er ihr da ausmalt, ist nichts als ein Trugbild und wie seine Arbeit nicht ganz in der Realität verhaftet. Es ist eine Fantasie, ein Traum.

Er drückt ihre Hand. »Es gibt keinen Grund zur Panik. Lass

mich den Raum fertigstellen. So gewinnen wir Zeit, in der wir Vorkehrungen treffen können. Ich werde mich nicht mit dir bei Nacht und Nebel davonstehlen.«

Lillian nickt, auch wenn sie Jack mit jeder Faser ihres Herzens dazu drängen will, kehrtzumachen und Cloudesley hinter sich zu lassen.

»Vertraust du mir?«, fragt er.

Lillian nickt.

»Gut. Dann geh ins Haus«, sagt er. »Spiel die brave Ehefrau. Vorerst.«

Hätte sie nicht so viel Angst, würde sie laut lachen.

Spiel die brave Ehefrau.

In diesem Moment kommt ihr Jack so dumm, so naiv und unwissend vor, was ihr Leben anbelangt, dass sie ihn am liebsten ohrfeigen würde. All ihre Wut, ihre Leidenschaft, ihr brodelndes Verlangen nach diesem Mann, ihre Aggression und ihre Niedergeschlagenheit angesichts der aussichtslosen Lage und seines mangelnden Verständnisses dafür drohen, sie in diesem Auto regelrecht zu zerreißen.

»Wir werden einen Plan schmieden, gemeinsam einen Ausweg finden«, fährt er fort, ohne ihren Gefühlsaufruhr zu bemerken. »Alles wird gut.«

Sie nickt, hört ihm aber nur mit halbem Ohr zu. Ein Plan? Jack träumt. Sie ist Charles Oberons Frau, und der wird niemals zulassen, dass sein Familienname in den Dreck gezogen, in einen Skandal verwickelt wird. Er wird sie niemals freigeben.

Die Angst schnürt ihr schier die Kehle zu, droht, sie wie eine Welle zu ersticken.

Doch Jack, der ihre Verstörung nach wie vor nicht zu bemerken scheint, drückt ein letztes Mal ihre Hand, schaltet dann die Scheinwerfer wieder ein und lässt den Motor an. Langsam kriecht er zum Haus hinauf und stellt seine verbeulte Karre neben dem eleganten Sportwagen ab.

Lillian bekommt kaum noch Luft. Sie muss die Hände in den Falten ihres Kleides verbergen, so sehr zittern sie.

Jack irrt. Nichts wird gut. Es ist ausgeschlossen, dass irgendwas je wieder gut werden wird.

20

Die Blumenschau scheint Lillian erschöpft zu haben. Maggie weiß nicht, was auf der Heimfahrt passiert ist, aber als sie ins Haus zurückkehren, scheint sich eine düstere Wolke auf ihre Großmutter herabgesenkt zu haben. Sie schlägt Maggies Angebot aus, ihr etwas zum Abendessen zu kochen, und geht mit einer Tasse Tee und ihrer Medizin zu Bett.

Maggie deckt sie zu und streicht die Laken glatt.

»Wir lebten in getrennten Welten«, sagt Lillian.

Am Fußende des Bettes sieht Maggie verwirrt auf. »Wer?«

»Genau das, was er so sehr an mir geliebt hat, hat mich von ihm ferngehalten. Er konnte das nie verstehen.« Lillian starrt in den leeren Kamin. »Aber er war so wunderbar zu Helena an diesem Tag.«

Maggie runzelt die Stirn. Sie hat Lillian seit Jahren nicht mehr von ihrer verstorbenen Schwester erzählen hören.

»Ich wünschte, ich hätte damals mehr Mut bewiesen, es wenigstens versucht.«

»Du bist mutig, Gran. Du bist einer der tapfersten Menschen, die ich kenne.«

Davon ist Maggie fest überzeugt. Sie hat ihre Großmutter nur ein Mal weinen sehen, und zwar, als diese von Helenas Tod erfuhr. Seit sie denken kann, bringt Lillian so schnell nichts aus der Ruhe.

Lillian schüttelt den Kopf. »Wir hätten damals wegfahren sollen. Wegfahren, ohne uns ein einziges Mal umzuschauen.«

Maggie weiß nicht, was sie darauf sagen soll. Sie spürt, dass Lillian ferne Erinnerungen durchlebt, deshalb bleibt sie noch bei ihr und räumt leise das Zimmer auf, macht die Lampen an und zieht die Vorhänge zu. Als sie damit fertig ist, ist Lillian beinahe eingeschlafen.

»Gute Nacht«, sagt Maggie und beugt sich vor, um sie auf die Stirn zu küssen. »Danke, dass du mich heute zur Blumenschau überredet hast.«

Oben in ihrem Zimmer wird sie von der Stille des Hauses umfangen. Maggie setzt sich aufs Bett und betrachtet das Chaos aus Jugendzeiten. Das Schalwirrwarr auf der Kommode, ihre Lieblingslederjacke an der Tür, die abgelegten Stiefel und Schuhe, die aus dem Schrank quellen, das Körbchen mit den alten Lippenstiften und Lidschatten auf der Fensterbank und die Fotocollage im Goldrahmen über dem Kamin.

Vor allem ein Bild erregt ihre Aufmerksamkeit, von der Bonfire Night vor mehreren Jahren.

Gus und sie stehen nebeneinander auf dem Tennisplatz des Dorfes, mit aneinandergeschmiegten Gesichtern lächeln sie in die Kamera. Maggie trägt eine rote Pudelmütze, das rotbraune Haar fällt ihr offen auf die Schultern, und Gus hat den Arm um sie gelegt. Ihre Nasen und Wangen leuchten rot in der kalten Luft. Es wurde in dem Herbst aufgenommen, als sie die Kunstakademie abgeschlossen hat und zu Lillians Geburtstag nach Cloud Green zurückgekehrt ist. Das war ein ruhiger Novembertag, an dem sie mit ihrer Großmutter Karten gespielt und einen von ihr selbst gebackenen, leicht verunglückten Kuchen gegessen hat. Abends machten sie den Fernseher an, und Lillian war in ihrem Sessel eingenickt, als sich Maggies Handy meldete.

Warum bist du nicht beim Feuerwerk? Komm sofort her, es gibt Freibier.

Lillian schien nichts dagegen zu haben. »Ich mag diese Jungen. Los, geh und amüsier dich.«

Maggie fuhr mit dem Rad zum Tennisplatz, wo die Massen auf das Feuerwerk warteten. Sie entdeckte Gus auf den ersten Blick.

»Hallo, fremder Mann«, sagte sie, nachdem sie sich bis zu ihm vorgekämpft hatte.

Gus umarmte sie sofort. »Wusst ich's doch, dass dich das Freibier sofort herbeieilen lässt.«

»Will ist nicht da?« Sie sah sich suchend um.

»Nicht heute. Er hat einen wichtigen juristischen Fall und muss in London bleiben.«

Sie versuchte, ihre Enttäuschung zu verbergen, dass ihr nur einer der Mortimer-Jungs zur Verfügung stand, und konzentrierte sich stattdessen ganz auf Gus. Darauf, wie schön es war, ihn wiederzusehen.

»Frierst du?«, fragte er. »Du zitterst ja.« Bevor sie etwas sagen konnte, nahm er seinen Wollschal ab und schlang ihn ihr um den Hals.

»Du wirst noch erfrieren«, protestierte sie.

»Mir geht's gut.«

Sie verbarg ihr Gesicht in seinem Schal, atmete Gus' unverkennbaren Duft ein. »Der ist schön. Vielleicht klau ich ihn dir.«

»Er steht dir gut.« In seinem Lächeln lag etwas, das sie wegschauen ließ.

Zusammen sahen sie sich das Feuerwerk an, tranken warmen Apfelwein und tauschten sich mit Freunden und Nachbarn aus. Sie bestand darauf, ihm den Schal zurückzugeben. Doch als er kurz darauf merkte, dass sie erneut fröstelte, trat er hinter sie und nahm sie in den Arm, während die Raketen am Nachthimmel explodierten. Maggie spürte ihn hinter sich, spürte, wie er sie an sich zog. Sie fühlte sich gut dabei, beschützt.

Als das Feuerwerk seinen Höhepunkt erreichte und kleine Kinder um sie herum lachten und quietschten, ihre Namen mit Wunderkerzen in die Luft schrieben, wirbelte er sie herum. Und obwohl sein Gesicht im Dunkeln lag, sah sie, wie er ihr tief in die Augen schaute. Ihr Lächeln erstarb. Bedeutete das, was sie befürchtete? Gus … und sie? Dann konnte sie keinen klaren Gedanken mehr fassen, weil sein Gesicht auf sie zu, ja ihr so nahe kam, dass es vor ihren Augen verschwamm, und seine Lippen ihre fanden – warm und fest. Ihr erster Kuss. Zärtlich und behutsam. Der Geschmack von Apfelwein, vermischt mit dem Geruch nach Rauch und Herbstlaub.

Sie löste sich von ihm, in ihrem Blick die Frage, die sie nicht auszusprechen wagte. Daraufhin zuckte er nur mit den Schultern und stieß ein leises Lachen aus. »Was soll ich sagen? Ich bin total vernarrt in dich, Maggie Oberon. Schon seit ich denken kann.«

Hinter seinem Lächeln verbarg sich Unsicherheit, das sah sie an seinem Gesicht. Sie wussten beide, dass mit diesem Kuss alles auf dem Spiel stand. Ihre Freundschaft und ihre Zukunft.

Sie wollte die Uhr anhalten oder, besser noch, die Zeit für ein paar Minuten zurückdrehen. Sie wollte, dass alles stillstand, um noch etwas länger über den Abgrund nachzudenken, an dessen Rand sie standen. Noch so ein Kuss, und aus ihrer Beziehung würde etwas ganz anderes werden, aus ihrer Dreierclique ein Paar und eine Einzelperson. Die perfekt ausbalancierte Beziehung, die sie sich in all den Jahren aufgebaut, gehegt und gepflegt hatten, würde aus dem Lot geraten, auf unsichere Beine gestellt werden. War dieses Risiko nicht zu groß?

Aber die Zeit stand nicht still. Die Uhrzeiger drehten sich weiter. Irgendwo über ihren Köpfen explodierte eine letzte Rakete. Angesichts der in Sekundenbruchteilen zu treffenden Entscheidung tat Maggie das, was sie immer tat, wenn sie sich nicht sicher war. Sie dachte nicht weiter nach und wagte stattdessen den Sprung, mit beiden Füßen voran, zog ihn an seinem Revers zu sich und küsste ihn zurück. Gus, der hinreißende, witzige Gus, der im Gegensatz zu ihrer Mutter in all den Jahren stets für sie da gewesen war. Der sie wieder aufbaute, wenn ihr Vater sie enttäuschte. Gus, der eine feste Konstante in ihrem Leben darstellte. Ganz anders als ihre Familie, auf die einfach kein Verlass war. Was sollte daran falsch sein?

Auf einmal scheinen sich die an der Wand stapelnden Umzugskartons im Dunkeln gefährlich hoch aufzutürmen. Maggie könnte schwören, dass sie immer größer werden, je länger sie sie ignoriert.

»Na gut«, sagt sie zu sich selbst. Vielleicht ist ihre derzeitige Stimmung genau die richtige für ein wenig Selbstgeißelung. Mit einem lauten Seufzer steht sie auf und hebt den obersten Karton herunter.

Gus hat ihn gut verklebt, sie braucht mehrere Anläufe, um ihn aufzukriegen.

Darin findet sie ihre Sachen in einem wilden Durcheinander vor, als hätte er sie gar nicht schnell genug in den Karton werfen können. Sie nimmt Bücher und Schmuck heraus, Fotos und Deko-Objekte, ein samtenes Lieblingskissen, das einst auf ihrem gemeinsamen Sofa lag, sowie die witzige Sammlung antiker Eierbecher, die sie aus Cloudesley mitgenommen und auf der Fensterbank ihres Apartments im Londoner Norden aufgestellt hat.

Er hat außerdem ein paar halb volle Skizzenblöcke und ihre Dose mit Zeichenkohle dazugeworfen. Als sie das gerahmte Aquarell von Primrose Hill entdeckt, ein Geschenk, das sie ihm einmal zum Geburtstag gemacht hat, gibt es ihr einen kleinen Stich. Dass er auch das zurückgibt, scheint sein Bedürfnis zu unterstreichen, sie aus seinem Leben zu verbannen. Ganz unten, unter einem Haufen zerknitterter Pullis, liegt eine einzelne rote Rose mit hölzernem Stamm, die Blütenblätter bestehen aus aneinandergeklebtem glänzend rotem Stoff. Sie hält die künstliche Rose hoch und starrt darauf.

Sie weiß genau, ab wann ihre Beziehung zum Scheitern verurteilt war, nämlich ab dieser roten Rose. Ab dem Abend, an dem sie Gus' besten Freund aus Schulzeiten besucht haben. Sie hatte den ganzen Tag gegen Kopfschmerzen und leichte Übelkeit angekämpft und so gar keine Lust auf einen Abend mit Tacos und Margaritas. Doch Gus überredete sie, sagte, der Abend sei extra arrangiert worden, damit sie die neue Freundin seines Schulfreunds kennenlernen konnten. Irgendwann gab sie nach.

Die vier trafen sich bei einem lauten Mexikaner in Covent Garden. Schon als Gus und sie Platz nahmen, wusste Maggie, dass es die reinste Katastrophe werden würde. Ihre Übelkeit verstärkte sich, als das glückliche, frischgebackene Paar nervig kichernd erzählte, wie es sich über eine Dating-App kennengelernt hatte. Sie musste übertriebene Liebesbekundungen, Knutschen und Flüstern, endlose Berührungen und Küsse mit ansehen, wobei die beiden die Verlegenheit ihrer Begleiter nicht zu bemerken schienen.

So wenig, wie wir beachtet werden, hätten wir gleich zu Hause bleiben können, dachte Maggie, sah Gus an und verdrehte die Augen. Der lächelte sie an, nahm ihre Hand und zog sie an sich, um sie zu küssen. Instinktiv wich sie zurück, hatte keine Lust auf diese Spielchen. Als er sichtlich verletzt die Stirn runzelte, wusste sie, dass etwas gründlich nicht stimmte. Dass etwas mit ihnen gründlich nicht stimmte.

Sie waren erst seit wenigen Jahren zusammen, trotzdem hatte sie keine Schmetterlinge mehr im Bauch, wenn er sie anfasste. Sie freute sich nicht auf den Moment, wenn er abends zur Tür hereinkam. Es machte ihr nichts aus, wenn er auf Geschäftsreise musste.

Da stand es ihr auf einmal ganz klar vor Augen, in starkem Kontrast zu der übertriebenen Romanze, die ihnen gerade vorgeführt wurde. Gus und sie waren beste Freunde. Beste Freunde, die inzwischen zusammenlebten und ab und an miteinander Sex hatten. Das war keine atemberaubende, aufregende, leidenschaftliche Liebe. Das war ein Fehler.

Eine ältere Frau näherte sich mit einem Korb voll roter Stoffrosen. »Verschwende bloß kein Geld an so was«, warnte sie Gus leise.

Doch weil er angesichts der zur Schau gestellten Liebe seiner Freunde anscheinend etwas beweisen wollte, zückte Gus seinen Geldbeutel und gab der dankbaren Frau zehn Pfund.

»Das ist keine Geldverschwendung«, sagte er und überreichte ihr die kitschige Rose. »Nicht bei dir.«

Später kehrte sie ihm im Bett den Rücken zu. »Tut mir leid, ich bin einfach nicht in Stimmung. Ich fühl mich immer noch nicht gut.« Am nächsten Morgen rief sie bei dem Lokal an, in dem sie kellnerte, und meldete sich krank.

»Es schadet bestimmt nicht, wenn du einen Tag zu Hause bleibst«, sagte Gus und sah sie von der Schlafzimmertür aus besorgt an, während er seine Krawatte gerade zog. »Du bist gar nicht richtig du selbst. Die werden es dir bestimmt nicht danken, wenn du dich trotzdem reinschleppst und die Gäste ansteckst.«

Er ging zur Arbeit, und Maggie blieb den ganzen Tag im Bett. Der nagende Zweifel an ihrer Beziehung zu Gus vermischte sich auf seltsame Weise mit der unterschwelligen Übelkeit, die sie plagte. Irgendwann rannte sie ins Bad und hängte den Kopf über die Kloschüssel. Erst in diesem Moment, als ihr Blick auf eine noch ungeöffnete Tamponschachtel im Medizinschränkchen fiel, kam ihr der beunruhigende Gedanke: Wann genau hatte sie eigentlich ihre letzte Periode gehabt?

Sie schleppte sich in die Apotheke an der Ecke und starrte eine halbe Stunde später auf die beiden dünnen blauen Striche auf dem weißen Plastikstäbchen. Nach einer weiteren halben Stunde warf sie hastig eine gepackte Reisetasche in den Kofferraum ihres Autos und fuhr in blinder Panik zum einzigen Menschen, dem sie sich anvertrauen konnte.

Lillian reagierte genauso wie erhofft. Ruhig, gelassen und mitfühlend. »Das ist kein Weltuntergang, mein liebes Mädchen. Nicht so wie zu meiner Zeit. Du hast die Wahl.«

»Lillian, ich bin noch nicht so weit. Ich schaff das nicht.«

Lillian saß mit Maggie am Küchentisch, drückte ihr eine Tasse Tee in die Hand und schob ihr eine Schachtel Taschentücher hin. »Was ist mit Gus? Was möchte er?«

»Er weiß es nicht. Ich kann es ihm unmöglich sagen. Ich

weiß nicht mal, ob wir überhaupt zusammenpassen. Wenn ich das Kind behalte, sind wir für den Rest unseres Lebens aneinandergefesselt.«

»Das Baby … Gus. Vielleicht sind das ja zwei Paar Dinge?«, wandte Lillian sanft ein.

Maggie dachte kurz nach. »Die Vorstellung, Mutter zu werden, jagt mir eine Riesenangst ein. Dazu fühle ich mich nicht imstande. Ich bin dem nicht gewachsen.«

»Wie kommst du darauf?«

Maggie sah aus dem Küchenfenster, sah zu, wie eine einzelne Elster zwischen den Zweigen einer großen Buche aufflatterte. Als sie sich wieder an Lillian wandte, sagte sie etwas, das sie vorher nie laut auszusprechen gewagt hätte. »Ich glaube, ich muss sie treffen. Ich glaube, ich muss meine Mum finden.«

Lillian musterte Maggie durchdringend, bevor sie ihr die Hand tätschelte. »Vermutlich ist es sehr schwer herauszufinden, wer man ist oder wer man sein will, wenn man nie genau erfahren hat, woher man kommt.«

Als es jetzt unten an der Haustür klingelt, wird Maggie aus ihren Gedanken gerissen. Sie sitzt wie gelähmt auf der Bettkante. Für unangekündigten Besuch ist es ziemlich spät. Sie ist versucht, das Klingeln zu ignorieren, doch es läutet erneut. Aus Angst, es könnte Lillian wecken, eilt sie nach unten und öffnet die Tür einen Spalt.

Gus steht auf der obersten Treppenstufe, halb von ihr abgewandt, und starrt in den Nachthimmel. »Da ist eine riesige Fledermaus«, sagt er. »Da drüben über den Bäumen.« Er zeigt darauf. »Kannst du sie sehen?«

Maggie späht hinaus in die Dunkelheit, doch das Einzige, was sie sieht, ist der blasse zunehmende Mond, der hinter den schwankenden Buchen sein milchiges Licht verströmt. »Was machst du hier?«

»Ich hab nachgedacht.« Er dreht sich zu ihr um. »Wir sollten tatsächlich reden.«

»Jetzt?«

Er zuckt mit den Schultern. »Lust auf ein Bier?«

Sie wirft einen Blick zurück ins Haus. »Lass mich kurz nach Lillian sehen. Möchtest du reinkommen?«

»Nein, ich warte hier.«

Sie bleibt in der Tür zu Lillians Zimmer stehen und lauscht auf die ruhige Atmung ihrer Großmutter. Dann geht sie nach oben, um eine Strickjacke zu holen. Als sie wieder an der Haustür ist, rechnet sie fast damit, dass Gus verschwunden ist.

»Bis zur letzten Bestellung bleibt uns höchstens noch eine Stunde«, sagt er. »Macht es dir was aus, in den *Old Swan* zu gehen?«

»Nein«, sagt sie leichthin. »Wie du willst.«

***

Maggie ist erleichtert, dass es erstaunlich ruhig ist im Pub. Die sonnenverbrannten Massen von der Blumenschau sind bis auf ein paar Hartnäckige an der Bar verschwunden.

»Na, wenn das nicht Cloud Greens Champion im Schwammwerfen ist«, begrüßt Gregory sie von hinter der Bar. »Du kannst wirklich ziemlich gut werfen, junge Dame. Wir sollten versuchen, dich in der Kricketmannschaft einzusetzen.«

Maggie ringt sich ein schwaches Lächeln ab und ist froh, dass alle, die sehen, wie Gus und sie ein Bier zusammen trinken, ihr Erstaunen für sich behalten. »Tut mir leid wegen vorhin.«

»Suchen wir uns doch irgendwo weiter hinten einen Platz«, schlägt Gus vor.

Sie nickt und geht auf einen der Tische mit etwas mehr Privatsphäre in einer Nische zu. Alles ist so schrecklich vertraut. Die niedrige Balkendecke, der gemauerte Kamin, die Hufeisen an den Wänden, der süßliche Duft nach Bier und vergorenen Äpfeln. Sie greift nach einem Bierdeckel und beginnt, ihn zu zerfetzen, bis Gus mit zwei Pints ankommt. Aus alter Gewohnheit stoßen sie an. Genau wie früher, nur dass keiner dem anderen richtig in die Augen sehen kann.

»Was hat dich zum Umdenken bewegt?«, fragt sie und stellt ihr Getränk zurück auf den Tisch, greift nach dem zerfetzten Bierdeckel und spielt damit.

»Camilla. Sie glaubt, dass wir was zu klären haben, und findet, dass ich *an meiner Abneigung arbeiten sollte*, wenn ich mit ihr zusammenziehen will.«

»Verstehe.« Maggie schluckt. Natürlich, das klingt alles logisch. »Sie scheint nett zu sein«, sagt sie fröhlich.

»Das ist sie auch.«

»Wie lange seid ihr zusammen?«

»Ein paar Monate.« Ein defensiver Unterton schwingt in seiner Stimme mit, sein Kinn ist leicht vorgeschoben.

»Toll.« Es klingt unaufrichtig, und Maggie wünschte, sie könnte einfach nur den Mund halten und ihn reden lassen.

»Hast du einen Freund?« Er mustert sie über sein Glas hinweg.

»Nein, nein.«

Wieder dieses Schweigen zwischen ihnen. Maggie rutscht nervös auf ihrem Stuhl hin und her. »Ich muss mich bei dir entschuldigen«, hebt sie an. »Was passiert ist, tut mir wahnsinnig leid. Es tut mir leid, dass ich dir wehgetan habe. Es tut mir leid, dass ich einfach abgehauen bin. Du hast echt was Besseres verdient. Ich schäme mich sehr für mein Verhalten.«

Gus starrt in sein Pint.

»Dafür, dass ich abgehauen bin. Ich kann mir vorstellen, wie sich das für dich angefühlt hat, und es tut mir leid.«

Gus hat schweigend zugehört, doch jetzt schaut er auf und starrt sie ungläubig an. »Weißt du, Maggie, ich glaube nicht, dass du dir das vorstellen kannst.« Er mustert sie über den Rand seines Glases hinweg.

Maggie wappnet sich innerlich gegen das, was jetzt kommt.

»Ich war schließlich kein Idiot. Ich wusste, dass was nicht stimmt. Ich habe gespürt, dass du dich in den Wochen davor mehr und mehr zurückgezogen hast, bis du abgehauen bist. Als ich von der Arbeit nach Hause kam und sah, dass du fort bist und mir nicht mal eine Nachricht hinterlassen hast …« Er schüttelt den Kopf. »Das konnte ich einfach nicht verstehen. Ich hab in Cloudesley angerufen. Lillian hat mir Gott sei Dank gesagt, dass du da bist und dass es dir gut geht. Ich wollte deine Stimme hören, wollte wissen, ob alles in Ordnung ist. Aber sie meinte, dass du nicht mit mir sprechen kannst, dass du *ein wenig Zeit* brauchst.« Er schüttelt den Kopf. »Sie war unglaublich stur.«

Maggie nickt. »Ich habe sie gebeten, dir das zu sagen. Es war nicht ihre Schuld.«

»Nun, ich hab's nicht kapiert. Nichts davon war irgendwie logisch. Bis ich die leere Schachtel vom Schwangerschaftstest zu Hause im Müll gefunden habe.« Gus mustert sie durchdringend. Maggie schaut weg, fühlt sich nicht mehr in der Lage, seinen Blick zu erwidern.

»Sobald ich die gesehen hab, wusste ich, dass ich nach Cloud

Green fahren und um dich kämpfen muss. Ich hab meine ganzen Termine verschoben und bin, sobald es ging, zurück. Ich hab alles mit Mum besprochen und sie um den Verlobungsring meiner Großmutter gebeten. Für mich war alles glasklar.«

Maggie nickt. Sie erinnert sich gut an Gus' Überraschungsbesuch in Cloudesley. Wie sie ihm aufgemacht hat, der nichts als Hoffnung und Erwartung im Blick und eine kleine schwarze Schmuckschatulle in der Hand hatte.

»Ich dachte, du freust dich, mich zu sehen. Ich dachte, meine Worte, mein Versprechen, dich und das Baby zu lieben, würden reichen. Damit du begreifst, wir schaffen das. Damit du erkennst, das ist kein Unfall, sondern etwas Wunderschönes – etwas, das uns nur näher zusammenbringt. Stattdessen dein Gesicht, als du mir gegenübergestanden bist. Da hätte ich es bereits wissen müssen. Du hast auf meinen Heiratsantrag reagiert wie auf … auf …«

» … einen Überfall«, beendet sie seinen Satz.

Gus starrt sie an. »Wie auf einen Überfall? So hat sich das für dich angefühlt?«

Sie nickt.

Gus sieht sie entgeistert an. »Ich hab das nicht aus Pflichtgefühl getan. Ich bin nicht vor dir auf die Knie gefallen, weil der Schwangerschaftstest positiv ausgefallen ist. Weil ich dachte, ich muss eine ehrbare Frau aus dir machen. Ich wollte dich heiraten. Ich wollte eine Familie mit dir gründen.«

Gus sinkt in seinem Stuhl zusammen.

»Meine Güte, Maggie. Das hat mich fertiggemacht. Dass du meintest, du müsstest darüber nachdenken, eine Nacht drüber schlafen. Um mir dann am nächsten Tag Bescheid zu geben.«

Ihm entfährt ein verbittertes Lachen.

»Nun, das hast du auch. Dass du den Ring einfach in den Flur legst und abhaust, das war wohl deine Art, mir eine Antwort zu geben.«

»Es tut mir leid.« Maggie sieht wieder genau vor sich, wie sie in der frühen Morgensonne vor dem Haus mit dem Zwetschgenbaum steht. Sie hat die Schmuckschatulle mit dem Ring fest umklammert und auf die Klingel gestarrt, unfähig, sie zu drücken und sich dem Moment zu stellen, in dem sie Gus das Herz brechen würde.

Sie war am Vorabend lange aufgeblieben, um mit Lillian über ihre Ängste zu sprechen, ihr zu erklären, wie gefangen sie sich beim Gedanken an das Baby und Gus' Heiratsantrag fühlte.

»Was würdest du tun, Gran?«, fragte sie flehend. »Du hast eine gute Ehe geführt. Welchen Rat würdest du mir geben?«

Als sie sah, welchen Ausdruck Lillians Gesicht daraufhin annahm, staunte sie.

»Keine Beziehung ist perfekt, Maggie. Keine Liebe, so groß sie auch sein mag, kann für dein Lebensglück verantwortlich sein.«

»Ihr wart siebenundvierzig Jahre zusammen. So wie du dich nach Großvaters Schlaganfall um ihn gekümmert hast … Wenn das keine Liebe ist, weiß ich es auch nicht.«

»Liebe ist nicht dasselbe wie Pflichtbewusstsein«, sagte Lillian erstaunlich leise.

Maggie dachte kurz nach. »Wenn ich das Baby behalte … Wenn ich mit Gus zusammenbleibe … ist das Liebe oder Pflichtbewusstsein?«

Lillian musterte Maggie gründlich. »Diese Frage kannst du dir nur selbst beantworten. Es ist deine Entscheidung. Du hast die Wahl.«

»Wirklich?« Sie starrte auf den funkelnden Diamanten in dem Bandring aus Platin. »Jetzt, wo Gus Bescheid weiß, bin ich mir nicht mehr so sicher.«

Sie seufzte.

»Meine Karriere als Künstlerin hat noch nicht mal angefangen. Ich kellnere in einem ollen Lokal, hab nichts von dem erreicht, was ich mir einmal erhofft habe. Ich fühle mich wie in einer Sackgasse, völlig neben der Spur. Und jetzt das! Ein Kind wird mich mit Sicherheit von allem abhalten, wovon ich einst geträumt habe. Ich kann einfach nicht anders, als mich wie in der Falle zu fühlen.«

Lillian nahm Maggies Hand. »Ich habe ein paar Ersparnisse. Eine Rücklage für schlechte Zeiten oder so. Die würde ich dir gern überlassen. Egal, wie du dich entscheidest, sie werden dir helfen.«

»Das kann ich nicht annehmen.«

»Doch, das kannst du, und das wirst du auch. Ich bestehe darauf«, fuhr sie erstaunlich energisch fort. »Keine Frau in unserer Familie soll sich in einem Leben gefangen fühlen, das sie nicht will. Nicht, wenn ich ein Wörtchen mitzureden habe. Verwende das Geld, wofür du willst. Für Babykleidung oder für ein Ticket nach Timbuktu. Oder trag es für schlechte Zeiten auf die Bank. Ich werde dich nicht dafür verurteilen. Du sollst wissen, dass es da ist, wenn du es brauchst. Es ist dein Sicherheitsnetz.«

Du hast die Wahl. Lillians Worte gingen ihr die ganze Nacht durch den Kopf. Als sie beim ersten Tageslicht aufstand und sich rasch anzog, wollte sie von Angesicht zu Angesicht mit Gus reden. Doch als sie dann vor dieser Haustür stand, an all die Momente dachte, die sie mit der Familie Mortimer geteilt hatte, konnte sie ihm nicht unter die Augen treten – keinem von ihnen. Weil sie wusste, was sie gleich sagen würde. Sie öffnete die Haustür, legte den Ring ins Regal über dem Schuhschrank, rannte die Auffahrt hinunter und ließ Cloud Green hinter sich.

Wiederholt stellte sie sich vor, was sie ihm damit antat. Doch so schmerzhaft wie jetzt, wo er es ihr in seinen eigenen Worten schildert, war es nie gewesen. Ihr ist klar, dass das nicht ansatzweise so schlimm ist, wie es tatsächlich zu durchleben.

»Es tut mir leid«, sagt sie erneut, ihre Stimme kaum mehr als ein Flüstern.

»Du hast nicht nur mir wehgetan. Ich musste Mum und Dad sagen, was los ist. Ich hatte sie schließlich um den Ring meiner Großmutter gebeten. Ich hab Mum von dem Baby erzählt. Ihr erstes Enkelkind! Ich musste ihr erklären, wo du bist. Was du gesagt hast. Warum ich in so einer furchtbaren Verfassung bin. Ich musste versuchen, ihre Fragen zu beantworten, als ich noch nicht mal selbst verstanden habe, warum du das Kind nicht behalten willst. *Warum ist sie nicht hier?*, haben sie mich dauernd gefragt. *Du musst doch etwas wissen?* Aber dem war nicht so. Ich wusste nichts, Maggie. Nur, dass ich dachte, du liebst mich.«

»Das muss furchtbar gewesen sein.«

Gus nickt. »Also raus mit der Sprache. Was ist passiert? Warum bist du gegangen? Wenigstens diese Erklärung bist du mir schuldig.«

Maggie atmet tief durch. Sie lehnt sich in ihrem Stuhl zurück und erwidert seinen Blick. »Ich habe mich auf die Suche nach meiner Mutter gemacht.«

Gus hakt ungläubig nach. »Du hast was?«

»Ich hab sie gesucht. Ich musste mit ihr reden, herausfinden, warum sie damals gegangen ist. Ich musste verstehen, warum sie mir keine Mutter sein konnte. Ich musste wissen, ob ich genauso bin wie sie. Ob ich dieselben Schwächen habe.«

»Und, hast du sie gefunden?« Gus ist wie erstarrt, mustert sie eindringlich über den Tisch hinweg. »Hast du die Antworten bekommen, nach denen du gesucht hast?«

Maggie seufzt. »Sie war nicht schwer zu finden. Ihr Name stand all die Jahre schwarz auf weiß in meiner Geburtsurkunde. Eine kurze Recherche im Internet, mehr war nicht nötig, um sie in einem kleinen Dorf bei York ausfindig zu machen.«

»Erzähl weiter.«

»Ich hatte nicht die geringste Ahnung, wie sie reagiert, wenn ich unangekündigt an ihre Haustür klopfe. Wegen dem bisschen, was ich aus Albies Erzählungen wusste, beziehungsweise wegen dem, woran ich mich noch erinnern konnte, habe ich mit einer glamourösen, freigeistigen Frau gerechnet. Mit jemandem, der wunderschön und eine selbstbewusste Künstlerpersönlichkeit ist. Ich war bereit, der Frau zu vergeben, die uns für ein erfüllteres, besseres Leben verlassen hat. Ich war bereit, ihre Entscheidung zu akzeptieren, nachdem ich das tolle Leben gesehen hätte, in das sie geflohen war. Vermutlich habe ich gehofft, dass sie entzückt von mir ist, mich außergewöhnlich und wahnsinnig liebenswert findet. Vielleicht würde es uns ja gelingen, nach jahrelanger Trennung eine gemeinsame Ebene zu finden.«

»Aber so war es nicht.«

»Nein«, sagt Maggie knapp. »So war es nicht.«

Mit brennender Scham denkt Maggie an das Gesicht ihrer Mutter zurück, als diese die Tür eines Reihenhauses am Ortsrand geöffnet hatte. Ihre Miene zeigte erst höfliches Misstrauen und schließlich eindeutiges Entsetzen, als Maggie sich ihr zitternd vorstellte.

»Nicht hier«, zischte sie und warf einen Blick zurück ins Haus. »Ich kann hier nicht reden.«

»Ich habe lange darauf gewartet, dich wiederzusehen«, sagte Maggie, ohne die Nerven zu verlieren. Die Frau, die ihr da in einem langweiligen braunen Pulli und Faltenrock gegenüberstand, sah so viel kleiner, grauer und irgendwie blasser aus als in Maggies Fantasie.

»Im Dorf gibt es ein Café, direkt neben dem Lebensmittelladen. Dort treffen wir uns in einer halben Stunde.« Mit diesen Worten schlug sie Maggie die Tür vor der Nase zu.

Maggie bestellte eine Kanne Tee und wartete an einem kleinen, leicht klebrigen Kiefernholztisch, rechnete fast damit, dass sie gar nicht auftauchte. Doch Amanda kam hereingeeilt und sah sich im Café um, bevor sie ihr gegenüber Platz nahm.

»Tut mir leid«, sagte sie. »Ich konnte dich unmöglich hereinbitten.«

»Okay.« Maggie sah der Frau in die Augen, inzwischen mit deutlich mehr Selbstbewusstsein angesichts des sichtlichen Unbehagens ihrer leiblichen Mutter.

»Was willst du?«, fragte Amanda und sah sich erneut im Café um.

»Ach, keine Ahnung. Ich dachte, es wäre nett, sich über die … hm, wie lange ist das her? Über die letzten einundzwanzig Jahre zu unterhalten. Ein bisschen zu quatschen und sich auszutauschen.«

Ihre Mutter war so anständig, ein beschämtes Gesicht zu machen und in ihren Schoß zu starren. »Wie geht es deinem Vater?«

Maggie zuckte mit den Schultern. »Keine Ahnung. Ich hab ihn länger nicht mehr gesehen.«

»Ach, aber dir geht es gut?«, versuchte es Amanda erneut hoffnungsvoll.

Maggie lachte und begriff, dass eine Frau, die trotz ihres grünlichen Teints und der dunklen Ringe unter ihren Augen glaubte, dass es ihr gut ginge, wirklich keine Ahnung von ihr hatte. »Danke. Du bist also verheiratet?«

Amanda nickte. »Mit John. Er ist ein guter Mann. Wir leben unser Leben unter dem wachsamen Auge Gottes. Glaube bedeutet ihm alles – uns beiden«, verbesserte sie sich. »Deshalb verstehst du bestimmt«, fügte sie rasch hinzu und spielte nervös mit einer herumliegenden Serviette, »dass du nicht einfach so bei uns aufkreuzen kannst. Er weiß nichts von dir.«

»Er weiß nichts von deinem unehelichen Kind? Das du vor Jahren im Stich gelassen hast?«

Wieder zuckte sie zusammen. »Nein.«

»Das würde ihm nicht gefallen?«

»Ich habe ihm nichts von dieser Phase meines Lebens erzählt.«

»Ist das nicht ein kleines bisschen scheinheilig? Du weißt schon, von wegen *unter dem wachsamen Auge Gottes* und so?«

Amanda seufzte. *»Wir alle müssen eines Tages vor Gottes Thron erscheinen«*, sagte sie wie auswendig gelernt. *»Ich vertraue auf Gott. Er wird mich richten, wenn meine Zeit gekommen ist.«*

Maggie musterte ihre Mutter, die zunehmend Kontur annahm und von Minute zu Minute enttäuschender wurde.

Amanda räusperte sich. »Und? Brauchst du irgendwas?«

»Nur Antworten.«

»Antworten?«

»Ja. Ich frage mich, was eine Mutter dazu bringt, ihr Kind

im Stich zu lassen und nie mehr zurückzublicken. Kein einziges Mal.«

Sie seufzte. »Ich weiß, das klingt grausam, Maggie, aber es war das Beste für dich. Ich habe Albie kennengelernt, als ich durch Europa getrampt bin. Ich war vermutlich so was wie eine verlorene Seele. Er hatte diesen alten Bus, fuhr durch Spanien und ließ mich mitfahren.«

Maggie nickte. »An den Bus kann ich mich erinnern. Eines der wenigen Dinge aus dieser Zeit, die ich noch weiß. Der mit dem Regenbogen.«

Amanda nickte, zum ersten Mal erschien der Anflug eines Lächelns auf ihrem Gesicht, das allerdings genauso schnell wieder verblasste. »Wir sind uns nähergekommen, und dann wurde ich schwanger – mit dir. Erst sah es so aus, als würde das mit ihm und mir klappen.«

»Erst?«

Amanda rutschte auf ihrem Stuhl hin und her und zupfte an der Serviette. »Ich war psychisch nicht sehr stabil. Ich hatte eine schwere Kindheit. Albie und ich, wir waren zwei verlorene Seelen. Wir haben uns gegenseitig runtergezogen. Ich hab gespürt, dass wir einander nicht gerecht werden – dir nicht gerecht werden. Da dachte ich, es ist das Beste, ich gehe. Ich wusste, dass dein Vater aus einer wohlhabenden Familie stammt. Ich wusste, dass er die Mittel hat, sich angemessen um dich zu kümmern.«

»Du hast also gedacht, dass es das Beste ist, wenn ein kleines Mädchen, deine Tochter, ohne ihre Mutter aufwächst? Dass Geld und ein schickes Haus deine Abwesenheit erträglich machen?« Maggie musterte sie ungläubig.

Amanda sah sie misstrauisch an. »Ich habe gehofft, dass das Opfer, das ich bringe, für dich das Beste ist.«

»Das Opfer, das du bringst?« Maggie konnte ein wütendes Lachen gerade noch unterdrücken.

»Es war das Beste so«, sagte Amanda plötzlich energisch. »Ich bin nach England zurückgekehrt. Ich habe zu Gott gefunden und zu John, meinem Mann. Er ist eine tragende Säule unserer Gemeinde. Er hat mir Frieden und Seelenheil geschenkt.«

Maggie musste sich schwer zusammenreißen, um nicht mit den Augen zu rollen. »Nun, schön für dich, dass du deinen Frieden gefunden hast.« Sie überlegte kurz. »Hast du andere Kinder?«

Amanda senkte den Blick, spielte nach wie vor mit der Serviette. »Ja, wir haben drei.«

»Drei. Ich habe drei Halbgeschwister?« Maggie schüttelte erstaunt den Kopf. »Unglaublich.«

Amanda beäugte sie nervös. »Du wirst mir doch keinen Ärger machen, oder?«

Maggie spannte sie auf die Folter, ließ zu, dass sich ihre Wut in Form von Galle in ihrem Magen sammelte.

»Nein, Mum«, sagte sie spitz, erlaubte dem Wort, ihr nur ein Mal über die Lippen zu kommen. »Mach dir keine Sorgen. Ich werde dir keinen Ärger machen. Ich werde dich nie mehr behelligen.«

Daraufhin war sie damals aufgestanden und hatte das Café, verlassen, ohne sich noch einmal nach der kleinen, in sich zusammengesunkenen Frau am Tisch umzusehen, die nach wie vor eine zerfetzte Serviette zusammenknüllte.

»Sie war nicht die, für die ich sie gehalten habe«, sagt sie sachlich und völlig emotionslos zu Gus. »Sie war nicht die starke, unabhängige Frau, die ich mir all die Jahre vorgestellt habe. Die Weltenbummlerin mit dem abenteuerlichen Leben. Wie sich herausstellte, war sie schwach, egoistisch und voller Angst. Sie scheint vor einem Leben geflohen zu sein, aus Furcht, in der Falle zu sitzen, nur um es gegen ein anderes, mindestens ebenso einengendes einzutauschen. Gegen eine kleinbürgerliche Existenz, die von Furcht und Selbstgerechtigkeit geprägt ist.«

»Das tut mir leid«, sagt Gus ein wenig freundlicher.

»Danke.« Maggie braucht einen Moment, um sich zu sammeln. Sie malt Kreise auf ihr beschlagenes Bierglas. »Der Besuch bei ihr hat mir trotzdem geholfen. Er hat mir gezeigt, dass ich nie so werden will wie sie. Ich wollte kein Kind in die Welt setzen – nicht so unvorbereitet und voller Angst. Ich wollte keinen weiteren Menschen beschädigen. Ich wollte dieses Verhaltensmuster nicht wiederholen.«

»Also hast du deine Mum in York zurückgelassen und bist dann …«

Maggie nickt, schafft es aber nicht, Gus anzusehen. »Ich habe gleich am nächsten Tag einen Abtreibungstermin vereinbart.«

Gus verstummt.

»Entschuldigung. Ich weiß, dass du dir etwas anderes erhofft hast, aber für mich war es die richtige Entscheidung. Ich war nicht so weit. Es gibt so vieles, das ich noch tun will, mit meiner Kunst, mit meinem Leben. Tage später habe ich den Abbruch vornehmen lassen und dann einen Flug gebucht. Ich wollte möglichst weit weg. Ich bin davongelaufen. Ich dachte, es ist leichter, wenn ich verschwinde.«

Gus kann ein höhnisches Lachen nicht unterdrücken. »Leichter für mich oder leichter für dich? Für mich war nichts leicht an dem, was du getan hast, Maggie. Hast du dir nur eine Sekunde überlegt, was ich durchmachen musste? Abend für Abend bin ich im Bett gelegen und habe mir den Kopf zerbrochen, wo du wohl steckst. Mit wem du wohl zusammen bist. Ob das der Tag ist, an dem du unser Kind abtreiben lässt. Natürlich hat es sich herumgesprochen, wie alles hier. Ich musste mich jeder Menge Klatsch und Tratsch stellen. All den schrecklichen Mitleidsbekundungen. Ganz Cloud Green schien darüber zu reden. Über uns. Kannst du dir vorstellen, wie sich das angefühlt hat?«

Sie nickt, doch er schlägt wütend auf den Tisch. Maggie sieht sich um, doch niemand hat etwas bemerkt.

»Wohl kaum. Weil du nicht da warst. Du warst nicht diejenige, die sich dem stellen musste, weil du ja praktischerweise abgehauen bist, stimmt's? Du warst weiß Gott wo und hast dich am anderen Ende der Welt amüsiert, während ich in unsere Wohnung in London zurück bin und langsam und methodisch versucht habe, unsere Leben auseinanderzudividieren. Deine Klamotten zu ignorieren, die nach wie vor in meinem Schrank hingen. Deine Make-up-Utensilien in meinem Bad, deine ganzen Skizzenbücher, die sich auf dem Küchentisch getürmt haben, und deine halb fertigen Gemälde in der Abstellkammer.«

Maggie lässt den Kopf noch tiefer sinken.

»Ich versteh bis heute nicht, warum wir das nicht besprechen konnten. Du hast mich völlig außen vor gelassen. Das war grausam. Ich musste davon ausgehen, dass es einen anderen gibt.«

Sie zögert. Ein Gesicht blitzt vor ihren Augen auf, doch sie verdrängt es. »Nein, es gab niemanden.«

»Warum also, Maggie, warum? Warum hast du mich verlassen? War dir unsere Beziehung so wenig wert?«

»Ich … ich … Es hat einfach nicht gepasst.«

»Was hat nicht gepasst? Das mit uns beiden?«

Maggie nickt. »Wir waren Freunde, schon seit Ewigkeiten. Aber heiraten und Kinder kriegen?«

»Ja, Maggie, heiraten. So was macht man, wenn man sich liebt.«

»Ich habe dich geliebt, Gus. Auf eine andere Art. Das ist mir erst klar geworden, als es zu spät war.«

»Was zum Teufel soll das heißen?«

»Wir sind eine Beziehung eingegangen, in den Sog von Erwartungen geraten, fremder Erwartungen, und haben uns davon mitreißen lassen. Ehe wir es uns versahen, haben wir zusammengewohnt. Es war, als würden wir schlafwandeln. Wir haben einen Weg eingeschlagen, den wir vermutlich nie hätten einschlagen dürfen. Je weiter wir ihn gegangen sind, desto schwieriger wurde es umzukehren. Es war alles so bequem. So einfach. Ich kannte dich.«

Gus starrt sie an. »Du wolltest also nie mit mir zusammen sein? Es war ein Fehler – von Anfang an?«

»Nein. Ja. Nein.« Sie seufzt erschöpft. X-mal hat sie bereits überlegt, wie sie Gus das erklären soll, aber irgendwie findet sie nicht die richtigen Worte. »Da war dieser Brief …«

»Was für ein Brief? Ich hab keinen Brief bekommen. Von dir kam gar nichts, kein Zettel und keine Erklärung. Nichts als Schweigen.«

»Nein, nichts, was ich geschrieben habe. Etwas anderes.« Sie schüttelt frustriert den Kopf. »Hör zu, es ist egal. Ich habe zu spät gemerkt, dass meine Liebe für dich eher …« Sie zögert.

»Eher was?«

»Eher wie …«

»Spuck's aus!«

»Eher platonisch war. Ich habe dich geliebt wie einen Bruder. Nicht wie einen Liebhaber, einen Ehemann.«

Gus lässt die Schultern hängen und starrt in sein Bier. »Aha.«

»Es tut mir leid.« Sie packt seinen Ärmel. »Ich wollte dich nie verletzen.«

»Lass das.« Er schüttelt sie ab. »Du hättest mit mir reden können, anstatt einfach abzuhauen und die Entscheidung allein zu treffen. Wir hätten wie zwei erwachsene Menschen nach einer Lösung suchen können. Auch wenn du nicht mit mir zusammen sein, mich nicht heiraten willst, hätten wir das Kind trotzdem großziehen können, getrennt, aber in freundschaftlicher Verbundenheit. Ist dir der Gedanke nie gekommen?«

Sie schüttelt den Kopf. »Als du mit diesem Ring ankamst, völlig entzückt über die Nachricht von der Schwangerschaft …« Sie starrt in ihr Bierglas. »Da hab ich die totale Panik bekommen. Du hattest bereits alles geplant, warst dir in allem so sicher. Während ich bei der Vorstellung, Mutter zu werden, wie gelähmt vor Angst war. Ich konnte das unmöglich durchziehen. Du hättest es nie erfahren sollen. Niemand hätte je davon erfahren sollen.«

»Du wolltest mir die Schwangerschaft also verheimlichen? Du wolltest alles mit dir selbst ausmachen und so tun, als hätte es unser Kind niemals gegeben?«

»Es ist schließlich mein Körper.« Sie sieht ihn flehend an, will, dass er sie versteht.

»Aber es war unser Baby.« Er schüttelt tief verletzt den Kopf. »Du hast mir alles genommen, nicht nur unsere Zukunft, sondern auch die Chance, diesem Kind ein Vater zu sein.«

Maggie schluckt, brennende Scham im Bauch.

»Ich dachte wirklich, du liebst mich.«

»Das hab ich getan und tu ich immer noch«, verbessert sie sich. »Du bist mein bester Freund.«

Gus schaut in den halb leeren Pub und seufzt. »Ich war dein

bester Freund. Wenn ich dich jetzt so anschaue, Maggie, weiß ich nicht, ob ich dich jemals gekannt habe.«

Er trinkt den letzten Rest Bier aus.

»Erzähl, wie läuft's so mit deiner glamourösen Karriere als Künstlerin?« Er mustert sie kühl. »Hast du auch nur eines der Bilder für diese Ausstellung fertig gemacht, von der du geredet hast?«

Maggie lässt den Kopf hängen.

»Hab ich's mir doch gedacht. Alles, was du kannst, ist reden, Maggie, reden und leere Versprechungen machen. Du kannst nichts zu Ende bringen, stimmt's?«

Sie hat keine Antwort darauf, schämt sich viel zu sehr.

»Komm«, sagt er und springt so rasch auf, dass der Stuhl ohrenbetäubend laut über den Steinboden scharrt. »Ich hab genug gehört. Ich bring dich nach Hause.«

***

Schweigend fahren sie zurück nach Cloudesley, Maggie tief im Beifahrersitz, die Hände in den Taschen ihrer Strickjacke vergraben. Jetzt, wo sie geredet haben, scheint klar zu sein, dass keine Versöhnung möglich ist. Maggie kann es kaum erwarten, der bedrückenden Atmosphäre im Wagen zu entfliehen. Bestimmt will auch Gus sie so schnell wie möglich loswerden. Doch als sie um die letzte Kurve biegen, verlangsamt Gus das Tempo und beugt sich tief über das Lenkrad.

»He«, sagt er. »Was ist da los?«

Maggie schaut auf und staunt, dass das Haus hell erleuchtet ist. Im ganzen Erdgeschoss sind Lichter an. Ihr Blick fällt auf den staubigen Geländewagen vor dem Haus. »Albie«, sagt sie.

Gus hält neben dem Auto. »Wow, jetzt ist er also auch wieder da. Das reinste Familientreffen.« Er lässt den Motor laufen, doch sie spürt, wie sein Blick zu ihr huscht. »Was will er denn?«

»Keine Ahnung.«

»Bestimmt nichts Gutes.«

Maggie spürt so etwas wie Groll. Sie weiß, dass Gus recht hat, will ihren Vater aber instinktiv verteidigen. Das ist immer so, wenn es um Albie geht. Sie zögert, eine Hand bereits am Türgriff. »Tschüs, Gus.«

»Tschüs, Maggie. Pass auf dich auf.« Er zeigt mit dem Kinn auf Albies Auto.

Sie nickt. »Klar.«

Der Weg bis zur Haustür fühlt sich unendlich lang an, während der Motor läuft und Gus ihr nachschaut, der, ganz Gentleman, so lange wartet, bis sie im Haus ist.

Nachdem sie die Tür aufgestoßen und gehört hat, wie der Wagen in der Auffahrt wendet, lässt sie ihre Schlüssel in die angelaufene Silberschale auf der Kommode fallen. »Hallo?«

Nichts als das Echo antwortet ihr. Sie geht von Zimmer zu Zimmer, sieht, dass Türen offen stehen, die vorher geschlossen waren. Sämtliche Lichter brennen, die Schutzlaken wirken fast grell unter der Festbeleuchtung. Ein Stück weiter vorn nimmt sie wahr, wie Licht aus der Bibliothek aufs Flurparkett fällt. Sie drückt die Tür auf und entdeckt Albie. Er hat ihr den Rücken zugewandt, ist barfuß und hält ein Glas Brandy in der Hand, während er in den Schubladen eines Schreibtisches aus Walnussholz wühlt.

»Hallo, Dad. Suchst du was?«

Albie wirbelt herum. In seinem faltigen, sonnenverbrannten Gesicht, das von zerzaustem weißem Haar umrahmt wird, steht zuerst Erstaunen und dann Wiedersehensfreude. »Maggie, mein Schatz. Ich hab dich gar nicht kommen hören.« Er strahlt und breitet einladend die Arme aus.

Sie zögert, kämpft gegen die plötzliche Gefühlsaufwallung an – Erleichterung und Freude, vermischt mit Wut und Abneigung. Sie hasst sich dafür, dass sie sich in seine ausgebreiteten Arme werfen will. Er kann nicht einfach so reinplatzen und alles mit einem Lächeln, einer Umarmung wiedergutmachen.

Albie scheint ihren inneren Aufruhr gar nicht zu bemerken. Er geht mit ausgebreiteten Armen auf sie zu und zieht sie an sich.

Maggie versteift sich, schließt die Augen und möchte hart bleiben. Doch sein Duft, Aftershave und ein Hauch von Tabak, lässt sie schwach werden. Nach ihrer Auseinandersetzung mit Gus kann sie in den Armen ihres Vaters nur in Tränen ausbrechen.

»Mein liebes Mädchen«, sagt er. »Ich freu mich so, dich wiederzusehen.«

Sie öffnet die Augen, blinzelt die Tränen zurück und starrt auf das verblasste Teppichmuster neben ihren Turnschuhen. Ein blutrotes Blumenmotiv, das sich ständig wiederholt. Blütenblätter, die sich zu endlosen Kreisen weiten.

»Ich freu mich auch«, sagt sie.

Die Worte sind ihr herausgerutscht, bevor sie begreift, dass es die Wahrheit ist. Fragen brennen ihr auf der Zunge. Wo hat er gesteckt? Warum war er nicht da, als Lillian Hilfe gebraucht hat? Und wonach sucht er? Doch sie hält sich zurück, verdrängt Fragen und Vorwürfe.

Nicht jetzt, denkt sie. Dafür ist noch genug Zeit.

»Geht's dir gut?«, fragt er und mustert sie gründlich. »Du siehst katastrophal aus.«

»Danke«, erwidert sie. »Ich hatte so einiges zu schultern.«

Albie zerzaust ihr das Haar. »Nun, jetzt ist dein alter Vater ja wieder da. Wie wär's, wenn du uns noch ein Glas einschenkst?« Er fuchtelt mit seinem, das fast leer ist. »Und dann erzählst du mir, was passiert ist.«

Sie mustert ihn kurz. Wird sie ihm das tatsächlich durchgehen lassen? Dass er ihre Abwehr erneut durchbricht?

Sie seufzt.

»Komm«, sagt sie und wendet sich in Richtung Küche.

Sie ist es leid, so einsam zu sein. Sie ist es leid, diesen Kampf ganz allein zu führen. Außerdem hat Lillian es doch selbst gesagt, oder? *Genau wie Albie*. Wozu gegen die eigenen Gene ankämpfen?

»Im anderen Zimmer steht ein sehr teurer Scotch«, sagt sie über die Schulter gewandt. »Hilfst du mir, die Flasche niederzumachen?«

Teil III

Ich geh umher im wilden Wald,
muss wandern auf und ab,
Angst hält mein Herz auf Trab:
Weil ich vertraut' und doch betrogen ward,
um einer Einz'gen willen.

Unbekannt, 15. Jahrhundert

Schönheit liegt im Auge des Betrachters, heißt es. Und in einem Haus wie diesem gibt es besonders viel Schönheit zu betrachten. Bronze. Kristall. Gold. Egal, wohin das Auge schaut, locken kostbare Schätze. Doch nichts strahlt so wie sie. Sie ist eine Blume, eine Kostbarkeit der Natur, die bei Licht aufblüht.

Ihre Verwandlung ist offensichtlich. Das Kerzenlicht, das in ihrem Haar schimmert, die geröteten Wangen, der vor Verlangen brennende Blick. Sie steht in Flammen, ihre Ausstrahlung ist unwiderstehlich. Sie ist eine Flamme, die die Motte anlockt. Wie kann er nur übersehen, wie sie direkt vor seiner Nase aufblüht?

Das ist das Problem mit Schönheit. Es genügt nie, sie einfach nur zu verehren oder zu bewundern. Wo Schönheit ist, ist auch Verlangen – die Sehnsucht zu berühren, der Drang zu besitzen. Die Hand des Begehrenden kommt näher, reckt sich, um zuzugreifen und zu stehlen, um an sich zu reißen, was nicht gepflückt werden darf.

Wo andere ahnungslos bleiben, bemerkt der Wächter die Bedrohung. Der Wächter sieht alles. Er hält sich im Schatten, schaut zu und wartet. Wartet auf den Moment, in dem er eingreifen muss.

21

Drei Tage nach seiner Rückkehr aus London erwähnt Charles die Abendgesellschaft.

»Nur ein paar Leute von der Bank und ihre Ehefrauen«, sagt er, faltet die *Times* zusammen und legt sie neben seinen Teller mit dem kaum angerührten Kedgeree auf den Tisch. »Für den Freitag habe ich an Tontaubenschießen gedacht, gefolgt von einem Abendessen, das sie geneigter machen soll, auf meinen Vorschlag einzugehen. Triffst du die notwendigen Vorbereitungen mit dem Personal?«

»Ja.«

»Gut.«

Sie wartet nervös, spürt die Spannung in der Luft. »Ist das alles?«

Charles kneift die Augen zusammen. »Ich glaube schon. Oder hast du etwas anderes erwartet?«

Lillian schüttelt den Kopf.

Wenn man den Schock bei ihrer Rückkehr von der Blumenschau angesichts von Charles' Auto in der Auffahrt bedenkt, ihre Angst, er könnte ihre Untreue entdeckt haben, ist sie glimpflich davongekommen.

Sie hat ihn in seinem Arbeitszimmer vorgefunden, tief über

Unterlagen gebeugt, ein Glas Whiskey neben sich und Monty zu seinen Füßen.

»Hallo«, sagte sie und blieb in der offenen Tür stehen.

Er wirbelte auf seinem Stuhl herum. »Liebling, du kommst so spät. Hattest du einen schönen Tag?«

»Ja. Joan hat darauf bestanden, dass ich nach der Schau auf einen Cocktail bleibe.« Sie hielt die Luft an, während ihre Lüge zwischen ihnen im Raum hing.

»Tut mir leid, dass ich sie dieses Jahr verpasst habe. War es schön?«

»Ja, sehr gut besucht.«

Lächelnd breitete er die Arme aus. Lillian zwang sich voller Furcht, quer durchs Zimmer auf ihn zuzugehen, woraufhin Charles sie eng an sich zog, sein Gesicht an ihrem Bauch vergrub und ihren Duft einsog. »Ich hab dich vermisst. Es war die Hölle in London.«

Lillian, die sich in seinen Armen versteifte, zögerte, bevor sie ihm die Hand auf den Kopf legte. Ihr komplizierter, beschädigter Mann. Manchmal war es wirklich schwer, ihn zu hassen.

»Hast du Albie gesehen?«, fragte sie in einer plötzlichen Aufwallung von Schuld und Angst. War Charles sauer, weil sie den Jungen sich selbst überlassen hatte?

»Ja, er liegt wohlbehalten in seinem Bett. Er meinte, er habe dich in der Menge aus den Augen verloren. Bentham hat ihn heimgefahren.«

Lillian schluckte ihre Erleichterung hinunter und schickte ein stummes Dankgebet für den stets verlässlichen Bentham zum Himmel.

»Ich hab ihm ein kleines Geschenk mitgebracht«, fuhr

Charles fort, hielt sie ein wenig von sich ab und sah zu ihr empor. »Einen eigenen Plattenspieler. Er scheint sich gefreut zu haben.«

Lillian nickte. Das Muster wiederholte sich bis ins Detail. Gewaltausbrüche, gefolgt von Zärtlichkeit und großzügigen Bestechungsgeschenken.

»Ja, natürlich, der Glückliche«, sagte sie seltsam tonlos.

»Was ist mit deinem Gesicht passiert?« Charles runzelte die Stirn und nahm ihre Wange genauer unter die Lupe. »Du hast dich gekratzt.«

»Helena«, sagte sie nur. Jede weitere Erklärung erübrigte sich.

Charles bedauerte sie, bevor er sich in seinem Stuhl zurücklehnte. »Ich fürchte, ich brauche noch ein wenig.« Er zeigte auf den Tisch voller Unterlagen.

»Wenn das so ist und du nichts dagegen hast, zieh ich mich zurück«, nutzte sie die Chance, sich ihm zu entziehen. Sie beugte sich vor, um ihm einen Kuss auf den Scheitel zu geben, bevor er sie fortscheuchte, in Gedanken wieder bei seinen Unterlagen.

Lillian betrachtet Charles, der ihr jetzt am Esstisch gegenübersitzt. Vermutlich wird er sich erneut seinem Frühstück und der Zeitung widmen, doch er starrt sie nach wie vor mit gerunzelter Stirn an.

»Das am Freitag muss unbedingt klappen, Lillian. Es ist wichtig.«

»Ich verstehe.«

Charles' Stirnrunzeln verstärkt sich. »Vielleicht sollte uns Albie beim Tontaubenschießen Gesellschaft leisten«, fügt er hinzu. »Ein wenig Sport dürfte dem Jungen guttun.«

Lillian mustert ihren Mann, sieht, wie erschöpft und abgespannt er ist. Ihn scheint mehr zu belasten als nur ein paar lange Nächte in seinem Arbeitszimmer oder etwas zu viel Whiskey.

Das am Freitag muss unbedingt klappen.

Sie hat Charles nie als jemanden wahrgenommen, der auf andere angewiesen ist, immer nur als jemanden mit Wünschen und Begierden. Auf andere angewiesen sein war etwas, das für Charles Oberon viel mit Schwäche zu tun hatte.

»Ich habe heute Morgen eine weitere Rechnung von *Cole & Osborne* bekommen«, fährt er fort. »Fincher treibt die Ausgaben ganz schön auf die Spitze.«

»Er war sehr fleißig, als du weg warst.«

Charles winkt ab. »Er muss mich für eine Art Krösus halten.«

Lillian starrt Charles an. »Du hast ihm selbst gesagt, dass du keine Kosten scheust.«

Charles seufzt. »Ja, das stimmt, da hast du recht.« Er greift nach der Zuckerdose und lässt ein Stück Würfelzucker in seinen Tee fallen. »Bentham sagt, dass er nie mit dem Personal zu Abend isst. Immer für sich bleibt. Da frage ich mich natürlich, ob er eine Freundin gefunden hat.«

Charles rührt langsam in seinem Tee, der Silberlöffel beschreibt einen Kreis nach dem anderen und stößt klirrend gegen das Porzellan. »Das kann man einem Kerl natürlich schlecht verübeln. Solange es ihn nicht von der Arbeit abhält.«

Lillian schaut auf.

»Vermutlich eine aus dem Dorf«, fährt Charles fort. »Hast du eine Ahnung, wer das sein könnte?« Er mustert sie über den Rand seiner Tasse hinweg.

Lillian springt das Herz förmlich aus der Brust. Es ist ausgeschlossen, dass er etwas weiß.

»Ich würde auf diese mannstolle Blondine wetten«, fährt Charles fort. »Diese Quirlige mit dem nervigen Kichern.«

»Susan Cartwright?«

»Ja, genau die.« Charles macht ein nachdenkliches Gesicht. »Ich werde Fincher bitten, am Freitag mit uns zu Abend zu essen. Ich bin mir sicher, dass meine Freunde aus der Stadt ihn gern kennenlernen würden. Ich werde ihn drängen, mir zu sagen, wann er fertig sein wird. Und was er nach der Arbeit so treibt.« Zum ersten Mal an diesem Morgen verziehen sich Charles' Lippen zu einem Lächeln.

Lillian versucht vergeblich, es zu erwidern. Es ist kein Weltuntergang, wenn Charles glaubt, Jack hätte mit einer Frau aus dem Dorf eine Affäre. Aber sie wird ihn vor der Abendgesellschaft und Charles' Ansinnen warnen müssen.

»Weißt du, was mir eingefallen ist? Dass das alles ein cleverer Trick sein kann.«

Lillians Messer schwebt über dem Toast. »Ein Trick? Wie meinst du das?«

»Der Raum. Niemand hat je auch nur das Geringste von seiner Arbeit gesehen. Was, wenn das der größte Trick mit *des Kaisers neuen Kleidern* ist, den die Welt je gesehen hat?« Er stößt ein polterndes Lachen aus. »Dann werde ich dastehen wie der größte Narr.«

Lillian legt ihr Messer auf das Tischtuch. »Niemand kann dich zum Narren halten, Charles.«

»Vielleicht nicht, aber das scheint die Leute nicht davon abzuhalten, es zu versuchen.« Er sieht sie erneut durchdringend an und greift dann nach der Zeitung, versteckt sich dahinter und signalisiert ihr damit, dass die Unterhaltung beendet ist.

Lillian schaut durch die Terrassentür hinaus, der Appetit ist ihr inzwischen vergangen.

Er kann nichts wissen, redet sie sich ein. Es ist schlichtweg unmöglich, dass er etwas weiß.

***

Lillian überlegt den ganzen Vormittag fieberhaft, wie sie Jack warnen soll. Sie wagt es nicht, ihn im Westflügel aufzusuchen, und auch nicht, ihm vom Personal eine Nachricht überbringen zu lassen. Am Ende kommt er zu ihr, als sie gerade zu Mrs. Hill unterwegs ist, um den Speiseplan für die Abendgesellschaft zu besprechen.

Ihre gesamte Aufmerksamkeit gilt der Liste in ihrer Hand, als eine Gestalt aus der Küche am Ende des getäfelten Flurs kommt. Sie schaut auf und rechnet mit Bentham oder Sarah, sieht sich aber stattdessen Jack gegenüber, der auf sie zueilt. Er bleibt direkt vor ihr stehen, nimmt ihr Gesicht in beide Hände und küsst sie auf den Mund.

Es ist eine gefährliche Situation, trotzdem muss sie reagieren, sich an ihn drängen, bis sie beide an der Wandvertäfelung lehnen und sie sein Gewicht spürt. Die Angst vor Entdeckung scheint ihr Verlangen nur noch zu steigern.

Seine Lippen legen sich auf ihre, auf ihr Gesicht, auf ihren Nacken. Seine Hände fahren ihr durchs Haar. »Mein allerliebster Schatz«, murmelt er ihr ins Ohr.

Vage registriert sie das Klappern von Töpfen in der Küche und ein fernes Murmeln, aber sie kann sich einfach nicht beherrschen, bis ihre Umarmung genauso schnell vorbei ist, wie sie begonnen hat. Jack löst sich von ihr, geht auf eine höfliche, aber schwer erträgliche Distanz. Sie starren sich an, und ihr Atem geht schwer.

»Hat Bentham dir Bescheid gesagt? Es wird eine Abendgesellschaft geben«, sagt sie mit zittriger Stimme. »Morgen.«

»Ja, ich muss dich sehen. Allein.«

»Das ist zu riskant. Charles scheint … Er ist misstrauisch und glaubt, dass du was mit einer Frau aus dem Dorf hast.«

Jack zuckt mit den Schultern. »Von mir aus kann er das gerne denken. Triff dich im Wald mit mir. Am Samstag«, sagt er leise. »Du kennst den Ort.«

Sie nickt, sieht die Lichtung, auf der sie sich das erste Mal geküsst haben, ganz klar vor sich.

»Um zwölf Uhr mittags. Ich warte dort auf dich. Wenn du verhindert bist, versuchst du es am nächsten Tag wieder. Ich werde da sein, so lange, bis du kommen kannst.«

Er wartet darauf, dass sie nickt, eilt dann durch den Flur davon und ist verschwunden. Sie fährt sich über den Mund, dort, wo er sie geküsst hat. Samstag. Nur zwei Tage, bis sie endlich wieder allein sein können.

Plötzlich dringt Lärm aus der Küche. Ein lauter Schrei, gefolgt von Gelächter. Sarah tritt mit einem Silbertablett in die Tür. »Mrs. Oberon«, sagt sie mit einem Nicken und geht lächelnd an ihr vorbei.

***

Charles' Gäste treffen am nächsten Morgen ein. Zwei Privatbankiers aus London namens Edwin Parker und David Molesworth mit ihren Frauen Catherine und Miriam.

Der Vormittag vergeht rasch mit Vorstellungsrunden und

Kaffee sowie einem Mittagsmahl mit einer aufgeregten Mrs. Hill, bevor die Männer mitsamt einem widerstrebenden Albie und Bentham zum Schießen gehen.

Lillian sitzt mit den Damen im Wohnzimmer und tauscht Neuigkeiten aus, während sie auf das leise Ticken der Reiseuhr lauscht. Um drei unternehmen sie einen Spaziergang im Park, und Lillian macht ihre Gäste auf interessante Merkmale und Pflanzen aufmerksam.

Der Rest des Tages vergeht wie in Zeitlupe. Schlammbespritzt und bester Laune kehren Charles und die Männer vom Tontaubenschießen zurück, und nach Tee mit Scones ziehen sich alle auf ihre Zimmer zurück, um sich zum Abendessen umzukleiden.

Lillian entscheidet sich für ein schlichtes schwarzes Kleid und eine einreihige Perlenkette, doch als Charles hereinkommt, runzelt der die Stirn.

»Du siehst ein bisschen so aus, als gingest du zu einer Beerdigung, Liebste.« Er reißt den Schrank auf, wühlt darin herum und zieht ein langes, tief ausgeschnittenes goldenes Kleid hervor, das mit kostbaren Perlen bestickt ist. »Trag das. Du musst so attraktiv wie möglich aussehen. Die Kerle müssen begreifen, dass wir eine gute Investition sind.«

»Wir?« Sie lacht. »Wo sie doch eindeutig in dich investieren? Ich wage zu bezweifeln, dass ein Kleid die Geschäftsabschlüsse, die du im Kopf hast, auch nur im Geringsten beeinflusst.«

»Um Himmels willen, Lillian«, erwidert Charles gereizt. »Tu einfach, was man dir sagt, und zieh das verdammte Kleid an.«

Sie zuckt zusammen, als er das Kleidungsstück nach ihr wirft. »Ganz wie du willst.« Sie wappnet sich innerlich und wartet, hält insgeheim die Luft an, doch Charles geht bereits zur Tür.

Um sieben hat Charles wieder seine übliche Maske aufgesetzt. Im Salon stößt Lillian zu ihm und den Gästen. Schon beim Hereinkommen machen ihr die anderen Frauen Komplimente zur extravaganten Robe. Lillian nimmt sie entgegen und versucht, sich neben deren konservativer Garderobe nicht allzu deplatziert zu fühlen.

Charles verteilt Cocktails und ruft: »Auf eine fruchtbare Zusammenarbeit.« Lillian nippt am Martini und mustert ihren Mann, bemerkt seine glänzenden Augen und seine roten Wangen. Wie viel er wohl heute bereits getrunken hat? Irgendetwas stimmt nicht. Sie weiß nicht genau, was es ist, aber würde ein Barometer die Atmosphäre im Raum messen, würde es eindeutig einen Wetterwechsel anzeigen.

»Ich finde Ihre Pfauen einfach himmlisch«, sagt Catherine Parker und schaut nach draußen, wo die Vögel über die Terrasse stolzieren. »Sie sind göttlich. Aber sollen sie nicht Unglück bringen?«

»Nur wenn man an diesen abergläubischen Quatsch glaubt«, sagt Charles lachend. »Warum etwas so Wunderschönes fürchten? Ich empfinde es als Privileg, ein so herrliches Geschöpf betrachten zu dürfen.«

»Sie lassen sie frei herumlaufen?«

»Natürlich.«

»Warum fliegen sie nicht fort?«

»Fortfliegen?« Charles lacht erneut. »Wo sollen sie denn hin? Wo haben sie es schöner als in Cloudesley?« Er wendet sich der Dame neben sich zu. »David sagt, Sie haben vier Jungs, Miriam. Der Älteste besucht bereits die Universität?« Charles schüttelt bewundernd den Kopf. »Dabei sehen Sie so jung aus.«

Miriam Molesworth läuft rot an und gibt ein schrilles Kichern von sich.

Lillian wendet sich ab und schaut hinaus auf den Park, der in der Abendsonne daliegt, auf die dunkle Baumlinie am Horizont. Nur noch wenige Stunden, und sie wird erneut mit Jack zusammen sein.

»Ah, da kommen ja die Nachzügler.«

Als sie sich umdreht, sieht sie, wie Jack und Albie begrüßt werden. »Darf ich Ihnen einen weiteren Gast vorstellen? Den Künstler Mr. Jack Fincher.«

Jack begrüßt sie nacheinander. Als er zu Lillian kommt, ergreift er ihre ausgestreckte Hand, und sie spürt, wie sein Zeigefinger kurz ihren Handballen liebkost.

»Mrs. Oberon, wie geht es Ihnen?«

»Sehr gut, danke.« Albie hat sich neben sie gestellt. Sie lächelt zu dem Jungen herunter. »Hattest du einen schönen Tag?«

Er nickt und hält ihr die Hand hin, öffnet seine Faust, um ihr ein kleines, zerknittertes Blatt zu zeigen. Lillian schaut genauer hin. »Ein vierblättriges Kleeblatt? Wie toll von dir. Wo hast du das gefunden?«

»Drüben, auf dem Feld, wo wir Tontauben geschossen haben. Was Schönes«, fügt er mit schüchternem Lächeln hinzu.

»Nein, das gehört dir. Das musst du behalten«, drängt Lillian ihn. »Das bringt Glück.«

»Albie war heute ein ziemlich guter Schütze, nicht wahr, mein Junge?«, sagt David Molesworth.

»Er hätte noch mehr Treffer erzielen können, wenn er weiter Schießen geübt hätte, anstatt im Klee umherzustreifen.« Charles wendet sich an Jack. »Und Sie, Mr. Fincher? Ein erfolgreicher Tag im Westflügel?« Er klopft Jack auf die Schulter, bevor er ihm einen Martini reicht.

»Ja, sehr.«

»Das freut mich zu hören.«

Charles stellt Jack ausführlich vor und erläutert seinen extravaganten Auftrag, während sie sich ins Esszimmer begeben und an der langen Tafel Platz nehmen. Lillian und Charles sitzen an den Kopfenden, während die Gäste zwischen ihnen verteilt sind.

Lillian ist erleichtert, David Molesworth zu ihrer Linken und Edwin Parker zu ihrer Rechten zu haben. Jack sitzt ein Stück weiter, nicht in der direkten Sichtachse. Wein wird ausgeschenkt, und bei Räucherforelle als Vorspeise kommt das Gespräch auf die soeben hingerichtete Ruth Ellis.

»Finden Sie nicht, dass das heutzutage ziemlich barbarisch ist?«, sagt Miriam zu Charles.

»Gesetz ist Gesetz«, erwidert er. »Sie hat den Mann kaltblütig erschossen. Die Geschworenen haben sie in zwanzig Minuten verurteilt. Natürlich musste die Frau gehängt werden.«

»Ein bisschen mittelalterlich kommt einem das schon vor. Warum hat man ihr nicht die Möglichkeit gegeben, für ihre Schuld zu büßen? Wenn sie wirklich eine Gefahr für die Gesellschaft war, hätte man sie doch auch wegsperren können?«

»Ach so, ja, wegsperren, als ständige finanzielle Belastung für den Staat. Das ist das Problem mit diesen Insassen. Sie kosten ein Vermögen an Unterhalt.« Charles wendet sich an Lillian. »Wir kennen auch so eine junge Dame, nicht wahr, Liebling?«

Sie weiß sofort, dass er Helena meint, ist aber viel zu schockiert, um etwas darauf zu erwidern. Charles fährt ungerührt fort. »Ruth Ellis tut Ihnen nur leid, weil sie jung und attraktiv ist«, sagt er erneut zu Miriam. »Hätte ein Mann eine Frau erschossen, würden Sie das bestimmt anders sehen.«

»Das Kind tut mir am meisten leid«, sagt Lillian mit unterdrückter Wut. »Es ist erst zehn und hat keine Mutter mehr.«

»Es dürfte ohne sie deutlich besser dran sein.« Charles zerkrümelt sein Stück Brot.

»Puh, was für ein düsteres Thema«, sagt Miriam. »Erzähl von dem neuen Stück, das wir im *Arts Theatre* gesehen haben, David.« Sie gibt ihrem Mann einen Stups. »Du weißt schon, *Warten auf Godot*. Es war tatsächlich ziemlich unverständlich. Zwei Männer, die unter einem Baum sitzen und auf jemanden warten, der nicht kommt. Ich bitte Sie!«

»Klingt schrecklich«, sagt Edwin Parker.

»War es auch«, pflichtet ihm Molesworth bei. »Derb und langweilig.«

»Warum es so gefeiert wird, ist mir ein Rätsel«, sagt Miriam.

»Gehen Sie oft ins Theater?« Catherine wendet sich an Lillian.

»Nein, nicht sehr oft.«

»Nun, Lillian ist viel zu sehr damit beschäftigt, sich um dieses Anwesen zu kümmern, als dass sie sich in London herumtreiben könnte, stimmt's, Liebling?«

Sie schaut ihren Mann an und lächelt. »Ja, das stimmt.«

»Also, Jack«, hebt Charles an und lenkt die Aufmerksamkeit auf den Künstler, während die Teller abgeräumt werden. »Ich wüsste wirklich gern von Ihnen, wann Sie glauben, mit meinem Raum fertig zu sein.«

Er beugt sich in seinem Stuhl nach vorn und stützt die Ellbogen auf den Tisch.

Lillian ist genauso gespannt auf die Antwort wie Charles, konzentriert sich aber auf ihr Weinglas, das sie zwischen den Fingern dreht. Sie schaut, wie sich das Kerzenlicht in der brombeerroten Flüssigkeit fängt und sie blutrot werden lässt.

»In zwei Wochen«, sagt Jack erstaunlich präzise.

»Zwei Wochen?« Charles lehnt sich in seinem Stuhl zurück und macht ein zufriedenes Gesicht. »Nun, das sind tolle Neuigkeiten.«

Lillian muss ihre ganze Kraft zusammennehmen, um ihren Blick aufs Glas gerichtet zu halten. Als sie merkt, wie schrecklich trocken ihr Mund ist, nippt sie daran.

»Vorausgesetzt, Sie sind mit dem zufrieden, was ich geschaffen habe«, fährt Jack fort. »Es ist ein so riesiger Raum, dass ich gezwungen war, einen recht ehrgeizigen Entwurf umzusetzen.«

»Das bin ich bestimmt. Ich habe hohe Erwartungen.«

Charles wendet sich wieder den anderen Gästen zu. »Mr. Fincher gibt sich schon den ganzen Sommer über höchst geheimnisvoll. Ich habe keine Ahnung, was er da malt. Normalerweise mag ich keine Überraschungen, doch die Vorstellung, einen Raum in seiner Gesamtheit enthüllt zu bekommen, hat etwas Bestechendes.«

»Bravo, Charles«, sagt Edwin Parker. »Sehr mutig. Das Leben kann so langweilig sein. Es ist gut, ein paar Risiken einzugehen.«

»Genauso mache ich auch meine Geschäfte, Parker. Kalkuliertes Risiko mit einer entsprechenden Rendite.« Charles wendet sich wieder an Jack. »Ich hoffe sehr, dass Sie den Sommer bei uns genossen haben? Dass Sie genügend Beschäftigung in diesem stillen Winkel auf dem Land gefunden haben?«

Lillian spürt, wie Jacks Blick zu ihr huscht. Sie spürt sein Unbehagen, weil er auf seinem Stuhl unruhig hin und her rutscht. Sie greift nach der Serviette auf ihrem Schoß und fleht ihn innerlich an, Haltung zu bewahren.

»In der Tat. Wie sich herausgestellt hat, ist meine Zeit hier sehr … inspirierend.«

Charles lächelt. »Ausgezeichnet. Ich frage mich, ob es vermessen von mir ist zu hoffen, dass wir in einem Ihrer zukünftigen Werke ein wenig von unseren Chiltern Hills zu sehen bekommen? Oder sogar von uns selbst?« Charles gluckst.

»Das wäre gar nicht so abwegig«, pflichtet ihm Jack leise bei. »Meine Zeit unter Ihrem Dach hat eindeutig Spuren hinterlassen.«

»Vielleicht auch die wenige Zeit, die Sie außerhalb verbracht haben. Um einige unserer lokalen … Sehenswürdigkeiten zu genießen?« Die Anzüglichkeit ist nicht zu überhören.

Jack prostet Charles bloß zu, und zu Lillians Erleichterung wird das Gespräch durch das Hereinschieben einer großen Silberplatte auf einem Servierwagen unterbrochen. Nach dem Heben der Cloche präsentiert sich eine atemberaubend angerichtete dreifache Lammkrone mit weißen Papiermanschetten.

Bevor das Dessert serviert wird, entschuldigt sich Lillian und schlüpft hinaus auf die Terrasse, um eine Zigarette zu rauchen. Sie steht an der Balustrade, bläst Rauch über den Rasen und schaut zu, wie er sich in der warmen Nachtluft auflöst. Ihr Herz ist schwer wie ein Stein. Zwei Wochen hat er gesagt.

Als sie Schritte hört, die sich nähern, dreht sie sich um. Sie rechnet mit Bentham, der sie zum Dessert ruft, sieht aber mit Erstaunen, dass es Jack ist. Er bleibt in einem angemessenen Abstand stehen und lehnt sich an die Balustrade, während er sich eine Zigarette anzündet.

»Er beobachtet uns«, sagt sie leise und wirft einen Blick zurück durch die Terrassentür, wo sich Charles und die anderen Gäste weiter unterhalten.

»Ich weiß.« Jack wirkt gelassen. »Aber es wäre deutlich merkwürdiger, wenn wir uns gar nicht unterhalten würden, meinst du nicht?«

Sie nickt und schaut auf den dunklen Rasen. »Es kommt mir vor wie gestern, seit wir beide das erste Mal hier standen.«

Jack lächelt. »Seit du mich so grausam getäuscht und so getan hast, als wärst du jemand anders?«

»Ich hab dich nicht getäuscht. Das war nur deine naive Annahme.« Ihr Lächeln erlischt, als sie in die samtene Schwärze hinausschaut, die den Park einhüllt. »Zwei Wochen?«

Er nickt. »Ich kann nicht ewig bleiben, Lillian. Charles wird ungeduldig.«

Sie nickt. »Ich weiß nicht, wie ich es ohne dich aushalten soll.«

»Kommst du morgen zur Lichtung?«

»Ja.« Durch die Terrassentür kann sie sehen, wie Charles zu ihnen hinüberstarrt. »Ich sollte jetzt gehen.« Sie drückt ihre Zigarette auf der Balustrade aus und kehrt an ihren Platz zurück.

Sarah gibt großzügige Portionen von Mrs. Hills Fruchtdessert auf ihr bestes Porzellan. Charles, dem der Wein die Zunge gelockert hat, lenkt das Gespräch auf kontroversere politische und geschäftliche Themen, äußert seine Hoffnungen im Hinblick auf den Premierminister Eden und das Handelspotenzial mit Amerika.

Lillian, die keinen Hunger mehr hat, sich aber durch ihren heimlichen Moment mit Jack etwas gestärkt fühlt, wendet sich an Edwin Parker zu ihrer Rechten. »Haben Sie den Tag in den Chiltern Hills genossen, Mr. Parker?«

»Sehr. Die Landschaft ist wunderschön. Dann dieses prächtige Haus.« Er senkt seine Stimme. »Und diese überaus reizende Gesellschaft.«

Lillian schenkt ihm ein Lächeln, das hoffentlich nichtssagend und wenig ermutigend ist.

»Man könnte sich fragen, warum Charles eine so raffinierte junge Dame wie Sie hier versteckt«, fährt er fort und tätschelt ihren Arm. »Vielleicht möchte er Sie ganz für sich allein haben. Das wäre schlau.«

Der Mann nippt an seinem Wein und leckt sich über die Lippen. Sie weiß, dass er mit ihr flirtet, spürt, dass Charles sie aus der Ferne beobachtet, und lächelt erneut, in der Hoffnung, dass er sich wenigstens freut, wie sehr sie sich mit seinen Gästen bemüht.

»Catherine«, sagt sie in dem Versuch, die Ehefrau miteinzubeziehen. »Was ist mit Ihnen? Sind Sie eher ein Stadt- oder ein Landmensch?«

»Ach, ein Stadtmensch, überwiegend ein Stadtmensch. Ich kann mir nicht vorstellen, aus dem Fenster zu schauen und nichts als Grün zu sehen. Das würde mich wahnsinnig machen.«

Miriam Molesworth hat ihr Gespräch mit angehört. »Tja, wie beschäftigen Sie sich hier draußen?«, fragt sie Lillian übertrieben erstaunt. »Keine Geschäfte, keine Restaurants, keine gesellschaftlichen Anlässe. Die Landschaft ist natürlich reizend, aber …«

»Ach, Sie würden staunen. Es ist so einiges los. Da gibt es die Kirchengemeinde, den Frauenverein, Volksfeste und Wohltätigkeitsveranstaltungen – genau wie überall. Wir wissen uns durchaus zu amüsieren.« Sie kann sich einen kurzen Seitenblick auf Jack nicht verkneifen.

»Das reicht Ihnen, meine Liebe? Die Zeiten ändern sich. Jetzt, nach dem Krieg, gibt es so viele Möglichkeiten.«

Am anderen Ende des Tisches schnaubt Charles laut. »Lillian ist ein durch und durch häuslicher Typ, stimmt's, Liebling? Ohne jeden persönlichen Ehrgeiz.«

»Bis auf den, sich um Sie zu kümmern, nehme ich an«, sagt Miriam mit einem einschmeichelnden Lächeln. »Sie kennen ja das Sprichwort: Hinter jedem großen Mann …«

»Vielleicht hat Charles auch nur Angst, von Ihnen vorgeführt zu werden«, scherzt Parker und tätschelt erneut ihren Arm. »Vielleicht ist das ein Fehler, Charles? Bezieh sie doch in deine Geschäfte mit ein«, schlägt er ihm vor. »Eine intelligente und schöne Frau wie Lillian könnte genau das sein, was du brauchst, um *Oberon & Son* aus der Flaute zu helfen.«

Charles schweigt, und Lillian hält die Luft an. Sie weiß, dass seine geschäftlichen Schwierigkeiten auf keinen Fall bei Tisch thematisiert werden dürfen. Doch sofort lächelt er wieder.

»Sie haben durchaus recht«, säuselt Charles. »Die Zeiten haben sich geändert. Es ist so gut wie unmöglich, heutzutage gutes Personal zu finden, und deshalb brauche ich Lillian hier. Ein Haushalt wie dieser macht sich nicht von allein. Außerdem …« Er nimmt einen weiteren Schluck Wein, wobei seine Augen im Kerzenlicht gefährlich funkeln. »Wäre sie ihren Pflichten als Ehefrau nachgekommen und hätte mich mit Söhnen gesegnet, wäre sie mehr als beschäftigt.«

Schweigen kehrt ein. Lillian faltet ihre Serviette zusammen und legt sie ordentlich auf den Tisch. Sie greift nach einem Glas Wasser und nippt daran. Aus den Augenwinkeln sieht sie, wie Jacks Hand, die das Weinglas umklammert, ganz weiß an den Knöcheln wird.

»Halt dir die Ohren zu, Albie«, sagt Edwin Parker, bevor er sich an die Erwachsenen wendet. »Als Vater von drei Kindern dürfte ich wissen, wovon ich rede, wenn ich sage, dass ich das Kindermachen deutlich angenehmer finde als die Kinder an sich.«

Der Mann zwinkert Lillian plump zu. Catherine Parker läuft knallrot an und schlägt mit der Serviette nach ihrem Ehemann. »Edwin, ich muss doch sehr bitten.«

Doch Charles lässt ein bellendes Lachen ertönen. »Sehr einverstanden, Parker, sehr einverstanden.«

Nach der letzten Runde Digestifs im Salon entschuldigt sich Jack als Erster, weil er am nächsten Tag wieder früh loslegen will. Lillian wartet brav, bis die anderen Gäste ins Bett gehen, erst die Molesworths, dann endlich die Parkers. Beide Paare sind im Verlauf des Abends erstaunlich lebhaft geworden. Während die Gutenachtwünsche der Parkers noch durchs Treppenhaus hallen, betritt Bentham das Zimmer und beginnt damit, Gläser und Aschenbecher abzuräumen.

Charles greift nach seinem Whiskeyglas. »Danke, Bentham. Das genügt.«

»Sehr wohl, Sir.«

Lillian hofft, sich davonstehlen zu können, doch Charles schenkt sich bereits einen weiteren großen Brandy aus der Hausbar ein. »Nun, Liebling, was sagst du zu diesem Abend?«

»Ach«, erwidert sie und sieht, wie Bentham durch die offene Tür entschwindet. Sie ist ein wenig überrascht, dass Charles ihrer Meinung auch nur ansatzweise Gewicht beimisst. »Ich glaube, die Leute haben sich gut amüsiert, meinst du nicht?«

Charles lächelt grimmig und nimmt einen großen Schluck. »Ein langweiliger Haufen, mehr nicht.«

»Wie bitte?« Ihr fällt auf, dass er die Worte leicht miteinander verschleift, dass er beginnt zu schwanken.

»Auf die Launen dieser öden Geldsäcke eingehen, ihre faden, spießigen Weiber charmieren und zusehen zu müssen, wie sie alles im Haus angaffen und begrapschen. Kein Mensch ahnt, was ich alles tun muss, um die Geschäfte, dieses Haus und unsere Familie am Laufen zu halten. Niemand sieht, wie ich mich dabei verbiegen muss.«

Lillian, die sich wünscht, mit den Gästen aufgebrochen zu sein, behält die Tür im Blick. »Du arbeitest sehr hart«, sagt sie beschwichtigend.

Charles nimmt noch einen großen Schluck Brandy. »Hast du dich heute Abend amüsiert?«

»Ja«, lügt sie. »Es war sehr schön, auch wenn ich ziemlich müde bin. Entschuldige, Liebling.« Sie erhebt sich aus ihrem Sessel. »Ich glaube, ich gehe besser nach oben.«

Charles' Augen werden zu schmalen Schlitzen. »Kein Wunder, dass du so erschöpft bist … nach dieser kleinen Darbietung.«

Sie bleibt mitten im Zimmer stehen, weiß nicht, was er meint. Hat ihm gefallen, wie sie seine Gäste unterhalten hat? Oder spielt er auf etwas Schlimmeres an, etwas, das mit Jack zu tun hat? Ihr wird eiskalt.

Charles nimmt einen letzten Schluck aus seinem Glas, das er mit einer fahrigen Bewegung neben sich auf den Kaminsims stellt. »Du hast eine ziemliche Show hingelegt.«

»Ich weiß nicht genau, was du meinst.«

»Dein nettes kleines Tête-à-Tête.«

»Du hast mich gebeten, nett zu sein.«

»Nett, ja.« Charles' Augen funkeln. »Aber unverfroren vor unseren Gästen rumzuhuren ist etwas ganz anderes.«

»Charles«, sagt Lillian, während sich ihr Herz bei der Erkenntnis schmerzhaft zusammenzieht, dass sie an ihrem Mann vorbeimuss, wenn sie zur Tür will. »Vielleicht sollten wir das lieber morgen früh besprechen, wenn du die Dinge etwas klarer siehst.« Sie läuft los, kommt aber nicht weit.

Anfangs ist es eher der Schock und weniger der Schmerz, der ihr die Luft raubt. Keine Minute zuvor ist sie zur Tür gegangen, um jetzt mit dröhnendem Schädel inmitten von Glasscherben auf dem Teppich vor dem Kamin zu liegen. Die Wucht, mit der seine Faust ihre Schläfe getroffen hat, hat sie wie in Zeitlupe gegen die Hausbar fallen, Gläser sowie Brandy-Dekanter mitreißen und auf die Fliesen knallen lassen. Ihr linkes Bein bildet einen unnatürlichen Winkel zum Körper.

Während ihr das Scherbenklirren noch in den Ohren hallt, schaut sie zu Charles empor. Mit einer Hand an der Schläfe versucht sie, wieder klar zu sehen.

»Bitte, Charles«, sagt sie mit einer Stimme, die von weit her zu kommen scheint. »Nicht.«

Sein Schatten fällt auf sie, und ein hässliches Grinsen schiebt sich in ihr Gesichtsfeld. »Du hältst mich wohl für einen Idioten?«

Noch bevor sie etwas sagen kann, hat er sie wieder hochgezerrt und ihr den Arm auf den Rücken gedreht, bis sie wimmernd vor Schmerzen vor ihm kauert. Sie spürt, wie der Brandy durch den Stoff ihres Kleides dringt, spürt ihn kalt und nass auf der Haut.

»Bitte«, ruft sie und zuckt ängstlich vor ihm zurück. »Nicht ins Gesicht. Denk an die Gäste.«

Charles' Augen flackern gefährlich, doch sie sieht, dass ihre Worte Einfluss auf ihn haben, denn seine erhobene Faust fällt kraftlos herab.

»Ich weiß nicht, warum du so wütend bist«, fleht sie.

»Du weißt nicht, warum ich wütend bin?«, zischt er. »Du bist meine Frau. Du gehörst mir. Die Leute beachten dich nur meinetwegen. Du warst ein Nichts, als du mich kennengelernt hast. Ein Niemand.«

»Das stimmt«, sagt sie in dem Wissen, dass Beschwichtigungsversuche ihre einzige Chance sind, diese Szene so rasch wie möglich hinter sich zu bringen. »Ich war ein Nichts«, pflichtet sie ihm unter Tränen bei.

»Und das nach allem, was ich für dich und deine vor sich hin vegetierende Schwester getan habe.« Er schüttelt den Kopf und stößt ein verbittertes Lachen aus. »Du hältst mich also für einen Idioten. Ich hab dich gesehen. Wie du das Weinglas in deinen Händen gedreht hast. Wie du gelächelt und mit den Wimpern geklimpert hast.«

Lillian sackt das Herz in die Kniekehlen. Er weiß Bescheid. Aus irgendeinem Grund weiß er Bescheid.

Er verdreht ihr den Arm noch mehr, und sie wimmert vor Schmerz, gibt sich geschlagen, während ihr nach wie vor der Kopf dröhnt.

»Wir … wir wollten nicht … es kam so unerwartet.« In diesem Moment weiß sie, dass sie alles verraten, ihm alles sagen wird, was es über Jack und sie zu wissen gibt. »Wir … wir …«

Obwohl sie völlig benebelt ist, hört sie Charles schäumend vor Wut schreien: »Ich hab dir doch gesagt, wie wichtig das ist! Ich hab dich gebeten, charmant zu sein. Aber doch nicht, dich wie ein Flittchen aufzuführen. Du warst einfach nur peinlich, wie eine läufige Hündin.«

Lillian schluckt. »Es tut mir leid.«

»Und das, obwohl seine arme Frau direkt daneben saß.«

Lillian braucht einen Moment, bis sie Charles' Worte verarbeitet hat. »Seine Frau? Ich verstehe nicht.«

Ihre grauen Zellen rattern auf Hochtouren. Er redet gar nicht von Jack. Sondern von diesem Mann, dem Banker. Von Edwin Parker.

Es ist so absurd, dass sie laut lachen könnte. »Du hast recht«, sagt sie und führt eine Hand zum Mund.

Als sie sie wieder wegnimmt, sieht sie das Blut an ihren Fingern, sieht, wie es auf das perlenbestickte Oberteil ihres Kleides fällt, Grellrot vermischt sich mit Gold.

»Catherine war die ganze Zeit dabei. Wir drei haben einen Scherz gemacht. Ich habe nur getan, worum du mich gebeten hast. Das Kleid. Die Konversation. Nur das, worum du mich gebeten hast.«

»Nur, worum ich dich gebeten habe?« Er boxt ihr brutal in den Unterleib, lässt ihren Arm los, sodass sie nach Luft ringend zu Boden fällt.

Sie liegt regungslos da, hofft, dass ihre Passivität zu keinen weiteren Gewaltausbrüchen führt. Doch das Martyrium ist noch nicht vorbei. Er tritt nach ihr, trifft sie mit seinen eleganten Schuhen empfindlich zwischen die Rippen.

Lillian rollt sich stöhnend zusammen, als er sie noch zweimal tritt. Dann beugt er sich vor, um sie an den Haaren hochzureißen, bis sie zusammengesunken vor dem Marmorkamin sitzt, die groteske Parodie einer Lumpenpuppe. Charles steht vor ihr, ein monströser, verschwommener Fleck, und raunt ihr Gemeinheiten zu.

»Komm, gehen wir nach oben«, schlägt er vor. »Wecken wir Albie und zeigen ihm, was für eine geschmacklose Dirne seine Stiefmutter ist.«

»Nein«, ruft sie. »Bitte nicht.«

»*Bitte nicht*«, äfft er sie schrill nach.

»Bitte nicht Albie.«

»Er ist mein Sohn«, zischt er und verpasst ihr so eine Ohrfeige, dass sie mit dem Hinterkopf unerträglich laut gegen den Marmorkamin knallt. »Mein Sohn, hörst du? Er hat nichts mit dir zu tun. Du bist eine nutzlose, unfruchtbare Hure. Du konntest nicht mal dein eigenes Kind am Leben halten.«

Es ist, als käme seine Stimme aus einem langen Tunnel, um dann zu verstummen. »Tut mir leid«, murmelt Lillian.

»Steh auf«, befiehlt er, doch sie kann sich nicht bewegen.

»Du widerst mich an.« Mit einem letzten halbherzigen Tritt wendet er sich schwer atmend ab.

Sie hört, wie er mit dem umgekippten Servierwagen kämpft, hört das Klirren, als er zu einer der noch heilen Spirituosenflaschen greift. Als Nächstes knirschen seine Sohlen auf den Scherben, während er den Salon verlässt und die Tür hinter sich schließt.

Lillian lehnt sich an den Kaminsims und lässt zu, dass die Dunkelheit sie verschlingt.

***

»Lillian, kannst du mich hören?«

Es fühlt sich an, als würde sie aus unergründlichen Tiefen nach oben gezogen werden, wie vom Grund eines tiefen Brunnens. Als sie wieder zu sich kommt, tun ihr sämtliche Knochen weh. Jeder Muskel protestiert, als sie dagegen ankämpft, ins Hier und Jetzt zurückzukehren. Sie will nicht wach werden, aber eine verzweifelte Stimme bringt sie zur Besinnung.

»Lillian, du musst aufwachen. Bitte. Ich kann dich nicht allein hinaufbringen.«

»Jack?«, fragt sie, ihre Stimme kaum mehr als ein Krächzen.

»Nein, ich bin's, Albie. Du musst aufstehen. Bevor dich jemand sieht.«

Lillian spürt, wie Albie an ihrem Arm zieht, doch sie lässt sich wieder gegen den Kamin sinken.

»Lillian?« Albies Hände schütteln sie vorsichtig, bis sie vor Schmerz aufstöhnt. »Kannst du mich hören?«

Der Junge scheint den Tränen nahe zu sein, doch sie schafft es nach wie vor nicht, sich zu erheben.

»Geh wieder ins Bett«, murmelt sie. »Lass mich allein. Wenn er dich hier sieht …«

»Pst, alles ist gut. Er ist in seinem Arbeitszimmer und dort eingedöst, ich hab nachgeschaut.«

»Ich schaff das schon«, sagt sie, wenn auch nur halbherzig.

Sie weiß, dass sie die Treppe keinesfalls allein hochkommt. Wenn sie bleibt, wo sie ist, wird sie am nächsten Morgen von der Dienerschaft oder, schlimmer noch, von ihren Gästen entdeckt werden.

»Warte, ich bin gleich wieder da«, sagt Albie.

Sie weiß nicht, wie lange sie dort liegt, doch nach einer Weile bemerkt sie eine weitere Person im Raum. Kräftige Hände greifen ihr unter die Arme und heben sie vorsichtig hoch. Sie fühlt sich seltsam abgespalten von der Welt, so, als würde sie fliegen, leicht wie eine Feder.

»Hier entlang«, hört sie Albie sagen. »Schnell.«

Vertraute Gesichter erscheinen ihr, während sie die Treppe hochgetragen wird, gemalte Augen starren sie aus dem schwach beleuchteten Treppenhaus an.

Als sie ihr Zimmer erreichen, wird sie auf ihre Bettdecke gelegt. Sie hört, wie Albie wieder etwas sagt.

»Danke. Sie dürfen gehen. Und bitte verraten Sie niemandem etwas davon.« Die große dunkle Gestalt, kaum mehr als ein verschwommener Fleck, verlässt das Schlafzimmer.

»Jack?«, krächzt sie.

»Nein, ich hab dir's doch gesagt. Ich bin's, Albie.«

Der Junge zieht ihr vorsichtig die Schuhe aus und schiebt ihr ein Kopfkissen unter den dröhnenden Schädel. Dann spürt sie, wie er ihr das Blut aus der Nase sanft mit einem feuchten Waschlappen abtupft. Er zieht die Bettdecke unter ihr hervor. »Kannst du unter die Decke kriechen?«, fragt er.

Sie nickt, schafft es irgendwie aufzustehen und schlüpft aus ihrem Kleid. Doch selbst die weiche Matratze und die Berührung mit den Laken lassen sie beim Hinlegen vor Schmerz nach Luft schnappen.

»Kommst du zurecht?«, fragt er.

Lillian streckt die Hand aus und streicht ihm über die Wange. »Bitte nicht weinen. Alles wird gut.«

Albie vergräbt das Gesicht in den Händen und bleibt so. »Ich hasse ihn«, murmelt er. »Ich hasse ihn so sehr.« Als er wieder aufschaut, drückt er fest ihre Hand. »Ich weiß, dass Vater ein Monster sein kann. Ohne dich würde ich es hier nicht aushalten.«

Sie nickt. »Ich weiß. Geh zu Bett. Es ist spät.«

Sie wartet, dass er geht, wartet, dass die Tür mit einem Klicken hinter ihm zufällt, bevor sie erneut in gnädigem Schlaf versinkt.

***

Lillian träumt von Pfauenschreien, Fäusten und splitterndem Glas. Als sie wach wird, schwebt ein Sonnendreieck über der Stuckrosette an der Decke. Eine Fliege, die mit hektischem Summen gegen die Scheibe fliegt, reißt Lillian in regelmäßigen Abständen aus dem Schlaf, bis sie endlich verstummt.

Lillians Kopf pocht, und ihre Rippen schmerzen bei jeder Bewegung. Trotzdem befreit sie sich von der Bettdecke und setzt sich mühsam auf. Blinzelnd schaut sie sich im Zimmer um, sieht das ruinierte goldene Kleid über dem Stuhl, die auf dem Boden verstreuten Schuhe. Langsam hebt sie die Hände zum Gesicht, um den Schaden vorsichtig zu bemessen. Ihre Lippen fühlen sich aufgeplatzt und trocken an, am Hinterkopf hat sie eine böse pochende Beule und unter der Nase verkrustetes Blut. Ihr Gesicht ist Gott sei Dank ziemlich heil geblieben.

Sie bleibt lange liegen. Lauscht auf die Fliege. Sieht zu, wie die Sonne über die Zimmerdecke wandert, döst wieder weg. Bis die Tür aufgeht und sie ihn im Türrahmen stehen sieht, ein Tablett in der Hand. Sie mustert ihn lange, bevor sie das Gesicht abwendet.

Charles räuspert sich und durchmisst das Zimmer, stellt das Tablett auf einem Hocker am Fußende ihres Bettes ab.

»Mrs. Hill bedauert, dass du dich nicht ganz wohlfühlst. Sie hat dir einen kleinen Porridge gekocht.«

Lillian schweigt. Es ist jedes Mal dasselbe. Fadenscheinige Ausreden, gefolgt von Bedauern, Entschuldigungen und dem flehenden Versprechen, dass es nie wieder vorkommen wird. Dass er ihr nicht wehtun wollte. Sie kennt das schon.

Er geht zum Fenster, löst den Riegel und stößt es auf, um ein wenig frische Luft hereinzulassen. Als er sich wieder zu ihr umdreht, merkt sie, wie er sie mit einem vorsichtigen Seitenblick in sich aufnimmt. Sie kehrt ihm das Gesicht zu. Er besitzt wenigstens den Anstand zusammenzuzucken, bevor er wegschaut. »Wegen gestern Abend … Ich war total außer mir. Entschuldige bitte.«

Er wartet, doch Lillian bleibt stumm.

»Ich stehe enorm unter Druck. Ich habe viel Geld verloren. Es ist eine schwierige Zeit.« Er kommt zum Bett und greift nach ihrer Hand. Sie zieht sie weg.

Sie will keine Entschuldigungen. »Wie spät ist es?«, fragt sie mit schwerer Zunge.

Er schaut auf seine Armbanduhr. »Viertel vor zwölf. Du hast fast den ganzen Vormittag verschlafen, aber mach dir deswegen keine Sorgen. Die Gäste wurden vorbildlich versorgt. Sie sind gleich nach dem Frühstück abgereist. Ich bin für dich da. Albie, ich und das Personal. Du musst dieses Zimmer nicht verlassen, bis es dir besser geht. Wir wollen nur, dass du bald wieder auf dem Damm bist.«

Nicht, bis es mir wieder besser geht.

Sie dreht sich von Charles weg und schaut aus dem Fenster.

»Soll ich Dr. May rufen?«

Bei der Erwähnung dieses Namens zuckt sie zusammen. Sie kann sich noch gut an die letzte Untersuchung erinnern. Daran, wie seine kühlen Hände über ihren Bauch glitten, drückten und forschten. An sein ernstes Gesicht, als er ihr sagte, sie habe das Kind verloren. Seine kühle Art legte nahe, dass sie mehr als unvorsichtig gewesen sei. Dabei war ihnen doch beiden sonnenklar, dass sie sich die Wunden und Blutergüsse am ganzen Körper, die zur Fehlgeburt geführt hatten, unmöglich selbst zugefügt haben konnte.

»Das ist nicht nötig«, sagt sie kühl.

Das ist das Wunder, die erstaunliche Fähigkeit ihres Körpers, sich selbst zu heilen. Jede Zelle, jeder Knochen und jedes Organ regeneriert und schließt sich, sorgt dafür, dass es ihr körperlich wieder gut geht. Nichts als Betrug – ihr Körper, der sich immer wieder perfektioniert, zumindest nach außen hin, und den wahren Zustand ihrer Ehe vor der Öffentlichkeit verbirgt. Der jedes Mal aufs Neue mit der Brutalität ihres Ehemanns fertigwird.

»Du solltest etwas essen«, sagt Charles.

»Ich habe keinen Hunger.«

Irgendwo unten auf der Terrasse geht eine Tür auf und fällt wieder zu. Sie stellt sich vor, wie Jack in den sonnigen Tag hinaustritt, erst über die Terrasse und den Rasen geht und dann in den Wald, um auf der Lichtung auf sie zu warten.

»Na, na«, sagt Charles, kehrt zum Bett zurück und tätschelt die Decke über ihren Beinen. »Nicht weinen. Alles wird gut. Ich habe mit Parker und Molesworth gesprochen, bevor sie abgereist sind. Sie waren schwer beeindruckt von gestern Abend. Es hat ihnen leidgetan, dass sie sich nicht persönlich bei dir bedanken konnten.« Charles räuspert sich. »Ich habe gute Neuigkeiten. Sie haben angeboten, mir das Geld zu leihen, das ich für meine Firma brauche. Wie du dir sicherlich vorstellen kannst, ist mir eine ziemliche Last von den Schultern gefallen.«

Das Pochen in ihrer Schläfe nimmt zu. Wenn sie das Tablett erreichen könnte, würde sie es umwerfen und alles, was darauf steht, auf dem Boden zerschellen lassen. Stattdessen dreht sie das Gesicht zur Wand.

»Ich war nicht mehr ich selbst«, fährt Charles fort. »Erst die Enttäuschung über den Verlust unseres Kindes, dann all die geschäftlichen Sorgen. Aber mit einer kleinen Investition kann ich bestimmt eine Wende für *Oberon & Son* und für uns herbeiführen.«

Charles setzt seinen selbstmitleidigen Monolog fort, aber Lillian hört ihm längst nicht mehr zu. Sie stellt sich vor, wie Jack durch die Wildblumenwiese schreitet, wie er von winzigen Insekten umschwirrt wird. Wie lange er wohl auf der Lichtung auf sie warten wird? Wie viel Zeit wird er ihr geben, bevor er davon ausgeht, dass sie nicht kommt, und zum Haus zurückkehrt? Wird er denken, dass er ihr nicht wichtig genug ist? Dass sie sich anders entschieden hat?

In diesem Moment schlägt die Verzweiflung erst richtig zu. Selbst wenn sie es bis zur Lichtung geschafft hätte, was hätte das gebracht? Ein paar heimliche Stelldicheins dann und wann, bis der Raum fertig ist und er Cloudesley für immer verlässt. In zwei Wochen wird sie nur noch bloße Erinnerung sein, eine Figur in seinen Träumen vielleicht, ein Schatten auf einer seiner Leinwände. Sie stellt sich vor, wie Jack draußen in der Welt sein Leben lebt, während sie in Cloudesley gefangen ist, lebendig begraben wie die verblassenden Schmetterlinge hinter Glas oder die Jagdtrophäen an den Wänden.

Eine weitere Träne läuft ihr über die Wangen. Sie hat sich eingebildet, dass sie dieses Leben schultern kann. Als das Märchen zum Albtraum wurde, hat sie sich eingeredet, dass ein Leben mit Charles erträglich wäre. Albie zuliebe. Helena zuliebe. Schließlich besitzt sie nur das, was Charles ihr geschenkt hat. Sie wusste nichts über die Liebe, nur das, was sie durch ihn gelernt hat. Außerdem: Wo sollte sie auch hin?

Doch ein Sommer hat genügt, um sie völlig zu verändern. Sie weiß jetzt, was Liebe und Verlangen ist. Jack hat ihr die Augen geöffnet, ihr eine andere Form von Liebe gezeigt. Er hat sie von einem anderen Leben träumen lassen. In dem Wissen, dass er sie in Kürze verlassen wird, ist ihr der Gedanke unerträglich, so weiterzuleben.

»Wie du siehst«, reißt Charles sie aus ihren Gedanken, »hat sich nichts geändert. Nicht wirklich.« Er streicht ihr vorsichtig übers Haar. »Alles wird gut. Wir sorgen dafür, dass es dir besser geht, und setzen unser Leben ganz normal fort.«

Nichts hat sich geändert. Setzen unser Leben ganz normal fort.

Wie wenig Charles doch begreift.

Rein äußerlich mag sich nichts geändert haben. Die Schnittwunden und blauen Flecken werden mit der Zeit heilen. Aber ihr Herz ist etwas ganz anderes.

Ihr Herz wurde völlig durcheinandergewirbelt, zum Leben erweckt und schlägt jetzt ungeschützt. Ihr Herz ist ein Vogel, zum Flug bereit. Doch der muss hierbleiben, im Käfig von Cloudesley – nichts als eine weitere Kuriosität in Charles' Sammlung toter Gegenstände, nichts als ein in der Falle sitzender Staubfänger.

22

Maggie knallt ihr Notebook zu und legt den Kopf auf den Schreibtisch ihres Großvaters. Selbst mit geschlossenen Augen tanzen beängstigend große Summen vor ihren Augen. Wie sie ihr Budget auch dreht und wendet, unterm Strich ist und bleibt es deprimierend. Lillian kann es sich einfach nicht leisten, länger in Cloudesley zu bleiben. Und in der Zwischenzeit verfällt das Haus genauso schnell, wie sie es mühsam reparieren. Erst heute Morgen ist sie mit dem Fuß auf der hinteren Treppe eingebrochen. Das Holz hat gefährlich unter ihr nachgegeben. Die winzigen Löcher sind ein sicheres Zeichen dafür, dass sie vermutlich ein Holzwurmproblem haben.

Seufzend öffnet Maggie die Augen und starrt auf den Schreibtisch. Aus dieser Entfernung kann sie die dicke Staubschicht auf dem Holz besonders gut erkennen. Das kann nicht gesund sein, am allerwenigsten für Lillian.

Lillian besteht nach wie vor darauf, dass nur Cloudesley für sie infrage kommt. Dennoch muss Maggie sich fragen, ob ein Pflegeheim mit sauberen Teppichböden, warmen Heizkörpern und liebevollem Personal nicht besser für die angegriffene Gesundheit ihrer Großmutter wäre. Doch wie soll sie ihr das beibringen? Es würde Lillian das Herz brechen.

Maggie lässt ihre Berechnungen liegen und geht vom Arbeitszimmer in die Küche. Sie macht Lillian etwas zum Mittagessen und trägt es auf einem Tablett in den Salon, wo ihre Großmutter im Bett liegt und döst. Sie stellt die Sachen auf einen Beistelltisch und bemerkt den mit dem Kopf in den Händen dasitzenden Albie erst, als er sich auf seinem Stuhl bewegt.

»Hallo«, murmelt sie und legt ihm eine Hand auf die Schulter. »Wie geht es ihr?«

Albie schaut auf, und Maggie sieht mit Erstaunen, dass er geweint zu haben scheint. »Äh, gut, gut.« Er fährt sich übers Gesicht und strafft die Schultern. »Sie schläft.«

»Und du?«

»Ich? Mir geht's auch gut.«

Sie mustert ihn gründlich. »Tatsächlich?«

Er nickt. »Ich habe gerade an die Vergangenheit gedacht. Du weißt ja, wie das ist. Dieser alte Kasten ist voller Gespenster. Man kann ihnen nicht lange aus dem Weg gehen.«

Maggie weiß nicht, was sie dazu sagen soll. Es ist, als hätte sie ihn bei etwas sehr Privatem ertappt.

»Nun«, sagt Albie, reckt sich und lächelt angestrengt. »Ich habe Will versprochen, ihm zu helfen. Da sollte ich wohl los.«

Maggie wartet, bis Albie weg ist, und zieht den Stuhl an Lillians Bett. Als ihre Großmutter sich bewegt, nimmt sie ihre Hand. Lillian runzelt die Stirn und starrt aus dem Fenster.

»Wie fühlst du dich?«

»Erschöpft.«

Maggie lässt ihr einen Moment Zeit, räumt eine zu Boden gefallene Zeitung weg und zieht die Bettdecke glatt.

»Wie spät ist es?«, fragt Lillian und schaut nach wie vor aus dem Fenster.

Maggie sieht auf ihre Armbanduhr. »Es ist gerade zwölf geworden.«

»Er wird auf mich warten.«

Maggie runzelt die Stirn. »Wer?« Als Lillian nichts sagt, versucht sie es erneut. »Gran, wer wartet auf dich?«

Schweigen. Als Maggie merkt, wie abgestanden die Luft im Zimmer ist, öffnet sie ein Fenster, um dann ein Kissen vom Sofa zu nehmen und es ihrer Großmutter in den Rücken zu schieben. »So ist es ein wenig bequemer, nicht wahr?«

Lillian lässt zu, dass Maggie sie vorsichtig aufsetzt, schaut aber weiterhin mit leerem Blick in den Park. »Gran, ich hab dir ein kleines Mittagessen gebracht. Hast du Appetit?«

Maggie greift nach dem Tablett und hantiert mit Besteck und einer Serviette. »Janes Brunnenkressesuppe«, sagt sie aufmunternd und taucht den Löffel in die grüne Flüssigkeit.

»Ich habe keinen Hunger«, murmelt Lillian.

»Warum kostest du nicht ein bisschen, mir zuliebe?«

Lillian schüttelt den Kopf. »Lass mich allein.«

Seufzend legt Maggie den Löffel zurück in die Schale. Sie schaut in den Park. Es ist also wieder einer von diesen Tagen.

Nach einer Weile schließt Lillian die Augen und döst erneut ein. Als Maggie merkt, dass sie nicht mehr viel tun kann, geht sie aus dem Zimmer, hinaus auf die Terrasse.

Unten auf dem Rasen versucht Will, das braune Gras mit einer Gießbrause wiederzubeleben. Albie steht neben ihm, eine Selbstgedrehte zwischen den Lippen. Das zerknitterte Leinenhemd ist bis zum Nabel aufgeknöpft und gibt einen von grauem Haarflaum bedeckten Bauch frei. Als Maggie näher kommt, erzählt er Will gerade einen Witz, spannt die Muskeln wie ein Kraftprotz und bringt ihn damit zum Lachen. Die intensiven

Gefühle ihres Vaters von vorhin scheinen sich in Luft aufgelöst zu haben.

»Ah, prima«, sagt Albie, als sie da ist. »Leiste uns Gesellschaft. Wie heißt es so schön? Arbeit allein macht auch nicht glücklich.«

»Einige von uns haben zu tun«, meint Will vielsagend, doch selbst wenn Albie das hört, sagt er nichts darauf.

»Wieso machst du so ein Gesicht?«, fragt Albie, der nach wie vor den Clown gibt.

»Ich mache mir Sorgen um Lillian. Sie ist etwas daneben, ein wenig wirr. Ich überlege, den Hausarzt zu rufen.«

»Wenn du mich fragst, ist sie für ihre sechsundachtzig Jahre erstaunlich fit.«

Maggie überzeugt das nicht, doch Albie spricht bereits weiter. »Bedrückt dich sonst noch was?«

Seufzend lässt sie sich neben ihm nieder. »Ich weiß gar nicht, womit ich anfangen soll. Das Haus überfordert mich.«

Albie drückt seine Selbstgedrehte an der Steinmauer aus, bevor er sie hinunter in die Wiese wirft. »Du machst dir viel zu viele Gedanken, Mags. Das Haus ist voller kostbarer Antiquitäten. Verkauf doch welche.«

Maggie sieht, wie Wills Brauen nach oben wandern, bevor er sich taktvoll umdreht, den Schlauch aufrollt und sich entfernt.

»Anscheinend warst du sehr gut darin, das meiste davon zu verkaufen«, sagt sie.

Albie zuckt ungerührt mit den Schultern. »Es bringt doch nichts, wenn es bloß Staub ansetzt.«

»Wir sollen also sämtliche Möbel verkaufen, damit Lillian durch ein leeres Haus läuft?« Sie schüttelt den Kopf. »Ich will das Anwesen nicht zugrunde richten. Ich hatte gehofft, Lillians

Zuhause erhalten zu können, damit sie so lange hierbleiben kann, wie sie will. Solange sie es braucht.«

Albie runzelt die Stirn. »Ich versteh nicht, warum sie so stur ist. Ich hätte eigentlich gedacht, dass sie den Kasten nach Vaters Tod sofort verscherbelt.«

»Sie hat beinahe ihr ganzes Leben hier verbracht. Dir muss doch klar sein, wie sehr sie an Cloudesley hängt. Es ist ihr Zuhause.«

Albie stößt ein verbittertes Lachen aus. »Das ist ein erstaunliches Phänomen. Der Vogel, der das Leben im Käfig so gewöhnt ist, dass er nicht einmal dann fortfliegt, wenn die Tür endlich offen steht.«

Maggie runzelt die Stirn. »Ein Käfig? Ich bin mir nicht sicher, ob Lillian Cloudesley so sieht wie du. Es steht für unsere Geschichte. Dieses Haus ist unser Zuhause. Sollen wir etwa alles aufgeben, wofür Charles und Lillian so hart gearbeitet haben?«

Albie zuckt mit den Schultern. »Immer noch besser als die Alternative.«

Maggie schüttelt den Kopf. Albie macht es sich sehr leicht. »Vielleicht kennst du ja ein paar Investoren, die uns helfen könnten?«

Albie lehnt sich zurück und grinst vergnügt in den Himmel. »Ich bezweifle, dass ich einen Investor kenne, der mir auch nur für ein Jota über den Weg traut. Ich fürchte, ich hab in all den Jahren zu viel verbrannte Erde hinterlassen.«

Schweigen breitet sich aus. Unten auf der Wildblumenwiese singt eine Feldlerche. Maggie spürt, wie ihr die Sonne auf die Schultern brennt. Sie starrt auf den braunen Rasen und stellt sich vor, wie Todd Hamilton durch den Park marschiert und seine Planierraupen die Auffahrt hinaufdirigiert. Es muss einen andern Weg geben.

»Was machst du hier, Mags?«

Albies Frage reißt sie aus ihren Gedanken

»Wie meinst du das? Du weißt genau, warum ich gekommen bin. Um Lillian zu helfen.«

»Du bist jung. Du solltest Leute kennenlernen, Spaß haben, dir etwas aufbauen, statt eine alte Dame zu pflegen und dabei zuzuschauen, wie dieses Anwesen langsam verfällt. Warum malst du nicht? Warum lebst du nicht dein eigenes Leben? Du bist genauso schlimm wie Lillian, die in diesem Käfig gefangen ist. Flieg davon.« Er flattert mit den Händen. »Mach schon, flieg!«

Sie funkelt ihn böse an. »Ich soll also mehr so sein wie du?«

»Ich hatte gute Gründe zu gehen.«

Maggie spürt, wie sie immer frustrierter wird. »Selbst wenn das stimmt – hast du denn kein bisschen Verantwortungsgefühl? Willst du ihr nicht dabei helfen, das Zuhause zu retten, an dem sie so sehr hängt?«

»Es gibt einem sehr viel Freiheit, wenn man es schafft, Dinge aus der Vergangenheit, die einen belasten, endlich loszulassen.«

Maggie spürt Wut in sich aufsteigen.

Typisch Albie, denkt sie.

Dass er ihr vorschlägt, das eigene Vergnügen über ihre Verantwortung für Lillian zu stellen, Bequemlichkeit über harte Arbeit! Er hört sich an wie ein schlechtes Ratgeberbuch. Sie kommt nicht umhin, sich zu fragen, ob auch sie zu den Dingen auf der Liste gehört, die ihn belasten. Sie bringt es nicht über sich, das zu fragen, aus Angst vor seiner Antwort.

Sie weiß nur, dass sie vermutlich nicht in diesem Schlamassel stecken würden, wenn er da gewesen, ein besserer Vater und verlässlicherer Sohn wäre. Zumindest würde sie sich dann nicht so fühlen, als müsste sie die Sorgenlast alleine schultern. Sie schaut zu Will hinüber und sieht, dass er sich entfernt hat, damit ihr Vater und sie ungestört reden können.

Es ist ein verwirrendes Erbe, diese Sehnsucht nach dem Vater, ihre Liebe zu ihm – trotz des ständigen Gefühls, im Stich gelassen, enttäuscht zu werden. Nie weiß sie, wann er wieder auftaucht, dafür umso besser, dass er bei all den wichtigen Premieren, die eine Tochter erleben kann, nie für sie da war. Bei ihrer ersten triumphalen Fahrt mit dem Fahrrad, als sie auf nur zwei Rädern über den Kies geholpert ist. Bei ihrem ersten Tag im Internat, als sie am Ende eines schmalen Bettes saß und aus dem Fenster schaute, einem davonfahrenden Auto hinterhersah. Bei ihrem sechzehnten Geburtstag, ihrer Zeugnisverleihung, ihrem ersten Kater, ihrem ersten Liebeskummer. Ihre Mutter war wegen ihrer ständigen Abwesenheit dafür nicht infrage gekommen. Sie war eine Art Gespenst gewesen, das sie gar nicht richtig vermissen konnte, weil sie sie sowieso nie gekannt hatte.

Doch mit Albie verhielt es sich anders. Albie war irgendwie realer. Er quälte sie mit seinem ständigen Kommen und Gehen, ließ sie Hoffnung schöpfen, um sie dann jedes Mal mit seiner unvorhergesehen Abreise zu enttäuschen. Schwer zu sagen, was schlimmer war.

Nein, es gab nur eine Konstante in ihrem Leben: Lillian. Sie war immer für sie da, in guten wie in schlechten Zeiten, immer, wenn sie jemanden gebraucht hat. Vor allem, als sie letztes Jahr diese schlimme Krise hatte. Statt sie zu verurteilen, hat Lillian ihr Rat und Trost gespendet.

Wie soll sie diesem unmöglichen Mann erklären, dass Lillian ihr das Gefühl gegeben hat, ein Zuhause zu haben? Die Frau, die keine Blutsverwandte, sondern eine angeheiratete Großmutter ist, verkörpert ihre ganze Familie und ist mehr Mutter oder Vater für sie als jeder andere Mensch in ihrem Leben.

Wie soll sie das einem Mann erklären, der sein Leben lang vor Cloudesley geflohen ist, um nur zurückzukehren, wenn er etwas brauchte. Geld, ein Dach über dem Kopf, einen Ort, an dem er sein Kind abladen konnte. Wie soll sie das einem Mann erklären, der den Großteil ihres Lebens nicht da war? Soll sie es nach all den Jahren überhaupt noch versuchen, obwohl er anscheinend nicht verstehen kann, dass Lillian ihre Familie ist, ihr Zuhause?

»Ich kann nicht anders«, sagt sie nach einer Weile und schluckt all ihre Wut und ihre Argumente hinunter, wohl wissend, dass sich ihr Vater mit achtundsechzig Jahren kaum noch ändern wird. »Lillian zuliebe. Das bin ich ihr schuldig.«

Albie zuckt mit den Schultern. »Nun, ich glaube, da täuschst du dich. Ich glaube, Lillian würde wollen, dass du dein eigenes Leben lebst.«

Geh und leb dein eigenes Leben. Wie einfach das aus seinem Mund klingt, wo sie doch gar nicht weiß, wie ihr Leben überhaupt aussehen soll. Ihre einst so vielversprechende Karriere ist zum Stillstand gekommen, sie steckt in einer heftigen kreativen Blockade. Ihre Beziehung mit Gus ist gescheitert. Sie kann ihr Leben ganz bestimmt nicht damit verbringen, als Rucksackreisende um die Welt zu ziehen und sich so vor dem wirklichen Leben und der damit verbundenen Verantwortung zu drücken.

Maggie schüttelt frustriert den Kopf. »Dann darf ich dir dieselbe Frage stellen.«

Er dreht den Kopf und schaut sie verständnislos an.

»Was machst du hier?«

»Ich?«

»Ja.«

»Ich bin gekommen, um mich mit meiner geliebten Tochter auszutauschen.« Er breitet die Arme aus. »Um diese wunderbare Sonne zu genießen und ganz im Hier und Jetzt zu leben.«

Seufzend lässt Maggie sich ins Gras fallen. Sie schließt die Augen und versucht, ihre Gereiztheit zu unterdrücken.

Albie scheint kurz nachzudenken und stößt dann ein gedehntes Seufzen aus. »Hör zu, Maggie, ich weiß, dass ich ein schrecklicher Vater bin und alles andere als ein idealer Sohn für Lillian. Aber eines versprech ich dir. Ich werde dich nicht alleinlassen, weil ich merke, wie sehr du an Lillian und dem alten Kasten hängst. Ich werde so lange bleiben, bis du mich nicht mehr brauchst.«

Maggie dreht den Kopf und mustert Albie misstrauisch. »Das könnte Monate dauern.«

Albie zuckt mit den Schultern.

»Und es dürfte nicht leicht werden.«

»Ich weiß, aber ich glaube, das bin ich dir schuldig. Ich würde gerne bleiben und helfen. Falls du das überhaupt willst.«

Maggie stößt ein spitzes Lachen aus. »Ich kann mir nichts Schöneres vorstellen.«

Albie lächelt. »Also gut.«

Sie schaut ihn durchdringend an. »Wir müssen uns die Hand darauf geben. Keine gebrochenen Versprechen mehr.«

Er nickt und gibt ihr die Hand, die sie fest drückt.

»Keine gebrochenen Versprechen mehr«, pflichtet ihr Albie bei. »Hier.« Er steckt die Hand tief in seine Hosentasche und holt einen kleinen, herzförmigen graulila Stein hervor. »Als Zeichen meines guten Willens. Den hab ich im Wald gefunden. Was Schönes – für dich.«

Maggie nimmt den Stein und hält ihn gegen den Himmel, fährt über seine warme glatte Oberfläche. »Danke.« Wieder kehrt Schweigen ein.

»Willst du mir endlich verraten, was zwischen euch läuft?«, fragt Albie nach einer Weile und zeigt mit dem Kinn auf Will.

»Zwischen mir und Will? Rein gar nichts. Ich glaube, er kann es kaum ertragen, in meiner Nähe zu sein. Schau nur.« Sie zeigt dorthin, wo Will Mulch aus einer Schubkarre ins Kräuterbeet schaufelt.

»Du bist bestimmt nicht die Erste, die in der Liebe einen Fehler gemacht hat. Besser man geht, als den falschen Mann zu heiraten.«

»So wie Mum?«

Albie zuckt zusammen.

»Ich hab sie besucht, musst du wissen.«

»Amanda?«

Maggie nickt.

Albie schaut sie mit sichtlicher Neugier an. »Und wie war das so?«

»Enttäuschend.«

»Das tut mir leid.«

Maggie zuckt mit den Schultern. »Es hat mir geholfen, ein paar Dinge zu klären. Diese Tür ein für alle Mal zu schließen. Doch ich schäme mich nach wie vor, wie ich mich Gus gegenüber verhalten habe. Ich war ein Feigling, bin einfach weggelaufen und habe dadurch vielen Menschen wehgetan.«

»Hast du sie absichtlich verletzt?«

Maggie schüttelt den Kopf. »Natürlich nicht. Ich habe versucht, das Richtige zu tun, wenn auch zugegebenermaßen auf eine ziemlich ungeschickte Weise.«

Albie nickt. »Ist dir schon mal die Idee gekommen, dass du tatsächlich das Richtige getan hast? Vielleicht war es das Mutigste, wozu du damals in der Lage warst. Dass du gegangen bist. Manchmal ist Weglaufen durchaus eine Lösung, weil man weiß, dass diejenigen, die man verlässt, ohne einen besser dran sind.«

Er mustert sie aufmerksam. Maggie begreift, dass sie nicht über Gus reden. Albie versucht, ihr auf umständliche Weise eine bescheuerte Erklärung für seine Abwesenheit zu geben.

»Als deine Mutter mir das Kind dagelassen hat, hab ich mein Bestes gegeben, aber ich war ein schrecklicher Vater. Da war es deutlich besser, dich hierherzubringen und von Lillian aufziehen zu lassen. Sie hat dir Verlässlichkeit und Liebe geschenkt. Sie war genau das, was du gebraucht hast. Und irgendwie glaube ich, dass du genau das warst, was sie gebraucht hat.«

Wie praktisch, denkt sie. Kein Wunder, dass er das so hindreht.

»Ich bin Lillian unglaublich dankbar. Trotzdem würde ich mir wünschen, du wärst nicht gegangen. Ich war ganz schön einsam.«

»Das glaub ich dir gern. Aber ich hätte dich nicht hiergelassen, wenn ich nicht fest davon überzeugt gewesen wäre, dass das der sicherste Ort für dich ist. Ich habe kein Leben geführt, das …« Er schweigt, als suchte er nach den richtigen Worten. »Das für ein Kind geeignet ist. Ich hatte Probleme, um die ich mich kümmern musste. Alkohol. Drogen.«

Er zupft an Grashalmen neben sich.

»Ich wollte nicht, dass du dieselbe Kindheit hast wie ich, und wusste, dass sich die Verhältnisse in Cloudesley geändert hatten. Sie waren stabiler. Du musst mir glauben, dass ich dich sonst niemals hiergelassen hätte.«

Sicher. Stabil. Seltsame Worte aus Albies Mund. »Ich nehme an, wir haben alle unsere Gründe, warum wir anderen wehtun«, sagt sie vorsichtig.

Albie starrt zum Horizont, wo hinter der Wiese die Waldbuchen rauschen. »Das kann man wohl sagen.« Er schaut sie von der Seite an. »Keiner von uns kennt die ganze Wahrheit, selbst wenn wir uns das einbilden.«

Maggie seufzt. »Wenn ich dadurch doch nur nicht meine beiden engsten Freunde verloren hätte.«

»So sehr kann dich Will unmöglich hassen.«

»Wie kommst du darauf?«

»Er ist hier, oder? Ehrlich gesagt bin ich immer davon ausgegangen, dass du den älteren Bruder nimmst, solltest du einen von beiden heiraten.« Er zeigt mit dem Kinn auf Will, der gerade den Schubkarren belädt. »Andererseits«, er wirft die Hände in die Luft, »was weiß ich schon?«

Maggie schluckt und spürt einen dumpfen Schmerz in der Brust. »Ja«, sagt sie. »Was weißt du schon? Erstens warst du kaum da, und zweitens bist du nicht gerade ein Experte in Liebesdingen, oder?«

Albie grinst. »Eins zu null für dich.«

Ehe Maggie begreift, was er da tut, hat er am Gartenschlauch gezogen, den Gießstab auf sie gerichtet und ihr eine eiskalte Dusche verpasst. Sie springt kreischend auf und rennt zum Haus, lacht den ganzen Weg bis zur Terrasse vor lauter Schreck.

***

Oben in ihrem Zimmer rubbelt sich Maggie in Unterwäsche die Haare trocken und versucht das, was Albie gesagt hat, aus dem Kopf zu kriegen.

… bin ich immer davon ausgegangen, dass du den älteren Bruder nimmst, solltest du einen von beiden heiraten.

Als sie da auf dem Rasen lag, hat sie bei den Worten ihres Vaters gespürt, wie ihr das Herz ganz weit wurde. Wie kann es sein, dass ihr ständig abwesender, umherirrender Vater ihre wahren Gefühle erkannt hat, wo Maggie sie selbst kaum deuten kann?

Will und Gus. Gus und Will. So etwas wie eine romantische Liebesbeziehung war nie zwischen ihnen infrage gekommen. Bis zu dem Sommer, als sie nach einem Grillnachmittag zu dritt auf einer Picknickdecke unterm alten Zwetschgenbaum der Mortimers gelegen hatten. Gus hatte zu viel Apfelwein getrunken und war eingeschlafen, während Will und sie zusahen, wie die Sonne durchs verkrüppelte Geäst voller lila Früchte funkelte.

»Fragst du dich eigentlich nie, wo sie ist?«, fragte Will mit leiser, tiefer Stimme. »Bist du nicht neugierig?«

Er musste gar nicht erst dazusagen, von wem er sprach. Maggie zuckte nur mit den Schultern und starrte auf die schimmernden Blätter über ihrem Kopf. »Warum sollte ich? Sie hat uns verlassen. Dafür hab ich Lillian. Sie ist alles, was ich brauche.«

»Deine Großmutter ist eine außergewöhnliche Frau«, pflichtete Will ihr bei. »Aber das nehm ich dir keine Sekunde ab. Du musst doch über sie nachgrübeln.«

Maggie zuckte mit den Schultern. »Selbst wenn? Ich kann sie nicht zum Umkehren bewegen. Diese Lektion habe ich auf die harte Tour lernen müssen.«

»Doch was, wenn deine Mum zu dir käme? Was, wenn sie dich ausfindig machen würde? Würdest du sie dann nicht kennenlernen wollen?«

Maggie schüttelte heftig den Kopf. »Sie hat eine Entscheidung getroffen. Aus meiner Sicht hat sie damals, als sie gegangen ist, jedes Recht verwirkt, an meinem Leben teilzuhaben.«

Will sah sie bewundernd an. »Ich glaube, du gehörst zu den stärksten Menschen, die ich kenne.«

Maggie blieb ungerührt. »Lillian hat immer gesagt, dass das eher ein Verlust für meine Mutter ist und nicht für mich.«

»Ja«, sagte Will, sah sie an und nahm ihre Hand fest in die seine. »Lillian hat recht. Das ist ein Verlust für deine Mutter.«

Da schaute sie ihn an, woraufhin Will ihr übers Gesicht strich. Maggie rückte näher, starrte in die ihr so schmerzhaft vertrauten blauen Augen, hielt die Luft an und fragte sich, ob sie sich die plötzliche Stille nur einbildete. Wills Gesicht war näher gekommen, und als sie sich insgeheim dabei ertappte, sich sehnsüchtig zu wünschen, er möge sie küssen, begann Gus, sich neben ihnen zu rühren.

»Die Sonne ist weg«, murmelte er. »Wir sollten reingehen.«

Damit war der Bann war gebrochen.

Sie rappelten sich auf, klopften sich das Gras von den Kleidern und gingen zurück in die Küche, wo die Nachwehen dieses besonderen Moments von vertrauten Ritualen überlagert wurden. Will war noch am selben Abend nach London zurückgekehrt, und ein Jahr später war es Gus gewesen, der sie beim Dorffeuerwerk küsste. Mit dem sie eine Beziehung begann. Eine Beziehung, die sich so vertraut, bequem und leicht anfühlte. Wenn sie Will anschließend sah, wirkte er jedes Mal kühler, distanzierter, bis Maggie fest davon überzeugt war, sich diesen seltsamen Moment inniger Verbundenheit unter dem Zwetschgenbaum nur eingebildet zu haben. Vermutlich war das nichts anderes als eine naive, hormongesteuerte Sehnsucht von ihrer Seite gewesen.

Vielleicht würde Gus ihr genügen. Vielleicht konnte sie sich mit ihrer entspannten, kumpelhaften Beziehung zufriedengeben. Damit sie ein Teil dieser warmherzigen, wunderbaren Familie wurde. Wäre da nur nicht dieser Brief gewesen.

Sie hatte ihn in Charles' Schreibtisch gefunden, an dem Abend, als sie Gus in London zurückgelassen hatte und nach Cloudesley zurückgekehrt war, ganz durcheinander vom Ergebnis des Schwangerschaftstests. Zittrig, verängstigt und voller Zerstörungswut war sie ins Arbeitszimmer ihres Großvaters gegangen, um nach vergessenen Zigaretten oder Brandy zu suchen, nach irgendetwas, womit sie ihre Nerven beruhigen konnte. Da, ganz hinten in einer Schublade, hatte nicht die Zigarettenpackung gelegen, auf die sie gehofft hatte, sondern ein zusammengefalteter Zettel, der sich in den Führungsschienen verhakt hatte und verhinderte, dass sich die Schublade richtig schließen ließ. Sie griff hinein und pulte ihn heraus. Als sie ihn auf dem Schreibtisch entfaltete, staunte sie, Lillians Handschrift zu sehen.

Maggie geht jetzt zu ihrer Frisierkommode, wühlt in einer Schmuckschatulle und zieht ein Stück Papier unter miteinander verhedderten Ketten und Armreifen hervor. Inzwischen kennt sie den Inhalt in- und auswendig, überfliegt die Worte aber trotzdem.

Mein allerliebster Schatz,
ich habe dir früher einmal gesagt, dass dieses Knistern zwischen uns so stark ist, dass es mir den Atem raubt. Heute wirst du

Cloudesley verlassen, und genauso fühle ich mich: Als würde mit dir die Luft verschwinden, die ich zum Atmen brauche. Du hast mir gezeigt, was es heißt, zu lieben und geliebt zu werden, was es bedeutet, gesehen und verstanden zu werden. Es ist die reinste Folter. Ich kann es kaum ertragen, von dir getrennt zu sein. Doch bei jedem Atemzug und bei jedem Herzschlag sollst du wissen, dass es nie mehr einen anderen für mich geben wird. So hell lodert die Flamme meiner Liebe für dich.

Für immer die deine
Lillian

Maggie geht mit dem Zettel zum Schlafzimmerfenster und beobachtet Will in der Ferne, der den Schlauch über den Rasen zieht, um ein weiteres Stück braunes Gras zu wässern. Er ordnet den Schlauch, richtet sich anschließend auf und schaut in den Sprühregen, in die Wassertropfen, die in der Sonne einen Regenbogen bilden.

Will betrachtet die Wassertropfen. Und Maggie betrachtet Will. Nach einer gefühlten Ewigkeit fängt er etwas von dem Sprühregen in der hohlen Hand, spritzt es sich auf Gesicht und Haare und schüttelt sich, bevor er die Geste wiederholt. Entsprechend durchnässt schält er sich aus seinem T-Shirt und steckt es in den Bund seiner Shorts, bevor er zum Schubkarren neben sich greift und ihn zur Parkmauer schiebt.

Dass es nie mehr einen anderen für mich geben wird. So hell lodert die Flamme meiner Liebe für dich.

Seufzend wendet sich Maggie vom Fenster ab.

23

Albie kauert am Fußende ihres Bettes, ein ledergebundenes Buch in den kleinen Händen, und liest Lillian in einem kindlichen Singsang vor.

»*Mit zitternder Hand zog ich den Riegel zurück und öffnete die Tür. Draußen stand auf dem Teppich, welcher in der Galerie lag, ein brennendes Licht. Dieser Umstand setzte mich in Erst… Erst…*« Albie stolpert über das Wort und verbessert sich anschließend. »*Erstaunen; aber noch erstaunter war ich zu bemerken, dass die Luft ganz trübe war, wie mit Rauch angefüllt; und während ich nach links und rechts blickte, um zu sehen, woher die blauen, sich kräuselnden Wolken kamen, machte sich schon ein starker Brandgeruch bemerkbar.*«

Die Worte aus *Jane Eyre* rauschen an ihr vorbei. Sie hört nicht richtig zu. Es ist eines ihrer Lieblingsbücher, und Albie hat sie seit Charles' brutalem Angriff täglich besucht, um ihr daraus vorzulesen. Dabei stolpert er über einige der schwierigeren Wörter, liest aber fest entschlossen weiter, als könnte er sie mit diesem aufopferungsvollen Akt heilen.

Es ist eine süße Qual, sein Gesicht zu betrachten, während er ihr vorliest, das Gesicht des Jungen, den sie liebt. Für diesen Jungen würde sie alles tun, um ihn zu beschützen und großzuziehen. Als sie sich für Albie entschied und versprach, ihn zu lieben, wusste sie noch nicht, was sie dafür würde aufgeben müssen. Woher hätte sie das auch wissen sollen? Nie hätte sie damit gerechnet, dass jemand wie Jack sie völlig aus dem Gleichgewicht bringt, alles infrage stellt, was sie bis dahin gekannt und verstanden hat.

Auf ihrer Frisierkommode kann sie den kleinen Zettel zwischen ihren Parfümflakons gerade noch erkennen. Es ist die Bleistiftskizze eines Krugs mit Gartenwicken, in einer Ecke steht in Jacks nach rechts geneigter Handschrift: *Werd bald wieder gesund.* Er hat ihn ihr eines Abends unter ihrer Tür durchgeschoben, ihre einzige Kommunikation in zehn Tagen. Ihr Blick fällt auf die Uhr auf dem Kaminsims. Es ist elf.

Ganz so, als spürte er, dass ihre Aufmerksamkeit von etwas anderem gefesselt wird, hört Albie auf zu lesen und schaut von dem Buch auf. »Du siehst etwas besser aus.«

»Wirklich?«

Er nickt. »Viel strahlender.«

Lillian lächelt. »Danke fürs Vorlesen. Du solltest rausgehen und spielen. Es verspricht, ein schöner Tag zu werden.«

»Aber ich möchte bei dir bleiben.«

Lillian schüttelt den Kopf. »Geh raus auf Erkundungstour. Und finde was Schönes für mich, ja?«

Albie lächelt und legt das Buch auf den Hocker am Fußende von Lillians Bett, küsst sie vorsichtig auf die Wange und verlässt das Zimmer. Lillian wartet, bis er die Tür hinter sich geschlossen hat, bevor sie aus dem Bett schlüpft und zur Frisierkommode geht.

Albie hat recht. Sie sieht nicht mehr so blass aus und kann wieder gehen, ohne sich zu krümmen. Doch als sie ihren Körper unter dem Nachthemd inspiziert, merkt sie, dass es dort ganz anders aussieht. Die großen Blutergüsse über den Rippen schillern schon in allen Regenbogenfarben, sind aber nach wie vor da. In einem abstoßenden Blaugrün, das an den Rändern vergilbt wie welkende Blumen. Doch sie lassen sich unter der Kleidung verstecken. Sie weiß, dass ihre Kraft zurückgekehrt und sie ausreichend genesen ist. Für das, was sie jetzt tun muss.

***

Lillian schleicht durch den dunklen Flur und nimmt die hintere Treppe ins Erdgeschoss, schlüpft unbemerkt durch die offene Küchentür. Beim Dienstbotenbereich rennt sie direkt in Bentham hinein, der ihr mit einer großen, verstaubten Truhe entgegenkommt.

»Oje«, sagt sie und fasst sich an die Brust, in der ihr Herz heftig klopft. »Haben Sie mich erschreckt.«

»Tut mir leid, Ma'am, ich habe nicht mit Ihnen gerechnet.«

»Das ist allein meine Schuld«, sagt sie. »Ich hatte es eilig, wollte einen Spaziergang durch den Park machen, ein wenig frische Luft schnappen.« Sie verstummt.

»Ausgezeichnet.«

Sie zögert. »Ich möchte mich bei Ihnen bedanken«, sagt sie, »für Ihre Hilfe … als ich … als ich …« Sie bleibt bei Charles' Ausrede. »Krank geworden bin.«

Bentham, der normalerweise niemandem in die Augen schauen kann, hebt den Kopf und starrt sie an. Seine Lippen öffnen sich, als wollte er etwas sagen, doch dann schließt er sie erneut und nickt wie immer höflich. Anschließend geht er beiseite, damit sie in den sonnigen Tag hinaustreten kann.

Aus Angst, man könnte sie beobachten, trödelt sie ein paar Minuten und verweilt an der Parkmauer, als wollte sie die prächtig blühenden Rosen bewundern. Kaum hält sie es für sicher genug, eilt sie quer über den Rasen hinunter zur Wildblumenwiese. Beim Zauntritt hört sie die Kirchturmuhr zwölfmal schlagen. Sie beschleunigt ihre Schritte und eilt durch den dunklen Wald.

Lange Tage war sie wegen der schmerzhaften Verletzungen ans Zimmer gefesselt, unfähig, sie zu verbergen. Weil es zu quälend für sie gewesen wäre, bis zum Wald zu laufen, hat sie nur darauf gelauscht, wie Jack um Viertel vor zwölf das Haus verlässt. Tag für Tag hat er sich pünktlich wie ein Uhrwerk an ihre Abmachung gehalten. Tag für Tag hat sie Folterqualen gelitten, weil sie wusste, dass er zum Wald aufbricht und auf sie hofft, während sie ans Bett gefesselt ist. Abwesend und unerreichbar, ein Vogel, dessen Schwingen brutal beschnitten wurden, während ihre letzten gemeinsamen Tage wie Sand in einer Sanduhr viel zu schnell verrinnen.

Als sie den Weg zurücklegt, den sie vor all den Wochen gemeinsam mit dem Sperber in der Hutschachtel genommen haben, kommt sie nicht umhin zu befürchten, dass er ausgerechnet heute die Hoffnung auf sie endgültig aufgegeben hat.

Sollte das der Fall sein, redet sie sich ein, sollte die Lichtung verwaist sein, ist es vermutlich für alle das Beste. Denn ganz ehrlich: Was soll dieses letzte Treffen bringen? Außer Schmerz, weil sie wissen, dass sie nicht zusammen sein können? Sie kann Albie nicht im Stich lassen, ihm erneut die Mutter nehmen. Sie kann Helena nicht verlassen, riskieren, dass ihre Schwester den Schutz und die Pflege im Heim Cedar House verliert, die sie so dringend braucht.

Trotz dieses Wissens kann Lillian nicht anders. Jedes Mal, wenn sie sich gerade entschlossen hat umzukehren, tragen ihre Füße sie energisch weiter, tiefer in den Wald hinein.

Als sie aus dem Schatten der Bäume ins Freie tritt, wird sie von Erleichterung schier überwältigt, weil sie Jack auf dem Baumstamm sitzen sieht. Er hat ihr den Rücken zugewandt, und neben ihm türmen sich mehrere Zigarettenstummel. Er ist da, und bei seinem Anblick hüpft ihr vorübergehend das Herz.

Am Rande der Lichtung zögert sie. Sie möchte diesen Moment auskosten und irgendwo abspeichern, wo er ihr nicht mehr genommen werden kann. Jack Fincher ist gekommen und wartet auf sie, ein letztes Mal. Sie sieht zu, wie er an der Baumrinde pult, wie die durchs Geäst scheinende Sonne auf seiner Haut tanzt und sich in seinem Haar fängt. Sie macht einen Schritt vorwärts, als ein Zweig unter ihrem Fuß knackt.

»Du bist da«, sagt er bei dem Geräusch, dreht sich um und springt so rasch auf, dass seine Zigaretten samt Feuerzeug zu Boden fallen. Er scheint Angst zu haben, sich zu bewegen, Angst, sie zu erschrecken. Angst, dass sie vielleicht genauso schnell wieder verschwindet, wie sie gekommen ist.

Sie nickt und schaut sich auf der Lichtung um, bevor ihr Blick erneut auf seinem Gesicht ruht. »Hallo.«

»Geht es dir besser?«, fragt er.

»Ja, danke.«

»Ich hab mir Sorgen gemacht. Es hieß, du hast die Sommergrippe.«

Die Tage, in denen sie getrennt waren, ohne miteinander reden und sich berühren zu können, haben einen ungewohnten Abstand zwischen ihnen geschaffen. Lillian spürt Unsicherheit, wo vorher nur Begehren war.

»Ja«, sagt sie und hasst sich dafür, ihn anlügen zu müssen.

»Du siehst blass aus.«

Sie nickt. Sie möchte zu ihm gehen, hält sich aber zurück. Aus Unsicherheit, wie er darauf reagieren wird, aus Unsicherheit, ob sie die Nerven behalten wird, wenn sie ihm nahe kommt. »Ich wusste nicht, ob du überhaupt noch kommst.«

»Ich war jeden Tag hier.«

Für einen Moment stehen sie reglos da, dann überwindet Jack den Abstand zwischen ihnen, greift nach ihr und zieht sie in seine Arme. Sie versucht zu widerstehen, versteift sich, doch sein Duft und das Gefühl seiner Haut auf ihrer sind einfach überwältigend.

»Das ist die reinste Folter, Lillian. Du musst mit mir fortgehen. Ich war mir noch nie so sicher: Ich will den Rest meines Lebens mit dir verbringen.«

Sie kann nicht anders. Bei seinen Worten wird sie schwach, und als er ihre Reaktion spürt, zieht er sie noch mehr an sich, schließt sie in die Arme und drückt sie so fest, dass sie wegen ihrer von Blutergüssen übersäten Rippen nach Luft ringt.

»Was hast du?« Er hält sie auf Armeslänge von sich ab und schaut ihr forschend ins Gesicht. »Was ist los?«

Sie schüttelt nur den Kopf, eine einsame Träne rinnt ihr über die Wange. Der Schmerz ihrer geschundenen Rippen ist nichts im Vergleich zu dem in ihrem Herzen. »Ich kann ihn nicht verlassen, Jack.«

Jack starrt sie ungläubig an. »Du entscheidest dich für ihn?«

»Er ist mein Mann, in guten wie in schlechten Zeiten. Ich habe keine Wahl.«

»Natürlich hast du eine Wahl. Du kannst ihm die Wahrheit sagen. Sag ihm, dass du dich in einen anderen verliebt hast.«

Er streckt den Arm aus, will ihr über die Wange streichen, doch sie zuckt zusammen und weicht vor ihm zurück. »Nicht.«

»Was ist? Was hast du, Lillian? Liebst du mich denn nicht?«

Er wirkt so verwirrt und verletzt, doch sie darf sich ihm nicht anvertrauen. Wenn sie ihn an sich heranlässt, wird sie nicht mehr in der Lage sein, Abschied zu nehmen. Sie schüttelt den Kopf.

Er ist komplett durcheinander. »Ich liebe dich. Du hast gesagt, dass du mich auch liebst.«

»So einfach ist das nicht.«

»Oh doch, das ist es. Ich habe Charles versprochen, ihn morgen in den Raum zu lassen. Uns bleibt keine Zeit mehr. Pack eine Tasche, nur das Nötigste. Lass Albie einen Zettel da. Lass ihn wissen, dass wir uns melden, sobald wir uns irgendwo eingerichtet haben. Er kann uns besuchen. Aber wir müssen fortgehen, sobald Charles den Raum gesehen hat.«

Als Jack ihren Gesichtsausdruck sieht, wird er ganz weich. »Ich weiß, dass du Angst hast. Ich weiß, was ich da von dir verlange«, sagt er nicht unfreundlich. »Aber er wird's überleben. Heutzutage lassen sich die Leute nun mal scheiden. Der Skandal wird vorübergehen.«

»Und was ist mit dir?«, fragt sie leise. »Welche Zukunft bleibt dir mit mir an deiner Seite? Welchen Schaden werde ich deinem Ruf zufügen? Charles wird nicht kampflos aufgeben und uns ziehen lassen. Er hat seinen Stolz. Er wird versuchen, dich zu ruinieren.«

»Ich bin nicht Charles, Lillian. Mein Ruf oder ein Skandal sind mir egal. Nur du bist mir wichtig.« Jack schüttelt den Kopf. »Ich versteh das nicht. Da steckt mehr dahinter als nur Charles und meine Karriere, hab ich recht? Was ist es?«

»Albie«, sagt sie. »Ich liebe ihn wie mein eigenes Kind. Du weißt, dass ich keine Kinder mehr bekommen kann, und ich kann ihn unmöglich im Stich lassen. Ich kann ihn nicht mutterlos bei Charles zurücklassen. Ein zweites Mal darf ihm das nicht passieren. Ich habe ihm mein Wort gegeben.«

»Albie ist kein kleines Kind mehr. Wenn Schule ist, ist er ohnehin fort, und irgendwann wird er von zu Hause ausziehen.«

»Das wird erst in vielen Jahren der Fall sein. Und wenn ich bis dahin nicht für ihn da bin, dann wird … Dann wird er …«

»Was?«

Angst und Scham steigen in ihr auf, verhindern, dass sie ihm alles erzählt. Sie beißt sich auf die Unterlippe, und angesichts ihrer inneren Not versucht er, sie erneut in die Arme zu ziehen, doch sie weicht zurück.

»Ich weiß besser als jeder andere, wie es sich anfühlt, die eigene Familie zu verlieren. Ich kann ihm das nicht antun.«

»Wird er mehr leiden als du oder als ich?« Jack fährt sich frustriert durchs Haar.

»Und dann ist da Helena.« Lillian schaut Jack an, hält seinem Blick erstmals stand. »Du hast sie selbst erlebt. Du weißt, dass ich sie nicht im Stich lassen kann.«

»Im Heim geht es ihr ausgezeichnet.«

»Ja, das stimmt. Charles sei Dank.« Sie lacht verbittert auf. »Glaubst du, dass er ihre Rechnungen weiterhin bezahlt, wenn ich mich bei Nacht und Nebel mit dir davonstehle?«

»All diese Menschen, für die du sorgen willst … Was ist mit dir? Hast du nicht auch ein wenig Glück verdient?«

»Du bist mein Glück«, sagt sie leise. »Dieser Sommer mit dir war mein größtes Glück. Aber ich kann nicht mit dir fortgehen, das wirst du hoffentlich verstehen.«

»Ich verstehe gar nichts, Lillian, das kann ich nicht. Wir könnten ein so schönes Leben zusammen haben. Ich würde malen, und du wärst meine Muse. Du könntest tun und lassen, was du willst. Begreifst du denn nicht, dass du es dir schuldig bist, mit mir fortzugehen?«

»Das Leben, das du dir vorstellst, das du dir da ausmalst ...« Sie schüttelt traurig den Kopf. »Das ist nicht real, Jack, sondern nur eine Fantasie. Eine Illusion, die so gut wie nichts mit meiner Lebenswirklichkeit und Verantwortung zu tun hat.«

Jack schluckt schwer. Er scheint sich geschlagen zu geben. »Was willst du damit sagen, Lillian? Dass das mit uns nur eine Illusion ist? Dass ich ohne dich fortgehen soll? Dass es vorbei ist?«

Sie lässt den Kopf hängen, kann ihn nicht ansehen. An ihrem inneren Auge ziehen die Gesichter all der Menschen vorüber, die sie liebt: Albie, Helena, Jack. Sie denkt an Evelyn Oberon, die Frau auf dem Porträt. An das Versprechen, das sie ihr und ihrem Sohn gegeben hat, nämlich Albie zu lieben und zu beschützen. Sie denkt an ihre Schwester und daran, wie sehr Helena in ihrem kaputten Körper gefangen ist. Warum wird sie vor diese Entscheidung gestellt? Der Schmerz ist unerträglich. Es ist, als würde sie entzweigerissen.

»Ja, es ist vorbei«, sagt sie schließlich, ihre Worte kaum mehr als ein Flüstern.

Jack zuckt zurück. »Das war es also?«

Sie atmet tief durch und nickt.

»Ist dir eigentlich klar, dass ich übermorgen fort sein werde?«

Sie nickt erneut, und eine weitere Träne rollt ihr über die Wange.

Jack starrt verwirrt auf die Lichtung. »Ich verstehe nicht. Ich dachte, das hätte dir etwas bedeutet. Ich dachte, ich hätte dir etwas bedeutet.«

»Das hast du auch.«

»Hast? Du benutzt die Vergangenheitsform.« Jack verschränkt die Arme vor der Brust. »Was hat es dir also bedeutet, Lillian? War es ein Sommerflirt? Eine kleine Ablenkung von deinem langweiligen Leben?« Er schüttelt den Kopf. »Ich dachte, es ist etwas Besonderes.«

»Das war es auch.« Sie kann seine Wut nicht ertragen. »Das ist es auch.«

»Aber nicht besonders genug, um all das aufzugeben.« Er macht eine weit ausholende Geste, die das gesamte Anwesen miteinschließt. »Ich kann dir nicht den Lebensstil bieten, den du gewohnt bist? Ich war nur eine nette Zerstreuung?« Seine Worte strotzen vor Bitterkeit und Enttäuschung.

»Nein! Du bist stets viel mehr für mich gewesen.«

»Warum dann? Ich wünschte, du würdest es mir erklären, denn es fällt mir sehr schwer, die Frau, die ich den ganzen Sommer über geliebt habe, mit dieser kalten … mit diesem Gespenst hier zusammenzubringen.«

Lillian beißt sich auf die Zunge und schluckt die Worte hinunter, die sie ihm so gern sagen würde.

Jack wirft die Arme in die Luft. »Was kann ich vorbringen, um dich zu überreden, dir – uns – oberste Priorität einzuräumen? Was kann ich tun? Sag es mir«, fleht er sie an.

Lillian starrt Jack an, das Herz rast ihr in der Brust, doch sie bringt kein Wort heraus. Sie darf ihm nichts sagen.

Jack wartet einen Moment. Als sie weiterschweigt, dreht er sich um und durchquert die Lichtung in Richtung Trampelpfad.

Lillian schaut ihm nach. Von irgendwo hoch über ihrem

Kopf fällt ein einsames gelbes Buchenblatt aus dem Blätterdach und trudelt zu Boden. Sie sieht zu, wie es zu ihren Füßen landet, wie Jack sich zwischen den Bäumen entfernt, und weiß, dass es ihre Kräfte übersteigt, ihn gehen zu sehen. Zu wissen, dass ihr gemeinsamer Sommer vorbei ist, dass er glauben wird, sie hätte sich für Charles entschieden, für ein Luxusleben auf Cloudesley statt für ein gemeinsames Leben voll wahrer Liebe. Sie spürt, wie ihr Herz eine unsichtbare Rettungsleine auswirft, und versucht, ihn zurückzuholen.

»Jack«, ruft sie. »Warte, Jack.«

Er marschiert dermaßen energisch vorwärts, dass sie nicht weiß, ob er stehen bleiben wird. Doch nach kurzem Zögern tut er genau das und wartet am Rande der Lichtung, in gelbes Sonnenlicht getaucht. Sie rennt auf ihn zu. Als er sich umdreht, wirft sie sich in seine Arme.

»Tut mir leid«, murmelt sie immer wieder, fest an ihn geschmiegt.

Er nimmt ihr Gesicht in beide Hände und küsst sie mitten auf den Mund, schmeckt ihre Tränen.

Sie zittert. »Es tut mir so leid.«

Ein Knacken kommt aus dem Unterholz hinter ihnen. Sie wirbeln gerade noch rechtzeitig herum, um ein graues Eichhörnchen einen Buchenstamm hinaufhuschen zu sehen. Lilian fasst sich an die Brust.

»Meine Güte, ich bin dieses Versteckspiel, dieses Theater so leid. Komm einfach mit mir mit.« Er kommt näher und flüstert ihr ins Ohr: »Sag einfach Ja. Auch ich kann ohne dich nicht leben.« Seine Hände streichen über ihren Körper, umfassen ihre Taille, ziehen sie noch enger an sich.

Sie versucht, es zu ignorieren, muss aber unter dem Druck

zusammenzucken. Ein leises Stöhnen kommt ihr über die Lippen.

»Was ist?«, fragt er und schaut sie besorgt an. »Bist du verletzt?«

Sie schüttelt den Kopf, doch Jack, der ihre Lüge spürt, zieht ihre Bluse aus dem Rockbund.

Sie weicht zurück, reißt ihm den Stoff aus den Händen, wenn auch nicht schnell genug.

»Was um Himmels willen …?«

Sie weiß, was er gesehen hat, furchtbare Scham steigt in ihr auf. Lillian weicht einen Schritt zurück und stopft sich hastig die Bluse zurück in den Bund. »Das ist … das ist nichts weiter.«

»Lillian, von wegen!« Er starrt sie verständnislos an und zieht sie an sich. »Lass mich das ansehen.«

Vorsichtig öffnet Jack die unteren Knöpfe ihrer Bluse und schlägt den Stoff zurück, entblößt die von gelbgrünen Flecken gesprenkelten Rippen. Sie meidet seinen Blick, kann seinen Gesichtsausdruck kaum ertragen.

»Was ist das?«, fragt er. »Wie ist das passiert?«

Sie kann ihm nicht in die Augen sehen.

»Hast du dich deswegen auf deinem Zimmer versteckt? Es war gar keine Grippe, stimmt's?«

Sie schweigt.

»Wie ist das passiert?« Jack schluckt. »War es Charles? Hat er das mit uns herausgefunden?«

Sie schüttelt den Kopf. »Nein, er weiß nichts.«

»Aber es war Charles?«

Ihr Schweigen sagt ihm alles, was er wissen muss.

»Warum?«

Lillian starrt zu Boden. »Die Abendgesellschaft. Ich hab ihn bloßgestellt. Er kann ziemlich wütend werden.«

»So wütend, dass er dich schlägt?« Jack mustert sie ungläubig. »Meine Güte, Lillian, warum hast du mir nichts davon gesagt?«

»Was hättest du tun können?«

»Wie oft kommt das vor?«

Lillian beißt sich auf die Unterlippe.

Jack fährt sich durchs Haar. »Du kannst hier nicht bleiben. Du musst ihn verlassen. Selbst wenn du nicht mit mir fortgehen willst, kannst du unmöglich hierbleiben.«

»Ich kann Albie nicht allein lassen. Ich kann ihn nicht mit Charles allein lassen.«

Jack starrt sie an. »Den Jungen schlägt er ebenfalls?«

»Wenn ich da bin, kann ich ihn beschützen. Deshalb muss ich bleiben.«

Jack schüttelt den Kopf. »Wie kann ich den ganzen Sommer über hier gewohnt und die Wahrheit nicht bemerkt haben, obwohl ich sie direkt vor der Nase hatte? Lillian, dein Mann ist ein Monster. Du musst mit mir fortgehen. Ich werde nicht zulassen, dass du hierbleibst und länger leidest.«

»Das hast nicht du zu entscheiden, Jack. Ich habe lange und gründlich darüber nachgedacht, und ich weiß, dass ich bleiben muss. Ich habe etwas versprochen, und das muss ich halten.«

»Nein.« Jack lässt nicht locker. Er läuft nervös auf und ab und überlegt. »Du wirst mich übermorgen begleiten. Wir lassen uns irgendwo nieder und holen den Jungen anschließend nach. Er kann bei uns leben.«

»So wie du das sagst, klingt es ganz einfach.«

»Es ist ganz einfach.«

Sie schüttelt den Kopf. »Charles würde das niemals zulassen. Albie ist sein Sohn. Kein Gericht würde das zulassen. Du weißt ja, dass er hohe Polizeibeamte und Politiker in der Tasche hat. Dr. May hat sogar den Verlust unseres Kindes gedeckt.«

»Das hat Charles dir auch angetan?«

Lillian schweigt. Jack ringt die Hände und starrt wütend in Richtung Haus. »Ich sollte da hineinmarschieren und …«

Lillian seufzt. »Bitte hör auf, so zu reden.« Sie kann diese Wut an Jack nicht ertragen, an ihrem sanften, liebevollen Jack. »Du darfst nichts dazu sagen und nichts deswegen unternehmen«, sagt sie. »Sonst machst du für Albie und mich alles nur noch schlimmer. Helenas Pflege … Er kann alles streichen, alles steht auf dem Spiel. Versprich es mir!«

»Ich kann dich nicht bei ihm lassen. Er ist gefährlich.«

»Er ist kompliziert, beschädigt … Ich kann auf mich aufpassen.«

Jack schaut sie nur an. »Das seh ich anders.«

»Bitte«, fleht sie und nimmt seine Hände. »Bevor du etwas Unüberlegtes tust, denk an Albie und Helena.«

»Du willst dich also für sie opfern?«

Lillian erwidert Jacks Blick. »Ich liebe sie.«

Er macht Anstalten, etwas zu sagen, und schüttelt dann den Kopf. »Ich versteh dich nicht, Lillian. Ich biete dir einen Ausweg. Die Tür steht offen. Warum willst du sie nicht durchschreiten?«

»Ich kann nicht.«

»Was, wenn ich dich dazu zwinge? Was, wenn ich zu Charles gehe und ihm alles sage? Was, wenn ich dir keine Wahl lasse?«

Sie starrt ihn verängstigt an. »Dann wärst du keinen Deut besser als mein gewalttätiger Ehemann.«

Jacks Schultern erschlaffen. Er starrt zu Boden. Als er endlich wieder aufschaut, sieht sie Trauer und Resignation in seinem Gesicht, aber daneben etwas anderes – ein Funkeln, eine Wut, die wie Glut in seinen dunklen Augen lodert.

»Diese armen, kaputten Seelen, für die du ausharrst … Begreifst du nicht, dass du genauso kaputtgehen wirst, wenn du bleibst?«

»Ich bin alles, was sie haben«, sagt sie. Nackte Angst schwingt in ihrer Stimme mit. »Zwing mich nicht, mich zu entscheiden.«

»Ich liebe dich, Lillian. Wie soll ich dich ziehen lassen?«

Sie wendet als Erste den Blick ab. »Alles, was du an mir liebst, was mich zu dem Menschen macht, der ich bin, zwingt mich zu bleiben.« Sie schluckt. »Dir bleibt nichts anderes übrig, als mich loszulassen.«

»Ich halt das nicht aus.« Er wringt die Hände, das Entsetzen steht ihm ins Gesicht geschrieben. Er kommt auf sie zu, als wollte er sie umarmen, und wendet sich dann mit einem Stöhnen ab. »Ich kann nicht bleiben. Ich muss gehen.« Er stürmt zwischen den Bäumen hindurch. Lillian steht am Rande der Lichtung und wartet, bis seine Schritte verklungen sind.

24

Lillian sitzt in ihrem Sessel im Salon, eine Häkeldecke über den Knien. Sie schaut in den verwilderten Park hinaus und lauscht auf das leise Aufheulen des Motors, als Maggie das Auto in der Auffahrt wendet. Es hustet und röchelt wie ein alter Mann. Lillian starrt auf die ungebändigten Hortensien, die wuchernden Hecken und versucht, sich auf die Blumen zu konzentrieren, deren verblühte hellrosa Köpfe so weich und fluffig aussehen wie Marshmallows. Doch der Motorenlärm fördert etwas aus den hintersten Winkeln ihres Gedächtnisses zutage, ruft es ihr wieder ins Bewusstsein.

Holt sie zurück in ebendieses Zimmer. Tageslicht flutet durch dieselben Bogenfenster und wird von den vertrauten Mahagonimöbeln reflektiert. Nur dass sie in dieser Erinnerung jünger ist und steht, statt zu sitzen, vom Rand des Teppichs aus zusieht, wie ihr Mann zuckend und zappelnd wie ein Fisch auf dem Trockenen seine letzten Atemzüge tut.

»Wir sollten Hilfe holen«, sagt sie.

Charles' Füße treten um sich, seine schwarzen Brogues knallen wiederholt gegen das Bein eines Beistelltischchens und schicken einen Stapel Untersetzer zu Boden. Einer seiner Schnürsenkel ist aufgegangen. Sie bückt sich, um ihm zu helfen, doch eine Hand packt ihren Arm.

»Warten Sie«, sagt Bentham und beobachtet Charles über ihre Schulter hinweg. Seine Gegenwart hat so etwas Verlässliches, Beruhigendes. Lillian rührt sich nicht vom Fleck und er genauso wenig.

Charles holt erneut aus, seine Arme rudern wild, als wollte er nach ihr greifen, obwohl sie weiß, dass er sie nicht sehen kann. Nicht jetzt, wo er die Augen so verdreht hat, dass das Weiße darin zu sehen ist. Sie stehen da und warten, bis er irgendwann erschlafft, das Gesicht genauso abstoßend rot-weiß gefleckt wie Mrs. Hills Corned Beef. Ein seltsames Blau umgibt seinen Mund, und seine Lippen glänzen speichelnass.

Erst da verlässt Bentham das Zimmer. Sie hört seine regelmäßigen Schritte auf den schachbrettgemusterten Fliesen, hört, wie er in der Halle zum Telefonhörer greift und dreimal die Wählscheibe betätigt.

»Cloudesley am Apparat«, sagt er mit tiefer, gefasster Stimme. »Wir haben einen medizinischen Notfall. Ja, einen Krankenwagen, bitte. Danke.« Erneute Schritte kündigen seine Rückkehr an.

»Ist er tot?«, fragt sie.

Er tritt nach vorn, beugt sich über den leblosen Körper und fühlt seinen Puls. »Nein«, sagt er und dreht sich zu ihr um, ohne ihren Blick richtig zu erwidern. »Tot ist er nicht.«

Lillian starrt auf Charles, sieht, wie sich sein Brustkorb unmerklich hebt und senkt. Sie braucht einen Moment, bis sie das in ihr aufsteigende Gefühl verstanden hat. Enttäuschung.

Als sie sich wieder zu Bentham umdreht, nickt sie. Aus Dankbarkeit, aber auch um diesen seltsamen Moment zu würdigen, den sie soeben als Leidensgefährten geteilt haben.

Der Motor röchelt erneut draußen in der Auffahrt. Lillian verdrängt die Erinnerung, die trotzdem einen unangenehmen Nachgeschmack wie von saurer Milch auf der Zunge hinterlassen hat. Ihr Spiegelbild starrt ihr aus der Fensterscheibe entgegen. Es zeigt nicht mehr die Frau, die ungerührt zusieht, wie ihr Mann einen Schlaganfall erleidet, sondern eine alte Dame, die zusammengesunken und hilflos in einem Sessel sitzt.

Kein Wunder, dass sich die Vergangenheit oft realer anfühlt als die Gegenwart! Das harte Leben, das sie geführt hat, die Erinnerungen und Gefühle, Lust wie Schmerz, die sie heimsuchen, sind stets schillernder und aufregender als die langweilige, dumpfe Gegenwart, das Gefangensein in diesem trägen, ihr kaum noch gehorchendem Körper.

All die verschiedenen Ichs, all die verschiedenen Lillians, alle in diesem einen Körper. Könnte sie die Zeit zurückdrehen und den Menschen warnen, der sie einst gewesen ist, was würde sie ihm dann sagen? Was würde sie dem trauernden Mädchen sagen, das auf einem Londoner Friedhof steht und Erde auf den Sarg seiner Mutter wirft? Oder der jungen Frau mit den aufgeschürften Knien und dem verbogenen Fahrrad? Der Frau, die auf einen Solitärring starrt, sein verheißungsvolles Funkeln bewundert? Hätte sie eine Warnung für die Frau parat, die ein Häuflein Federn in einer Hutschachtel in den Wald trägt? Ein paar weise Worte für die kaltherzige Frau, die in diesem Zimmer steht und zusieht, wie ein Mann direkt vor ihr zuckend um sich schlägt? Das Leben ist seltsam und rätselhaft. Nicht linear, sondern ein wildes Durcheinander aus Euphorie, Trauer, Schmerz und quälender Langeweile.

All diese Ichs hat es gegeben. All die Momente, in denen das Leben eine erstaunliche Wendung genommen, sie aus ihrem alten Leben herausgeschnitten hat wie ein vom Himmel fallendes Messer, um sie von dem zu trennen, was einst gewesen ist – von den Menschen, die sie einmal geliebt hat. Was würde sie dem Mädchen, der Frau heute sagen, die diese Momente erlebt, ihre Entscheidungen getroffen hat und damit leben musste? Was würde sie den Geistern sagen, die sie heute heimsuchen? So viele, die sie gekannt und geliebt hat, sind inzwischen Staub und Asche, nichts als Erinnerung. Ach, die Tyrannei des Alters. Die Einsamkeit des Lebens.

Wie oft hat es sich angefühlt, als hätte sie eine falsche Abzweigung genommen, ein Leben gelebt, das nicht zu ihr passt, während das, das sie sich wünschte, stets quälend außer Reichweite blieb.

Doch vielleicht, denkt sie, während sie die in sich zusammengesunkene Gestalt in der Fensterscheibe betrachtet, vielleicht wird es langsam Zeit zu akzeptieren, dass all diese Momente und verschiedenen Ichs das sind, was ihr Leben ausmacht. Weil sie sie alle zu dem gemacht haben, was sie heute ist. Eine alte Dame mit faltigem Gesicht und dicken Ringen an den geschwollenen, verrunzelten Fingern. Das ist das Leben, das sie gelebt hat. Vielleicht sogar das Leben, für das sie sich entschieden hat.

Der Motor draußen gibt ein letztes Stottern von sich, um dann laut aufzuheulen.

Noch ist da dieser Lebensfunke, denkt sie.

Sie fühlt sich, als hätte sie in letzter Minute einen Aufschub bekommen. Da ist etwas, das weitergegeben werden muss. An Maggie. Sie weiß nicht, ob es an den Medikamenten oder an ihrem benebelten Gedächtnis liegt, aber ihr fällt ums Verrecken nicht ein, was das sein könnte.

25

Maggie spürt sofort, dass etwas im Haus anders ist, kaum dass sie es durch die Hintertür betreten hat. Sie lässt die Lebensmitteltüten auf den Küchentisch fallen und läuft durchs Erdgeschoss, versucht herauszufinden, was das sein könnte.

Alles scheint in bester Ordnung zu sein. Lillian döst in ihrem Sessel im Salon, das Radio läuft leise. Die Türen zu den ungenutzten Zimmern im Erdgeschoss sind geschlossen. Nichts weist darauf hin, dass etwas durcheinandergebracht oder gestört wurde. Erst als sie die Eingangshalle erreicht, dämmert es ihr.

Auf der staubigen Kommode markiert ein kreisförmiger Fleck auf dem Holz die Stelle, an der einst eine große Porzellanvase stand. Daneben liegt ein Zettel. Maggie greift danach und liest die daraufgekritzelten Worte. Als sie damit fertig ist, zerknüllt sie energisch das Papier und wirft es quer durch die Halle. »Scheißkerl«, ruft sie in den leeren Raum hinein.

***

Später an diesem Abend lässt Maggie das Abendessen ausfallen und schraubt eine Whiskeyflasche aus dem Schrank unterm Schreibtisch ihres Großvaters auf, schnuppert an ihrem Inhalt. Vermutlich viele Jahre alt, doch er riecht gut. Kann Whiskey überhaupt schlecht werden? Sie setzt die Flasche an den Mund und nimmt einen großen Schluck, spürt das Brennen hinten in der Kehle. Es schmeckt okay, also macht sie es sich im Ledersessel bequem und legt die Füße auf den Schreibtisch. Sie prostet dem Foto ihres Großvaters zu und nimmt einen weiteren Schluck.

Erst als die Flasche zu einem Drittel geleert ist und sie einen fast ununterbrochenen inneren Dialog geführt hat, ist sie davon überzeugt, dass sie Will besuchen sollte. Sie greift nach ihren Autoschlüsseln und eilt hinaus in die Nacht. Nur knapp verfehlt sie einen der Torpfosten, als sie die Auffahrt verlässt. Auf der Straße ist es stockfinster, und sie muss sich tief übers Lenkrad beugen, um die Kurven zu erkennen.

Auf halber Strecke hält sie mitten auf der Fahrbahn an. Sie greift in ihre Tasche und zieht einen graulila herzförmigen Stein hervor. »Was Schönes, von wegen!« Sie wirft das Ding aus dem offenen Fenster, es verschwindet im Wald dahinter.

Als sie das Haus von Wills Eltern erreicht, schaltet sie die Scheinwerfer aus, parkt vor der Garage und geht auf den Eingang zum modernen Anbau zu.

»Ich bin nur gekommen, um dir zu sagen«, hebt sie an und tippt Will, als er ihr aufmacht, mit dem Zeigefinger auf die Brust, »dass du recht hattest.«

»Hallo«, sagt er, sichtlich überrascht, dass sie vor seiner Tür steht. »Alles okay?«

»Es geht mir gut.« Sie lehnt sich gegen den Türrahmen und versucht, sein Gesicht scharf zu stellen.

»Wie bist du hergekommen?« Er wirft einen Blick hinter sie in die Dunkelheit. »Bist du mit dem Auto da?«

»Passt schon«, sagt sie und lallt nur ein bisschen. »Ich war total vorsichtig.«

»Wie viel hast du intus?«

»Bloß ein paar Schluck Whiskey.«

Will nimmt sie am Arm. »Komm rein, ich mach dir einen Tee.«

Sie stöhnt. »Tee und Mitleid – genau, was ich brauche. Hast du nichts Stärkeres?«

»Kaffee?«

Sie verdreht nur die Augen.

»Komm rein, dann sehen wir weiter.«

Will führt sie in die Einliegerwohnung. Es ist ein bescheidenes Apartment, gerade groß genug für eine kleine Küchenzeile, ein Sofa und ein großes gusseisernes Bett. Die Einrichtung ist hübsch. Schlichte weiße Vorhänge an den Fenstern, aufgeschüttelte Samtkissen auf dem Sofa und ein blassgrauer Teppich auf dem Fußboden. Alles sehr geschmackvoll und typisch Mary Mortimer, auch wenn Will inzwischen Spuren hinterlassen hat. Eine Gitarre in der Ecke, schlammbespritzte Stiefel hinter der Tür, Familienfotos auf dem Kamin.

»Du hast es dir schön gemacht.« Sie schaut sich um.

»Danke.«

Will füllt den Wasserkessel und löffelt gemahlenen Kaffee in eine Kanne. »Wir trinken erst mal einen Kaffee.«

Maggie lässt sich seufzend aufs Sofa plumpsen. »Willst du nicht wissen, womit du recht hattest?«

»Erzähl es mir.«

»Albie. Er ist abgedampft. Er hat eine von Charles' kostbarsten Porzellanvasen mitgenommen und uns mal wieder sitzenlassen. So viel zu seinem hehren Versprechen. *Ich werde so lange bleiben, bis du mich nicht mehr brauchst*«, äfft sie ihn nach.

Will dreht sich am Küchenschrank zu ihr um, aus dem er gerade Becher holt. »Das tut mir leid. Das ist echt doof.«

Sie nickt. Will ist barfuß. Sein T-Shirt hat am Ärmel einen Riss, der seinen gebräunten Bizeps freigibt. Maggie lässt seinen Körper auf sich wirken, während er die Kühlschranktür öffnet.

»Du musst wissen, dass ich ihn dabei ertappt habe, wie er in irgendwelchen Schubladen gewühlt hat«, fährt er fort und nimmt Milch aus dem Kühlschrank. »Ich dachte mir gleich, dass er nichts Gutes im Schilde führt.«

Maggie nickt und reißt sich von Wills muskulösen, braun gebrannten Armen los. Aus dem Erinnerungsnebel löst sich das Bild von Albies Rückkehr, als sie ihn dabei erwischt hat, wie er die Mahagonikommode in der Bibliothek durchsuchte.

»Ich glaube, er ist nur deswegen zurückgekommen, um zu gucken, worum er Lillian noch erleichtern kann.«

Will gesellt sich zu ihr aufs Sofa und stellt zwei Kaffeebecher auf das Tischchen vor ihnen.

Sie seufzt. »Es ist jedes Mal dasselbe. Die emotionale Rückkehr nach Hause. Die wilden Versprechungen. Fast so, als würde er selbst daran glauben, dass diesmal alles anders ist. Doch dann …« Sie schüttelt den Kopf. »Dann passiert irgendwas, und er macht zu, wird launisch und verstockt. Läuft rum, als würde er die Last der ganzen Welt auf seinen Schultern tragen, bis er – peng! – ganz plötzlich fort ist.« Sie stöhnt. »Warum muss ich nur jedes Mal drauf reinfallen?«

»Sei nicht so hart gegen dich selbst. Manche Menschen können das einfach«, sagt Will. »Die wissen genau, welche Knöpfe sie drücken müssen. Wir möchten gern glauben, dass sie sich ändern können. Also lassen wir sie an uns heran, nur damit sie uns jedes Mal von Neuem wehtun.«

»Nun, ich bin es endgültig leid.«

»Ja«, sagt Will vorsichtig, ohne ihr richtig in die Augen zu schauen. »Das glaub ich dir gern.«

Sie schaut sich wieder im Apartment um, nimmt Wills herumliegende Habe in sich auf. Ihr Blick bleibt an einem gerahmten Foto hängen. Es zeigt Will und Gus in Skiklamotten auf dem Gipfel eines schneebedeckten Berges. Beide schauen mit dem gleichen breiten Grinsen in die Kamera, haben einander die Arme um die Schultern gelegt. Sie kann sich noch gut an diesen Urlaub erinnern, daran, wie sie mühsam ihre dicken Skihandschuhe ausgezogen hat, um diesen Moment mit ihrem Handy festzuhalten. Sie hat den Schnappschuss vor vier, fünf Jahren gemacht, bevor Gus und sie ein Paar wurden. Bevor es zwischen ihnen dreien schiefgelaufen ist.

»Warum bist du zurückgekommen?«, fragt sie Will.

»Wie bitte?«

»Na ja, in London ist es bei dir doch prima gelaufen, oder? Eine nette Freundin. Eine tolle Karriere in dieser Anwaltskanzlei. Warum hast du das alles über Bord geworfen, nur um in dieses Kaff zurückzukehren, über der Garage deiner Eltern zu wohnen und für Lillian zu arbeiten? Das ergibt keinen Sinn.«

»Nein?«

»Nein.«

Will starrt sie an. Sie hat Mühe, seinen Gesichtsausdruck zu deuten. Er ist genervt oder verärgert, genau kann sie es nicht sagen.

»Nun, wenn du es genau wissen willst, Georgia und ich hatten Probleme. Als wir uns getrennt haben, fand ich es nur logisch zurückzukommen, um wieder einen klaren Kopf zu kriegen. Dann hat Lillian mir den Job angeboten, und ich dachte, was soll's! Ich mag sie und helfe ihr gern. Es tut mir gut, der Stadt für eine Weile den Rücken zu kehren. Mal loszulassen, im Freien zu arbeiten.«

Ermutigt durch seine Offenheit, vielleicht auch dadurch, dass er seit der Sache mit dem Badezimmerhahn zum ersten Mal seine ablehnende Haltung aufgegeben hat, hakt sie nach. »Ich dachte, du willst so wenig wie möglich mit meiner Familie oder mit mir zu tun haben.«

Will erwidert ihren Blick. »Was zwischen Gus und dir passiert ist, war schlimm, Maggie. Er ist mein Bruder, und ich liebe ihn. Doch ich vermute mal, du hattest deine Gründe. Mum mag das anders sehen, aber Mum sieht die Dinge generell schwarz oder weiß. In ihren Augen ist etwas gut oder schlecht, richtig oder falsch. Außerdem kennt sie dich nicht so lange wie ich.«

Will schaut sie an, vielleicht etwas länger als notwendig. Maggie ist ziemlich betrunken und weiß nicht, ob sie die Situation richtig einschätzt. Was will er ihr sagen?

»Du hasst mich also nicht?«

Will seufzt. »Nein, Maggie, ich hasse dich nicht.«

Sie nimmt seine Hand. »Es tut mir leid. Ich hab alles vermasselt, was?«

Er starrt auf seine Hand in ihrer. »Du bist betrunken, Maggie. Ich bring dich lieber nach Hause.«

Sie lehnt sich an ihn, schaut durch ihre gesenkten Wimpern zu ihm empor. »Weißt du noch, wie wir bis spätnachts aufgeblieben sind und uns auf dem Sofa deiner Eltern diese Horrorfilme angeschaut haben, zu dritt aneinandergekuschelt? Wie wir uns eine Decke und eine Flasche Wein geteilt haben?«

»Ja.«

»Ich glaube, diese Abende mit euch gehören zu den glücklichsten Momenten meines Lebens.«

Will stellt seinen Kaffeebecher auf den Couchtisch und lässt sich ins Sofa zurücksinken. »Ja, Maggie, das waren schöne Zeiten.«

»Mehr als nur schöne Zeiten.«

Will hebt fragend die Brauen.

»Ich vermisse diese Nähe.« Sie beugt sich ein wenig vor, legt eine Hand auf sein T-Shirt und versucht, sich auf sein Gesicht zu konzentrieren. »Ich vermisse dich.«

Sie wartet mit angehaltenem Atem. Er erwidert nichts, weicht aber auch nicht zurück. Deshalb schaut sie ihm in die blauen Augen und spürt, wie ihr ganz heiß wird. Sie macht weiter, weil ihre Sehnsucht so groß ist – egal, wie seine Reaktion ausfallen mag. Sie will endlich wissen, welche Gefühle er für sie hegt. »Was, wenn ich dir sage, dass ich die Nacht mit dir verbringen will?«

Will zögert. »Du willst hierbleiben und Horrorfilme mit mir schauen?«

»Nein. Ich will bei dir bleiben. In deinem Bett«, fügt sie hinzu, falls er nicht begriffen haben sollte, was sie möchte.

Er mustert sie eine gefühlte Ewigkeit. »Selbst, wenn es mir genauso gehen würde, Maggie, meinst du nicht, dass der Zug längst abgefahren ist? Wir können niemals zusammen sein. Du hast dich für Gus entschieden.«

Es fällt ihr unheimlich schwer, seinem Blick standzuhalten, doch sie gibt ihr Bestes. »Ich wusste gar nicht, dass ich eine Wahl habe.«

Will seufzt.

»Ich habe einen Fehler gemacht.«

Will schaut nicht weg. »Ja, das hast du.«

Maggie schluckt. »Ich konnte ihm das nicht sagen. Ich wusste nicht, wie.«

»Was sagen?«

»Etwas, das ich erst viel zu spät begriffen habe.«

»Was denn?«

»Dass ich mit dem falschen Bruder zusammen bin. Dass ich dich liebe, nicht Gus. Dass ich immer nur dich geliebt habe.«

Will sagt nichts.

Angesichts seines Schweigens stammelt Maggie weiter. »Ich bin im letzten Jahr vor so vielem davongerannt, hab mich in alles Mögliche gestürzt, nur damit ich nicht darüber nachdenken muss, was ich Gus angetan, wie sehr ich ihn verletzt habe. Aber auch, um mich vor diesem anderen Riesenthema zu verstecken, das mir erst in den letzten paar Wochen klar geworden ist. Nämlich davor, wie sehr ich in dich verliebt bin. Ich bin total in dich verknallt.«

Maggie hält den Atem an. Will bleibt stumm, schaut aber nicht weg. Irgendwo tief in ihrem whiskeybenebelten Hirn interpretiert sie sein Schweigen als gutes Zeichen.

»Gus ist mit einer anderen zusammen«, sagt sie. »Wir sind beide Singles. Warum können wir nicht zusammen sein?« Sie beugt sich weiter vor, so nah, dass sie seinen Atem auf ihrer Wange spüren kann. »Ich merke, dass da was zwischen uns ist. Das fühlst du doch auch, oder?«

Will macht den Mund auf, doch es kommt nichts heraus.

»Was ist? Sag doch was, bitte.«

Will findet seine Stimme wieder. »Du meinst also, dass wir

die Fehler der Vergangenheit vergessen sollten?« Sie nickt. »Dass wir miteinander in die Kiste steigen sollten?«

Sie bemüht sich um ein überzeugendes Lächeln. »Na ja …«

»Dass wir das aus einer Augenblickslaune heraus machen sollten? Ist doch egal, was die anderen sagen oder fühlen?«

»Nein, das nicht, ich meine nicht, dass …«

Er schneidet ihr das Wort ab, weicht vor ihr zurück, sodass ihre Hand von seiner Brust rutscht. »Das wäre mal wieder typisch Maggie, nicht wahr? Völlig impulsiv zu handeln, ohne jede Rücksicht auf andere. Womit du ganz genauso wärst wie Albie. Du kommst völlig aufgelöst zurück nach Cloudesley und machst wilde Versprechungen. Wie lange gibst du mir, bis du abhaust? Bis du wieder alle Brücken hinter dir abbrichst?«

Maggie starrt ihn an, versucht, seinem plötzlichen Stimmungsumschwung zu folgen.

»Tut mir leid, Maggie, ich kann das nicht.«

»Gut«, sagt sie und empfindet seine Zurückweisung wie einen Schlag ins Gesicht. »Tut mir leid. Tut mir leid, dass ich das zwischen uns falsch verstanden habe. Tut mir leid, dass ich dir meine Gefühle gestanden habe. Tut mir leid, dass ich heute Nacht überhaupt hergekommen bin.« Sie steht auf, leicht schwankend, und auf einmal wird ihr übel.

»Wo willst du hin?«

»Nach Cloudesley.«

»Du kannst nicht mehr fahren. Du hast zu viel getrunken.«

»Mir geht's gut.« Doch als sie auf die Tür zugeht, weiß sie, dass sie es nicht mehr schaffen wird. Stattdessen macht sie kehrt und rennt ins Bad, erreicht gerade noch rechtzeitig die Kloschüssel, bevor sich ein Schwall aus Galle und Whiskey dort hineinergießt.

***

Maggie wacht im Doppelbett auf, allein und vollständig bekleidet. Das erste Morgenlicht scheint durch die weißen Vorhänge. Sie schließt die Augen, liegt reglos da und versucht, sich zu erinnern, was am Vorabend passiert ist. Albies Abreise fällt ihr wieder ein. Der Whiskey. Die Autofahrt über dunkle Straßen. Das Klingeln bei Will. Ihre Hand auf seiner Brust. Und dann … O Gott.

Im Halbdunkel kann sie Will gerade so erkennen. Er liegt zusammengerollt auf dem Sofa, eine Decke über sich gebreitet. Außerhalb des Apartments werden Morgengeräusche laut. Ihr Kopf pocht, und ihr Mund ist völlig ausgetrocknet. Noch schlimmer ist die Scham. Sie droht, Maggie regelrecht zu verschlingen.

Sie schlüpft aus dem Bett, schleicht auf Zehenspitzen an Will vorbei und kritzelt eine kurze Entschuldigung auf die Rückseite eines Briefumschlags. Dann lehnt sie ihn gegen den Wasserkessel, huscht aus dem Apartment, zieht die Tür hinter sich zu und eilt beschämt zum Wagen. Dort bleibt sie eine Ewigkeit auf dem Fahrersitz hocken, den Kopf aufs Lenkrad gelegt und die Augen geschlossen. Nie hätte sie geglaubt, dass sich ihre Beziehung zu den Mortimers noch weiter verschlechtern könnte. Doch als ihr das Gespräch wieder in den Sinn kommt, kann sie ein leises Stöhnen nicht unterdrücken. Was um alles in der Welt hat sie da nur getan?

26

Was um alles in der Welt hat sie da nur getan?

Lillian geht in ihrem Zimmer auf und ab, erfasst von schrecklicher Panik. Wie dumm von ihr zu glauben, sich mit Jack im Wald treffen und die Spuren von Charles' Brutalität verbergen zu können. Natürlich hat er gemerkt, dass etwas nicht stimmt. Und jetzt, wo er Bescheid weiß, hat sie Angst, was er damit anfängt. Er hat so wütend ausgesehen. Wird er ihre Enthüllungen für sich behalten oder Charles aus falsch verstandener Ritterlichkeit damit konfrontieren? Und so einen neuen Albtraum heraufbeschwören? Oben auf ihrem Zimmer quält sie sich mit unzähligen Gewaltvisionen.

Fast noch schmerzhafter als ihre Angst davor, wozu ein tobender Charles in der Lage sein könnte, ist die Erkenntnis, dass Jack Cloudesley in wenigen Stunden verlassen wird. Obwohl sie selbst dafür gesorgt hat, dass er ohne sie fortgeht, ist das vielleicht das Schlimmste. Die Ironie des Schicksals entgeht ihr nicht. Dass es nach all den Hieben und Schlägen, die sie einstecken musste, nach all den Grausamkeiten und Misshandlungen ausgerechnet Jacks Zärtlichkeit ist, die sie in Stücke reißt.

Lillians Hände hören nicht mehr auf zu zittern. Sie trinkt ein wenig Brandy, legt sich aufs Bett und versucht zu schlafen.

Vergeblich. Irgendwann, tief in der Nacht, ertappt sie sich dabei, auf Zehenspitzen durch die Flure des Westflügels zu schleichen und vor dem ehemaligen Kinderzimmer stehen zu bleiben. Die Tür ist verschlossen, doch sie spürt, dass sich dahinter etwas regt. Da ist das Scharren der Leiter, die über die Holzdielen geschoben wird, das Klappern von Farbdosendeckeln. Jack scheint schwer aktiv zu sein. Sie hat die Hand bereits zum Klopfen gehoben, als sie sie wieder fallen lässt, auf dem Absatz kehrtmacht und in ihr Zimmer zurückgeht. Was soll sie ihm schon mitteilen, was sie ihm nicht längst im Wald gesagt hat? Es gibt nur eine Möglichkeit, wie das Ganze enden kann. Jack muss abreisen.

Die Nacht zieht sich hin, bis Lillian irgendwann die Augen aufschlägt und sieht, wie die Morgenröte die Wipfel der Buchen liebkost. Normalerweise wäre sie froh über die aufgehende Sonne. Doch heute markiert sie den Tag, an dem der Raum zugänglich gemacht und Jack Cloudesley verlassen wird. Mit der Sonne dämmert eine letzte Erkenntnis herauf.

Dadurch dass sie sich im Wald so sehr gegen ihre Gefühle gewappnet und versucht hat, die brutale Wahrheit über ihre Ehe mit Charles zu verbergen, hat sie völlig versäumt, Jack zu sagen, was er ihr bedeutet. Lillian weiß, dass ihr der Gedanke, Albie zu verlassen, unerträglich ist. Das gilt jedoch auch für den Gedanken, dass Jack geht, ohne um ihre aufrichtige Liebe zu wissen. Ohne zu wissen, dass er nicht nur ein Sommerflirt für sie war, sondern vielleicht der wichtigste, bedeutendste Mensch in ihrem Leben. Sie muss ihm das irgendwie mitteilen.

Mit Augen, die vor Müdigkeit brennen, und nach wie vor zitternden Händen greift sie zu Stift und Papier und beginnt, an der Frisierkommode zu schreiben.

Mein allerliebster Schatz,
ich habe dir einmal gesagt, dass dieses Knistern zwischen uns so stark, ist, dass es mir den Atem raubt …

Die Worte fließen nur so aufs Papier, werden ihr unmittelbar von den Gefühlen eingegeben. Als sie fertig ist, starrt sie auf den Brief, liest sich alles noch einmal durch.

Es wird keine weiteren Treffen im Wald geben. Sie wird einen anderen Weg finden müssen, ihm den Brief zukommen zu lassen. Da fällt er ihr wieder ein, der einzige Ort in Cloudesley, der nach wie vor ihm gehört, wenn auch nur für einen weiteren Tag.

***

Lillian hat vorgehabt, den Umschlag unter der Tür durchzuschieben. Doch als sie im Westflügel das Ende des Flurs erreicht, staunt sie, dass die Tür zum ehemaligen Kinderzimmer offen steht. Der Schlüssel, den sie ihm vor Wochen gegeben hat, steckt. Ein grüngoldener Schimmer fällt in den Korridor. Der Geruch nach Farbe und Terpentin hängt in der Luft, aber auch Stille. Eine schwer lastende Stille. Sie lauscht und überlegt, ob er wohl noch da ist. Dann klopft sie vorsichtig und drückt die Tür weiter auf.

Nach dem Dämmerlicht im Flur müssen sich ihre Augen erst an den lichtdurchfluteten Raum gewöhnen. Lillian blinzelt mehrmals, doch selbst nachdem sich ihre Pupillen angepasst haben, weiß sie nicht, ob sie richtig sieht. Sie steht da wie erstarrt, schaut sich um, traut ihren Augen kaum. Vielleicht schlafwandelt sie?

Wie durch ein Wunder steht sie nicht länger in dem kalten

Kinderzimmer, sondern auf der Waldlichtung. In der *grünen Kathedrale*, in der Jack sie vor all den Wochen zum ersten Mal geküsst hat. Dort, wo sie den betäubten Sperber begraben wollten, nur um dann seiner wundersamen Auferstehung beizuwohnen.

Um sie herum ragen die glatten, grauen Stämme uralter Buchen an den Zimmerwänden empor, bilden mit ihren Ästen ein Geflecht aus Zweigen und Blättern. An der Decke wurden Farben und Blattgold so geschickt kombiniert, dass sie einen sehr dichten, üppigen Blätterhimmel ergeben. Trotzdem handelt es sich nicht um die Lichtung, nicht im realen Sinn, weil die schmal zulaufenden Bäume keine Blätter tragen, sondern außergewöhnlich schillernde Federn, die sich an der Decke spreizen wie der Schwanz eines Pfaus. Hunderte von grünen, goldenen und saphirblauen Augen starren auf sie herunter. Jacks atemberaubendes Wandbild verfremdet die ansonsten realistische Darstellung ihrer Waldlichtung völlig, gibt eine fantastische, traumartige Version davon wieder. Ihre grüne Kathedrale ist spektakulärer und schöner, als sie sich das je hätte ausmalen können.

Sie nähert sich den Bäumen und streckt die Hand aus, ertastet statt der Rinde die glatte kühle Wandoberfläche. Sie kann sich ein Lächeln nicht verkneifen. Der Trompe-l'Œil-Effekt ist überwältigend und schwindelerregend zugleich. Sogar die Fensterläden und Gesimse wurden bemalt, um die Illusion von Bäumen aufrechtzuerhalten, während die Glaskuppel hoch über ihrem Kopf Licht verströmt, als wäre sie die Sonne, die durch das Blätterdach voller Augen scheint. Die einzige andere Lichtquelle sind die Erkerfenster, die nach wie vor von den grünen Samtvorhängen flankiert werden und nahtlos mit dem Wandbild verschmelzen. Die Gesamtwirkung ist fast unheimlich und verstörend.

Lillian zieht es den Boden unter den Füßen weg, weil sie nicht weiß, was echt ist und was nicht. Genau wie in dem Buch, aus dem sie Albie vorgelesen hat, in dem ein Junge durch einen Kleiderschrank in eine ganz neue Welt gelangt. Genau so fühlt es sich an. Als hätte sie ein anderes Universum betreten, einen fantastischen Ort, der nicht von dieser Welt ist.

Es sind nicht nur die Pfauenfederaugen, die sie anstarren. Sie entdeckt andere Details. Ein scheuer Schopfhirsch, der aus dem Unterholz späht. Ein Eichhörnchen hoch oben in einem Baum mit einer Nuss zwischen den Pfoten. Kleine Vögel, die hie und da umherflattern. Jacks Pinsel hat selbst die kleinsten Einzelheiten eingefangen. Das Netz einer Silberspinne, einen krabbelnden Marienkäfer, einen weißflaumigen Giftpilz. Das Einzige, was fehlt, ist das Rauschen des Blätterdachs und das leise Rascheln von Insekten, die über den Waldboden huschen.

Als sie sich im Raum dreht, erspäht sie weitere Details zwischen den Baumstämmen, bukolische Szenen im Hintergrund, die den ohnehin illusionistischen Wandmalereien noch mehr Tiefe verliehen. In der Ferne entdeckt Lillian eine Dorfwiese, Männer im weißen Kricketdress verstreut im grünen Gras. Eine weitere Szene zeigt zwei blonde Frauen unter einer Zeder, zu ihren Füßen windet sich ein Fluss. Noch weiter hinten sieht sie das steinerne Denkmal von Coombe Hill aufragen. Eine vierte Miniatur zeigt einen gepflegten Rasen, der zu einem prächtigen alten Herrenhaus ansteigt, Cloudesley, wie es leibt und lebt. Mehrere Pfauen stolzieren über das Anwesen, ein kleiner Junge wirft einem grauen Wolfshund einen Ball zu, während ein Mann mit einem roten Skizzenbuch im Schoß auf dem Rasen liegt und die beiden zeichnet. Sie lächelt über Jacks Selbstporträt, das sich in das Wandbild geschlichen hat.

Das ergreifendste Motiv bemerkt sie erst, als sie sich noch einmal umdreht und zur Decke schaut. Ein einziger Fleck blauen Himmels, eine einsame Lücke im Blätterdach, darin die Silhouette eines vertrauten Vogels. Ein Sperber, der in die Freiheit fliegt. Erneut lächelt sie, denkt an den ersten Tag mit Jack in ihrer Kathedrale im Wald zurück.

Erst da begreift sie, was der Raum ist. Nicht nur eine spielerische Umsetzung ihres Anwesens mitsamt der umgebenden Landschaft, ein Triumph meisterhafter Illusionsmalerei. Sondern noch etwas ganz anderes, nämlich eine Liebeserklärung. Ein heimlicher Verweis auf ihre Liebesaffäre, eine Darstellung ihrer kostbarsten Momente. In einem geheimen Code, den nur sie verstehen kann. Lillian wirbelt verblüfft herum, saugt alles regelrecht in sich auf.

Als sie sich erneut weiterdreht, bemerkt sie einen Abschnitt unten auf der Wand, gleich bei der darangelehnten Leiter und mehreren zusammengeknüllten Abdecklaken. Wie konnte sie den Fuchs übersehen, der in den schwarzen Schatten lauert? Mit rostbraunem Fell und funkelnden bernsteinfarbenen Augen beugt er sich über seine Beute. Ein seltsamer weißer Haarschopf ziert seinen Kopf, und sein weißes Maul trieft vor frischem Blut. Vor ihm auf dem Boden liegt ein zweiter Sperber, reglos, blutig und zerfetzt, von Federn umgeben.

Eine grausame Szene in einem ansonsten idyllischen Motiv. Sie berührt den Teil der Wand, an der das Blut glänzt, staunt über den realistischen Effekt. Als sie den Finger wegnimmt, sieht sie, dass ihre Haut feucht und rot ist. Kein Trompe-l'Œil, sondern frische Farbe, die noch trocknet. Damit war Jack also die ganze Nacht beschäftigt. Er hat sein Werk um dieses letzte, brutale Detail ergänzt.

Sie starrt auf den reglosen Vogel, auf das Blut und die glänzenden Speicheltropfen, auf die spitzen Zähne des Fuchses, mustert den wilden Blick in seinen schmalen Augen und begreift. Das ist Charles mitsamt seinem weißen Haarbüschel auf dem rotbraunen Kopf, mitsamt seinen bernsteinfarbenen Augen. Jack hat das wahre Gesicht ihres Mannes gezeigt. Jeder, der bereit ist, einen Blick in den Schatten zu werfen, kann es sehen. Er hat Charles' wahre, brutale Natur enthüllt und lässt ihr mit dieser letzten Vignette eine Warnung zukommen. Wenn du bleibst, wirst du eines Tages enden wie der Sperber, tot und zerfetzt.

Lillian gerät ins Schwanken, verliert das Gleichgewicht, als würde sich der Boden unter ihren Füßen auftun. Ihr ist bereits schwindelig vor Erschöpfung, aber der Raum gibt ihr den Rest. Sie legt den Brief an Jack neben seine Farben und Pinsel auf den Tisch. Angesichts seines Werks kommen ihr ihre Worte furchtbar unzureichend vor. Dann geht sie zum Erkersofa, wo sie sich in die samtenen Polster sinken lässt.

Sie starrt auf den Fuchs, ist von dem aus dem Maul triefenden Blut wie hypnotisiert.

Sie schaut sich die Bäume und Federn an, die schillernden Augen, die sie von oben im Blick behalten.

Sie betrachtet den Sperber, der vor dem Fleck blauen Himmels in die Freiheit fliegt.

Der Raum ist eine einzige Liebeserklärung.

Sie sieht sich einem Mann gegenüber, der sie zermalmen wird, wenn sie bleibt.

Doch wenn sie geht, wird ein unschuldiger Junge leiden müssen, vermutlich auch ihre Schwester.

Sie spürt, wie sie die tausend Pfauenaugen an der Decke prüfend ansehen, auf ihre Entscheidung warten. Aber als sie die grausame Wahrheit ihrer ausweglosen Lage überdenkt, spürt sie, wie etwas in ihrem Herzen nachgibt, als würde sich eine feine, geschlossene Knospe plötzlich öffnen und dem ersten Blütenblatt erlauben, sich zu entfalten.

Je länger Lillian auf dem Sofa sitzt und sich das atemberaubende Wandbild anschaut, desto mehr spürt sie Jacks wahre Liebe und begreift, dass sie nur eine Wahl hat. Sie muss mit Jack fortgehen. Auch wenn es ihr das Herz bricht, Albie im Stich zu lassen. Auch wenn sie Helenas Pflege im Cedar House gefährdet. Sie weiß, dass sie Charles verlassen muss, bevor er sie zerstören kann, und sie wird Mittel und Wege finden, diejenigen zu schützen, die sie liebt. Mit Jack an ihrer Seite.

Der Raum fühlt sich drückend schwül und stickig an. Noch ganz schwindelig von ihrer Erkenntnis, den Kopf schwer von Müdigkeit, versucht sie, das Fenster hinter sich zu öffnen. Der Riegel klemmt, und nach einem halbherzigen Versuch gibt sie auf, lehnt sich hinter dem Vorhang zurück und zieht die Beine aufs Sofa. Die Sonne scheint warm auf ihren Rücken.

Sie wird auf Jack warten. Sie wird ihm ihre Entscheidung mitteilen, sobald er wiederkommt. Denn sie weiß, dass das der einzige Ort ist, an den er zurückkehren wird. Sein Bündel mit den Pinseln liegt auf dem Tisch in der Raummitte, sein Kasten mit den Ölfarben ist noch geöffnet. Ihr ist, als hätte sie seit Tagen nicht mehr richtig geschlafen. Jetzt, da ihre Entscheidung endgültig feststeht, kann sie nicht gehen, ohne ihn gesehen zu haben. Sie schließt die Augen, endlich mit sich im Reinen. Sie werden heute gemeinsam fortgehen. Es ist das einzig Richtige.

***

Als Lillian aufwacht, hat ihr der Raum erneut einen Streich gespielt. Die Bäume sind fort, wie hinter dichtem Nebel verborgen. Sie fragt sich, ob sie noch schläft, doch dann riecht sie den Rauch, sieht, wie er auf sie zurollt, und weiß, dass das kein Trick ist, keine Illusion. Etwas beängstigend Reales knistert und faucht im Raum. Eine orangerote Stichflamme kommt durch den dicken grauen Nebel auf sie zu. Draußen schlägt ein Hund an.

Mehrere Flammen kriechen heiß und rot auf das Erkersofa zu. Irgendwo in der Ferne hört sie ein wütendes Hämmern, eine Stimme über den Lärm hinweg. »Aufmachen. Mach die Tür auf.«

Komisch! Sie denkt an den Schlüssel, den sie im Schloss gesehen hat. Ich hab doch nicht abgeschlossen?

Der lange Samtvorhang neben ihr bewegt sich in der heißen Luft, und sie sieht, wie die erste Flamme seinen Saum erfasst, beginnt, daran emporzulodern. Sie schiebt den Stoff weg und dreht sich zum Fenster, drückt gegen die Scheibe, doch der Riegel klemmt nach wie vor. Sie weiß nicht, wie sie ihn aufkriegen soll. Der Rauch wird dichter, und die Glaskuppel verdunkelt sich. Sie beginnt zu husten, und da erst packt sie die Angst. Ein stummer Schrei bildet sich in ihrer Kehle. Sie ist in einem brennenden Zimmer gefangen.

»Hilfe«, schreit sie. »So helft mir doch!«

Das Hämmern auf der anderen Seite der Tür wird lauter. Durch die Scheibe kann sie gerade noch erkennen, wie jemand über den Rasen läuft.

»Hilfe«, schreit sie erneut und trommelt gegen die Scheibe. »Ich bin hier drin.«

Sie hustet und kann nicht mehr damit aufhören. Jeder Atemzug schmerzt, heißer Rauch füllt ihre Lunge. Instinktiv kauert sie sich auf dem Boden zusammen und beginnt, dorthin zu kriechen, wo sie die Tür vermutet. Doch die Hitze im Raum nimmt rasch zu, und der Rauch verwirrt sie so, dass sie jede Orientierung verliert. Ein schweres dunkles Etwas fällt von oben herab und landet auf ihren Beinen. Sie sieht, wie ein Funkenregen auf sie niedergeht, spürt den sengenden Schmerz auf der Haut. Sie schließt die Augen und versucht, nicht zu atmen. Hinter ihr ist berstendes Glas zu hören.

Bitte, denkt sie, während die Dunkelheit näher rückt, bitte helft mir doch.

27

In Lillians Kopf herrscht ein Riesenchaos, Erinnerungsfetzen wirbeln durcheinander. Sie rennt durch einen Londoner Garten, hört das Fußgetrappel ihrer Schwester hinter sich. Die schrille Sirene eines Fliegeralarms zerreißt die Luft, als sie sich in die Dunkelheit eines Schutzraums wirft. Im nächsten Moment ist sie gefangen, liegt in einem Raum ohne Sauerstoff, mit furchtbaren Schmerzen im Bein, während sich ihre Lunge mit beißendem Rauch füllt und jemand gegen eine Holztür hämmert. Eine laute Explosion ist zu hören. Das Knistern von Flammen. Der Schrei ihrer Schwester. Pfauenaugen, die sich bewegen und wie ein Kaleidoskop um sie herumwirbeln. Sie ist in der Vergangenheit gefangen wie ein Schmetterling unter einem Glassturz, wie ein Vogel im Käfig.

Sie bekommt keine Luft mehr.

»Lillian«, sagt eine eindringliche Stimme. »Lillian, ich bin's, Maggie. Du träumst, wach auf!«

Lillian kann nicht. Die Dunkelheit verschlingt sie.

»Lillian?«

Sie spürt eine kühle Hand auf der Stirn, bevor sie erneut eilige Schritte vernimmt. Diesmal entfernen sie sich.

***

»Welchen Eindruck haben Sie?«, fragt Maggie nervöser, als sie das gerne zugeben würde.

Die Ärztin klappt ihren Koffer auf und zieht einen Rezeptblock heraus. »Ihr Blutdruck ist erhöht, und sie hat Fieber. Ich werde ihr ein Antibiotikum und neue Medikamente verschreiben, die ihren Blutdruck stabilisieren sollen. Ich möchte Ihre Großmutter in einigen Tagen gern ein zweites Mal untersuchen. Sollte es vorher Grund zur Sorge geben, rufen Sie bitte sofort in der Praxis an.« Sie stellt das neue Rezept aus und gibt es Maggie.

»Danke. Was ist mit ihrer Atmung? Sie hat gesagt, dass sie keine Luft kriegt, hat ständig von Rauch geredet.« Maggie sieht die Ärztin verwirrt an. »Das war seltsam.«

Die Ärztin nickt. »Jetzt wirkt sie ganz normal. Vielleicht hat sie im Fieberwahn fantasiert, vielleicht war es ein Albtraum oder eine Panikattacke? Hauptsache, sie ruht sich aus und bekommt ausreichend Flüssigkeit. Ich glaube nicht, dass es etwas Ernstes ist, doch nach der Nierenbeckenentzündung Anfang des Jahres möchte ich keinerlei Risiko eingehen. Alles, womit Sie positiv auf sie einwirken können – Sonne, Gespräche, alte Fotos, Lieblingsmusik –, unterstützt sie bei ihrer Genesung. Heutzutage gehen wir die Behandlung älterer Patienten gerne ganzheitlich an.«

Maggie begleitet die Ärztin zu ihrem Wagen und bleibt lange in der Sonne stehen. Sie denkt nach. Etwas, womit sie positiv auf Lillian einwirken kann.

***

Im Salon gibt Maggie Lillian den Zettel. Sie ist ein wenig verlegen. »Es tut mir leid. Ich hab ihn viel zu lang für mich behalten. Ich hätte ihn dir gleich geben sollen, als ich ihn gefunden habe.«

Lillian, die blass und fahl in den Kissen ruht, nimmt das zusammengefaltete Stück Papier entgegen.

»Was ist das?«, fragt sie, entfaltet es und überfliegt die ersten Worte. »*Mein allerliebster Schatz*«, murmelt sie. Schweigend liest sie weiter, bis sie zu Maggie emporschaut. Ihr Gesicht zeigt Erstaunen. »Woher hast du das?«

»Das hab ich in einer Schublade gefunden.«

»In welcher Schublade?«

»In Charles' Arbeitszimmer. In seinem Schreibtisch. Es hatte sich ganz hinten in einer Schublade verfangen.«

Lillian starrt auf den Zettel in ihrer Hand, fährt mit dem Zeigefinger über die Worte, während sich ihre Lippen stumm bewegen. Es ist, als traute sie ihren Augen nicht. »Und die ganze Zeit über …«

»Ich weiß auch nicht, warum ich ihn so lang behalten habe. Es tut mir leid. Er gehört dir.«

»Ich hätte nie gedacht, dass ich den noch mal zu Gesicht bekomme.«

Maggie lässt den Kopf hängen. »Ich wusste, dass es privat ist und eigentlich nur euch beide etwas angeht.«

Lillian nickt, schaut aber nicht auf, sondern ist von dem Brief in ihrer Hand wie hypnotisiert.

»Du sollst wissen, dass er mich in vielerlei Hinsicht getröstet hat«, fährt Maggie fort. »Es war wichtig für mich zu wissen, dass so eine leidenschaftliche Liebe wirklich existiert. Granddad und du, ihr habt die längste und glücklichste Ehe geführt, die ich kenne. Die Hingabe, mit der du für ihn gesorgt hast, nachdem er seinen Schlaganfall hatte …« Maggie schüttelt den

Kopf. »Na ja, mehr hab ich nicht gebraucht, um mir über meine Gefühle für Gus klar zu werden.«

Da hebt Lillian endlich den Kopf. »Ach, mein liebes Mädchen«, sagt sie leise. Maggie sieht die Tränen in ihren Augen.

»Ich möchte dich nicht aufregen. Entschuldige bitte. Ich dachte, der Zettel erinnert dich vielleicht an Charles, an glücklichere Zeiten. Ich wollte positiv auf dich einwirken«, fügt sie hilflos hinzu, plappert die Worte der Ärztin nach.

»Ach, Maggie«, sagt Lillian und nimmt ihre Hand. »Deswegen hast du Gus verlassen?«

Maggie zuckt mit den Schultern. »Nicht deswegen. Der Brief hat mir geholfen, meine Gefühle richtig einzuschätzen.«

Lillian schaut auf das Stück Papier in ihrem Schoß und schüttelt den Kopf. »Es ist nicht immer so, wie es aussieht. Wir Menschen sind in der Lage, einander die tollsten Dinge vorzugaukeln.«

»Was ich gesehen habe, war nicht vorgegaukelt«, sagt Maggie energisch. »So wie du dich nach Charles' Schlaganfall um ihn und dieses Anwesen gekümmert hast. Du bist mir ein großes Vorbild.«

Lillian wackelt traurig mit dem Kopf. »Ich habe ihn leiden lassen, Maggie. Ich hab danebengestanden und zugeschaut, wie er leidet. Ich hatte keinerlei Mitleid mit ihm.«

»Nein«, sagt Maggie. »Das stimmt nicht. Ich hab mit eigenen Augen gesehen, wie du ihn tagein, tagaus gepflegt hast. Das war wahre Liebe.«

Das läuft kein bisschen so, wie sie sich das ausgemalt hat. Sie hätte gedacht, dass Lillian sich freut, diesen Liebesbrief zurückzubekommen, doch sie wirkt unglücklicher und verwirrter denn je. »Vielleicht hat es sich für dich so angefühlt. Ich kann mir vorstellen, dass es anstrengend war, sich um ihn zu kümmern, hart, ihn so an den Rollstuhl gefesselt zu sehen. Ich weiß, dass er nicht einfach und schon gar nicht dankbar war. Aber du hast zu ihm gehalten. Du warst für ihn da. In guten wie in schlechten Zeiten.«

Lillian reißt den Kopf hoch. Auf einmal sieht sie Maggie mit klarem Blick durchdringend an. »Hör mir mal gut zu, Maggie. Es ist gut, auf eine Liebe zu warten, die sich leidenschaftlich und echt anfühlt. Auf eine Liebe, ohne die du nicht leben kannst. Aber bis es so weit ist, nimm die Zügel selbst in die Hand.« Ihre Stimme klingt eindringlich. »Lass nicht zu, dass dir das Leben einfach zustößt. Geh raus in die Welt und gestalte es. Sorg dafür, dass es wunderschön wird. Mal deine Bilder. Sorg dafür, dass sie prachtvoll werden. Liebe, lache, lebe.«

Maggie nimmt Lillians Hand und drückt sie. »Das werde ich, versprochen.«

Lillian nickt und dreht das Gesicht zum Fenster. »Dieses Haus hätte voller Liebe und Leben sein sollen. Kinder hätten durch die Flure rennen und in die Bäume klettern müssen. Stattdessen war es ein Haus voller Staub und toter Dinge. Schönheit, gefangen hinter Glas, auf Pappe gespießt und von Rahmen eingeschlossen. Ein Leben hinter den Gitterstäben eines unsichtbaren Käfigs. So soll es nicht sein.«

»Gran, reg dich nicht so auf. Entschuldige bitte. Ich dachte, es muntert dich auf, diesen Brief wiederzusehen.«

»Tod und Verfall«, murmelt Lillian, das Gesicht nach wie vor zum Fenster gewandt. »Nichts als Tod und Verfall. Vielleicht wäre es besser gewesen, wenn alles in Rauch aufgegangen wäre.«

Maggie mustert Lillian. Sie sieht so abgespannt und erschöpft aus, dass sie das schreckliche Gefühl nicht loswird, ihre Großmutter könnte ihr genauso entgleiten wie die Blätter, die sich an den Bäumen des Anwesens verfärben. Die ersten fallen bereits, trudeln in einer Abwärtsspirale zu Boden.

28

Als Lillian die Augen aufschlägt, liegt sie im Krankenhaus. Charles sitzt auf einem Stuhl an ihrem Bett, in sich zusammengesunken, den Kopf in den Händen. Sie ertappt sich dabei, wie ihr Blick vom Grellweiß seiner Kopfhaut oben am Scheitel angezogen wird, dort, wo sein einst dichtes Haar zurückweicht. Das hat sie noch nie bemerkt. Ein kleiner, handfester Beweis für Charles' fortgeschrittenes Alter, für seine Schwäche.

Ihre Beine pochen vor Schmerz. Sie bewegt sich, versucht, ihn so loszuwerden. Als Charles hört, wie sie sich regt, hebt er den Kopf. »Du bist wach.«

Sie nickt und versucht, die Sauerstoffmaske von ihrem Gesicht zu nehmen.

»Warte«, sagt er. »Lass mich das machen.« Sanft nimmt er sie ab und legt sie neben sie auf das Kissen. »Wie fühlst du dich?«

Sie schluckt. »Müde. Mir tun die Beine weh.« Sie schaut an sich hinunter und bemerkt, dass beide Beine einen weißen Verband tragen, von den Knöcheln bis über die Knie.

Er nickt. »Es tut mir so leid, Liebling. Ich übernehme die volle Verantwortung.« Seine Augen glänzen, nichts als tränenvolle Reue. »Es ist alles meine Schuld.« Er greift nach ihrer Hand.

»Was ist passiert?« Ihre Stimme ist ein heiseres Krächzen.

»Ich war derjenige, der ihn eingeladen hat. Ich war derjenige, der ihn überredet hat, zu bleiben und den Raum auszugestalten.« Charles fröstelt. »Allein der Gedanke, ich könnte alles verloren haben – dich, Cloudesley –, ist mir unerträglich.«

Lillian sieht ihn verständnislos an. »Wo ist Jack?«

»Bitte mach dir keine Sorgen. Ich habe bereits mit meinen Freunden bei der Polizei gesprochen, und die kümmern sich um alles. Hauptsache, du bist in Sicherheit.«

»Ich verstehe nicht …«

»Das Feuer in dem ausgemalten Raum. Es ist absichtlich gelegt worden.«

»Das Feuer?« Sie schließt die Augen, und da fällt ihr alles wieder ein. Der Rauch. Die Flammen. Diese schreckliche, alles versengende Hitze. Sie wirft einen Blick auf die bandagierten Beine. »Was ist passiert?«

»Anscheinend wollte unser Freund uns für unsere großzügige Gastfreundschaft bestrafen.«

»Wer?«, fragt Lillian, die Mühe hat, ihm zu folgen. Doch plötzlich weiß sie, welcher Name ihm gleich über die Lippen kommen wird. »Nein«, sagt sie energisch. »Nicht Jack.«

»Ich weiß, ich konnte es auch nicht glauben, aber ich fürchte, die Beweislage ist eindeutig. Jemand hat das Feuer gelegt und den Raum abgeschlossen, damit du in der Falle sitzt.«

Lillian schluckt. »Das ergibt überhaupt keinen Sinn.«

Charles mustert sie durchdringend. »Ach nein?«

»Nein. Ich war da. Ich bin hineingegangen, um … Um mir das Wandbild anzusehen.«

Charles lässt sie nicht aus den Augen. »Hast du zugesperrt, Lillian? Hast du dich dort eingesperrt und das Feuer gelegt?«

Sie schüttelt den Kopf. »Nein.«

»So wie es aussieht, sind an diesem Morgen nur zwei Personen dort gewesen«, fährt er vorsichtig fort. »Jack Fincher und du.« Er sieht sie unverwandt an. »Nur ihr beide«, wiederholt er.

Da begreift sie, dass er Bescheid weiß. Dass er von der Affäre weiß.

Er schüttelt traurig den Kopf. »Ich bin sehr enttäuscht, Lillian. Ich weiß, dass ich kein idealer Ehemann gewesen bin. Dass meine Selbstbeherrschung zu wünschen übrig lässt. Aber sich einem anderen so an den Hals zu werfen …«

Lillian starrt an die nackte Zimmerdecke. Woher weiß er Bescheid? Dann kommt ihr ein Gedanke, der ihr das Blut erst recht in den Adern gefrieren lässt. Wo ist Jack?

Charles redet weiter, scheint ihre wachsende Panik nicht zu bemerken. »Ich verstehe nur nicht, warum er den Raum und am liebsten auch dich zerstören wollte.« Charles schüttelt betrübt den Kopf. »Das lässt auf eine hochgradig gestörte Persönlichkeit schließen. Auf jemanden, der eine große Gefahr für sich und andere ist. Hätte das Feuer Gelegenheit gehabt, sich weiter auszubreiten, wäre das ganze Haus in Flammen aufgegangen.«

Am liebsten würde sie über Charles' absurden Vorwurf lachen, doch das Lachen bleibt ihr im Halse stecken und wird zu einem laut rasselnden Husten.

»Vorsicht, Liebes«, sagt Charles, greift nach der Sauerstoffmaske und legt sie ihr zärtlich über Nase und Mund. »Du hast viel Rauch eingeatmet und böse Verbrennungen an den Beinen. Es wird dauern, bis du geheilt bist.«

Sie ringt nach Luft, wartet, bis sich ihr Herzschlag einigermaßen beruhigt hat, und nimmt die Maske dann wieder ab. »Wo ist Jack?«

»Bitte, du musst keinen Gedanken an ihn verschwenden.«

»Geht es ihm gut?«

»Die Polizei verhört ihn gerade.«

Eine enorme Erleichterung durchflutet sie. Er lebt.

»Ich fürchte, es gibt eindeutige Beweise gegen Jack. Sein Feuerzeug wurde am Tatort gefunden.«

Lillians Erleichterung, dass er lebt, verflüchtigt sich im Nu angesichts des ihm zur Last gelegten Vorwurfs. Sie schüttelt den Kopf. »So etwas würde Jack niemals tun.«

Charles mustert sie. »Oh doch«, sagt er energisch. »Jack hat das Feuer gelegt.«

Lillian starrt ihn an. »Nein.«

»Er war der Einzige, der einen Schlüssel zum Raum hatte. Außerdem«, fügt er genüsslich hinzu, »hatte er ein Motiv.«

»Was denn für ein Motiv?« Lillian traut ihren Ohren kaum.

»Der verschmähte Liebhaber. Wenn er dich nicht haben kann, dann auch kein anderer.« Charles lässt sie nicht aus den Augen. »Dein wunderschöner, tief empfundener Abschiedsbrief. Der dürfte ihm den letzten Rest gegeben haben. Diese temperamentvollen Künstlertypen sind sehr sensibel. Ein Anfall von Eifersucht … Wer weiß, wozu er noch fähig gewesen wäre.«

»Woher weißt du das mit dem Brief?«

Charles tätschelt ihre Hand. »Kümmer dich nicht um die Details. Deine Aufgabe besteht einzig und allein darin, wieder gesund zu werden.«

Lillian mustert ihn kühl. Jack hätte diesen Raum niemals zerstört, ihr niemals auch nur ein Haar gekrümmt. Natürlich war er wütend. Er hatte die letzte Nacht wie im Rausch verbracht, das letzte Stück Wand fertiggestellt, den Fuchs mit dem erlegten Sperber. Er war eifersüchtig und wütend, doch niemals hätte er zu Gewalt gegriffen.

»Ich möchte Jack sehen.«

»Ich glaube nicht, dass das eine gute Idee ist.«

»Ich muss ihn sehen.«

»Du scheinst nicht zu verstehen. Mr. Fincher steckt in ernsthaften Schwierigkeiten.« Er schnalzt bedauernd. »Zu schade, alles zu opfern, und das auf dem Höhepunkt seiner Karriere. Und wofür? Für eine Frau?« Er schüttelt mitleidig den Kopf. »Dieser Auftrag hätte ihn berühmt machen, bewirken können, dass er ein für alle Mal ausgesorgt hat. Stattdessen wird er der Brandstiftung und womöglich des versuchten Mordes angeklagt. Kann sein, dass er für Jahre hinter Gitter muss.«

Lillian lässt sich in die Kissen zurücksinken. Die Wirkung des Morphiums lässt langsam nach. Das dumpfe Pochen in ihrem Bein wird stärker. Es ist, als würde ihr mit einem Messer die Haut abgezogen. »Da irrst du dich. Jack würde diesen Raum niemals zerstören.«

Charles schüttelt bedauernd den Kopf. »Die grausame Ironie entgeht mir nicht. Der Mann, der so gut darin war, ein Trompe-l'Œil zu erschaffen, hat es tatsächlich hinbekommen, mich zu täuschen.«

»Das Ganze ist eine einzige Illusion, Charles«, wird Lillian laut, angetrieben von Niedergeschlagenheit und Schmerz. »Begreifst du das nicht? Du und ich, die Firma, Cloudesley. Du arbeitest so hart für ein perfektes Image, mit deinen Partys und Pfauen. Doch in Wahrheit bist du der Meister des Trompe-l'Œil, Charles, du und niemand anders. Nichts ist echt. Jack hat deinem Selbstbetrug den Spiegel vorgehalten.«

Charles starrt sie an. »Na, na, du scheinst ihn ja tatsächlich sehr zu lieben.«

Lillian starrt ihn an. »Jack würde mir niemals wehtun.«

»Dann verrate mir Folgendes.« Charles wirkt auf einmal eiskalt. »Wenn es nicht Jack war, bleibt nur noch eine Person übrig.« Er schaut sie an. »Du hast dich also selbst in einem Raum eingesperrt, um ihn anschließend anzuzünden. Eine gesunde Frau dürfte so etwas wohl kaum tun. Vielleicht sollten wir einen Psychiater kommen lassen? Dr. May kann da bestimmt mit interessanten Hintergrundinformationen aufwarten. Eine Frau, die kürzlich ihr Kind verloren hat … Das dürfte genügen, um einer ohnehin gequälten Seele den Rest zu geben.«

»Der Verlust des Kindes ist allein deine Schuld, Charles, einzig und allein deine.« Sie spuckt die Worte förmlich aus. »Es waren dein Tobsuchtsanfall und deine Schläge, die uns dieses Kind genommen haben.«

Charles' Augen beginnen zu funkeln. »Deine ständige Geheimniskrämerei, Lillian. Hätte ich gewusst, dass du schwanger bist, hätte ich gewusst, wie verletzlich du bist – glaubst du, ich hätte dir dann wehgetan?«

»Ich wollte es dir sagen, aber es war noch zu früh. Ich wollte warten. Ich wollte, dass es eine Überraschung wird«, schluchzt sie.

Charles kneift die Augen zusammen. »Eine Frau sollte keine Geheimnisse vor ihrem Mann haben. Denn das hat unter Umständen böse Folgen. Der Verlust des Kindes geht auf dein Konto, meine Liebe. So wie alles, was mit Jack geschieht.«

Lillian lässt sich in die Kissen zurückfallen und blinzelt heiße Tränen der Verzweiflung weg.

Charles spricht ungerührt weiter. »Vielleicht könnte uns ein medizinisches Gutachten über deinen Geisteszustand helfen, diesem schrecklichen Geheimnis auf den Grund zu gehen. Es soll ausgezeichnete Einrichtungen für gestörte Frauen geben.«

Sie hört die unausgesprochene Drohung und starrt ihn entsetzt an. »Das kannst du nicht tun.«

»Was kann ich nicht tun, Lillian? Ich habe schließlich nichts falsch gemacht. Ich habe meine Gattin nicht betrogen. Ich habe keinen fremden Besitz zerstört.«

»Du bestrafst Jack für etwas, das er nicht getan hat.«

»Du scheinst ja von seiner Unschuld sehr überzeugt zu sein. Vielleicht kennst du ein anderes Motiv?«

»Ich habe das Feuer nicht gelegt«, sagt Lillian schwach, ihre Beine brennen vor Schmerz. »Und Jack auch nicht.« Da begreift sie. Der Fuchs. Der Sperber. Es gibt nur einen Menschen den sie kennt, der zu so unkontrollierter Gewalt und Wut fähig ist. Und der Brief? Woher weiß Charles von ihrem Brief an Jack? Sie hat ihn in das ehemalige Kinderzimmer gebracht. Sie sieht ihn noch auf dem Schreibtisch liegen, wo sie ihn hingelegt hat, damit Jack ihn bei seiner Rückkehr findet. Woher soll Charles von ihrem Brief an Jack wissen? Wie kann er das Feuer überstanden haben, so ein kleines Stück Papier? Außer, Charles ist an diesem Morgen dort gewesen, um ihn an sich zu nehmen?

»Du warst das«, zischt sie ihm zwischen zusammengebissenen Zähnen zu. »Du hast das getan.«

»Mach dich nicht lächerlich.« Charles starrt sie mit kühler Miene an. »Glaubst du, ich würde mein eigenes Haus anzünden? Meinen ganzen Stolz und meine ganze Freude?«

»Wir beiden wissen ganz genau, wozu du fähig bist.«

Charles lehnt sich in seinem Stuhl zurück. »Du bist nicht bei Trost, Lillian, Liebes. Es ist das Morphium, das deine geistigen Fähigkeiten beeinträchtigt. Du weißt nicht, wovon du redest. Überlass die Ermittlungsarbeiten bitte meinen Freunden bei der Polizei, ja?«

Lillian bekommt Gänsehaut. Sie kann sich vorstellen, welche Behandlung Jack in den Händen von Charles' *Freunden* erwartet.

»Offen gestanden«, sagt Charles nach kurzem Schweigen, ohne sie aus den Augen zu lassen. »Offen gestanden wäre ich froh, wenn das Ganze so rasch wie möglich über die Bühne geht.«

Lillian wirft einen forschenden Blick auf das Gesicht ihres Mannes, versucht, den Ausdruck in seinen Augen zu entziffern. »Was willst du, Charles?«

Er hebt die Hände. »Ich glaube, ich spreche für uns alle, Lillian, wenn ich sage, dass es besser für unsere Familie wäre, einen Riesenskandal zu vermeiden. Die Firma befindet sich in einer sehr heiklen Phase, wie du weißt. Ich bin auf Investoren angewiesen. Ich für meinen Teil finde die Vorstellung unerträglich, Polizei und Presse könnten in unserem Privatleben herumwühlen, deine schmutzige kleine Affäre enthüllen und ihren Dreck verbreiten.« Charles schüttelt es. »Insofern kann ich von Glück reden, Chief Inspector Timbrell zu den engsten Freunden der Familie zählen zu dürfen. Wenn ich ihm nahelege, dass ich jedes unnötige Drama vermeiden will und nicht an einer Anklage interessiert bin … nun, dann gibt es vielleicht eine Möglichkeit für uns alle, einen Skandal zu vermeiden.«

Lillian mustert ihn gründlich, langsam dämmert es ihr.

»Nicht nur dein Ruf steht auf dem Spiel. Denk an den armen Albie, wenn die Schule wieder anfängt und er dem ganzen Tratsch und Klatsch ausgesetzt ist. Kinder können so grausam sein.«

Lillian schluckt.

»Jeder Skandal, der in diesem Moment meine Geschäfte beeinträchtigt, könnte einen furchtbaren Dominoeffekt haben. Ich hasse die Vorstellung, was mit Helena passiert, sollte ich die hohen Kosten für die Pflegeeinrichtung nicht mehr zahlen können.« Er schaut sie vielsagend an. »Und dann ist da natürlich Mr. Fincher, der sich einer Gefängnisstrafe gegenübersieht, dem sichereren Ende einer so vielversprechenden Kariere. So viele Leben, die alle von deinem Betrug betroffen sind. Solltest du mir dagegen versprechen«, fährt er mit freundlich-tröstender Stimme fort, »dass die Affäre vorbei ist, dass Mr. Fincher aus unserem Leben verschwindet … Solltest du mir versprechen, dass du ihn nie wiedersehen wirst …« Charles schüttelt betrübt den Kopf. »Nun, dann wäre es vielleicht das Beste, wenn ich die Anklage fallen und ihn ziehen lasse.«

Lillian versteht. Jacks Freiheit liegt in ihren Händen. Wenn sie verspricht, ihn nie wiederzusehen, wird Charles ihn in Ruhe lassen. »Er war das nicht«, sagt sie, ihre Stimme kaum mehr als ein Flüstern.

»Einer von euch wird angeklagt werden«, zischt Charles. »Wenn ich mich nicht einschalte, wird die Polizei einen von euch beiden verhaften. Willst du das? Das Beweismaterial liegt ihnen vor. Sie können ihn sofort einsperren.« Er schnippt mit den Fingern, um seine Worte zu unterstreichen.

Lillian schließt die Augen. Sie wird ihn nie wiedersehen. Seine Lippen nie wieder auf den ihren, seine Arme nie wieder um sie spüren. Und ihr Brief – er wird ihn niemals lesen. Niemals wissen, was sie wirklich für ihn empfunden hat.

Sie kann den Gedanken nicht ertragen, dass er nie erfahren soll, was sie alles für ihn aufgeben, riskieren wollte. Doch die Alternative besteht darin, dass Jack hinter Gitter kommt und seine Karriere auf ihrem Höhepunkt abgewürgt wird. Sie wird nicht zulassen, dass Charles ihrer beider Leben ruiniert. Sie wird nicht der Grund dafür sein, dass Jack alles verliert. Dafür liebt sie ihn viel zu sehr. Sie schließt die Augen. »Lass die Anklage fallen«, sagt sie.

»Du wirst ihn nie wiedersehen?«

Lillian nickt.

Charles lehnt sich in seinem Stuhl zurück. »Ich bin froh, dass du zur Vernunft gekommen bist. Ich glaube, das ist das Beste. Dir wird es viel besser gehen, wenn du erst wieder zu Hause bist.«

»Wie bin ich … wer hat mich rausgeholt?«

»Bentham«, sagt Charles mit fester Stimme. »Monty hat gebellt, ist völlig durchgedreht. Bentham und Albie haben den Rauch von draußen gesehen. Sie haben Alarm geschlagen und die Fenster eingeworfen. Bentham hat die Pumpe vom Zierbrunnen raufgeschleppt und Wasserschläuche herangeschafft, sodass Blackmore und er die Flammen löschen konnten, bevor sie sich zu weit ausgebreitet haben. Es war eine bemerkenswerte Rettungsaktion. Du verdankst ihnen dein Leben.«

»Ja«, sagt sie. »Bemerkenswert.« Sie dreht sich um und mustert die Blumen in der Vase hinter Charles. »Und das ehemalige Kinderzimmer … ist es …?«

Sie wagt es kaum, sich Jacks Liebesgabe vorzustellen, dieses flüchtige, wunderschöne Werk, für immer verloren.

»Zerstört. Mach dir keine Gedanken«, sagt er und tätschelt ihre Hand. »Das ist nur ein kleines Opfer dafür, dass du wohlbehalten zurückkehrst. Hauptsache, diese unangenehme Angelegenheit ist endlich vorbei. Du kommst nach Hause, und bald ist alles so wie immer.«

Wie immer. Die Worte lassen sie frösteln. Der Schmerz in ihren Beinen flammt wieder auf, so heftig, dass sie nach Luft ringt. »Ich glaube, ich brauche mehr Morphium.«

»Natürlich.« Charles erhebt sich aus dem ächzenden Stuhl, streicht ihr eine Locke aus dem Gesicht. »Ich hole die Schwester. Ach, Joan steht übrigens draußen. Sie will dich unbedingt sehen. Soll ich sie reinschicken?«

***

»Ach, mein Liebling«, sagt Joan im Hereineilen und bleibt vor dem Bett stehen, weil sie nicht weiß, ob sie Lillian umarmen oder lieber auf dem Stuhl Platz nehmen soll, den Charles gerade freigemacht hat. Letztlich tut sie das Vernünftigste und setzt sich zu Lillian auf die Bettkante. »Du Ärmste. Ich kann einfach nicht fassen, was passiert ist. Sobald ich davon erfahren habe, musste ich sofort herkommen. Ich konnte unmöglich weggehen, ohne dich vorher zu treffen. Was für eine furchtbare Katastrophe.«

Lillian nickt und versucht, sich ein Lächeln abzuringen. »Danke, dass du gekommen bist.«

»Wie geht es dir?«

»Sehr schlecht.«

»Das kann ich mir vorstellen. Deine armen Beine«, fügt Joan zu und betrachtet die Verbände. »Tut es sehr weh?«

»Ja.«

Joans Worte hallen in Lillians benebeltem Kopf wider. »Du gehst weg?«, fragt sie und versucht, eine Position zu finden, die den immer stärker werdenden Schmerz in ihren Beinen eindämmt.

Joan nickt verlegen. »Gerald hat eine Stelle in Amerika angeboten bekommen. Ich war zunächst nicht wild darauf, als er von Kalifornien gesprochen hat.« Sie lächelt. »Aber überleg doch nur, was ich in L. A. alles anstellen kann! Ich werd dir schreiben und vom neuesten Klatsch berichten. Trotzdem, es tut mir leid, Liebes. Der Zeitpunkt könnte nicht schlechter sein.«

Lillian versucht zu lächeln, sieht jedoch nur, wie eine weitere Lücke in ihrem Leben gerissen wird, das bereits öde genug ist. »Natürlich ziehst du dorthin. Ein wunderbares Abenteuer erwartet dich.«

»Du hast so ein Glück gehabt«, fährt Joan fort und betrachtet erneut Lillians Beine. »Es hätte viel schlimmer kommen können. Dieser arme, arme Mann.«

»Wer?«

»Dieser reizende Künstler.« Joan nickt, die Augen voller Tränen.

Lillian starrt ihre Freundin verständnislos an. »Jack?«

Joan beißt sich auf die Unterlippe und nickt.

»Aber Charles hat gesagt …«

»Er hat geholfen, dich rauszuziehen, musst du wissen. Wie tapfer von ihm.«

Lillian starrt sie an, eiskalte Finger schließen sich um ihr Herz. »Er war mit mir in dem Zimmer?«

Joan nickt langsam, und Lillian sieht etwas Schreckliches in ihren Augen. »Was ist? Was ist ihm zugestoßen?«

Joan schlägt sich die Hand vor den Mund. »Hat Charles dir nichts gesagt?« Lillian schüttelt den Kopf.

»O mein Gott! Seine Hände. Ich habe eine Schwester sagen

hören, dass sie völlig zerstört sind. Er hat schwere Verbrennungen erlitten, als er dich herausgezogen hat. Der arme Mann wird vermutlich nie wieder einen Pinsel halten können.«

Lillian starrt Joan an. »Seine Hände?«

Joan nickt, eine Träne tropft auf die Handtasche in ihrem Schoß. »Vielleicht hätte ich dir lieber nichts davon sagen sollen?«

Lillian lässt den Kopf zurück aufs Kissen fallen und starrt an die nackte Zimmerdecke. Der Schmerz in ihren Beinen lodert wie Feuer durch ihren gesamten Körper.

Joan drückt ihr die Hand. »Nicht weinen, Liebes. Soll ich die Schwester rufen? Du siehst aus, als würdest du entsetzliche Qualen leiden. Gott sei Dank, Schwester, hallo, Schwester!«

Lillian blendet alle Geräusche und Bewegungen an ihrem Bett aus, als eine Schwester herbeigeeilt ist und gegen eine Spritze klopft, bevor sie ihr eine durchsichtige Flüssigkeit in die Armvene injiziert.

Jack, ihr wunderbarer, hochtalentierter Jack wird nie mehr malen. Das ist allein ihre Schuld. Das Morphium schießt durch ihre Adern, und Lillian lässt zu, dass es seine Wirkung entfaltet, begrüßt den Abgrund, der jedes Gefühl in ihr auslöscht und alles verschluckt.

29

Der Rollstuhl steht im Schatten einer großen Platane. Lillian sitzt zusammengesunken darin, eine Decke über den Beinen. Maggie entdeckt sie von der Terrasse aus und ist verärgert. Will hat sie mit nach unten genommen, bis zum Übergang vom Rasen zur tiefer liegenden Wiese. Was, wenn sie zu müde wird oder friert? Oder zurück zum Haus möchte? Wo steckt er überhaupt?

Sie schaut sich mit wachsender Sorge um, bis sie seinen Kopf nur wenige Meter von Lillian entfernt über die Begrenzungsmauer ragen sieht – er wirkt wie ein Kaninchen, das aus seinem Bau schaut. Ein Spaten wird über den Rand geworfen, gefolgt von mehreren großen Steinen. Er sagt etwas zu Lillian. Sie sieht, wie ihre Großmutter sich bei ihm bedankt, indem sie die Hand hebt. Dann ist er wieder hinter der Mauer verschwunden.

Maggie stößt einen langen Seufzer aus. Sie weiß, dass sie mit ihm reden muss. Das, was neulich in seinem Apartment vorgefallen ist, darf nicht ewig zwischen ihnen stehen.

Kurz darauf geht sie zu ihnen, breitet eine Picknickdecke neben Lillians Rollstuhl aus, zückt eine Thermoskanne mit Tee und eine Tupperdose, die ein Stück von Janes Walnusskuchen enthält. Sie achtet darauf, Lillian nicht zu stören. Die ist eingedöst, das Kinn auf der Brust und die Hände im Schoß gefaltet. Im Schatten des Baumes wirkt Lillians Gesicht so durchsichtig wie ein zerknittertes Blatt Pauspapier.

Maggie mustert sie eine Weile, greift zu dem Stück Zeichenkohle, das sie mitgenommen hat, und beginnt, Lillians Umrisse auf einem Blatt ihres Skizzenblocks festzuhalten. Während sie zeichnet, bewegen sich die Blätter über ihr und rascheln im Wind, begleiten das rhythmische Hämmern Wills, der Steine in die Mauer schlägt.

Sie versucht, ihre nachmittäglichen Pflichten zu verdrängen. Den Stoß Marketingbroschüren für grässlich aussehende Pflegeheime, die auf dem Schreibtisch ihres Großvaters warten. Harrys Reaktion, wenn sie ihn anrufen und fragen wird, ob die Hamilton-Firmengruppe vielleicht noch Interesse an dem Haus samt Grundstück hat. Stattdessen konzentriert sie sich auf die mühelos über das Blatt gleitende Zeichenkohle.

»Wir haben mal einen gerettet.«

Lillians Stimme reißt Maggie aus ihren Tagträumen. Sie lässt die Kohle sinken. »Hallo, ich dachte, du würdest schlafen.«

»Ich ruh mich bloß aus.«

»Wen hast du gerettet?«

»Da oben.« Lillian zeigt mit dem Kinn zum Himmel.

Maggie legt die Hand über die Augen und sieht einen dunklen flatternden Schatten. »Was ist das?«

»Ein Sperber.«

»Er ist wunderschön.«

»Wir haben mal einen gerettet«, wiederholt Lillian. »Er ist gegen ein Fenster geflogen. Wir haben ihn im festen Glauben, dass er tot ist, in den Wald getragen. Doch kurz darauf ist er wieder herumgehüpft und zwischen den Bäumen aufgeflogen.« Lillian lächelt. »Ein kleines Wunder.«

Maggie beobachtet ihre Großmutter und merkt, wie sich ihr Gesicht bei dieser Erinnerung verändert. Es wird auf einmal ganz lebhaft, als würde die junge Frau, die sie einmal war, wieder zum Vorschein kommen. »Vielleicht ist das ja ein Nachfahre, der sich bedanken will?«

Lillian lächelt erneut. »Er dürfte eher eine Feldmaus auf der Wiese im Blick haben.«

Sie schauen dem Vogel eine Weile zu, der auf den warmen Luftströmungen dahinsegelt. »Seltsam. Granddad hat nie wie ein Tierfreund auf mich gewirkt«, sagt Maggie. »Ständig dieses Jagen und Schießen, überall ausgestopfte Tiere …«

»Ach herrje, doch nicht Charles«, seufzt Lillian leise, als wäre Maggie sehr naiv. »Jack.«

»Jack?« Maggie runzelt die Stirn. »Wer ist Jack?«

Lillian schaut lächelnd zum Wald. »Nach Charles' Schlaganfall bin ich zu ihm, nur ein einziges Mal. Er hat mit seiner Frau und den Töchtern Enten gefüttert.« Ihr Lächeln gerät kurz ins Stocken. »Wie niedlich sie mit ihren rosigen Wangen und den Löckchen ausgesehen haben.«

Maggie ist verwirrt. »Ich komm nicht ganz mit.«

»Am Ende hab ich es nicht geschafft, ihm gegenüberzutreten. Weil mir klar war, was ich ihm angetan habe. Aber ich war froh zu sehen, dass ihn das Leben anderweitig beschenkt hat.«

»Gran, wer ist Jack?«

Doch Lillian hat sie entweder nicht gehört oder will ihre Frage nicht beantworten. Sie dreht das Gesicht zur Sonne und schließt erneut die Augen. »Auch mich hat das Leben reich beschenkt«, murmelt sie. »Mit dir.«

Maggie weiß nicht, ob sie noch immer von diesem geheimnisvollen Jack spricht. Wieder einer von Lillians wirren Momenten. Maggie tätschelt ihr die Hand und zieht die Decke über ihren Beinen zurecht.

»Ich freue mich, dass du wieder zeichnest«, sagt Lillian, nach wie vor mit geschlossenen Lidern.

»Ich steh noch ganz am Anfang.« Maggie mustert die grobe Skizze von Lillian kritisch.

»Er kann hart arbeiten, dein Will«, sagt Lillian nach langem Schweigen leise.

»Er ist nicht *mein* Will«, entgegnet Maggie und wartet auf eine Reaktion ihrer Großmutter, bevor sie merkt, dass sich deren Atmung verlangsamt hat und sie wieder eingeschlafen ist.

Sie setzt sich im Schneidersitz neben Lillian ins Gras, fährt mit den Fingern durch die weichen grünen Halme, pflückt die letzten Gänseblümchen und flicht daraus in ihrem Schoß eine Kette. *Nicht ihr Will.* Es tut weh, das auszusprechen, aber es ist die Wahrheit. Sie muss ihn ziehen lassen, darf sich nicht länger einbilden, dass sie eines Tages ein Paar sein werden. Diese Chance hat sie vor langer Zeit vertan. Es ist einfacher für alle, wenn sie das akzeptiert.

Da taucht er wieder auf, zieht sich am Rand der Natursteinmauer hoch und sieht sie unterm Baum sitzen. Er nickt ihr zur Begrüßung zu. Sie schenkt ihm einen Becher Tee aus der Thermoskanne ein. »Als Friedensangebot?«

»Danke.« Er hebt sein T-Shirt, um sich damit den Schweiß aus dem Gesicht zu wischen, bevor er ihr den Becher abnimmt.

»Danke, dass du die Mauer reparierst.«

»Wenn ich das nicht mache, würde bald das liebe Vieh der Nachbarn durch den Park deiner Großmutter streifen.«

Beide lächeln beim Gedanken an eine Herde Kühe, die auf dem Rasen von Cloudesley grasen.

»Auch eine Möglichkeit, den Rasen kurz zu halten.« Maggie spürt, wie der Moment der Leichtigkeit verfliegt. Egal, wie viele Mauern sie ausbessern – sie wird dieses Anwesen nicht für Lillian erhalten können.

»Wie ging es neulich deinem Kopf?«, fragt er, ohne ihr richtig in die Augen zu sehen.

»Gar nicht gut. Tut mir leid, dass ich dich mit meinem persönlichen Drama behelligt habe. Es kommt nicht wieder vor, versprochen.«

Sein Blick bleibt an ihrem Gesicht hängen, mustert sie lange, bevor er nickt. »Gut.«

»Brauchst du Hilfe?«, fragt sie angesichts des Steinhaufens zu seinen Füßen.

»Klar.« Er kippt den letzten Rest Tee hinunter. »Ich bin fast fertig, aber du kannst mir gern mit den letzten Steinen helfen.«

Sie ergreift die Hand, die er ihr hinhält, und springt hinunter in die Wiese, wo sie die nächste halbe Stunde mit der erstaunlich befriedigenden Tätigkeit verbringt, Will Steine anzureichen, die er in die Mauer einpasst.

»Prima«, sagt er und tritt einen Schritt zurück, um ihr Werk nach Platzieren des letzten Steins zu begutachten. »Als Nächstes muss ich das Tor unten an der Straße reparieren.«

Maggie nickt. Sie hat Will noch nicht gesagt, dass seine harte Arbeit vermutlich umsonst war, falls Todd Hamilton das Anwesen in die Finger bekommen sollte. Sie dreht sich um und schaut über die Wiese. »Die Bäume fangen an, sich zu verfärben«, sagt sie, als sie sieht, wie Kupferrot sich der grünen Blätter bemächtigt. Ein Windstoß fährt durch die Wiese, kämmt durchs Gras wie Finger durchs Haar. »Ich sollte Gran zurück ins Haus bringen. Nicht, dass sie sich noch eine Erkältung einfängt.«

Sie wirft wieder einen Blick auf Lillian unter dem Baum, die nach wie vor schläft und dabei nach vorn gesackt ist. Das Kinn ruht in einem seltsamen Winkel auf ihrer Brust.

»Ich kann Joe gerne bitten, dass er sein Vieh nächste Woche hier weiden lässt.« Beim Vorschlag Wills wird sie nervös. Ohne etwas darauf zu erwidern, zieht sie sich die Begrenzungsmauer hoch und rennt auf den Baum zu.

»Maggie, was ist denn?«

Doch sie bleibt nicht stehen, bis sie vor Lillian kniet und ihre Hand nimmt. »Gran?«, fragt sie. »Kannst du mich hören?«

Wind fängt sich in den Blättern von Maggies Skizzenblock, der vergessen auf der Picknickdecke liegt, bringt sie wie wild zum Flattern.

Lillian rührt sich nicht. Die Hand ihrer Großmutter in ihrer fühlt sich steif und ihre Haut seltsam kalt an. »Gran?«, sagt sie erneut, begreift aber bereits währenddessen, dass Lillian nicht mehr antworten kann.

Will tritt neben sie und geht in die Hocke. Er nimmt Lillians andere Hand und sucht nach ihrem Puls.

Maggie bekommt kaum Luft, ihre Lunge ist wie gelähmt. Sie weiß, was Will sagen wird, bevor er sich zu ihr umdreht.

»Es tut mir so leid.«

Lillian hinterlässt eine schrecklich schmerzhafte Lücke. Ein Riesenkloß steckt in Maggies Kehle.

Nicht jetzt schon, will sie rufen. Nicht so früh!

Will richtet sich auf und breitet die Arme aus. Sie lässt sich hineinfallen, lehnt den Kopf an seine Schulter und starrt auf die Wiese, wo der Wind immer noch im Gras raschelt und in den Bäumen dahinter spielt. Weiter oben, in den Wipfeln, sieht sie den Sperber nach wie vor seine Kreise ziehen. Er steigt mithilfe der Thermik nach oben, beschreibt mehrere langsame Kurven, bevor er auf die ferne Spitze des Kirchturms zufliegt.

Sie beobachtet ihn, einen fernen schwarzen Fleck am blauen Himmel, bis er vollkommen aus ihrem Gesichtsfeld verschwunden ist.

30

Am Tag von Lillians Beerdigung schlägt das Wetter um, der Spätsommer verabschiedet sich mit grauen Sturmwolken und kaltem Nieselregen.

Maggie sitzt auf der harten Bank in der ersten Reihe der Dorfkirche. Lillians Sarg steht vor ihr auf einem Sockel. Schwer vorstellbar, dass ihre Großmutter steif und kalt in dieser Holzkiste liegt. Schwer vorstellbar, dass die Frau tot ist, die sie all die Jahre geliebt und wie eine Mutter großgezogen hat. Maggie weiß, dass sie weder vom Kopf noch vom Herz her begriffen hat, dass sie sie nie mehr wiedersehen wird. Dafür ist sie viel zu betäubt.

In den Reihen hinter ihr sitzen Will und Gus, Harry Granger und eine Handvoll Dorfbewohner. Von Albie fehlt jede Spur, obwohl sie sich während des Gottesdiensts mehrmals in der Hoffnung umdrehte, dass er sich bloß verspätet hat. Sie hat alles getan, was sie konnte, um ihn ausfindig zu machen und ihm die Nachricht von Lillians Tod zu überbringen, hat Nachrichten in verschiedenen Billigpensionen und bei dem ein oder anderen Freund hinterlassen, den er über die Jahre gefunden hat. Doch sie hat nichts von ihm gehört.

Wie sie so in ihrer Bank sitzt, fühlt sie sich sehr einsam. Was würde Lillian sagen? Welchen Rat würde sie ihr geben? Sie kann sie nicht vor ihrem inneren Auge heraufbeschwören, nicht einmal ihre Stimme.

Nach dem Gottesdienst steht Maggie draußen unter einem Schirm und nimmt die Beileidsbekundungen der wenigen Trauergäste entgegen.

Gus umarmt sie unbeholfen. »Ich wollte unbedingt kommen, muss aber leider gleich wieder zu einer Besprechung.«

Sie nickt. »Lillian hätte sich sehr gefreut, dass du gekommen bist. Danke.«

Will mustert Maggie. »Und, geht's?«

Sie nickt. »Passt schon.« Sie räuspert sich. »Tut mir leid, dass ich das fragen muss, aber würdest du mich anschließend nach Hause begleiten?«

Will wirkt zunächst verlegen, späht vorsichtig zu Gus hinüber, der sich mit zusammengebissenen Zähnen abwendet. »Ich weiß nicht, ob das eine …«

»Es ist wegen Grans Anwalt«, unterbricht sie den peinlichen Moment. »Er wird das Testament verlesen und hat extra darum gebeten, dass du dabei bist.«

»Aha.« Er macht ein erstauntes Gesicht. »Na gut, okay.«

»Danke.« Sie schaut über den Friedhof, sieht zu, wie Gus sich zurückzieht, mit hochgezogenen Schultern durch den Regen läuft. »Ich habe mich gefreut, dass er gekommen ist.«

***

Wieder zu Hause, macht Jane eine große Kanne Tee und deckt die Platten mit Sandwiches ab, die sie am Vormittag vorbereitet hat. Maggie, die etwas Kräftigeres braucht, öffnet eine

Flasche Wein, bevor sie sich alle in Charles' Arbeitszimmer um den Schreibtisch ihres Großvaters drängen.

Harry verliest das Testament. Die letzten Anteile, die Lillian noch an der Firma hält und die wertlos sind, soweit Maggie das beurteilen kann, gehen an Albie, außerdem einige Teile von Charles' kostbarstem chinesischen Porzellan.

Maggie weiß gar nicht, ob sie sie überhaupt kennt. Gut möglich, dass Albie sie längst mitgenommen und verkauft hat. Das würde ihm nur recht geschehen!

Jane bekommt eine große Silberplatte und eine eng anliegende Perlenkette, von der Maggie weiß, dass sie ein kleines Vermögen wert ist. Es gibt ein kleines Vermächtnis für Mr. Blackmore, den ehemaligen Gärtner, und eine seltsame Notiz für Will: *Schau im Heuschober am Rand des Anwesens nach. Dort wirst du unter einer Plane Charles' letzten noch verbliebenen Sportwagen vorfinden, einen Aston Martin. Er hat es einfach nicht übers Herz gebracht, ihn zu verkaufen. Wenn du ihn wieder zum Laufen bringen kannst, viel Spaß damit!*

Harry sieht mit hochgezogenen Brauen vom Testament auf. »Das ist ein wenig unkonventionell, ich weiß. Aber Lillian meinte, du wüsstest diese Geste zu schätzen.«

Will strahlt. »Gott hab sie selig.«

Schließlich verkündet Harry, dass Maggie das Haus samt Grund erbt und damit machen kann, was sie für richtig hält. Dann entschuldigt er sich für den Zustand, in dem es sich befindet. Maggie schaut zu Will, der zustimmend nickt. Sie ist wie betäubt. Cloudesley gehört ihr. Noch.

»So, und dann ist da noch etwas.« Harry greift nach einer Holzschatulle neben seinen Unterlagen. »Wie sagt Lillian so schön, Maggie? *Ich kann ihr das Haus nicht überlassen, ohne ihr auch den Schlüssel zu geben.*« Er drückt ihr die Schatulle in die Hand. »Deine Großmutter sagt …« Er schaut wieder in die Unterlagen, die er in der Hand hält, und findet die richtige Stelle. »*Ich hoffe, du verstehst, warum ich ihn all die Zeit für mich behalten habe.*« Er schaut von seinen Papieren auf und sieht Maggie genauso verwirrt an, wie die sich fühlt.

Maggie greift nach der Schatulle und nimmt den Deckel ab. Darin liegt ein großer Messingschlüssel an einem grünen Seidenband. Maggie starrt verständnislos darauf.

»Der Westflügel«, sagt sie plötzlich, als ihr alles klar wird. Mit wachsender Aufregung dreht sie sich zu Will um.

Der zuckt mit den Schultern. »Es gibt nur eine Möglichkeit, das herauszufinden.«

»Kommst du mit?«

***

Will schiebt den Wandteppich in der Halle zur Seite, und Maggie probiert den Schlüssel aus. Er dreht sich problemlos im Schloss. Sie tauscht einen kurzen Blick mit ihrem Begleiter, bevor sie den Knauf dreht und die Tür öffnet. Ein Flur erstreckt sich vor ihnen, eingehüllt in Dunkelheit. Ein Luftzug trägt ihnen den modrigen Geruch nach Staub und Asche zu. Sie gehen durch den Flur, einem winzigen Lichtschimmer entgegen, der aus einer halb offenen Tür am anderen Ende fällt. Unter ihren Füßen knirscht es.

»Dort?«, fragt Maggie.

»Ich denke schon«, erwidert Will.

Sie drückt die Tür ganz auf und betritt den Raum.

Er ist fast vollständig dunkel, nur ein Hauch Tageslicht fällt durch eine verrußte Glaskuppel über ihren Köpfen. Will betätigt den Lichtschalter, doch er funktioniert nicht. Trotzdem schaut Maggie zur Lichtquelle nach oben, entdeckt ein verblasstes Muster, das ihre Neugier weckt. Hier und da schimmern verführerische Spuren von Gold, Blau und Grün unter der Schwärze hervor.

»Riechst du das?«, fragt Will.

»Ja. Feuer.«

Sie berührt die Wand neben ihr mit dem Finger, danach ist er schwarz und rußverschmiert. Doch dort, wo sie hingefasst hat, kommt ein kräftiges Smaragdgrün zum Vorschein.

»Schau.« Will zeigt auf das geschwärzte Mauerwerk eines Erkers. »Dieser Teil ist komplett zerstört.« Seine Schuhe knirschen auf Glasscherben und verkohlten Holzpartikeln.

Er geht zum Fenster am anderen Ende und legt einen Riegel um. Die Scheibe ist nach wie vor von außen mit Brettern vernagelt, doch durch die Ritzen dringt ein wenig Licht.

Maggie nimmt den Raum in sich auf. Ihre Augen beginnen, die Umrisse von etwas ganz Außergewöhnlichem zu erkennen.

»Was ist das?«, fragt Will.

»Unglaublich«, murmelt Maggie und dreht sich langsam im Kreis, unfähig, sich von der Szene loszureißen.

Nach langem Schweigen hört sie Wills Schritte am anderen Ende des Zimmers. »Komm und sieh dir das an«, sagt er.

Beim Kamin gesellt sie sich zu ihm. Gemeinsam schauen sie auf jede Menge vertrauter Gegenstände, auf Vasen, Gemälde und Ziergegenstände, die alle aus dem Haupthaus stammen.

»Noch mehr Schätze.« Maggie schüttelt den Kopf.

»Was hat das alles hier zu suchen?«

»Lillian«, sagt sie. »Sie muss es versteckt haben.«

»Um es in Sicherheit zu bringen?«

Maggie denkt an Albies spontane Mitnahmeaktionen. An Lillians nächtliches Schlafwandeln und ihre rußgeschwärzten Füße. »Vielleicht.«

Die aufgestapelten Gegenstände fesseln ihre Aufmerksamkeit nur kurz, denn es ist der Raum, der sie gefangen nimmt. Maggie und Will mustern die Wände ausgiebig, versuchen, die Elemente der außergewöhnlichen Wandmalereien zu identifizieren, die hinter Ruß- und Staubschichten verborgen sind. »Schau, es gibt überall Bäume … und Federn.«

»Ja, und da oben einen Vogel, siehst du?«

»Etwas ist hier vorgefallen«, sagt Maggie und starrt auf die Spuren der Zerstörung.

»Schau mal da.« Will zeigt auf einen weniger beeinträchtigten Abschnitt unten an der Fußleiste, rechts von der Tür.

»Sieht aus wie ein Name.« Maggie beugt sich vor, um besser sehen zu können. »John … Jack … Jack … Fincher.« Sie dreht sich zu Will um und lächelt. »Der Künstler hat sein Werk signiert.«

***

Den ganzen nächsten Tag verbringt Maggie damit, Jack Fincher zu recherchieren, was sich als höchst enttäuschend erweist.

Sie findet ein paar seiner frühesten Bilder, die er als Kriegsmaler im Zweiten Weltkrieg geschaffen hat, sowie ein paar Kritiken zu Ausstellungen aus den späten 1940er- und 1950er-Jahren. Es gibt ein Schwarz-Weiß-Foto des Künstlers als junger Mann auf der Motorhaube eines Armeefahrzeugs. Er lächelt und hat die Hand zum Schutz vor der Sonne gehoben. Ein weiteres, interessanteres Bild in einem online gestellten Pfarrbrief von Cloud Green aus dem Jahre 1955 zeigt einen Mann vor einem Holzpranger, der von einer Blondine auf die Wange geküsst wird. Das Foto ist ein wenig körnig, trotzdem erkennt sie, dass der Mann sehr attraktiv ist.

Als sie weiter nachforscht, stößt sie auf eine alte Dissertation, die ein früherer Slade-Student im Netz veröffentlicht hat. Darin versucht er, den Aufstieg und Fall Jack Finchers und das Geheimnis seines Verschwindens zu ergründen. Der Student hat es sogar geschafft, den Künstler in einer Kleinstadt im West Country ausfindig zu machen. Doch als er an der angegebenen Adresse auftauchte und auf ein Interview hoffte, wurde er von einem Betrunkenen mit irrem Blick verjagt. Daraus schloss der Student, dass Jack Fincher an seinem frühen Erfolg und an der Last der damit verbundenen Erwartungen gescheitert ist. Ein ruinierter Mann, von dem allerdings nach wie vor zwei Gemälde in der Tate Britain hängen.

Maggie öffnet die Homepage der Tate Gallery. Sie gibt den Namen *Jack Fincher* in die Suchmaske ein und wird sofort auf eine Seite mit zwei Ölgemälden verwiesen. Sie starrt lange auf die gezeigten Bilder, bevor sie zum Telefon greift.

»Hallo, ist da der National Trust? Könnte ich bitte mit jemandem aus Ihrer Ankaufsabteilung sprechen? Ich habe etwas entdeckt, das Sie sich vielleicht anschauen sollten.«

Nach einem ausgiebigen und vielversprechenden Telefonat kehrt Maggie zu ihrem Notebook zurück. Sie konzentriert sich auf den zweiten Hinweis in der Dissertation des Studenten, auf die Kleinstadt im West Country. Sie gibt mehrere Suchbegriffe ein und ertappt sich auf einmal dabei, auf die Homepage einer kleinen Galerie in Frome, Somerset, zu starren: *Fincher Fine Art*. Die Webseite beschreibt die Galerie als kleinen Familienbetrieb, der Ende der 1960er gegründet wurde.

Maggie klickt sich bis zur Kontakt-Seite durch und greift zum Telefon.

Nach dem dritten Klingeln geht eine junge Frau dran. »Hallo, *Fincher Fine Art*, was kann ich für Sie tun?«

Teil IV

Mitten im tiefen Winter wurde mir endlich bewusst,
dass ein unbesiegbarer Sommer in mir wohnt.

Albert Camus

So wachsam ich auch war, ich habe in die falsche Richtung geschaut, wie sich später herausstellte. Ablenkung und Zerstreuung sind der Feind eines jeden Wächters, und ich habe den Blick abgewandt, zu lange gewartet. Ich habe damit gewartet, aus dem Schatten zu treten, und dadurch alles aufs Spiel gesetzt. Das Haus mitsamt seinen atemberaubenden Schätzen, aber schlimmer noch: Ich habe sie aufs Spiel gesetzt.

Heute schmerzt es mich, auf diese Tage zurückzublicken, zu wissen, dass die Katastrophe vermeidbar gewesen wäre, dass diese Flammen vielleicht nie hätten auflodern müssen und dass sie bleibende Narben zurückbehalten hat. Sowohl sichtbare auf der Haut als auch solche, die nur hin und wieder in ihren Augen aufschimmern.

Aber auch ich habe mich geändert. Selbst wenn sie von meiner treuen Hingabe nie erfahren wird, werde ich sie kein zweites Mal enttäuschen. Ich werde bleiben, solange sie mich braucht. Sie mag stark sein, stärker, als sie glaubt, doch solange ich da bin, werde ich dafür sorgen, dass weder Flammen noch Fäuste ihr je wieder etwas anhaben können. Ich verkörpere die Augen dieses Hauses und wende den Blick niemals ab.

31

Es ist der totale Wahnsinn. Es gibt viel zu viel zu tun, um sich einen Tagesausflug nach London zu erlauben. Als Maggie so im Bett liegt und sich eine Ausrede zurechtlegt, die sie Will und Jane gegenüber vorschützen muss, kann sie ihr nörgelndes Murren förmlich hören: *Wir dürfen deine Aufgabenlisten abarbeiten, während du mit Weihnachtseinkäufen anfängst?*

Aber Maggie hat alles andere als eine Shoppingtour geplant. Sie hofft, dass ihr der kommende Tag dabei helfen wird, die Puzzleteile zu ergänzen, die das Leben ihrer Großmutter vervollständigen. Oder zumindest dabei, das ihr überlassene Vermächtnis zu begreifen.

Die Hügel sind winterlich braungrau, als sie zum örtlichen Bahnhof fährt und den Zug nach London nimmt, um dort in die U-Bahn umzusteigen und schließlich in einer vornehmen Straße Pimlicos wieder ans Tageslicht zu kommen. In der Innenstadt regnet es. Sie springt über Pfützen hinweg und schlägt den Kragen hoch, um sich vor dem Novemberwind zu schützen.

Die Tate Britain steht da wie ein massives weißes Denkmal, der langsam fließenden Themse zugewandt. Als sie die Eingangsstufen emporsteigt, schaut sie kurz auf die Uhr – sie ist früh dran. Anschließend breitet sie den Lageplan des Museums auf der nächstbesten Bank aus. Sie ist schon oft hier gewesen, hat den heutigen Höhepunkt aber stets übersehen. Nachdem sie sich orientiert hat, marschiert sie energisch los, während das nervöse Flattern in ihrem Magen zunimmt.

Sie läuft die Räume ab, die den 1930er- und 1940er-Jahren gewidmet sind, bewundert ein Gemälde von Graham Sutherland und die Bronzestatue *Madonna mit Kind* von Henry Moore. Trotzdem weigert sie sich innezuhalten, bevor sie den Raum mit den Künstlern aus den 1950er-Jahren gefunden hat. Dort ist es angenehm ruhig, nur zwei grauhaarige Frauen in beigen Regenmänteln stehen vor einem Lowry, während ein junger Mann mit abgewetzter Lederjacke und Kopfhörern die Audiotour macht. In der hintersten Ecke wacht diskret eine junge, von Kopf bis Fuß schwarz gekleidete Frau über den Saal. Sie begrüßt Maggie mit einem leichten Nicken und schaut dann wieder ins Leere.

Maggies Blick huscht über die Wände. Francis Bacon. John Bratby. Patrick Heron. Sie hat die Bilder, die sie sucht, bereits im Internet gesehen, trotzdem ist es aufregend, sie wiederzuerkennen. Es handelt sich um zwei kleine Ölgemälde in schlichten Goldrahmen, die nebeneinander am gegenüberliegenden Ende des Raumes hängen. Sie tritt näher, kann es kaum erwarten, sie ausgiebig zu betrachten.

Das Erste ist ein Stillleben. Eine Holzkiste, aus der Farbtuben und Pinsel quellen. Ein eher schlichtes Gemälde, wäre da nicht der außergewöhnliche Trompe-l'Œil-Effekt, den der Künstler schuf, indem er mithilfe der raffinierten Perspektive die Illusion von Tiefe erzeugt. Sie lässt den Betrachter glauben, er müsste nur die Hand austrecken, um nach einer der verbeulten Farbtuben oder einem abgenutzten Pinsel greifen zu können. Ihr fällt die Signatur des Künstlers in der Ecke auf, das geschwungene *J* und das energisch auslaufende *F* sind ihr inzwischen vertraut.

Das zweite Gemälde erinnert eher an die Wandmalereien in Cloudesley. Es zeigt eine Landschaft zur Erntezeit. Heuballen sind in ein fernes Tal mit Feldern getupft, und die ganze Szene wird von einem Sonnenuntergang in orangerotes Licht getaucht. Ebenfalls ein schlichtes Bild, ein ländliches Idyll – wäre da nicht die außergewöhnliche Perspektive, die durch den im Vordergrund liegenden Landarbeiter entsteht, ein Glas Apfelwein im Gras neben sich.

Das kleine weiße Schild neben dem zweiten Bild enthüllt, dass es *Somerset Glory* heißt und 1953 als Teil einer Reihe von Landschaftsstudien des Künstlers entstand. Das Schild fasst den Werdegang des Künstlers kurz zusammen, lauter Details, die Maggie bereits aus dem Internet kennt, und erwähnt dann, dass der Künstler weiterhin Erfolg hatte. Seine Bilder wurden in mehrere Sammlungen aufgenommen. Die *Times* zählte ihn 1954 zu den vielversprechendsten jungen britischen Künstlern, er habe die Kunstszene aber Ende der 1950er-Jahre verlassen, wohl aufgrund einer privaten Krise. Der letzte Satz vermerkt, dass Jack Fincher, trotz seines abrupten Abgangs, ein weithin anerkannter und wichtiger Vertreter des aufkommenden abstrakten Expressionismus gewesen ist und als solcher den Hyperrealismus späterer Jahrzehnte entscheidend geprägt hat.

Maggie wendet sich wieder dem Gemälde mit der Landschaft von Somerset zu und mustert es so genau, dass sich das Bild regelrecht auflöst und in einzelne Pinselstriche zerfällt. Obwohl es in viel kleinerem Maßstab ausgeführt ist, lässt sich nicht leugnen, dass es vom Stil her sehr an die Wandmalereien in

Cloudesley erinnert. Sie geht zwischen den beiden Gemälden hin und her und hofft, ihnen weitere Geheimnisse zu entreißen, als sie das Kleingedruckte am Ende des Schilds sieht, das sie in der Eile überlesen hat. *Eine großzügige Schenkung an die Tate Gallery aus der Privatsammlung von Charles Oberon, 1956.*

Als sie den Namen ihres Großvaters schwarz auf weiß neben dem Landschaftsbild entdeckt, ist sie völlig verblüfft. Charles hat dieses Gemälde besessen? Sie wirft einen zweiten Blick auf das Datum. 1956. Soweit sie das recherchieren konnte, wäre das ein Jahr nach Fertigstellung der Wandmalereien von Cloudesley gewesen.

Das ergibt doch überhaupt keinen Sinn! Warum sollte sich Charles die Mühe machen, einen anscheinend hoch gehandelten Künstler mit einem Wandbild zu beauftragen, nur um den Raum anschließend zu verrammeln, jedem zu verbieten, ihn zu betreten, und dann auch noch ein wertvolles Original desselben Mannes zu verschenken? Höchst rätselhaft, das Ganze.

Sie hört ein leises Räuspern. Maggie schaut sich um und sieht, dass die Museumsmitarbeiterin vor ihr steht, vielleicht weil sie aufgrund ihrer Nähe zum Bild nervös wurde.

Widerwillig tritt sie einen Schritt zurück und schaut auf die Uhr. Sie muss noch zwanzig Minuten warten, also dreht sie eine schnelle Runde durchs übrige Museum und sucht dann vergeblich im Museumsshop nach einem Druck oder einer Postkarte mit einem von Finchers Gemälden für die Nachwelt. Um fünf vor drei kehrt sie in den Saal zurück.

Die Museumswärterin von vorhin ist fort und durch einen schlanken Herrn ersetzt worden. Auch er ist ganz in Schwarz gekleidet und steht am anderen Ende, diskutiert mit einer schrillen italienischen Dame über eines der Bilder. Die anderen Besucher sind ein älterer Herr, der auf einer Bank in der Raummitte sitzt, einen Spazierstock neben sich, und eine junge Frau zu seiner Rechten. Sie unterhalten sich leise.

Maggie, die spürt, wie sie wieder Schmetterlinge im Bauch bekommt, holt tief Luft und geht auf die beiden zu. »Mister Fincher?«, wendet sie sich fragend an den Sitzenden.

Der Mann schaut zu ihr empor. Sein Gesicht weist zahlreiche Falten und Furchen auf, aber der Blick seiner dunklen Augen ist klar. »Miss Oberon. Es ist mir eine Freude, Sie kennenzulernen.«

Sie lächelt, weiß nicht, ob sie ihm die Hand geben soll, will nicht, dass er ihretwegen aufsteht, doch er zeigt bereits mit dem Kinn auf die Frau neben sich.

»Das ist Lucy«, stellt er sie vor. »Sie war so nett, mich heute herzufahren.«

»Danke«, sagt Maggie rasch und ergreift die Hand der Frau, nimmt ihre dunklen Augen, ihr blondgelocktes Haar und die gerade Adlernase in sich auf. Die Familienähnlichkeit ist nicht zu übersehen. Seine Enkelin vermutlich. »Das bedeutet mir wirklich sehr viel. Möchten Sie einen Tee mit uns trinken?«

Lucy schüttelt den Kopf. »Ich kann mir vorstellen, dass Sie beide in Ruhe reden wollen. Wie wär's, wenn ich euch in der Eingangshalle treffe, sobald ihr fertig seid? Ich habe keine Eile und kann mich da unten hervorragend selbst beschäftigen.« Lucy beugt sich vor und küsst den alten Herrn zärtlich auf die Wange, um dann nach einem kurzen Winken zu gehen.

Maggie sieht, dass der Blick des alten Mannes wieder auf den beiden Bildern an der gegenüberliegenden Wand ruht. »Fühlt es sich seltsam an, sie wiederzusehen?«, fragt sie und nimmt neben ihm Platz.

»Ja.« Jack Fincher lächelt. »Sie wühlen so einiges auf.«

Maggie nickt. »Ich liebe sie.«

»Tatsächlich?«

»Ja. Ich liebe es, wie Sie auf beiden das Licht eingefangen haben. So spielerisch, ganz so als wollten Sie den Betrachter auf die Probe stellen, ihn fragen, was wirklich ist und was nicht.«

Er schaut sie neugierig an. »Sind Sie Künstlerin?«

»Wissen Sie, was?«, seufzt sie. »Diese Frage stelle ich mir schon seit einer ganzen Weile.«

Der Mann nickt, als würde er verstehen.

»Ich hab es auf jeden Fall genossen, Ihre Laufbahn zu recherchieren.« Lächelnd dreht sie sich zu ihm. »Auch wenn es offen gestanden recht enttäuschend war. Ich konnte keinerlei Informationen über Ihr weiteres Werk finden. Es befindet sich ausschließlich in privater Hand. Malen Sie denn noch?«

Jack Fincher schüttelt den Kopf. »Nein, ich habe seit Jahren keinen Pinsel mehr angefasst.«

»Das ist aber schade. Warum haben Sie aufgehört?«

Er zögert nur eine Sekunde, zieht dann aber die Hände aus seinen tiefen Manteltaschen und legt sie in den Schoß. »Ein Unfall.«

Maggie hat sich bereits aufmunternde Plattitüden zurechtgelegt, von wegen, dass es nie zu spät ist, noch einmal anzufangen, dass er nur zum Pinsel greifen und es wieder probieren muss, dass Alter keine Rolle spielt. Doch als sie seine Hände sieht, fällt ihr nichts mehr ein.

Sie weiß, dass es unhöflich ist, darauf zu starren. Doch sie kann nicht anders, weil es eigentlich gar keine Hände mehr sind, sondern verkrüppelte Klauen. Dickes Narbengewebe und rosa Knorpel schlängeln sich bis zu seinen Hemdsärmeln empor.

»Die Nervenschäden haben es mir so gut wie unmöglich gemacht, etwas zu halten oder zu kontrollieren, das Feinmotorik oder ein gewisses Maß an Geschicklichkeit erfordert.«

»Wie einen Pinsel zum Beispiel«, sagt Maggie leise.

»Ja. Wie einen Pinsel.«

»Das tut mir so leid.« Sie schaut erst ihn und dann das Bild an.

Etwas regt sich in den Tiefen ihres Gedächtnisses, wie eine Motte, die man kurz aus dem Augenwinkel sieht. Sie schaut auf die Hände des Mannes, denkt an den abgesperrten Raum, an seine rußbedeckten Wände, an den darin festhängenden Geruch nach Rauch und Asche. Nach und nach finden die Puzzleteile einer ihr im Kopf herumschwirrenden Geschichte ihren richtigen Platz. Sie starrt von den Händen des Mannes auf die Gemälde an der Wand und dann wieder zurück zu Jack Fincher.

»Sie waren dort, nicht wahr? In Cloudesley. Am Tag des Feuers.«

»Ja«, sagt er so leise, dass sie sich weit vorbeugen muss, um ihn zu verstehen. »Ich war da.«

Maggie atmet hörbar aus. Dieser Mann ist kostbarer als der Schlüssel, den sie zum Öffnen der Tür bekommen hat. Jede Menge Fragen gehen ihr durch den Kopf, doch sie zwingt sich zu Geduld.

»Sollen wir eine Tasse Tee trinken gehen? Es gibt so vieles, das ich wissen will. Obwohl ich Sie weder aufregen noch mit schmerzlichen Erinnerungen konfrontieren möchte.« Sie reißt ihren Blick von seinen Händen los und schaut in seine dunkelgrauen Augen. »Es würde mir sehr viel bedeuten, Sie zu Ihrer Kunst, zu dem Raum … und meinen Großeltern befragen zu dürfen.«

Der Mann nickt.

»Danke«, sagt sie. »Ich glaube, da drüben ist ein Café.«

Vor lauter Aufregung biegt sie falsch ab, und statt ihn ins Museumscafé zu führen, finden sie sich auf einer Art-déco-Treppe wieder, die sie hinuntergehen, um dann vor dem Rex-Whistler-Restaurant zu stehen.

»Zwei Personen zum Afternoon Tea?«, fragt ein kleiner Mann mit unverkennbar französischem Akzent.

Maggie wirft einen Blick hinter ihn, auf das elegante Ambiente mit betuchten Ladys, die Tee trinken und sich Kuchen und Sandwiches von eleganten, silbernen Etageren nehmen. Ein deutlich vornehmeres Lokal als beabsichtigt, aber sie hat Angst, den alten Herrn bereits zu einem Fußmarsch überredet zu haben, der ihn überfordert.

»Ja bitte«, sagt sie rasch. Sie wird es unter Rechercheaufwand für den Tea Room verbuchen, den sie nächstes Jahr in Cloudesley eröffnen wollen. Falls sich ihr Begleiter Sorgen wegen der Kosten machen sollte, fügt sie hinzu: »Sie sind natürlich eingeladen.«

Der Kellner weist ihnen einen Tisch am Ende des Raumes mit der niedrigen Decke zu. Sie sind auf allen Seiten von einem bunten fantastischen Wandbild umgeben. Maggie mustert es kurz, bleibt an einem weißen Einhorn hängen, das mit den Hinterbeinen ausschlägt, bevor sie sich mit einem Lächeln wieder Jack zuwendet.

»Das ist doch ziemlich passend, finden Sie nicht, Mr. Fincher? Ein freskierter Raum.«

»Ja.« Er nickt. »Rex Whistler war ein Meister. Zu tragisch, dass er im Krieg gefallen ist.«

Sie wartet, bis der Kellner ihre Bestellungen aufgenommen hat, bevor sie mit ihren Fragen loslegt.

»Mein Großvater hat Sie mit dem Ausmalen des Raumes im Westflügel von Cloudesley beauftragt?«

Jack Fincher nickt. »Ja. Keine Ahnung, wie er auf mich gekommen ist. Vermutlich mochte er meine Arbeit. Er hatte bereits ein früheres Gemälde von mir in seiner Sammlung.«

»Das, das oben im Museum hängt?«

Jack nickt.

»Auf dem Schild steht, dass Charles es dem Museum ein Jahr nachdem Sie die Arbeiten in Cloudesley beendet haben, geschenkt hat.«

»Ja, das stimmt.«

»Das war aber sehr großzügig«, sagt sie vorsichtig.

»Ja.«

Maggie lehnt sich in ihrem Stuhl zurück. Sie spürt, dass etwas in ihrem Gespräch mitschwingt, das sie nicht einordnen kann. Hatten sich die beiden Männer wegen des Raums überworfen? Wollte Charles deshalb ein einst geschätztes Gemälde loswerden und hat es dem Museum geschenkt?

Bevor sie weiter darüber nachdenken kann, kommt ihr Tee. Der Kellner macht viel Aufhebens beim Aufdecken, stellt chinesisches Porzellan, silberne Teekannen, Milchkrüge und Zuckerdosen vor sie hin. Sie schenken sich Tee ein. Maggie sieht schweigend zu, wie Jack mit einer silbernen Zange kämpft, sie unbeholfen in seinen zerstörten Händen hält. Sie muss den Drang unterdrücken, ihm zu helfen. Schließlich lässt er ein Stück Würfelzucker in seinen Tee mit Milch fallen.

»Bei dem Aufwand sollte man meinen, dass ich es längst aufgegeben habe«, sagt er mit einem schiefen Grinsen.

Maggie wartet einen Moment, bevor sie ihre nächste Frage stellt. »Darf ich fragen, wie …« Sie starrt auf seine Hände, überlegt, wie sie das Thema am besten ansprechen soll. »Darf ich fragen, wie das passiert ist? Das mit dem Feuer.«

Die ausgeprägten Steilfalten über der Nase des Mannes vertiefen sich. »Ich wünschte, ich könnte es Ihnen sagen, doch auch nach all den Jahren kann ich es nach wie vor nicht begreifen.« Er seufzt, und Maggie sieht, dass er versucht, sich zurückzuerinnern.

»Es tut mir leid. Ich möchte Sie nicht beunruhigen.«

Er scheint ihre Worte gar nicht wahrzunehmen, starrt blind in die Luft und kehrt in Gedanken zurück. »Der Raum war fertig«, sagt er. »Ich war die ganze Nacht aufgeblieben, um …« Er zögert. »Um letzte Hand anzulegen.«

Maggie nickt ihm ermutigend zu, ist aber so klug, ihn nicht zu unterbrechen.

»Ich wusste, dass es Zeit wird, Cloudesley zu verlassen. Ich war oben in meinem Zimmer, um zu packen, als ich etwas gehört habe. Der Hund, Monty, hat draußen gebellt. Auf dem Anwesen ertönten Schreie. Etwas an diesem Lärm, an dieser Dringlichkeit … Ich wusste einfach, dass etwas gründlich nicht stimmt. Da hab ich die hintere Treppe zum Westflügel genommen und dort im Flur gesehen, wie Rauch unter der Tür zum Raum mit dem Wandbild hervorquoll. Als ich sie aufmachen wollte, merkte ich, dass sie verschlossen ist. Der Schlüssel hat gefehlt. Ich musste sie mit roher Gewalt eintreten. Ich hab nur daran gedacht, den Raum zu retten. Ich hatte keine Ahnung, dass sie da drin ist.«

»Wer? Lillian?«

Der Mann nickt. »Alles, was ich sah, war Rauch. Flammen, die an den Erkervorhängen hochzüngelten. Dann hörte ich das Husten. Sie war auf dem Boden, auf allen vieren. Kaum hatte ich sie entdeckt, fielen die Fenstervorhänge auf sie herunter. Ich hörte zerberstendes Glas und wusste, dass ich sie rausholen musste.«

Maggie starrt den Mann entsetzt an. Die wulstigen Narben auf den Beinen ihrer Großmutter fallen ihr wieder ein, und sie zuckt zusammen.

»Als ich sie erreichte, war sie bewusstlos. Ihre Beine hatten sich in den brennenden Vorhängen verfangen, regelrecht verheddert. Ich hab nicht weiter nachgedacht, hab einfach danach gegriffen, sie weggerissen und Lillian anschließend aus dem Raum geschleift. Die Situation war vollkommen unübersichtlich. Lillian war schwer verletzt. Sie wurde mit dem ersten Krankenwagen fortgebracht. Erst danach hat jemand nach mir gesehen und gemerkt, was passiert ist.« Er starrt auf seine Hände. »So seltsam das klingt: Ich habe nichts gespürt.«

Maggie fröstelt. Sie kann sich das nicht vorstellen. Sie hantiert mit dem Tee, erlaubt Jack Fincher, sich zu sammeln.

»Wie wurde das Feuer gelöscht?«

»Wer auch immer da draußen war, muss die Pumpe aktiviert haben. Das Fenster wurde eingeworfen, der Schlauch hineingelegt und Wasser aus dem Brunnen hochgepumpt. So muss das Haus gerettet worden sein. Das war wirklich bemerkenswert, denn sonst wäre Cloudesley völlig abgebrannt.«

»Und wie ging es dann mit Ihnen weiter?«

»Ich wurde ins selbe Krankenhaus gebracht wie Ihre Großmutter, auch wenn ich sie nicht sehen durfte. Erst als die Polizei kam, um mich zu verhören, als es hieß, man würde wegen Brandstiftung ermitteln, begriff ich, dass anscheinend jemand absichtlich Feuer gelegt hatte. Es hieß, man habe mein Feuerzeug vor Ort gefunden, und ich sei der Hauptverdächtige.«

Maggie starrt den Mann ebenso fasziniert wie entsetzt an. »Man hat geglaubt, Sie hätten das Feuer gelegt? Aber warum sollten Sie Ihr eigenes Werk zerstören? Etwas, an dem Sie den ganzen Sommer gearbeitet haben?«

»Ja, warum?«

»Wurde Anklage erhoben?«

»Nein.« Jack seufzt. »Ein paar Tage sah es gar nicht gut für mich aus, doch dann hat Charles plötzlich seine Meinung geändert. Er hat die Polizei dazu gebracht, die Anklage fallen zu lassen.«

»Weil er wusste, dass Sie unschuldig sind?«

Der Künstler zuckt mit den Schultern. »Ich habe nicht die leiseste Ahnung. Das Ganze ist mir heute genauso rätselhaft wie damals. In all den Jahren habe ich nicht begriffen, was sich an diesem Tag abgespielt hat. Ich weiß nur, dass ich ein Feuerzeug verloren hatte – im Wald, im Haus oder irgendwo auf dem Anwesen. Derjenige, der es gefunden hat, muss den Brand gelegt und das Feuerzeug hinterlassen haben – vermutlich, um den Verdacht auf mich zu lenken.«

»Wer kann das gewesen sein?«

»Ich tippe auf Charles, auch wenn ich keinen Beweis dafür habe.«

»Warum?« Maggie hat Mühe, Jack Finchers Worten zu folgen. »Warum sollte er den Raum zerstören, den er in Auftrag gegeben hat? Einen Raum in seinem eigenen Haus?«

Maggie mustert Jack Fincher. Ihr fallen die letzten Stunden ihrer Großmutter wieder ein, als sie unter dem Baum neben der äußeren Begrenzung saß. *Wir haben mal einen gerettet.* Die Erkenntnis trifft sie wie ein Paukenschlag. »Sie hat Sie geliebt.«

»Ich denke schon«, sagt er leise. »Und ich habe sie geliebt. Sehr sogar.«

Maggie nickt, unterbricht ihn allerdings nicht.

»In jenem Sommer habe ich mich in sie verliebt. Sie sind vielleicht schockiert, wenn Sie das hören, aber ich wollte, dass sie Charles verlässt und mit mir fortgeht. Am Tag vor dem Brand haben wir uns im Wald hinterm Haus getroffen. Wir haben uns gestritten. Ich hatte das Gefühl, dass sie nicht … dass sie nicht sicher ist, wenn sie in Cloudesley bleibt. Doch sie hat sich geweigert, mit mir fortzugehen. Nachdem wir uns getrennt hatten, war ich unglaublich wütend. Ich bin zurück in den Raum mit meinem Wandbild und habe in meiner Wut eine letzte Szene hinzugefügt.«

»Was für ein Szene?«

»Ich habe eine kleine Ergänzung vorgenommen. Einen Fuchs in einer Ecke, zu dessen Füßen ein toter Sperber liegt. Dem Fuchs habe ich dummerweise ein paar … persönliche Merkmale verliehen. Jeder, der Charles kannte, hätte sofort gemerkt, dass Charles damit gemeint ist. Das war nicht gerade die feine Art, aber eine Botschaft, die Lillian sehen sollte.«

»Oh.« Maggie ist schockiert.

»Das war sehr dumm von mir. Dadurch habe ich vermutlich Charles' Wut hervorgerufen und ihm einen Grund gegeben, die Wandmalereien zu zerstören. Oder Lillian, die den Beweis vernichten wollte, bevor er von der Affäre erfährt. Sie muss sich bloßgestellt gefühlt und eine solche Angst ausgestanden haben. Wissen Sie, mir war einfach nicht klar, was das für sie bedeutet.«

Maggie versucht nach wie vor, die einzelnen Puzzleteile zusammenzufügen. »Sagten Sie nicht, dass Lillian zum Zeitpunkt des Feuers im Raum gefangen war? Dass die Tür von außen abgeschlossen war?«

Jack Fincher nickt.

»Angenommen, Charles hat den Brand gelegt. Heißt das, er hat versucht, sie umzubringen? Und wenn es Lillian gewesen ist, um den Beweis für ihre Affäre zu beseitigen, wollte sie …« Maggie kann kaum glauben, was sie da gerade fragt. »Wollte sie Selbstmord begehen?«

»Nein. Sie hätte Albie und ihre Schwester Helena niemals im Stich gelassen. Sie war ihnen treu ergeben. Aus meiner Sicht weist alles auf Charles hin. Ich glaube, dass er in einem Tobsuchtsanfall das Feuer gelegt hat, um mich zu bestrafen. Ich bin mir nicht mal sicher, ob er wusste, dass Lillian im Raum war. Ich hab sie beim Erkersofa gefunden. Vielleicht hat sie sich dort ausgeruht, halb verborgen von den langen Vorhängen. Es muss ein schrecklicher Unfall gewesen sein.«

Maggie denkt an die schwarzen Flecken, die sich an den Wänden neben dem zerstörten Erker hochranken und eindeutig darauf hinweisen, dass dort einst Vorhänge hingen. Bei der Vorstellung, dass der dicke Samtstoff Feuer gefangen und gebrannt hat wie Zunder, bekommt sie eine Gänsehaut.

Er schüttelt den Kopf. »Charles konnte sehr aggressiv sein.« Er schaut zu Maggie hinüber. »Und er war überaus impulsiv. Doch ich glaube nicht, dass er sie umbringen wollte. Er hat es allerdings so aussehen lassen, als ob ich an allem schuld wäre. Vermutlich ließ er die Anklage erst fallen, als ihm klar wurde, in welchen Skandal der Name Oberon daraufhin verwickelt würde.«

»Haben Sie Lillian wiedergesehen? Nach dem Feuer, meine ich?«

Jack Fincher schüttelt den Kopf. »Nein.«

»Warum denn nicht? Sie haben sie geliebt. Warum haben Sie nicht versucht, sie ausfindig zu machen und die Wahrheit herauszufinden?«

»Ich habe darüber nachgedacht. Aber sie hat mir am Tag vor dem Feuer gesagt, dass sie nicht mit mir fortgehen wird. Und danach«, er schaut auf seine Hände, »danach war alles anders. Ich konnte ihr keinerlei Zukunft bieten. Ich war nicht mehr der Mann, in den sie sich verliebt hatte. Ich konnte nie wieder malen, war nicht mal mehr in der Lage, ihre Hand zu halten oder ihr übers Gesicht zu streichen. Ich wollte nicht, dass sie mich in diesem Zustand sieht. Ich dachte, ohne mich ist sie besser dran.«

»Wäre das nicht ihre Entscheidung gewesen?«

Jack Fincher zuckt mit den Schultern. »Gut möglich.« Er schaut zu Maggie auf. »Doch nach Cloudesley war nicht nur das hier zerstört.« Er hebt seine knotigen Hände und lässt sie wieder in den Schoß sinken. »Ich habe die Arbeit jenes Sommers nie bezahlt bekommen und wurde bettelarm. Noch viel schlimmer war mein gebrochenes Herz. Ich konnte nicht mehr arbeiten. Ich habe eine sehr schlimme Zeit durchgemacht. Zu viel getrunken. Ich hatte keinerlei Hoffnung mehr.«

Maggie nickt.

»Ich habe sie nie vergessen. Seit dem Feuer habe ich jeden Tag an sie gedacht. Ich habe sie in meinen Träumen gesehen, viele Male. Aber auch an anderen Orten. Manchmal hat blondes Haar oder ein bestimmtes Lachen genügt, um sie mir wieder vor Augen zu rufen. Eine Frau habe ich sogar verfolgt. Ich stand mit Gertie und den Mädchen auf einer Brücke in Frome und habe die Enten gefüttert. Da sah ich eine Frau in der Ferne, in einem roten Mantel, und dachte tatsächlich kurz, dass sie das ist. Ich bin ihr nach, hab sie aber in der Menge verloren. Ich habe eine Weile gebraucht, bis ich zur Vernunft gekommen bin. Doch in diesem Moment war ich fest davon überzeugt, dass sie es ist und nach all den Jahren nach mir gesucht hat.«

Seine Worte lösen etwas in Maggie aus. Ein Mann und seine kleinen Töchter, die Enten füttern. Aber sie hat den Kopf voller Fragen, sodass sie keine Zeit verschwenden will. »Sie haben also geheiratet und Kinder bekommen? Mädchen, wie Sie sagen? Ist Lucy Ihre Enkelin?«

Jack schüttelt traurig den Kopf. »Ach nein, Gertie ist meine Schwester. Sie hat drei entzückende Töchter. Ich hab es geschafft, mich irgendwann so weit zusammenzureißen, dass ich ihnen ein Onkel sein konnte. Hoffentlich ein guter. Lucy ist meine Großnichte«, sagt er stolz.

Er lächelt, trotzdem kann Maggie den Schmerz und das Bedauern in seinen Augen sehen.

»Nach vielen verlorenen Jahren habe ich mich gebessert und die Galerie in Frome eröffnet. Ich habe mich darauf konzentriert, andere Künstler zu fördern, und ein bescheidenes Einkommen gehabt. Es hat gereicht, um zu überleben. Doch immer wenn ich überlegt habe, mich bei Ihrer Großmutter zu melden, habe ich mich fürchterlich geschämt. Ich wollte auf keinen Fall, dass sie mich als gescheiterten Künstler sieht.«

»Ich bin mir sicher, sie hätte …«

Er winkt bereits ab, stellt ihr eine Gegenfrage. »Sie sind also Albies Tochter? Wie geht es dem Jungen?«

Maggie kann ein Lachen nicht unterdrücken. »Dem Jungen? Er ist achtundsechzig. In vielerlei Hinsicht dürfte er allerdings noch ein Kind sein, ein Kind, das sich geweigert hat, erwachsen zu werden und ein geregeltes Leben zu führen.« Sie lächelt. »Er ist ein schrecklicher Vater. Ich habe auf die harte Tour lernen müssen, nichts von ihm zu erwarten. So ist es einfacher. Aber ich würde lügen, wenn ich sage, dass es nicht mehr wehtut. Er ist mein Dad. Mich bei Lillian in Cloudesley zu lassen und sie zu bitten, mich aufzuziehen, ist vermutlich das Beste, was er für mich tun konnte. Auch wenn mir das lange Zeit nicht klar war.«

»Hat Ihr Vater je mit Ihnen über seine Kindheit gesprochen?«

Maggie schüttelt den Kopf.

»Versuchen Sie, nicht zu hart mit ihm ins Gericht zu gehen. Wir tragen alle unsere Narben, unseren Schmerz mit uns herum.«

Maggie kneift die Augen zusammen. Sie will weiterfragen, doch Jack Fincher räuspert sich.

»Sie sind also in Cloudesley aufgewachsen, genau wie Albie?«

»Ja, ich bin mit meinen Großeltern in diesem Riesenkasten herumgegeistert. Lillian war meine Rettung.«

»Und Charles?« Der Mann mustert sie aufmerksam.

Maggie zuckt mit den Schultern. »Ihm stand ich nicht so nahe. Er war seit meiner Kindheit behindert und saß im Rollstuhl.« Sie schaut wieder zu Jack Fincher. »Ich habe gehört, dass er ein sehr mächtiger Mann war, bevor die Geschäfte schlecht liefen und er seinen Schlaganfall hatte. Doch ich habe ihn nur als alten, sehr kranken Mann gekannt. Das ist traurig. Sie haben mit Sicherheit einen ganz anderen Charles erlebt?«

»Allerdings.« Jack Fincher räuspert sich. »Was ist ihm zugestoßen?«

»Er ist eines Tages im Salon zusammengebrochen. Der arme Charles. Dass er den Rest seines Lebens so verbringen musste, gefangen in einem ihm nicht mehr gehorchendem Körper …«

»Das Leben geht merkwürdige Wege«, murmelt Jack Fincher.

»Offen gestanden hab ich mich lieber von ihm ferngehalten. Lillian hat den Laden geschmissen. Cloudesley war eindeutig ihr Reich. Sie hat sämtliche Entscheidungen getroffen, alles am Laufen gehalten, mit Benthams Hilfe natürlich.«

»Ah, Bentham. Was ist aus dem Kerl geworden?«

»Ich glaube, er war in Cloudesley, bis er schließlich Ende der 1980er in Rente gegangen ist. Nach Charles' Tod ist er für Gran eine Art Freund geworden und kam häufig zu Besuch. Ich hab sie draußen auf der Terrasse zusammen Tee trinken und einen Spaziergang ums Haus oder über das Anwesen machen sehen. Ich hab Gran ständig damit aufgezogen, dass er eine Schwäche für sie hat. Ich glaube nicht, dass was zwischen ihnen war, aber sie war sehr traurig, als er starb. Sie hat mir erzählt, dass er sie auf seine Art beschützt hat.« Maggie zuckt mit den Schultern. »Ich hab das nie so richtig verstanden, aber ich nehme an, er war eine Art Aufseher in Cloudesley, jemand, der ihr geholfen hat, das alte Herrenhaus zu erhalten.«

Maggie merkt, wie Jack Fincher die Tränen kommen, wendet den Blick ab und schenkt Tee nach.

»Sie war eine gute Frau«, sagt er nach einer Weile. »Albie und ihrer Schwester Helena treu ergeben.«

Maggie seufzt. »Nun, ich weiß nicht so genau, ob mein Vater sie tatsächlich verdient hatte. Er hat sie in all den Jahren nicht besonders gut behandelt.«

»Vielleicht haben Sie das ja wettgemacht?«

Maggie lächelt. »Ja, glauben Sie? Die arme Lillian.«

»Ihre Großmutter hat sich stets wunderbar um andere gekümmert. Sie hatte einen ausgeprägten Mutterinstinkt. Ich kann mir vorstellen, dass Sie ihr viel Freude gemacht haben.«

»Aber auch viele Probleme, fürchte ich. Ich bin nicht unbedingt ein Engel.«

»Wer ist schon ein Engel? Die Verbundenheit mit der Familie meiner Schwester hat mir viel Freude geschenkt. Vielleicht ging es Lillian ja genauso? Außerdem scheinen Sie für sie da gewesen zu sein, als es drauf ankam. Am Schluss haben Sie ihr zur Seite gestanden, und nur das zählt.«

Maggie denkt nach. »Auf eine gewisse Weise waren Sie auch bei ihr.«

Der Mann schaut überrascht von seiner Tasse auf. »Wie bitte?«

»Damit will ich sagen, dass sie mir kurz vor ihrem Tod von Ihnen erzählt hat. Am Tag, an dem sie starb, hat sie mir von dem Sperber erzählt, den Sie gemeinsam gerettet haben.«

Ein sanftes Lächeln breitet sich auf Jack Finchers Gesicht aus, und ein Leuchten tritt in seine dunklen Augen. »Tatsächlich? Na so was.«

Der Kellner ist an ihren Tisch zurückgekehrt. Er bietet ihnen frisches heißes Wasser für ihren Tee an, doch beide lehnen ab.

Maggie schaut auf ihre Armbanduhr. »Tut mir leid, ich habe Sie ziemlich lange aufgehalten. Wenn ich Ihnen noch eine letzte Frage stellen dürfte?«

»Aber gerne doch.«

»Was hat Sie zu dem Raum inspiriert?«

Jack Fincher seufzt, und der Anflug eines Lächelns erscheint auf seinem Gesicht. »Ihr Großvater hat mich mit dem Wandbild beauftragt, aber vom ersten Pinselstrich an hat es ihr gehört. Nicht, dass das jemand gewusst hätte. Doch ich habe ihr damit Tribut gezollt. Ich wollte, dass die Fresken unseren gemeinsamen Sommer wiedergeben. Sie stecken voller Anspielungen und Symbole, die nur sie deuten konnte, voller gemeinsamer Momente. Meine Hoffnung war, dass es als heimliches Vermächtnis dienen würde.«

Jack betrachtet die Wandmalereien von Whistler neben ihnen.

»So vieles in unserem Leben ist flüchtig, vergänglich. Deshalb wollte ich es vermutlich einfangen. Ich wollte, dass meine Malerei etwas Bleibendes schafft, ein Zeugnis meiner Hingabe, einen Beweis für das, was wir miteinander geteilt haben. Lange, nachdem ich Cloudesley verlassen hätte und unsere Zeit vorbei sein würde.« Er räuspert sich. »Dass das Feuer alles zerstört und sie das Wandbild nur ein Mal gesehen hat, habe ich wie kaum etwas in meinem Leben bedauert.«

Beim Zuhören spielt Maggie mit dem silbernen Teesieb. Als er das sagt, legt sie es sorgfältig aufs Tablett zurück.

»Sie hat es nur ein Mal gesehen?« Sie schüttelt den Kopf. »Ja, wissen Sie das denn nicht?«

»Was?«

»Das mit dem Raum?«

Er schaut sie verwirrt an.

»Es ist noch da«, sagt sie und sieht, wie seine Augen immer größer werden. »Ich hab ihn erst vor wenigen Wochen aufgeschlossen. An den Wänden neben dem Erkersofa gibt es natürlich beträchtliche Brandschäden sowie hie und da feuchte Stellen, neben ein paar beunruhigenden Rissen im Halbrund. Aber Ihre Fresken sind überwiegend erhalten geblieben. Rußverschmiert natürlich, aber erstaunlich intakt. Indem Charles den Raum abriegeln und die Fenster vernageln ließ, sodass er all die Jahre vor Sonne geschützt war, scheint er unfreiwillig zu seiner Konservierung beigetragen zu haben.«

»Ich kann das gar nicht glauben.«

»So ist es aber. Der National Trust hat einen Spezialisten vorbeigeschickt, der sich den Raum angesehen hat. Er war begeistert. Der Trust hat mir versichert, dass sich der größte Teil der Fresken retten lässt. Es ist höchst bemerkenswert.«

Jetzt ist es Jack Fincher, der erstaunt ist. »Charles … er hat mir erzählt …«

Maggie sieht, wie die Hände des Mannes anfangen zu zittern. »Als er damals zu mir ins Krankenhaus kam, hat er gesagt, dass der Raum verloren ist. Dass er vollständig zerstört wurde.«

Maggie schüttelt den Kopf. »Das stimmt nicht. Ich weiß nicht, warum er Sie angelogen hat, aber er hat gelogen. Ihre Wandmalereien haben überlebt.«

»Nun, niemals hätte ich …« Jack Fincher schüttelt sichtlich verwirrt den Kopf. »Die ganze Zeit über …«

»Er muss es gehasst haben, dass Lillian Sie liebt. Vielleicht hat er Ihnen deshalb eingeredet, dass alles verbrannt ist? Aus Rache sozusagen. Er hat die Fenster vernagelt und den gesamten Flügel abgeriegelt. Doch nach Charles' Schlaganfall muss Lillian an den Schlüssel gekommen sein. Vermutlich konnte er nicht mehr verhindern, dass sie den Raum betrat. Ich glaube, dass sie über die Jahre viele stille Stunden dort verbracht hat.«

Maggie denkt an Lillians nächtliches Schlafwandeln, an ihre verrußten Füße, daran, wie Jane sie zusammengebrochen vor der verschlossenen Tür in der Halle gefunden hat, wie ihre Großmutter unbeirrt darauf beharrt hat, in Cloudesley zu bleiben. »Ich glaube, sie ist dort bis zu ihrem Tod oft hingegangen. Für sie war der Raum eine Art privater Tempel, ihr persönliches Heiligtum. Der Grund dafür, warum sie den Gedanken nicht ertragen konnte, Cloudesley zu verlassen.«

Jack schüttelt den Kopf. »Sie hat das Wandbild also nach dem Brand noch mal gesehen?«

»Ja, und das ständig.«

»Nach all den Jahren ist das wie ein Wunder.«

»Ja«, pflichtet ihm Maggie bei. »Es ist in der Tat ein Wunder, weil es Ihrem Wandbild zu verdanken ist, das Cloudesley eine Zukunft hat. Seinetwegen hat der National Trust entschieden, dass das Haus von kultureller Bedeutung ist. Er wird ein ganzes Team von Fachleuten schicken, die im nächsten Jahr mit der Restaurierung beginnen wollen. Ich werde in einem Teil des Hauses wohnen bleiben, doch der Großteil der Räumlichkeiten und des Anwesens wird im kommenden Frühling der Öffentlichkeit zugänglich gemacht werden. Es ist eine Sonderausstellung mit Ihrem Wandbild geplant. Schon jetzt herrscht große Aufregung deswegen. Sie müssen unbedingt kommen und sich das anschauen. Wir haben eine große Eröffnungsveranstaltung geplant. Mit Ihnen als Ehrengast.«

Jack ist nach wie vor wie benommen. Als er nach einer Serviette greift und sich damit diskret die Augenwinkel abtupft, fällt ihr etwas ein.

»Da wäre noch was«, sagt sie in Erinnerung an den Brief, den sie in Charles' Schreibtischschublade gefunden hat. »Etwas, das Ihnen gehören dürfte und das Sie schon vor Jahren von Lillian hätten erhalten sollen. Versprechen Sie mir, dass Sie kommen werden? Bringen Sie Ihre Schwester, Ihre Nichten und Lucy mit. Alle sind herzlich eingeladen.«

Jack schweigt. Maggie wartet, voller Angst, er könnte Nein sagen. Sie hat keinerlei Vorstellung davon, was der Gedanke, nach Cloudesley zurückzukehren, für diesen Mann bedeutet. Trotzdem ahnt sie, dass sie einiges von ihm verlangt.

»Ich hatte stets das Gefühl, dass ein Teil von mir in diesem Haus zurückgeblieben ist«, sagt er leise.

Maggie stockt der Atem.

Nach einer gefühlten Ewigkeit nickt er und wischt sich über die Augen. »Es wird mir eine Ehre sein.«

32

Maggie nähert sich dem Raum über den Flur des Westflügels. Gläserklirren, Geplauder und Gelächter hallen von der Holzvertäfelung wider und sorgen dafür, dass sie ihre Schritte beschleunigt. Sie trägt eines von Lillians Kleidern, ein schlichtes cremeweißes Etuikleid, das sie aus ihrem Schrank genommen hat. Das erscheint ihr nur passend. Ebenso wie die Tatsache, dass die Öffnung des Hauses für das Publikum auf den 1. Mai fällt. Schließlich hat an diesem Tag Charles jedes Jahr seinen berühmt-berüchtigten Ball veranstaltet.

Offen gestanden ist sie erleichtert, dass alles fertig ist. Ein Team aus Kunstsachverständigen hat in den letzten vier Monaten viele Überstunden gemacht, um die Wandmalereien zu säubern, zu restaurieren und zu konservieren. Sie hat sich insgeheim gefragt, ob sie es wohl rechtzeitig schaffen, aber sie haben wahre Wunder gewirkt. Wie Phönix aus der Asche ist der Raum wiederauferstanden, atemberaubend schön.

Sie hat Jack Fincher heute bereits vor dem offiziellen Teil privat durch den Raum geführt, wohl wissend, was für ein überwältigendes emotionales Erlebnis das für ihn nach all den Jahren sein würde. Den Ausdruck auf seinem Gesicht, als sie ihm die Tür aufgesperrt hat, wird sie niemals vergessen.

»Na, was sagen Sie?«, hat sie ihn gefragt. »Ist alles so, wie Sie es in Erinnerung haben?«

Er nickte, während eine einsame Träne auf seiner Wange das Sonnenlicht reflektierte, das durch die restaurierte Glaskuppel an der Decke einfiel und von den gemalten Pfauenaugen zurückgeworfen wurde. »Morgens war das Licht immer am besten.«

Sie ließ ihm ein wenig Zeit, im Raum herumzulaufen und sich wieder mit seinem Werk vertraut zu machen, bevor sie beim restaurierten Erker zu ihm stieß.

»Wir haben gedacht, dass wir die Feuerschäden an dieser Wand lassen, zumindest fürs Erste. Ich finde sie wichtig, schließlich gehören sie zur Geschichte des Raumes. Wenn Sie wollen, können wir jedoch das Original nachbilden. Das Skizzenbuch, das Sie vor all den Jahren dagelassen haben, existiert noch. Darin befinden sich Ihre Ideen, sodass wir es vermutlich detailgetreu ergänzen können. Außer Sie haben etwas dagegen, dass ein anderer Künstler an diesem Raum arbeitet?«

Jack sah aus dem Fenster. »Sie haben ja immer noch Pfauen«, sagte er.

Maggie folgte seinem Blick dorthin, wo gerade zwei Männchen durchs Arboretum stolzierten und ihre extravaganten Schwanzfedern durchs frisch gemähte Gras zogen. »Ehrlich gesagt, nein. Wir haben das Paar extra zur Eröffnung herbringen lassen. Ich fand das passend. Sie scheinen sich ziemlich zu Hause zu fühlen, nicht wahr? Schauen Sie nur, wie sie sich herausputzen und posieren. Vielleicht sollten wir wieder welche anschaffen.«

»Was Charles wohl dazu sagen würde?«, überlegte Jack laut und sah sich erneut um.

»Vermutlich würde es ihm gefallen. Wollte er nicht ursprünglich selbst etwas für die Öffentlichkeit schaffen? *Ein Zimmer wie ein Schmuckkästchen*, haben Sie bei unserer letzten Begegnung gesagt. Ich habe eher den Eindruck, dass er vor allem sich selbst präsentieren wollte.«

Jack lächelte. »Herrscht großes Interesse? Erwarten Sie viele Leute heute Nachmittag?«

Maggie konnte ein Lachen nicht unterdrücken. »Mr. Fincher, wir mussten massenweise Anfragen ablehnen. Die Eröffnung ist die begehrteste Veranstaltung der Stadt.«

»Die begehrteste Veranstaltung in Cloud Green? Das erstaunt mich tatsächlich«, bemerkte er trocken.

Maggie musterte ihn aus dem Augenwinkel. »Intelligent und schlagfertig. Ich kann gut verstehen, was Lillian an Ihnen gefunden hat.«

Sie hat nicht übertrieben. Seit sie ihren Fund im Westflügel öffentlich gemacht haben, ist das Interesse aus der Kunstwelt überwältigend. Der National Trust hat sowohl die regionale als auch die überregionale Presse zur Eröffnung eingeladen und Maggie das gesamte Dorf. Sie möchte so viele Einheimische wie möglich zu Verbündeten und Unterstützern der Veränderungen in Cloudesley machen. Bisher freut sie sich riesig über die positiven Reaktionen. Der Raum ist von vielen als kostbarer, verborgener Schatz bezeichnet worden, der wieder zurück ans Tageslicht geholt wurde.

Nicht nur das eine Zimmer, der ganze Westflügel ist restauriert und zugänglich gemacht worden. Er beherbergt eine Ausstellung über das Herrenhaus und Jack Finchers so lange verborgen gebliebene Auftragsarbeit. Die Tate Gallery hat sich freundlicherweise bereiterklärt, die Fincher-Gemälde auszuleihen, die nun Teil der Ausstellung sind. Darüber hinaus zeigen mehrere im Raum verteilte Glasvitrinen Jacks Farbpaletten und die Pinselkiste aus der Scheune, die Techniken, die er benutzte, um in so einem riesigen Maßstab zu malen. Dazu kommen einige Originalskizzen, angefangen von seinen Bleistiftstudien von Federn und Blättern bis hin zu einer schlichten Darstellung eines Krugs mit Gartenwicken, die Maggie beim Ausräumen von Lillians Frisierkommode gefunden hat. In einer Ecke stehen die Worte: *Werd bald wieder gesund.*

Als er genug gesehen hatte, führte sie Jack zum Ausruhen in den Salon und half ihm in Lillians Sessel. »Entschuldigung, das ist bestimmt alles ein bisschen viel für Sie.«

»Ein bisschen, aber ich bin froh, hier zu sein.«

»Als wir uns in der Tate getroffen haben, habe ich erwähnt, dass ich noch etwas für Sie habe.«

Mit diesen Worten ging Maggie zu Lillians Schreibtisch am Fenster und nahm den Umschlag aus der Schublade, den sie dort am frühen Morgen hineingelegt hatte. »Das hier ist seit einer ganzen Weile in meinem Besitz. Ich hab es im Schreibtisch meines Großvaters gefunden, glaube aber, es ist für Sie bestimmt.«

Sie reichte ihm Lillians Brief. Jack griff danach, umklammerte ihn mit seinen zerstörten Händen.

»Soll ich Sie kurz allein lassen?«

Jack starrte auf das zusammengefaltete Blatt. »Danke.«

»Ich bringe Ihnen einen Tee.« Mit diesen Worten ließ sie ihn in einem blassen Sonnenfleck allein.

Jetzt betritt sie den Raum mit dem Wandbild. Sie lässt den Blick über die unzähligen Gäste mit Champagnerflöten in der Hand schweifen, die größtenteils an die Decke starren und die außergewöhnlichen Wandmalereien bestaunen, und sie kann sich ein Lächeln nicht verkneifen. Ob es damals in Cloudesley auch so gewesen ist, als ihr Großvater das Haus für eine seiner Partys geöffnet hat?

Durch eine Lücke in der Menge entdeckt sie Jack, der auf dem restaurierten Erkersofa sitzt, einen Teller mit Gurkensandwiches auf dem Schoß. Neben ihm steht Will, die beiden unterhalten sich angeregt.

Das Haus ist von Leben und Lachen erfüllt. Es gibt viele Bewunderer, die ihr zum Erfolg der Eröffnungsveranstaltung gratulieren wollen. Sie nimmt ihre Glückwünsche entgegen und geht schnurstracks aufs Fenster zu.

»Worüber redet ihr?«, fragt sie, als sie Will und Jack endlich erreicht hat.

Jack lächelt sie an. »Nichts Ernstes. Nur über das Leben und die Liebe.«

»Verstehe, Small Talk also.«

»Der nette junge Mann hat mich gefragt, ob ich den einen oder anderen guten Rat für ihn habe. Er glaubt, dass mir mein fortgeschrittenes Alter einen gewissen Vorsprung verschafft.«

Jack lacht, ein warmes, natürliches Lachen, und Will starrt in seinen Schoß, während ein leises Lächeln seine Lippen umspielt.

»Und, ist das so?«, fragt Maggie.

»Ich kann Ihnen nur sagen, dass das Leben so schnell wie ein Wimpernschlag vorbei ist. Das ist eine Binsenweisheit, ich weiß, aber sie stimmt. Ich glaube, wir sind es uns selbst und anderen schuldig, nach dem zu streben, was wir uns wünschen – nach dem, was wir lieben. Und nach demjenigen, den wir lieben. Wir werden nicht alles schaffen, aber ich glaube, ein Leben voller Leidenschaft und Fehler ist besser, als ein Leben lang hinter etwas herzutrauern.«

Maggie mustert Jack einen Moment. Sie denkt an den Liebesbrief, den sie ihm heute Morgen gegeben hat. Dann schaut sie wieder zu Will, doch der starrt nach wie vor auf seine Hände.

»Was ist, wenn die Liebe zu einem Menschen andere verletzt?«, fragt er leise.

Jack zuckt mit den Schultern. »Wahre, leidenschaftliche, alles verändernde Liebe ist sehr selten. Wenn man sie findet, muss man dafür kämpfen. Tja, wenn mein altes müdes Herz einen kostbaren Rat auf Lager hat, dann vermutlich den«, sagt er mit fester Stimme.

Will schaut zu Maggie empor und schenkt ihr ein verlegenes Lächeln. Doch bevor sie etwas erwidern kann, steht Jane neben ihr und berührt sie sanft am Arm.

»Maggie, Liebes«, sagt sie besorgt. »Ich fürchte, wir brauchen dich.«

***

Albie sitzt am Küchentisch, den Kopf in die Hände gestützt. Zwei Angestellte einer Cateringfirma stehen an der Spüle, waschen und trocknen Champagnerflöten ab und mustern ihren Vater argwöhnisch.

»Würden Sie uns bitte einen Moment allein lassen?«, bittet Maggie und wartet, während sie nicken und sich diskret zurückziehen.

Beim Klang ihrer Stimme schaut Albie auf. Erst da merkt sie, in welch furchtbarer Verfassung er sich befindet. Seine Kleider sind zerknittert, seine Augen stark gerötet. Er sieht katastrophal aus. »Ich wusste das mit Lillian nicht«, sagt er, den Tränen nahe. »Ich wusste es nicht.«

Sie setzt sich zu ihm an den Tisch. »Tut mir leid, Albie. Ich hatte keine Ahnung, wo du steckst, und hab versucht, dich zu erreichen.« Sie legt ihre Hand auf seine.

»Ich kann nicht glauben, dass sie tot ist.« Er lässt sich tiefer in den Stuhl sinken. »Ich dachte, wir hätten noch Zeit. All die Jahre, in denen ich für sie hätte da sein können … Aber es war mir unmöglich.«

Maggie seufzt. Sie weiß nicht, wie sie ihn trösten soll.

»Ich hab's versucht. Ihr unter die Augen zu treten, in ihrer Nähe zu sein, war mir zu heftig. Vor allem in dem Wissen, was ich getan habe. Es waren die Schuldgefühle, die in mir gegärt haben.«

»Verstehe ich nicht«, sagt Maggie. »Was hast du gemacht?«

Albie fährt sich übers Gesicht. Aus der Nähe sieht er noch schlimmer aus. Maggie fragt sich, wo er all die Monate bloß gesteckt hat. Bestimmt an keinem guten Ort.

»Sie hat mich gebeten, ihr was Schönes zu bringen.«

»Wer?«

»Lillian.«

»Okay.« Maggie kommt nicht mit. Am besten, sie lässt ihn weiterfaseln.

»Das hab ich auch. Ich habe einen Feuerstein gefunden. Pfeilförmig mit einer orangen Flamme in der Mitte. Er war perfekt.«

Sie weiß nach wie vor nicht, wovon er spricht, nickt ihm jedoch aufmunternd zu.

»Ich wollte ihn in ihr Zimmer bringen, doch dann hab ich sie im Park gesehen, wo sie die Rosen bewundert hat. Sie hat sich umgedreht und ist zur Wiese gegangen. Ich bin ihr gefolgt. Ich war so aufgeregt und hab nach ihr gerufen, aber sie hat mich nicht gehört. Sie ist nicht stehen geblieben, sondern weitergegangen, über die Wiese und in den Wald, so schnell, dass ich dachte, ich verliere sie.«

Maggie runzelt die Stirn. Sie versteht nicht, wovon Albie redet, spürt aber, dass sie ihn nicht unterbrechen sollte.

»Da hab ich sie ertappt. Sie standen zwischen den Bäumen.« Albie schluckt. »Erst dachte ich, sie streiten sich. Ich dachte, er tut ihr weh, und wollte hingehen, ihm sagen, dass er sie gefälligst loslassen soll. Dann hab ich meinen Irrtum bemerkt. Sie haben nicht gestritten. Sie haben sich geküsst.«

Albie wringt die Hände.

»Nachdem sie weg waren, bin ich eine Ewigkeit dagesessen. Wie benebelt auf einem Baumstamm. Ich hab jede Menge Zigarettenkippen gesehen, zu viele für einen einzigen Tag, und begriffen, dass sie sich bestimmt nicht zum ersten Mal im Wald getroffen haben. Das Ganze muss länger gelaufen sein, vielleicht den gesamten Sommer über. In dem Moment wurde mir klar, dass er Lillian mitnehmen wird. Dass er mir das einzig Gute in meinem Leben wegnehmen wird.«

»Du meinst Jack?«

Albie kann sie nicht anschauen, aber er nickt. »Erst als ich aufstand, um zu gehen, hab ich es gesehen. Es lag neben dem Baumstamm auf dem Boden. Sein Feuerzeug hat förmlich nach mir gerufen. *Kühnheit sei mein Freund* stand drauf.« Er stößt ein verbittertes Lachen aus. »Es war wie ein Zeichen.«

Maggie starrt ihren Vater an, der völlig in sich zusammengefallen am Küchentisch sitzt, als es ihr endlich dämmert. »Du hattest das Feuerzeug. Du hast das Feuer gelegt.«

»Ich konnte nicht zulassen, dass er sie uns wegnimmt.« Albie lehnt sich auf dem Stuhl zurück, nichts als ein Häuflein Elend. »In dem ehemaligen Kinderzimmer war alles da. Ein paar farbverschmierte Lumpen, ein bisschen Terpentin. Auf dem Tisch lag ein Blatt Papier. Ich wollte es benutzen, erkannte aber dann

Lillians Handschrift. Es war ein Liebesbrief – an ihn. Ich hab ihn in meine Tasche gesteckt, um sicherzustellen, dass er ihn niemals bekommt. Dann hab ich die Flamme an die Lumpen gehalten und sie in eine Ecke geworfen.«

Albie fährt sich übers Gesicht. »Das Feuer ist so schnell aufgelodert, viel zu schnell. Da hab ich Panik bekommen, bin aus dem Raum gerannt und hab von außen abgeschlossen. Anschließend bin ich in den Park gerannt.«

Maggie lässt ihn reden. Sie ist von Albies Geständnis gebannt, aber auch entsetzt.

»Ich wollte weglaufen. Mir war klar, dass das ganze Haus niederbrennt, wenn das Feuer nicht gelöscht wird.«

»Und dann?«

»Bentham war mit dem Hund draußen. Monty ist ausgeflippt, hat versucht, ihn an der Leine zum Arboretum zu ziehen. Bentham hat mich gesehen und muss mir angemerkt haben, dass etwas gründlich nicht stimmt. Er kam auf mich zu, riss mich aus meiner Panik. Da hab ich ihm gesagt, dass es im Kinderzimmer vermutlich brennt. Ich hab ihn vors Fenster des Turmzimmers gezerrt, und als wir hineingespäht haben, war der Hund immer noch völlig aus dem Häuschen.«

Albie wird aschfahl, als er sich daran zurückerinnert.

»In dem Moment haben wir sie gehört. Sie hat um Hilfe gerufen, aus dem Raum mit dem Wandbild. Da hab ich gewusst, dass ich das Schlimmste überhaupt gemacht habe.«

Albie schlägt die Hände vors Gesicht. »Ich wusste nicht, dass sie da drin ist. Ich hab sie nicht gesehen.«

Maggie drückt Albies Arm. Seine gequälte Miene verrät, dass er Geheimnisse preisgibt, die er lange für sich behalten, keiner Menschenseele je erzählt hat.

»Jack hat sie gerettet. Er hat die Tür aufgebrochen und sie mit bloßen Händen aus dem brennenden Zimmer gezogen. Und Bentham hat das Haus gerettet. Er hat das Fenster eingeschlagen und das Feuer mit dem Wasser aus der Pumpe gelöscht. Erst er, dann Blackmore, der Gärtner, der den Lärm gehört hat und uns zu Hilfe geeilt ist. Jeder im Haus, Sarah, mein Vater, alle sind herbeigeeilt und haben geholfen, alles benutzt, mit dem man Wasser vom Brunnen transportieren konnte. Bloß ich bin nutzlos dagestanden und hab gar nichts getan. Nur zugesehen. Vor Angst und Schuld war ich wie gelähmt.«

Maggie drückt erneut Albies Hand, sucht nach tröstenden Worten. »Du warst noch ein Kind.«

Albie schüttelt verzweifelt den Kopf. »Mein Wunsch hat sich erfüllt. Der Künstler ist gegangen, und Lillian ist geblieben.«

Maggie ist über ein Detail aus Albies Geschichte gestolpert. »Lillians Brief. Was hast du damit gemacht?«

Als Albie zu ihr emporschaut, sind seine Augen knallrot. »Ich hab ihn auf Großvaters Schreibtisch gelegt. Ich wollte, dass er Bescheid weiß. Ich dachte, er ändert sich, wenn er begreift, wie knapp er davorstand, sie zu verlieren.«

Maggie nickt. Das ergibt alles einen Sinn. Der Brief, der hinten in der Schublade ihres Großvaters klemmte, den ihr Großvater dort wütend hineingeworfen hat. Er muss vergessen worden sein, bis sie nach all den Jahren zufällig darauf gestoßen ist.

»Aber Vater hat sich nicht geändert. Er hat Lillian behandelt wie eine Gefangene, sie mit der Pflege Helenas erpresst. Die musste sie sich verdienen. Bis zum Tag seines Schlaganfalls.«

»Du hast Lillian nie die Wahrheit gesagt?«

Albie schüttelt den Kopf. »Sie hat es nie erfahren. Sie dachte, dass es Charles war.« Er schaut zu Maggie hoch, die Angst steht ihm ins Gesicht geschrieben. »Ich hab mich so bemüht, ihr ein guter Sohn zu sein, aber ich konnte nicht ertragen, sie so traurig zu sehen und zu wissen, was ich ihr genommen habe. Ich hab sie mit den besten Vorsätzen besucht, aber die Schuldgefühle waren jedes Mal stärker, haben mich jedes Mal erneut fortgetrieben. Mit den Jahren war es einfacher wegzubleiben, als mich dem zu stellen, was ich ihr angetan habe. Der Gedanke an das Glück, das ich ihr genommen habe, war mir unerträglich.«

Maggie starrt Albie an und begreift zum ersten Mal, was für eine gequälte Seele ihr Vater ist. Was sie als Gleichgültigkeit gegenüber Lillian und den Problemen in Cloudesley wahrgenommen hat, stellt sich als etwas völlig anderes heraus. Ihr Vater wird von Reue und Schmerz regelrecht zerfressen.

»Ach, Dad.« Wieder drückt sie seine Hand. Maggie fehlen die Worte. »Es muss schrecklich sein, damit leben zu müssen.«

Albie schaut zu ihr hoch, in seinen Augen schwimmen Tränen. »Glaubst du, sie hätte mir vergeben, wenn ich jemals den Mut aufgebracht hätte, ihr alles zu gestehen?«

Maggie seufzt. »Das weiß ich nicht. Ich würde es mir wünschen. Du warst noch ein Kind.«

Dann denkt sie an die Fresken. An Jacks zerstörte Karriere. An die große Liebe, die abrupt beendet wurde, und weiß, dass sie nicht mit Sicherheit sagen kann, was Lillian gefühlt oder gedacht hätte, wenn sie die Wahrheit gekannt hätte.

»Es ist, wie es ist«, sagt sie. »Lillian lebt nicht mehr. Aber ich glaube, es wird höchste Zeit, dass du dir endlich selbst vergibst.«

Albie sagt nichts mehr, und sie sitzen schweigend da, während der Partylärm durch den langen Flur zu ihnen dringt.

»Ich hab das mit dem Raum gelesen«, sagt Albie schließlich. »Es ist fantastisch, was du hier machst.«

»Danke.« Sie denkt einen Moment nach. »Würdest du ihn gerne sehen?«

Albie schaut sie an, die Angst eines kleinen Jungen im Gesicht.

»Ich weiß nicht, ob du dich dem gewachsen fühlst. Jack Fincher ist hier. Er ist zur Eröffnung gekommen.«

Albie wendet den Blick ab und starrt in seinen Schoß.

»Es stimmt, dass du dich bei Lillian nicht mehr entschuldigen kannst«, fügt sie behutsam hinzu. »Doch vielleicht findest du ein wenig Frieden, wenn du mit Jack redest?«

Albie schaut zu ihr hoch und nickt. »Du bist ihr sehr ähnlich, weißt du.«

Maggie lächelt. »Danke.«

***

Maggie schaut nervös zu, wie Albie auf Jack zugeht. Sie sieht, wie ihr Vater den Raum durchquert, langsam und vorsichtig, während sein Blick über die bemalten Wände huscht und er die extravaganten Schmuckfedern an der Decke auf sich wirken lässt. Als er den Erker erreicht, zögert er. Sie sieht, wie Jack aufschaut und bei Albies Anblick stutzt. Albie sagt etwas und gibt ihm die Hand. Ein Lächeln breitet sich auf Jacks Gesicht aus. Albie umklammert die zerstörte Hand des älteren Mannes und lässt sich neben Jack auf dem Erkersofa nieder. Er wendet sich dem alten Herrn zu, senkt den Kopf und beginnt zu sprechen.

Als sie sich von den beiden abwendet, sieht sie, dass Will auf sie wartet. »Hast du kurz Zeit?«

»Ja, natürlich.«

Er führt sie hinaus auf die Terrasse, wo sie bis an den äußersten Rand gehen, fort vom Besuchergewimmel. Maggie lehnt sich an die Balustrade und schaut zu dem vor ihr aufragenden Haus empor. »Es hat sich alles gut gefügt, nicht wahr?«

»Ja, unglaublich.«

»Ich glaube nicht, dass ich das auch nur ansatzweise ohne dich geschafft hätte.«

»Oh doch, das hättest du.«

Sie schüttelt den Kopf.

Will tritt von einem Fuß auf den anderen, wirkt plötzlich sehr verlegen. »Genau darüber möchte ich mit dir reden. Der Job, den mir Lillian angeboten hat, den gibt es nicht mehr, oder?«

»Nein«, sagt Maggie, die so eine Vorahnung hat. »Doch wir brauchen dich trotzdem.«

»Nein, tut ihr nicht. Du hast Profis an deiner Seite und mehr als genug Handwerker und Freiwillige, die dich unterstützen. Ich glaube, das halbe Dorf hat sich allein für Gartenarbeit eingetragen. Ich denke, das ist ein guter Zeitpunkt, um zu gehen.«

Maggie starrt ihn an. Ihr fehlen die Worte. »Aber … was, wenn ich nicht will, dass du gehst?«

»Du hast es geschafft, Maggie. Es ist dir gelungen. Du hast Cloudesley gerettet.«

»Ja, mit deiner Hilfe.«

»Nun, es war mir ein Vergnügen. Sagen wir mal, die meiste Zeit über«, neckt er sie mit einem liebevollen Lächeln. »Was hast du jetzt vor?«

Maggie zuckt mit den Schultern. »Keine Ahnung. Seit ich mich um Lillians Vermächtnis und die Restaurierung des ehemaligen Kinderzimmers kümmern musste, hatte ich nicht viel Zeit zum Nachdenken.«

»Du hast deine Pflicht getan, und mehr als nur das.« Will erwidert ihren Blick. »Du musst nicht bleiben, wenn du nicht willst. Falls du dich das gefragt haben solltest«, schickt er behutsam hinterher. »Vielleicht wird es ja Zeit, dass du dich nicht länger um ein fremdes Vermächtnis kümmerst, sondern an deinem eigenen arbeitest?«

Sie zuckt mit den Schultern. »Vielleicht.« Sie denkt an die sich stapelnden Skizzen und Malversuche, mit denen sie in den letzten Wochen bis spätnachts beschäftigt war – der erste Kreativitätsschub, der seit Langem in ihr aufgekeimt ist.

Will nickt ihr aufmunternd zu. »Die Welt da draußen wartet auf dich. Die Tür steht offen.«

»Ich glaube, ich bin ein bisschen zu verängstigt, um fortzugehen. Ich scheine ein großes Talent für Chaos zu haben. Vielleicht sollte ich lieber in diesem schützenden Kokon bleiben und Lillians Werk fortsetzen.«

Will nickt. »Ich verstehe. Andererseits wäre das wirklich schade.« Er räuspert sich. »Wenn du mal wieder was mit uns machen willst, vielleicht rufst du mich dann an? Damit wir was zusammen trinken gehen können?«

Maggie nickt, wagt nicht, etwas dazu zu sagen.

Will zögert kurz, bevor er hinzufügt: »Ich habe mich getäuscht, weißt du. Du bist kein bisschen wie Albie.«

Maggie lehnt sich an die steinerne Balustrade und lauscht auf seine verklingenden Schritte. Sie schaut in den Park hinaus, auf den Wald dahinter.

Es gibt nichts, was sie tun kann, um die Tränen zurückzuhalten, die Wiese und Bäume zu einer Wolke aus Gelb- und Grüntönen verschwimmen lassen.

33

Maggie hört regelrecht, wie die Bäume nach ihr rufen. Nicht die gemalten, die sie in den letzten Monaten so beschäftigt haben, sondern die hohen grauen Buchen im Wald jenseits der Wiese.

Sie ist früh aufgewacht, von einem heftigen Sommerregen. Doch nach einem schnellen Frühstück und ein, zwei Stunden Zimmeraufräumen, bei dem sie ihre letzten Kleider in einen großen schwarzen Koffer gestopft hat, verspürt sie den wachsenden Drang, im Freien zu sein.

Als sie das Gepäck die riesige gewundene Treppe hinunterschleppt, merkt sie, dass es aufgehört hat zu regnen und die Sonne durch die sich auflösenden Wolken dringt.

Dort, in der Ferne, rauscht der Wind in den Bäumen und ruft nach ihr, da ist sie sich sicher.

Maggie lässt den Koffer an der Hintertür zurück und zieht ihre Stiefel sowie einen Regenmantel an. Draußen auf der Terrasse steht eine Besuchergruppe neben einem der ehrenamtlichen Führer und lauscht dem Vortrag des Mannes, der gerade die Geschichte des Hauses erklärt. Sie lächelt zur Begrüßung und geht weiter, die steinernen Stufen hinunter und über den Rasen.

Das Gras der Wiese ist nass, und der Boden gibt ein wenig unter ihren Füßen nach. Die Herde Alpakas, die hier heimisch geworden sind, grast in weiter Ferne. Maggie bahnt sich einen Weg zum Zauntritt und sieht zu, wie ein Schwarm Stare auffliegt und über den graubeigen Himmel fegt, bis er sich in den Baumwipfeln niederlässt.

Als sie den Wald betritt, merkt Maggie, dass sich die Atmosphäre verändert. Hier ist die Luft sauberer, das Licht sanfter. Es prallt von den glatten silbergrauen Baumstämmen ab und tanzt über den grünen Blätterhimmel. Sie atmet die Ausdünstungen der Bäume ein, saugt sie tief in ihre Lunge, inhaliert den erdig-feuchten Duft, der unter ihren Stiefeln aufsteigt. Die Blätter rauschen im Wind, lassen die letzten Regentropfen rhythmisch hinunterprasseln.

Vorsichtig setzt sie einen Schritt vor den anderen, steigt über dicke Baumwurzeln, die aussehen wie ausgeworfene Taue, die die Stämme im Boden verankern.

Ausnahmsweise sieht sie alles ganz klar vor sich. Sie denkt nicht mehr an Bauunternehmer und Rechnungen oder Pläne und Fortschritte. Zwischen den Bäumen lässt Maggie all das los, erlaubt ihren Füßen, sie zu tragen, wohin sie wollen. Dieser Ort ist ihr Zuhause, das weiß sie, ihr genauso vertraut wie die Umarmung eines alten Freundes. Um sie herum breiten sich ihre eigenen unsichtbaren Wurzeln aus, verbinden sie mit der Erde, dem Haus und den es umgebenden Hügeln. In diesem Moment gibt es keinen Ort auf der Welt, den sie so gut kennt oder so sehr liebt.

Irgendwann verlässt sie die Bäume und erreicht die Allee, läuft kurz auf Asphalt, bis sie durch das ächzende Holztor den Friedhof betritt. Es ist ein Montagmorgen, und niemand ist hier. Nichts als Reihen aus uralten grauen Grabsteinen und hier und da ein letzter Blumengruß. Der Weg zwischen den Gräbern ist ausgetreten. Maggie folgt ihm hinter die Kirche zu einem schlichten Stein, der Lillians letzte Ruhestätte markiert.

Sie wischt Regentropfen von einer Bank in der Nähe, setzt sich und denkt an ihre Großmutter. Wenn sie Lillian doch nur von dem Raum mit dem Wandbild erzählen könnte. Wenn sie doch nur erfassen könnte, was er ihr genau bedeutet hat. Wenn sie ihr doch nur sagen könnte, dass ihr Vermächtnis erhalten bleibt.

Sie erinnert sich, wie sie vor all den Monaten mit Jack gesprochen hat, wie er sie daran erinnert hat, dass das Leben kurz ist, seine schönsten Momente vergänglich sind und sich nur schwer festhalten lassen. Was Jack mit seinem Wandbild erreicht hat, ist gleichermaßen erstaunlich wie tröstlich. Er hat das Unmögliche geschafft, zahlreiche flüchtige Momente eingefangen und sie für die Nachwelt erhalten, lange nachdem die Sonne untergegangen ist, die Zeit sich gedreht hat oder ein Leben verstrichen ist. Dank dieses Vermächtnisses bleibt das Haus erhalten und wird noch viele, viele Jahre zwischen diesen Hügeln emporragen. Die Eingangstür mit den geschnitzten Pfauen wird sich weiterhin öffnen. Besucher werden kommen und die Räume besichtigen. Der Park wird sich mit Kindern und Lachen füllen.

Wenn sie Lillian doch nur erzählen könnte, dass Cloudesley eine neue Blüte erlebt.

Als sie so auf der Bank sitzt, überlegt sie, was sie Lillian alles erzählen würde, wenn sie könnte. Vielleicht, dass es ihr gut geht. Dass sie keine Angst mehr vor ihrer Persönlichkeit und vor ihren Fehlern hat. Dass sie stärker geworden ist. Dank ihrer Großmutter und dem, was sie ihr hinterlassen hat. Dieses Erbe besteht nicht nur aus dem Raum mit den Wandmalereien, sondern auch aus den Lektionen, die sie von ihr gelernt hat. Vielleicht würde sie Lillian auch von den Dingen erzählen, die sie zu neuen Bildern inspiriert haben, zu einer neuen Serie, die aus den Erfahrungen der letzten Monate entstanden ist.

Ergreif die Gelegenheiten, die dein Leben dir bietet, beim Schopf. Mach was draus. Keine halben Sachen.

Sie lauscht Lillians Worten und lächelt.

Maggie reckt die Arme empor. Hoch oben sieht sie einen Schwarm Vögel vor einem Fleck blauen Himmels. Sie steht da und legt die Hand auf den kühlen Grabstein.

»Danke«, sagt sie.

Das einzige Wort, das ihr wirklich ein Bedürfnis ist.

Erst als sie sich zum Gehen wendet, sieht sie das Ding am Fuß des Grabsteins ihrer Großmutter. Etwas silbern und orange Glänzendes im grünen Gas. Sie bückt sich und hebt es auf, dreht den pfeilförmigen Feuerstein in ihrer Hand, während sie mit dem Finger über die glatten Kurven, die perfekte orange Flamme in der Mitte fährt. Was Schönes. Für Lillian.

Sie legt den Stein sorgfältig aufs Grab zurück, bevor sie Cloudesley und das Leben ansteuert, das jenseits des pfauengeschmückten Tores auf sie wartet.

Dank

Von Herzen danken möchte ich meiner Agentin Sarah Lutyens und meinen Verlegerinnen Clare Hey und Vanessa Radnidge, die mit vereinten Kräften dazu beigetragen haben, das Buch deutlich zu verbessern. Danke auch Rabab Adams, Olivia Barber, Jennifer Breslin, Jo Carpenter, Andrew Catanach, Ella Chapman, Francesca Davies, Katie Espiner, Rebecca Gray, Sophie Hutton-Squire, Juliet Mahony, Christa Moffitt, Brigid Mullane, Daniel Pilkington, Justin Ractliffe, Louise Sherwin-Stark, Chris Sims, Isabel Staas, Lydia Tasker, Jennifer Wilson, Mel Winder und dem eingeschworenen Team bei Orion und Hachette Australia, die das Ihre zu *Pfauensommer* beigetragen haben. Ein Dankeschön geht auch an alle Buchhändler da draußen, die ihre Zeit damit verbringen, das richtige Buch an den richtigen Leser zu bringen. Darüber hinaus möchte ich mich auch bei David Andrews vom National Trust bedanken, der mir verschiedenste Fragen zum Ankauf alter Anwesen beantwortet hat. Ebenfalls Dank schulde ich der Arvon Foundation für die Zeit in *The Hurst* in Shropshire, wo ich diesen Roman fertigstellen durfte.

Jedes Buch ist eine neue Herausforderung, doch bei diesem musste ich das Schreiben nach einer privaten Tragödie unterbrechen. Für ihre Unterstützung und ihren guten Rat danke ich Wendy Liu und Louise Adams, zwei ganz besonderen Menschen. Liebe und Dankbarkeit schulde ich auch Gill Norman, John Norman, Will Norman, Jude Richell, Gracie Richell, Adam Simpson, Auriol Bishop, Alexis Kenny, Marthe le Prevost, Toni Byrne, Clare Young, Emily Biesbroek, Steph Lees, Ilde Naismith-Beeley, Stephanie Goodwin, Sara Hutton-Potts, Saul Wordsworth, Fraser Tant, Karl Wilson und den *Hodder Girls*. Danke für eure Unterstützung und dafür, dass ihr mir geholfen habt, die Scherben meines Lebens zu kitten.

Zum ersten Mal über diesen Roman gesprochen habe ich mit meinem Mann Matt, auf einer unserer langen Fahrten nach Melbourne, mit den Kindern auf dem Rücksitz und der Straße vor uns. Obwohl ich ihn nicht mehr an meiner Seite habe, inspiriert mich Matt jeden Tag. Ich hoffe, er wäre stolz darauf, wie wir versuchen, mit seinem unglaublichen Licht und seiner Liebe in unseren Herzen weiterzuleben.

Zu guter Letzt möchte ich dieses Buch meiner Schwester Jess widmen. Jeder Mensch braucht eine *Jess* in seinem Leben. Jemanden, der einen so zum Lachen bringt, dass man weinen muss. Jemanden, der einem in dunkelsten Zeiten die Hand hält. Jess, du bist nach wie vor der einzige Mensch, dem ich meine ersten Entwürfe zeigen kann. Danke, für alles!